JN234043

片桐洋一編

伊勢物語古注釈書コレクション

［第二巻］

伊勢物語聞書

文明九年本肖聞抄　宗祇注書入

伊勢物語抄

冷泉為満講

和泉書院

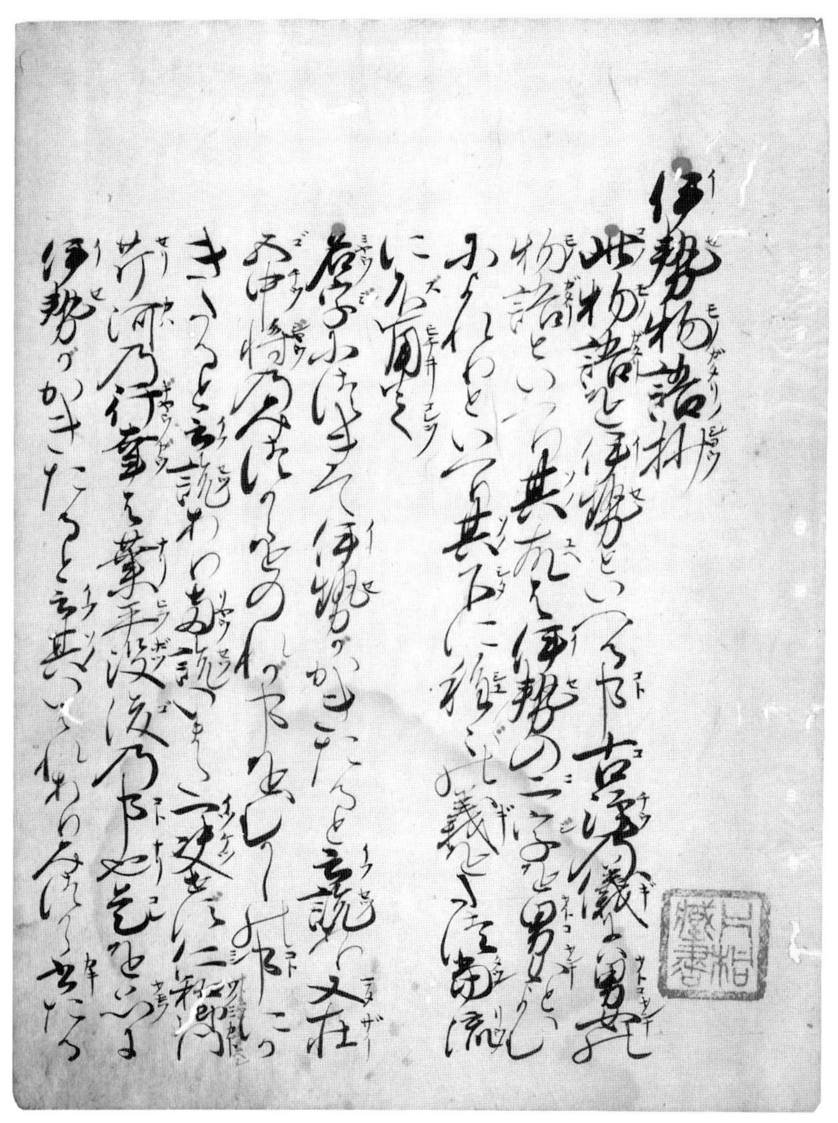

「伊勢物語抄　冷泉為満講」　冒頭

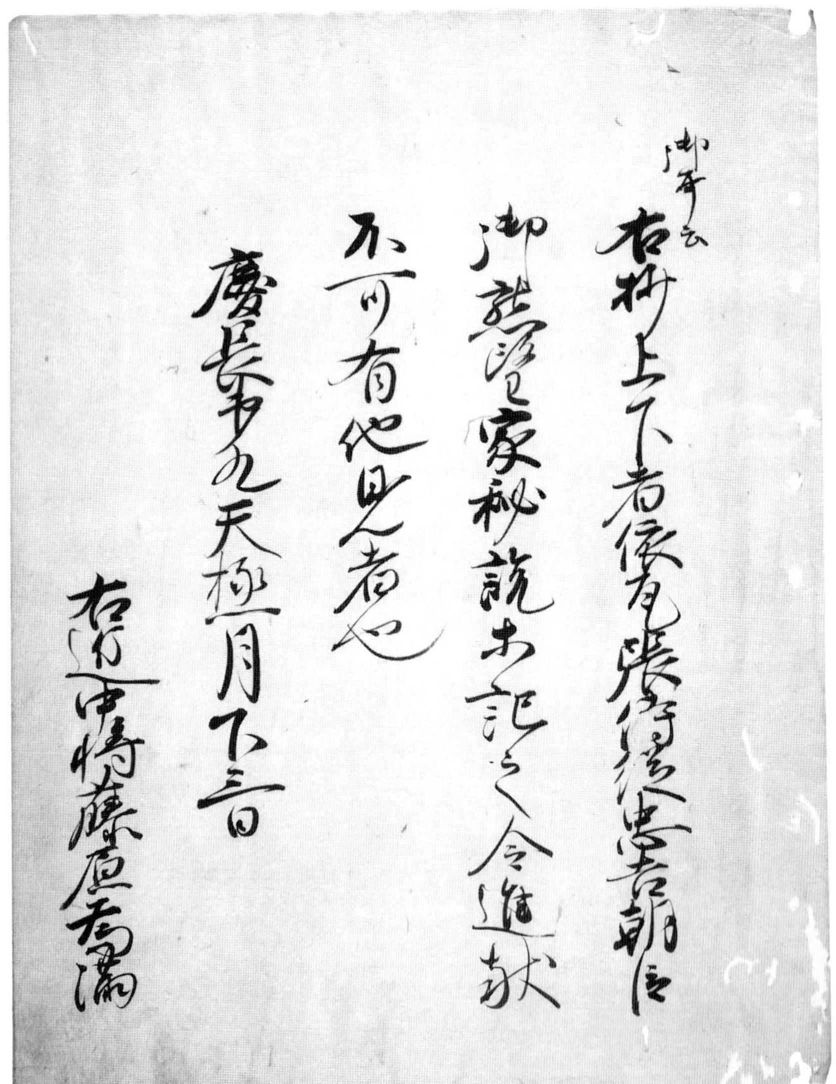

「伊勢物語抄　冷泉為満講」 奥書

目次

伊勢物語聞書

文明九年本肖聞抄　宗祇注書入

解題　片桐洋一

表紙

表紙裏

元表紙

見返し

遊紙

遊紙

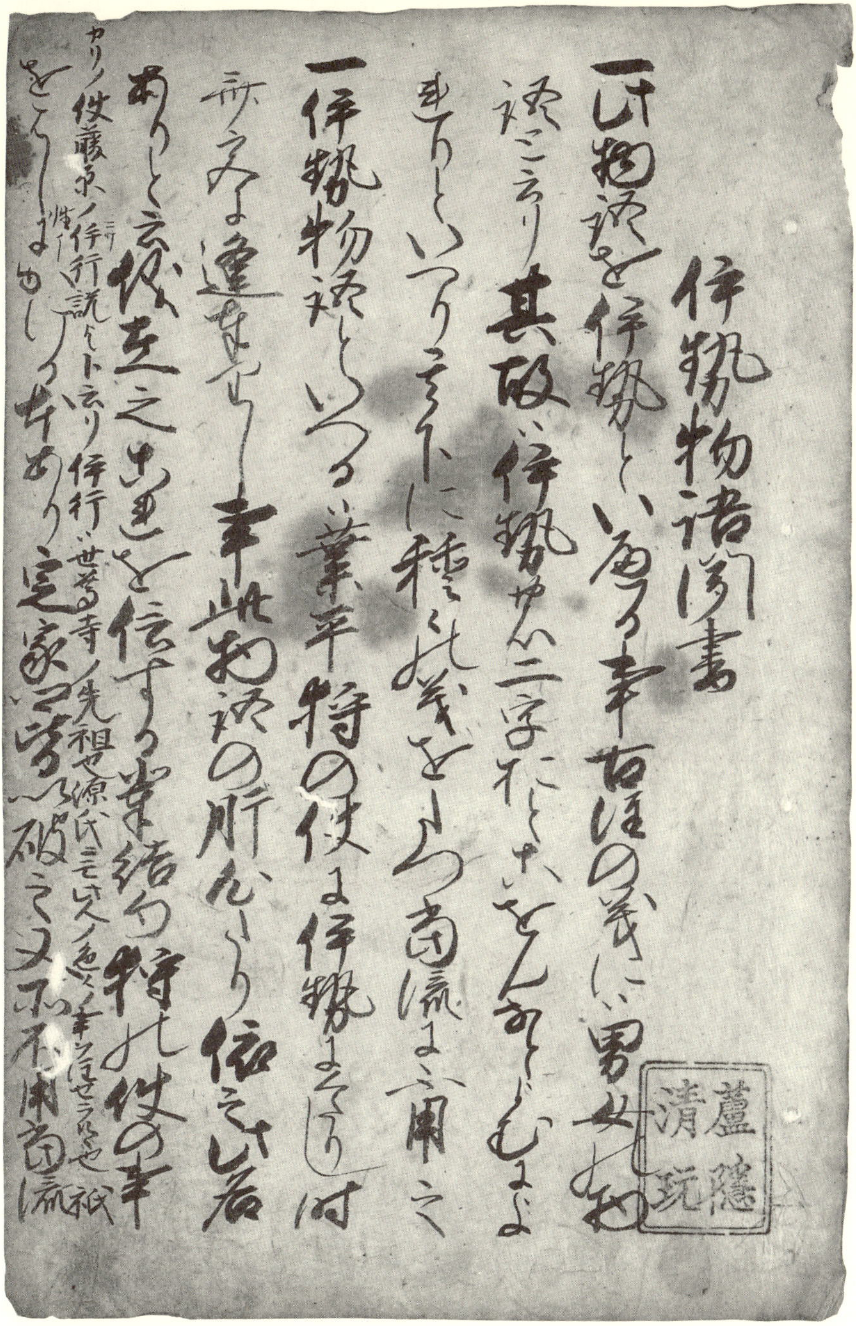

一オ（総論）

也 總して此物語の作者故人なれハ説不同也 或ハ業平
自記こ号し或ハ伊勢といつる者かきたりしといへり
仍定家ニも難決かりしにや書立之上ハ或ハ後撰筆作
者何 私伊勢物語と侍るハ黄門の心ハ伊勢か筆作と
以て此物語の題号とし定らる由みえたり 此遊ハ當流
の儀也

一 伊勢物語筆作ハ業平ともいふ説まち／＼也
といへり 當流ニ用之 當流ニ云ハ伊勢物語と云也

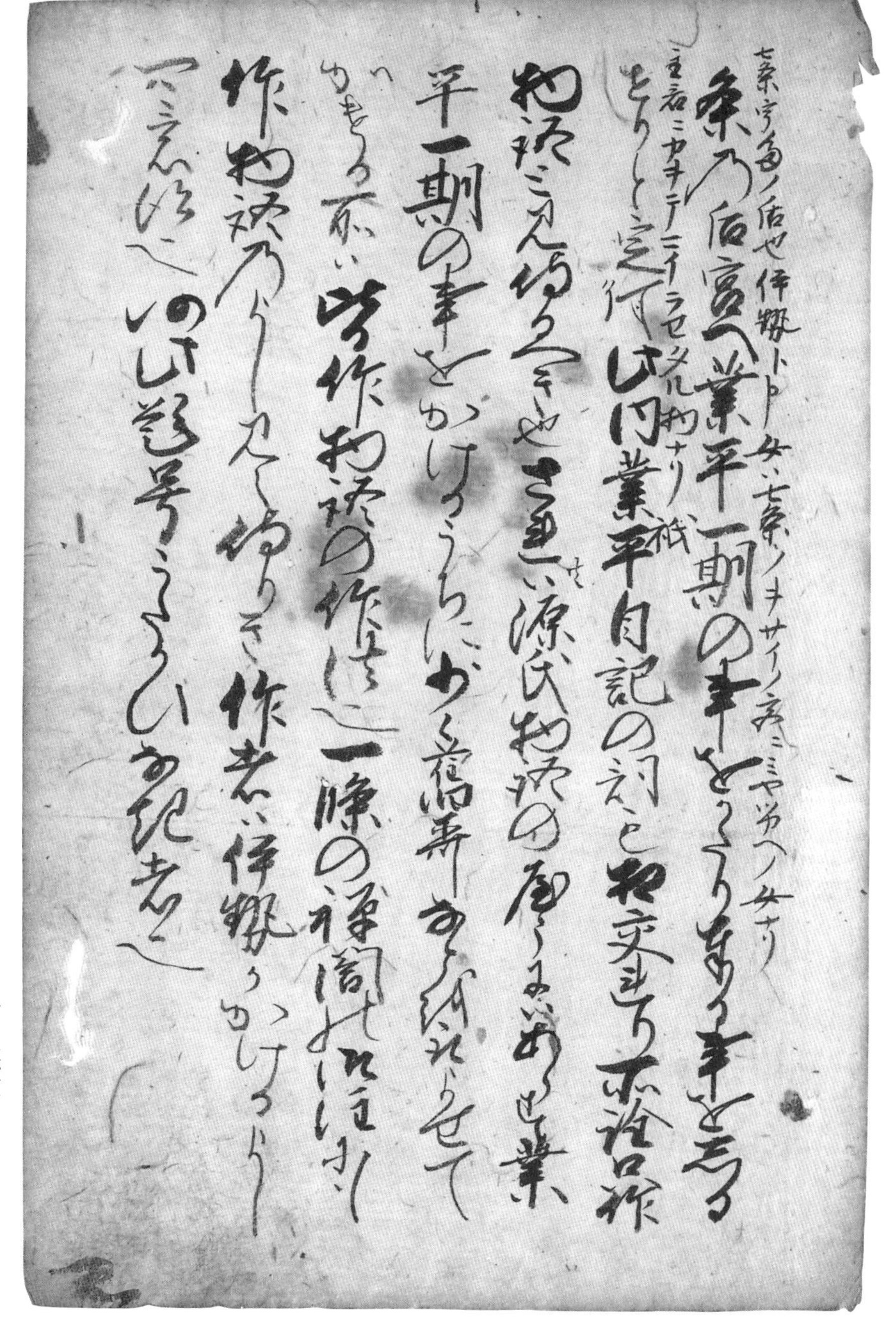

二一オ（総論）

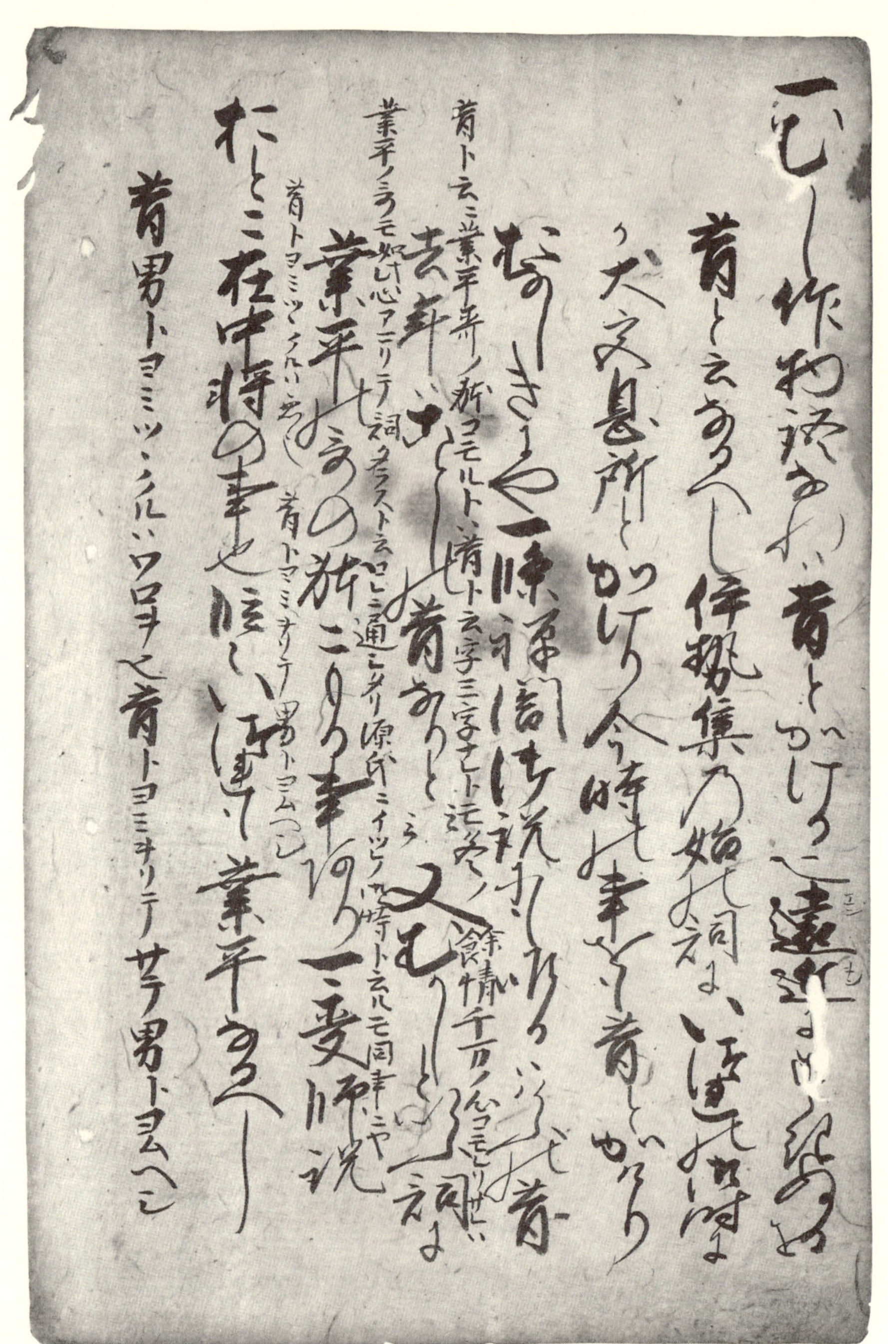

二ウ（一段）

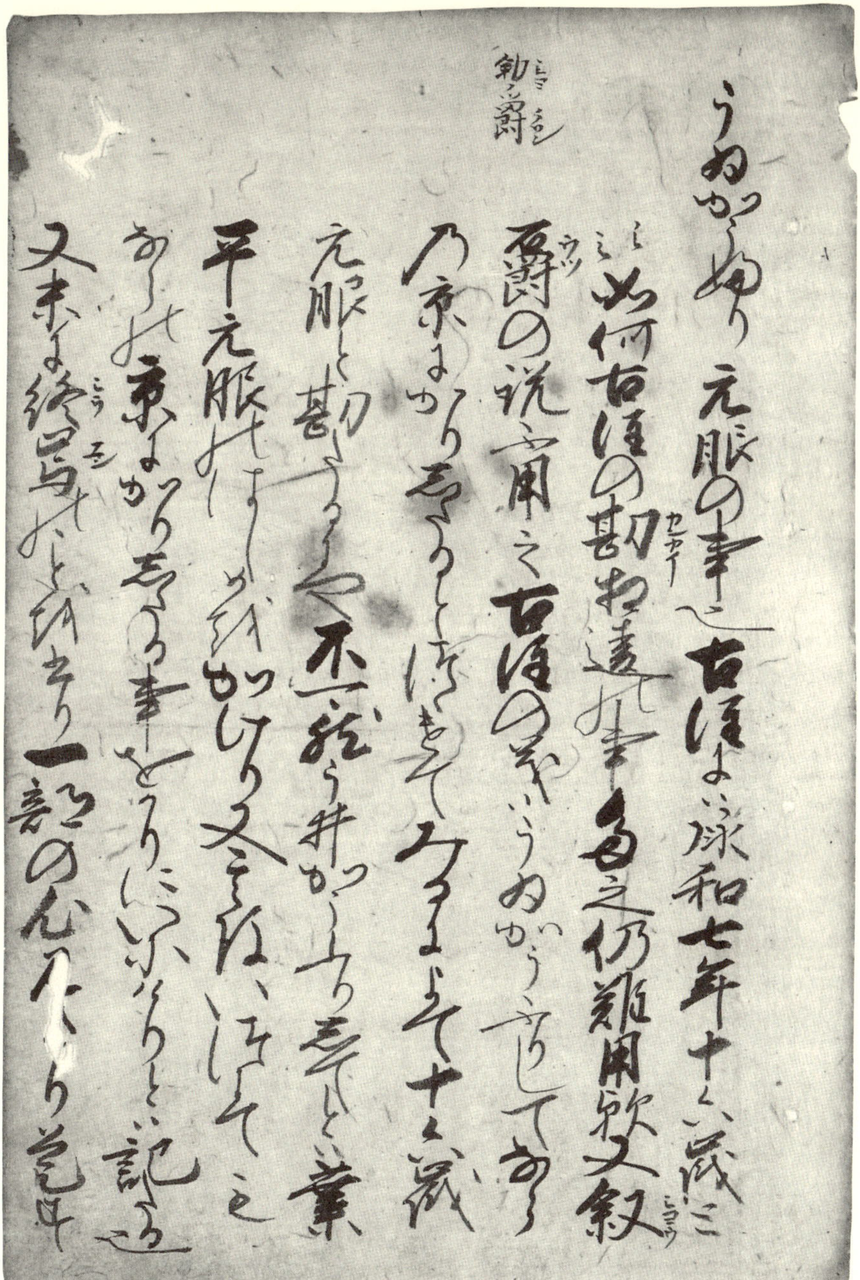

三オ（一段）

むかし此物語の肝心也

左近将監ヨリ叙位ハうひかうふりハ此時ヲウヰカウフリト云也年月ハ分明ならず年月日トアリ一条禅閣ノ説ニ嘉祥二年従五位下ヲウヰカウフリトアリ然ニ何廿五歳トアレハ我身ノ心ニアハサル也 祇云ウヰカウフリトハ業平我身ノ初ノ心ニテ云テサテ死去ノ事ニテ云トヽメクリセシハ此物語一部ノ心然ハ定家ノ業平ノ傳ヲ注セラルヽニ年月日但左近将監承和十四年正月補蔵人然レ共未ニテアリ元服ノ年記不分明故也 禅閣モ元服年記不記儀也 秘ニカヤウノ事詞花云繁上ニ不分明也セシハ度易事也

志るよしして 業平ハ業平也 領知ハ乃不ありし也

別よ不思なくせ此物語よ記しつら也ハ其ハ略之

こゝに一業平ハ平城の由縁之田舎より領知あるへき事勿論之

業平ハ阿保親王ノ子桓武天王ノ御孫ニモ孫之王氏ソ若テ三代スキヌ又人之　祇

ナラノ京春日ノ里ヲ云ナラノ京ノ内ニカスカノ里ト云所アリト心得ヘシ

ニハ知ル領知ハ勿論之ヨシトハ詞シヤサシノイヒ多之今モ不退寺ト云

旧跡アリ氏寺也　祇

かりにいにけり　業平卿とす猟してめくりありきける

一説此説同之着はしかりをしたるにこそ

古注ニ春日祭ノ使ニ行タルト注ス当流ニ不用諸説ニモ春日

祭ノ使不見ナキヲコシラヘ作也

かの里にいとなまめいたる詞あり

ウツクシキノミナラスカシコクナリ
ヒナト云モホメタル事也

女はらから住けり　此男かいまみてけり

四オ（一段）

すたれし者也 あはれ[illegible]云也 者乃
あはれ[illegible]いはしかくて[illegible] 当流
めかしき姿也 読人知のことし 古注はしけ兄
求也 女 有常女 不用之
当流ニハ はらからニ コソリテヨム也 ニコル時ハ 女兄弟ト云心也 スムトキモ兄弟ノ
不ハ一ニナレ又也 紀也 ニコル時ハ 女ハラカラトツゝケテヨム也 一説 紀説 タトイ
其世ニ生合タリトモ カヤウノミソカ事 其人ノ事ト云 不可然 イハンヤ
末代ニ[illegible]女ハ 祖ニナトサメイハン事 イカゝ也 只昔ヲアラハサヌハ 祖
トモナクテ シルスヘキトアリ 当流モ又此説トアリ 数百歳ヘタゝル事 ーシ
祖ト云ヘキ事 有ヘカラス 祇
[illegible]て云也 垣間 只物すきまよりかいまみる也
[illegible]

四ウ（一段）

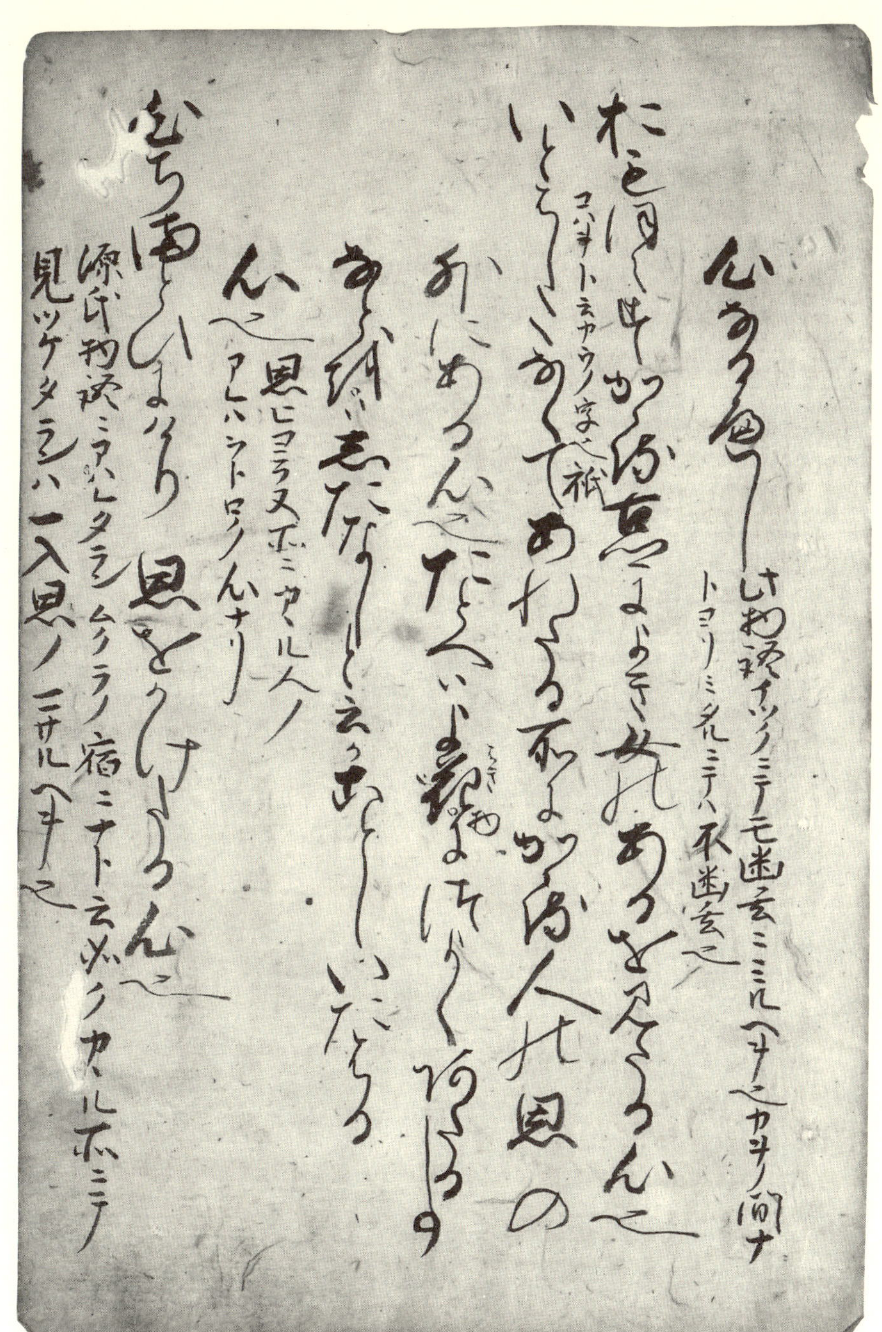

五オ（一段）

かりそめのすさとこそ見れ切せなるかなへこそなれし

おもいを思ひをも色よ悪をとそ見れ世に悪を切て

こおとう色てはるとこすなるへし　梅と

カリネ又ニ尋ヲ去タルト云ハアニリセロ只文ニ能ヘ給ル也想ニテ梅

ニ付ハ梅ノ事ショムカ能ノ悪スリノカリネ又ニ付ハ能ヨムニ其

縁ニヨテモカリネ又ソスソシテヰルナリ悪スリト云物ハミチノクノ悪

ノ里ニ大ナル石アリ石ニナニトモナクノミヘ又色々ノモヨアリニアイト

云物シテモミテノ石ニスリ其上ニ紙ニテモ布ニテモスリ付ルヲ云

リト云ナリ此ヲ乎ツケニ名ヲリナケレハ此カリネ又ノスソニ文ヲ付ルセ

此恩ヲ能モアルト無セシ義ナリ

志のふせり　肯ハ特嵩来よもかりそめとも闲さの

一禅師説　先注ヲ去事悪ノ乱ト云尋ヨム事依し成

ヨヌルトモ心ノ注ナレハ先注ヲ書ニ

五ウ（一段）

春日野の若むらさきのすり衣と忍のゝこゝろかきりしられす

春日乃ゝ若むらさきとハ不ノずりのハ之若葉

といふ女をたとへ云之忍のこゝろしかきり忍ハ很とい

忍ずりハ乱ル也あやハ心のみたれかきり忍ふ事

とりの様へ

若紫トハ紫ノ根スリナリト、テ紫ニテ衣ニシスル物ナレハスリ衣

ニノフトイハンタメ之レスリ衣ハ始終モナク乱タル義之セレハ其ニヲ

イハンタメナリサレ哥肝要限ニテレストニテハシラスカクノコメタリ序

欲ニ詞ニテ云ノヘカメエヨノ吟味スヘシ餘情多キナリ

哥ナリ

となむ追付ていひやりけるといふ事ハ此維女

六オ（一段）

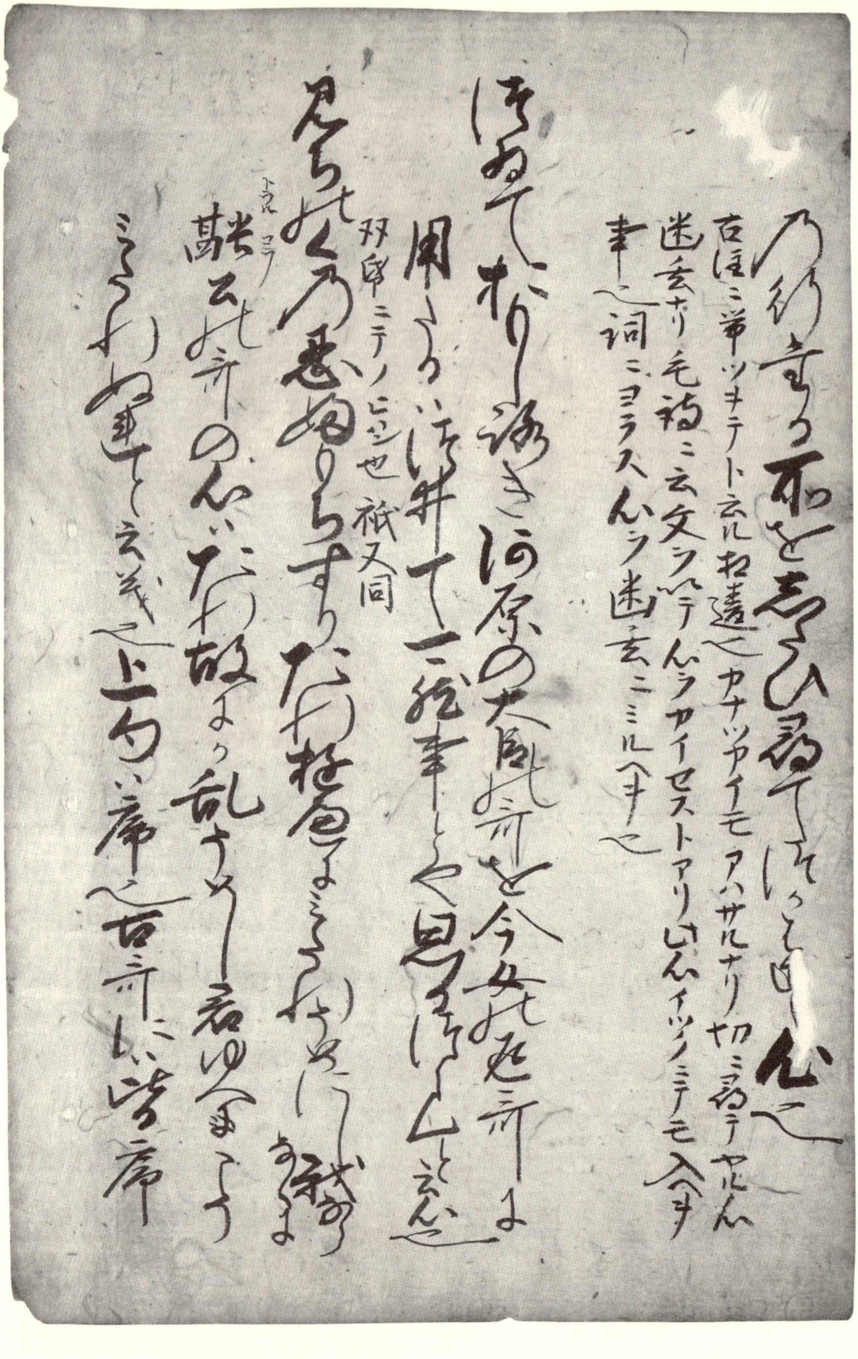

六ウ（一段）

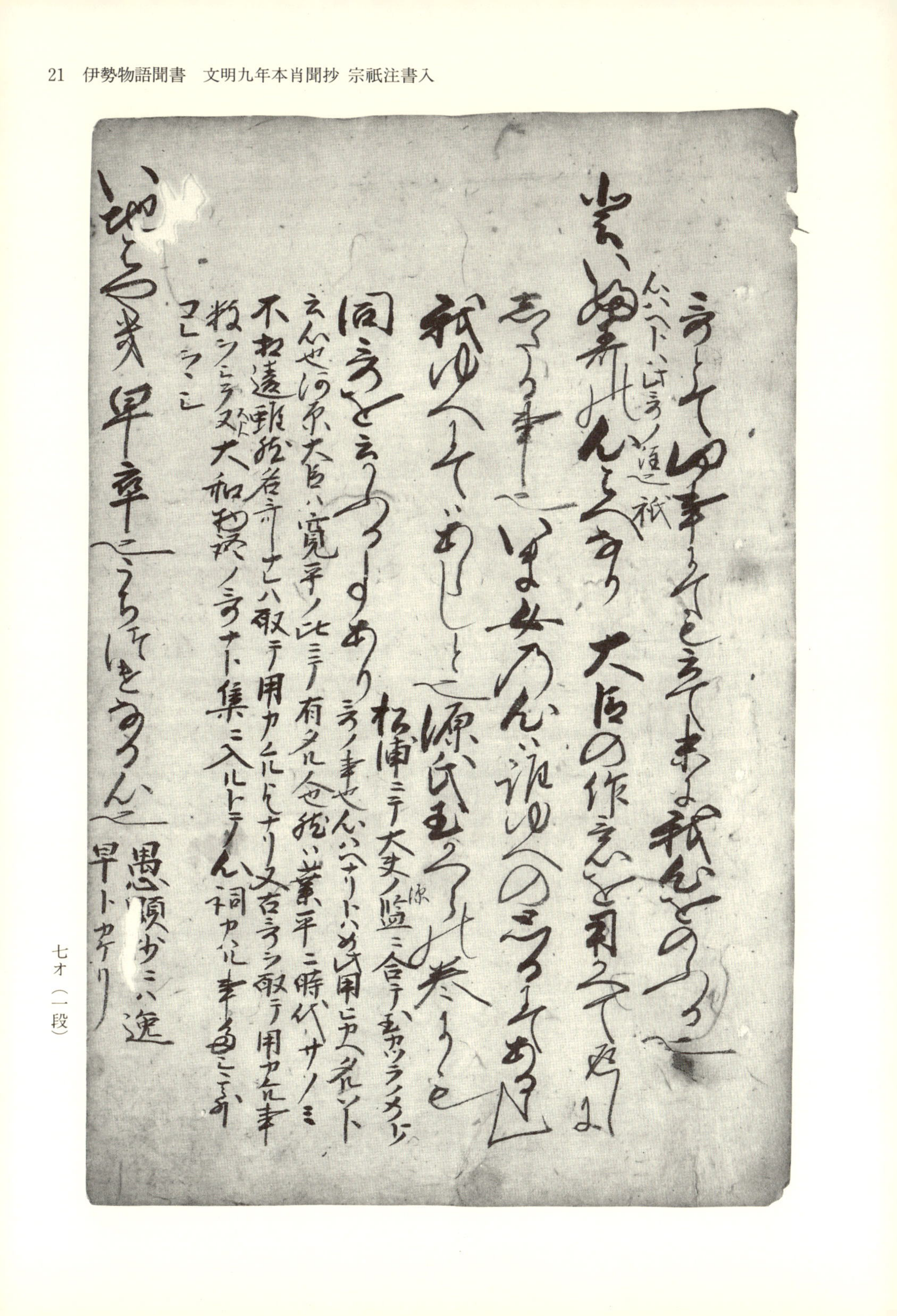

七オ（一段）

肴人ハトハ肴人ハ正直ナルニ依テ忠人ハシカ［　］サヘナラテ候スト云 人ナリ

みやひをなんしけるといふは之嫁家字也 なんあそとかし可通

イチハヤキミヤビヲナンシケルトハ業平ノ事ヲ云ニ肴人ハトハ肴人ハ

人ノ正直ナル故ニ哥ヲヨミテ 一ノサミ 糸リ 祇

一むかし男ありけり 奈良の京ははなれ 桓武天王延

暦三年奈良より今の京ようつしてこそ先長

岡に都して 平安城の西京より次第に東京と

首尾整し時分也 此事之先首尾者西京よりの

まつ女とありけし京とは東ノ京ノ事也 今ノ京ノ事也 祇

西の京に女ありけり　此女誰としらす　古注には二条后と云

不用之

その人かたちよりは心なむまさりたりける　し

人からもよかるへし　業平此女の心をほめし

たゝうと理ありとみゆるへし

ヨ人シヨノ人トヨムセ後撰試ニハイミ名ヲヨ人トヤスラ晝ニモセノ

人トヨムセヨノ人ニサルセ其ニサリタルカタチヨリ心ハ優ニサル妙

ノ女也給ハ人ノ妻ナトトハラツクミタルモコトハリナルト云也

含ニセタリ

ひとりのみもあらさりけらし　男ある人と云也

まめ男　実なる人をまめ人と云也　こゝは人の
妻に思ひをかけんと書せて実なる如なるべし
あり難き也　大方此おもひそへつかはすなり
実人トハ云ニテハナク思ノ実ナルト云也
雨そほふる　春の細雨の降るを　おもふ色―
ウチ物カタラヒテ　カタラフハスミテヨムヤ　ウチトハ云ヿ爲常ニ云い
ソツトヽ云也　言ハヽ只ヤワ〳〵トカタラヒタルト云也　殊ニシテモニ
口ナ詞也　カタラヒハ逢ナル事―也
おきもせす寝もせて夜るをあかしては春の物とてなかめ
心は只なかめ〳〵くらし〳〵すくして数とい

八ウ（二段）

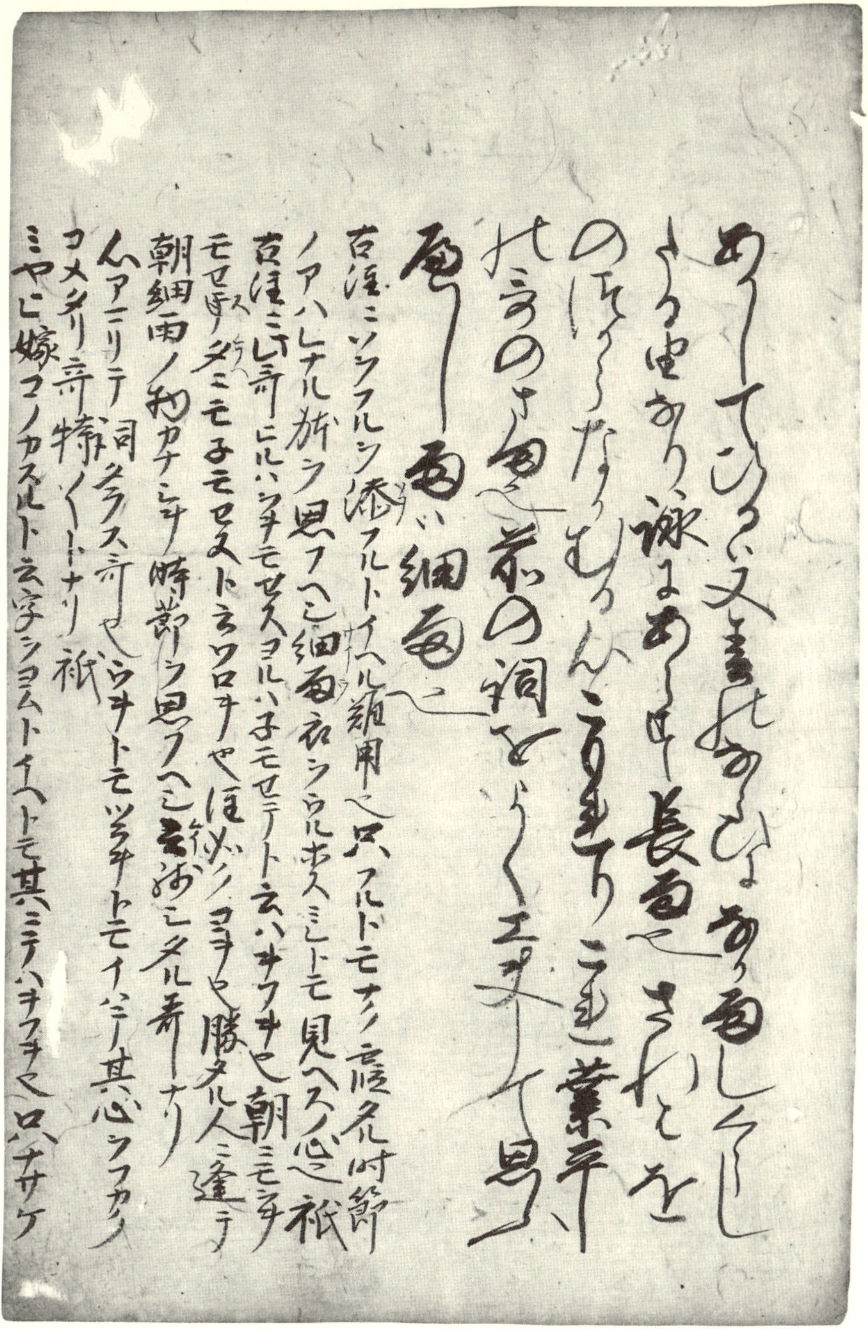

九オ（二段）

ラカヘス心ヨキヤサレハ定家ハ詠哥大概ニ古今伊勢物語後撰
拾遺ト次第ヲサレタリ伊勢物語ハ門ヘ入事不審ヤ然ニハ
古今ハ花実ヲ兼タリ伊勢物語ハ花也後撰ハ実也拾遺ハ又花
実也サレハ次第ヲ云テ次第ヲ如此アリサレハ伊勢物語ヲハイカヤウニモ花ヲ見
ルヘキ事也ナレハ云ヘシ秘義ノ説也

一むかし男ありけりけさうしける女思ふをうる
なり二条后之詞よみてさうし業平好色之名誉
此事ある者とあらしていふ也
二条后ナトコソ名ソモカクレ悉ヘキナレトモ如此ニヒルシハアラハレ名ハ
其外ノ人ノ跡トモナキヲ古注ノ如イシ事ヲコミテ有ヘキ
顕タリ名ヲアラハサス人跡トハ云カタシ

むかし男色このみなるをみさかりにけるをまいら

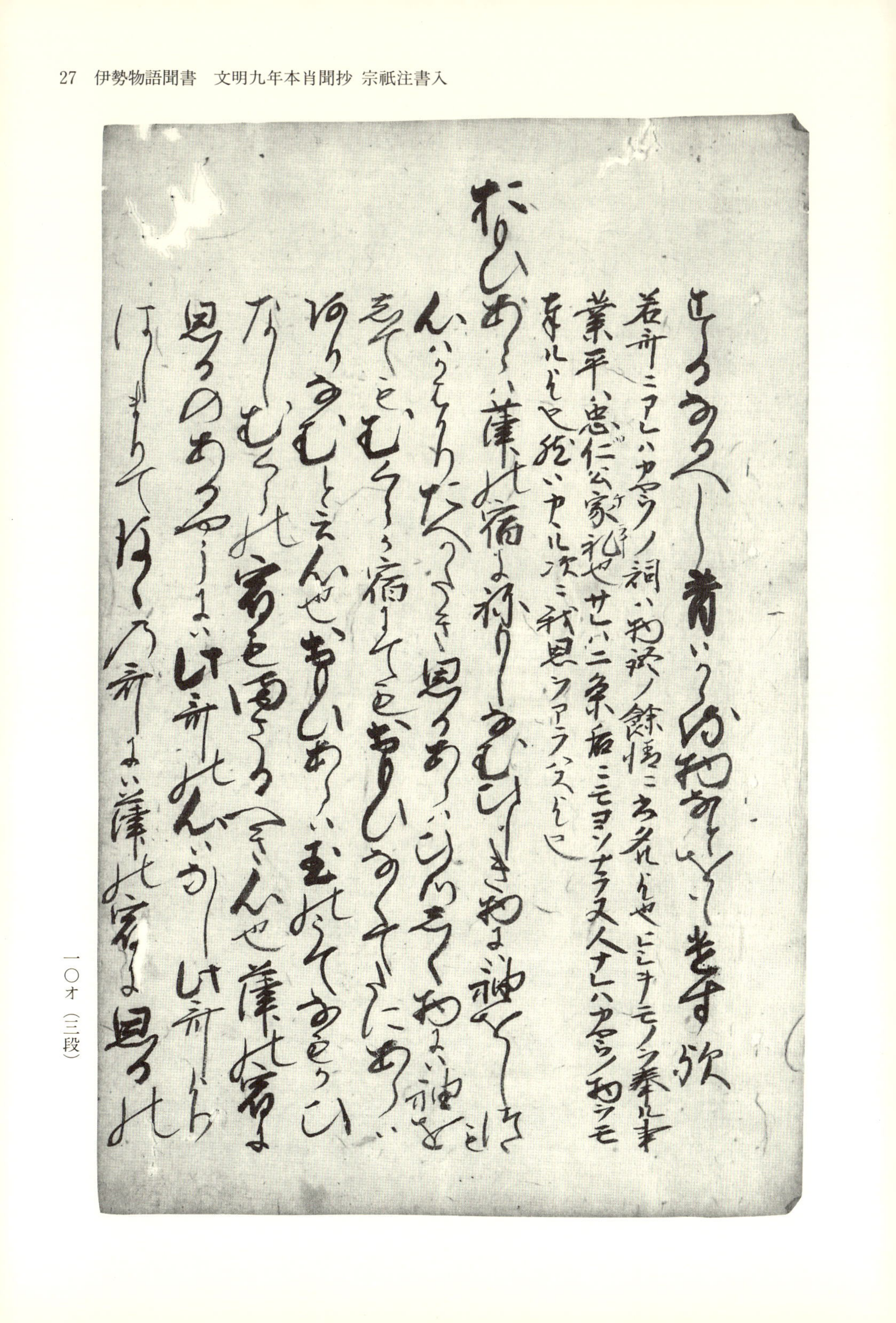

一〇オ（三段）

あつ不乃屋にもあれり
何セシニノ弁ハフタリ子メトイヘハせし弁ノ心ハ程一尺フカキ也
心ハフタリトモイハテ只ハヒトリナリトモ思ルタニ彡ハトニ是不
審也如此ヨム弁ハフタリノ心アリメ何ニ為ル祇思アラハト
ヨミナリテヨクノんハコメテホウ云々スセ思アラハ弟九玉樓
金殿モイタツラ事也ト云心也万葉ノ弁ニ何セムニ玉ノウテナ
ナモ八重ムクラハヘラム宮ニフタリコソ子メト云弁ト同心ナリ
二条の后也
也ましくみかとおし伊勢物語のゆきのありし葉草
也不好をたまけて参らせ人その時とかけてことゝ
又女ほとちの時やのかミやしけ后ハ清和天皇ノ
メスケテ云トイヘトモ又城ニほし門ヘモミタテイリ給ハ又時ノ
女ほし二帝ニヤ清和九歳ノ時ほし位ニツキ給ヘし時二条后ハ十七歳

一〇ウ（三段）

祇ハサテモヤアリツラントセ
一 むかし東の五条に　今京の東京五条也
大后宮　染殿后也　清和母后也　五条后とも
大后トハ皇太后宮ノ事也　染殿ハ忠仁公ノヒトリ子ナリ　祇
西乃対に　染殿院所内也西対也　京后をしるすは
居たる　すまひ給へり
ほいにはあらで　あらハほいにて　不意ト書也
ラツカフヘナナラヌト云ンヤ
ゆきとぶらひける　密通乃事也　又本意ト云説モアリ　其時ハカヤウノ后ナドニカヨハルルハ
祇ハ忍読ノカナハスナリ
にしのびたる　業平密通云祇也　古注は長良
つのりとぶら　行とや　ありけむ

きのふしもけふは桂殿さも通ふ紀人すかにあま

さへかはかはりいもとしもあり

宮中ニセヌ千里ノ心ヨリ起似タリ サレナラノト云字ニ心モヨク叶ヘリ

になとしほかんつとい詞そはしとへさんあり

ふかくて月ほもよろさんありさ通いまの

まかせ月と次の詞なり

ソト云字面白思ニツク ナトト云文字ニヨム事

多ノ心コモルヤヨク心ラヘニ祇

サツト云字面白ニホトヘテノ思ノアル心也 サレハ又ノ年トアルヲ又コシ

面白ニ多ク思ヲ堪忍ニテ去年ノ其時節ニメクリアイテノ思ノ

堪忍セラレヌ切ニナル心ナリ又梅ノ花ト云モ面白ニ秋ニ多キ時ニモ

来サルヽ心也 玄宗貴妃ニハナレテ旧里ニ帰リテノ心ニ長恨ニ云

帰来池苑皆依旧太液芙蓉未央柳芙蓉如面柳如眉對

一一ウ（四段）

此以何不渡臺素風飛梨花開夜秋雨梧桐落葉時ノ事
ヨリ似タリ識ニ梅ヲ愛ニ思テミタルニ今ハサヤウノ時節ニナレハ弥思ニ
ツモヨラス心也　言葉モ此ハアノ事ノモヨホス也　祇

又の年のむ月に時節ハなをきて思の切なる
や去年を此ハ思ひやりて道しるる事まて思へ

梅花さかりなり　世間せん梅盛に成るらん
タチテミヰテミ見ノ切ナルハ為ニスルニ心ヲシツメテトモヤットナラス
ミルハ不尚云為ニ切ナル旅トモミルヘシ　祇　又此ハアレハトテ
西ノタイニ梅ノ事ニモアルヘカラス
長恨云ニ春風飛梨花開夜秋雨梧桐葉落時ト云ん
相似タリ識物カナシキ時節ナルヘシ心ハヤウナルニシテノ後ノ詞也

何となくあはれしき　かなしき　さすへ

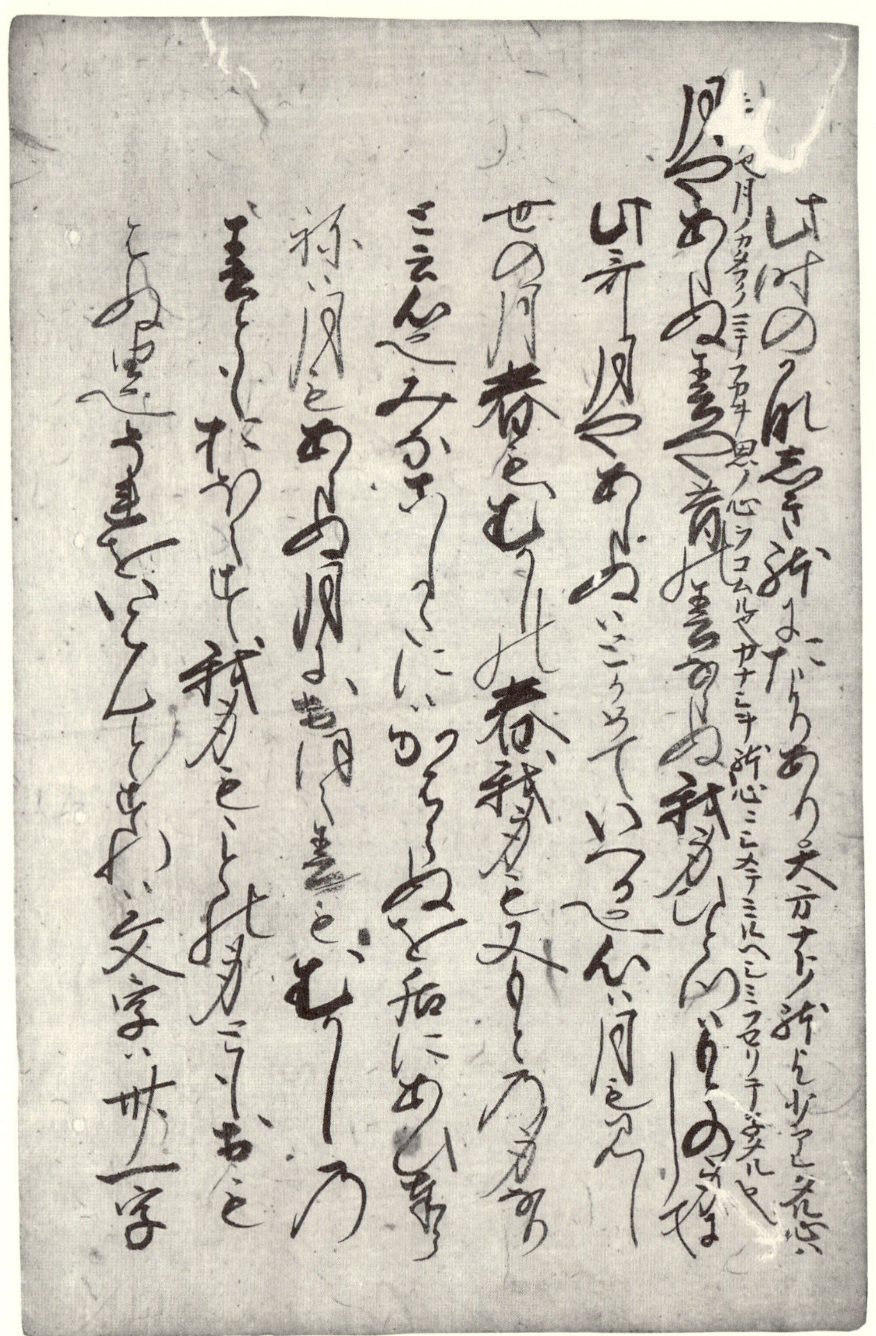

一二ウ（四段）

かきりあはれいこましんはそともをせてなく
ふんいかかりて詞いたらせてやんいへ此計也
云語此及て出ろはあはせて後始の筆跡と
みんそ丈夫あつ へこ さき云
月ヤアラヌト云ニ月ハキテキトト云ん
モ一説アルへこ 祇 月モ春モ昔ノ物ニ
テハナキソト云心ニ月ヤアラヌト云之 サテんハシカヘニテ月モ春モ我身モ
昔ノ物ナリトイヘリ 物カナシキアリ此時ハ月モ昔ノ月ニテハナキ歟ト思
フセ昔ノシチツクんハツレナカラ昔ニモアラヌ中杯風ニイトヽカナシ
ミツノシタニテオホミ昔ト云ト同心ナリ 祇 後成云瓶ニ花挿ヲ云ヰ
ラ子トモアハレアルヘキ計也 餘情多クコモレリ心アマリ花計ヤ
花カナシキトモ何トモイハテ其心アリ計特ク 祇 後成ニイ
ノタヒモ物ニカキ給フトテカノ月ヤアラヌムスフテノミツクミニコル
ドアリ何トヤラン我吟スル我カ心ニトツハト云此ノ字モ心也 但モ
ノ字トイヘハ言葉下セ不富ヲ云ハモノ心ニヨクシ 此ノ心ヲ
思ヘシノヘシ

一三オ（四段）

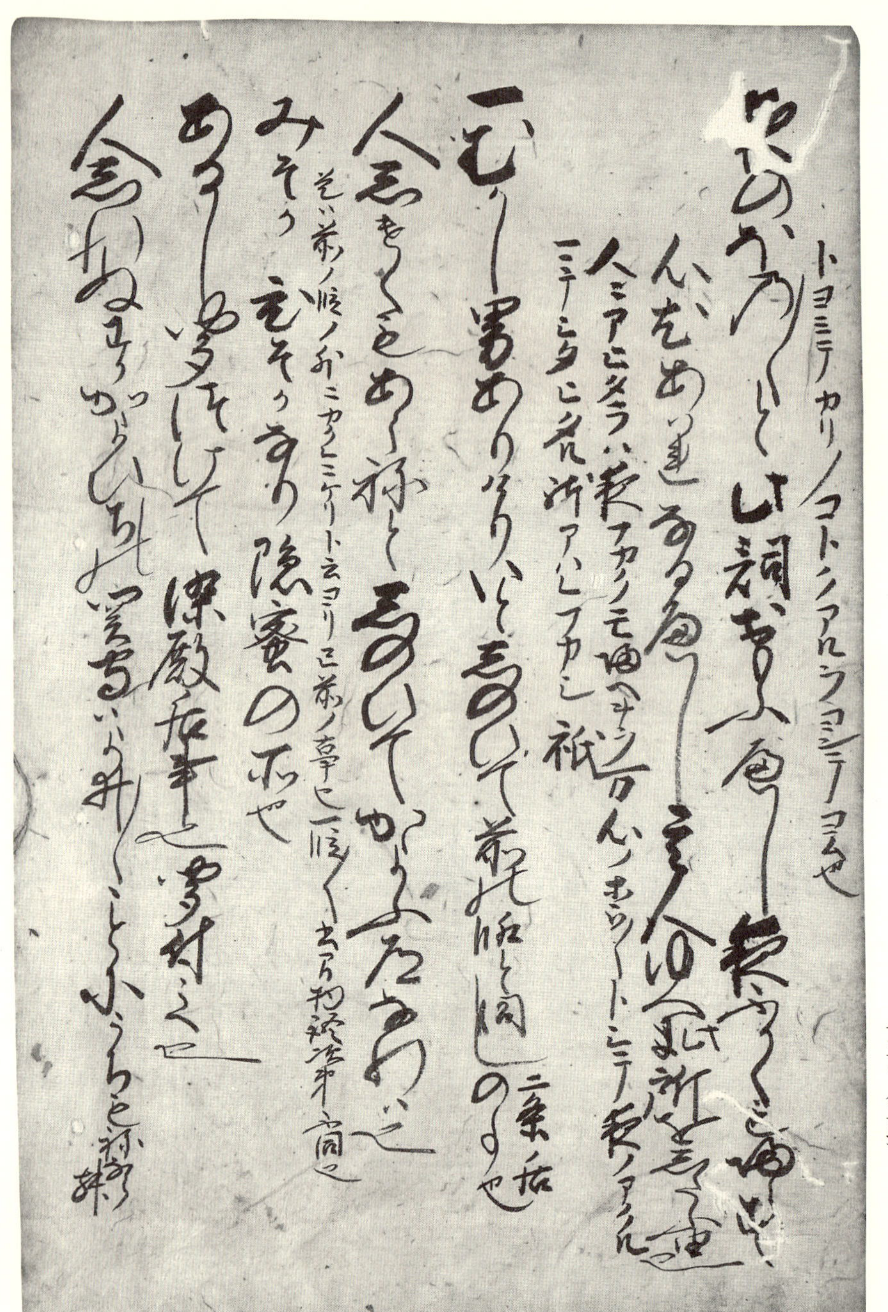

一三ウ（五段）

ツイチノクツレ古今ニハ垣ノクツレトアリ称迷云ナレトモカヤウノ事
心ニ入テミルヘシ
五文字ハ常の人の云わかかたのすきの云ぬへきを
思ハぬ也吟して通ひ路の所をさえんといふへし
事也　ネモセヌノ所ト称通詞ノ云ハ逢見ル恋ナレトモ古今ニハ
不逢恋ノ部ニ入タリヨカリケルコトニヨチモネナントツヨクノ侘タリ
常ノ関守ハ苦ラニナソイトモトヱんトラフカクニセテ称カヨヒ路トワケ
テフカクノナケクノセ称ニテ作ヱんヤ
心やみけり　深殿居れん心よはこし業平をさいり
懐慰乃心やうていすり
心ヤミケリトハ常ニ心やミニヤナトヽ云同事ニ心病也善悪ニ通詞也
不便ナル心ニセルハ未ニ見ルストアリ

一四オ（五段）

意諫トニ云ル物ハ安ノソシリシモニヲス身ノイミツラニ当ヘサラモ知ヘズ言下
ニヨラヌ習ニヘトソネミニメシタルニヘ　祇

これは二条后の兄君たちのしわさ也
ムルニテノケリ盗出ヲムルスニ悩スツヨウノセイスル事無シテムルアヒニスル
セニモラセ給フセイシ給フ事也

一むかし男ありけり女のえうましかりけるを年をへてよはひわたりけるを
からうしてぬすみ出ていとくらきにきけり
[illegible]二条后也事也
よはひ人出しきあるかあまりかはゆきを女をさかしいなそ[illegible]
カラウシテ切ナルんいセ
芥川といふ河を[illegible]
アクタ川ハ[illegible]事也[illegible]事也　祇
草のうへにをきたりける露をかれはなにそとなむおとこにとひける
ゆくさきおほく夜もふけにけれは[illegible]

一四ウ（六段）

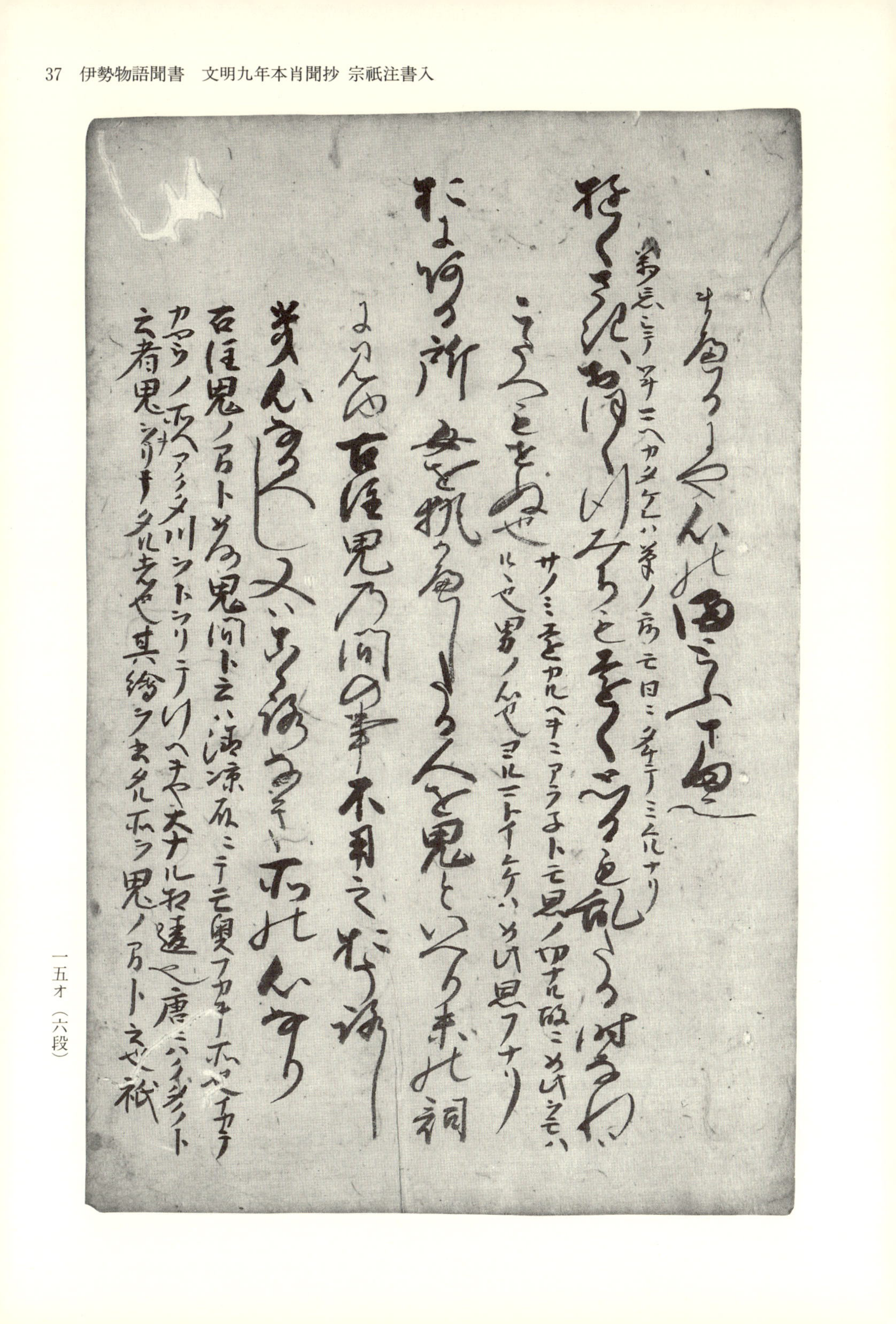

一五オ（六段）

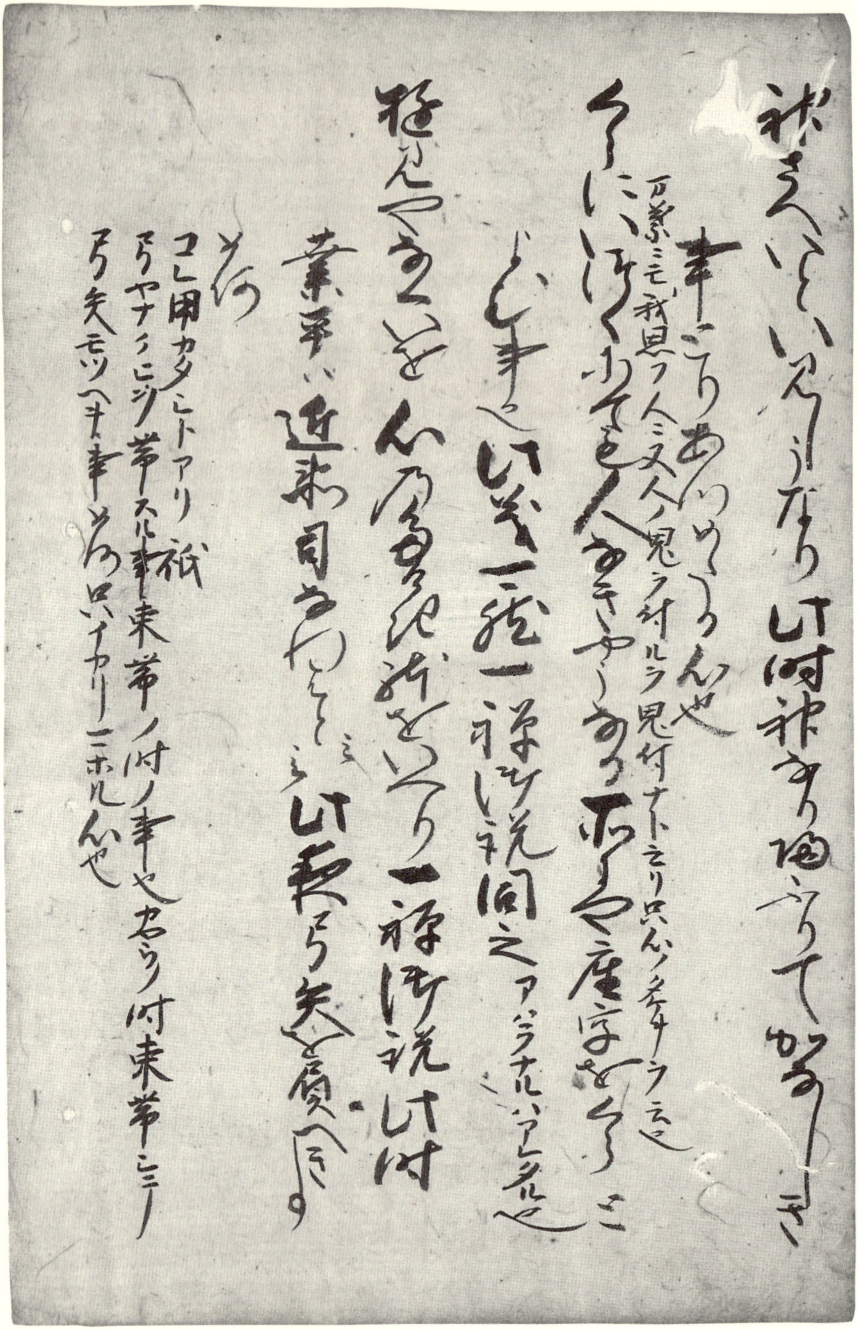

一五ウ（六段）

是ニ花石ナレハイカニモヨノ竹ニナソラヘテ竹ヘキニ似ヨト思ハ何事名石モ方ノ高低座ノ方ナ与ニ花也

はや露を何者そと いひし時 露とこたへぬとし おもひ合

き事なれとも 何事も思ひのこさぬ心也

ごとくあるべし

又一説ハヤ露モアケヌトハヤウノ露モ消ソスルニト思フ時分ニ

消ケアルト打ムキ答ル心ナリ

鬼とや一口は あてに人あひともえはきる人の一言

にらて女を執れける事を一口と云り

余説不用之

めしやとも 女乃詞なるへし トリカヘスツワビ名也

一六オ（六段）

おしはかりて切りかのすゝめんかや（ヤウく秋ガ云ヘ過ナルト面白色ニカナニクテ心ニ力ヲ乞ル所也）

玉の緒そしく（せんこし）付露とこそて消なまし物を

五文字はおけしからすいはゆすは行はさりてば行ち

こうたして いくとすれは 志を玉のくらし行そと

属ム行しけしこんや 其付のこゝのこそは

あしきかりし事 おもて切するんて その折りき

思ひたるとて云にしも 此 撰集させんにゆるせ

白玉カ何ソト問シ時露ト答テ共ニキヘシスル物ヲトイヘルヤ 祇

新古今 哀傷ニ入タリ 不審

此説ハヤカテ何ソトラツシニ先ハ不及此コトノニアルハノルニカラス 是

誉務句ニ 至ニ力意ニ巻 春ノ首トアルヲ此句ヘ是ニトナリ

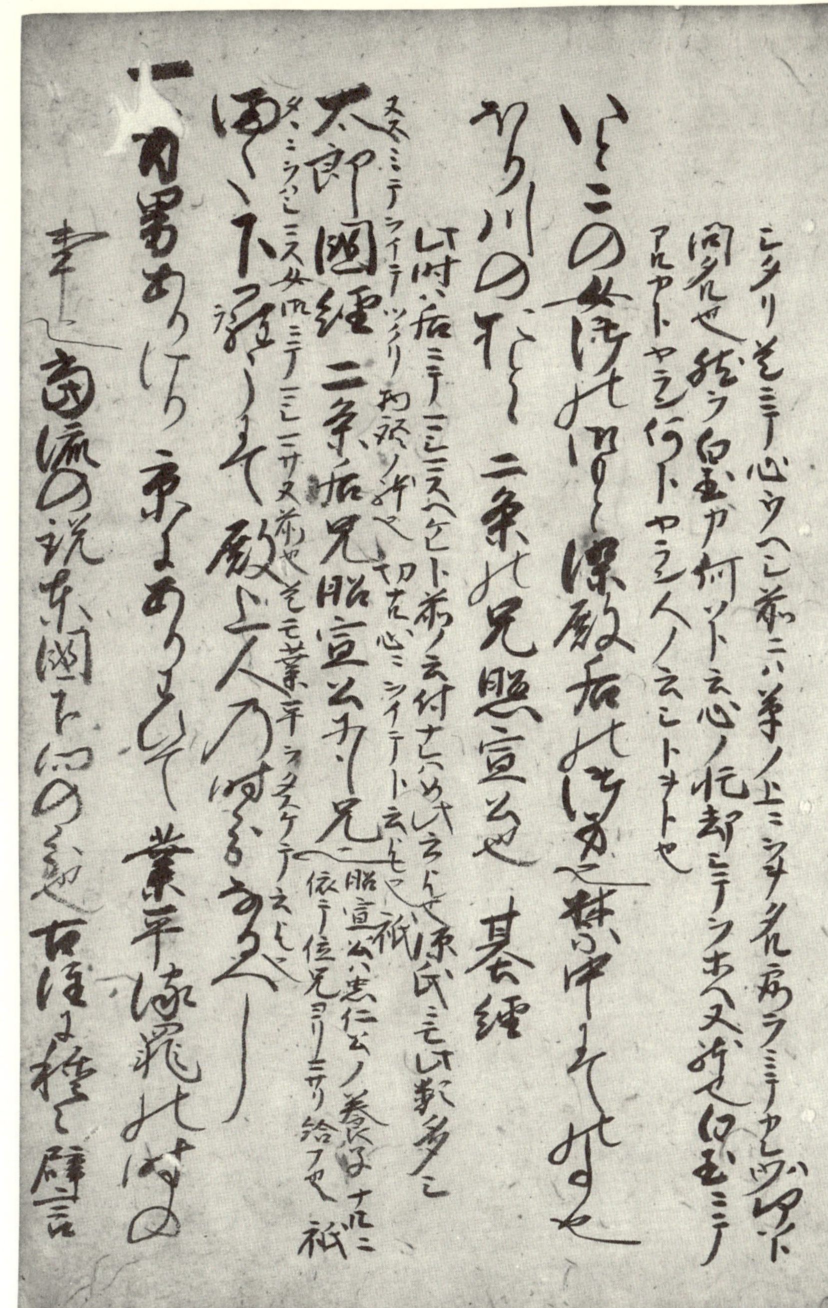

一七オ（七段）

以前申之定家卿奥書可覧詞花云ゝ而已ゝゝ
此詞所んせニ沖ゝ麻ゝ塩焼可思惟之
新撰ナトニモ慈下名乗之タトイト何ナクトモトラサル乗ニテハ
物語ノ面イツノニテモアハレスクナキ也
あまれりしほやき　此詞又不及之都とゝまて蓋物
ゆふしほさきはい浪のたつらむとは
たちてあとなきなる〳〵
浪ノ白ト云事海ニ云事ニ関孫よ之サレハ業平イニシ塩ニ
ナラワ又折海ナリノ事云東山ノ折アルニ特アラ海ノ
折ナリ思ニやルヘシ　祇
ナミノ白キ事カラウノ事都人ニテハミナラ又んモアリ　祇

一七ウ（七段）

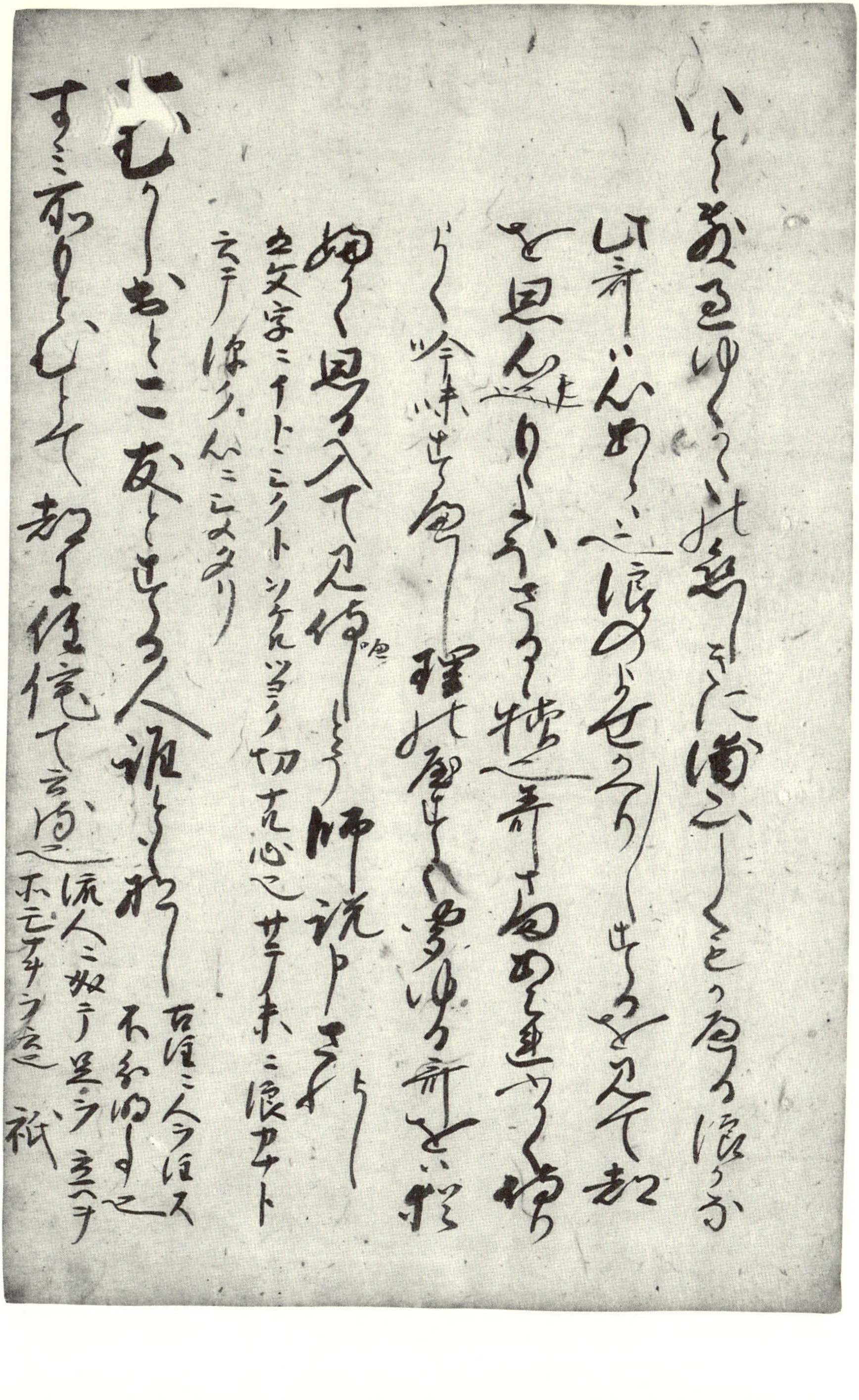

一八オ（八段）

一八ウ（九段）

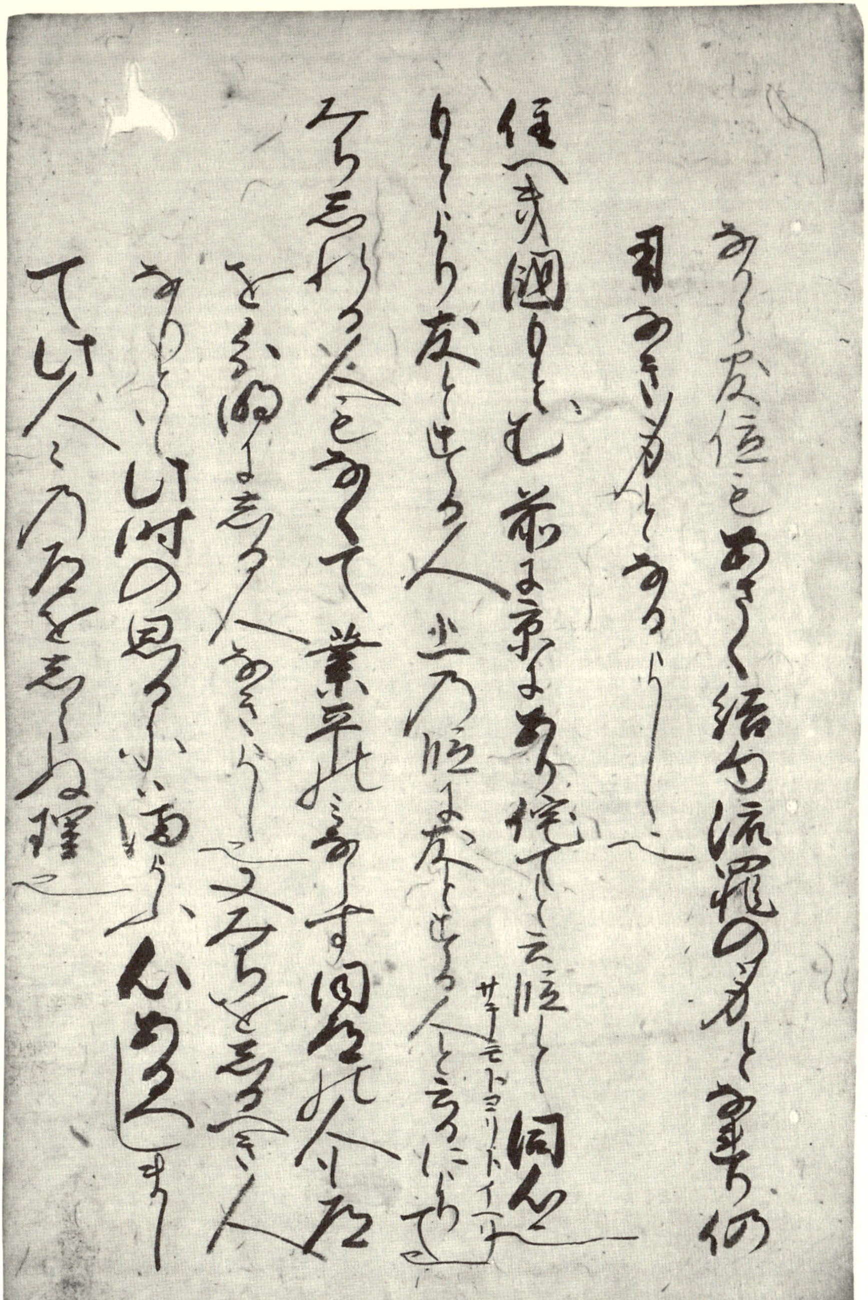

一九オ（九段）

三河の國やつはしといふ所に　此國ニ云ハ近之
水ゆく河のくもてなれは　水縦横ニ行不定也
橋をやつわたせるによりてなん　やつはしといひける　その
あまく　あつまる
沢のほとりの木のかけにおりゐて　羇中の[illegible]を用て行也
かれいひ　乾飯　糒ニある也　有間王子　孝徳ノ子
昔ハ糒宮ナト今ノヤウニサタニリテハナキニヤ　祇
家にあれは笥にもる飯を草枕旅にしあれは椎の葉にもる
草枕旅ニシアレハ椎ノ葉ニ云ルヽ云ヨリ似タリアハレナル所ヤ
その沢にかきつはたいとおもしろくさきたり　杜若は新にて　竜をとる人

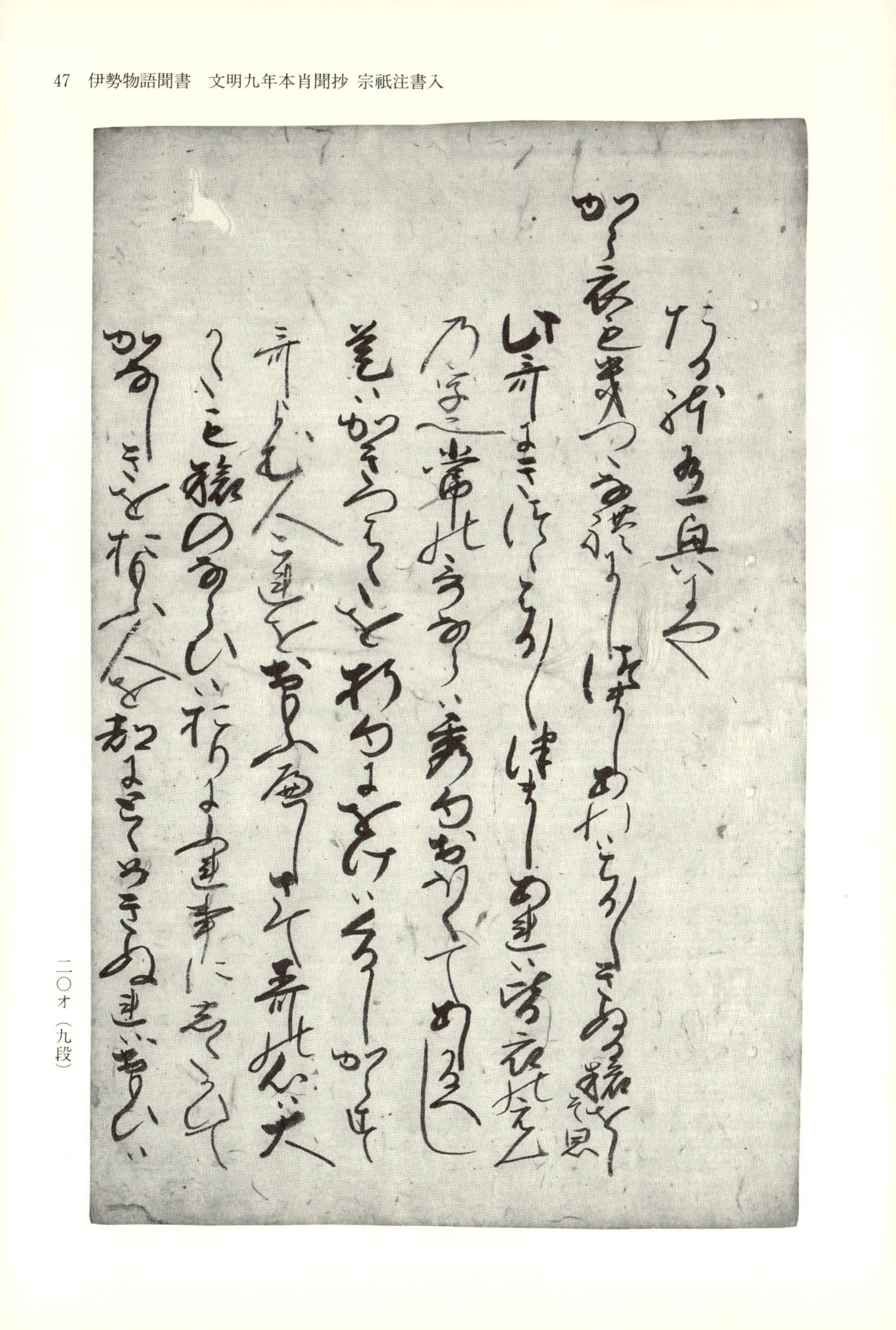

二〇オ（九段）

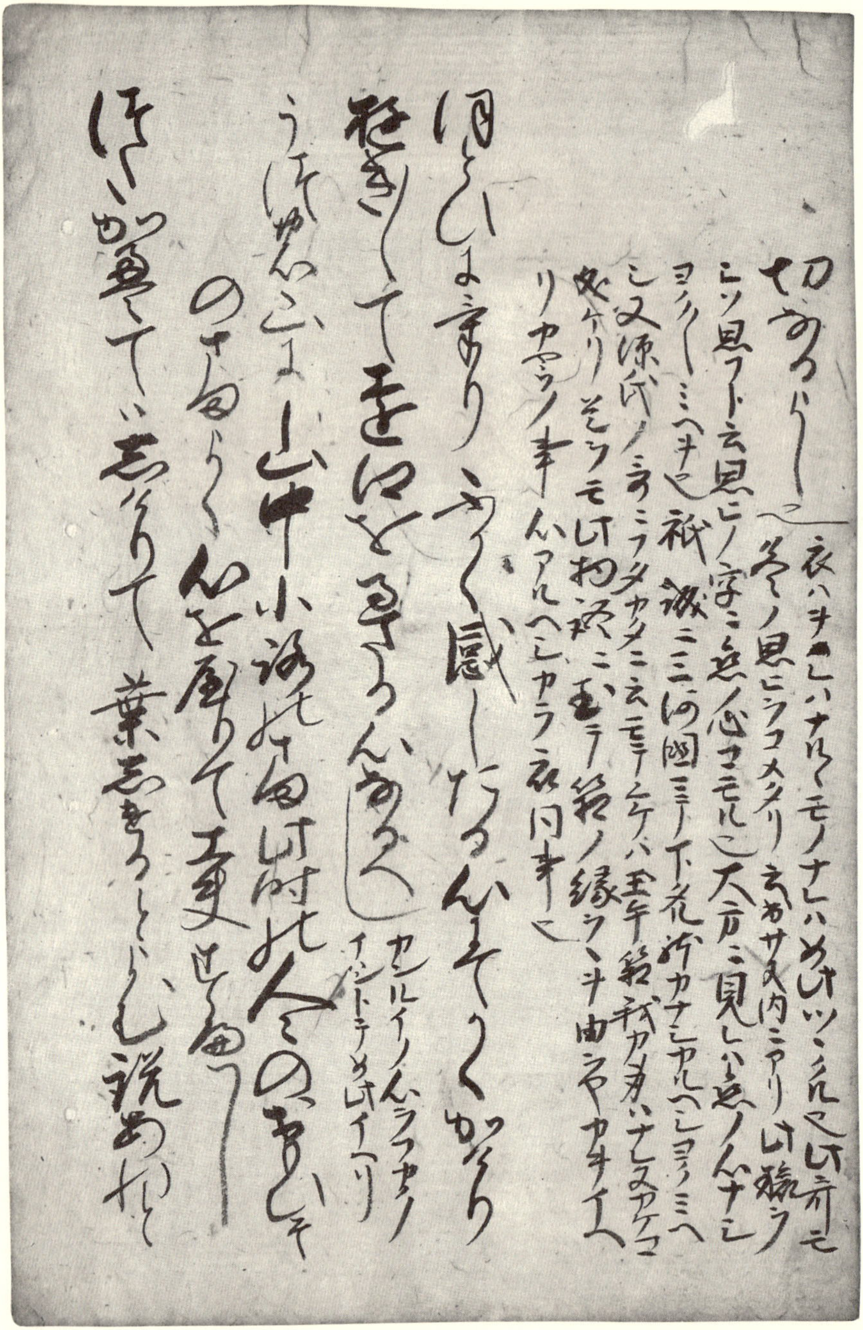

二〇ウ（九段）

その字をてふといふ積てんあり[illegible]
[illegible]なつゝんおとさうと　文章ハ字をとらむ
修行者　古注には遍照又蓮寂なといへり肖之説
流涕しけり
業平ハミシラ子トモ修行者ヤカテ見シルニ業平ニナレ又人ナレハセア
テ井ニスルトモ云モケニモ見コルニニタル事ニアハレミ而自ニ　祇
イヤラ見シハミシ人ニハ修行者ハ見シトモ業平ハ猶ノカナニサ
ニハツレテヤミシラ又人ナリ
其の人御もとにこそ頼しかは風の人事[illegible]
[illegible]　其ヲヤカテトミシハ井ラヌニレ人ニ逢テ為　初心ナニテ文ヲ云傳トミヘシ　祇
するかなるうつの山へのうつゝにも夢にも人にはあはぬなりけり

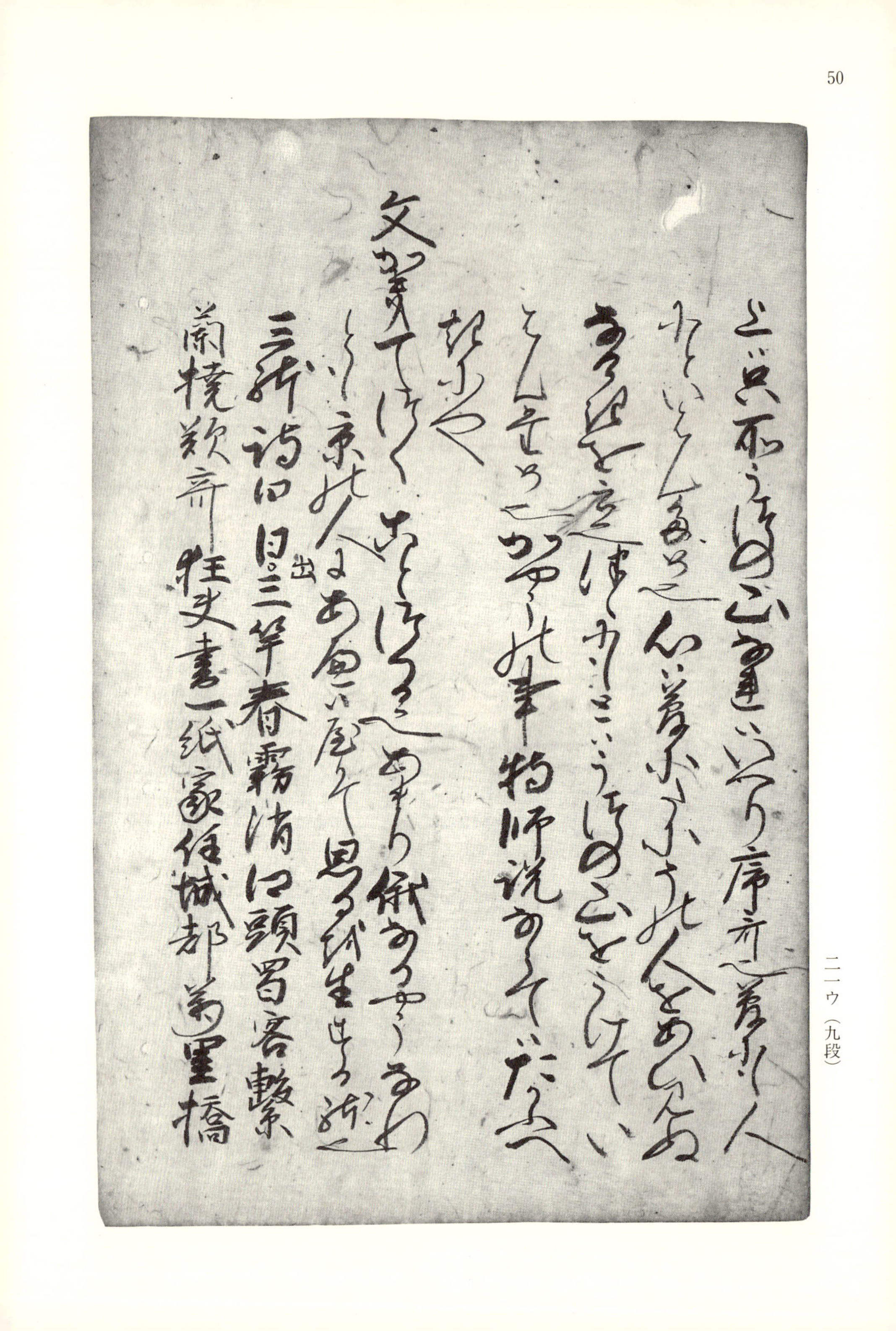

三体詩曰　日出三竿春霧清　江頭羇客繋
蘭橈欸乃斎　狂史書一紙家住城都萬里橋

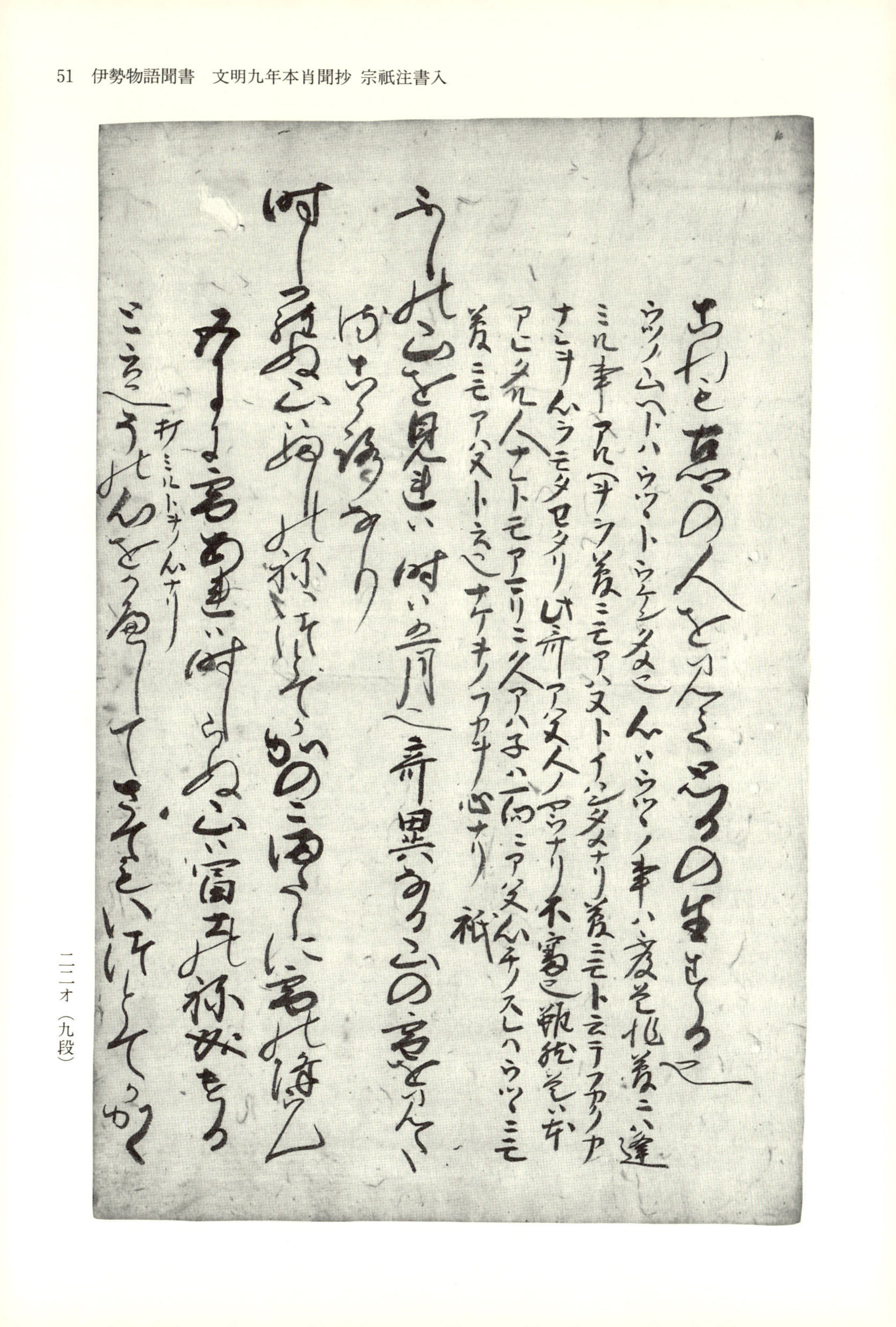

二二一オ（九段）

すまひといへりかのこまだらに雪に此言
とおもさまの山先いとくし此山の象ひすちを
與してよるべこの秩のえいおとこかとらく
こすふ画し

或人云付ヲシラヌト云イツトテアトモ云ン童男ニタリ陰猿見ヤウニ依テ也
其義是ハ心意識ノ三ヲ分テ云ル也先五月晦日宮ノアルヲ見分別
一目見ル心ノ心也サテ付ヲシラヌ山ホト不審スル不審ノ心ナリサテ於
コトハリテ何トテカノフルソト云ハ識ノ心也此ノ付ハ童男モセヌト云リ
此心意識ヲ以此（コノコトハリ）モテ哥ノ心ヲコヽロニシラセン為也ト云テ此
イヘリ　自問自答ノ哥也物ノ上ニテ哥ト
カヤウノ哥ヲ吟ノコヘヲモ静ニヤカニ吟スヘシアチキナクハ云ヘカラスト
師説ニアリ　祇云

二一ウ（九段）

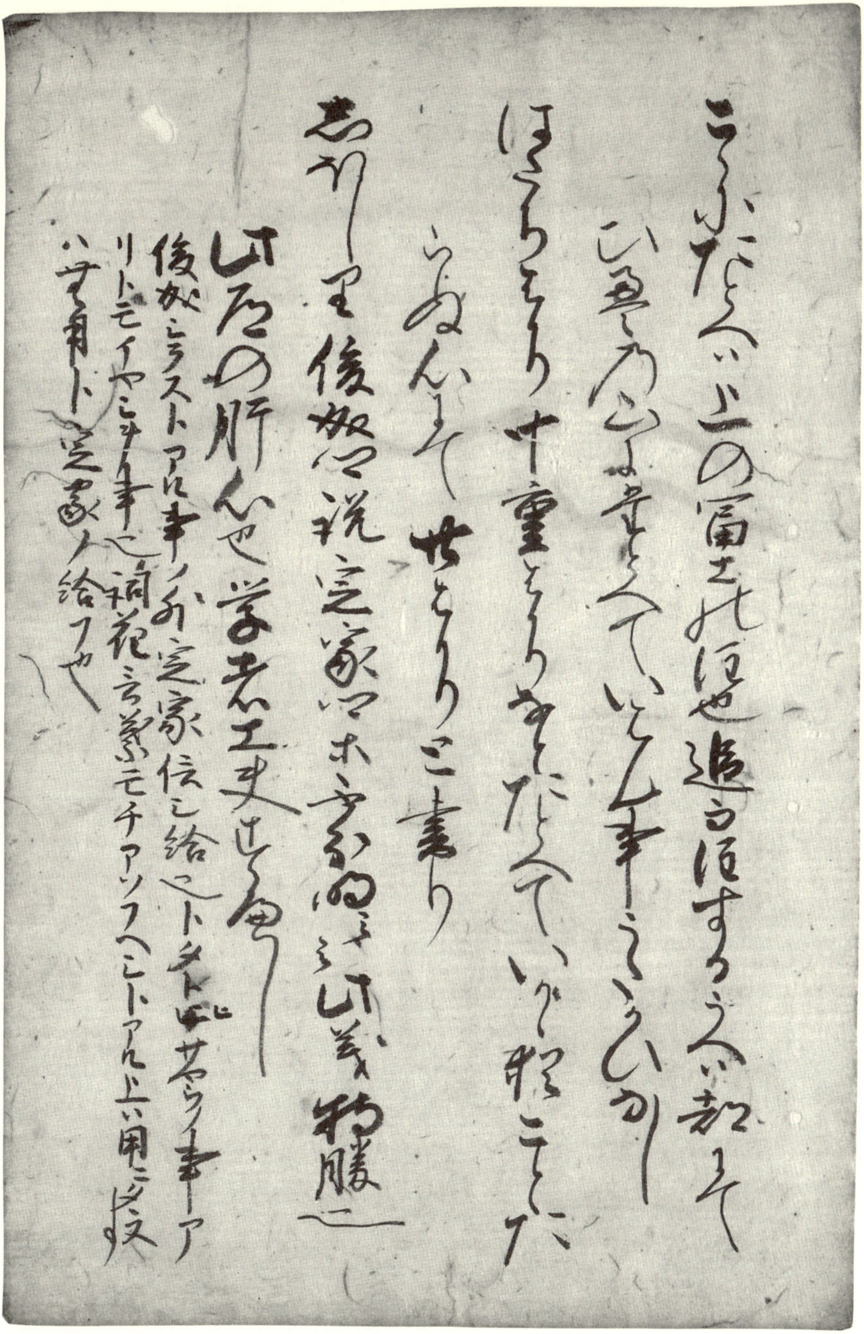

二三オ（九段）

忘ほろさ　道を忘色うさしくらむ也
惣極成して　するかより武蔵ぬ國小併豆相摸あ
　惣ハ惣縁さして　さかうり其人をこそたり
大なる川あり業平猶行の存あうおさ事すか
こおし中ましき洲を隅よりてり相いと紐あの
小結句大河あれ川をとをりて　大いとく
なきへてらむ事をおもふ　ぬよ大河の河と書
御詞よ心あるへし　已下此詞代ハ須田川あるわこ

五文字也　ニモツフサニモツラサトヨムセ　ニモウサトネト同
ヤウニヨムヘシ　ツノ入名ハミニノセ揺ニテハ小路ヲヘタツルサヘカナシキニ
況ヤ大河ヲ越ルカナシミアリサレハ大ヲナルトアルアハレナリ　祇
わたしもりはや舟にのれ日もくれぬといふに
めしサイソクスルニミノ言又折アハレナリ
志ろき鳥の　都鳥ハ背ハしろく腹ハ赤し
カナシキ折フシハ何ナキ又物モ目ニタツ習ヒ名ニ結句都鳥ナハ思
シミヨニ故スセ　サレハ云シ書テトカケリ
鴫の大さなる　鴫のやうにて大なるといへり　鴫の
といふなりそいふ　ミヤコノ鴫ヨリ大ナル也　祇
名にしおはゞいさこととはむ都鳥我思人ハありやなしやと

二四オ（九段）

此哥ハ只むかしと云ヒ川され中ニ大なる川
ありしと云らりみる人ありやなしやと問けるわ
云ヒ回我香と詞ハいひけるを此哥ノ心ハ
こそ見んゆらん（きゝ）ゆかりと云き鈴侍ゆらん
スミタ川ニテヨミタル哥ニスミタ川ノ事一向ナキト云不審アル
人アリ但前ノ詞ヤウ爰ノ所一向スミタ河ノ事ナリサレハ此詞ヲ古ニ
モ書シトテ云タリ看色随ニヤヨクヽヽミヘタル 祇
船ニ乗りて傍人と感傷ともわけん也 近年ノ読
祇 ナキニケリトハ舟ノ中ニノリアヒタル者共 皆業平ヲシテミテ
祇ラヌラサスハナシ伴報ラハリコリスミタ川ニテ離ノ心ナルニ

二四ウ（九段）

一むかし男むさしの國まてまとひありきけり
然ニコゝトハ人ヲ盡ニシテアワシト云心也 祇
ちゝはこと人に　然此父の心は業平にあはせむ
なほ人と思てさて人よといふ也藤氏人といふへく
種姓なりしかれはあの家の人なり　一族[illegible]
はなれ藤原　四姓のうちに藤氏は[illegible]
いにしへの家のたくひなき人は[illegible]
[illegible]流の人にあてなる人[illegible]
よい父は有常也　母は[illegible]

二五オ（十段）

二五ウ（十段）

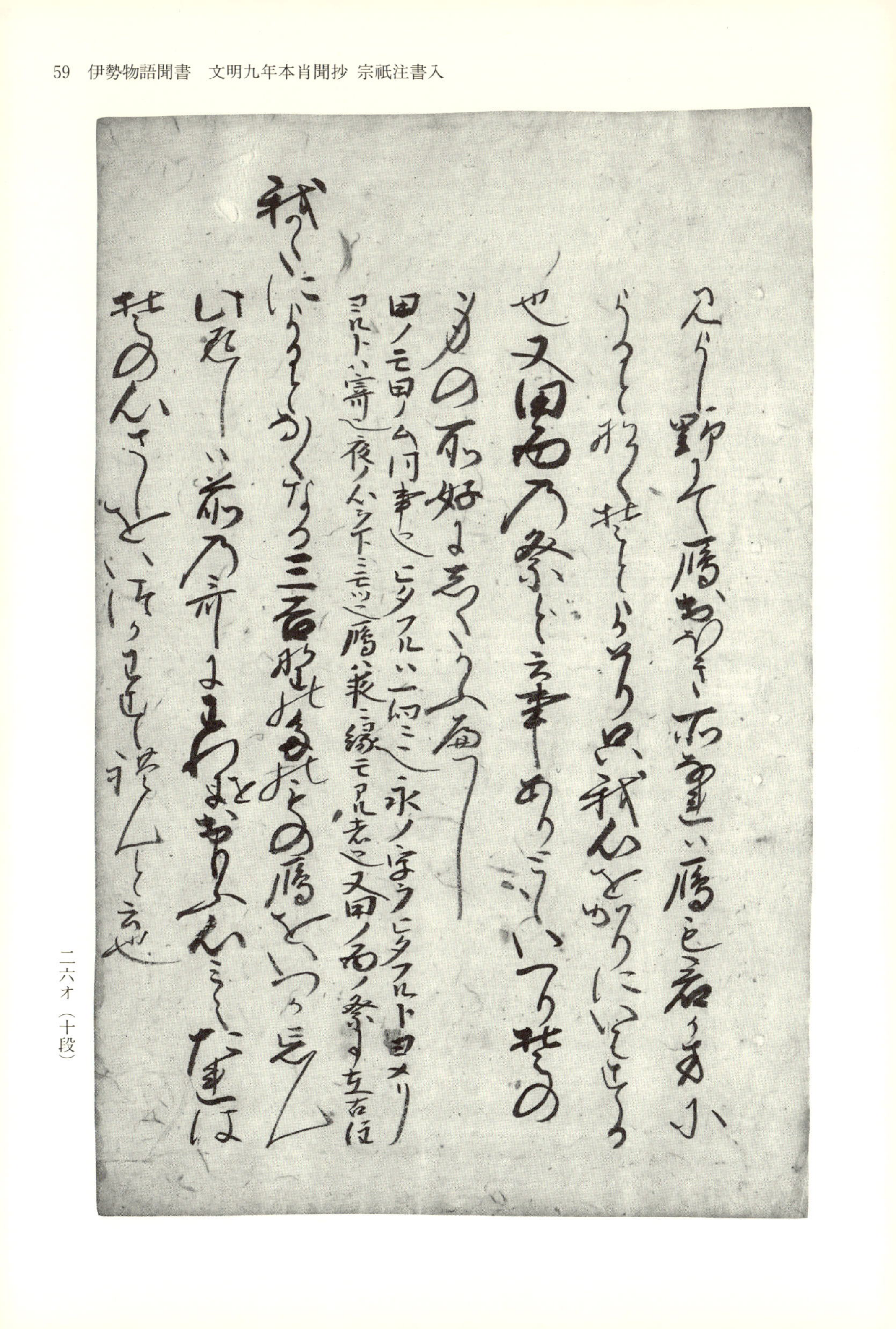

二六オ（十段）

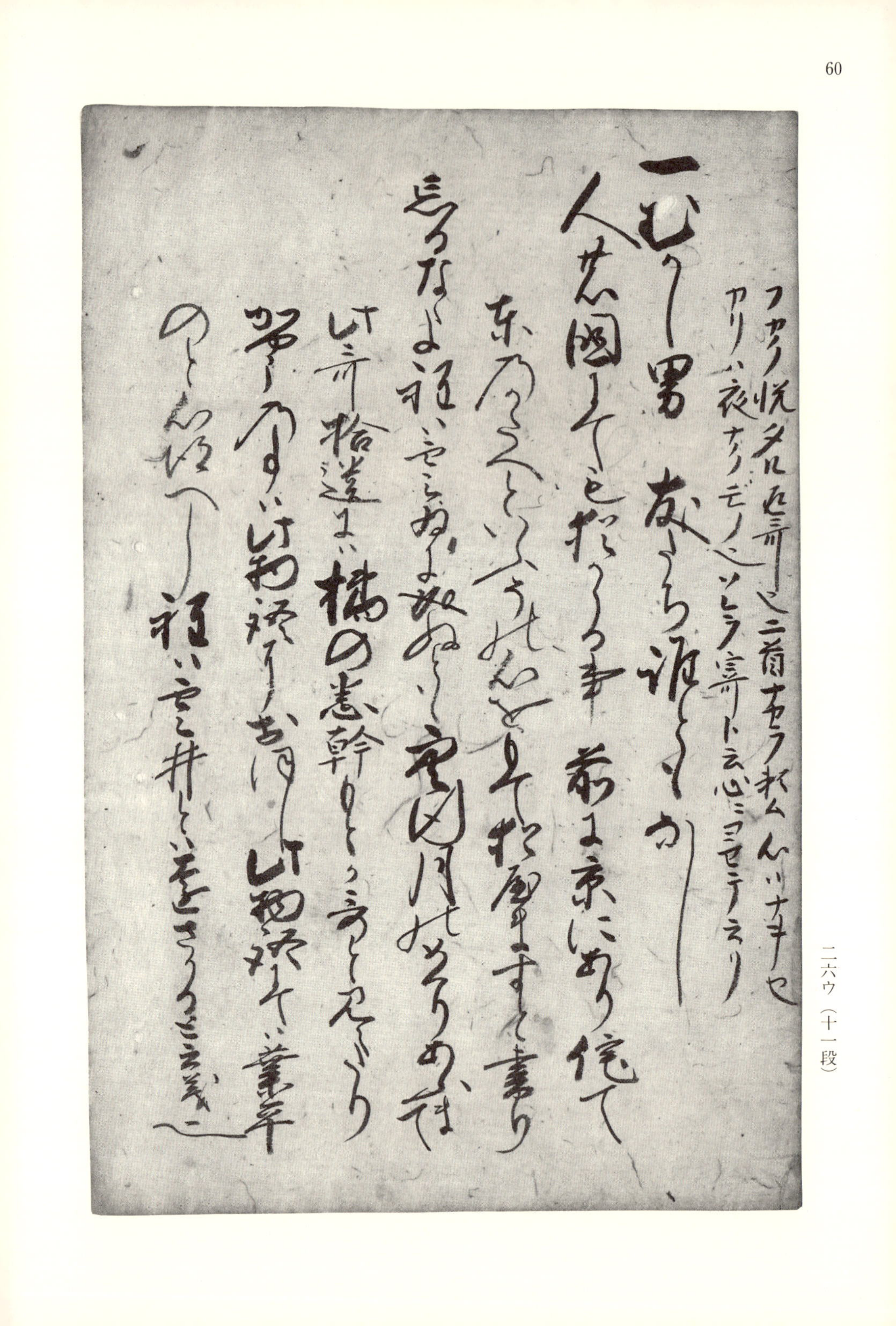

二六ウ（十一段）

一首人のむせうと 迎しれ
武蔵野く てなくけ陰のゝ向ふよふ作物祇
人をおきてミにいつよ物るの
けふとくと又火ほしれすふかをろみらく
ろろ人 満来人

そうめすさミ我うもぬりて逢まて云
けすさん
けふとくとのこ人ミ集ミテ、其作云ノ奇トミけ初祇ミテ、業平ノ
うトみ見事口行セトミミ井トミ月ミ縁アれ詞 祇

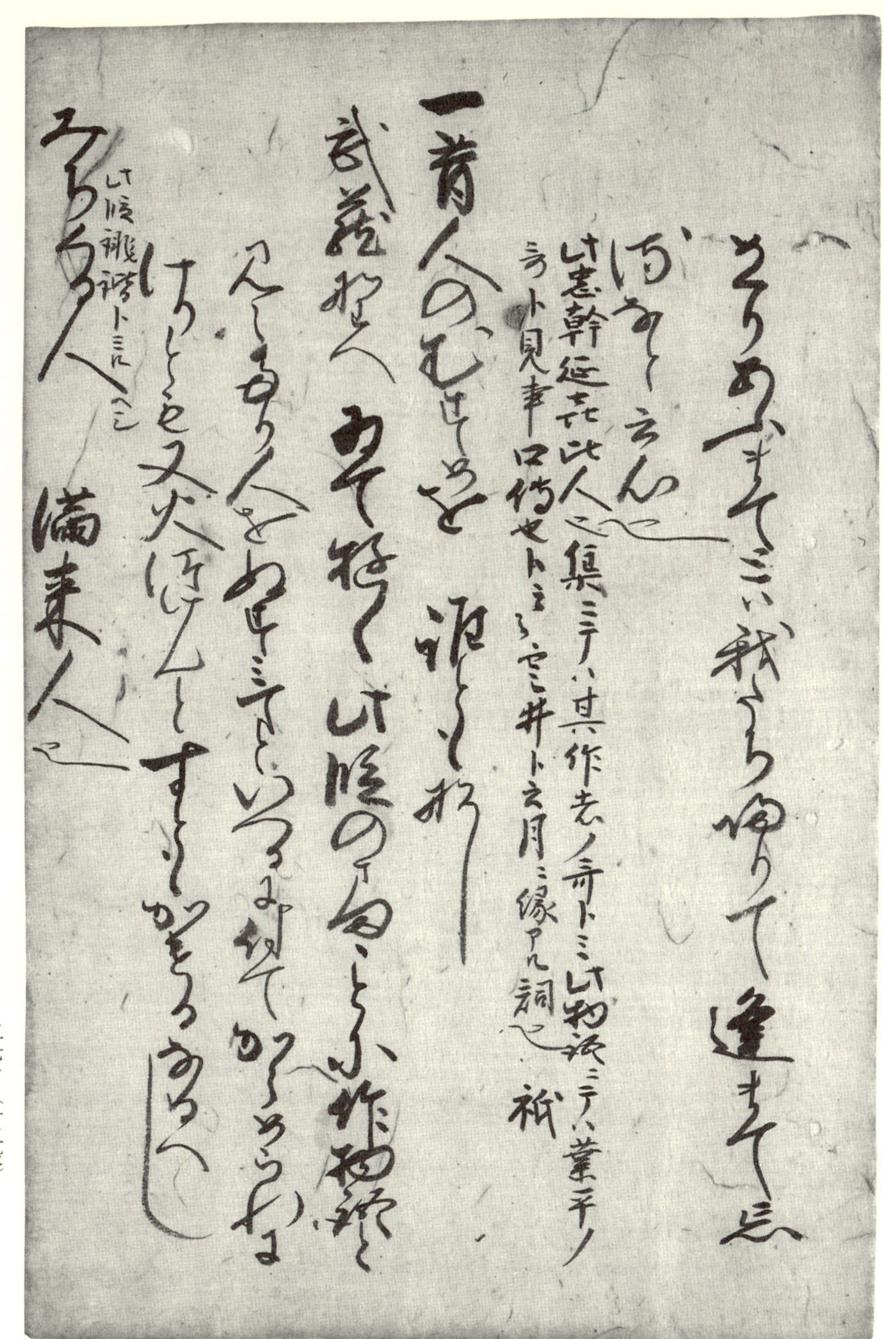

武蔵あふみは、かやうきそう物也　妻と云事有　秘也
此段の詞は、みなの事也　あふ道旅するを書る也　事也
んはあふはすりとけは　秘妻也（古今附は、恥遊ノ事也）祇
ツミモコモレリト秘上ノミナラズワレモシタル云々　或説ノツミトハワガ身ニ若クノミヘ
カル始ノ事也　其ツミトハ此事古今ニハ妻ノ戸ニ入タリ　其内ハ思ノハイナキ也
女をいさそてとふ　國の哥也　人も女も具して行也
一　むかし武蔵なる男　業平とも也　京なる女　誰とも不知
古注四条后之　四条后と云事不用之
聞こゆれはいとくるし　意得也なるへし

二七ウ（十三段）

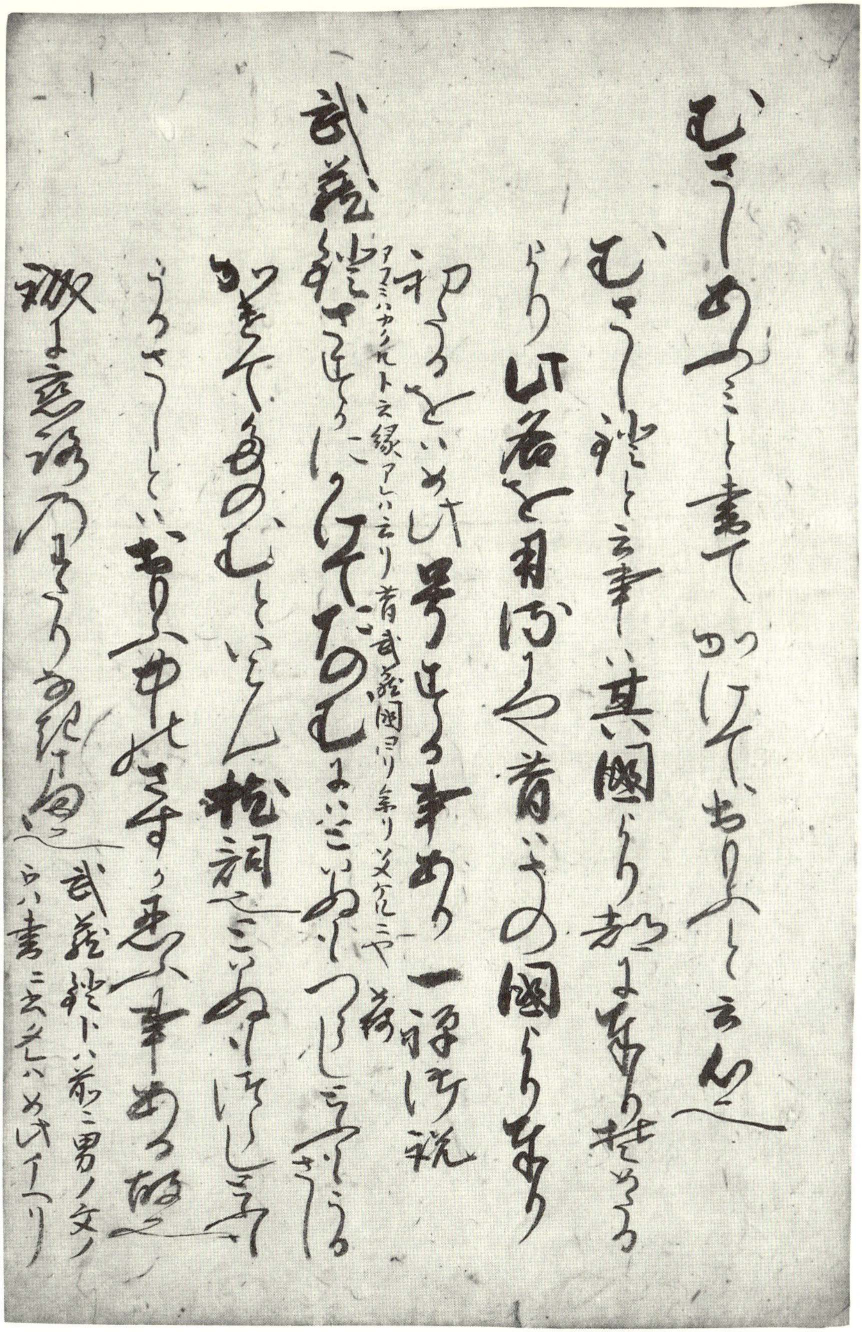

二八オ（十三段）

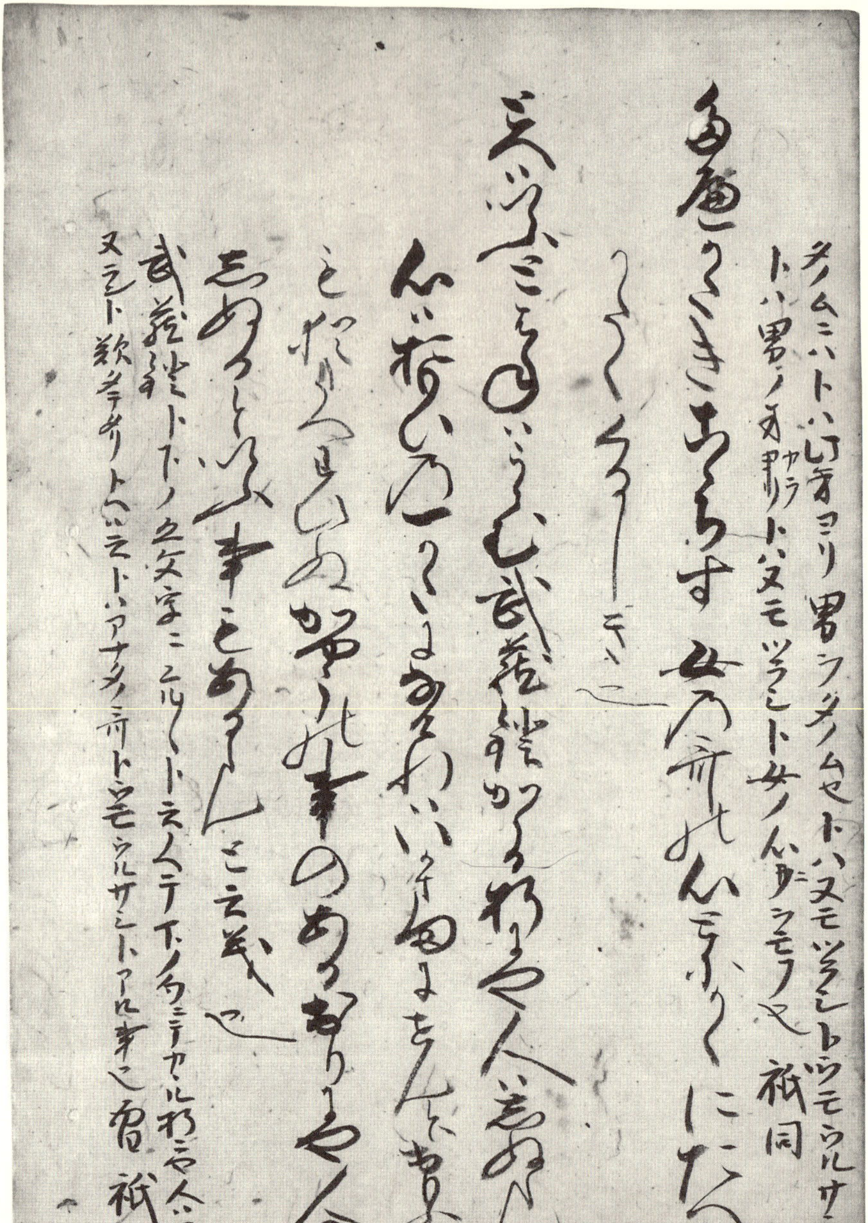

二八ウ（十三段）

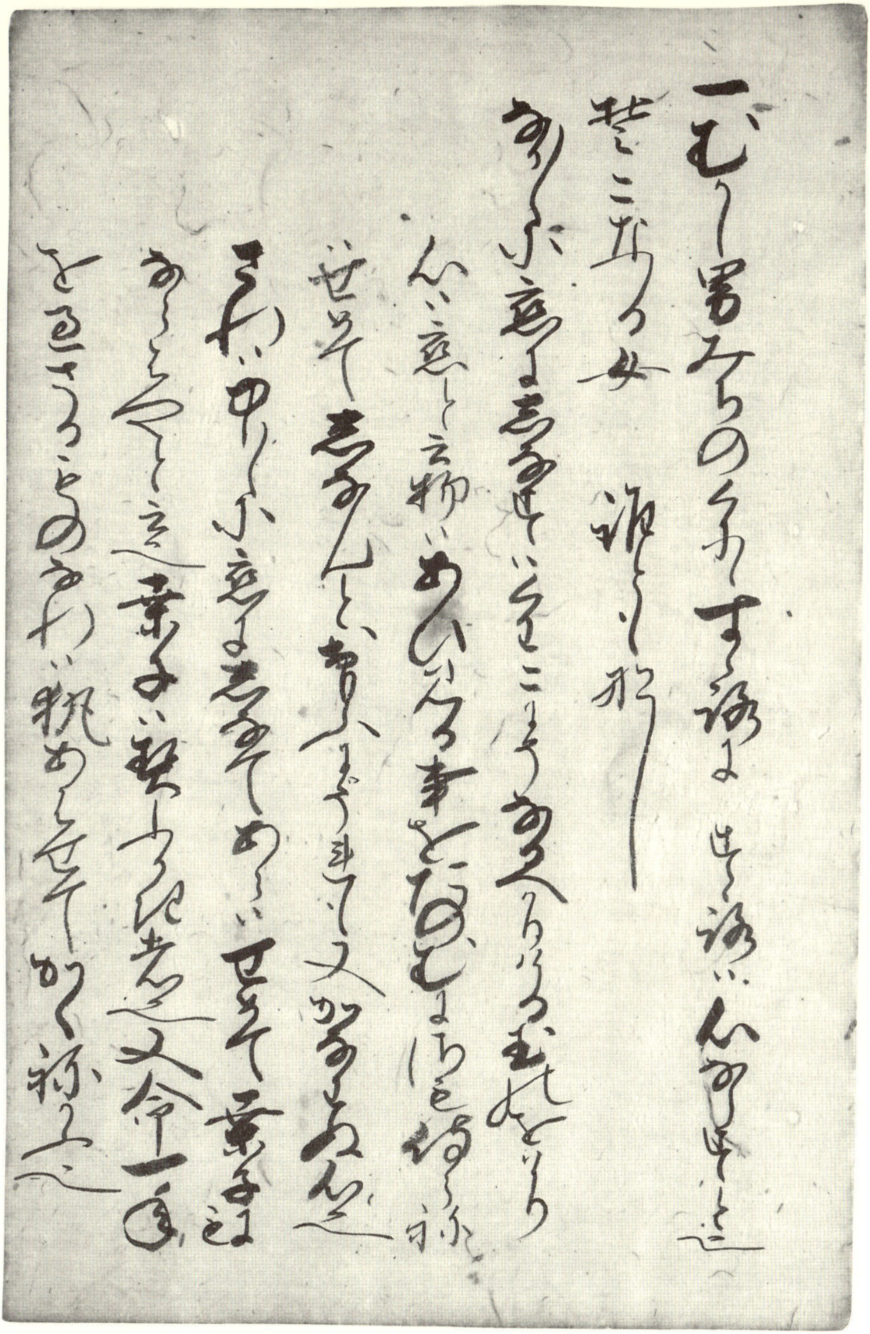

二九オ（十四段）

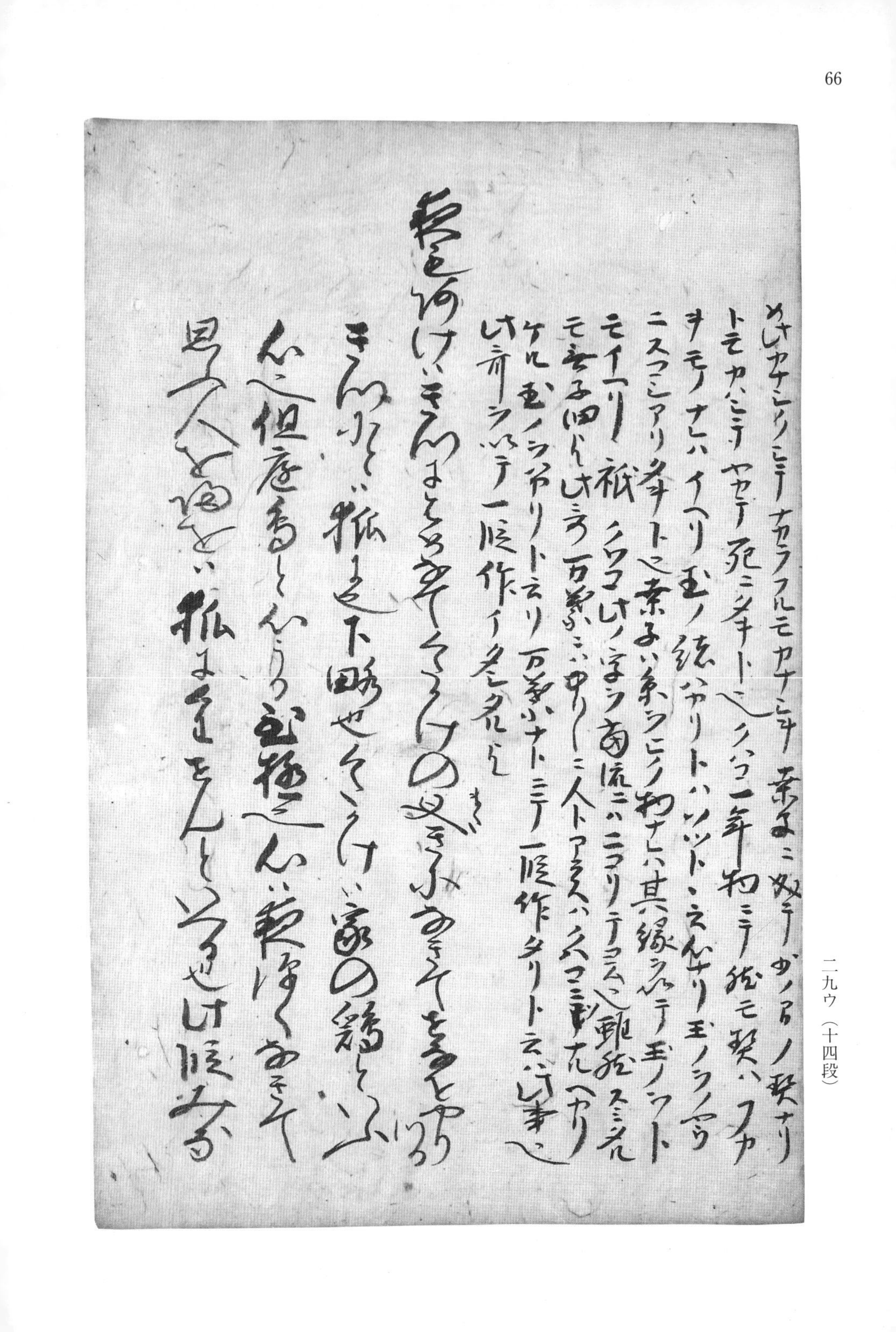

二九ウ（十四段）

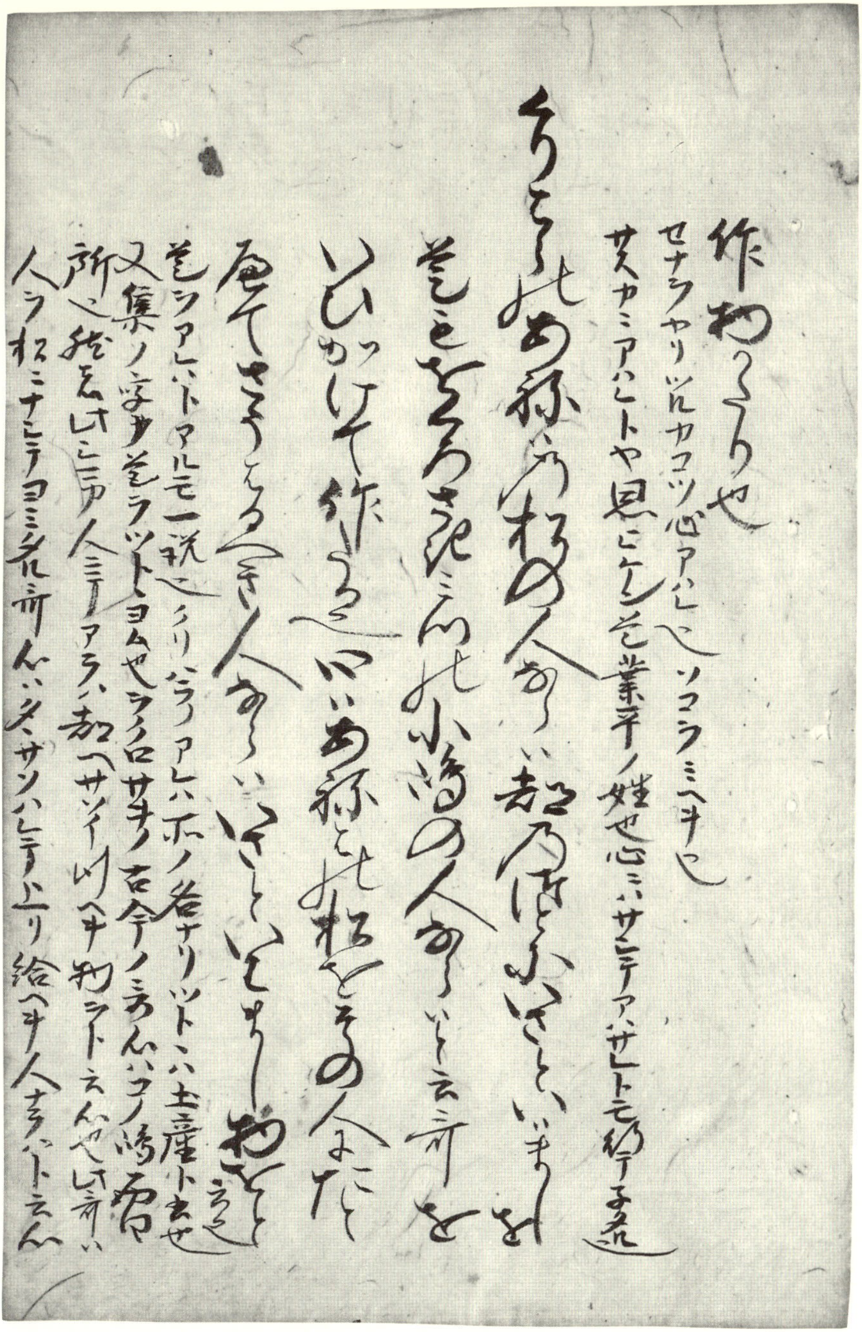

三〇オ（十四段）

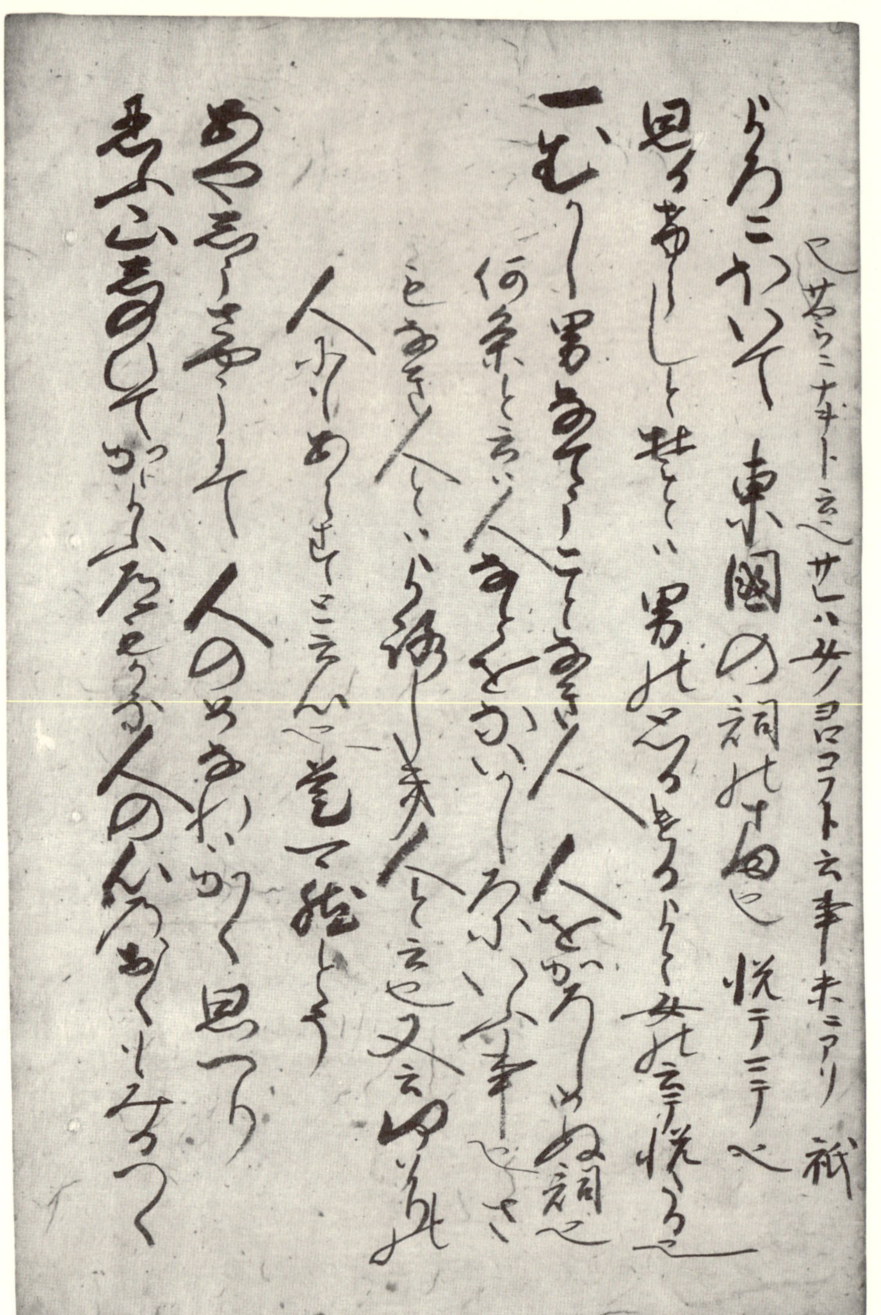

三〇ウ（十五段）

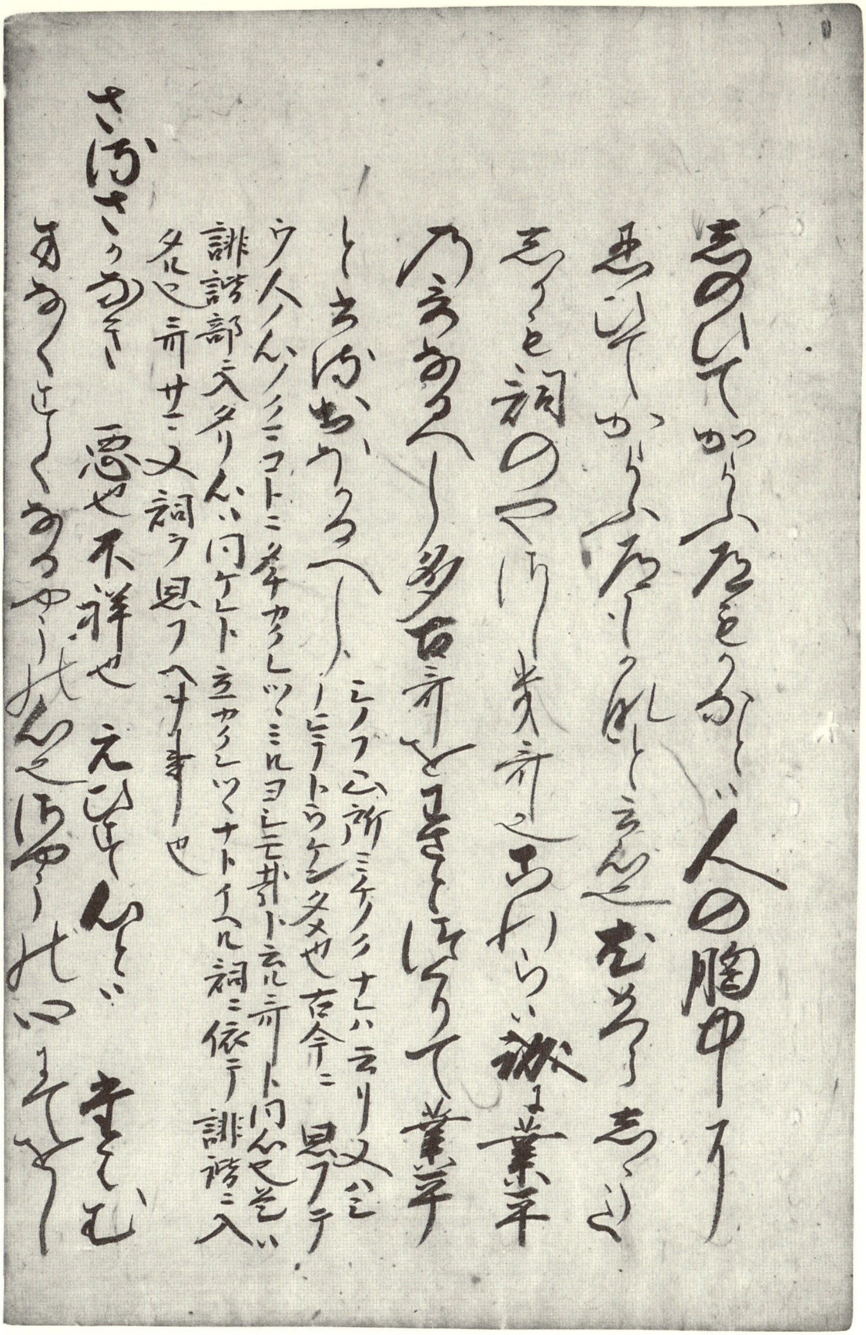

三一オ（十五段）

くら指菓ありていひしをんと云へ為
せんとせよの文字を共えらるゝ（業平ラアニ云心ナ／トモいハ紋相スルナリ）
陰翁アツテノ詞ノナラニノ心ハ一カタニラミモト、メテニテハナト思フ）祇
一むかし紀有常 業平しうとなり
三代のみかど 淳和 仁明 文徳之
世かへり清和のみかど時乃事也 有常ハ惟喬ニ
ならへり也 惟高ハ名虎ヵ母子也 服ゑてあし
ちすあり常ハ名虎ヵ子之（時ニアヒケシト有常名虎ヵ子ニテ／文徳ホニノ御子惟喬ノシテナレハサモアルへキ事ナリ）
よ也ほどの人也 ゆくとめ 知也 まろへる

三一ウ（十六段）

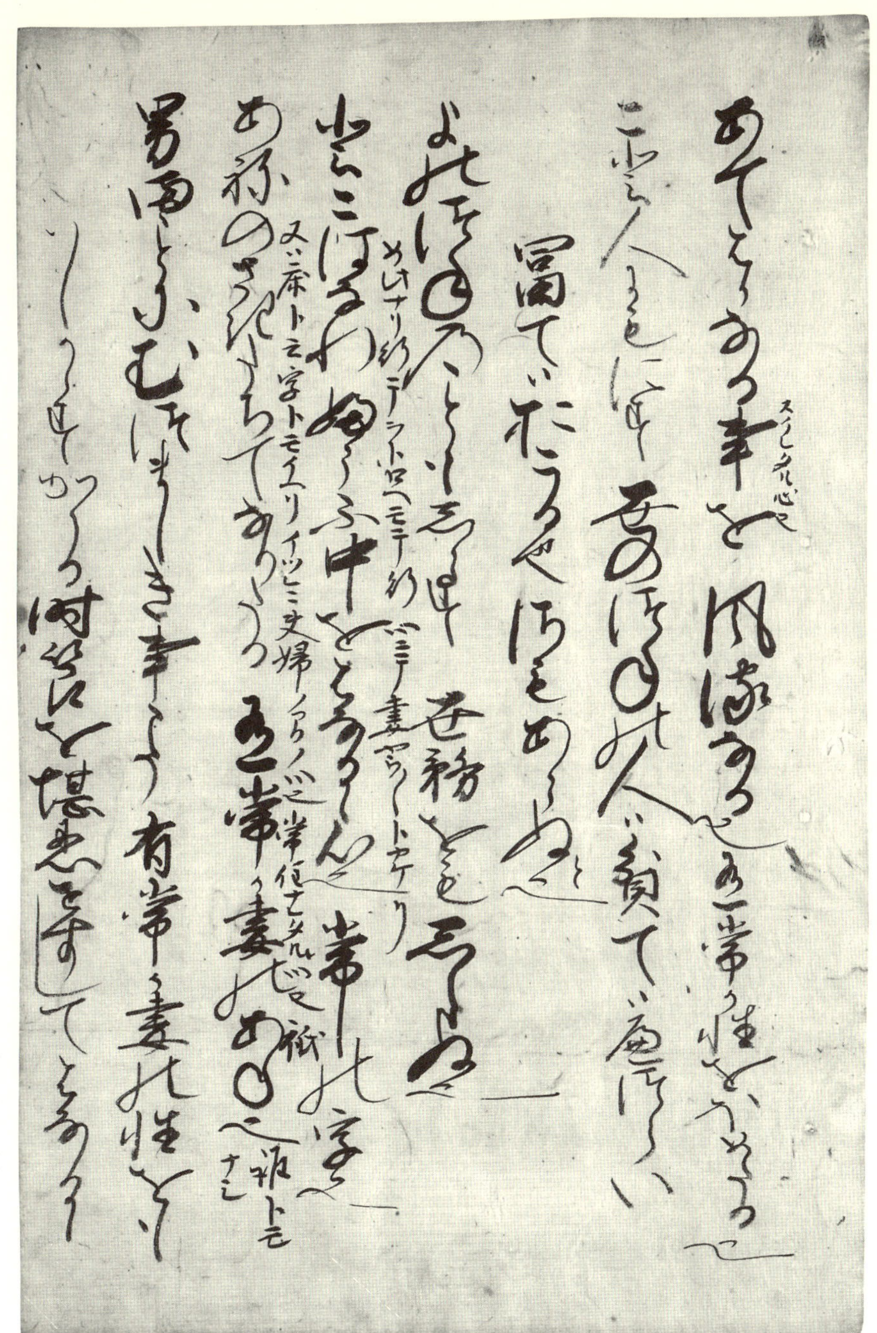

三二一オ（十六段）

あてなるあて事と風流すること常にありてかくる
二云人もにはあは〇みく人に貧てゐたりく
い冨てゐたるを侘をもゝぬ
よもを〇しゝま世脊務とを云〇
出にけるゝぬふ中ととろぅん 常に字
あ妹のうかちちてあり
男聞てふむそにいき事ぅ有常妻れ性と
ゝっさも伺そにと堪忠をす

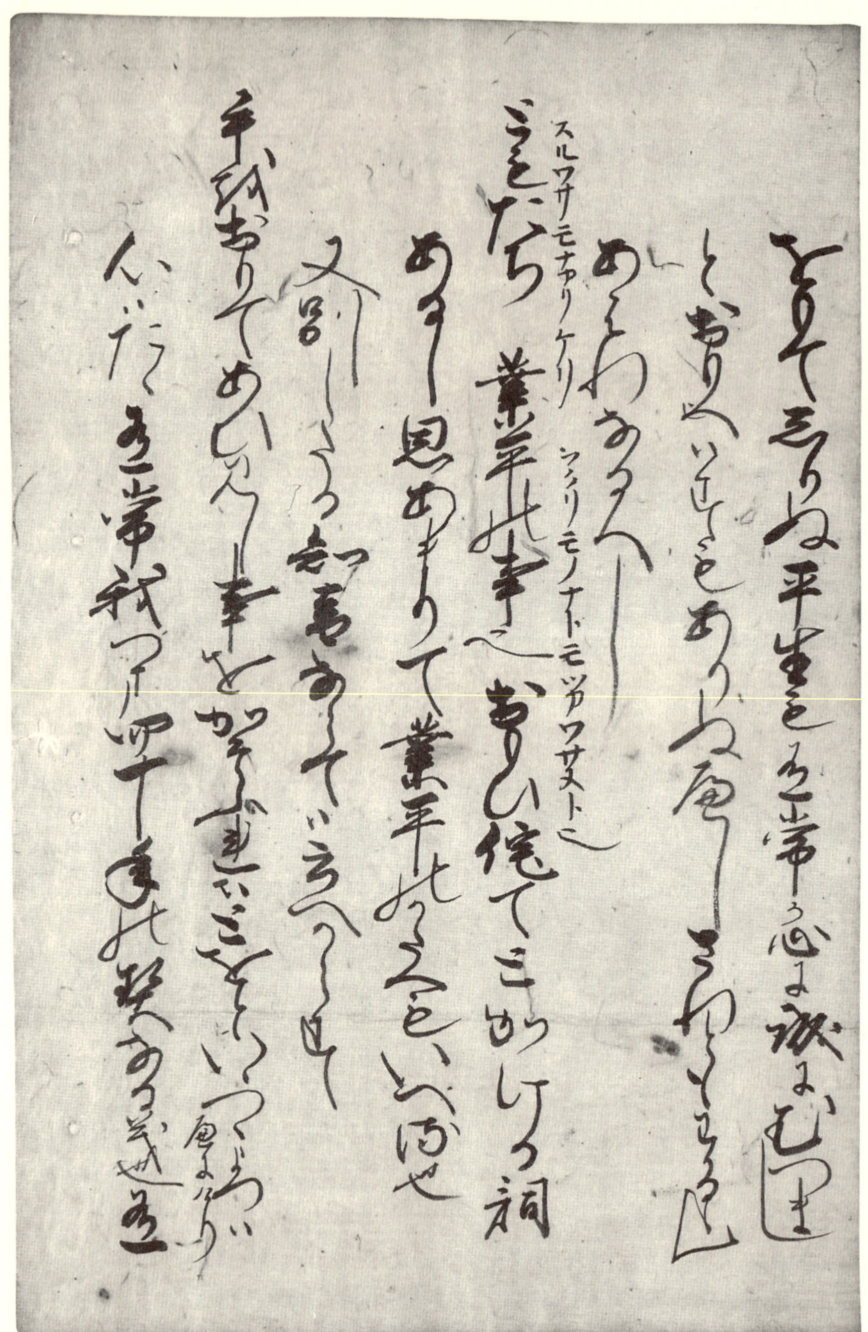

三二ウ（十六段）

とてもこりぬ平生をこゝにもこゝろよむ心は誠よむつま
しうありていとをしとあらぬ所へ
めしわさん〳〵
　スルワサモアリケリ
ミシリモノナトモツアフサトニ
ミたち業平此事を
あつ　思あまりて業平此事をおひ侯てこかしける祠
ハ呂しさう知るすちらへ
平然ありてめい人の事とかそれかい事よつくらひ
人たちる常我つね四十まて其あるあと世

常か友たちのもとへのあまりにかく業平より遣
サテモ此年月アイナレシ妻ヲワカレシハ四十年ホトヨトイヘリ妻ニ
久シクアヒナレタルニ今別行時節ノセンカタナサヲ思ヒヤレトイヘハシツ
ノニセ抄リ識之ノコヽ名ル許ニアハレフカキニヨツハヘニケリト云ステ名ル不
ニ心コモレリ女ノ恨タル心アルヘシ　祇
よるの物まて　種々の物を送侍とてよめり
此ニテト云字ニ
多々ノ物コモルニ
年たにもとをとてよつはへにけるをいくたひ君を頼みきぬらん
かく年さへよつちれ越かいひやりけれは
これやこのあまの羽衣むへしこそ君かみけしとたてまつりけれ
よろこひにたへていつかある

業平ノ性之外ノ十分ケ年ノ事ヲモ不ハスアルヒナルヘキナムハヨリ
コミタテ奉リ后ヲタノムトハ外ノ有常ヲタノミツラメトセ
あまのはころもむへしこそ君かみけしと奉りけり
業平返の歌はわしらをあらはし
うれしさのあまりよめりといふ心にあまれり
羽衣とよんたは大やうにかへたる心を思て奉り
けり后といふ衣を見ては自問自答してみけし
いふ衣を文遊道理ニテアリケリ后ノタメニ奉タル衣ナレハ トイエリタテニツリケヒトハキル事也
よろこびにたへて又一 そへて 於不足なるにとて

三三ウ（十六段）

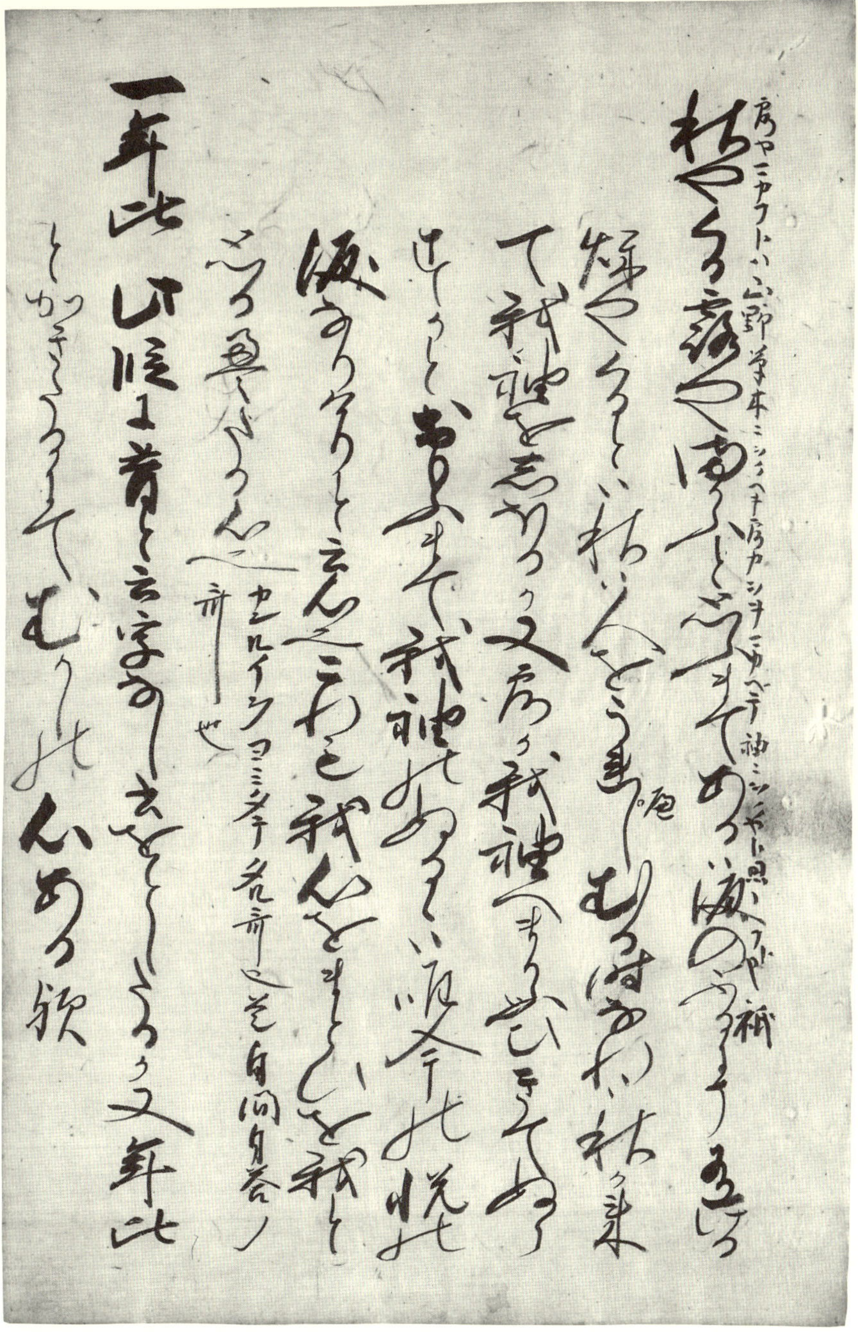

三四オ（十七段）

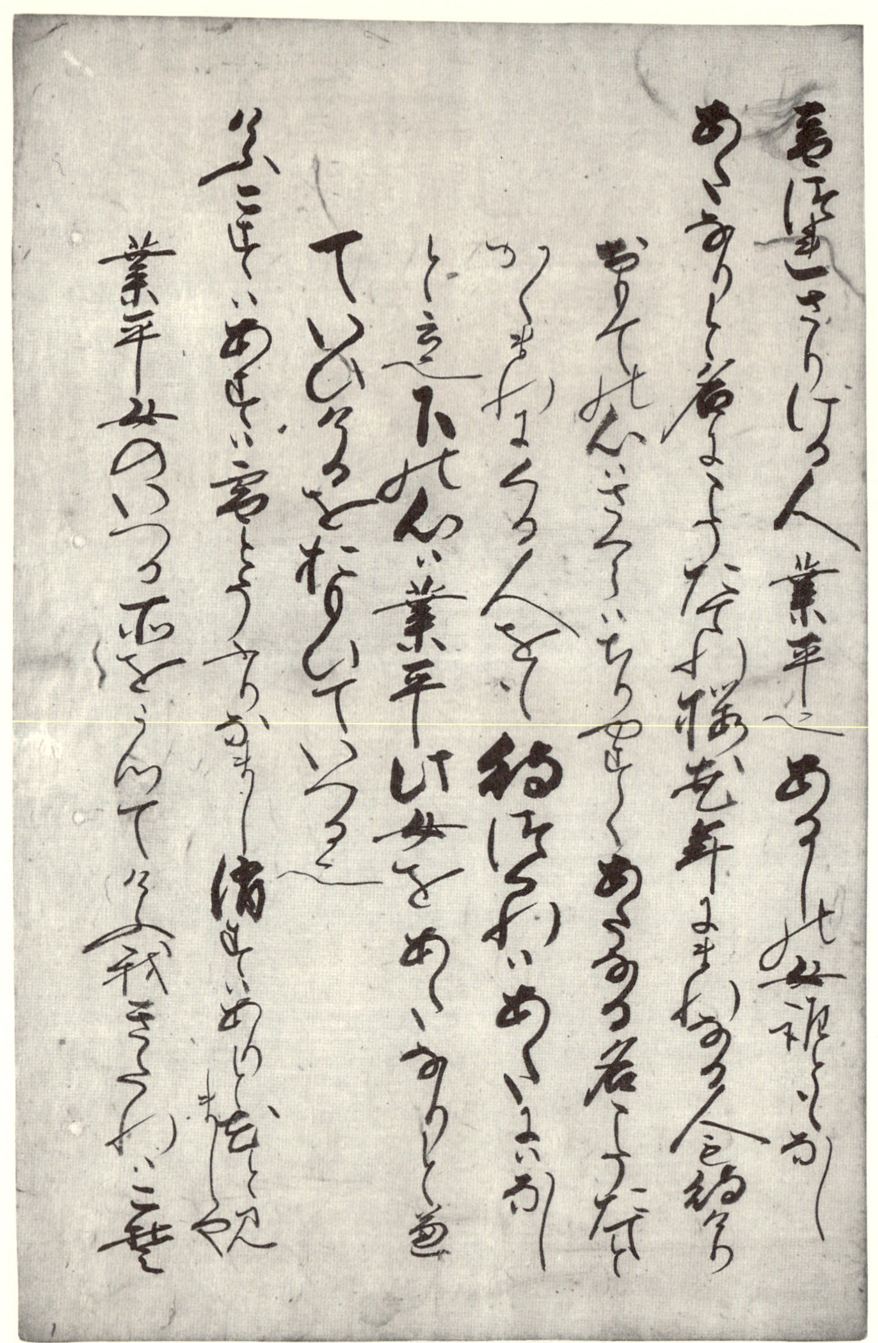

三四ウ（十七段）

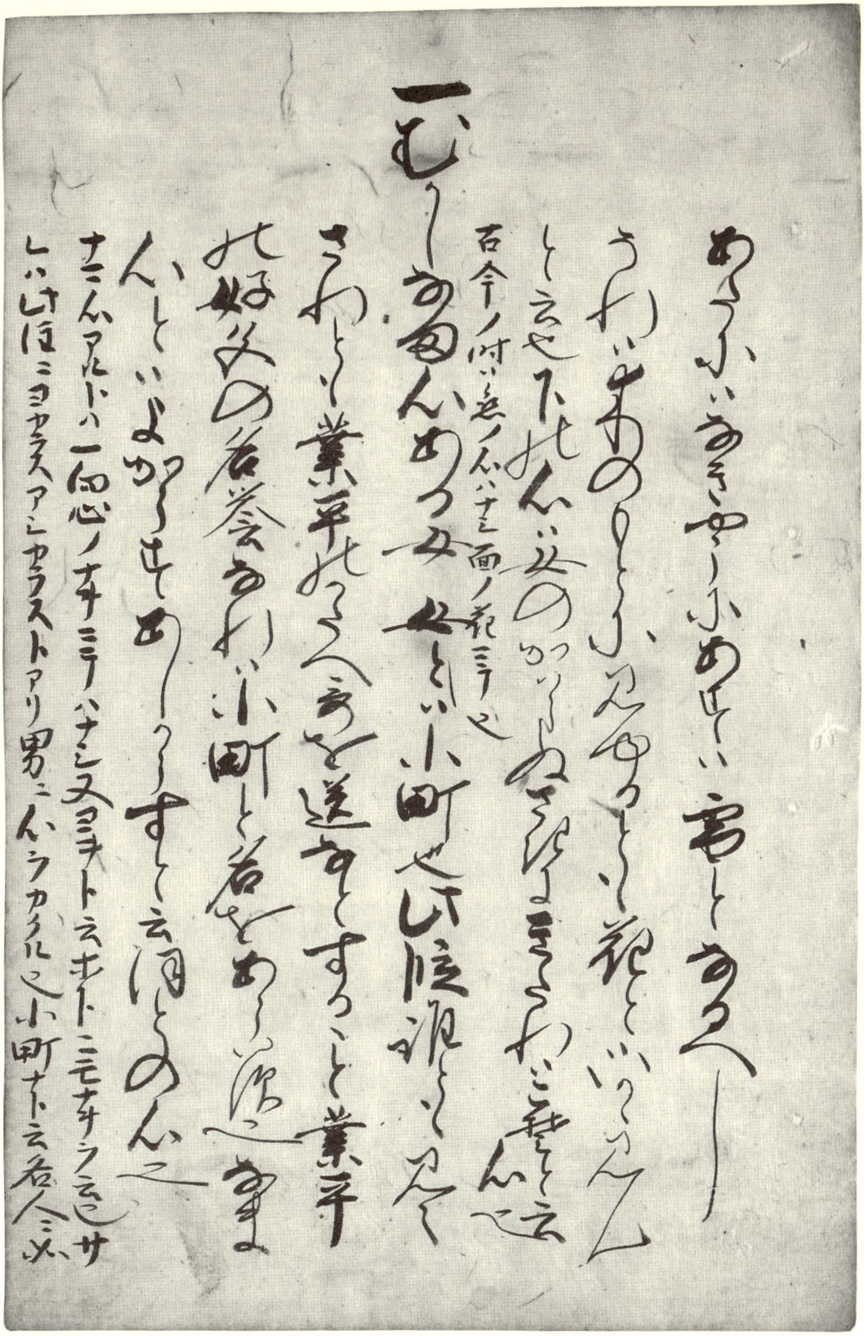

三五オ（十八段）

注 行ニオハス也 業平ノ名誉ヲ云也 又女歌ヨム人ナレハト云 又年ル好色ノ
老小町ニ年ヒ文也

菊の花うつろへる　すさましうつろひてさかりなき也

おとこあるし　歌　小町也

くれなゐにほふはいつら白雪の枝もとをゝにふるかとも見ゆ

色ナキ人トコソミユト云心也　祇

白菊ハ中将の心也　色好んてぬるを云也　白色ハ色なき

折そうつろふ色のかはれる中将を云也

さうつ歌　之

注 白菊ト云ハ色ノ事也 紅ノ色ノアルカトミエハ又ニ色ノアル歟
トミムルトヨメリ サテ下ノ心ハ業平好色ノ人ト名ヲ取タル也

さてはなかんなよ　小町か歌を送る心をゆゝしく　さかしき也

三五ウ（十八段）

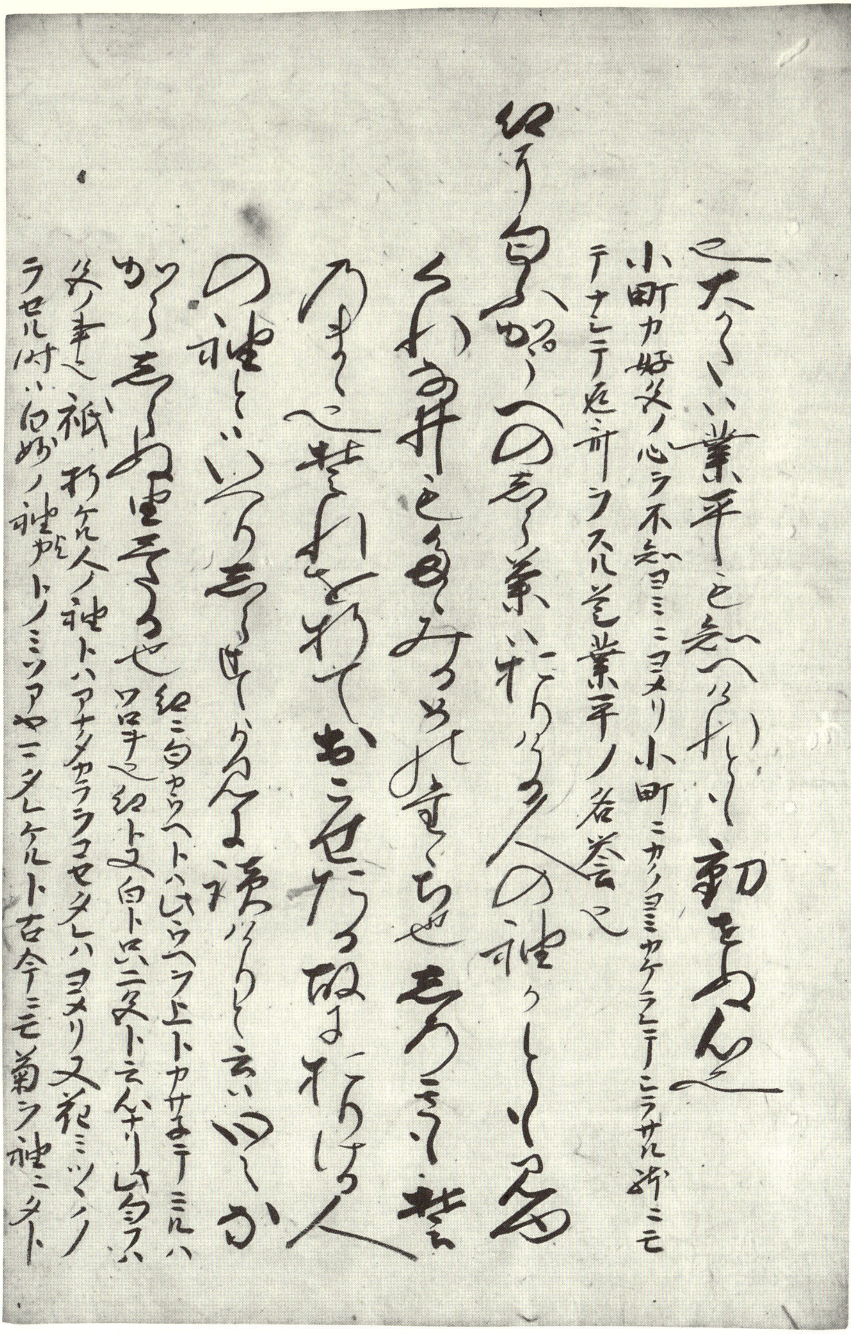

三六オ（十八段）

〈タリ 一句ニ好色ノ心ノ本也 白フカ上トハ紅ナル菊ヨリ白ヘノ移ノ
白ハ地ニテアルヤトヨメリ 菊ヲハ地ニタトフレハナリ

一むかし男宮つかへしける女のかたに 染殿にあるすまひ
うたゆへハ業平ハ忠仁公ノ家礼也 染殿
后宮へ通ひありけるに そめ殿后の御
そこの女たちの中にそとなん 当流ニハ此女ヲ云トモナシト云リ 古今ニハ
ヲ常ノ女ト云リ 祇 後達トカクノ外ニ人 祇
男ハあるものとも思ひたらす女と忌逢とそとある
天雲のよそにも人のなりゆくかさすかにめにはみゆるものから
天雲のよそにのみしてふることは我ゐる山の風はやみなり

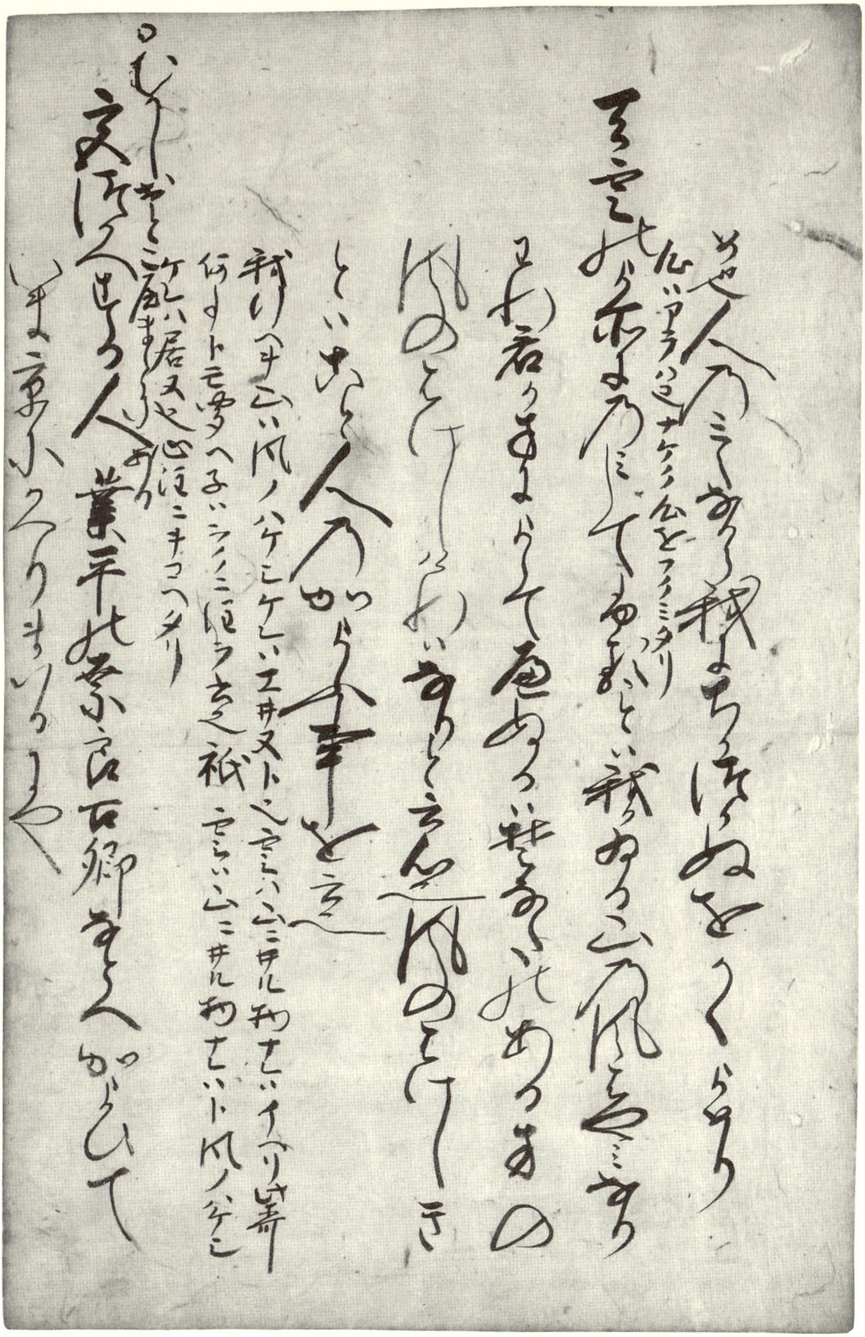

三七オ（二十段）

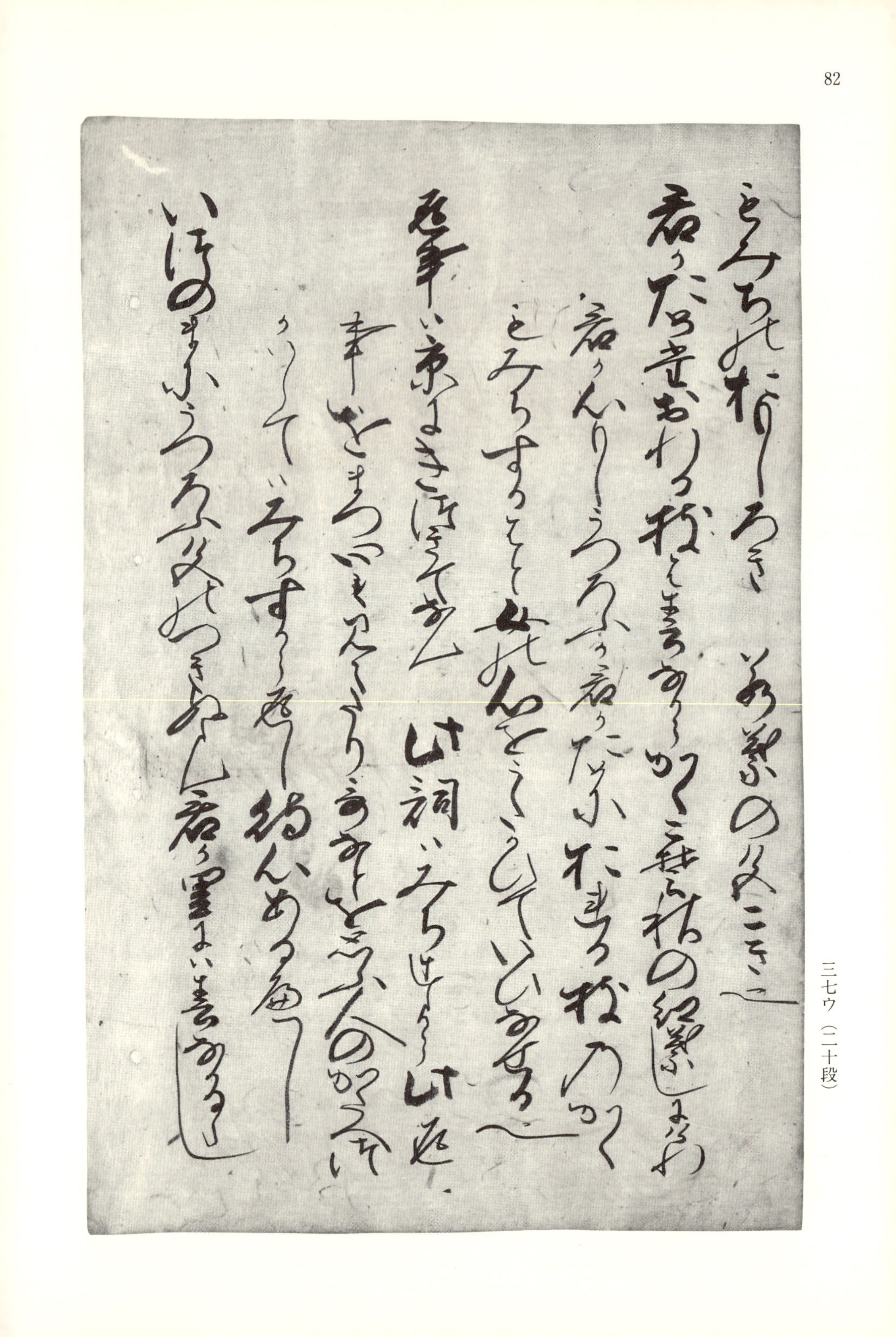

三七ウ（二十段）

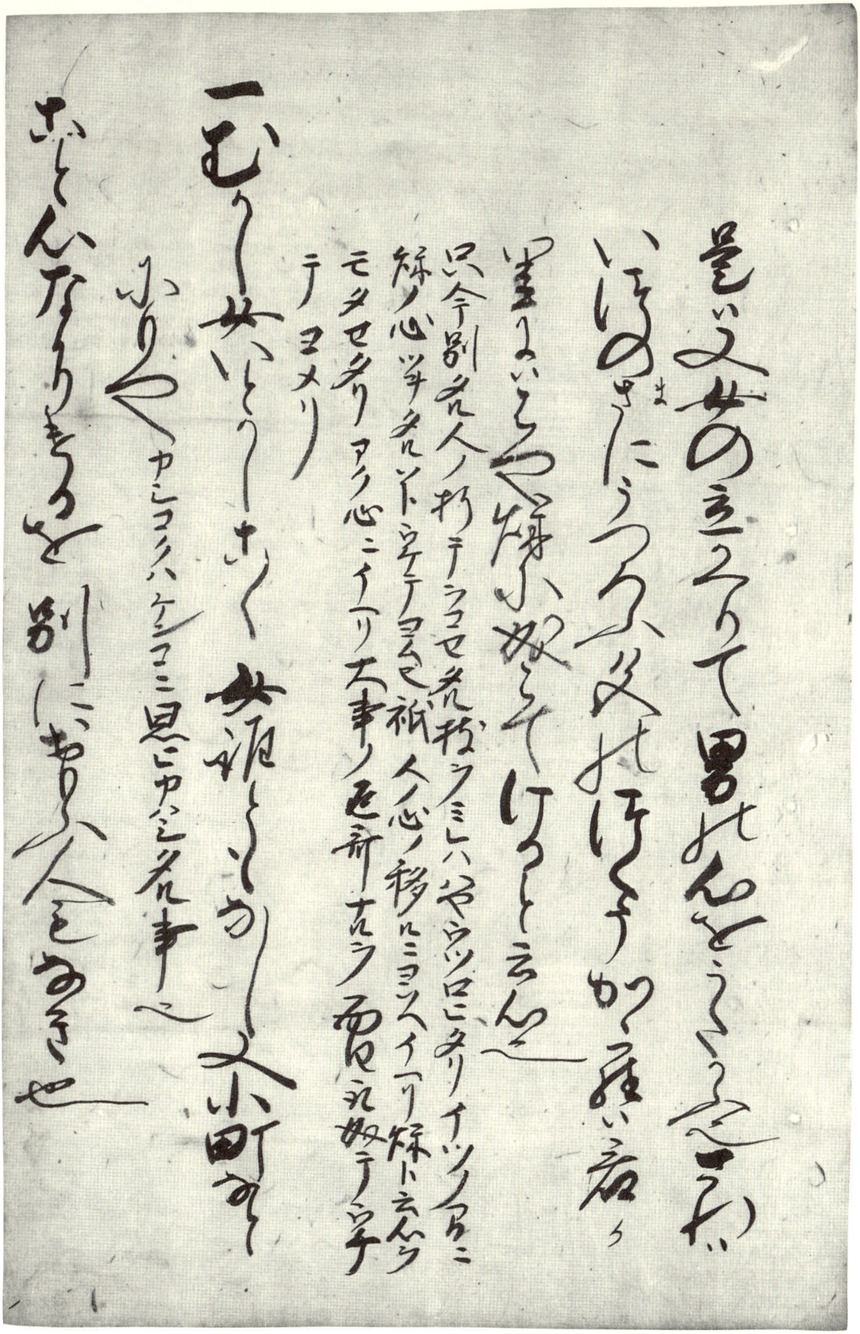

三八オ（二十一段）

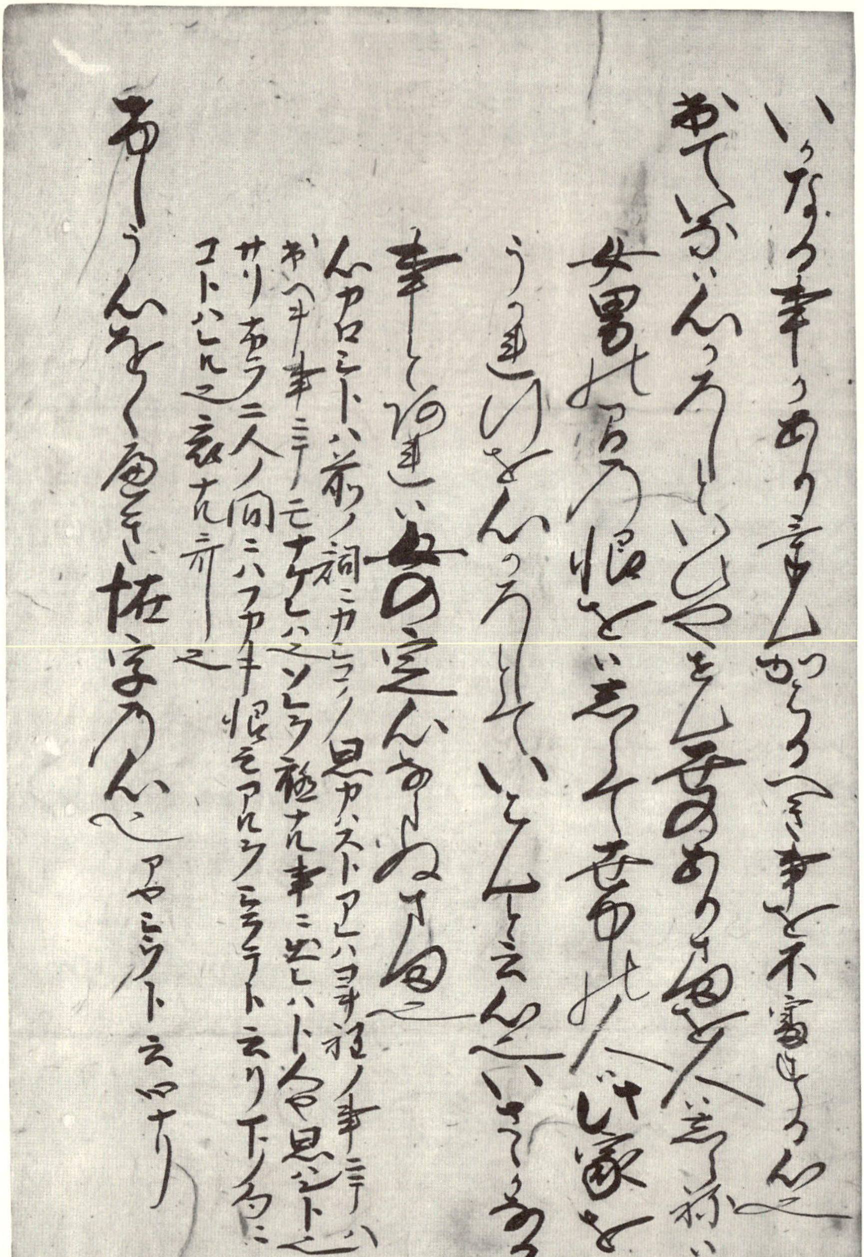

三八ウ（二十一段）

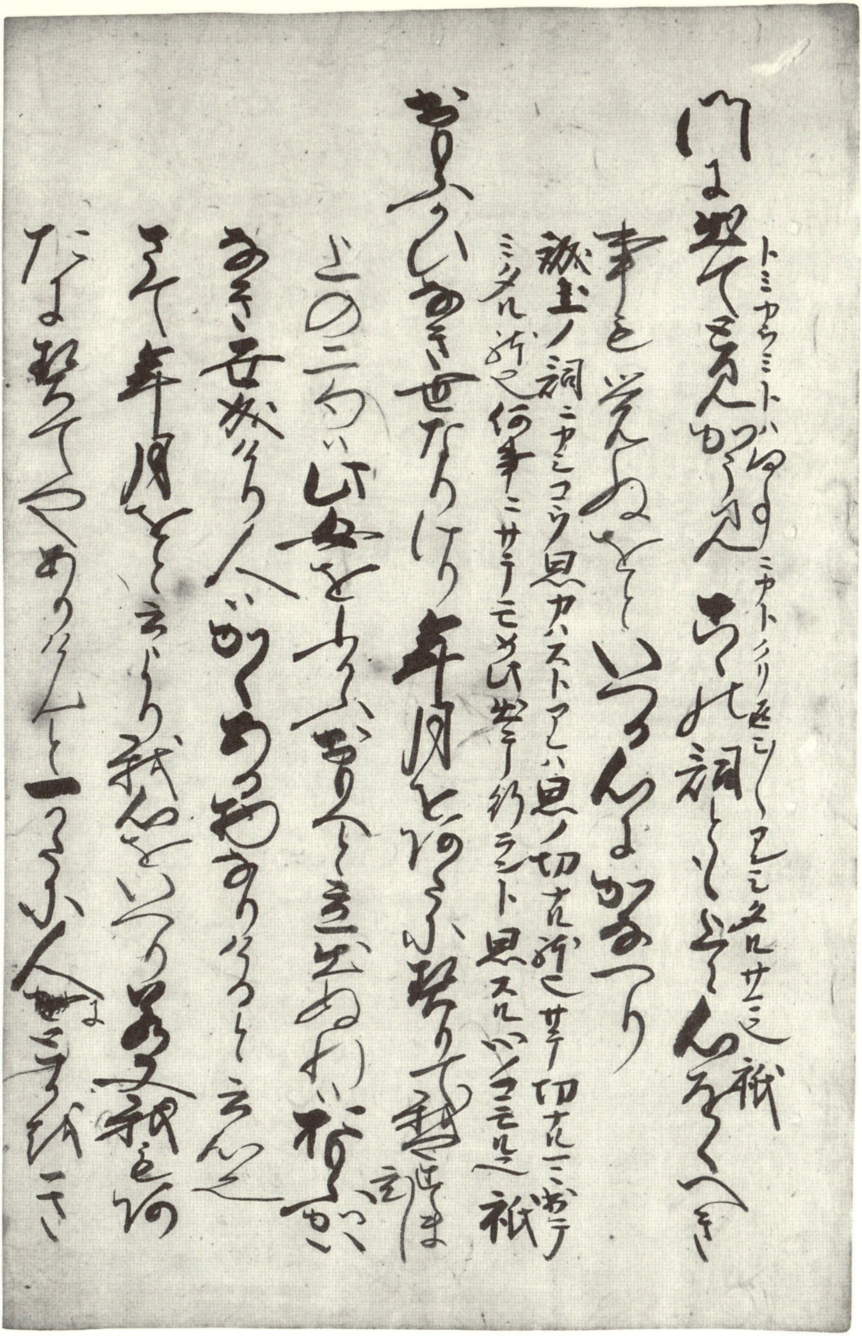

三九オ（二十一段）

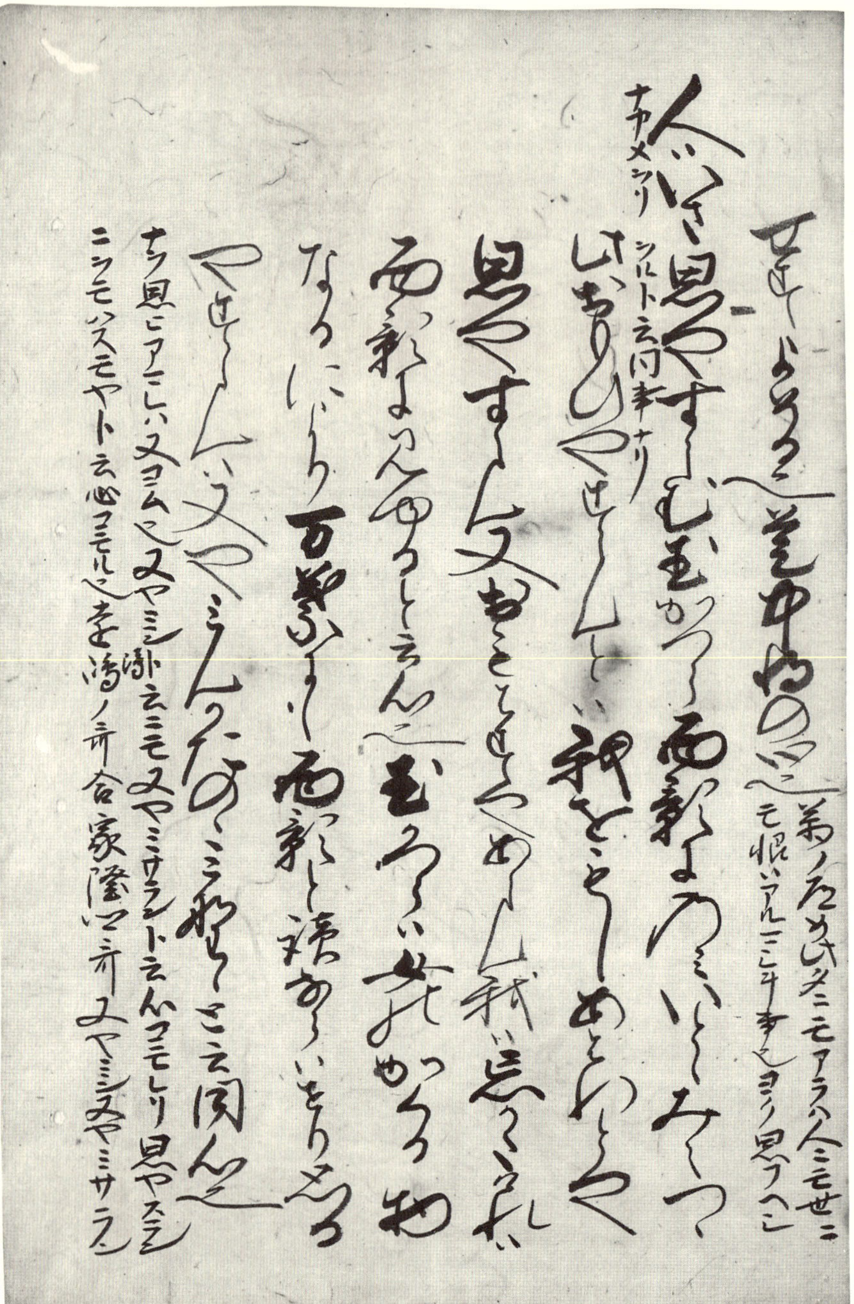

三九ウ（二十一段）

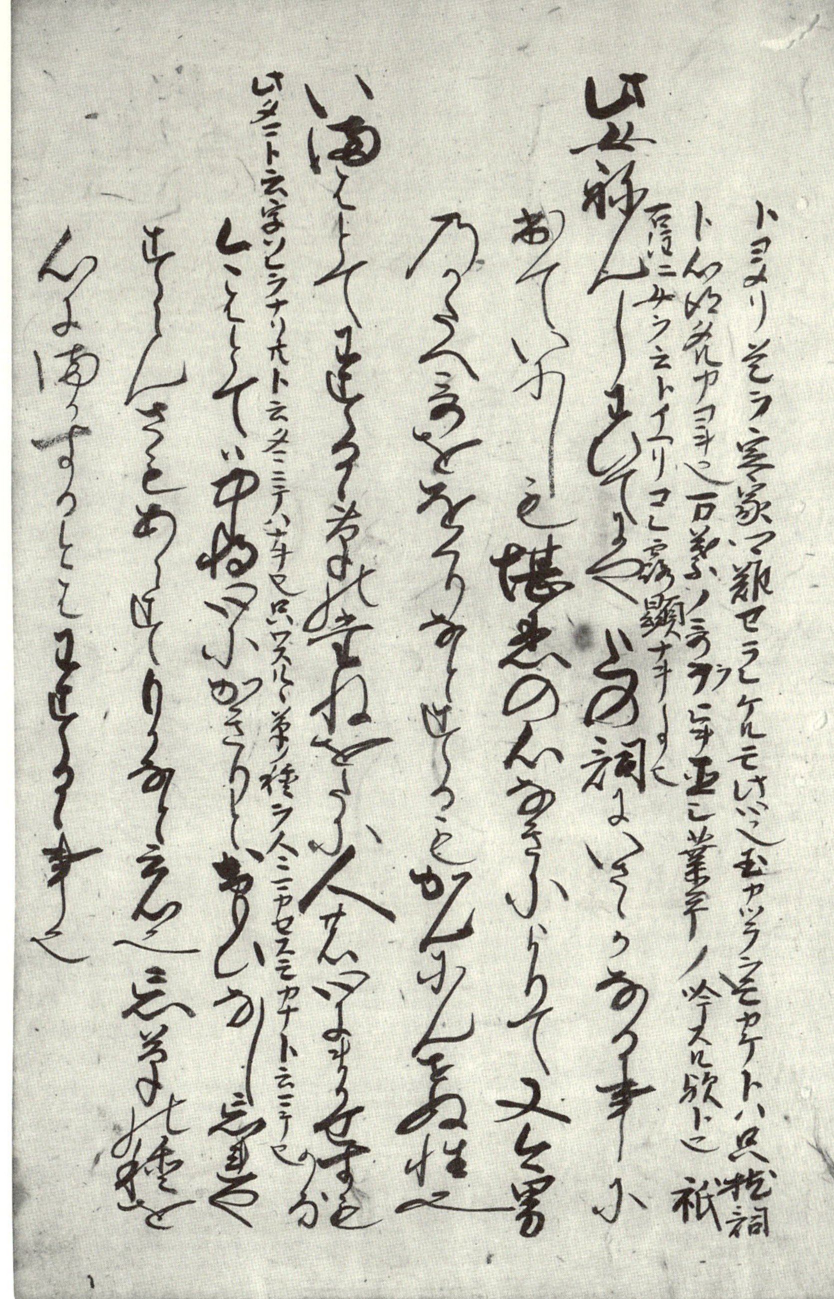

四〇オ（二十一段）

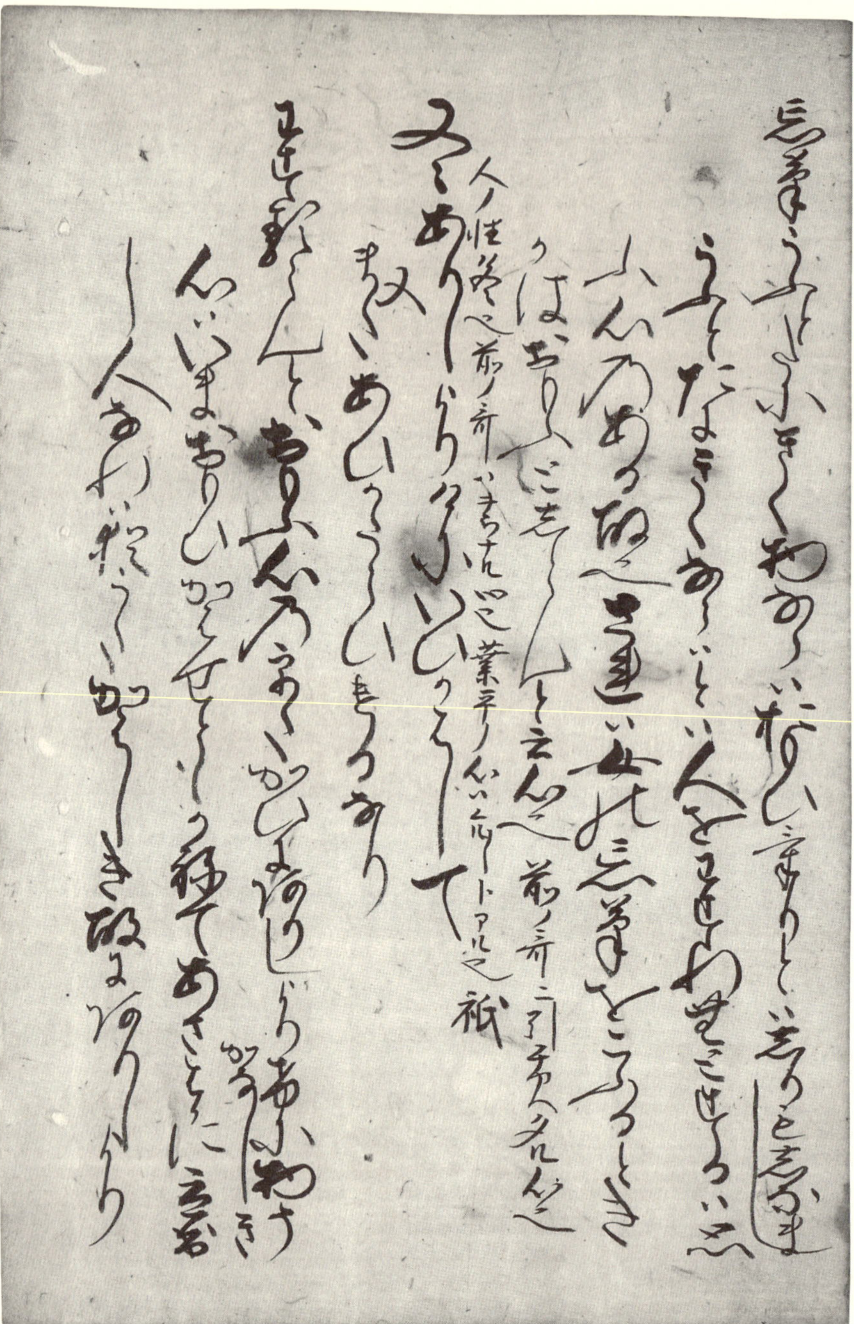

四〇ウ（二十一段）

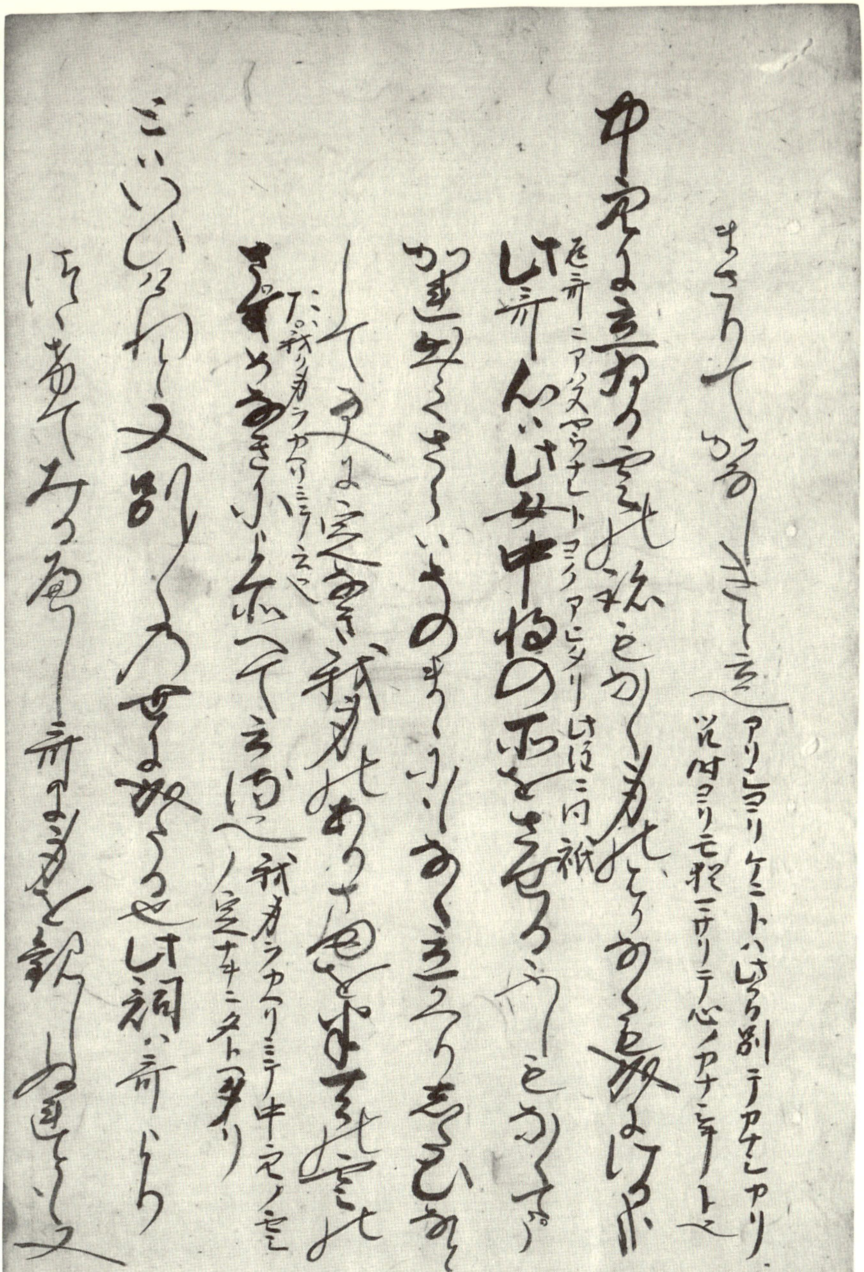

四一オ（二十一段）

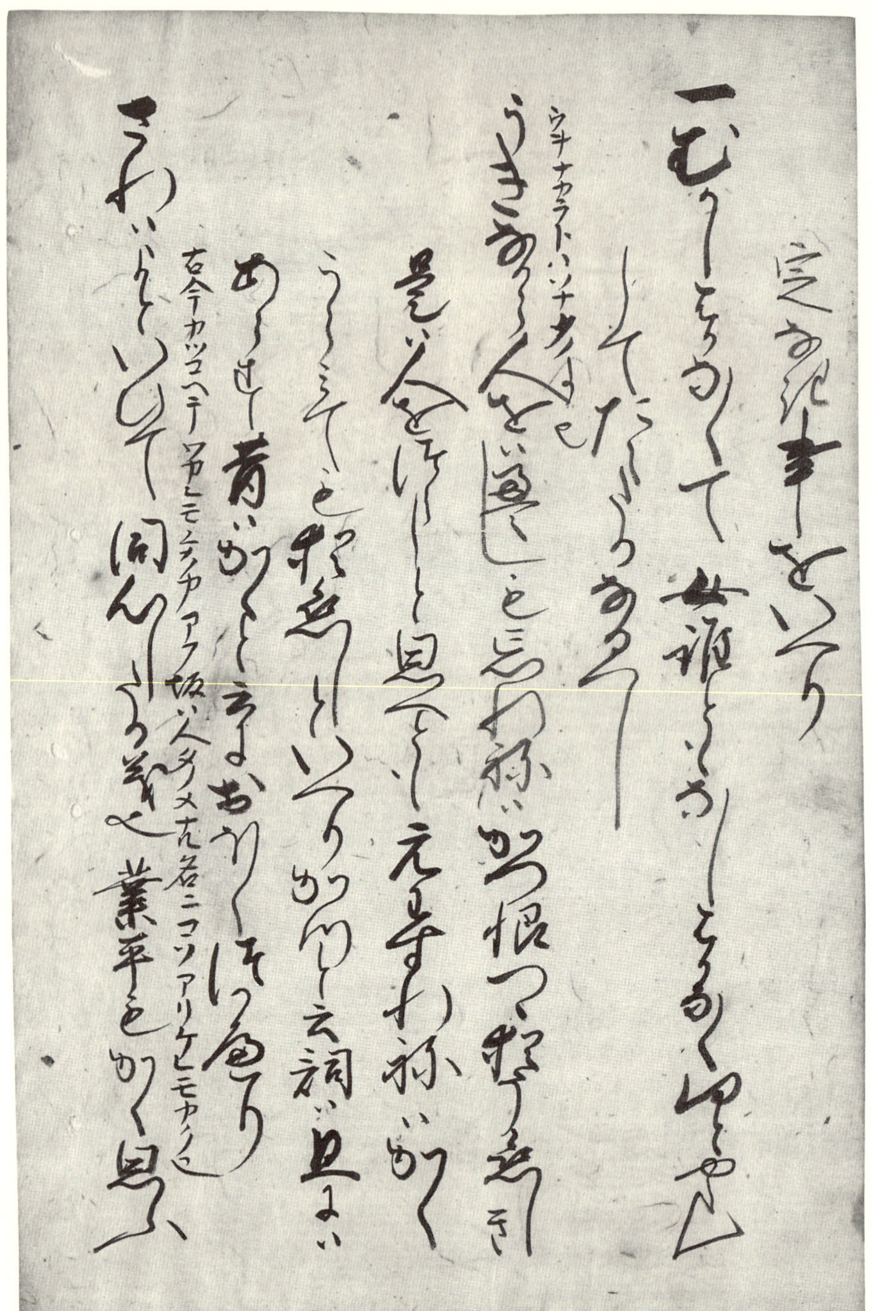

四一ウ（二十二段）

四二オ（二十二段）

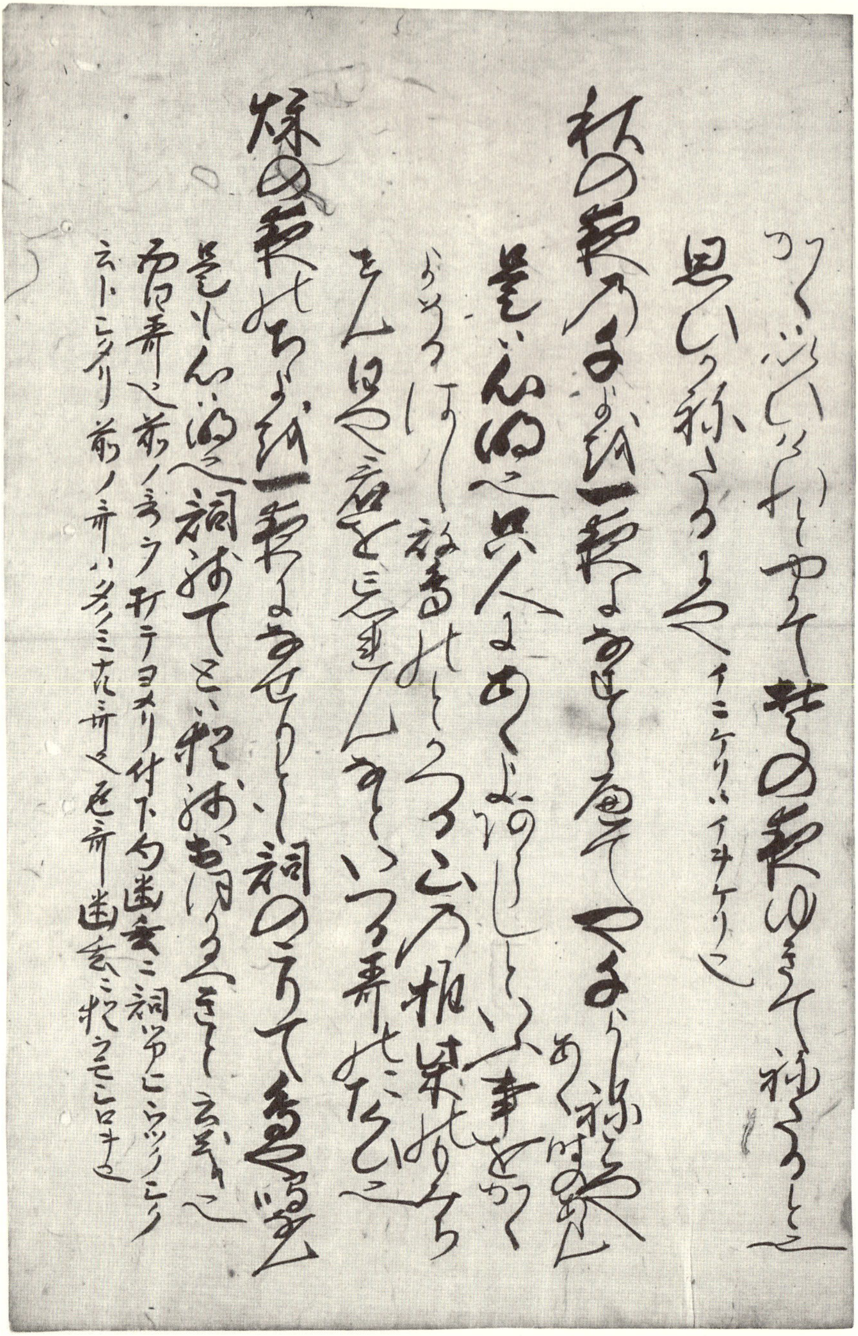

四二ウ（二十二段）

四三オ（二十三段）

むかし[illegible]まめ[illegible]と中[illegible]の[illegible]云々[illegible]

ツヽ井ノ井ツヽトニ云之下畧之カケシトハ井ツヽノ[illegible]ニテ之ナラヒアソヒシタル

事也ニ日トハ秘事也メケトハセイノ事也スキニケラシモトハ生長シタル

之トハ妹ヲ秘ミサルニミトヽ也是ヲツヽ井ツヽヲ古[illegible]ニ洞[illegible]トニ云リ[illegible]

常力女モ五歳又業平モ五歳[illegible]ハ洞[illegible]ツトイヘリ年記シミルニ業平

五歳ノ时有常十五歳[illegible]五歳ノ子ヲモツヘキ事相違也又ト二文

年記モ相違トモ用ヘカラス説也　定家ハツヽ井ツヽノツヽトケ

又ミミホトナンノラツル冬ニノカケホヽ千五百番哥合ニ於テ千載ニ入[illegible]

[illegible]大臣ツヽ井ツヽノ井ツヽノ上ニ[illegible]コエテノムスフモアサシ五月雨ノ[illegible]

まろかたけ[illegible]

[illegible]

[illegible]

四三ウ（二十三段）

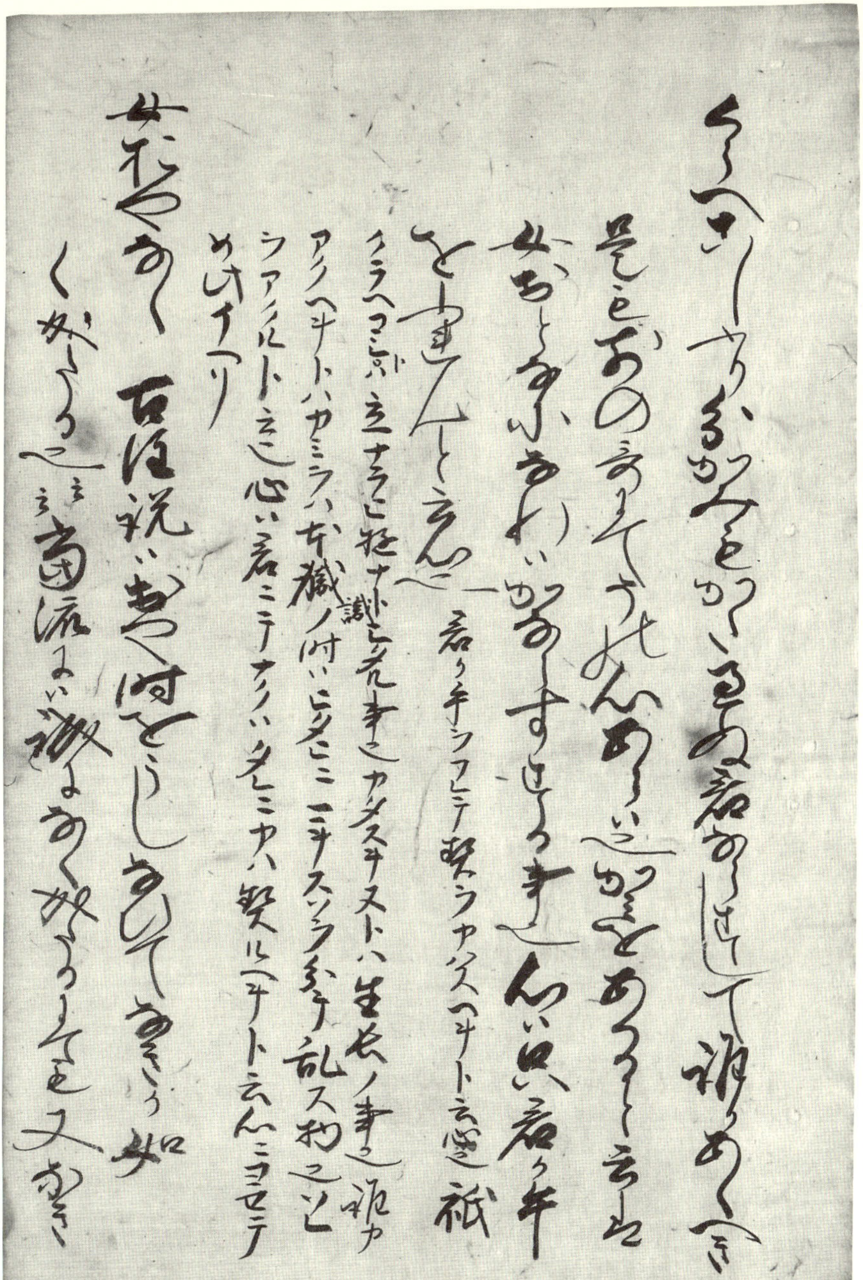

四四オ（二十三段）

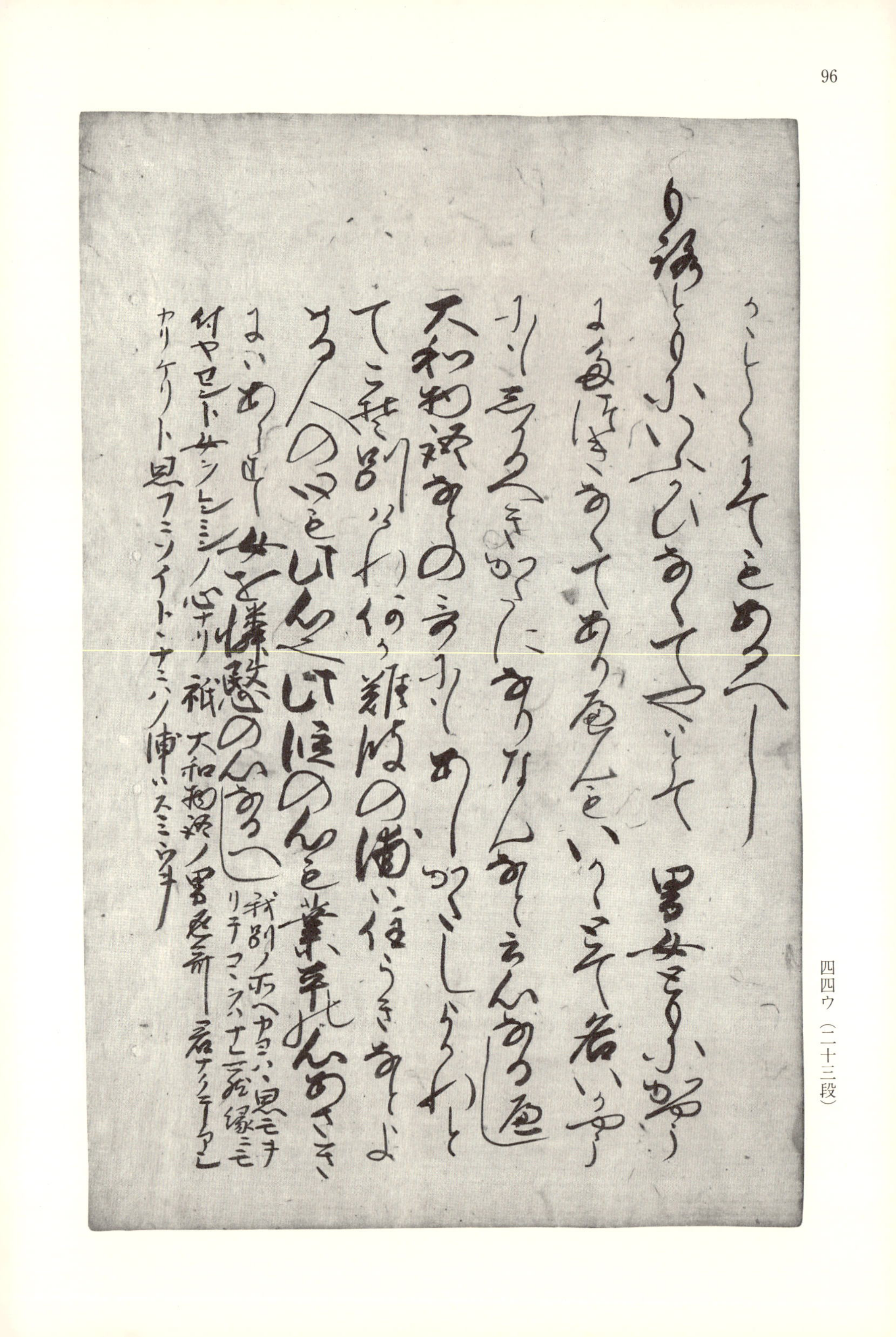

四四ウ（二十三段）

四五オ（二十三段）

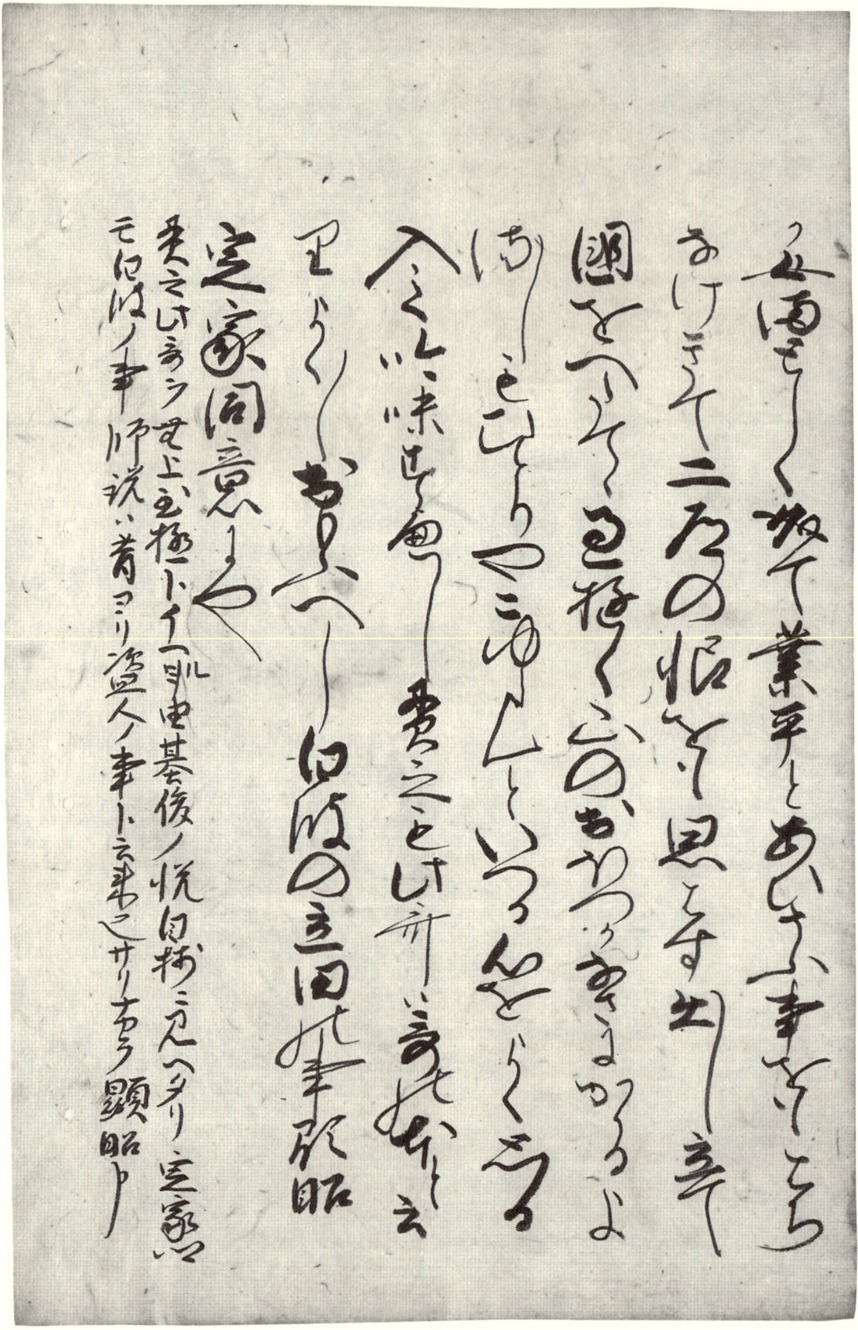

四五ウ（二十三段）

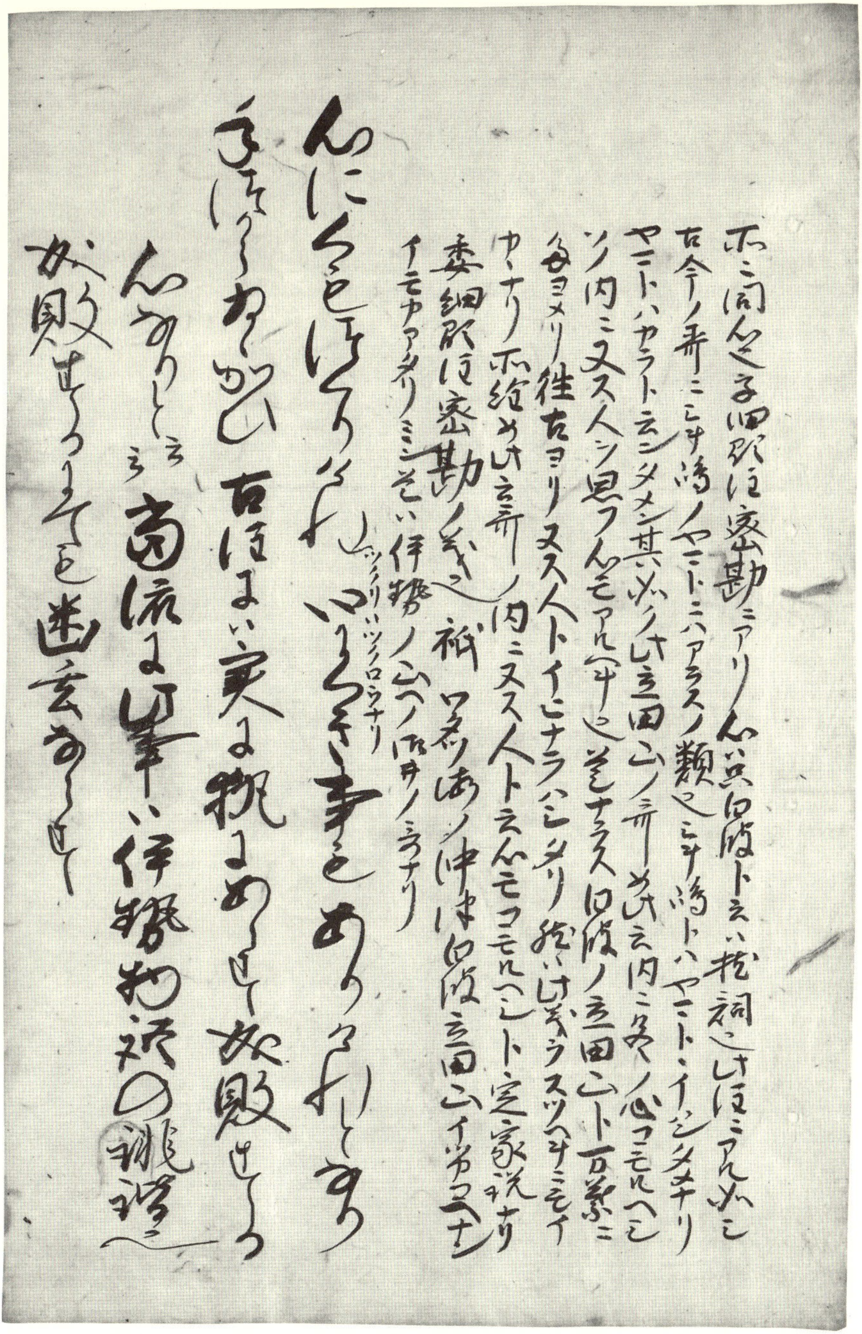

四六オ（二十三段）

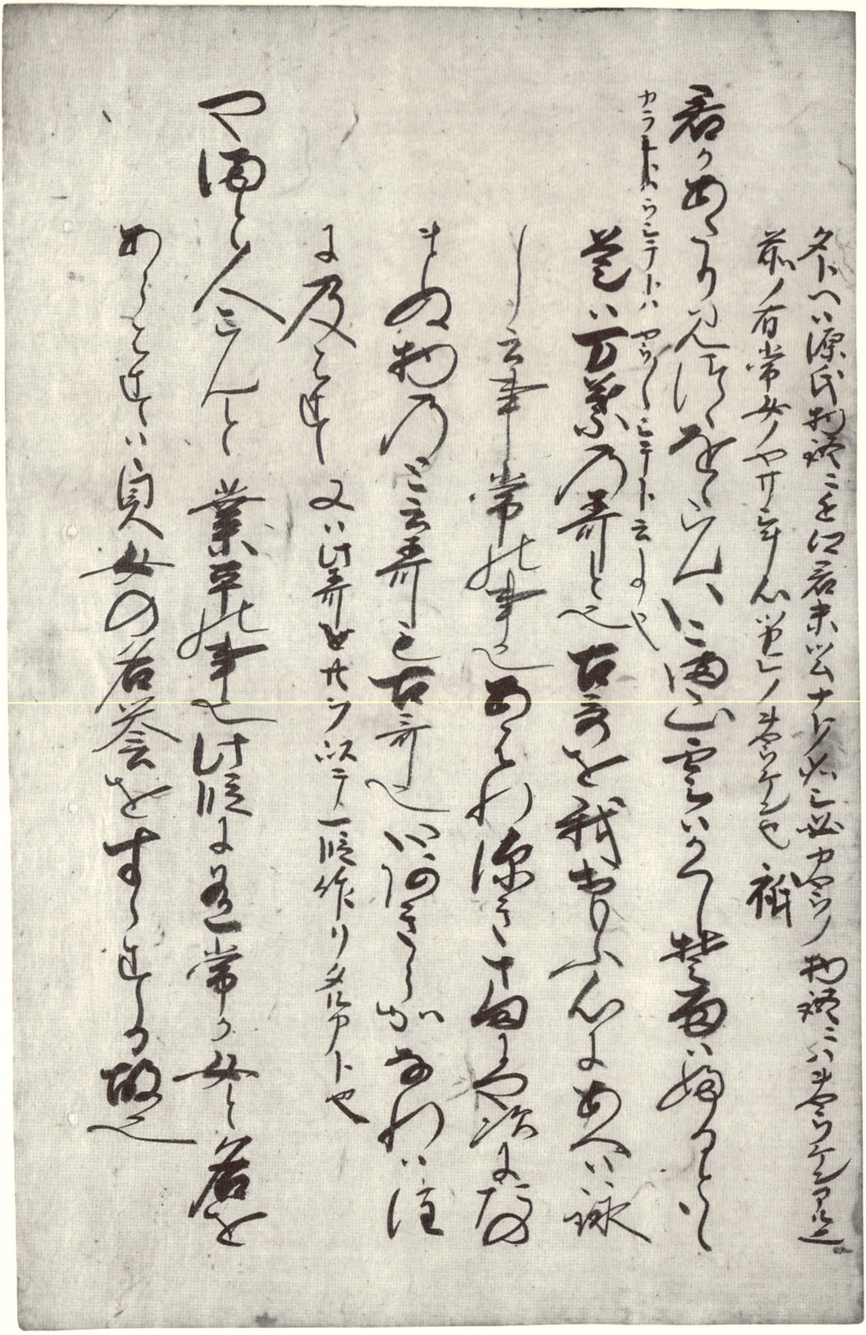

四六ウ（二十三段）

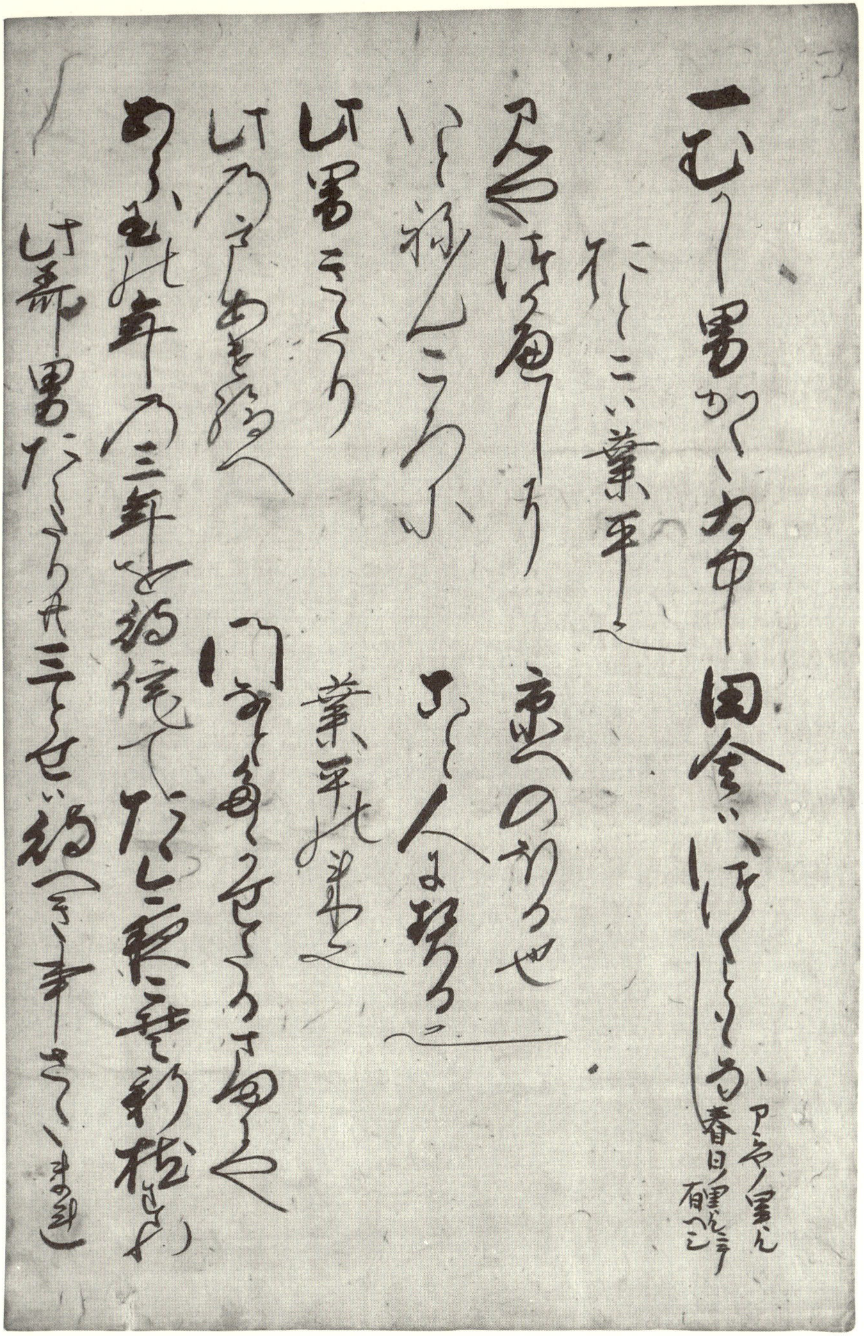

四七オ（二十四段）

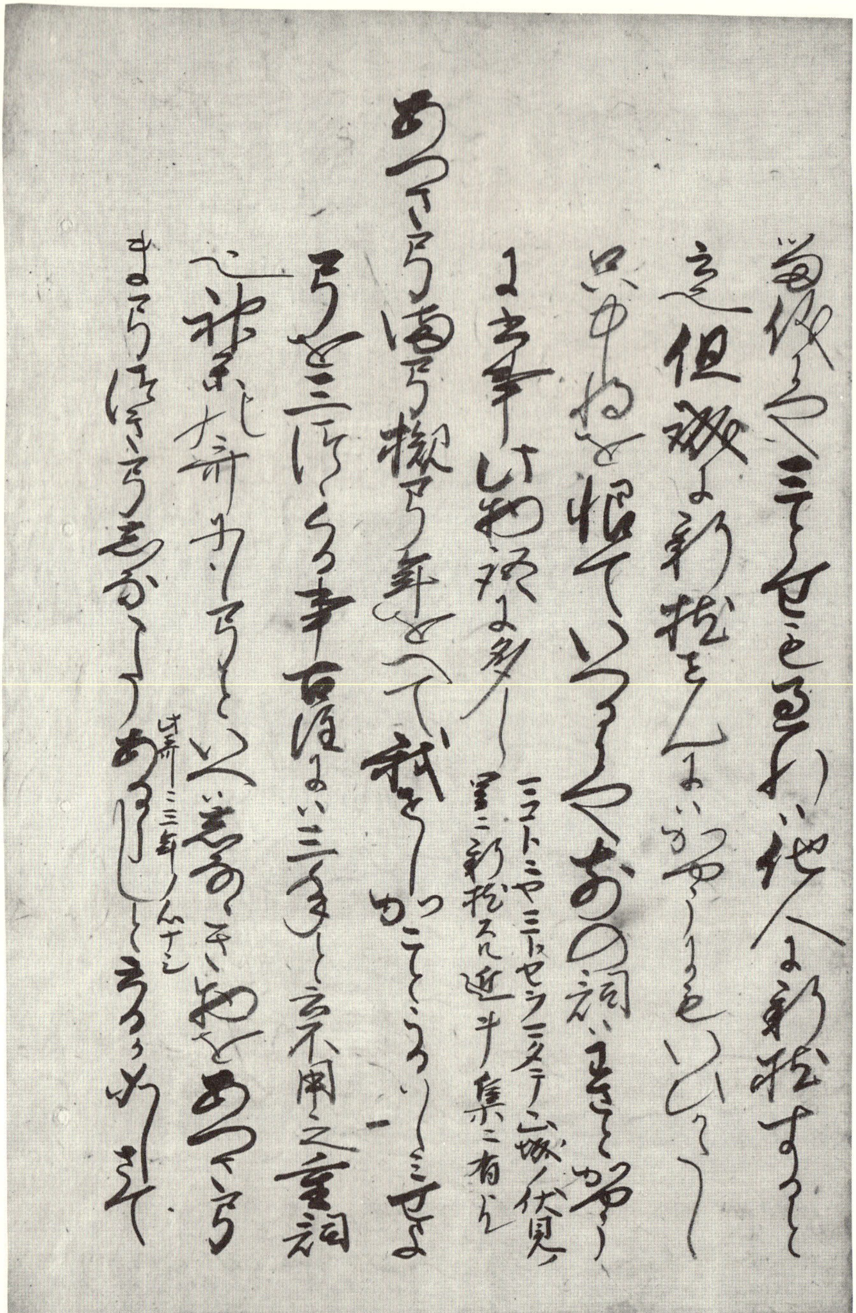

四七ウ（二十四段）

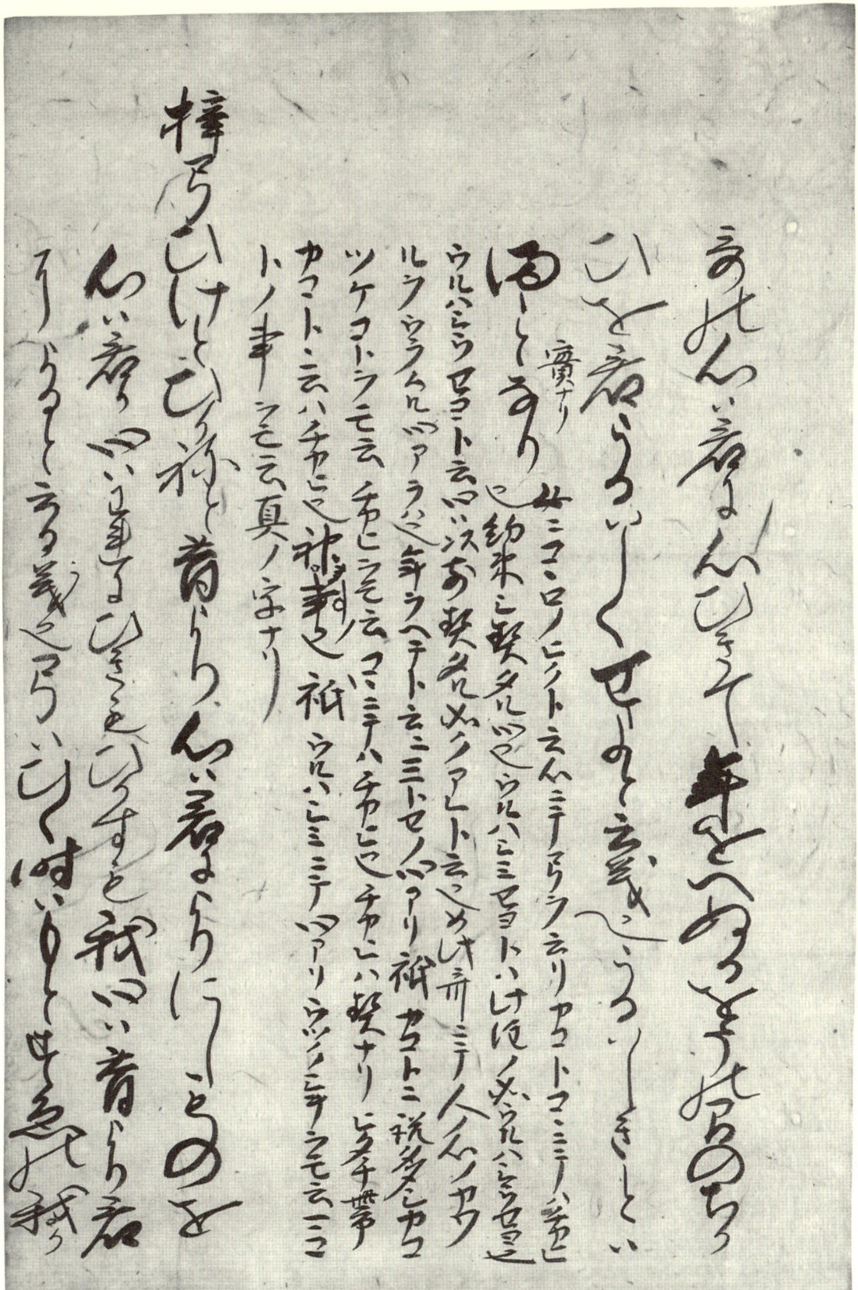

四八オ（二十四段）

あひ思はて離ぬる人をとゝめかね我身は今そ消はてぬめる

我いおもふ人は思はぬ

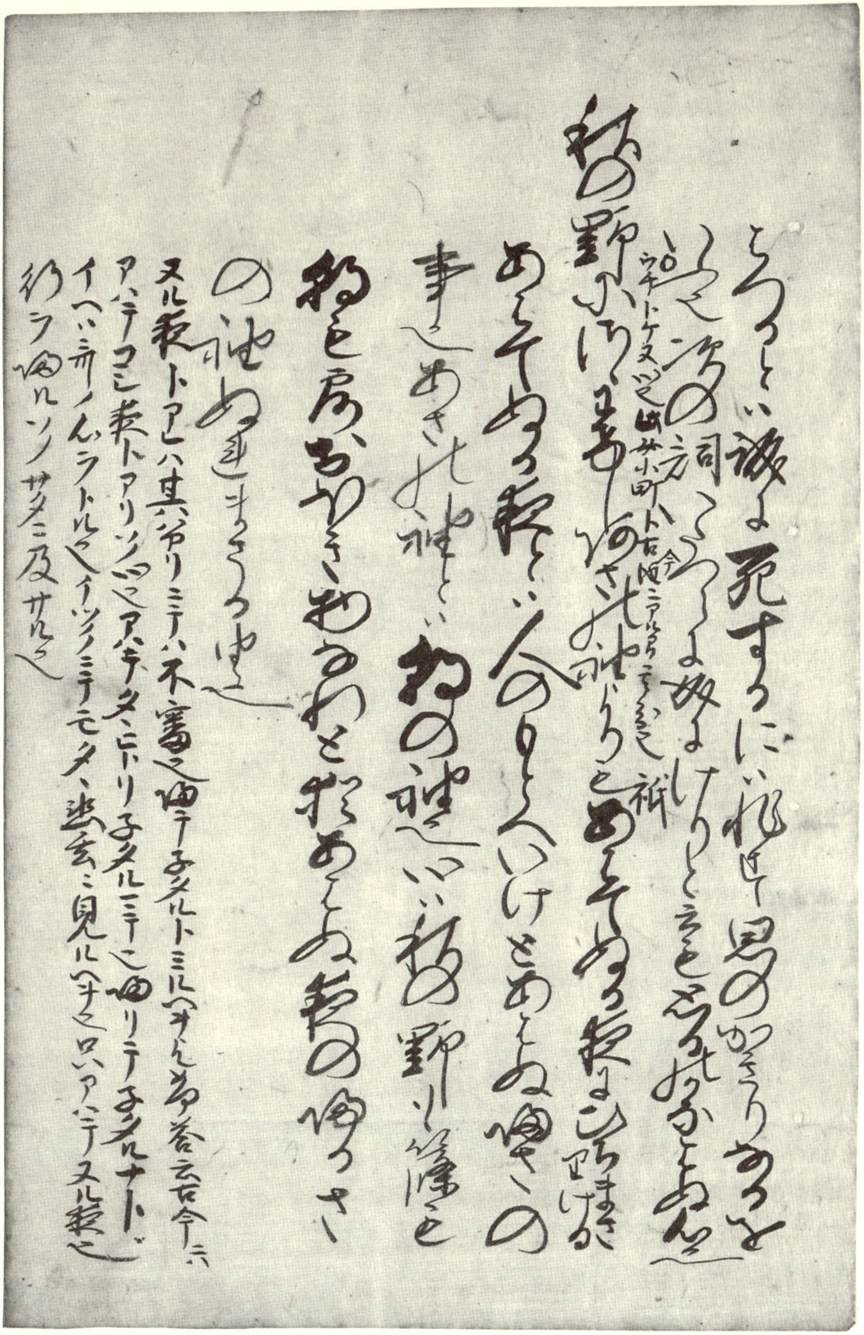

四九オ（二十五段）

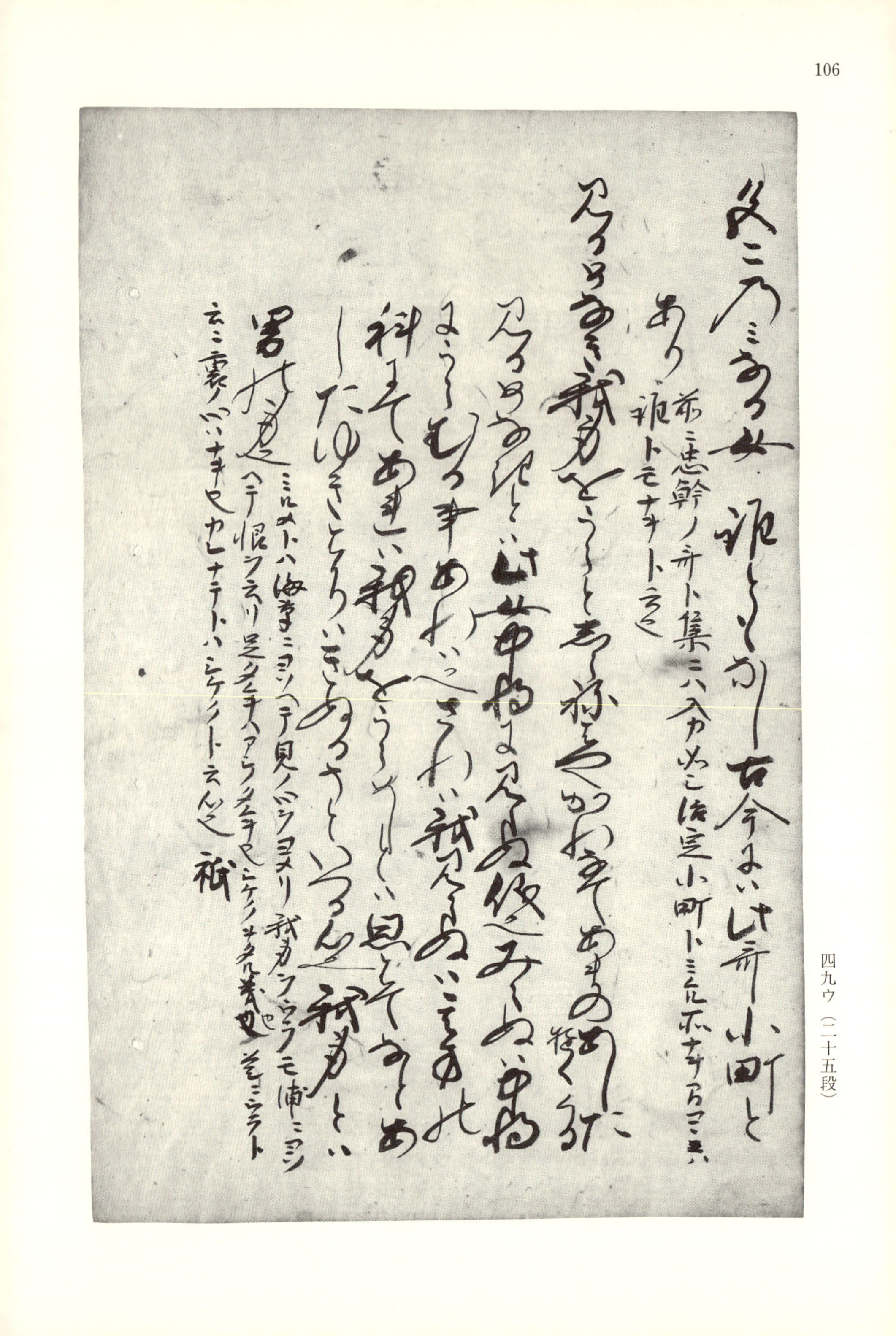

四九ウ（二十五段）

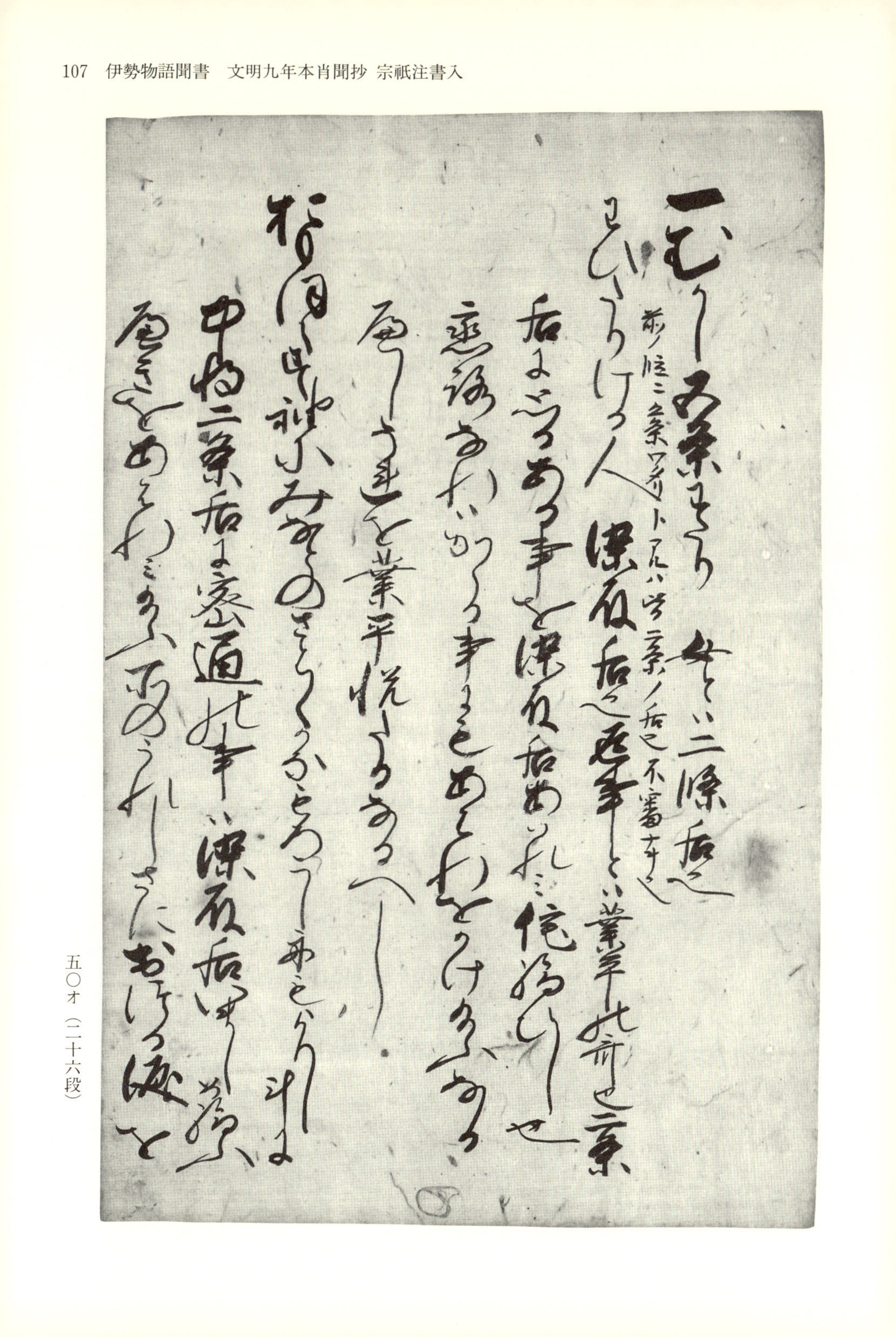

五〇オ（二十六段）

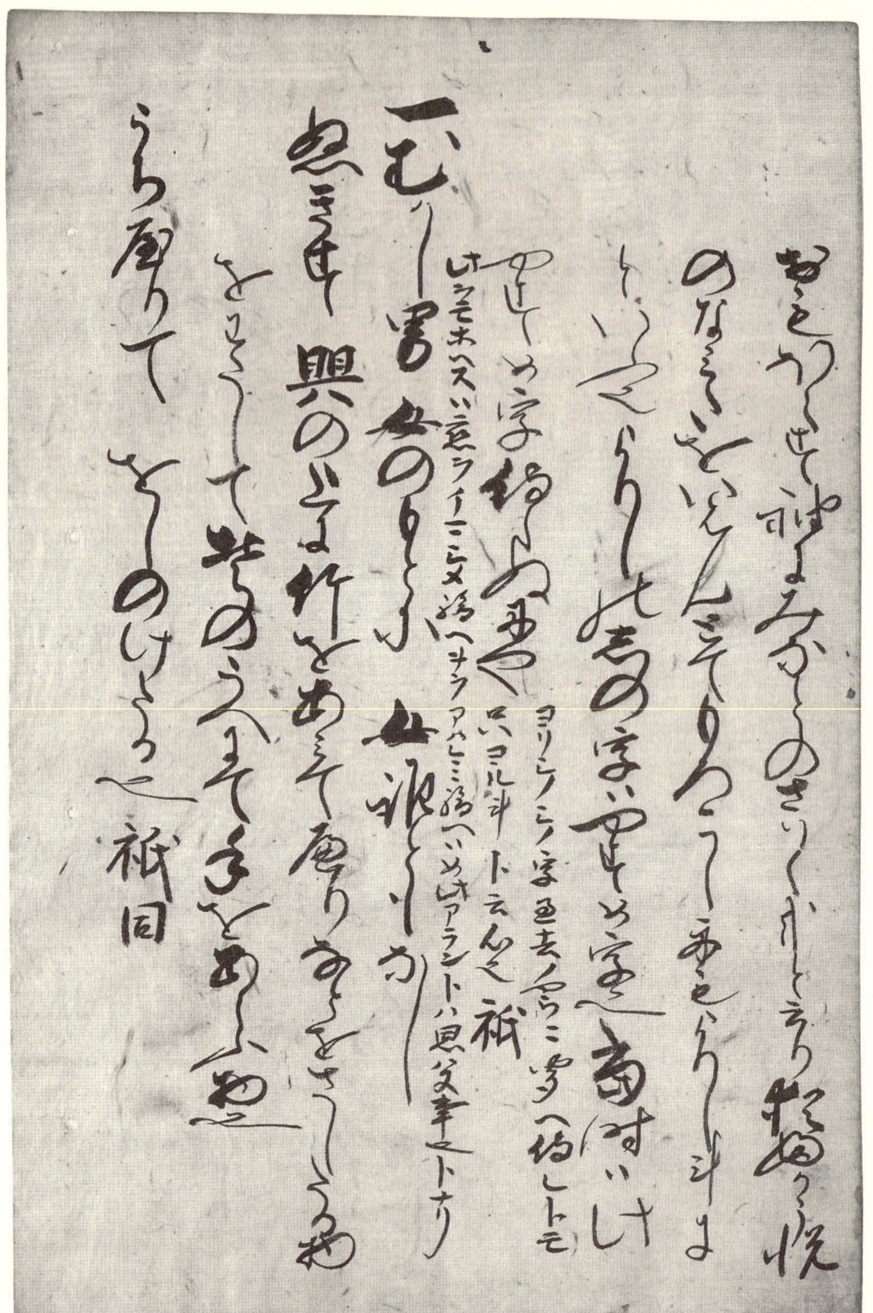

五〇ウ（二十七段）

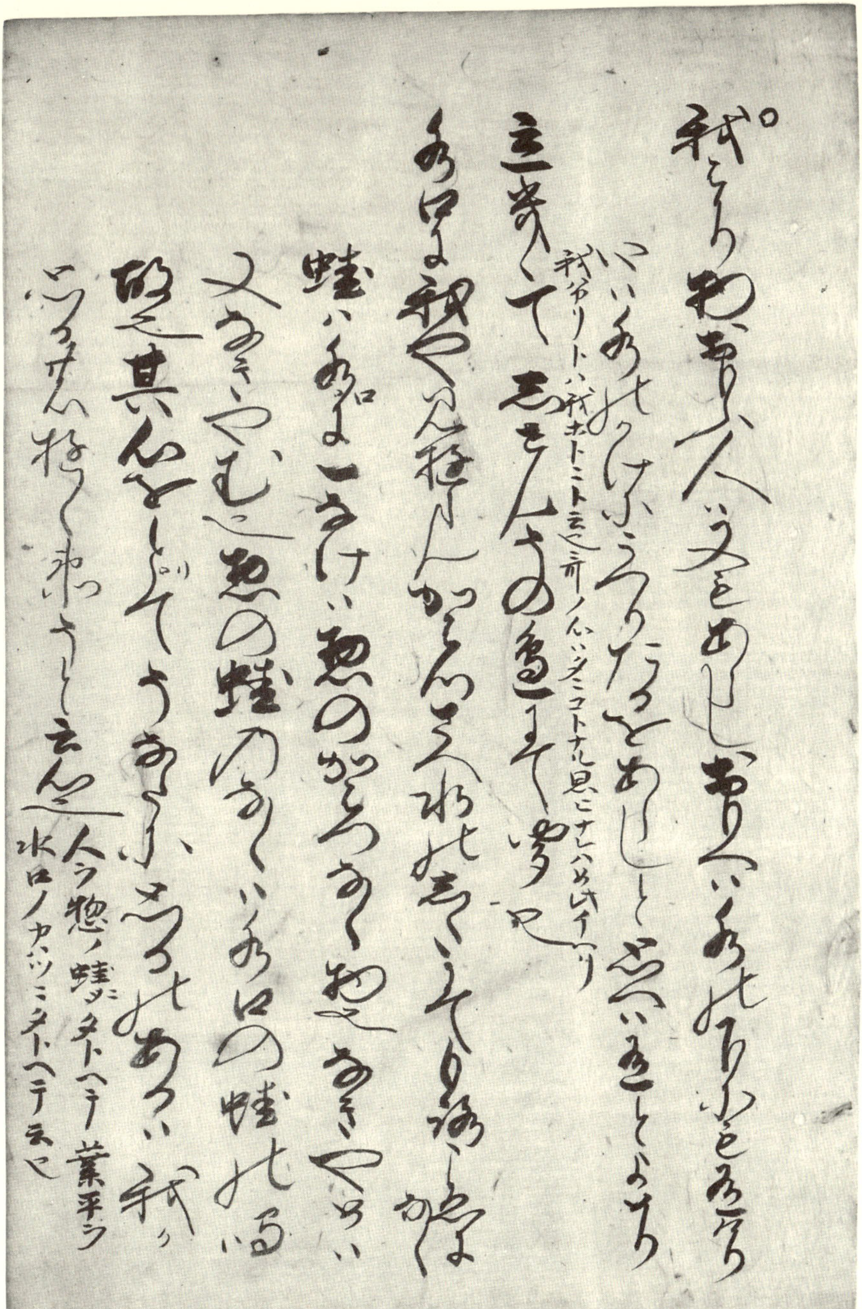

五一オ（二十七段）

一むかし色このみなりける女

なとてかくあふこかたみになりにけむ水もらさしとむすひしものを

[illegible]

[illegible]

[illegible]

一むかし東宮の女御 二条后事也 春宮文徳母后

御わたり 陽成院ハ貞観十一年二歳にて立

子

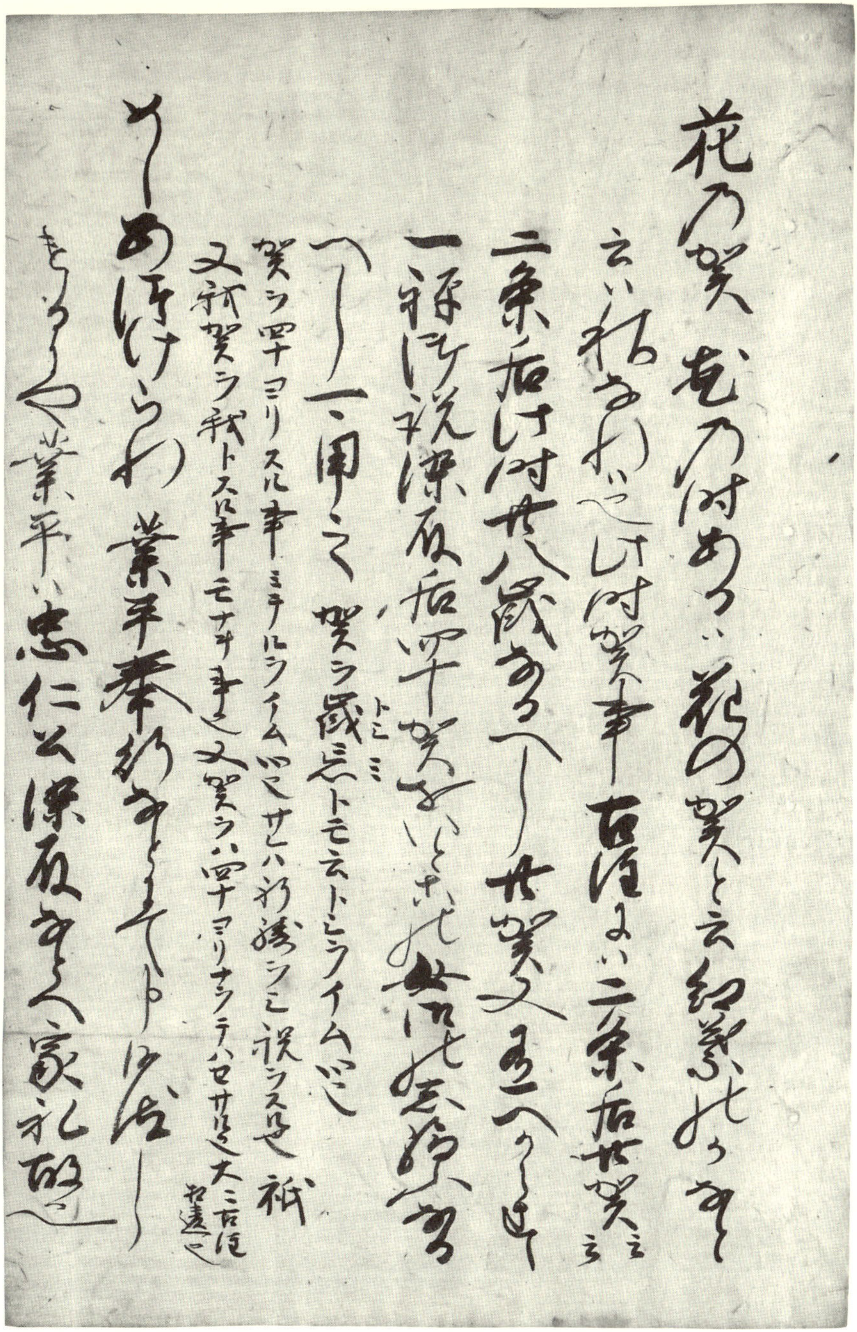

五二一オ（二十九段）

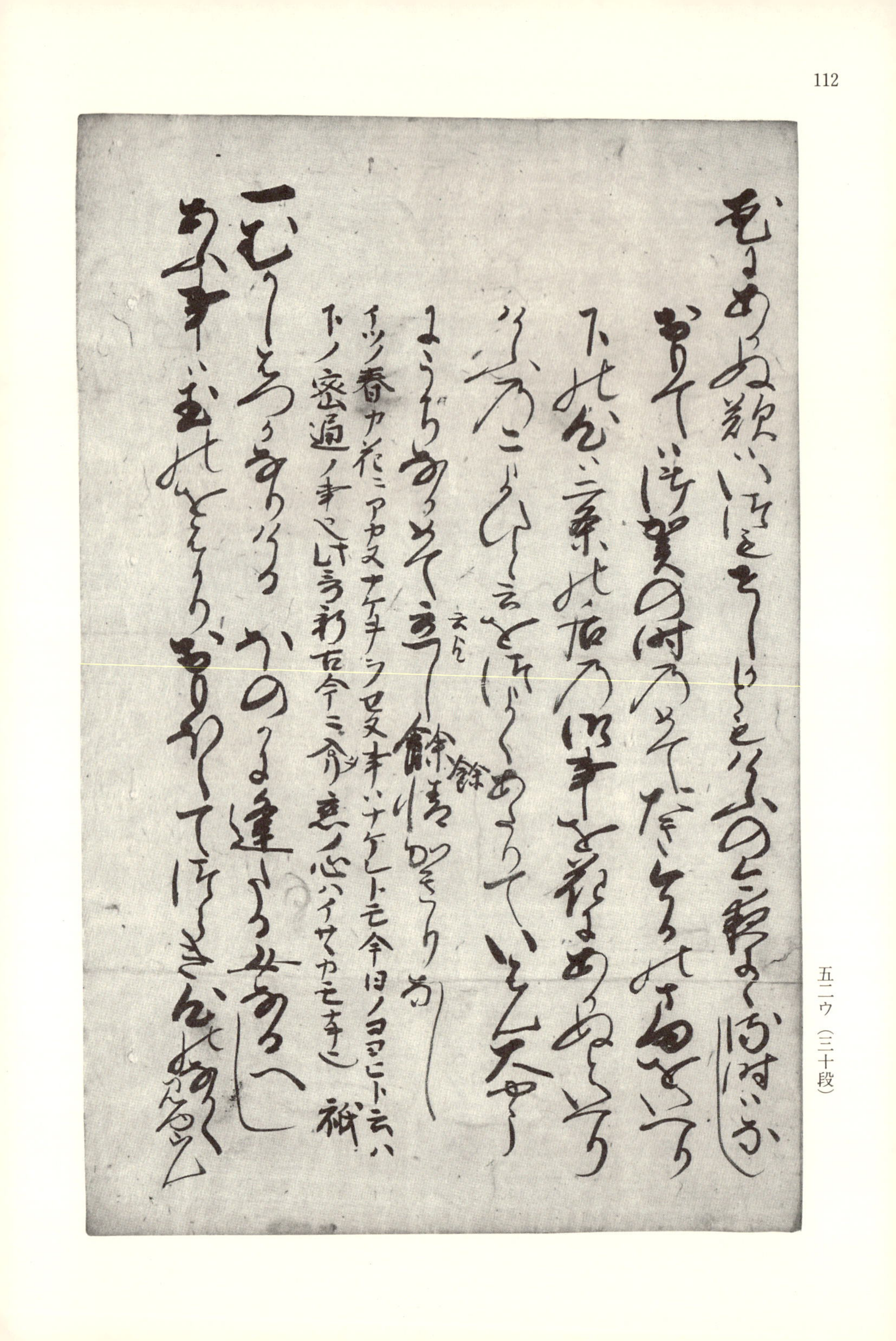

五二ウ（三十段）

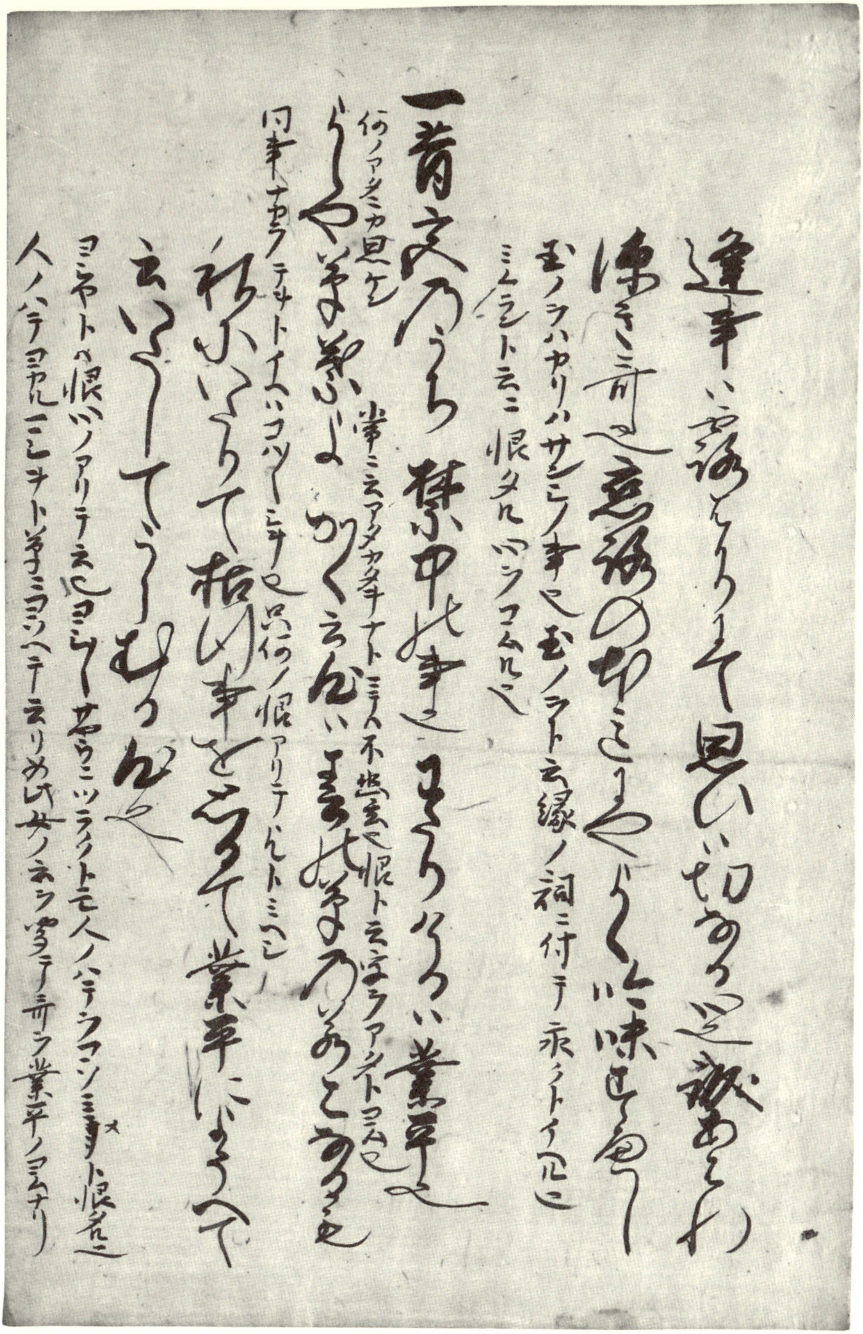

五三オ（三十一段）

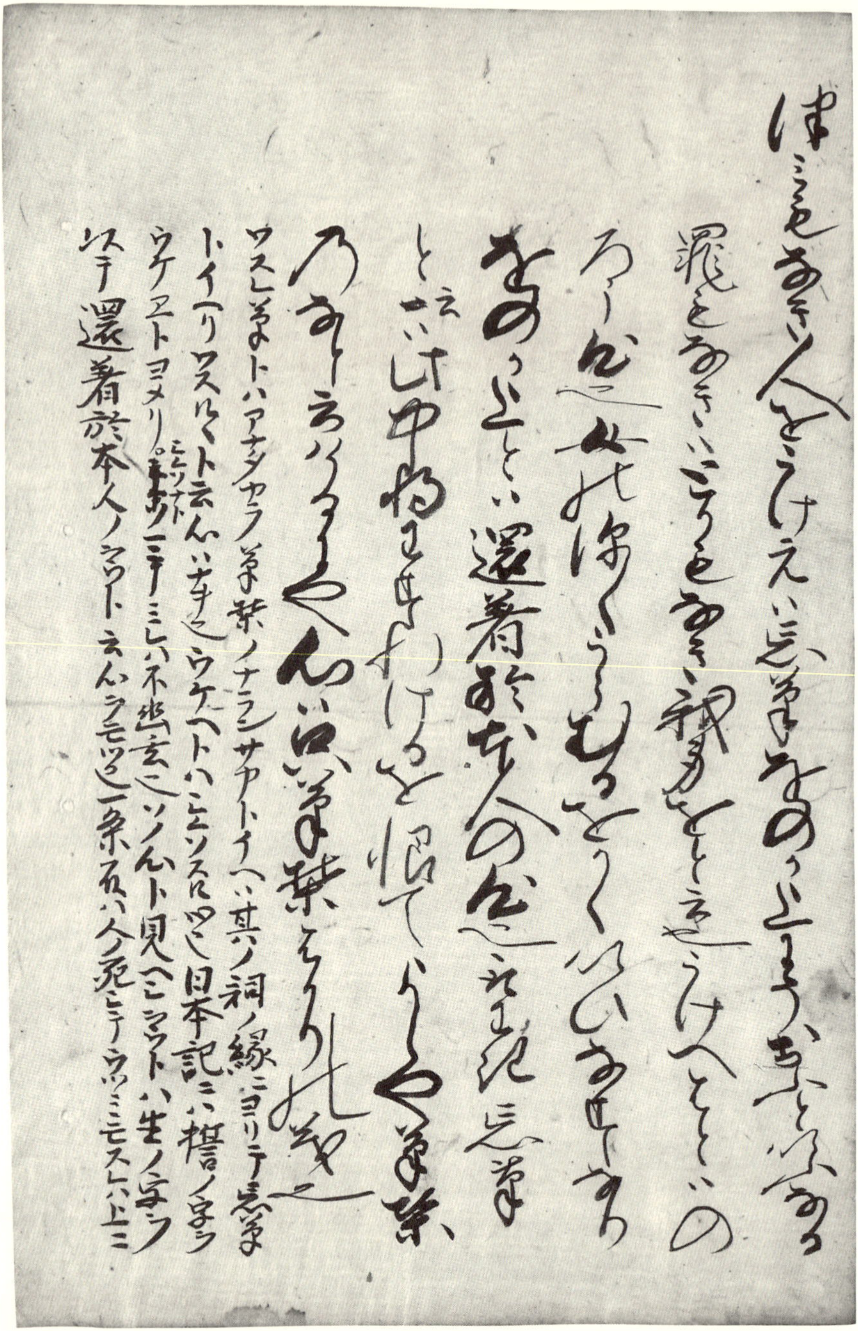

五三ウ（三十一段）

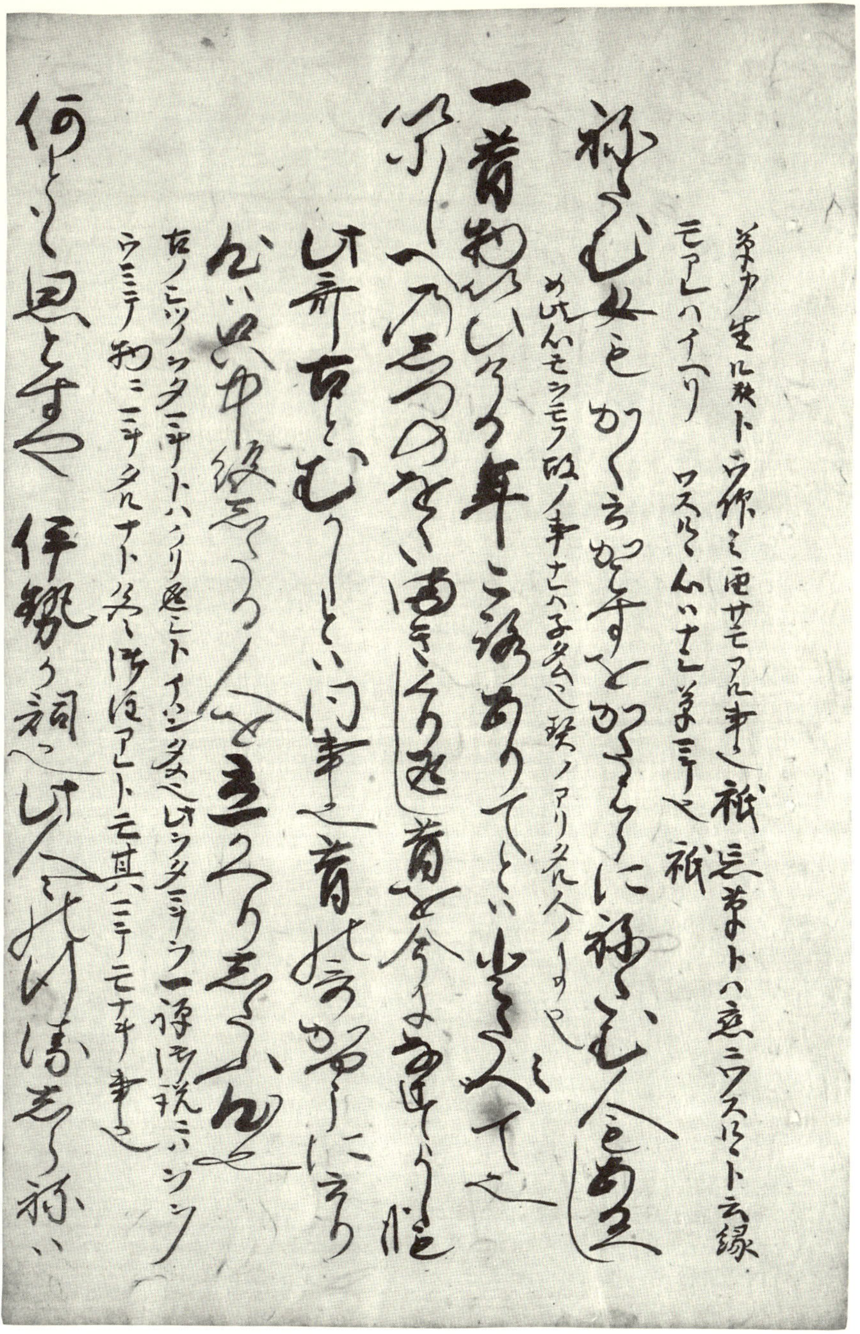

五四オ（三十二段）

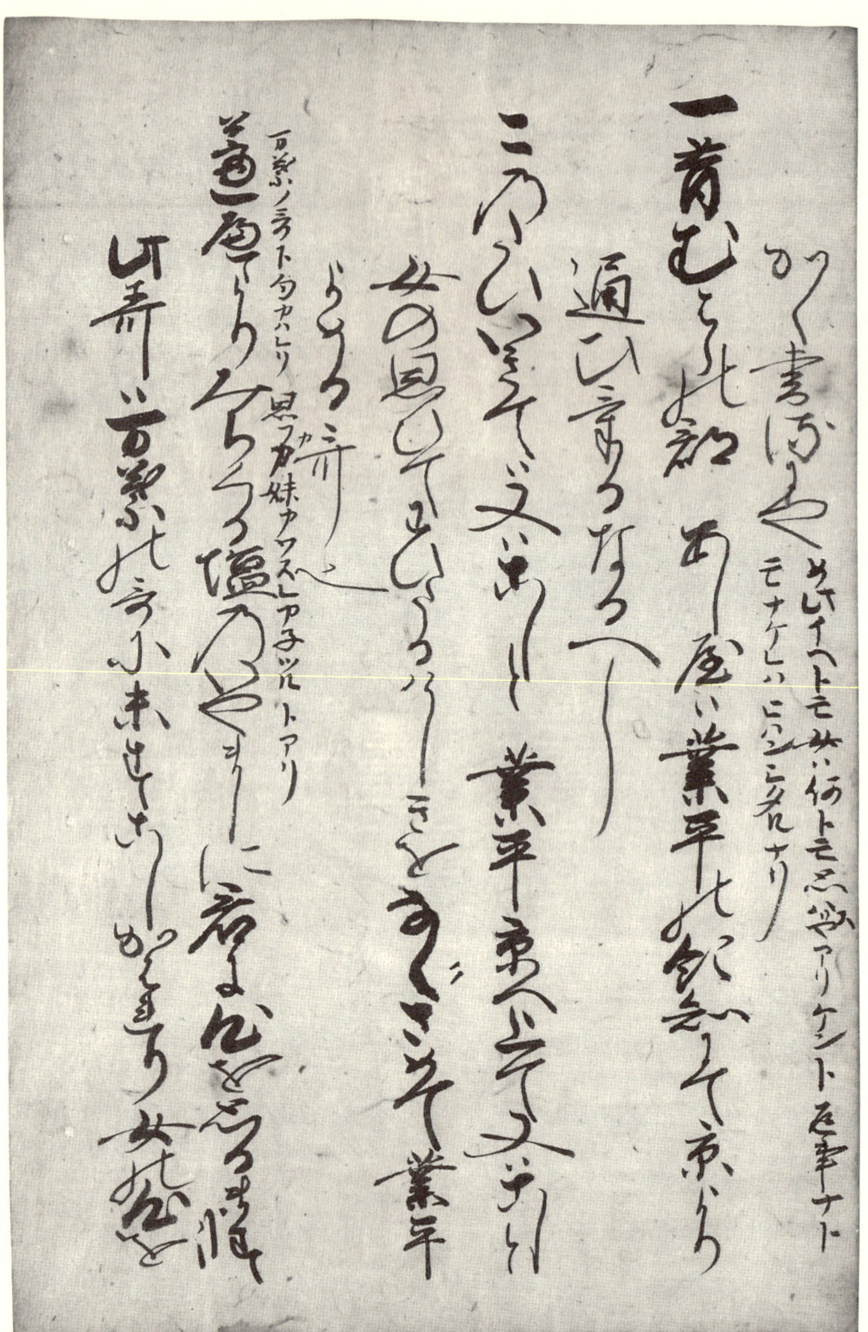

五四ウ（三十三段）

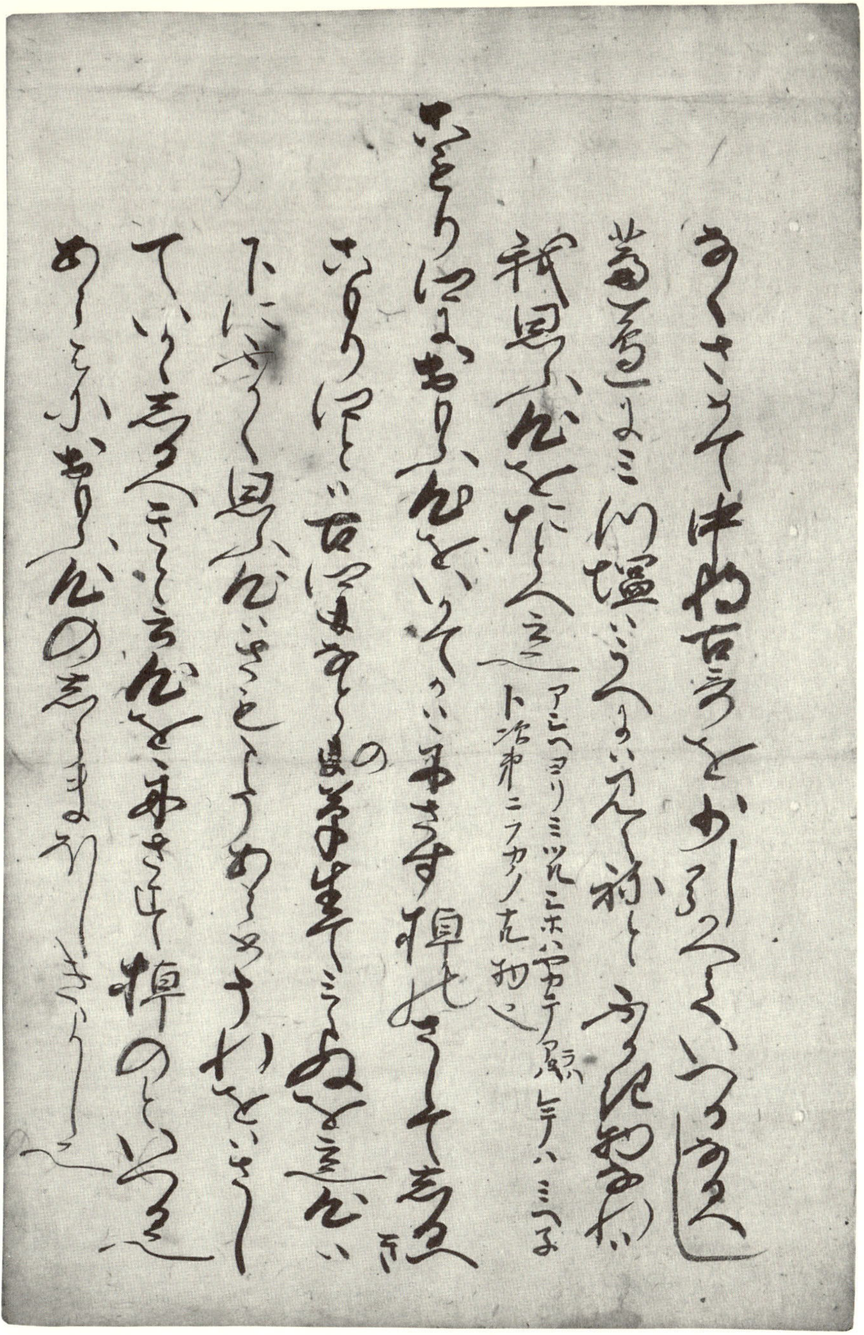

五五オ（三十三段）

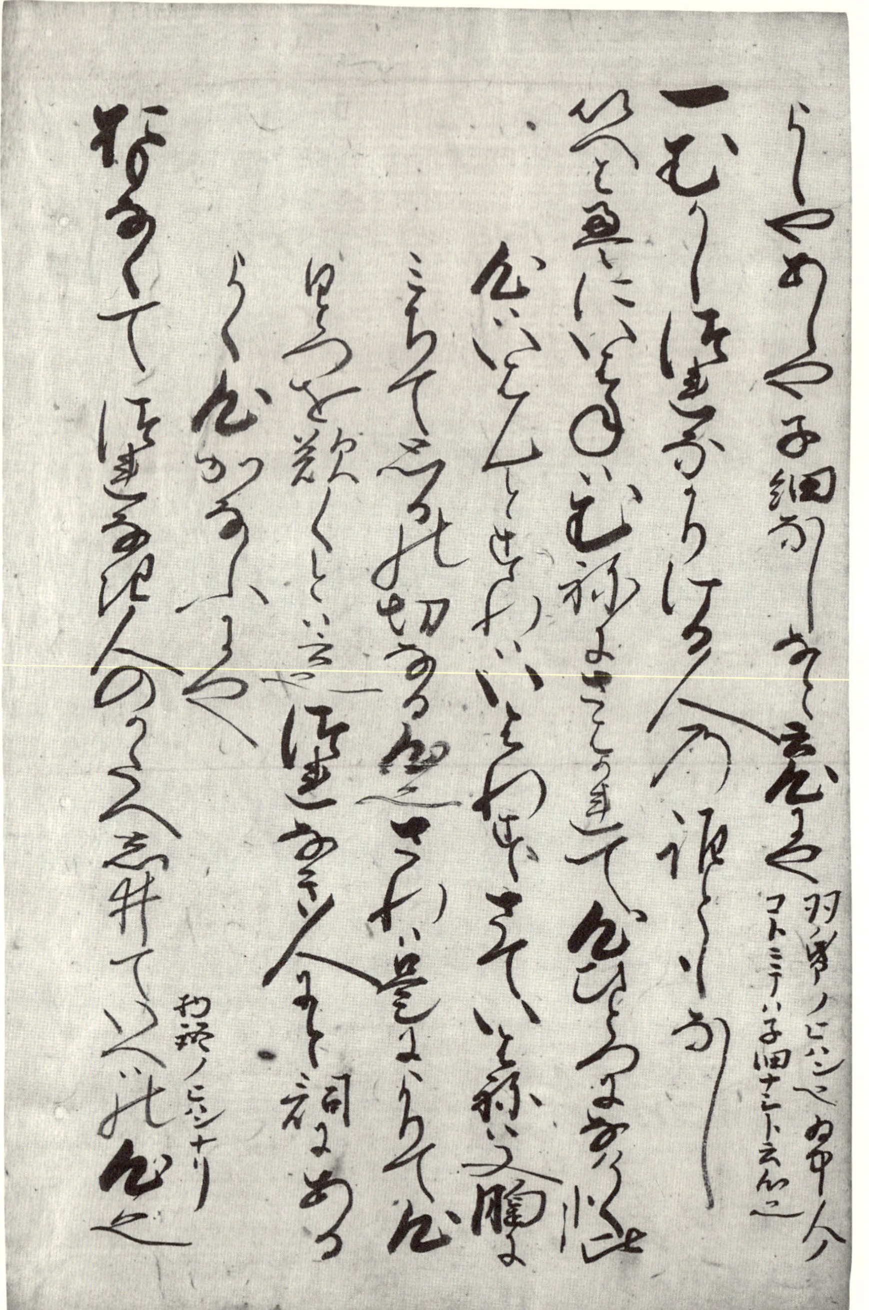

五五ウ（三十四段）

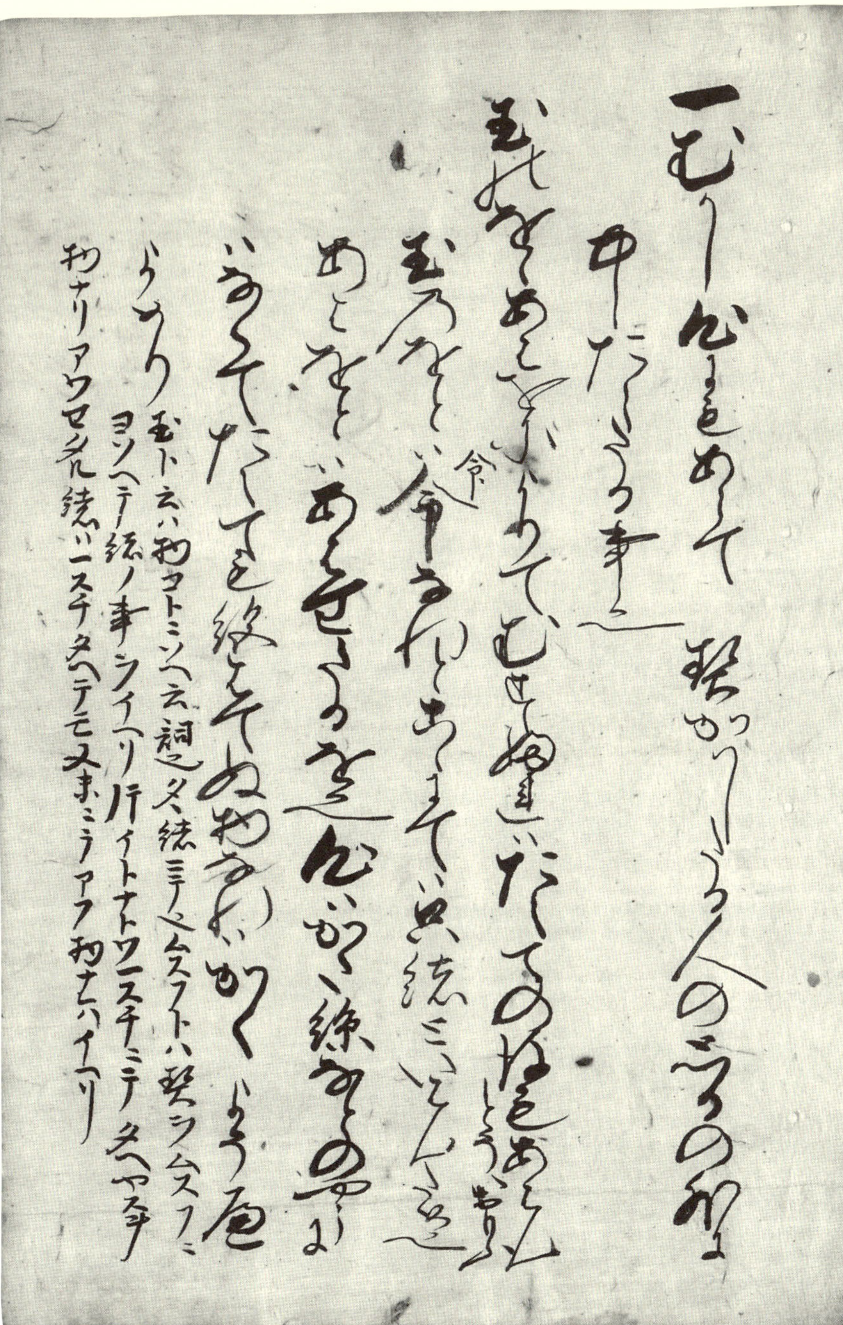

五六オ（三十五段）

一 昔忘ぬるなめりと問言しける女のもとに
谷せはみ峯まてはへる玉かつらたえむと人に我思はなくに
此哥ハ万葉ニハ谷せはみ峯にはひたる玉かつら
の哥は我なりといふに[illegible]新とまさしうそ云
心は只絶まじきと云也 上は序哥也 [illegible]
秘の哥也 谷せはみとは別にかはりなし 谷一はいにはへる[illegible] [illegible]ハ茅ノカツラ
コノカツラハ心トシテハ[illegible]ハストイフ[illegible]ナリ 万
葉ニテ作者[illegible]万葉ニ[illegible]業平ヨメルニ[illegible]
[illegible]トミルヘキ也
一 むかし男色このみなる女 好色そめかしき女[illegible]

これかへし歟

我ならて下紐とくなあさかほの夕かけまたぬ花にはありとも

我ならて下紐とくなとは他人にちきるなといふ心也

我ならて下紐とくといふ朝かほの夕かけまたぬ

といふ女の心をあらはして夕をもまたぬはかなきを

なんとえん心をうく物也

ふたりして結ひし紐をひとりして逢見るまてはとかしとそ思ふ

上は我ならぬ人にはとけとわか心をもちて

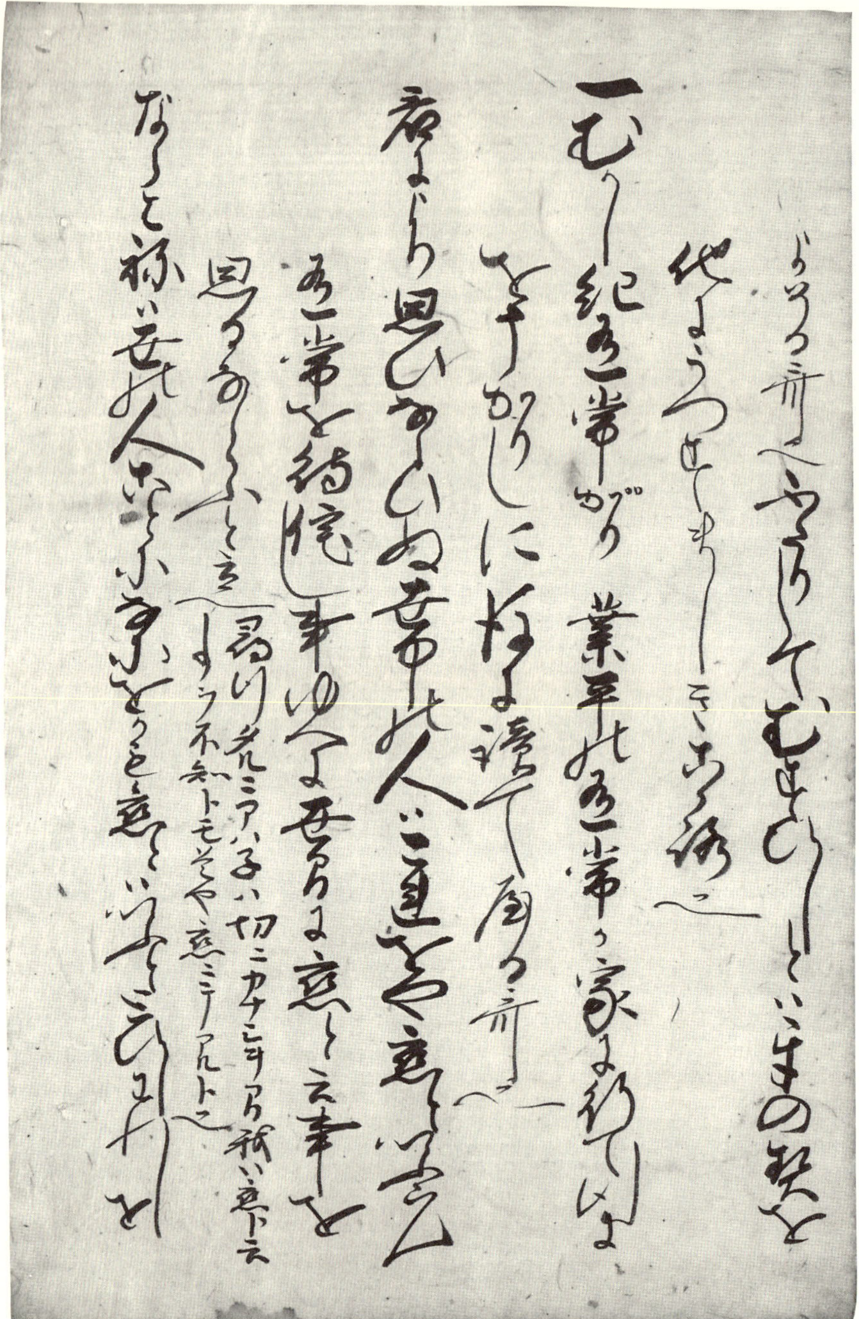

五七ウ（三十八段）

私意ト云事ヲハ世間ノ人ハ心得タルハ我
思フ心ヲ以テ私意ヲ立テ云ト心得タル也 詞ハ別ナリト
心得ヘキ也 [illegible]

一むかし西院のみかと 淳和天皇御事也 依遺勅
申すみかとおはしましけり 故号西院之
たかいこと 崇子内親王 淳和御子 承和十五年
五月十五日薨 母橘氏子正四位上清野女
いまそかりけり そのみこうせ給て

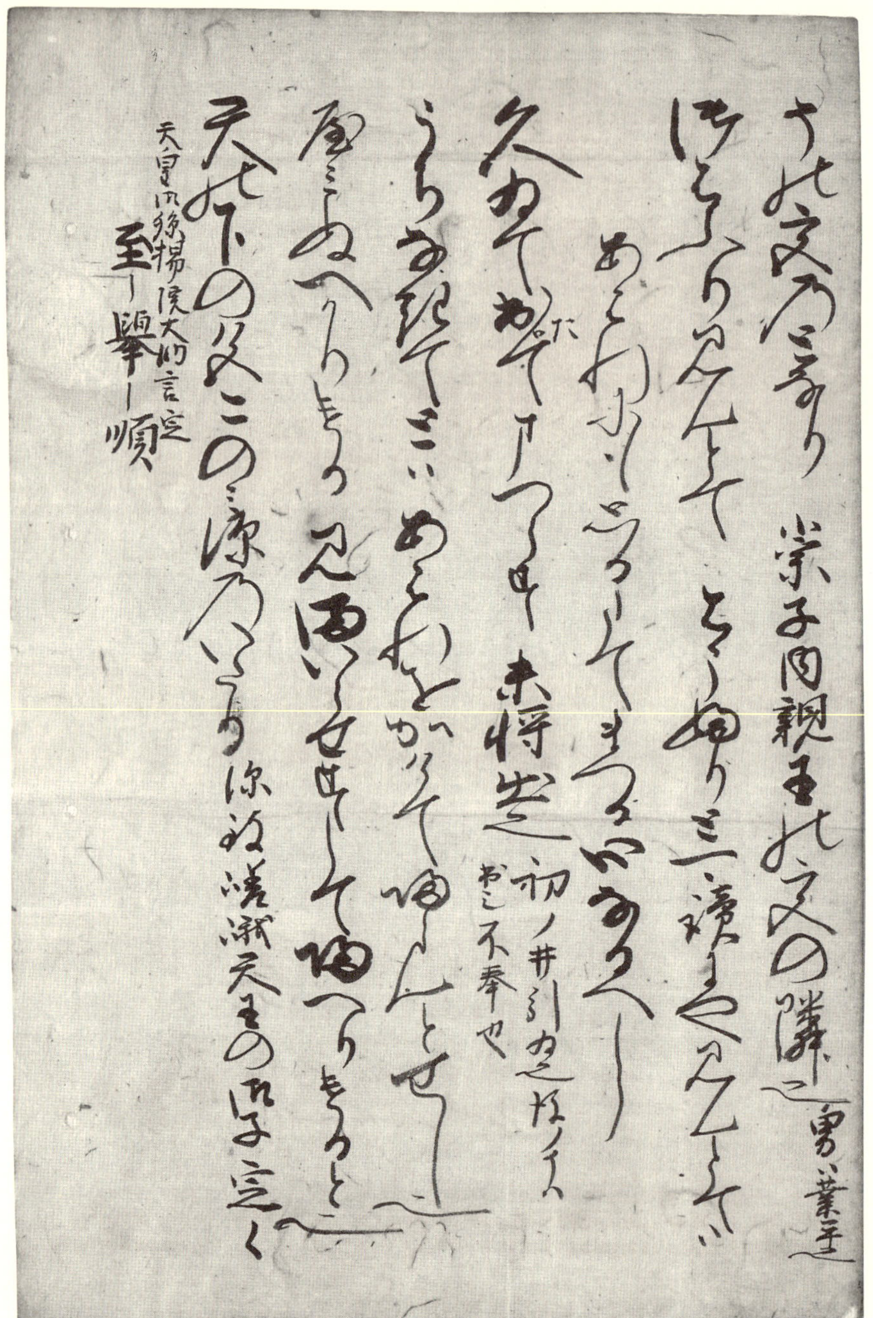

五八ウ（三十九段）

五九オ（三十九段）

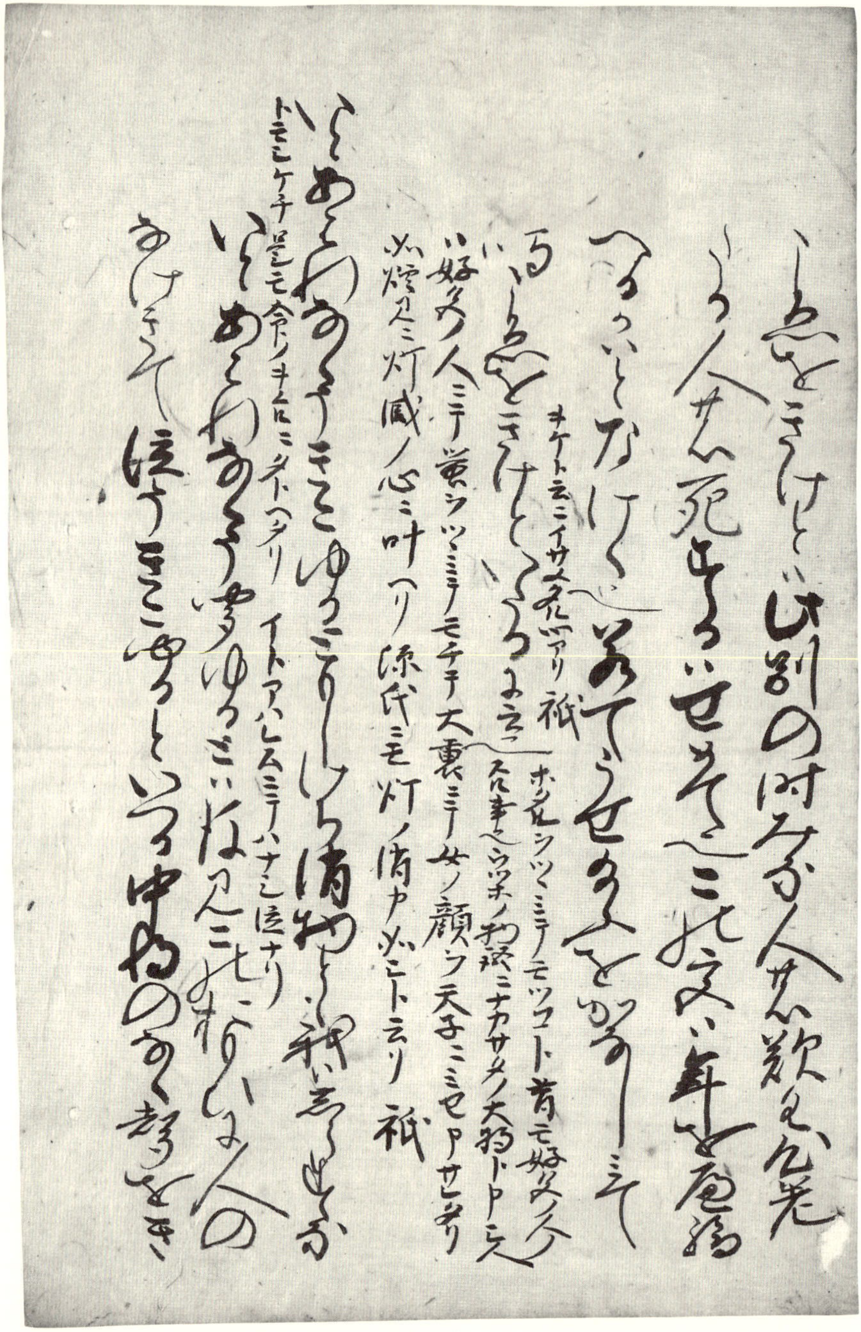

五九ウ（三十九段）

六〇オ（三十九段）

六〇ウ（四十段）

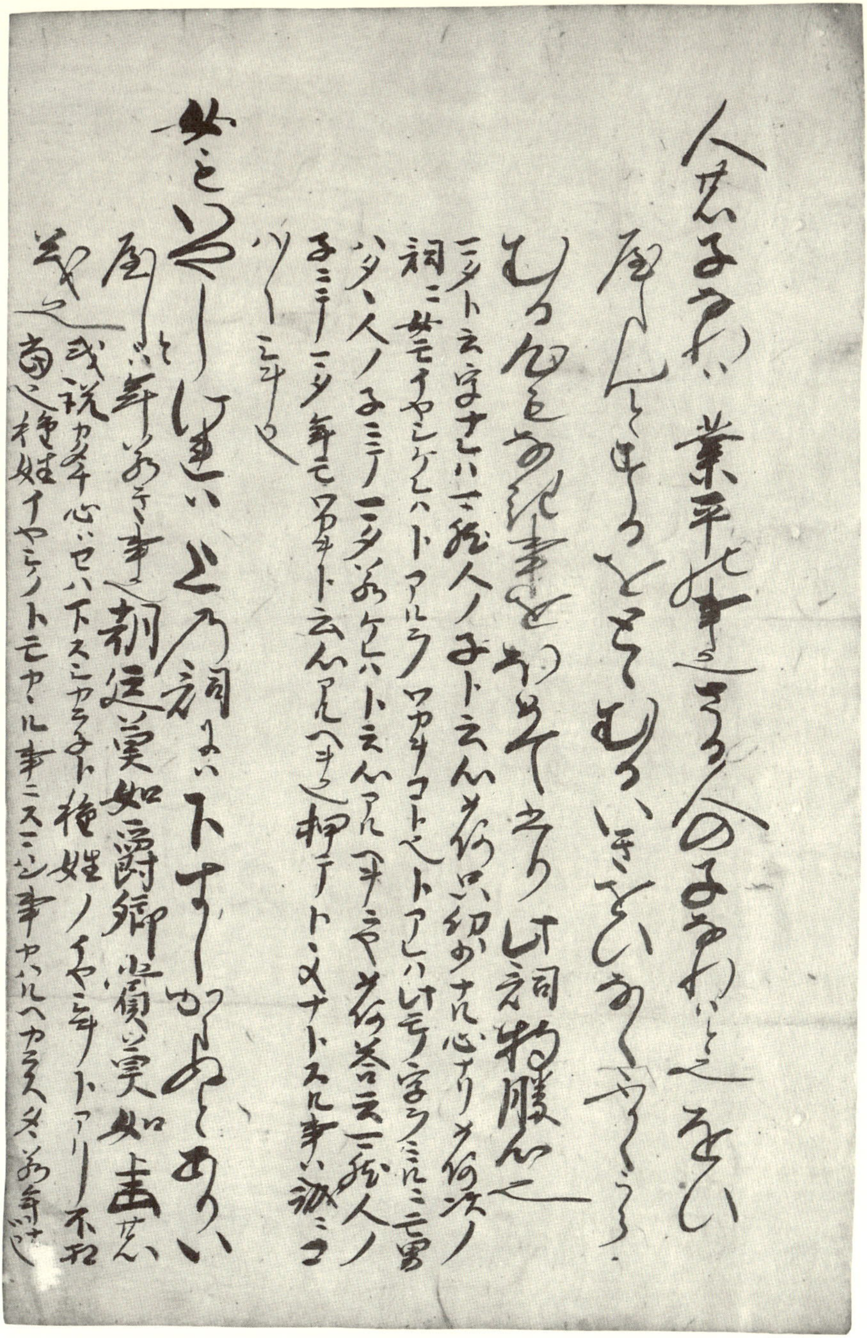

六一オ（四十段）

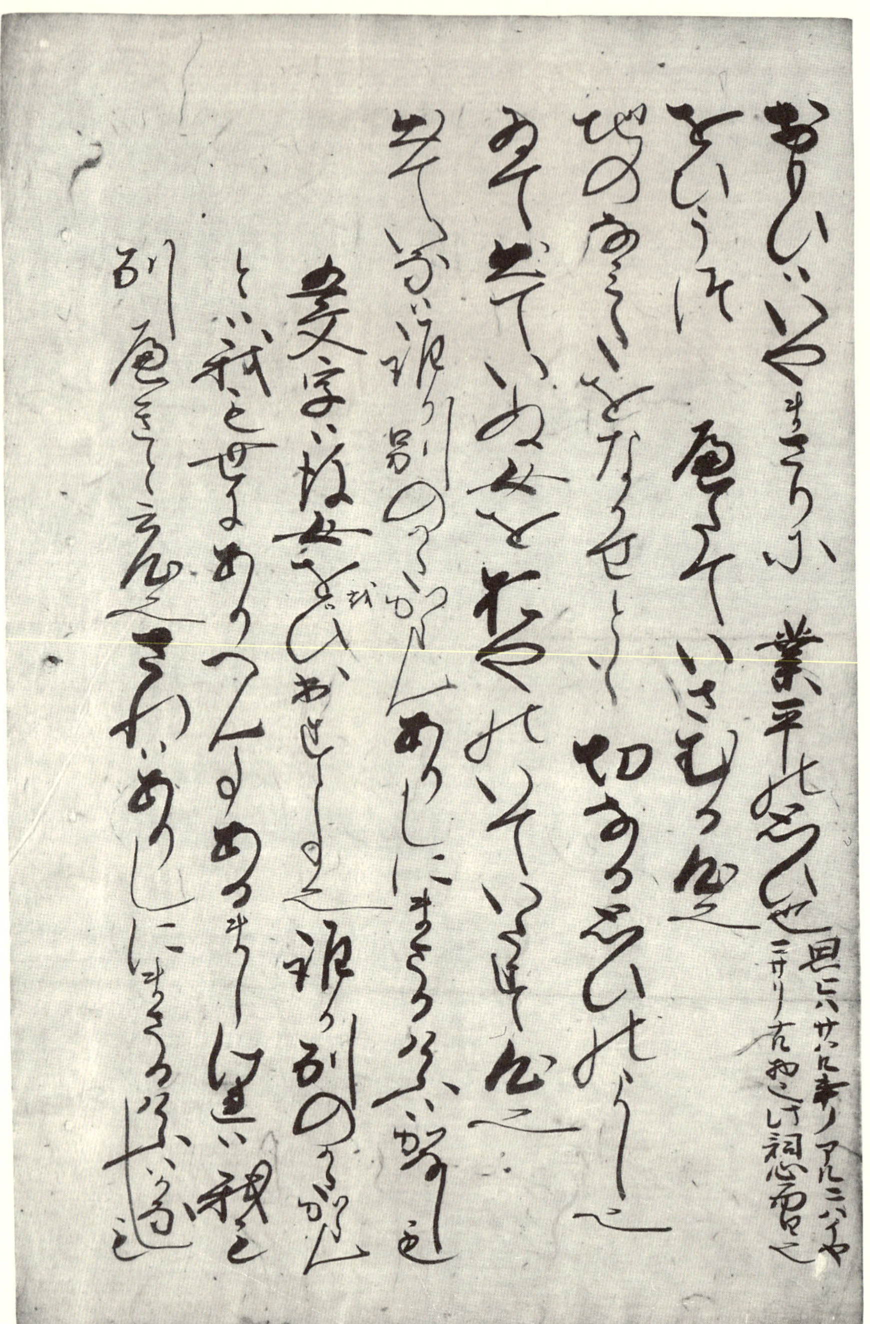

六一ウ（四十段）

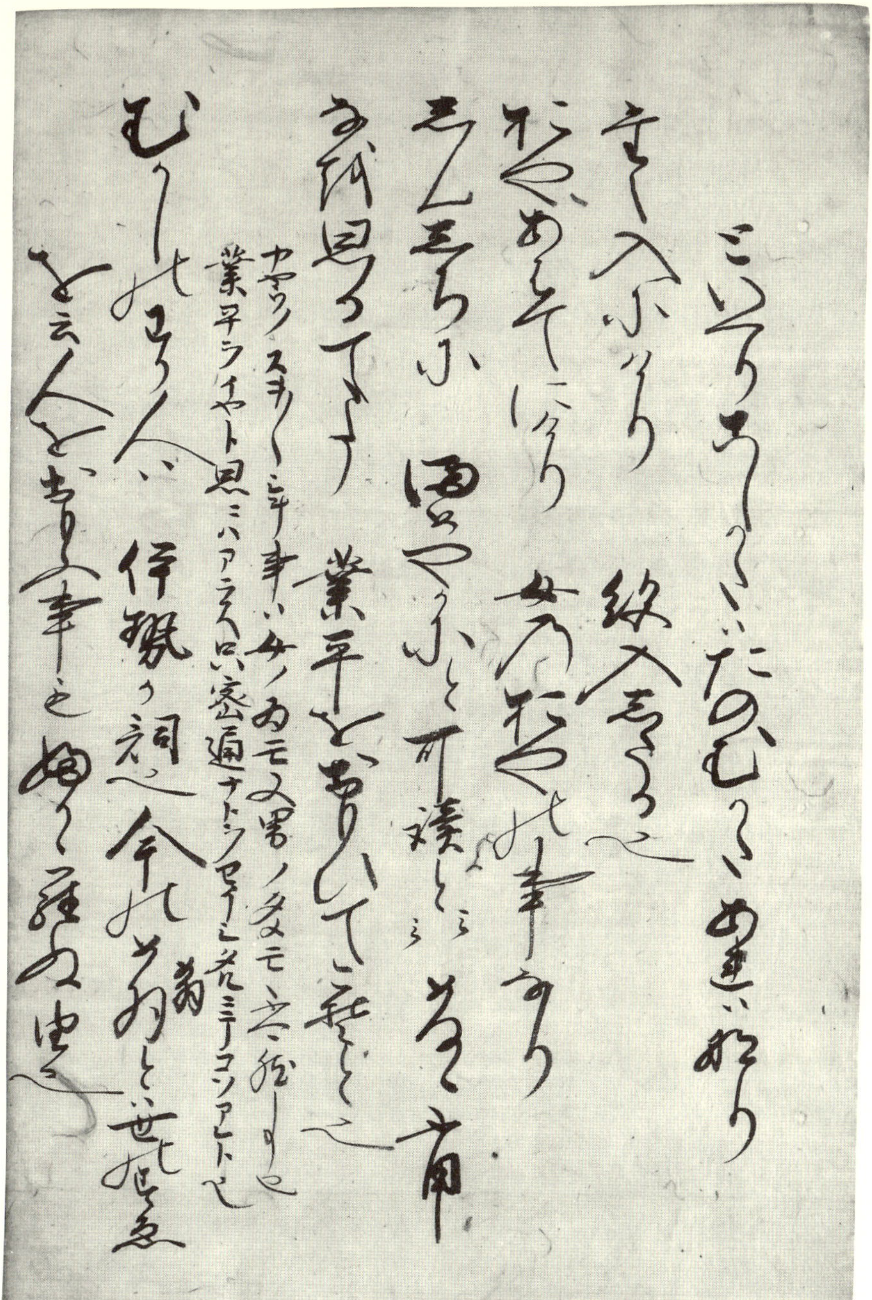

六二一オ（四十段）

今日ノ人アニノ時ニハチリ心ナシ又人ハ名ル三テ之肩ノ男人トスニ對テノ
今ノ翁トスリ物読ノニハンナリ

一肩をはりやりてけりひとりはいやしき男ゆかり哥
ひとりはあてなる男業平也事之此女は姉ニ上乃
きよら成袍之此袍別ニ心ナシ新ムナ名ル三テノ之アヒナル袍之
さるいやしきわさもならはさりけるを三條の后之
シサナノテハ叔ニシ着ウサカリ二ハ夫ニ
后老テハ子ニ着ウ呈ニ三條ナリ
緑衫此六位乃袍なりへきとく
ロウサウトハアサキ色之衣ロウサウトハロメニヤメロウサウナトスル物ノ
名之ロウサウハ六位ノ人キル之又ウハ縁ニ縁ル之
紫乃色こき時はめもはるに野なる草木そわかれさりける

六二ウ（四十一段）

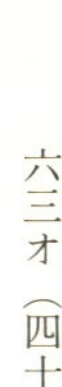
六三オ（四十二段）

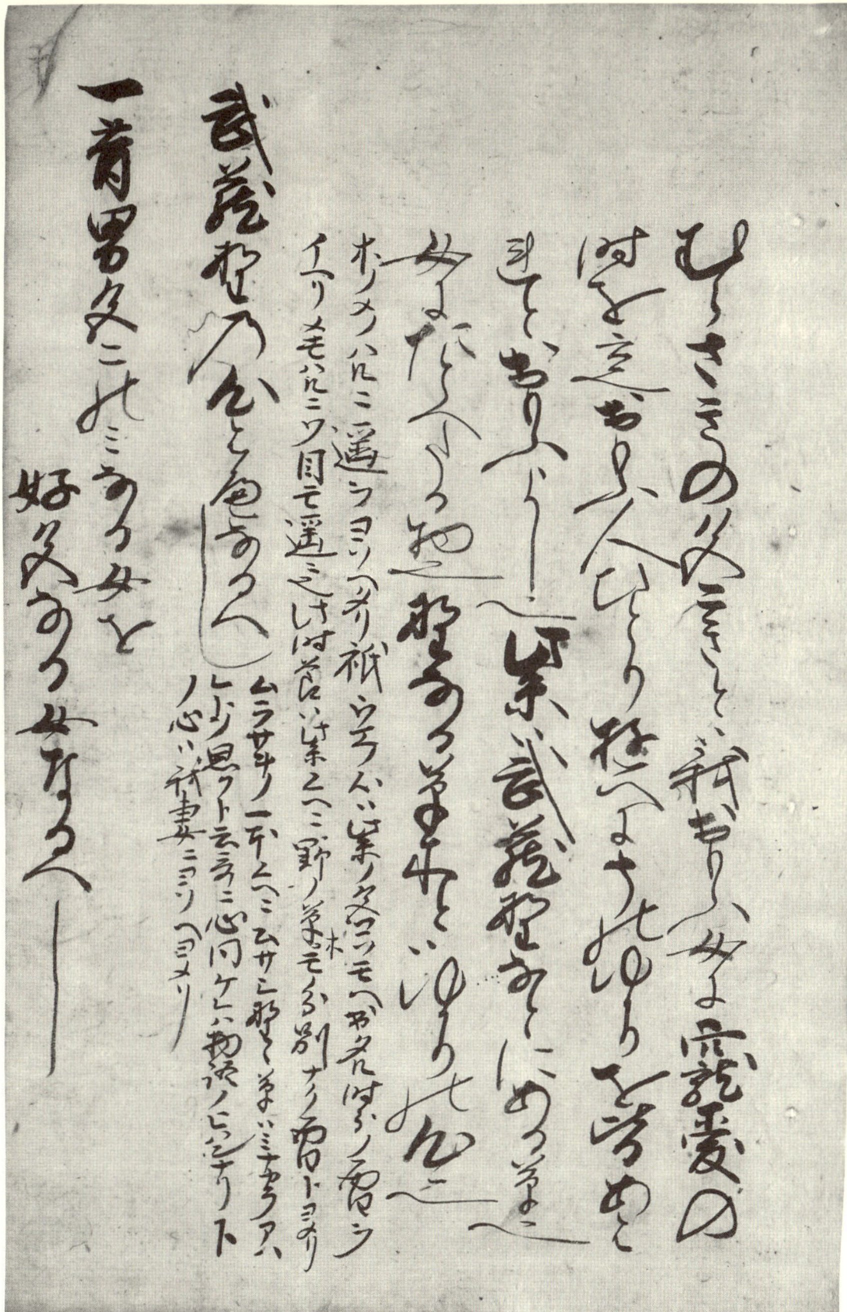

ひさきのいとこと我もり人女ハ家君愛の
ほと云もよ人ひとり捨へうせぬかり悲めを
まてしもりうへ〳〵
女たく〳〵うね〔紫武蔵野すにめつらま
ホツメフれに二ツ園て遥之けは草ハ朱ノ草ト云リ
イツメモ六ツ二ツ遥フヨシノ祇ウラハヽ朱ノタコツモハ𦾔へはウノ皆ト
武蔵野乃んと色あろく○〕 ムラサキノニテレニ二ミサニ那〳〵まヽミチウア
　　　　　　　　　　　ニ少思フトニラ二心内ケニ物ニハノウシアリト
　　　　　　　　　　　ノ心二付妻ニヨリヨメリ
一育男女これこうろ女と
　　好久うろ女なろく――

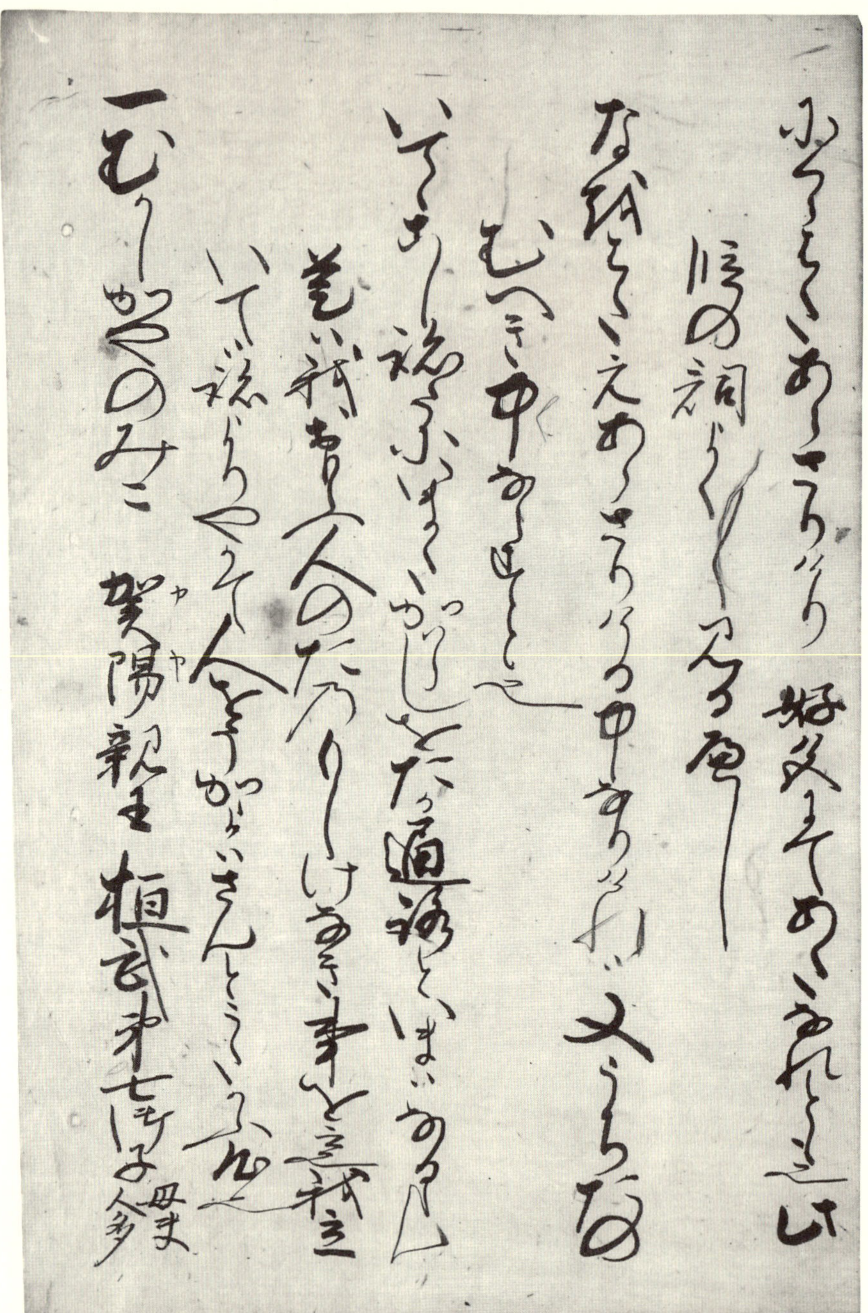

六三ウ（四十三段）

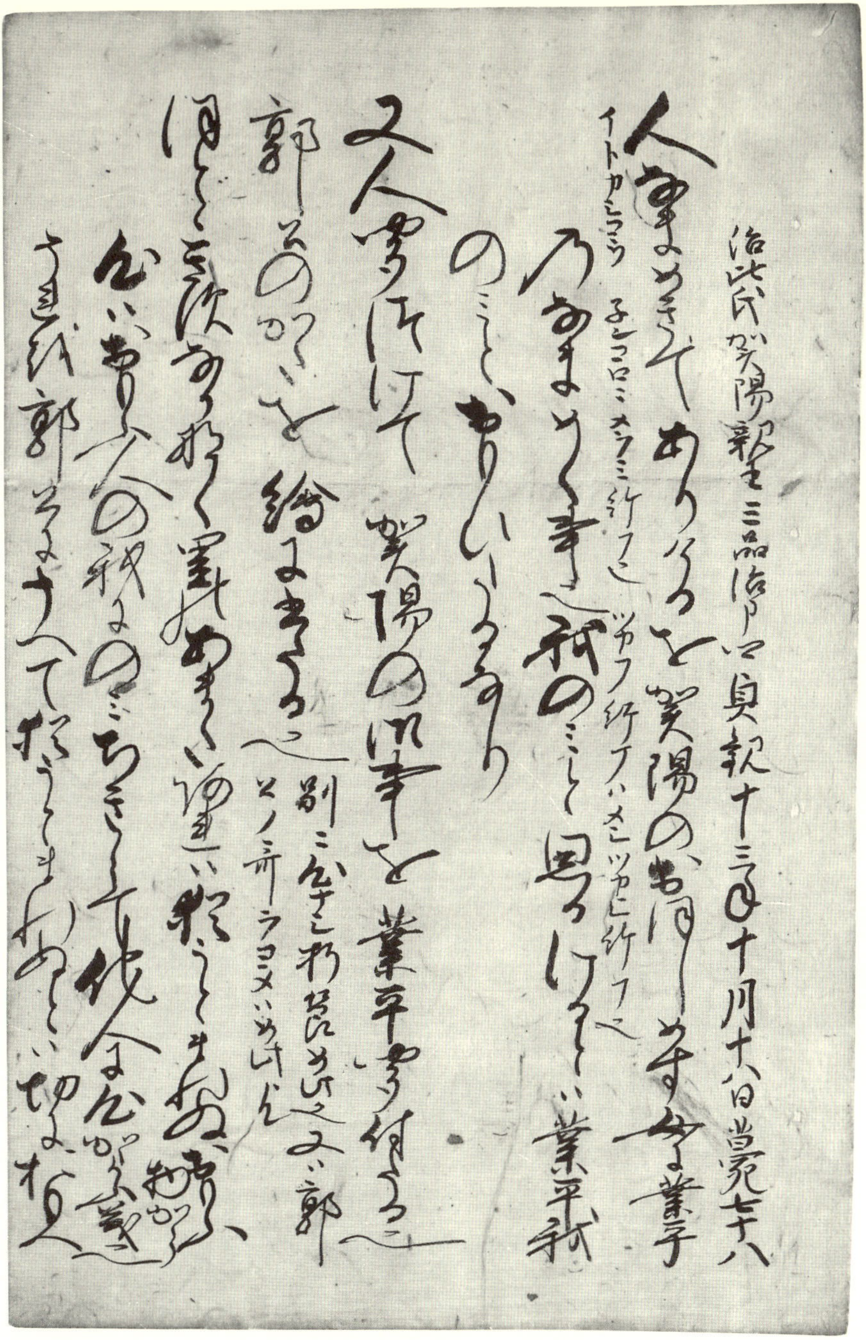

六四オ（四十三段）

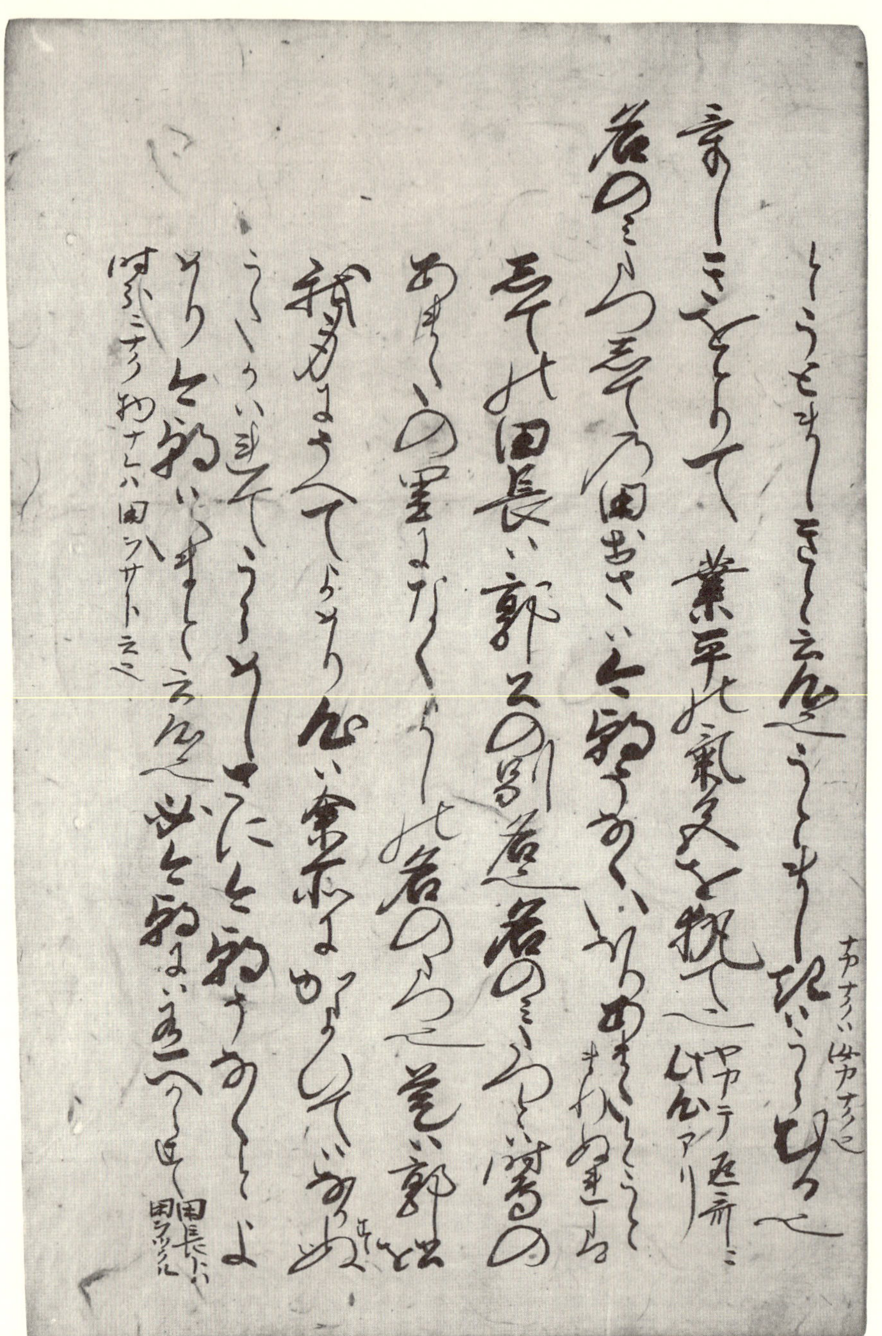

六四ウ（四十三段）

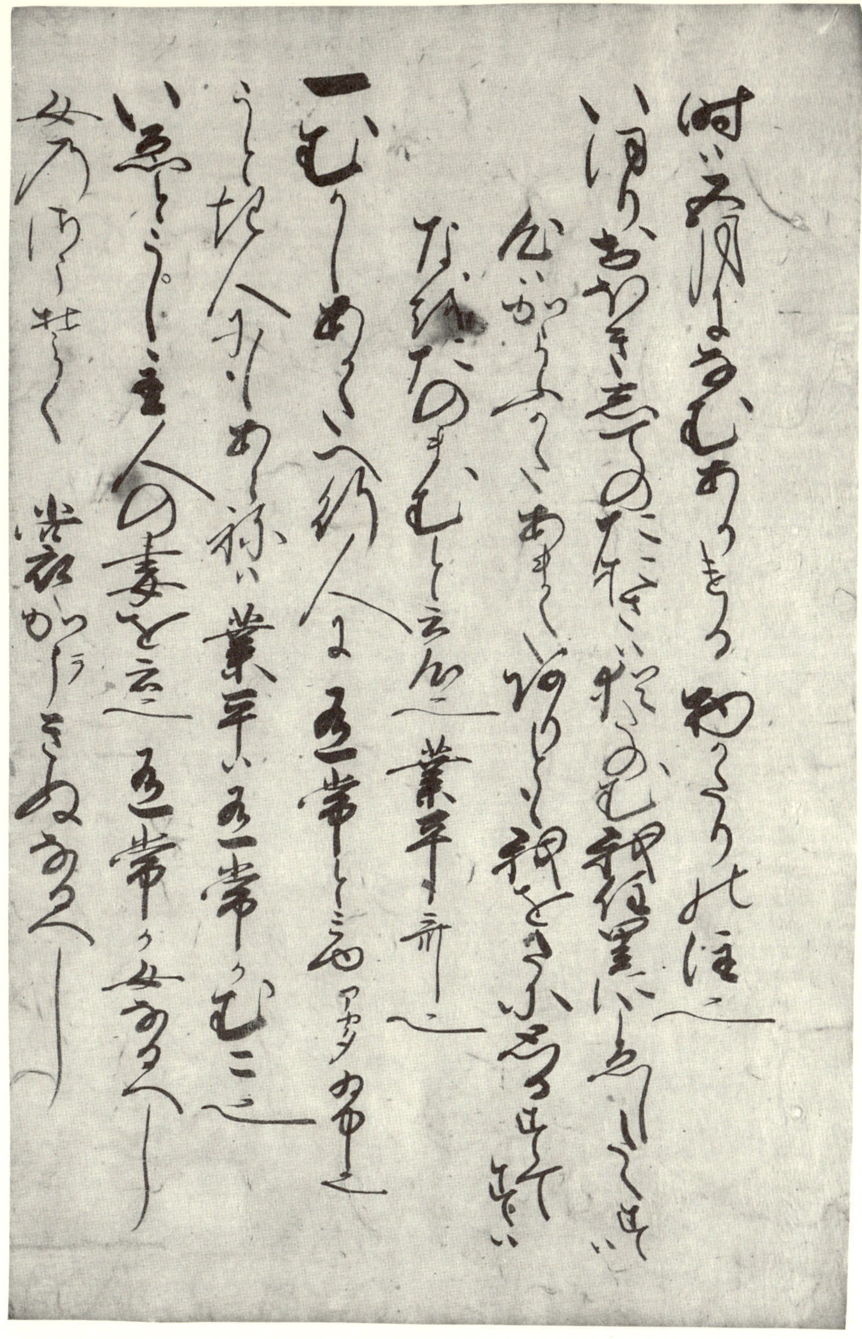

六五オ（四十四段）

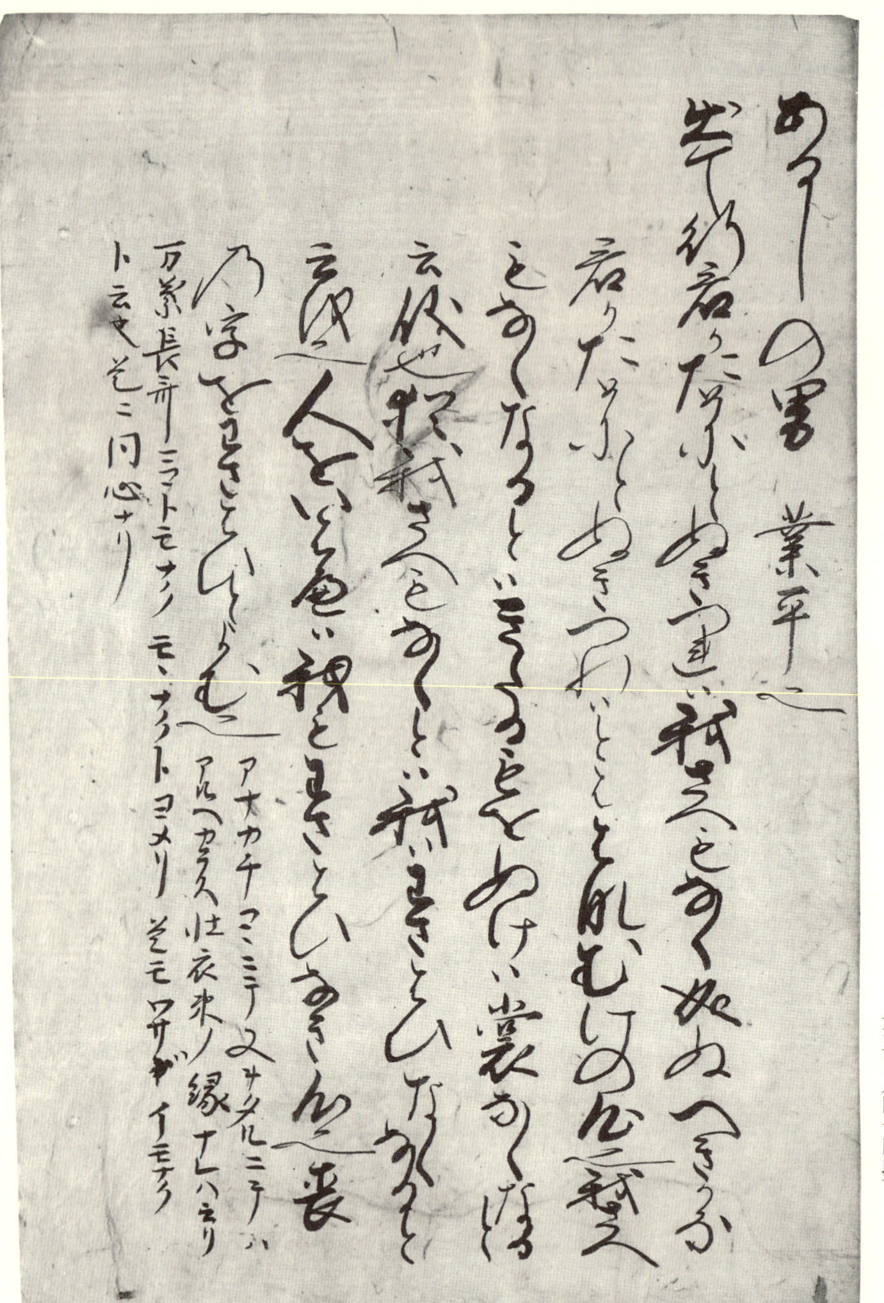

六五ウ（四十四段）

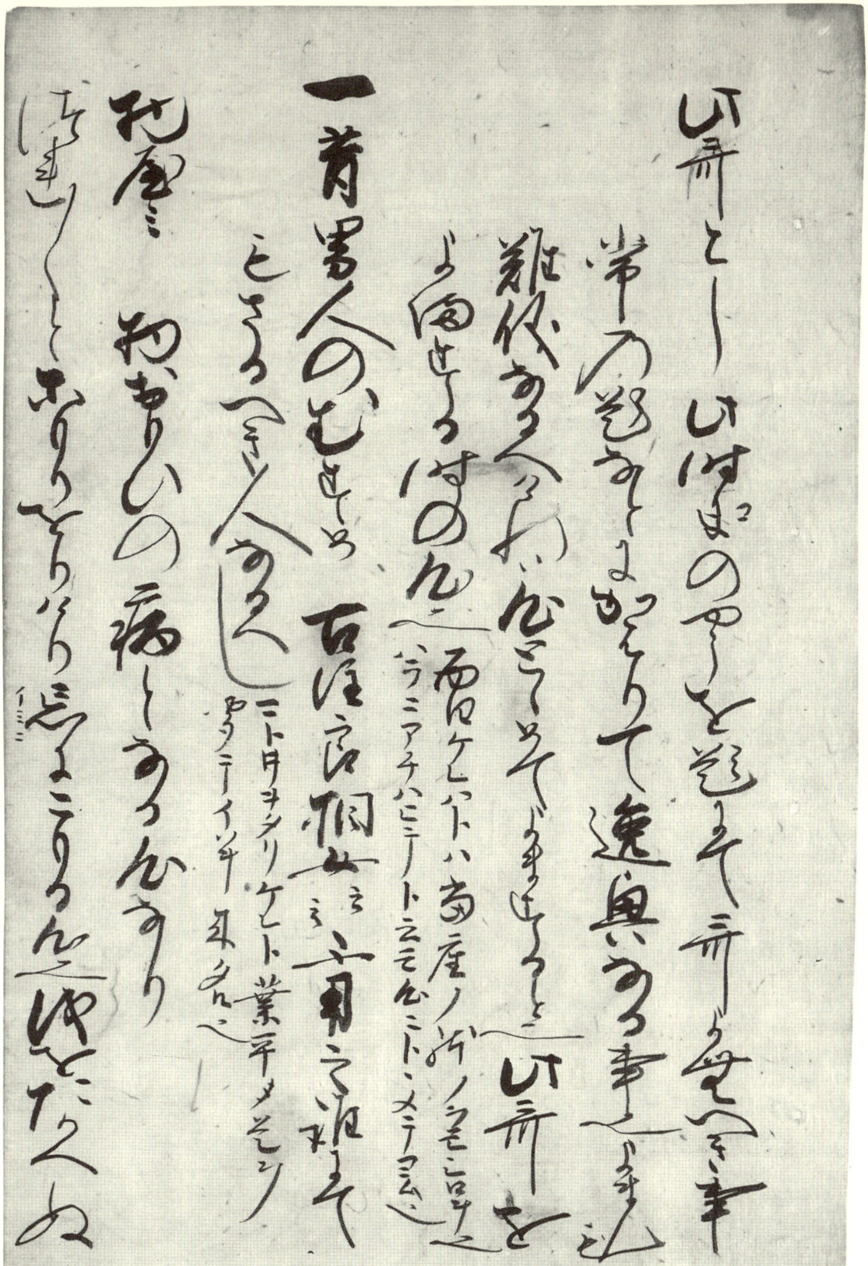

六六オ（四十五段）

六六ウ（四十五段）

六七オ（四十五段）

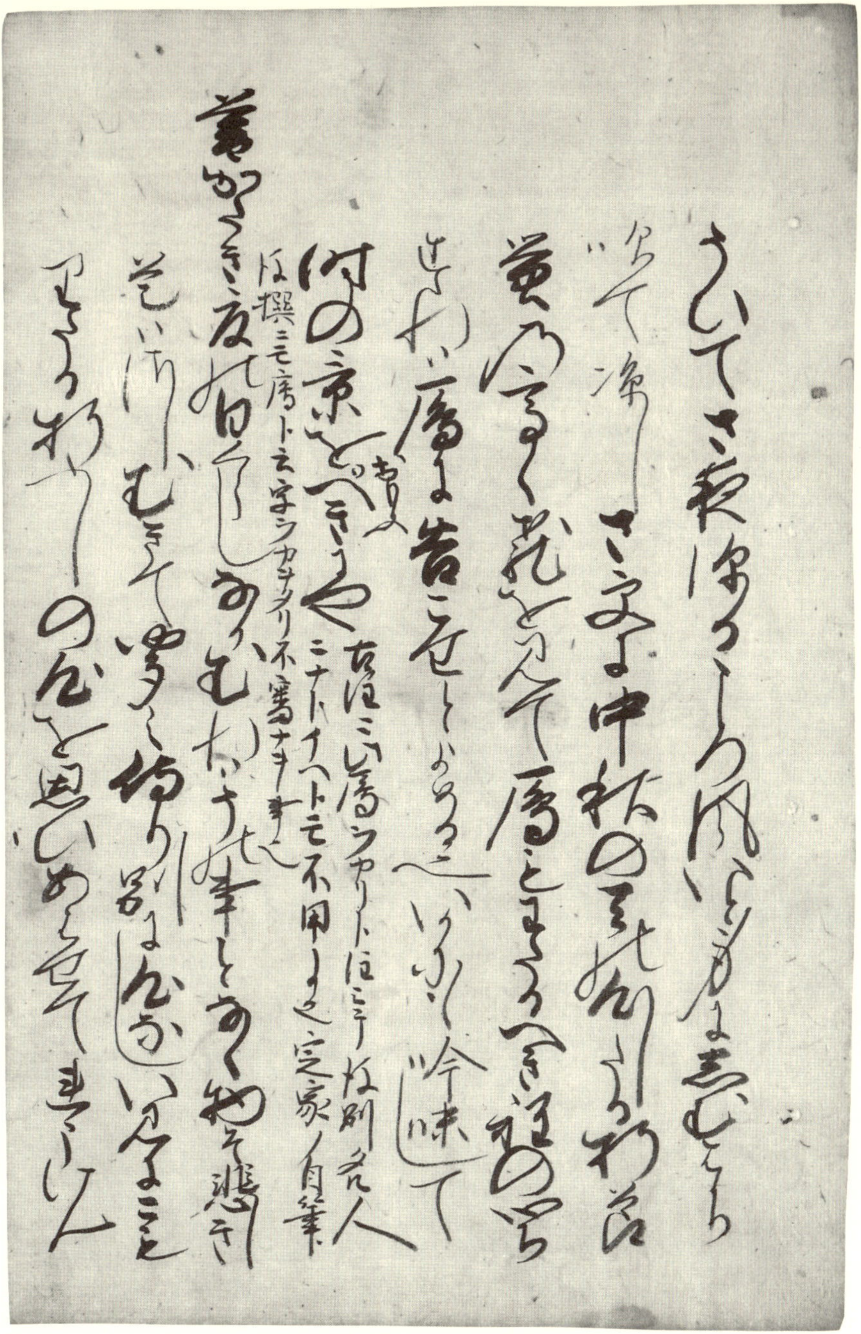

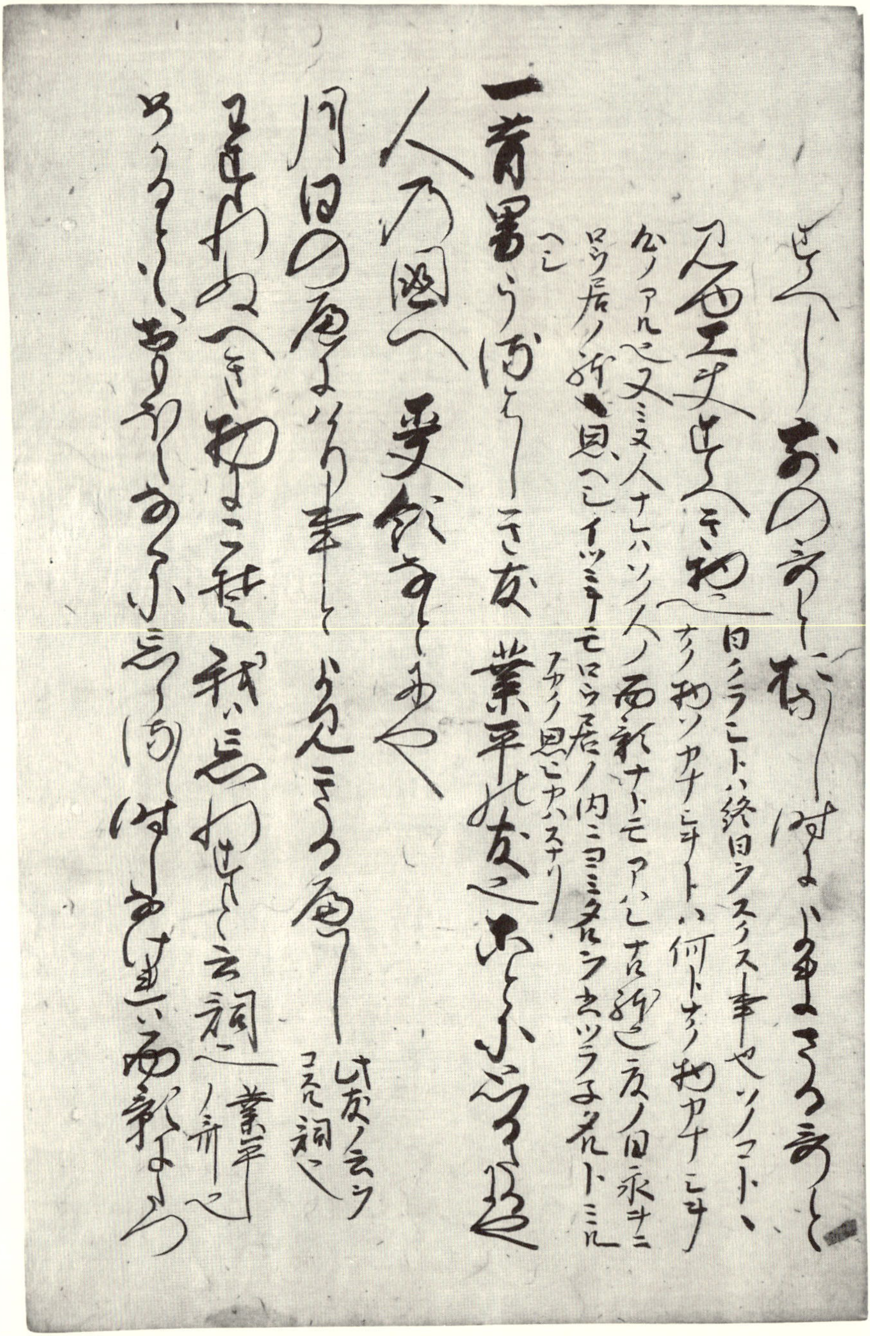

六七ウ（四十六段）

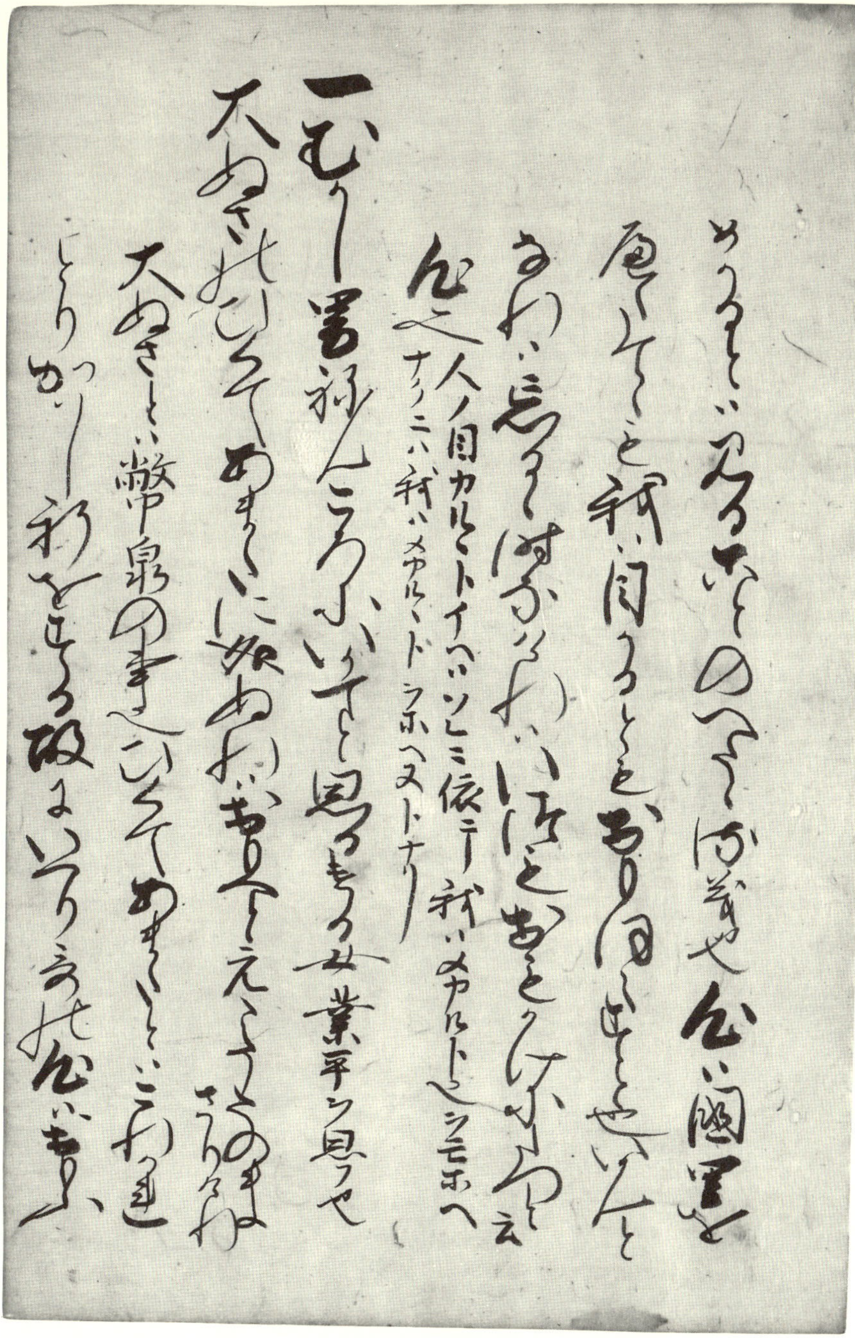

六八オ（四十七段）

人の心あまりまよふ迷いたのまれぬもとゝ云心也

大カレテモトハ水魚ノ縁ニ依テ云リ大カラフルト云心ハナキナリ

焼しぬこしくそあまりに也暮いたてこそあるよ

ツイニヨルセトハ情人ニヨルトエ心ナリ

一 手にとりて赤あるわたしもと云心

ヘイソハアミタ手ニトリテワタシ打ハラニ／＼大ル物ナリ

又サカ木ノ枝ニ白キシ付ヲ物ルヲモ大ヌサト云ニ　祇

一 むつし馬

馬ソハナムケ名トモナシ業平ノ人ヲ餞セ紀ノトモサクカ

アハノカミニ於テノ名トナノ也　祇

いはまけしおのれをしきわと人をまよひらぬもしふへりけれ

心ハ人を切よ餞といふあめ付人をまよ置をいはま置て

心ふ庵なわすりと我心よ餞宵春ら心

六八ウ（四十八段）

六九オ（四十九段）

ないあまりに我をあさましむ恋ひて思ひけるさと
云ニ、大かたは世の中の人とあそはせられとおもひて
中ねのあふことを遠くはなれてすこしみきる
女にいひける心ニ、うらわかくおもしろいうきとすそこにと
思ひて我をさうりしと云心也、此心見をつけ
初草トハ若キノ言ニ、若草トヨメハソヒシクラケテノイヘリ、又メツラシキコト
イハン枕詞ニ[illegible]ニ初草トモイヘリ、思ケルヤトハ業平ノ我ヲ思ケルヲミテ寄ニ
ケルハ心ニ思フ心ハニイモウトヲ好色ノ心ニテイヘルコトアリ、其後ニハナシ
思フ言モシトロヲテ思ヒコムトイヘリ、好色ノ心ニハアルヘカラス、未好色ニ
テハナクノテニテ、レンミンノ心取レタリ、當流思ヒケルヲナクノトハ、ウラウラシテモテ
モナク我ヲ思ニメストニ云義ナリ

六九ウ（四十九段）

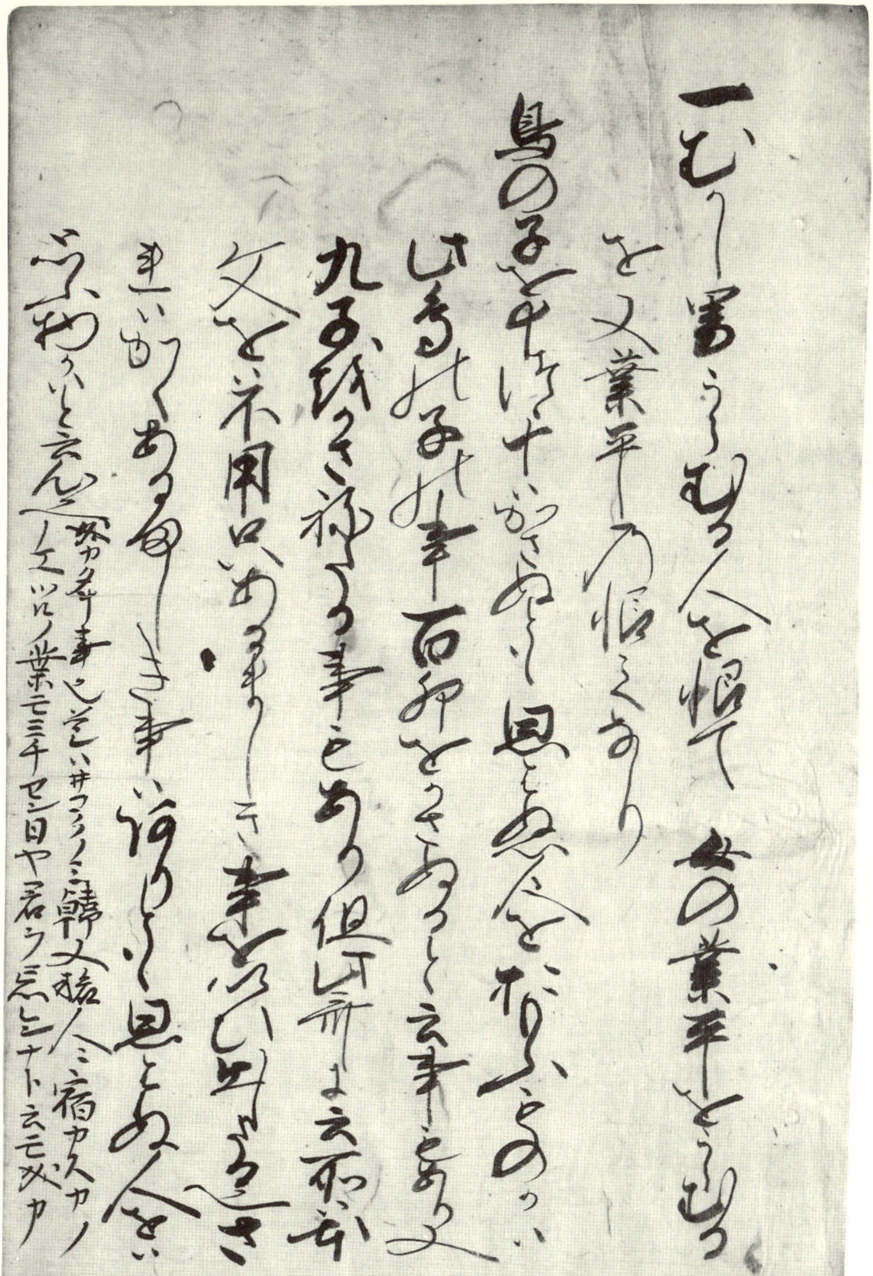

七〇オ（五十段）

名ナキ事ハ只頼ナキコトヲ云ハ秘密[illegible]アレナレハ川ノ[illegible]サニ
ナセ川ノ石ハノホツテ星トナルト云ハミツ年物ハ緑[illegible]ニトナル[illegible]

朝露ハ消のこりてもありぬへし誰か此世をたのみはつへき

是を又あるへし　[illegible]露ハ又誰か此世をたのみ

[illegible]人の心をたのみにたのみてことをつくしさ[illegible]

秋ニ朝露ハ消リカタキ物ニトリ[illegible]ハ消ルトモト云心ニ又此世ヲ
ト云ラ人ヲ恨ルハツラミムナリ

吹風に去年の桜はちらすともあなたのみかた人の心は

心にてかし　コトシノ花サヘアルニミヱテ去年ノサクラトミエルアル
コトシノ事ナリ

ゆく水に数かくよりもはかなきは思はぬ人を思ふなりけり

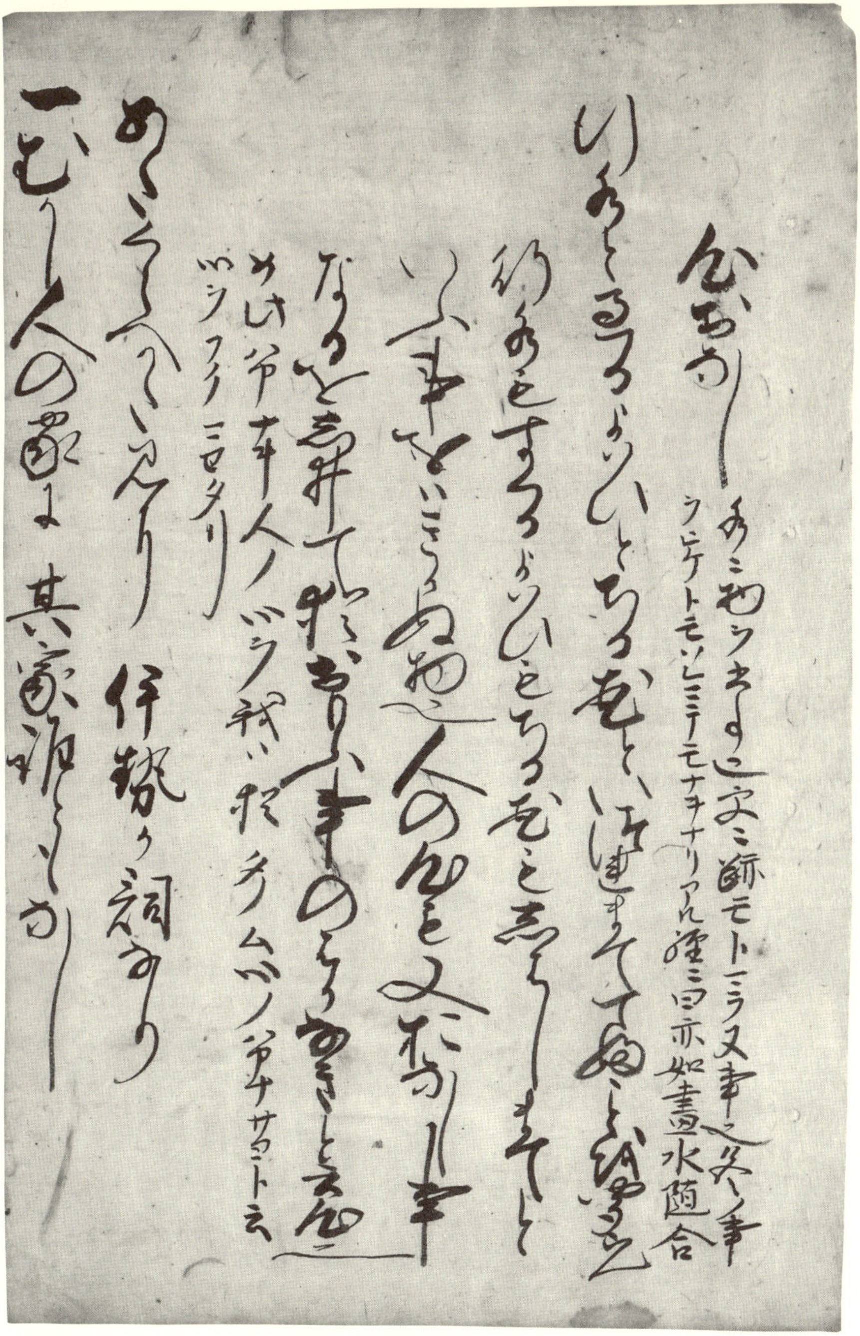

七一オ（五十一段）

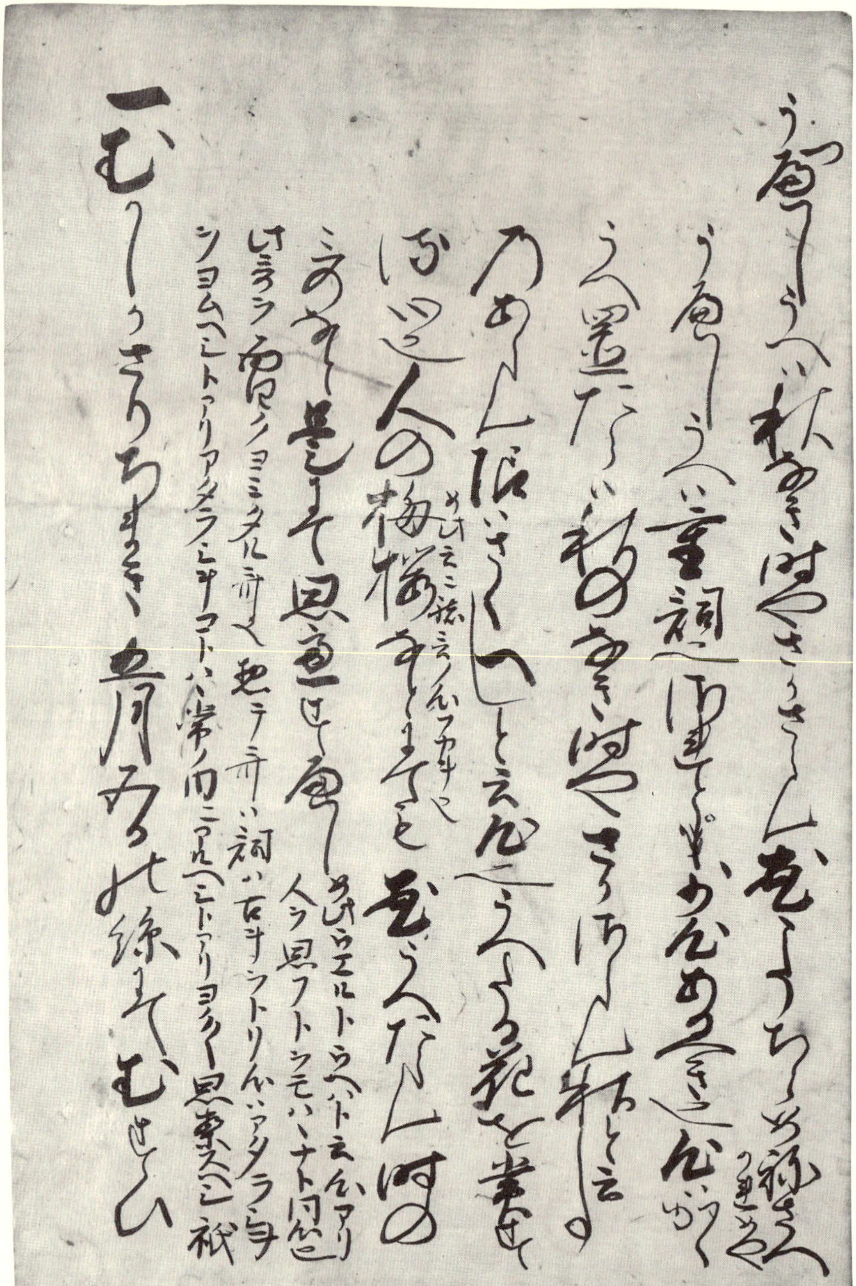

七一ウ（五十二段）

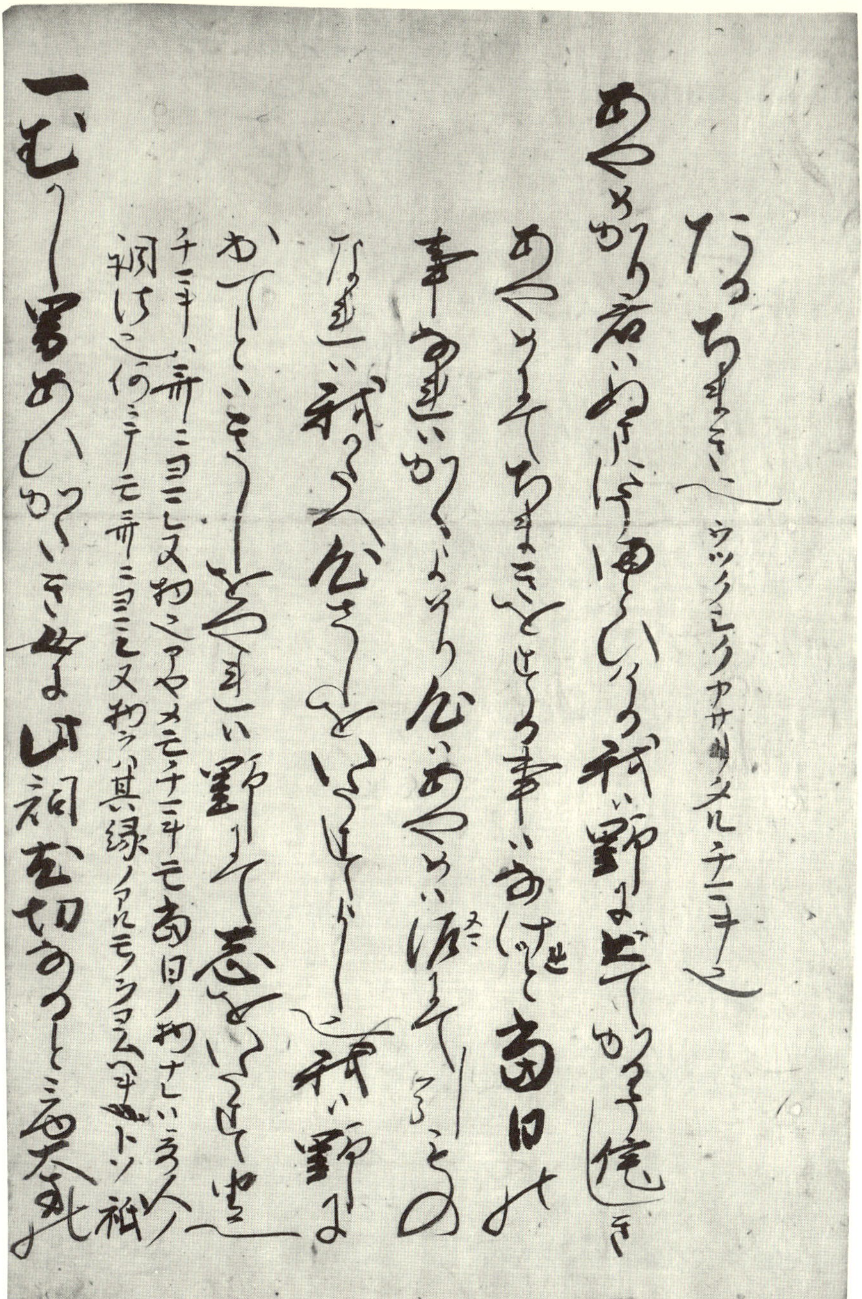

七二オ（五十三段）

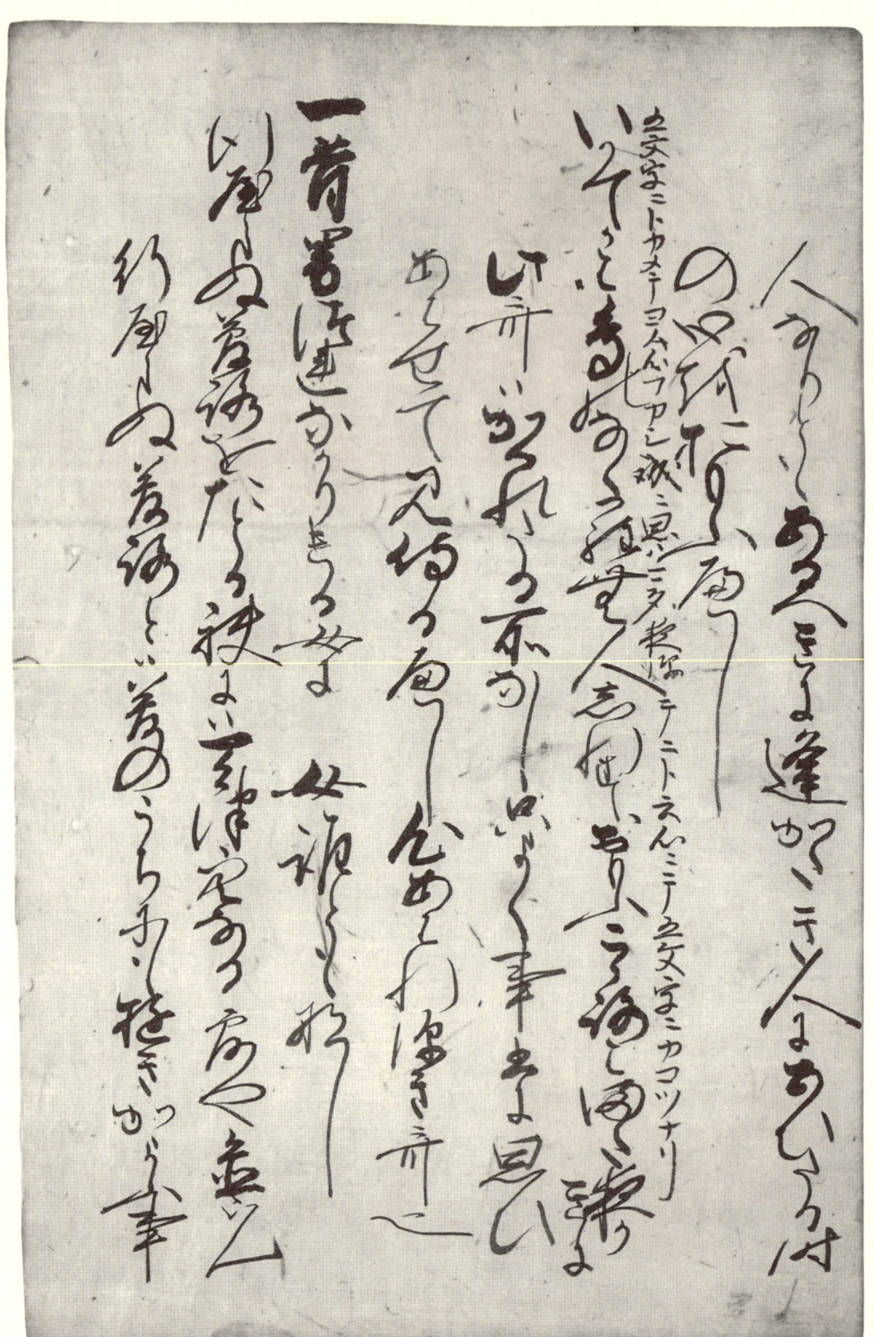

七二ウ（五十四段）

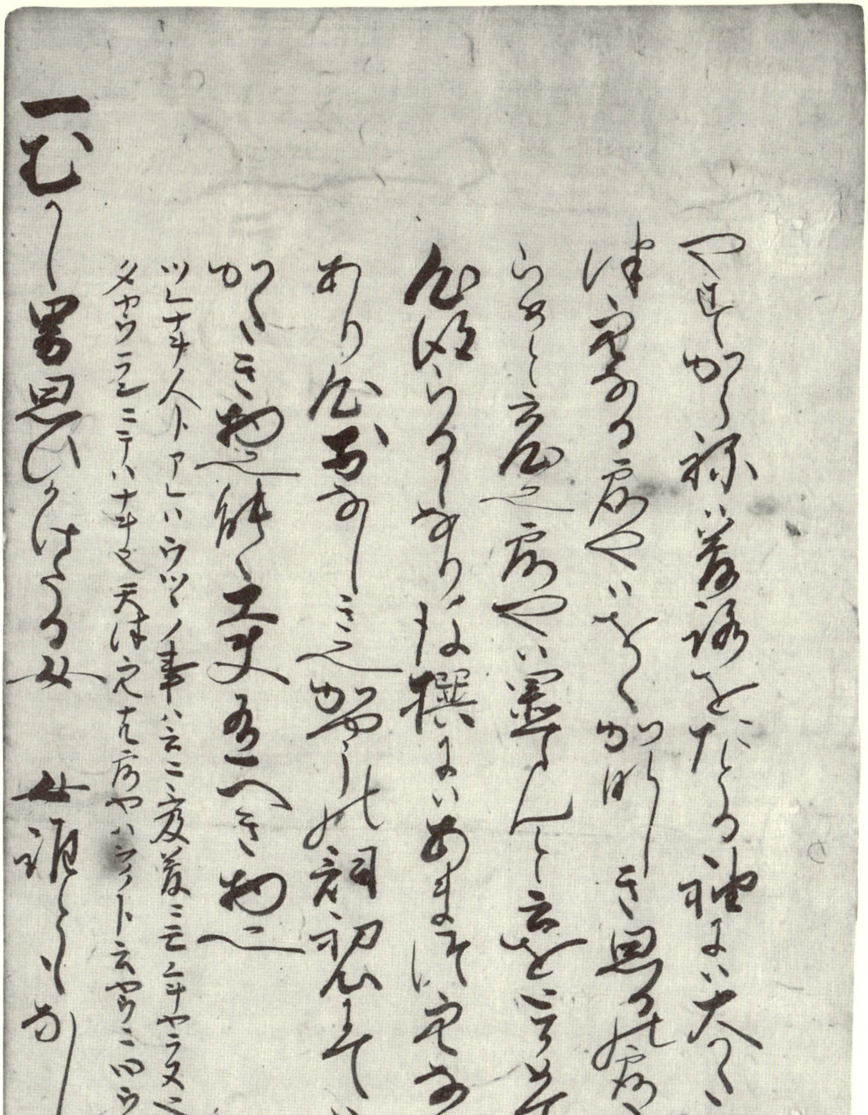

七三オ（五十五段）

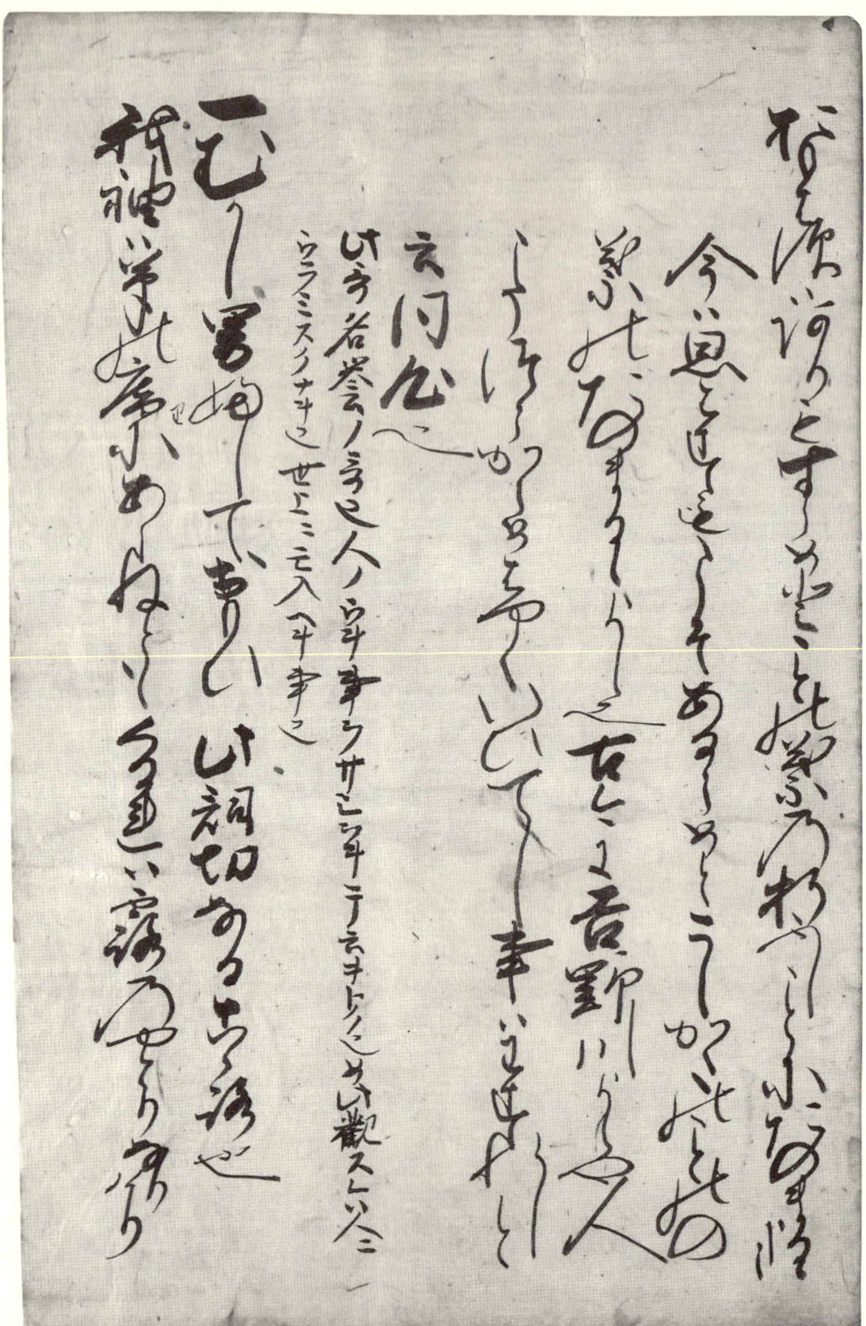

七三ウ（五十六段）

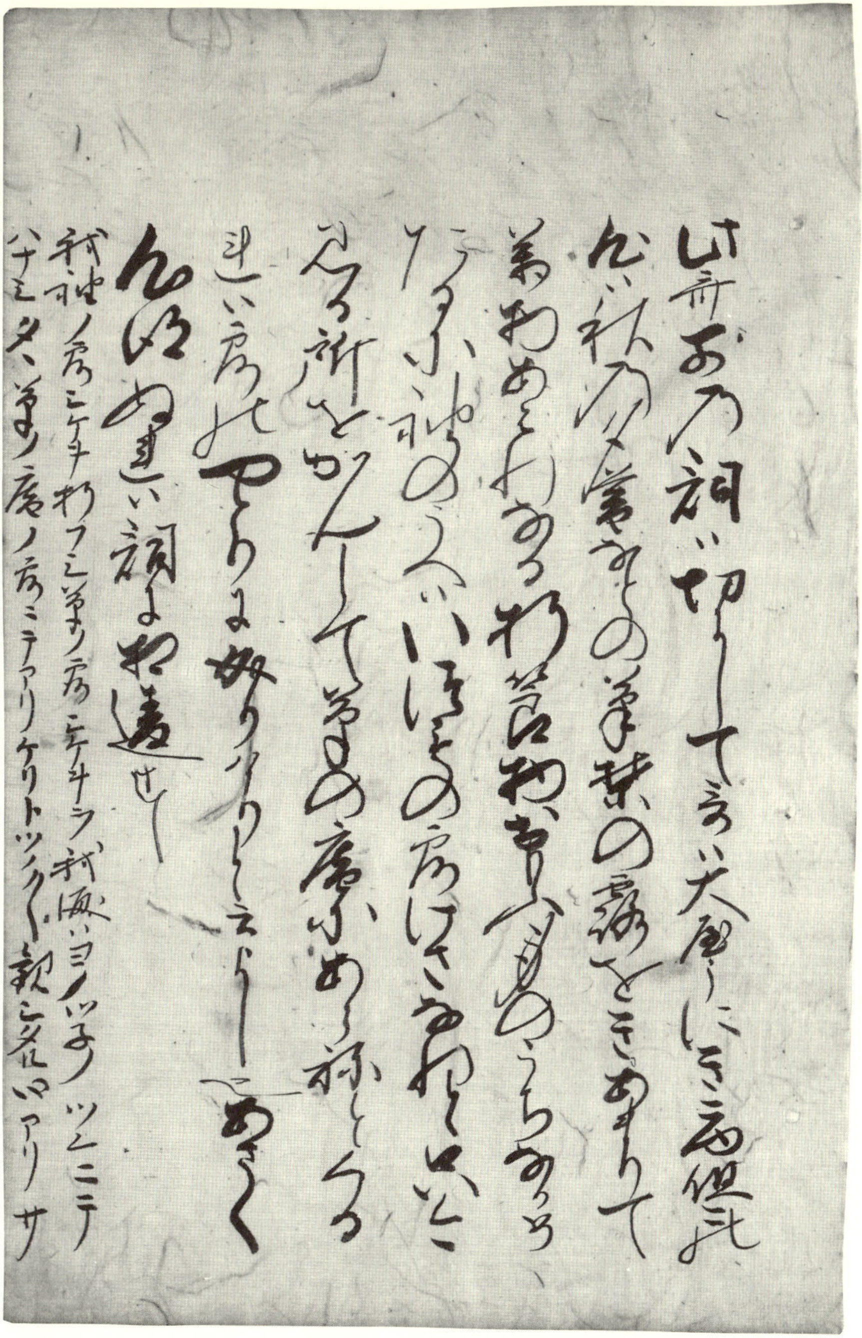

七四オ（五十六段）

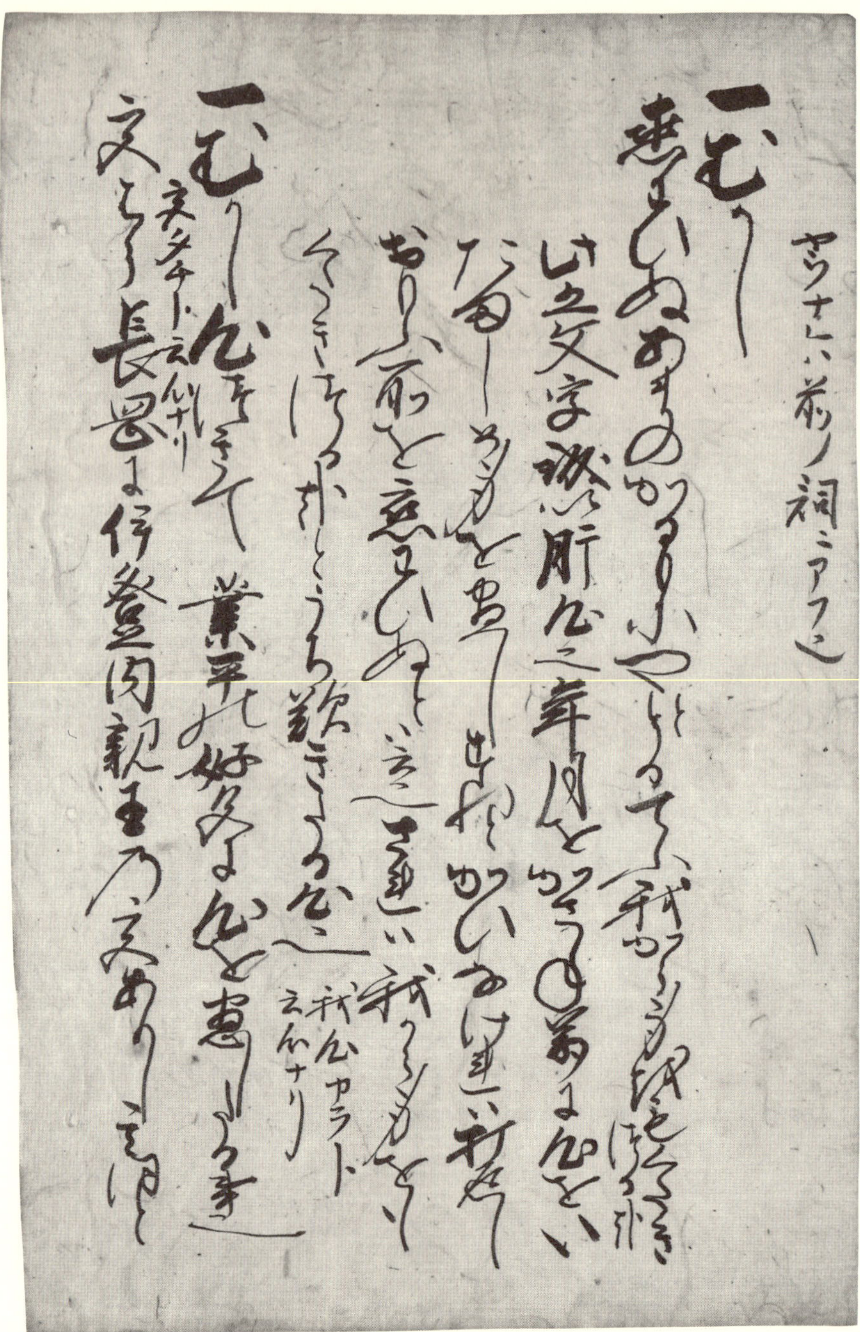

七四ウ（五十七段）

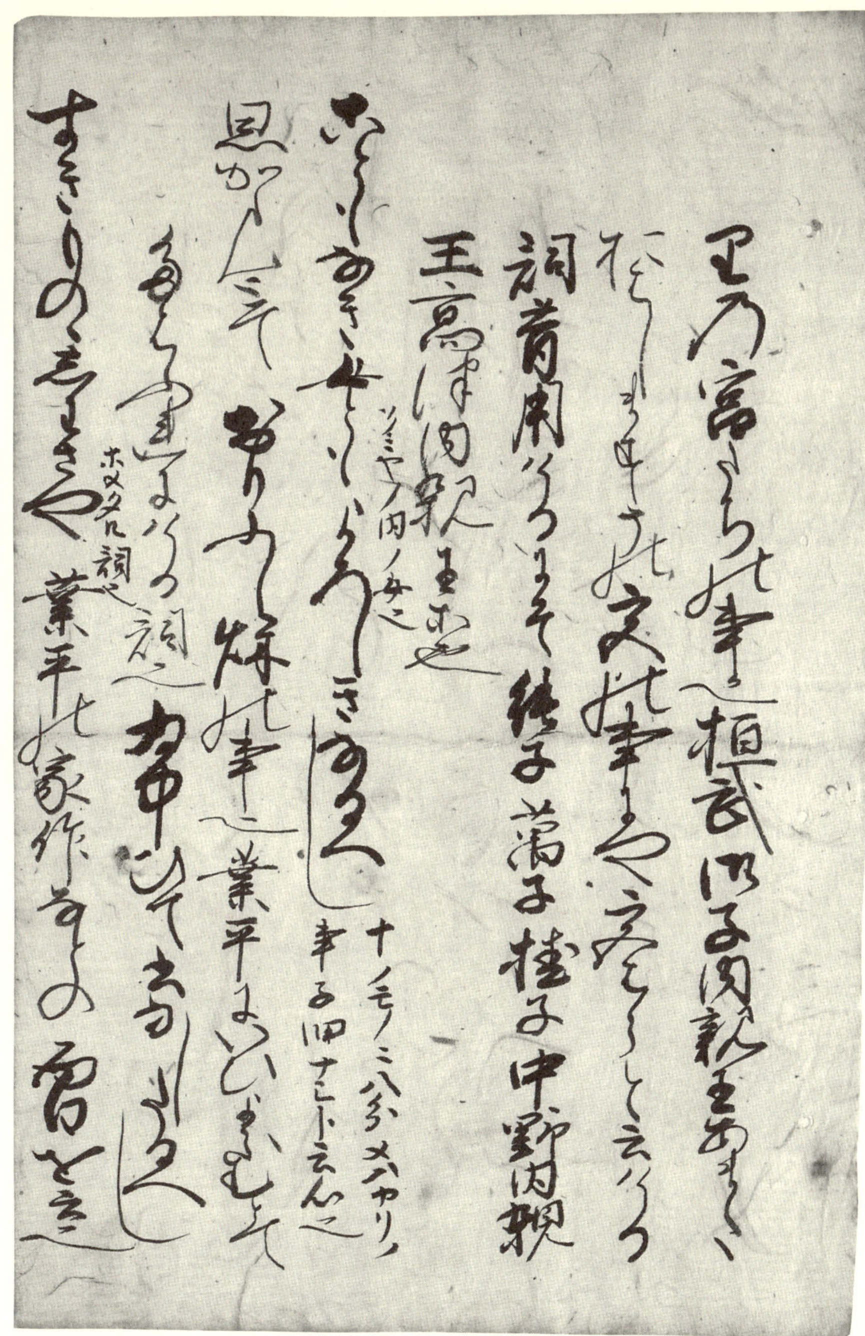

七五オ（五十八段）

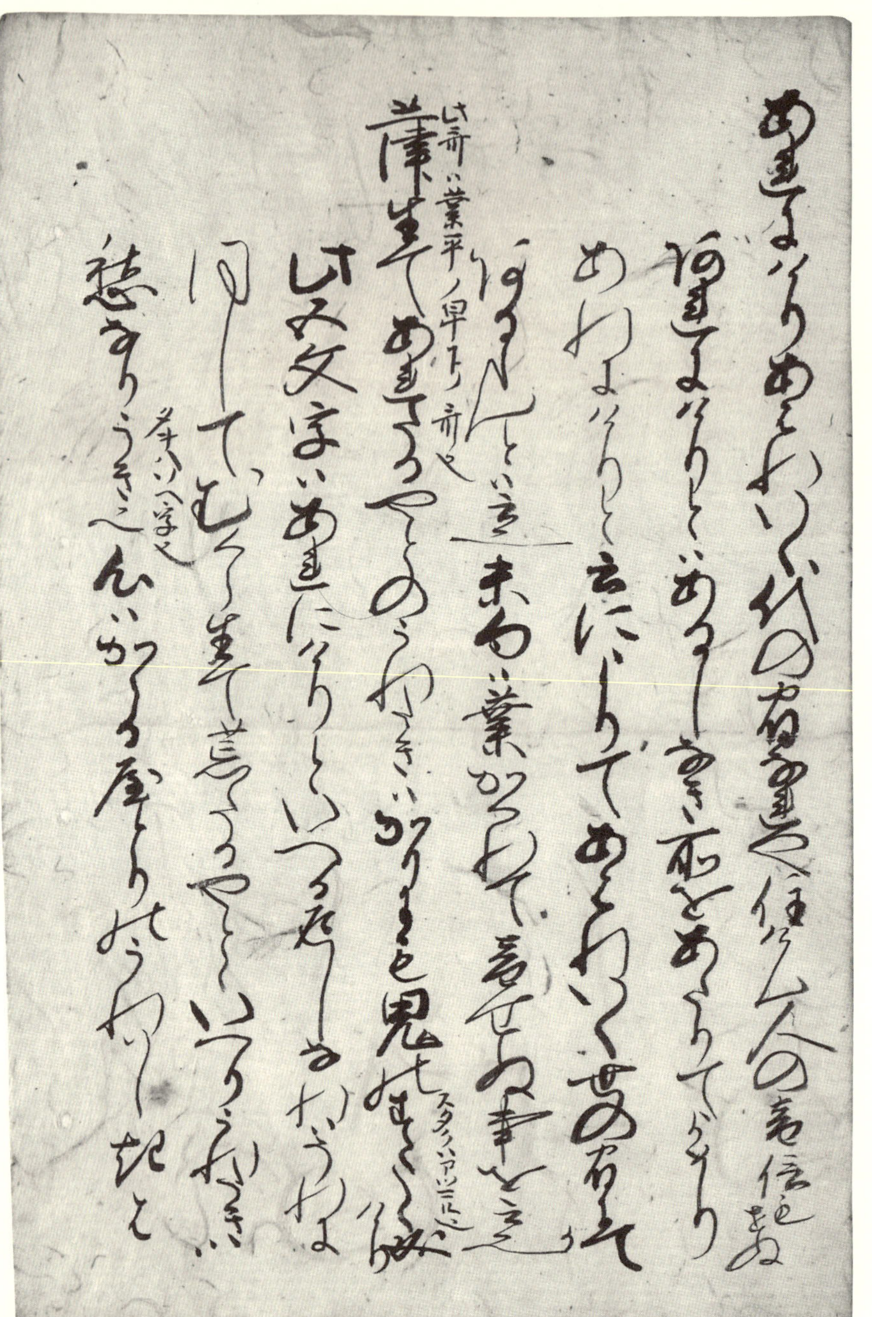

七五ウ（五十八段）

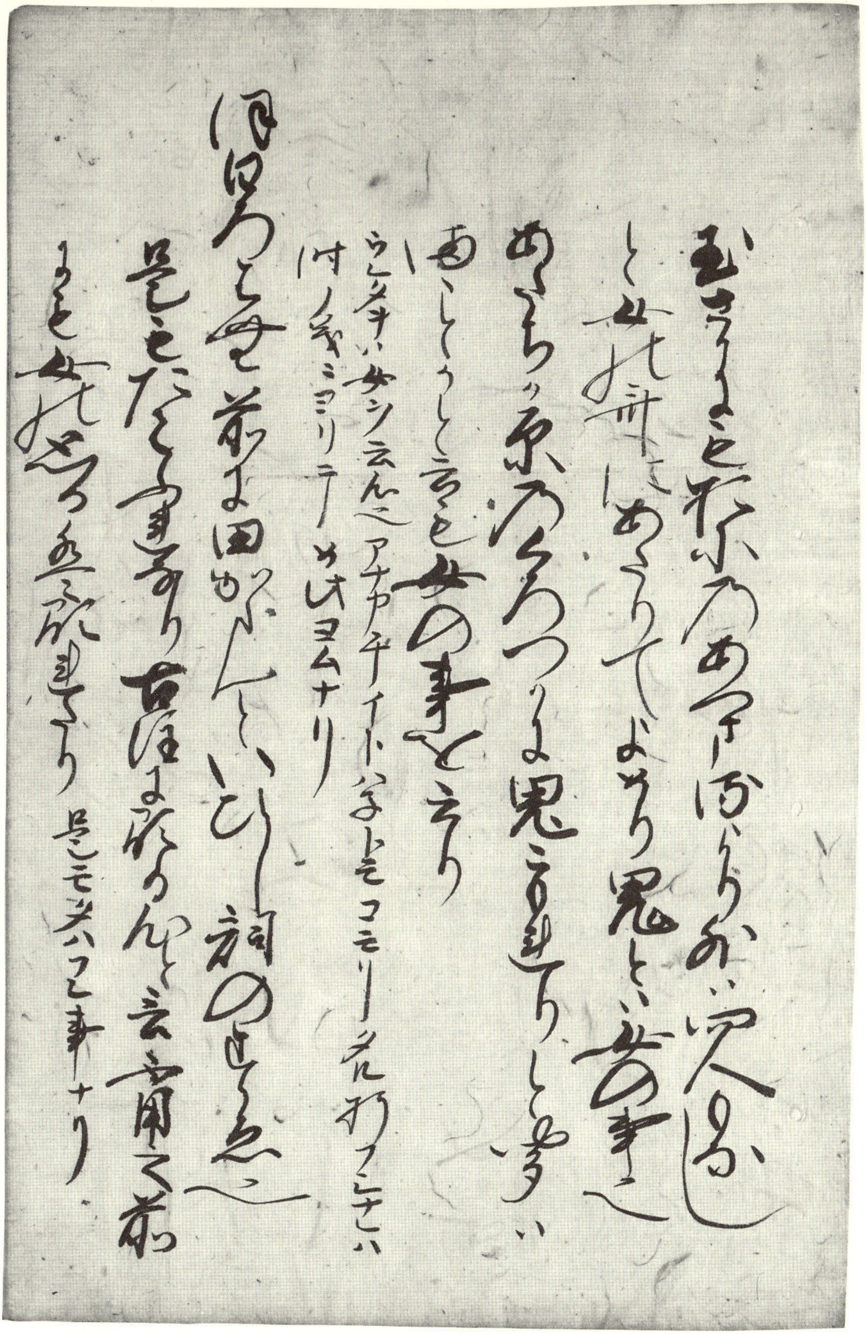

七六オ（五十八段）

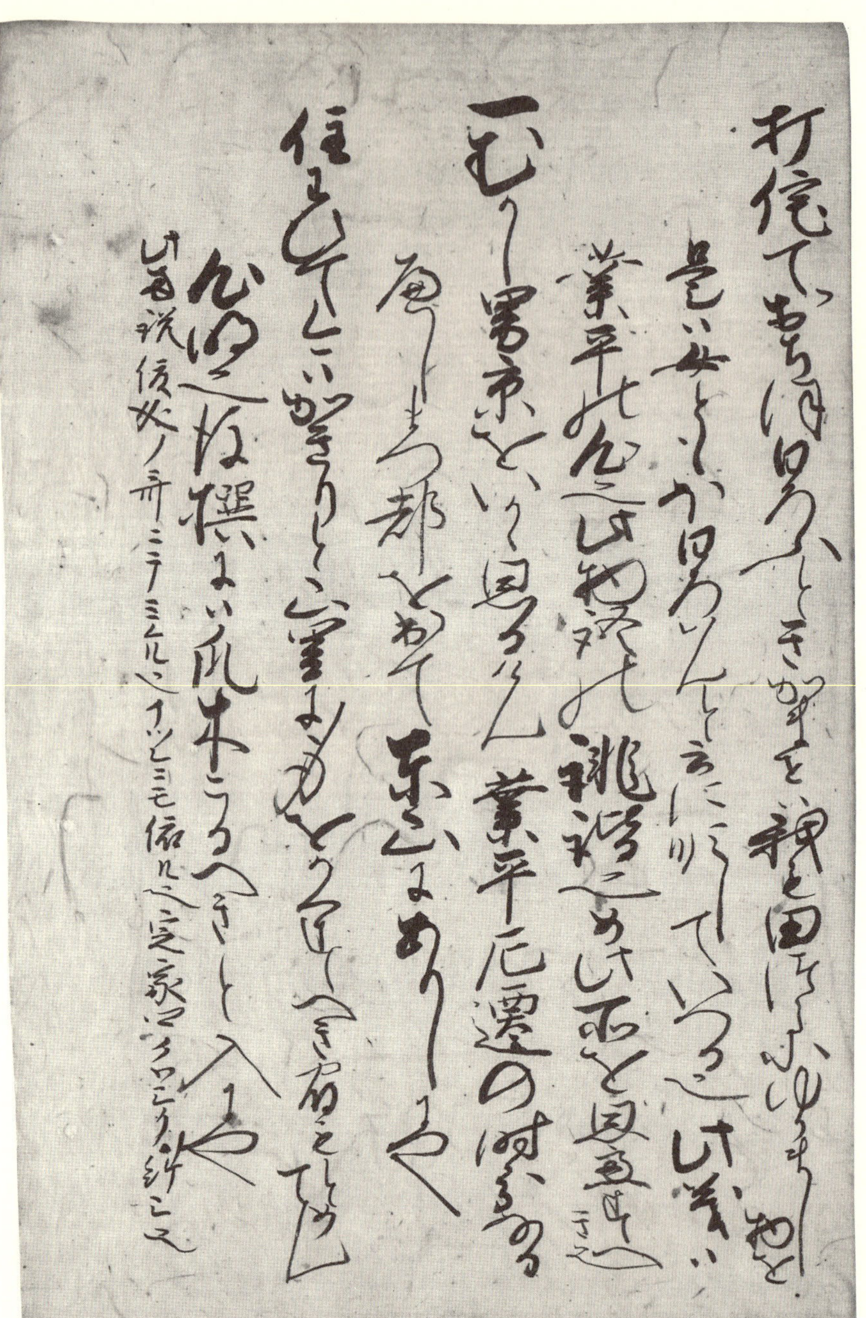

七六ウ（五十九段）

打信てもちはいろへときかすを視と田はふゆきや
且む女うかほろんとこゝにゐてハつゝけおも
業平もんこひ知ねつ逃けうけにを思立て
むり罘京といて思ろへん業平危邊の河のゐる
かうち邦とおそ来るありしハ
信ひ人とてわきりし富よもとう立てき君こそと
んかへ秘撰よい孔木こうへきしと入や
いも説後女ノ所ニテミルヽノシヒモ伝ルヽ定家ニヨコヽコリ許らえ

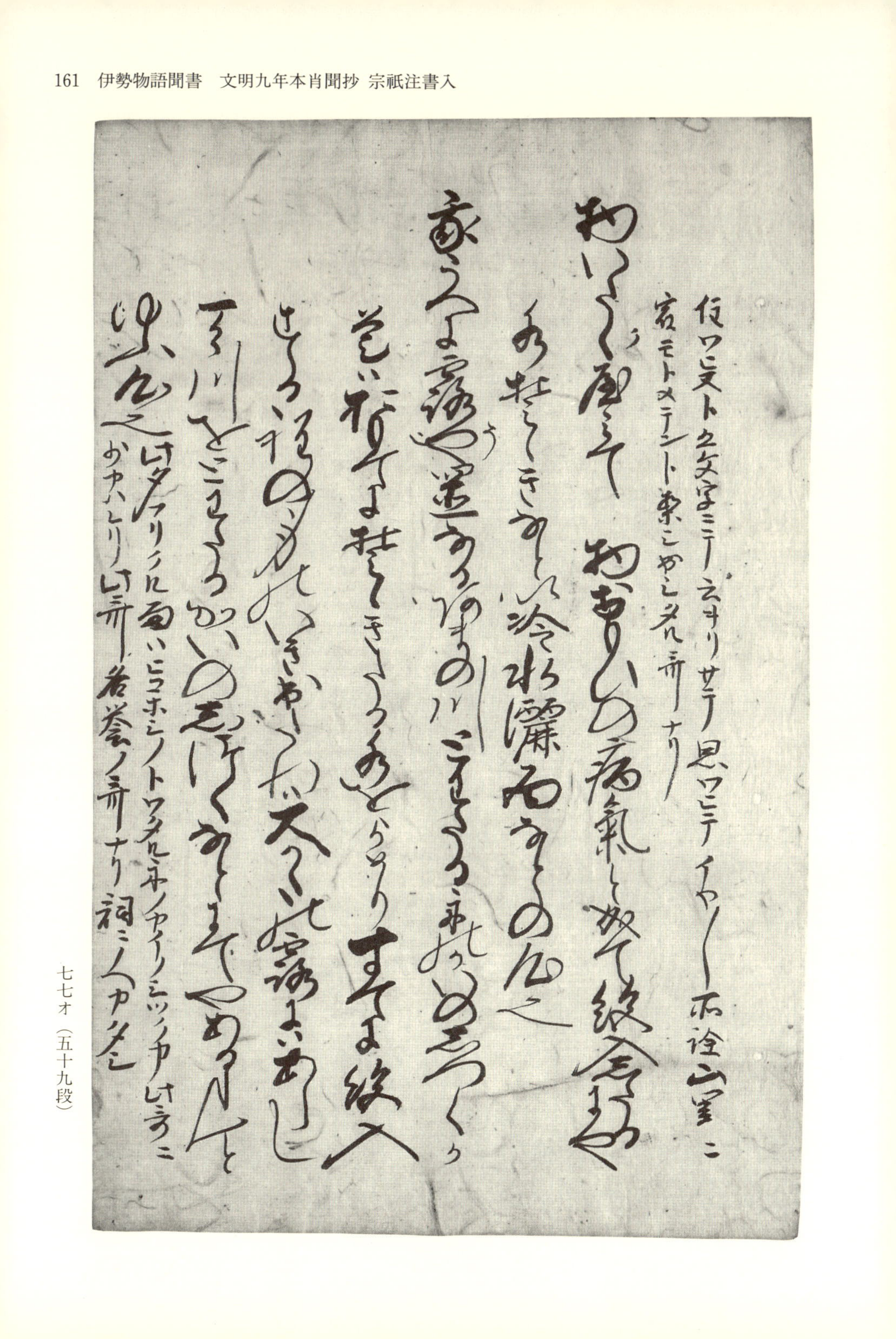

七七オ（五十九段）

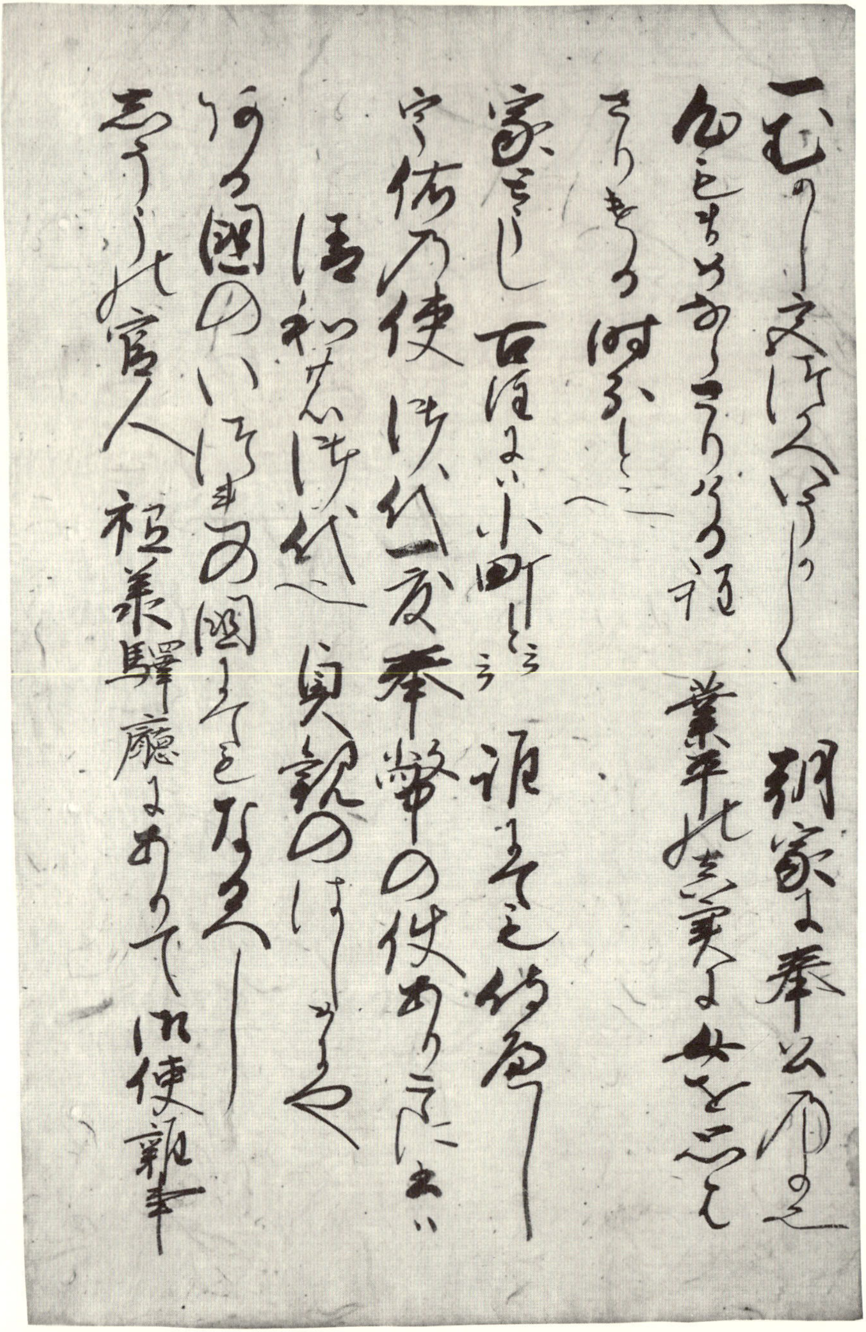

七七ウ（六十段）

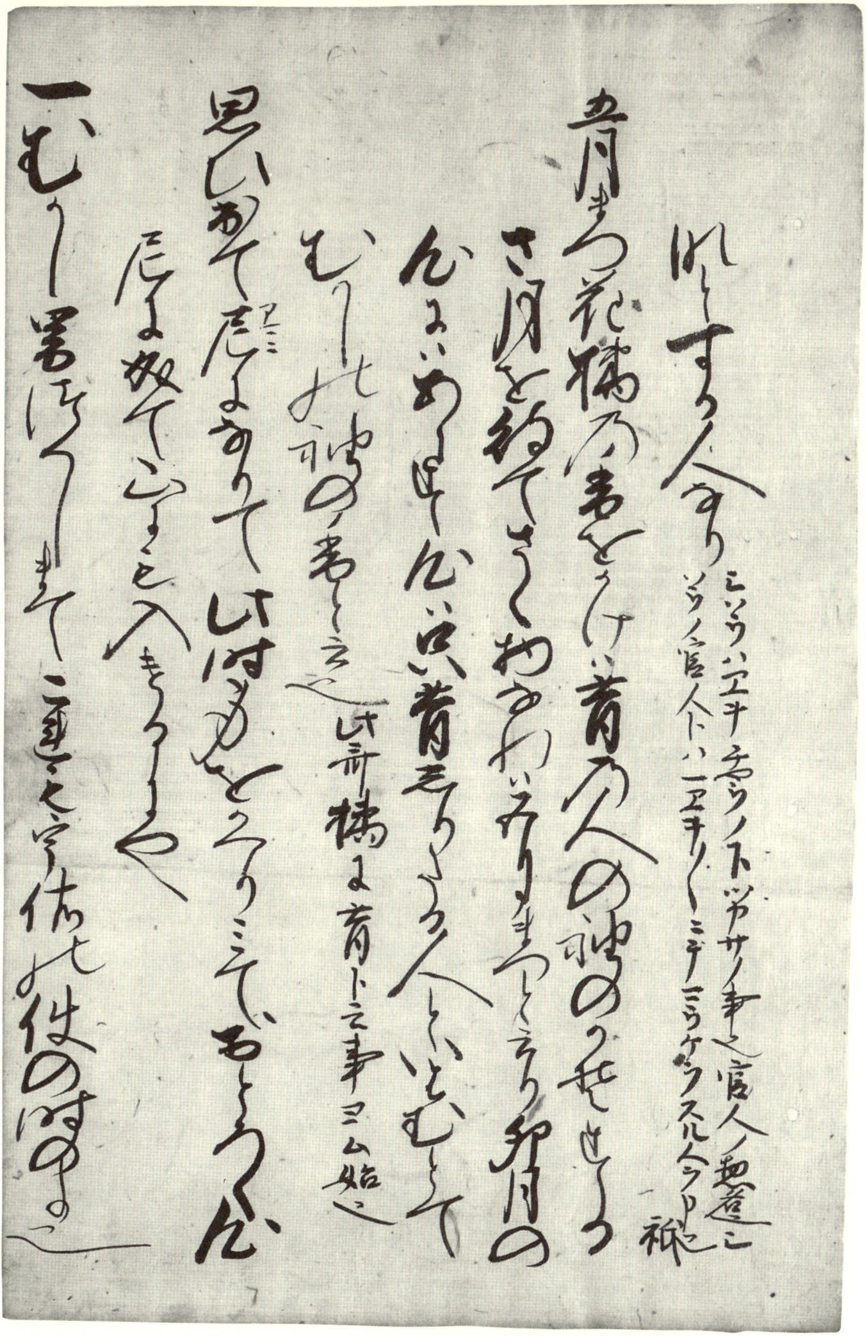
五月まつ花橘の香をかけは昔の人の袖の香そする

七八オ（六十一段）

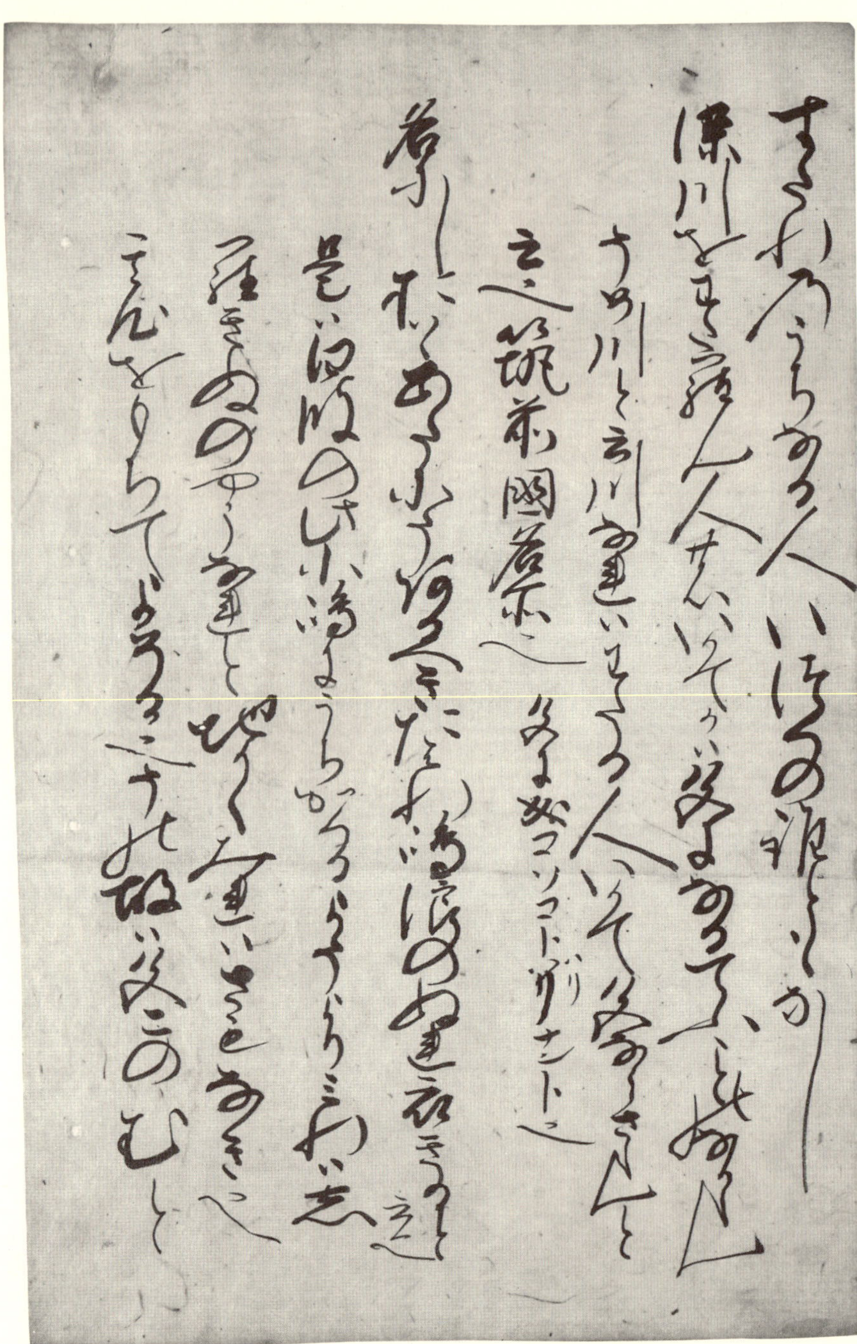

七八ウ（六十一段）

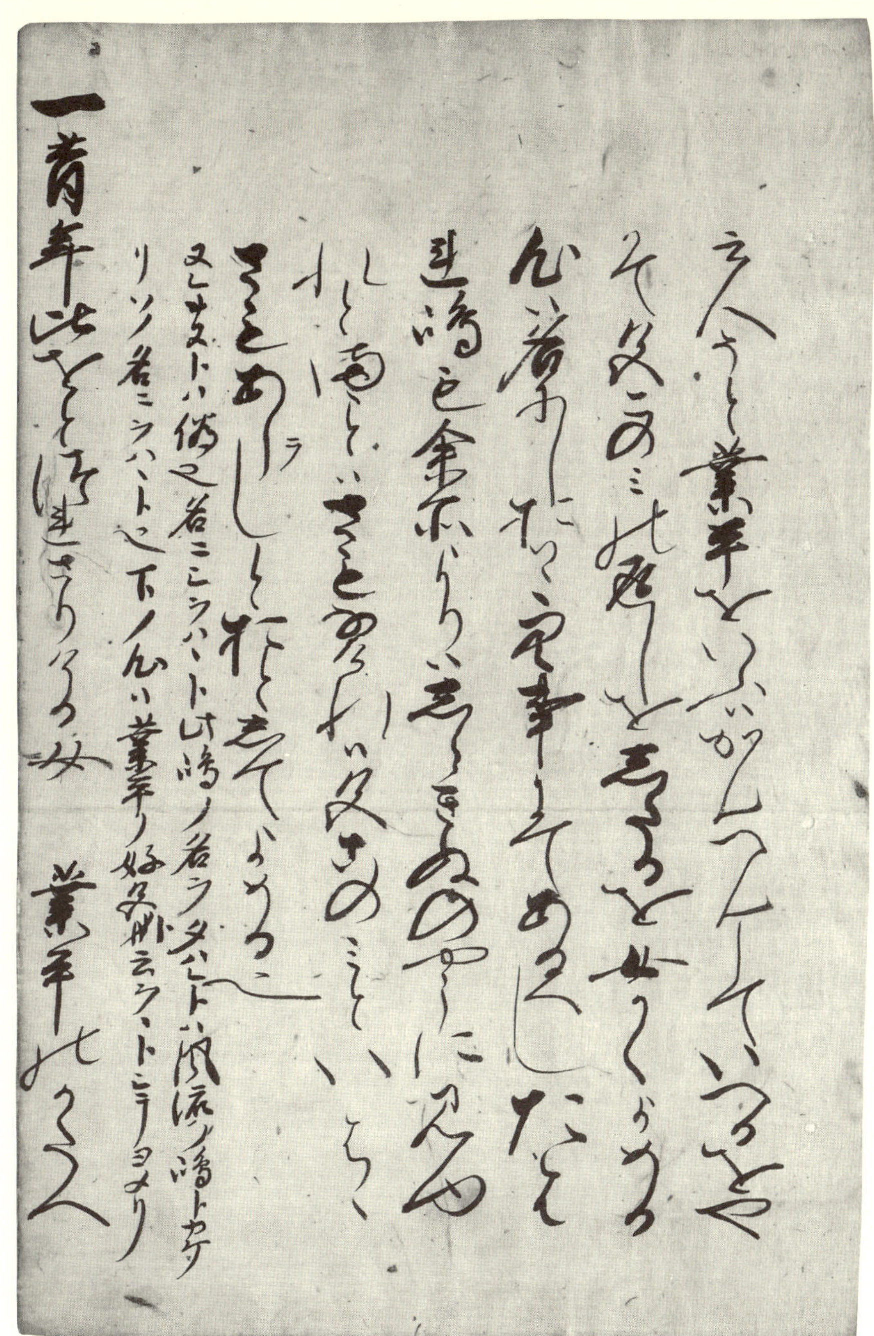

七九オ（六十二段）

一青年此そこは住ミケリ◯女　業平ヨミ人

　　　　　　　　　又シ井トハ俗之若ミシハト付時ノ名ヲタヒ、風流ノ場トカケ
　　　　　　　　　リソ者ミラハトソ下ノ心ハ業平ノ好色卅云フトニヨリ
ミとあらしく往きてよろつ
した南と／＼と思ふにふ又ゝる
ん原といひしそ年もあらし
生活色金寺リ、ありしこと也てあらし、た
そ後あるみかりとありとくらう
ここに業平といふかんていつるとや

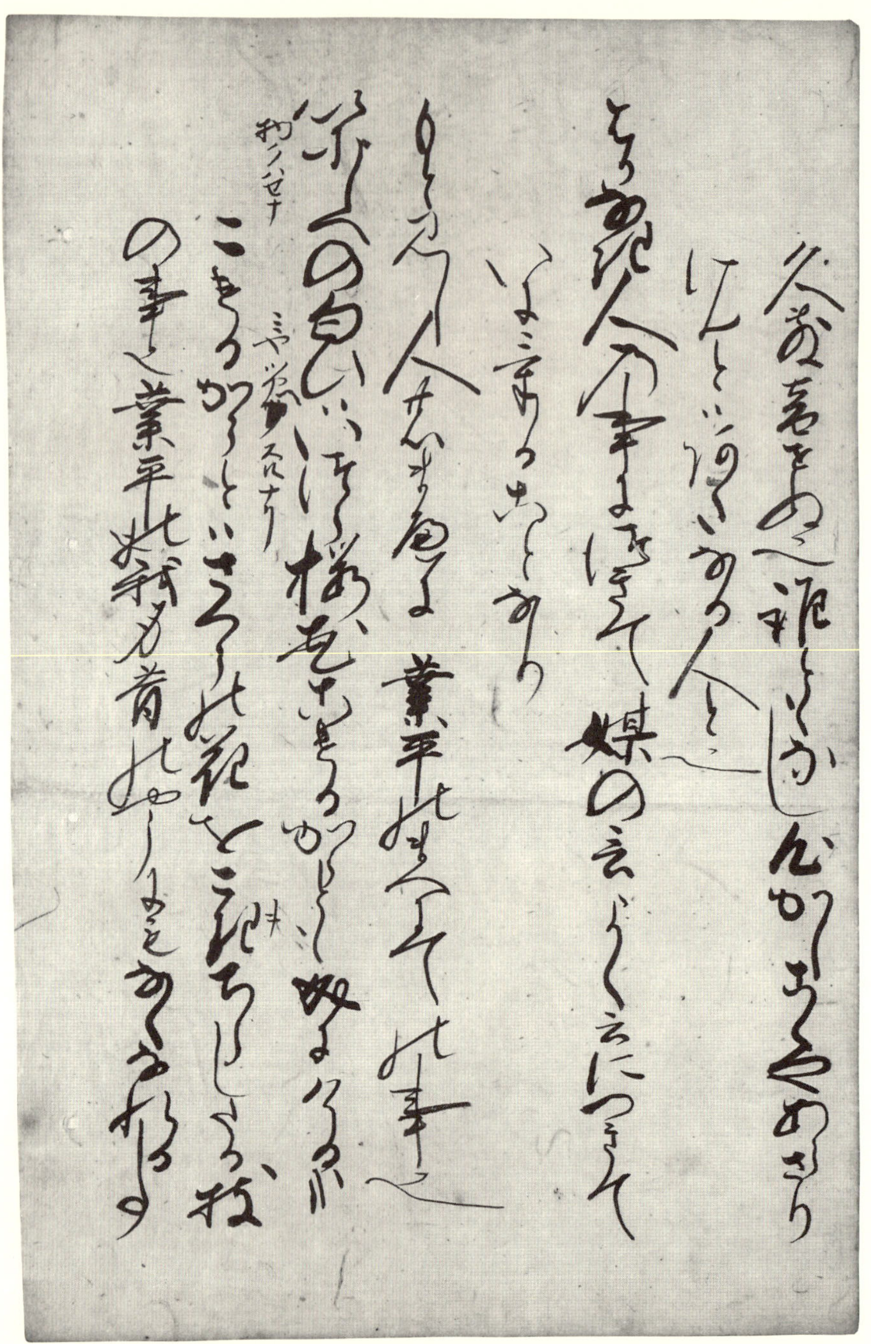

七九ウ（六十二段）

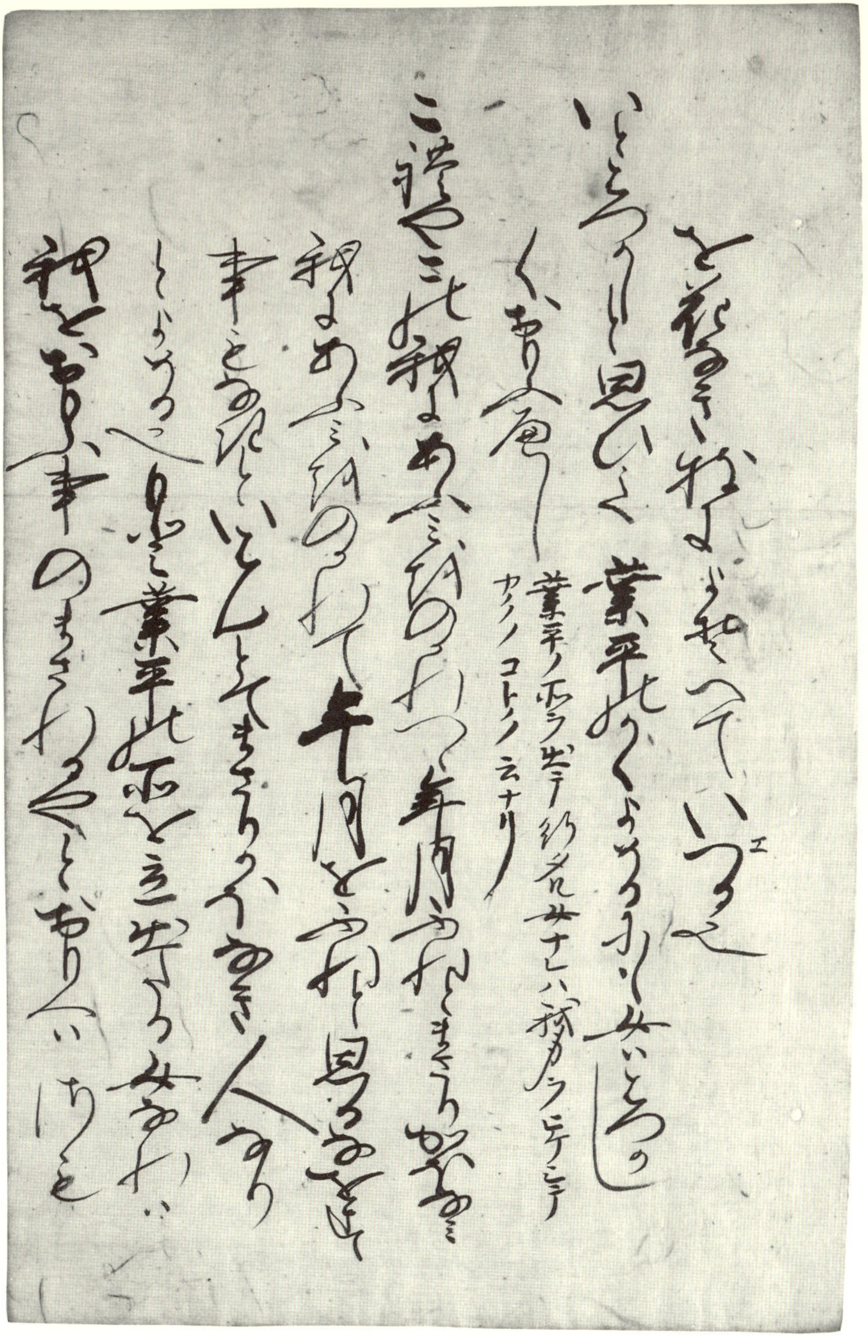

八〇オ（六十二段）

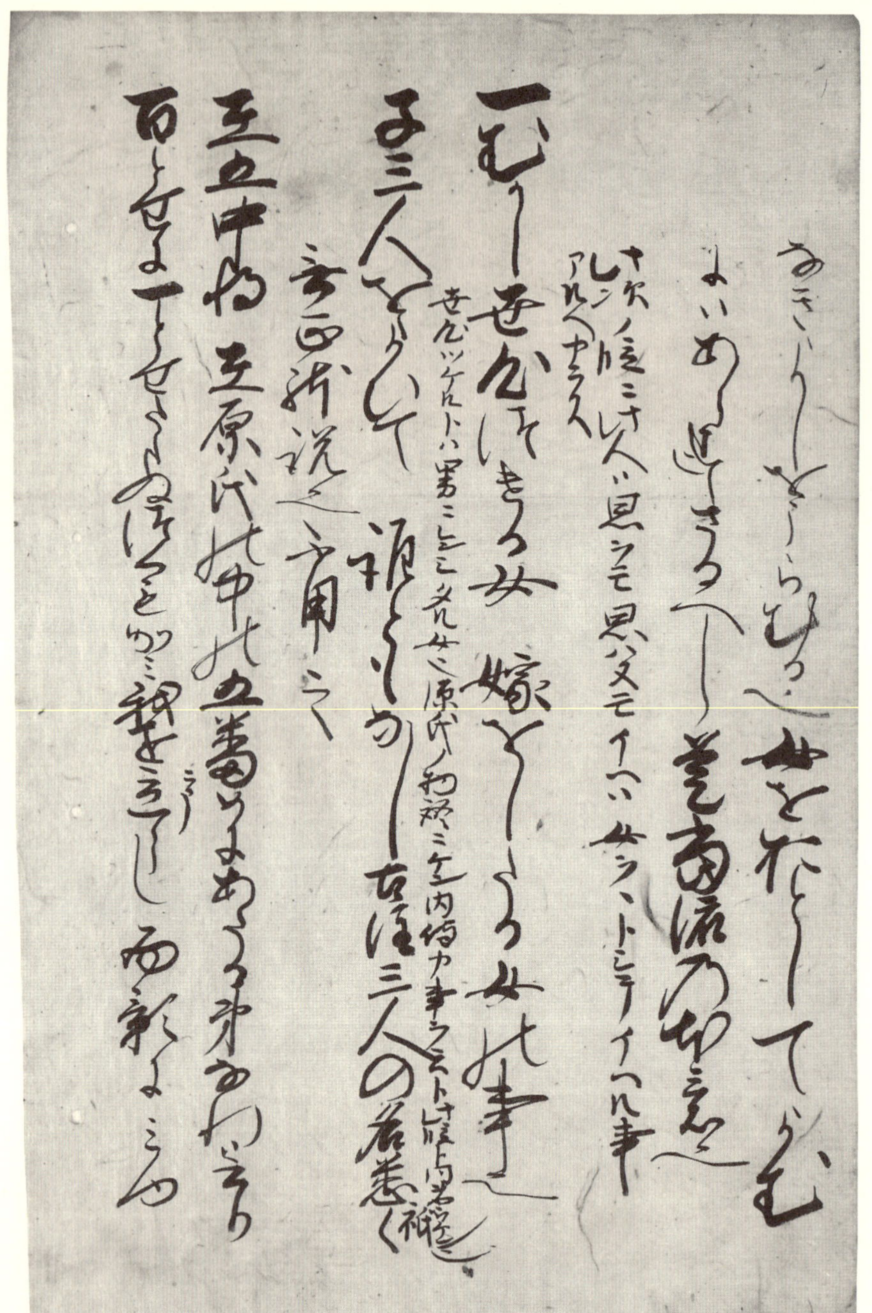

八〇ウ（六十三段）

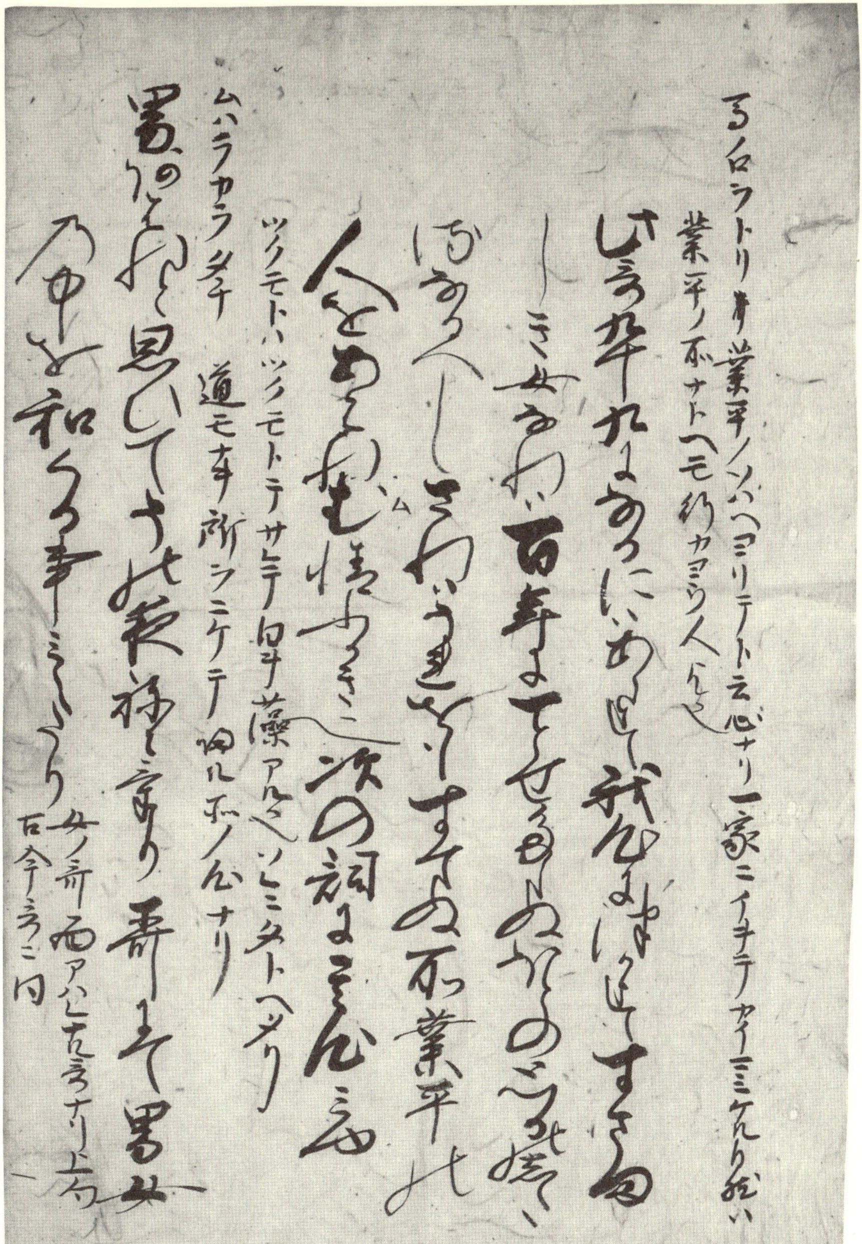

八一オ（六十三段）

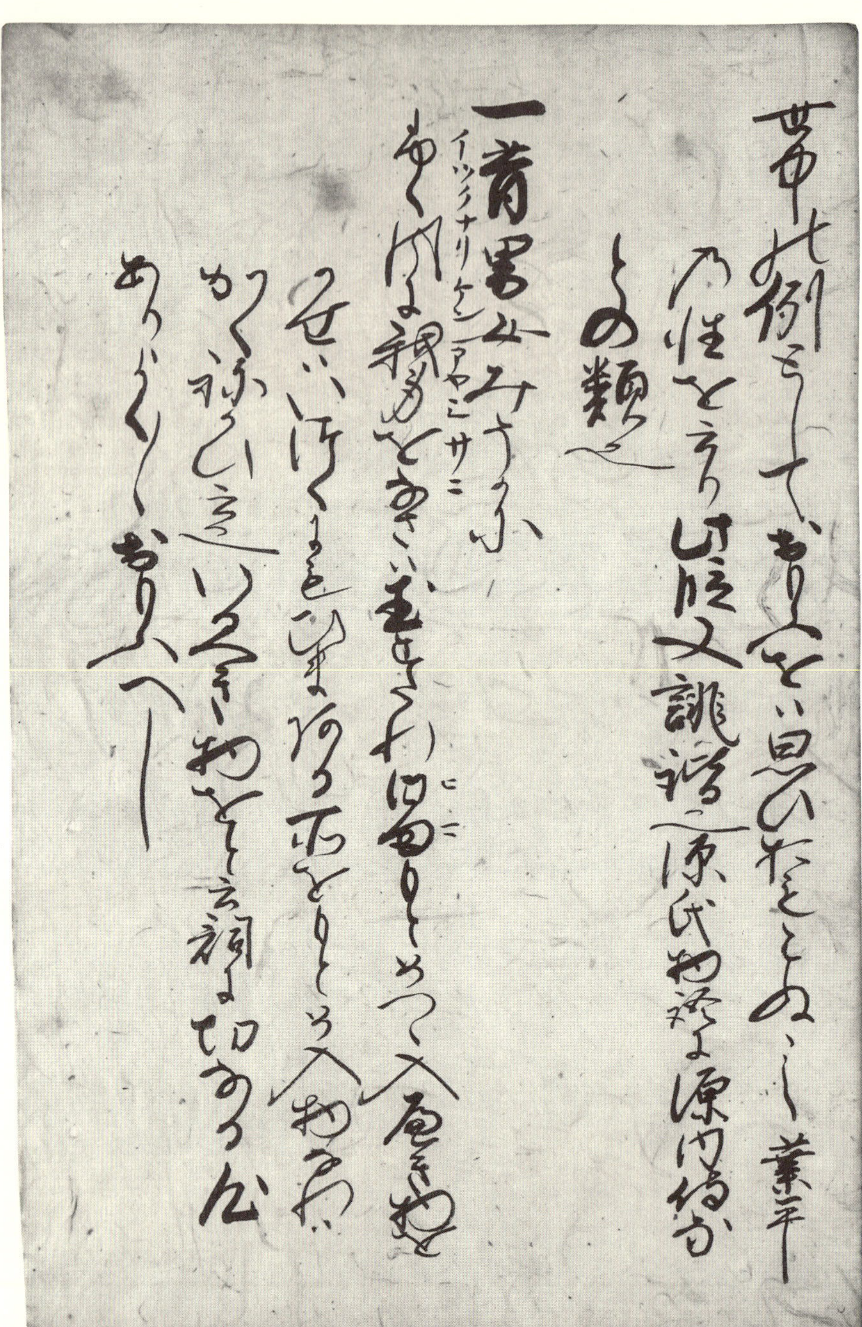

八一ウ（六十四段）

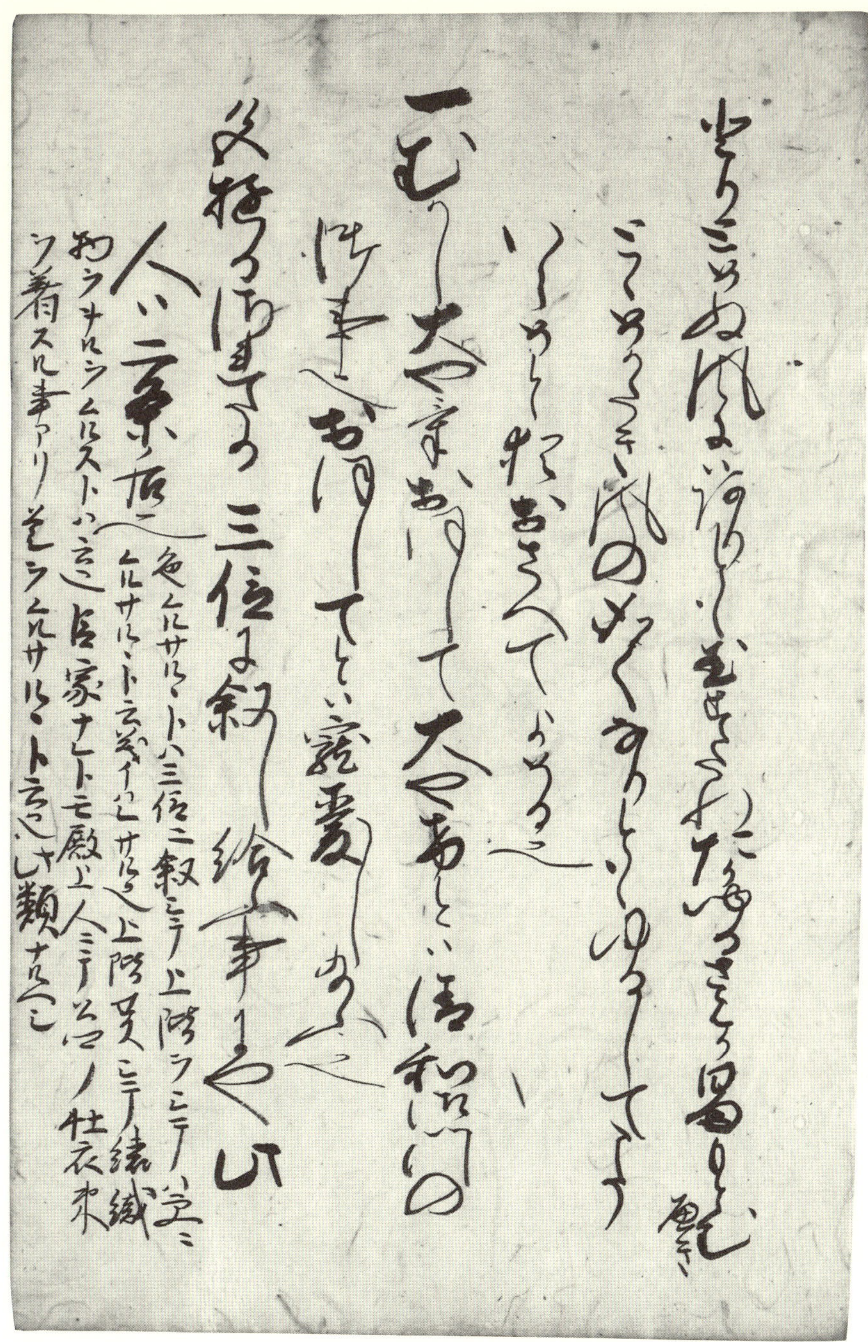

八二オ（六十五段）

せりことぬ風は消ゆく、をきそれにかゆることそう冒り乱
こそうちこ風のかくす、しもゆくてや
しらく奴そきて、かう
一む、大そあ、して大くあしら、清和門の
けて、こし寂夏しかう
父搭ろけます、三位は叙し給事し、、
人ニ衆位ニ〈色ニルサルニト八三位ニ敏シラ上階フシテ三
わクれシムルストふミ〉ニルサルヘト上階受三ハルサルハ
ラ着スル事アリモクルサルニトラミン古家ナトモ殿上人ミニスツノ社衣米
フクルサルニトラミシ類それ

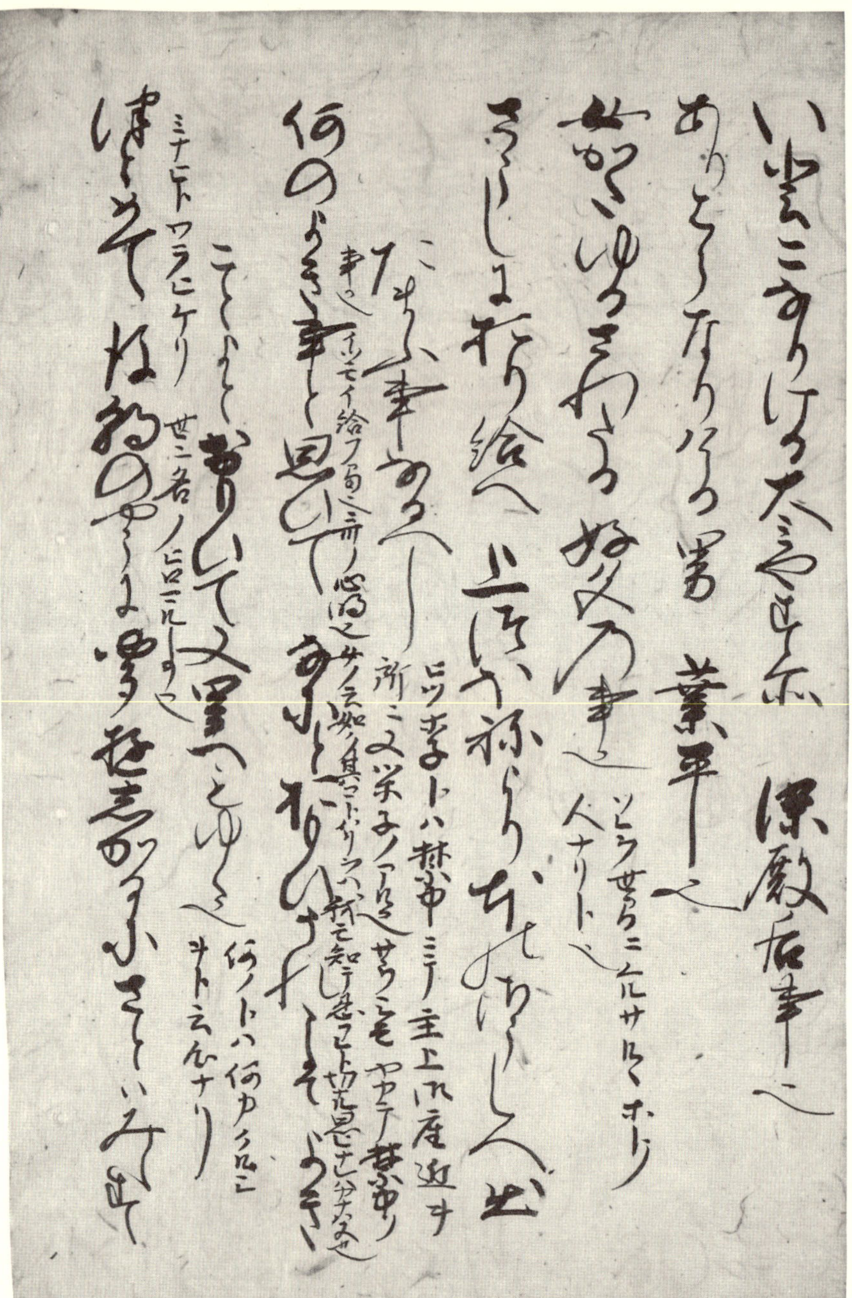

八二ウ（六十五段）

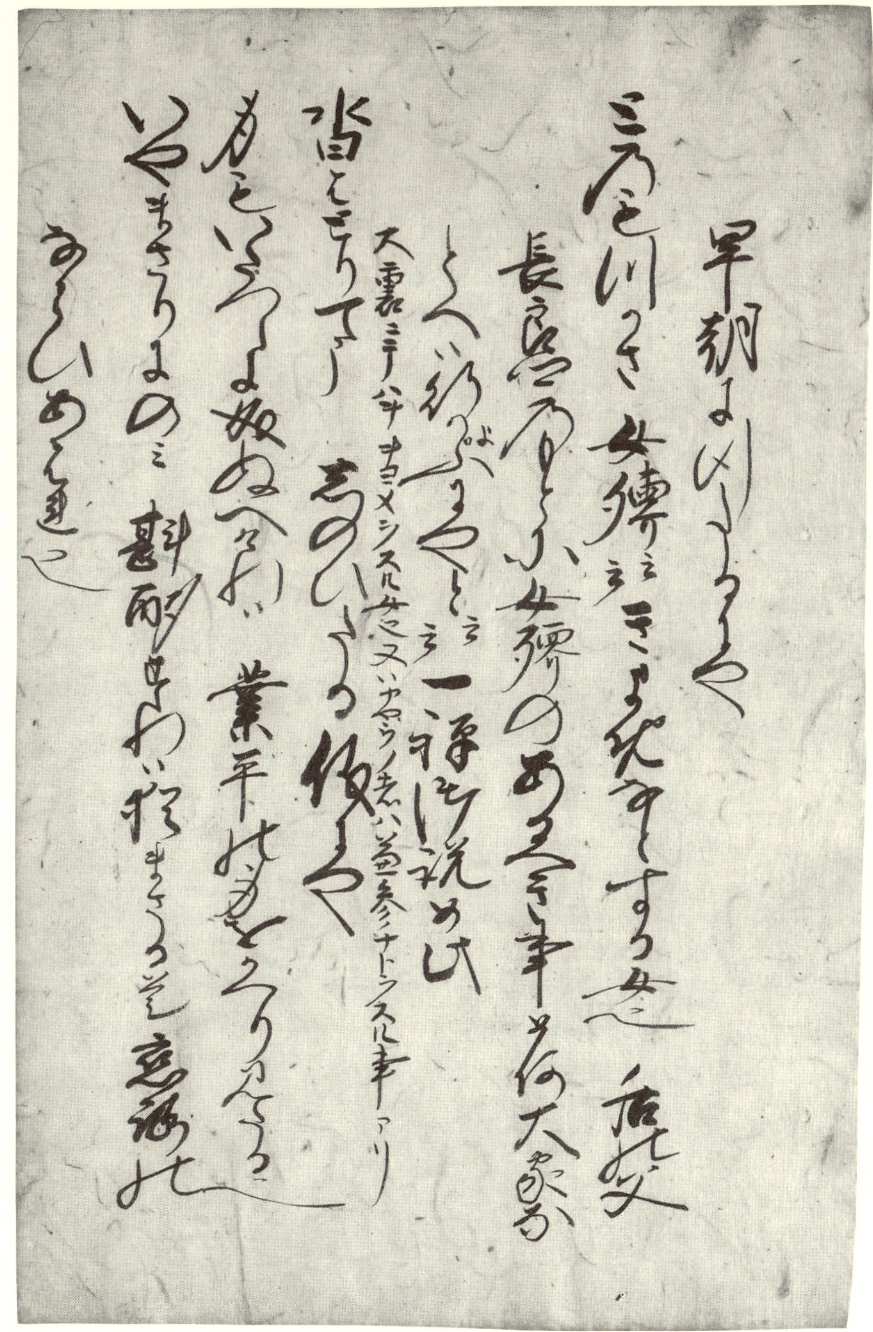

八二オ（六十五段）

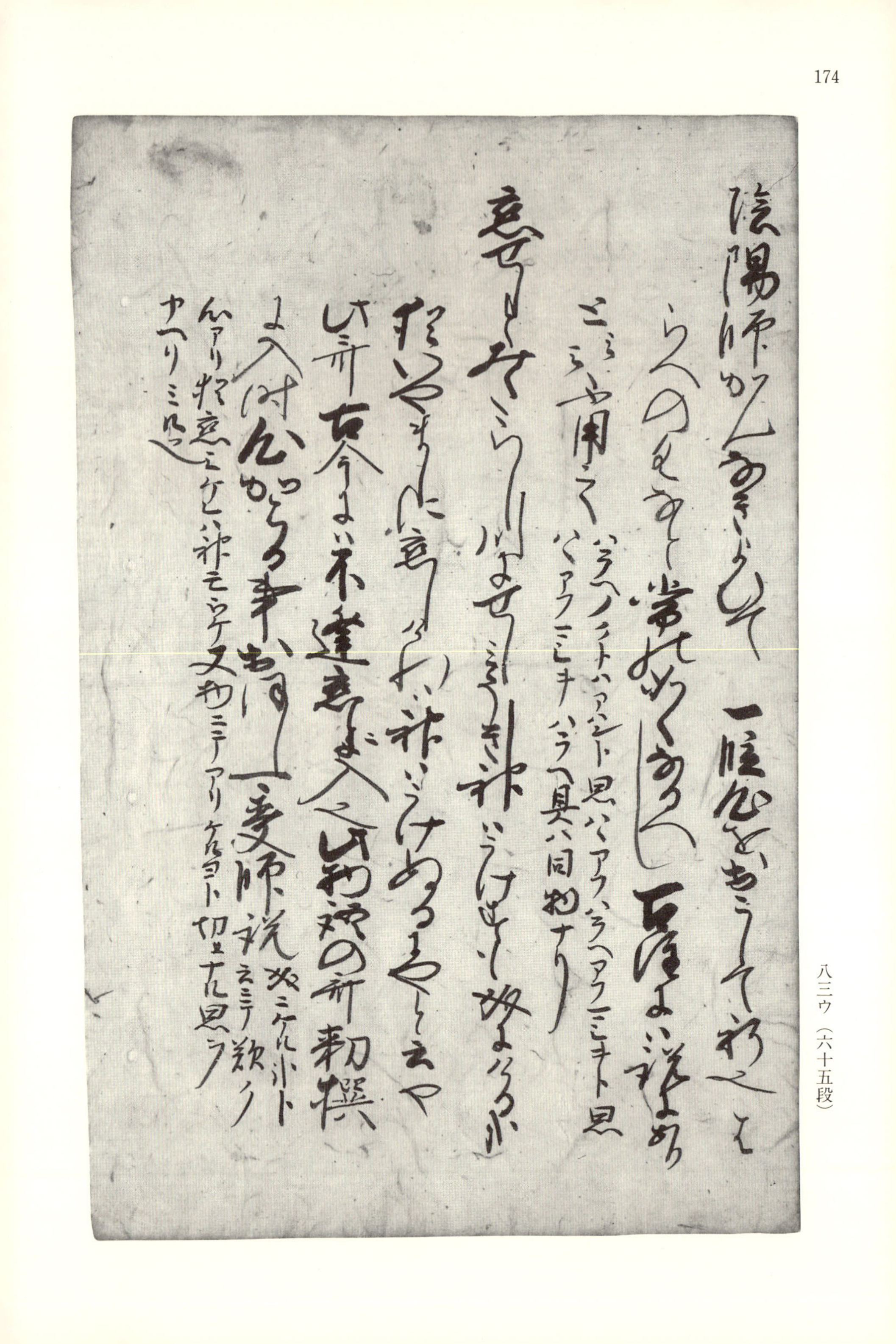

八三ウ（六十五段）

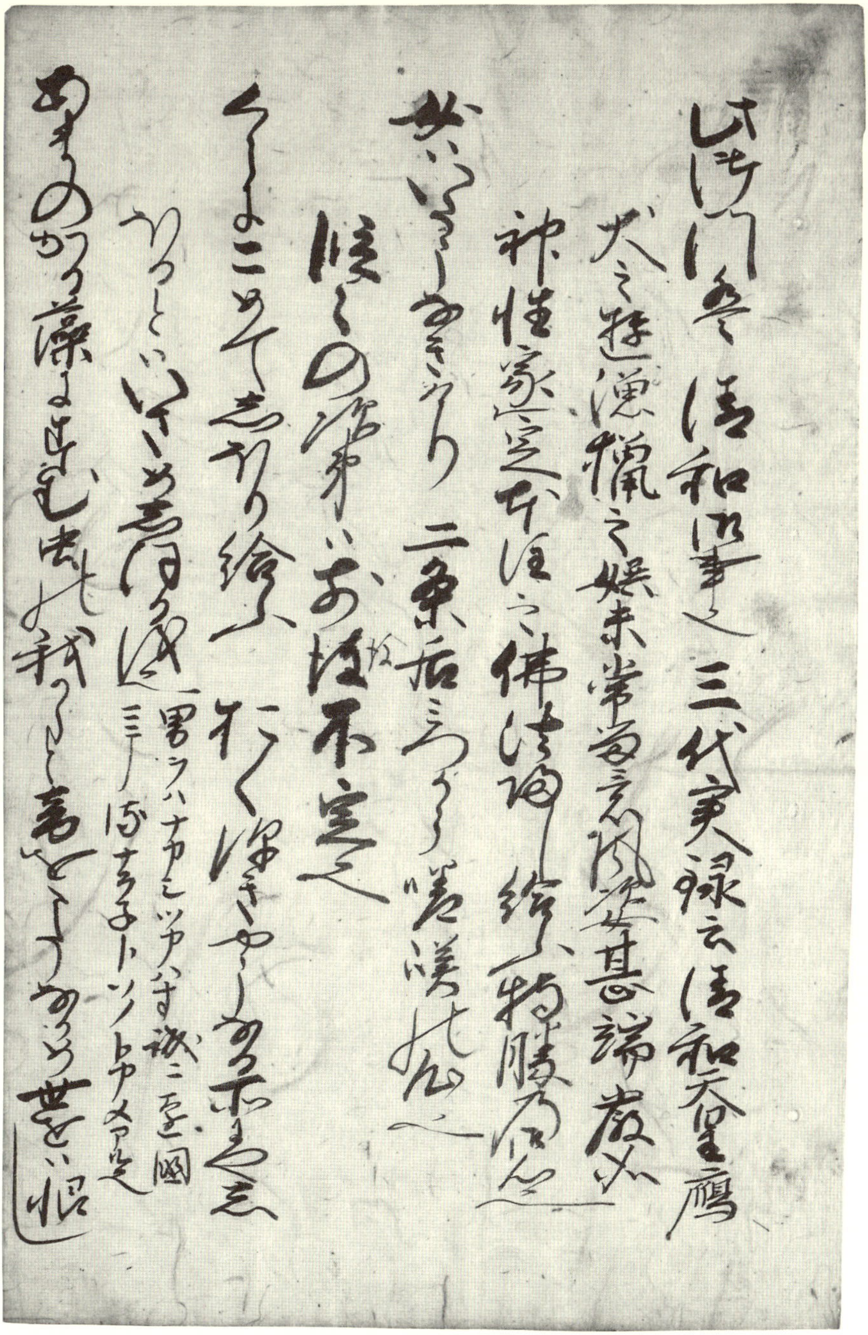

八四オ（六十五段）

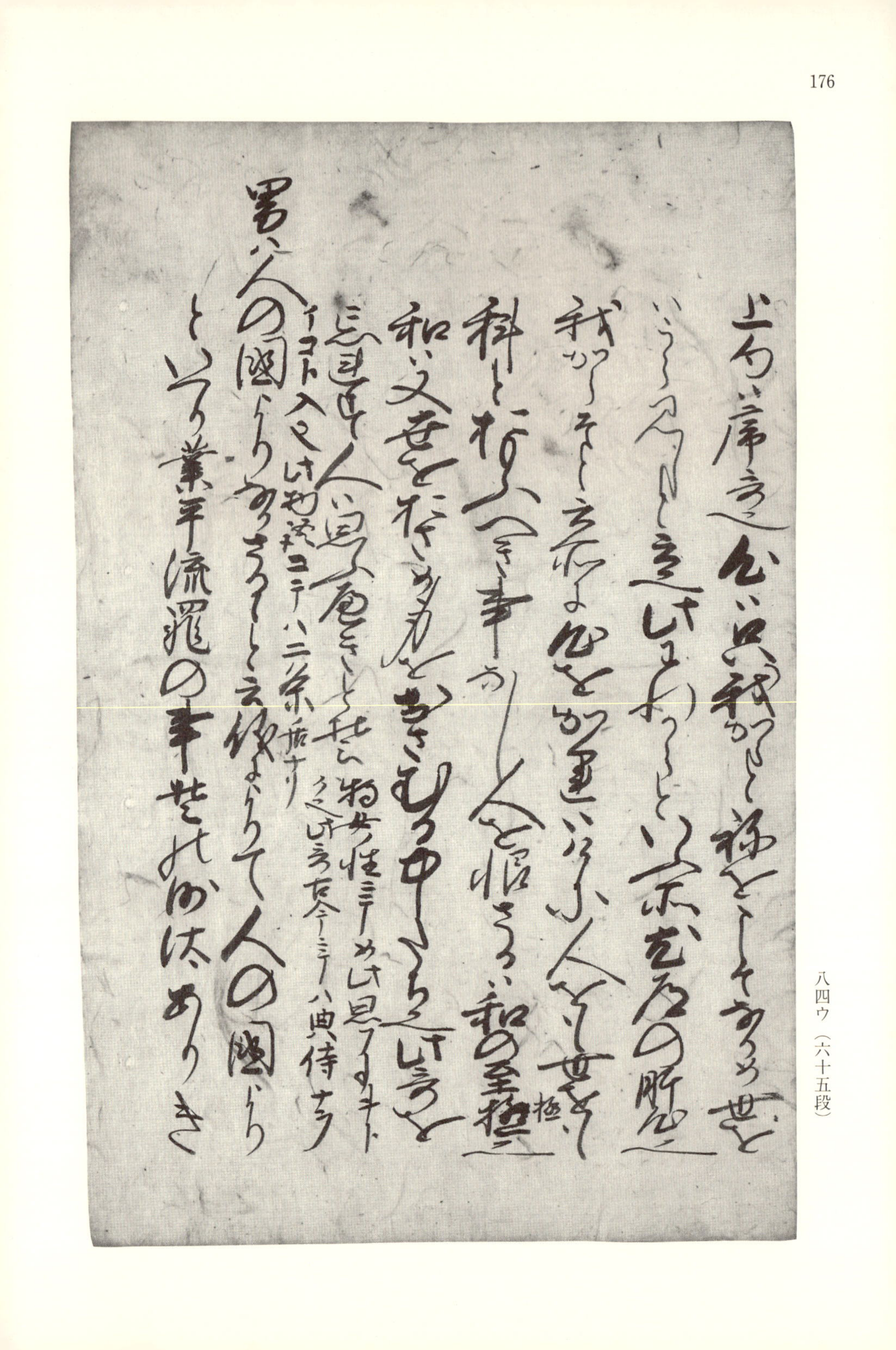

八四ウ（六十五段）

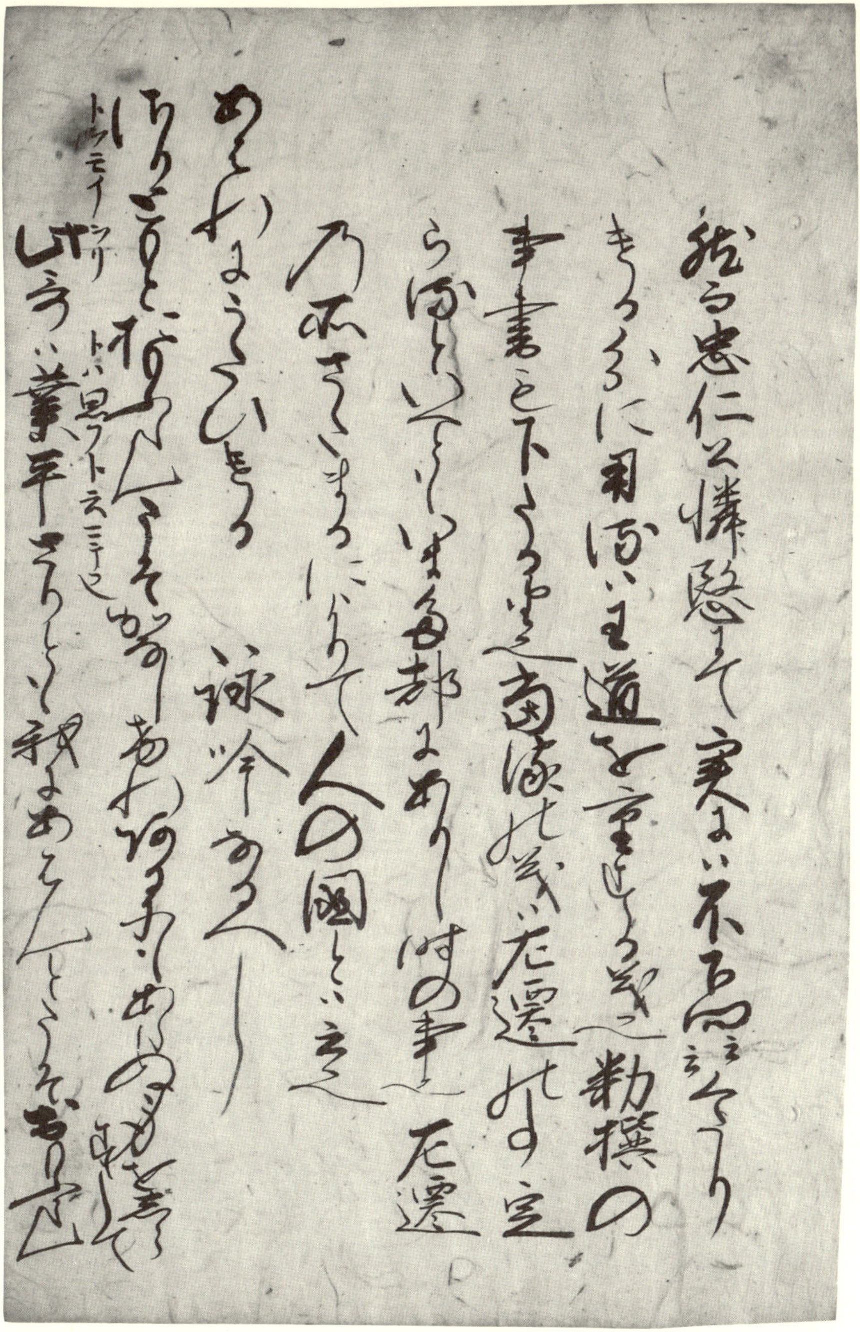

八五オ（六十五段）

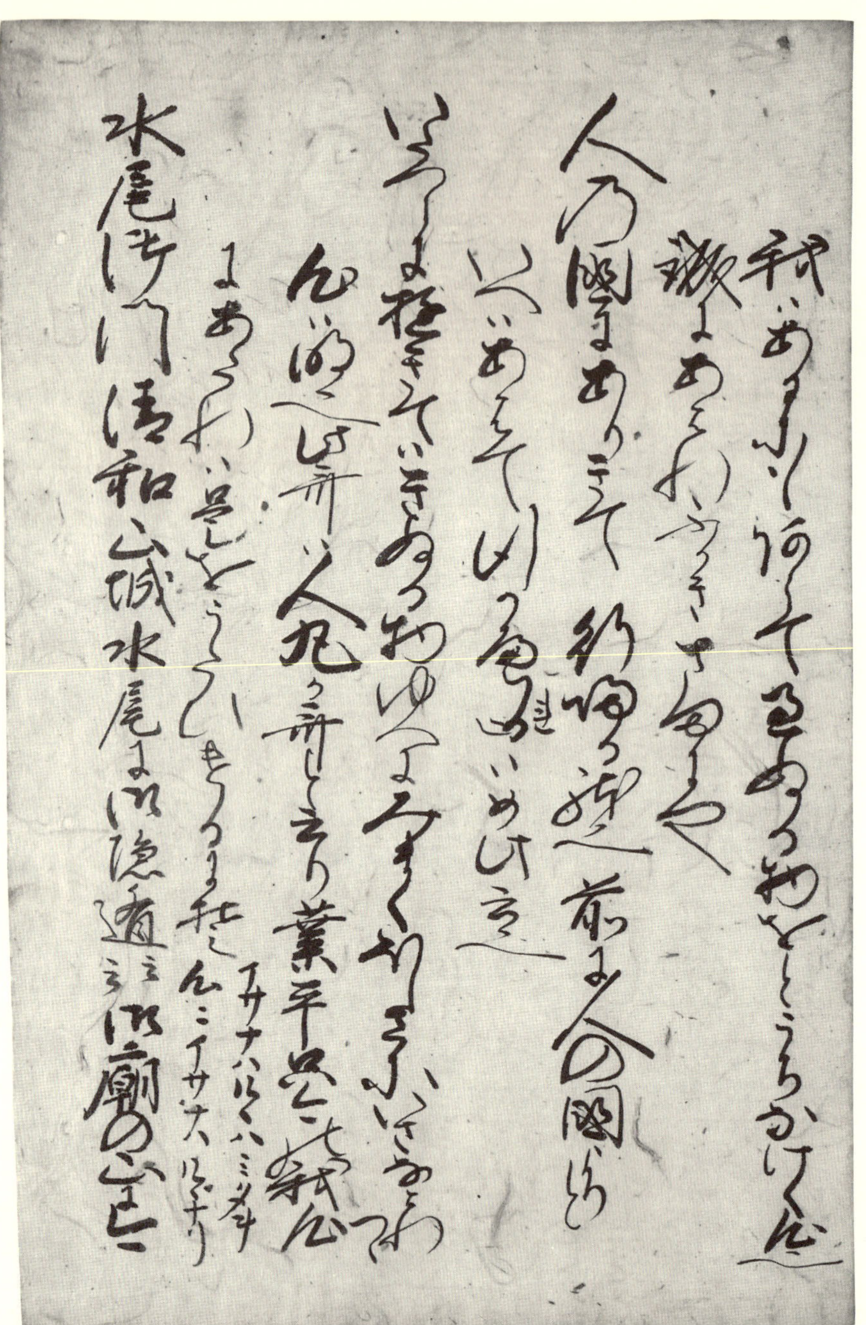

八五ウ（六十五段）

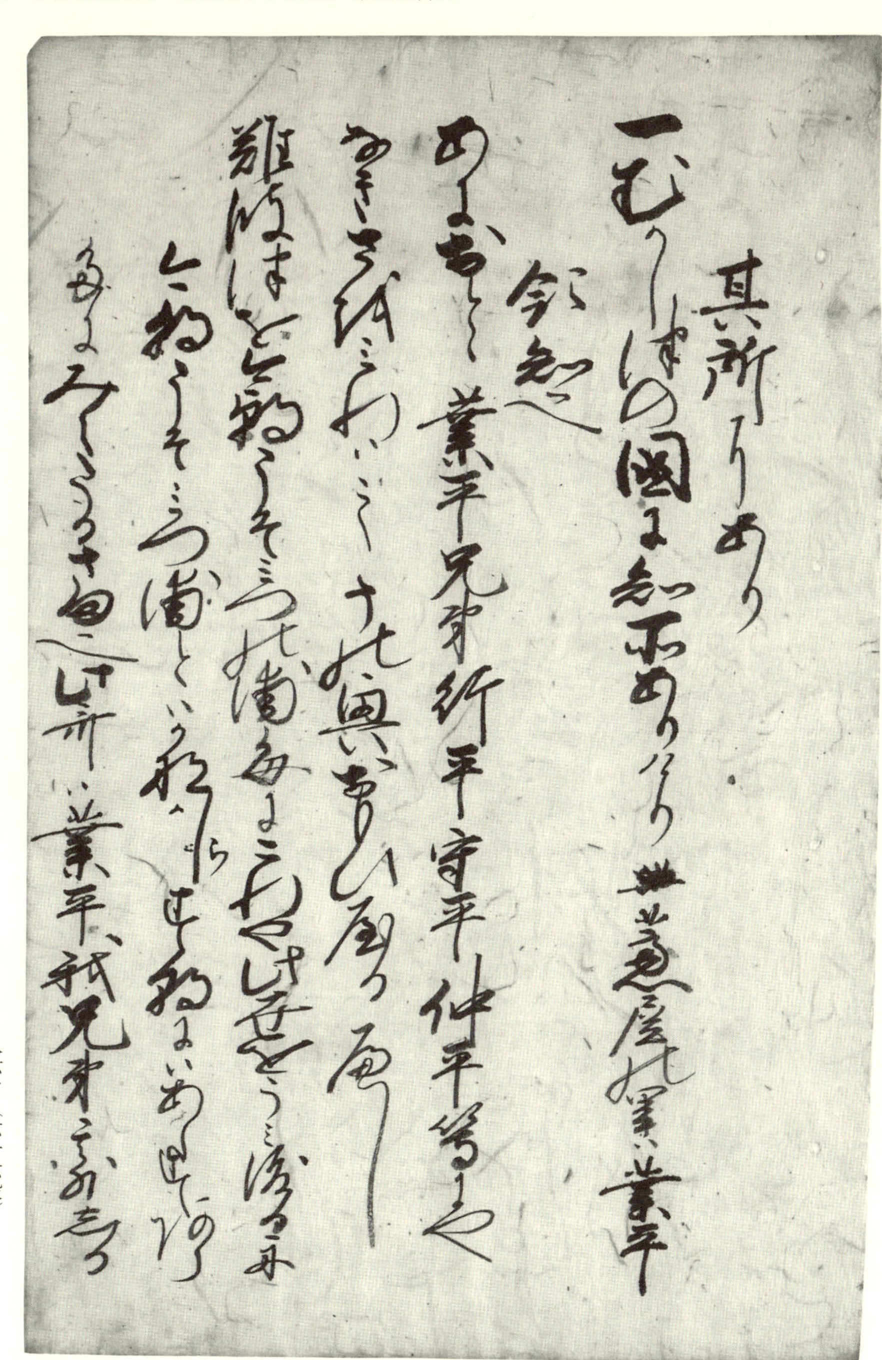

八六オ（六十六段）

一むつの国に知所ありけり世道盛也業、業平
其所へ行ありける
今河の
あみのを業平兄弟行平守平仲平等也
ゆきいたれりけれ共あるし
離所はと有そうはことの事
いねそううみといふ所より

業平、祇兄弟にありしか

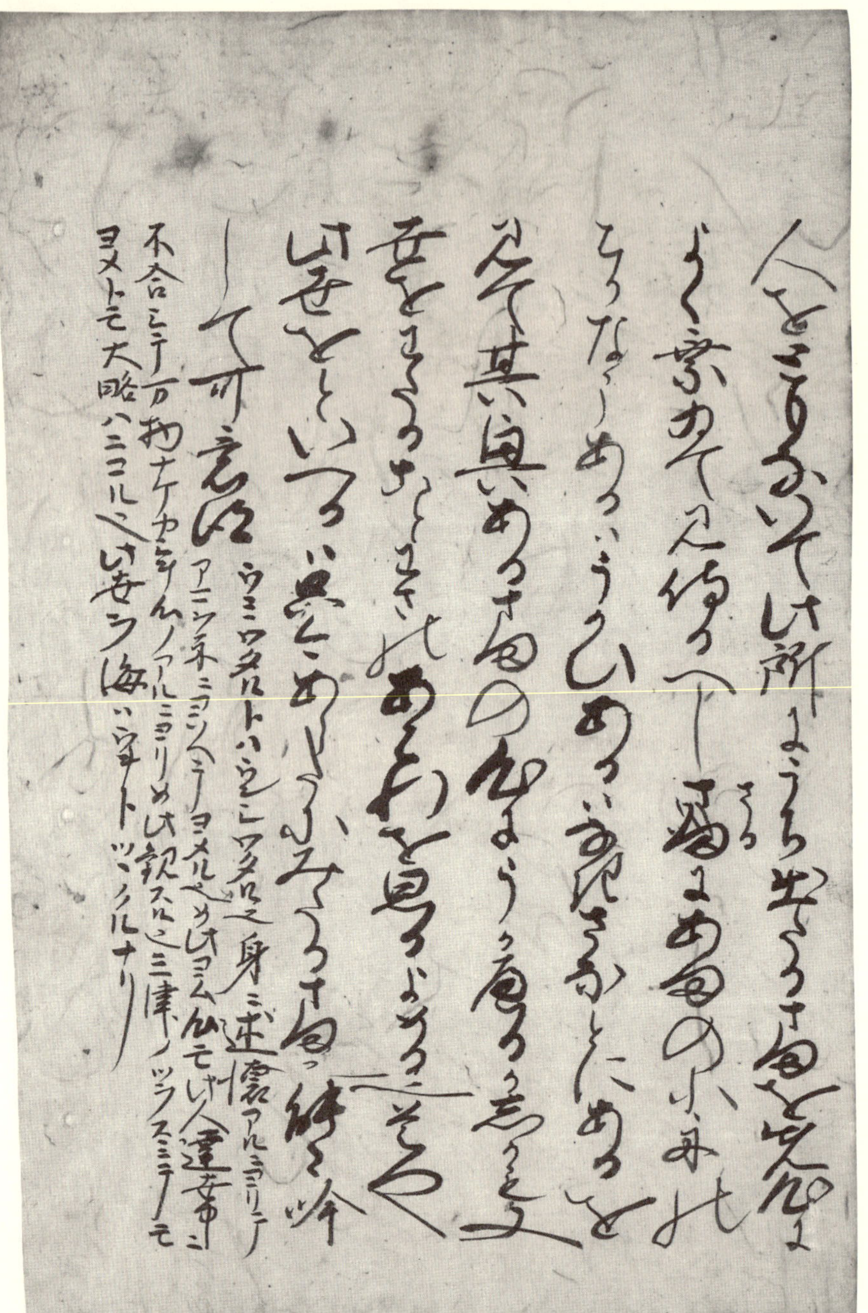

八六ウ（六十六段）

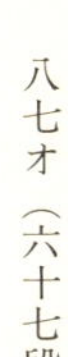

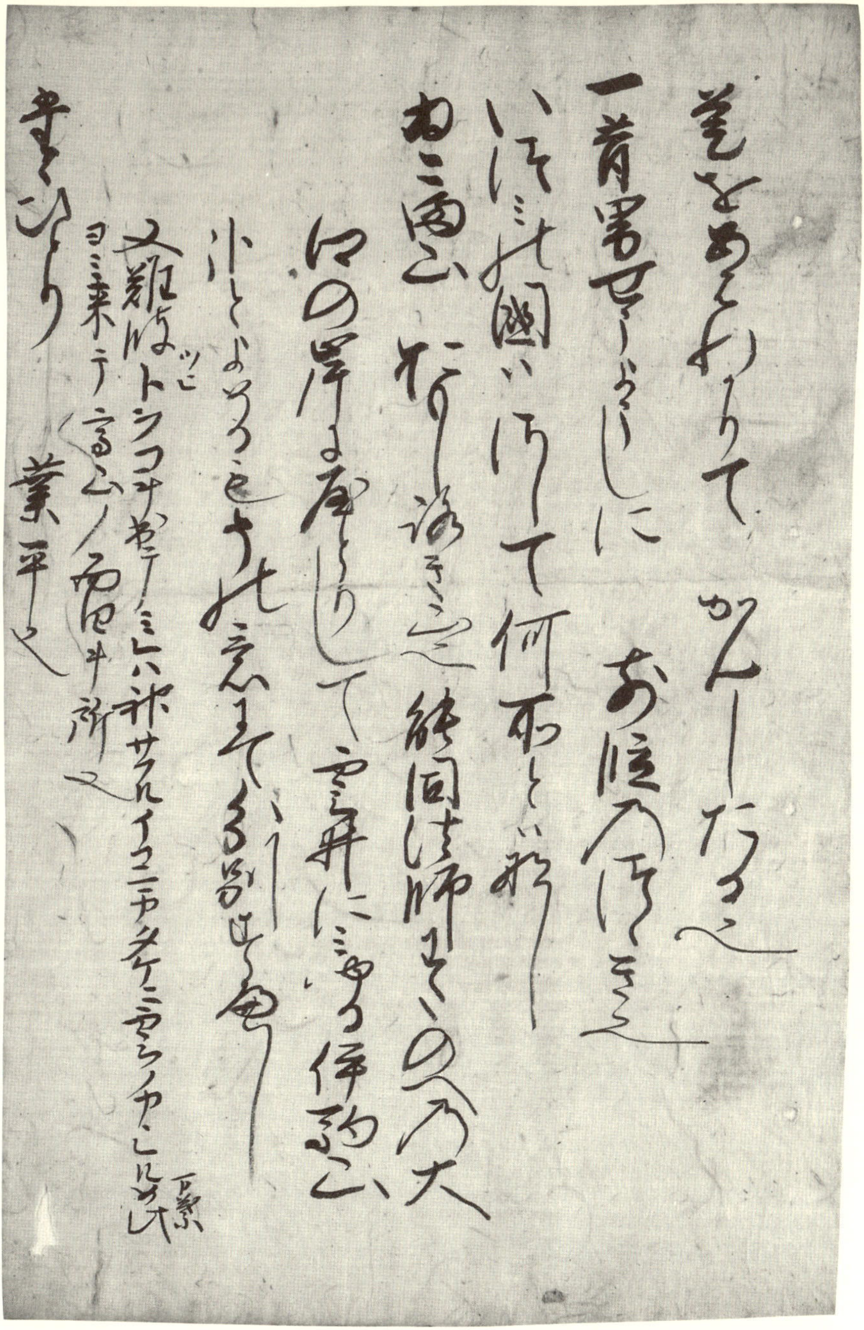

八七オ（六十七段）

芦とあみわりて かんしたる
一青黒ウらしに お陰のぼき
いほしも國いけて何不ミれ
ねミ画ニたしかき 終同は師との入大
口の岸よ屋しり 升に今う伊勢ニ
小ようろこれ 云ユてるゆけ
まことり 業平

文類ナハトシコサヤラミニハ祁サレイコニアメケニヤラカニしウ式
ヨミ乗テ宣ム厭ヰ所ハ

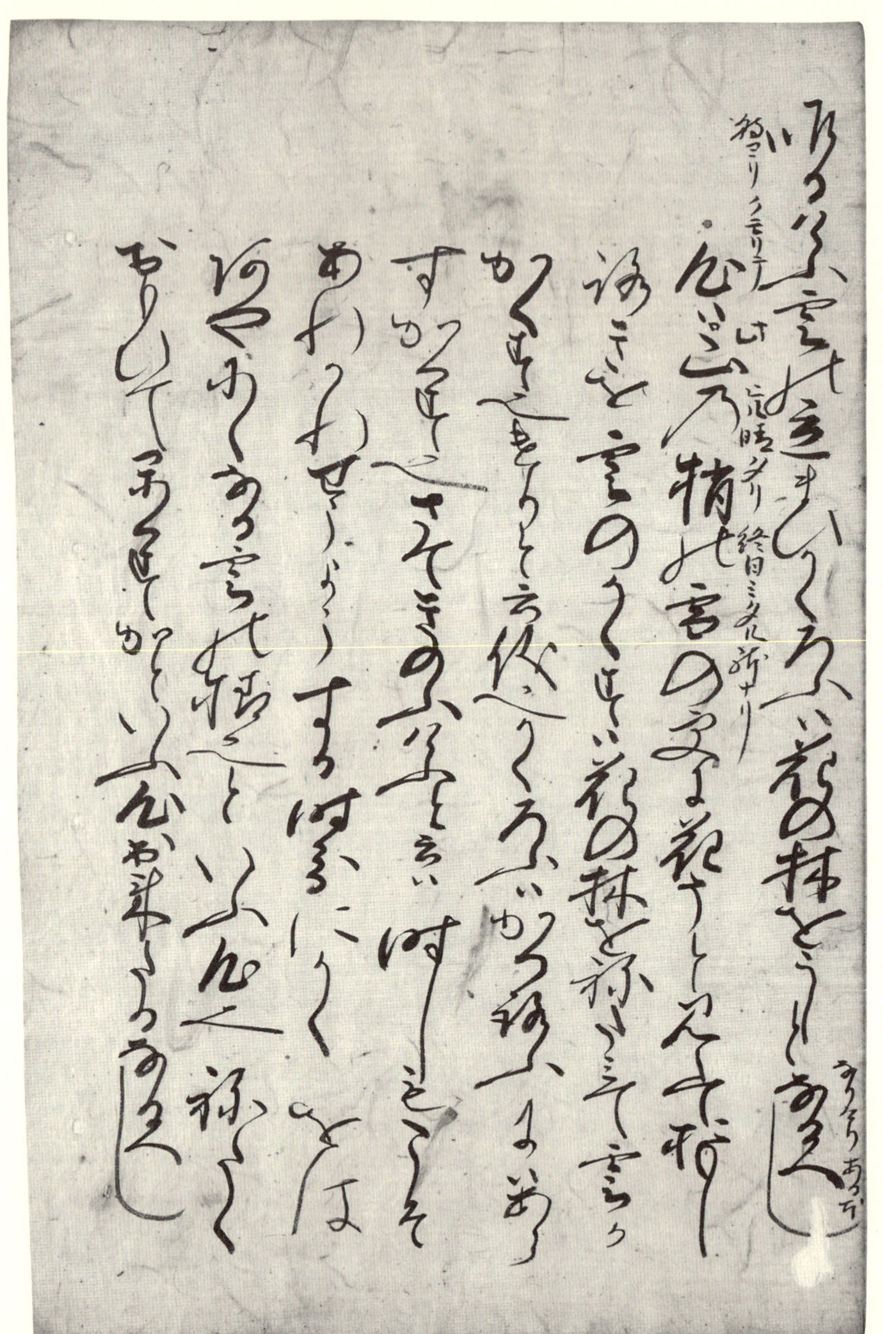

八七ウ（六十七段）

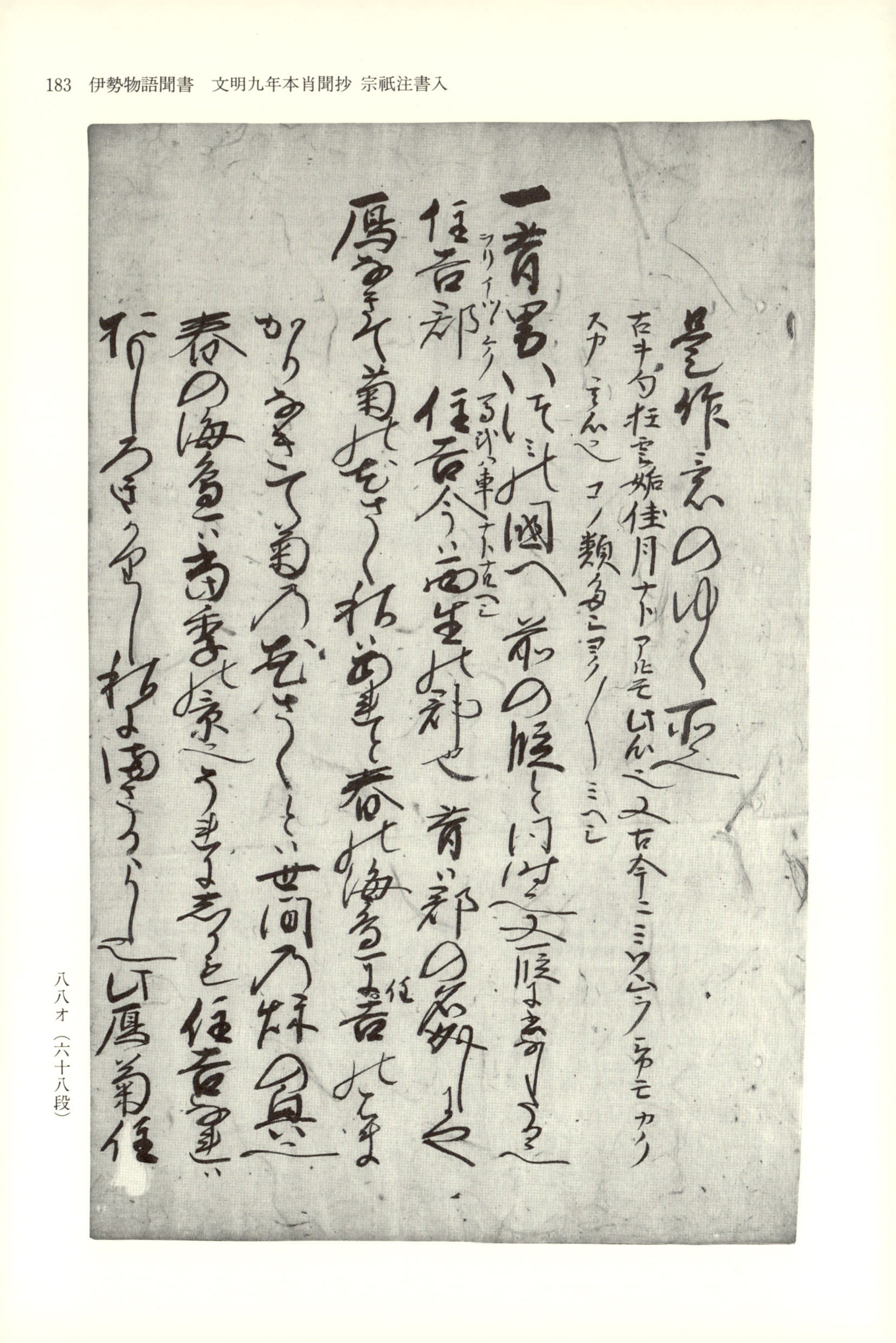

八八オ（六十八段）

昔よりありしにハ非ず越しての後ハ其帝
御名し〔任昔トミツ云事至祠ニアラス此ハノ真ヲ崇ス テアル不ツカ此書ハ何トナク面白〕
此人によりて此帝を感しけるにやとそ申める
一むかし宮ありける杖の事 古注ハ宮司よ尋ぬ
ると覚侍ここ 一条禅閣御説ると也
則へ鳩乃杖といふ 光孝天皇御代ると議国よ
勅杖とりてありとき世ニ事ありける
とありし 事へいまハ鳩乃杖も其類なるへし

八八ウ（六十九段）

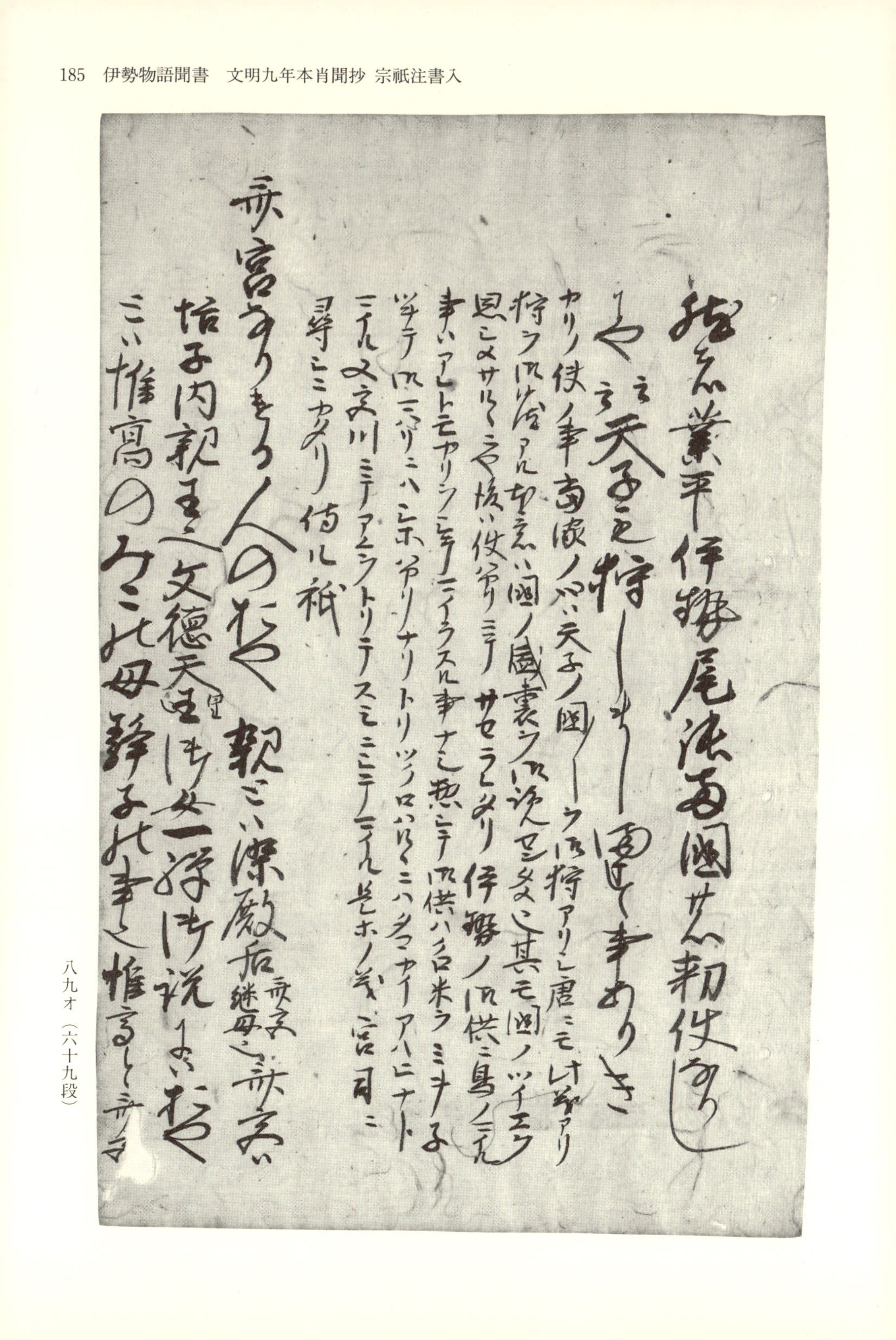

八九オ（六十九段）

恬子と一腹兄弟也されとも深窓にゝ

斎宮ハ斎文の母とまゝ継母なれハさてこそ深窓ニ

業平家へ礼にかゆかれし詞也へし

実家ヘ斎宮ノ母静子惟喬ト同ト侍ニ書タリ ソノ母ヲ書コトハ是ニ斎王

ラサル事ナレトモ此アルハ斎宮ヤトアルハ静子ノ事也ヤ但可随人之斎宮

ノヨリ丹サセタニテ付テハ先停撥ヨリ ソノ国ナニハヘ七日ニ路アリテ

アリテ又ミやコヘ向京ハ三日ニ路付アル迄源氏ニヨリ丹レトカハ此所之祇

二日ニ又来

業平ハ向して二日ゟ迄

ソコミコサセケリ

斎宮ニやトスナリ

よわてあるくとて

よりあるてあるくと

女とくるしあひにし

狩人いたてさきちての

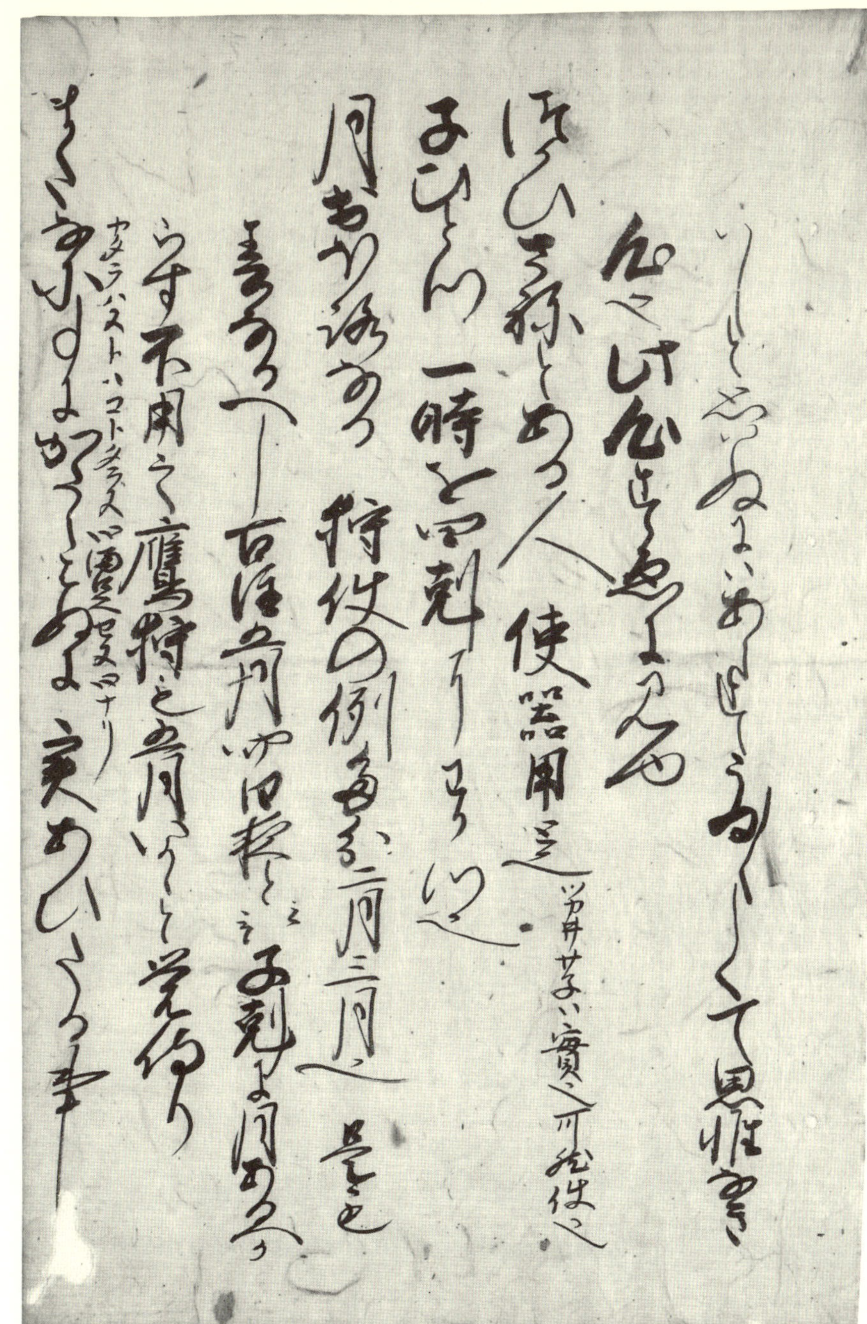

九〇オ（六十九段）

くてやみぬるいとあはれてうみうくて思ひをる
ほいけんともいふ也る
ほい云将とあつ人、使器開之
むしん一時と四刻入ろ也〴 ツカサ云ゐ寮二河尤は
月もや治あろ 狩役の例春る三月二月〳
まろて〳一百信六月四度こ云寅剋より月あろ　畳也
らす不用そ鷹狩と六月いくて冬行り
まる京すようすふとあそ冥あひくろ丰 ヤメラハストハコトクラスス四灌墾ヒヒスツナリ

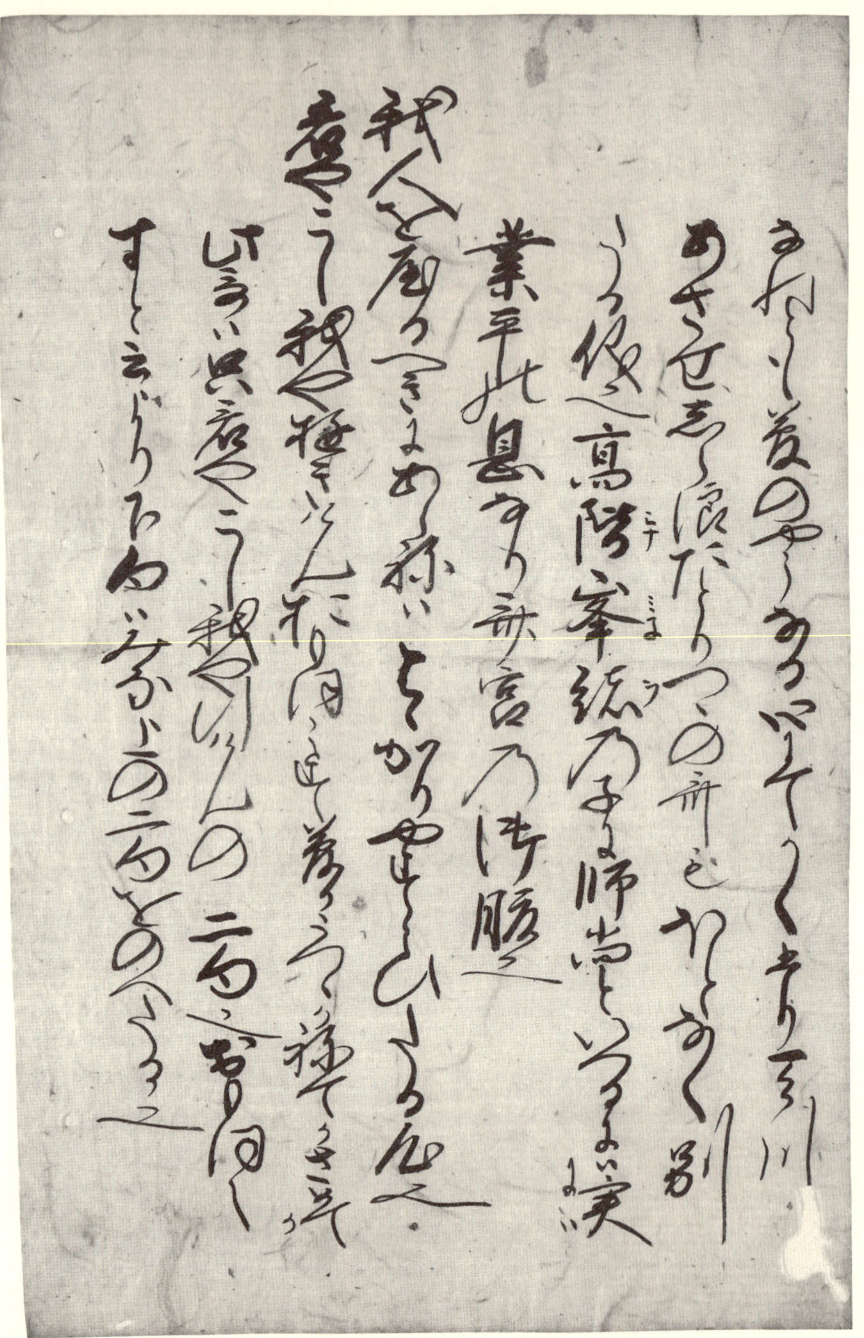

九〇ウ（六十九段）

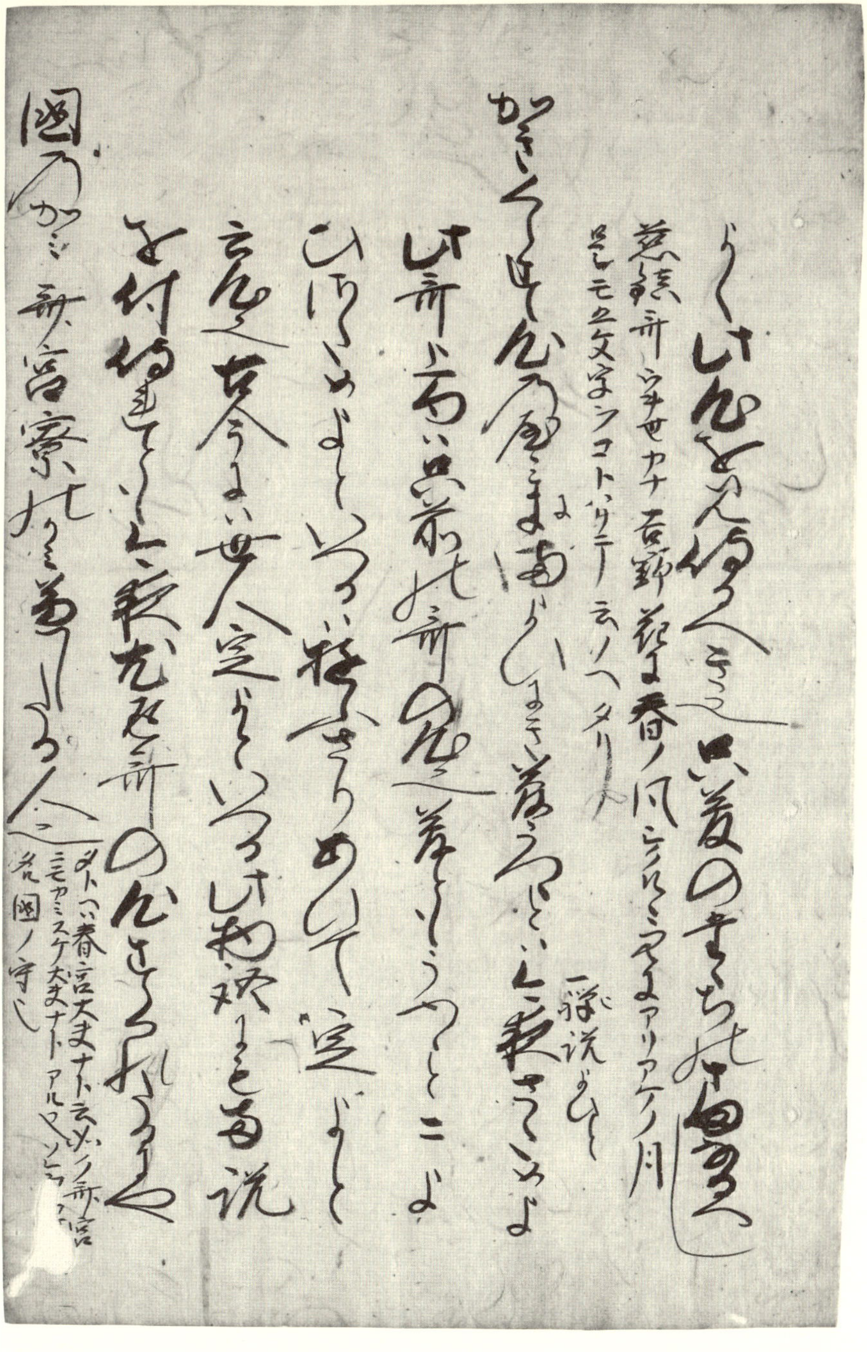

九一オ（六十九段）

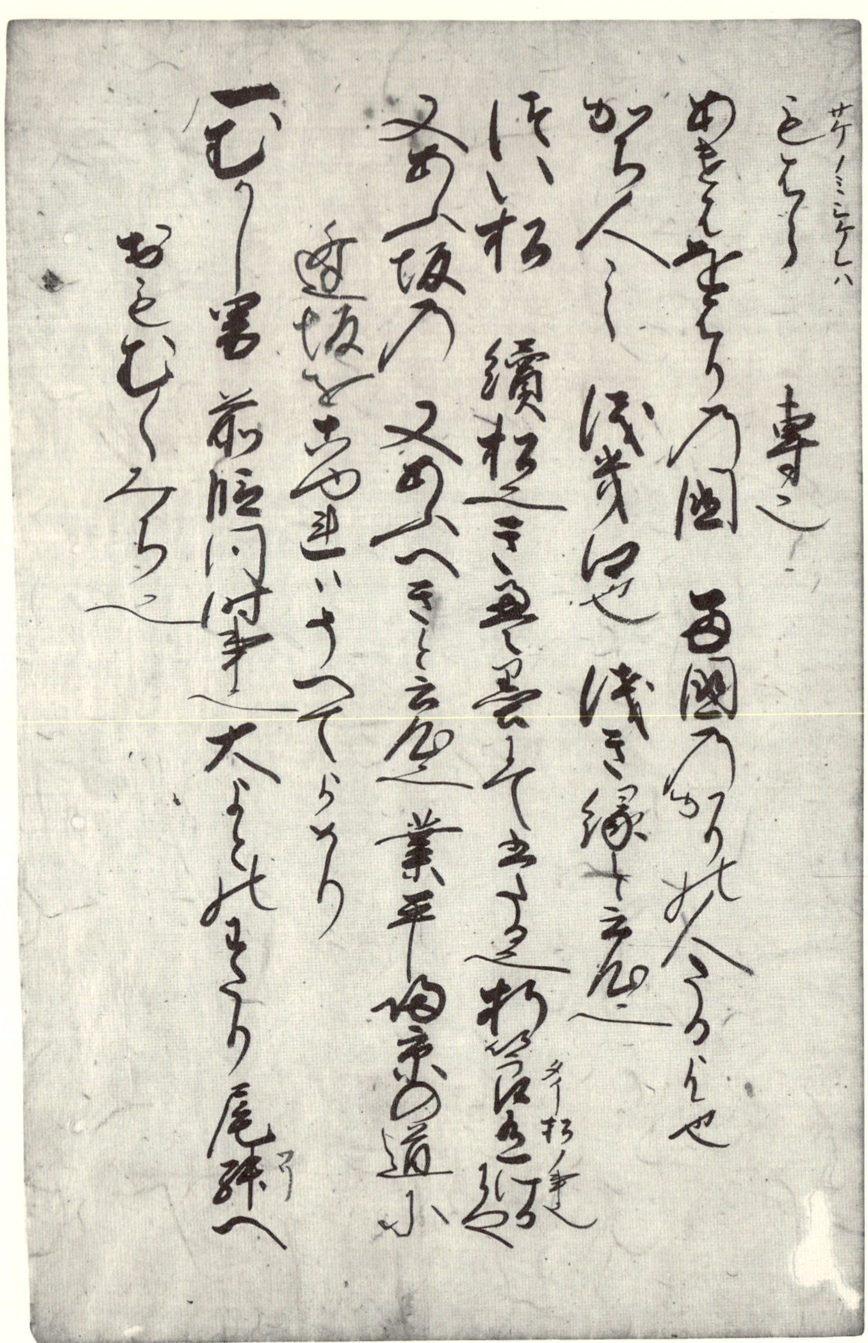

九一ウ（七十段）

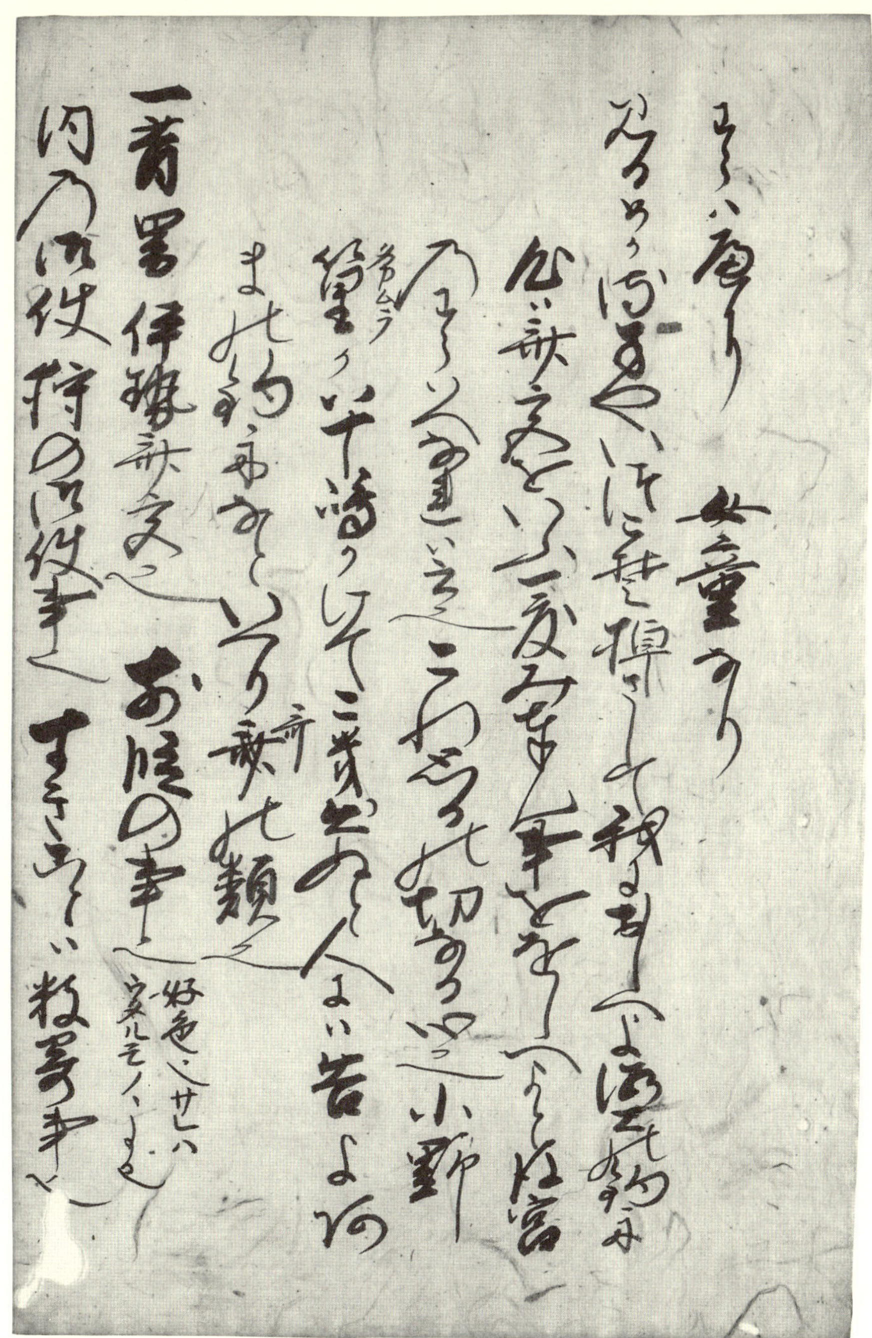

九二オ（七十一段）

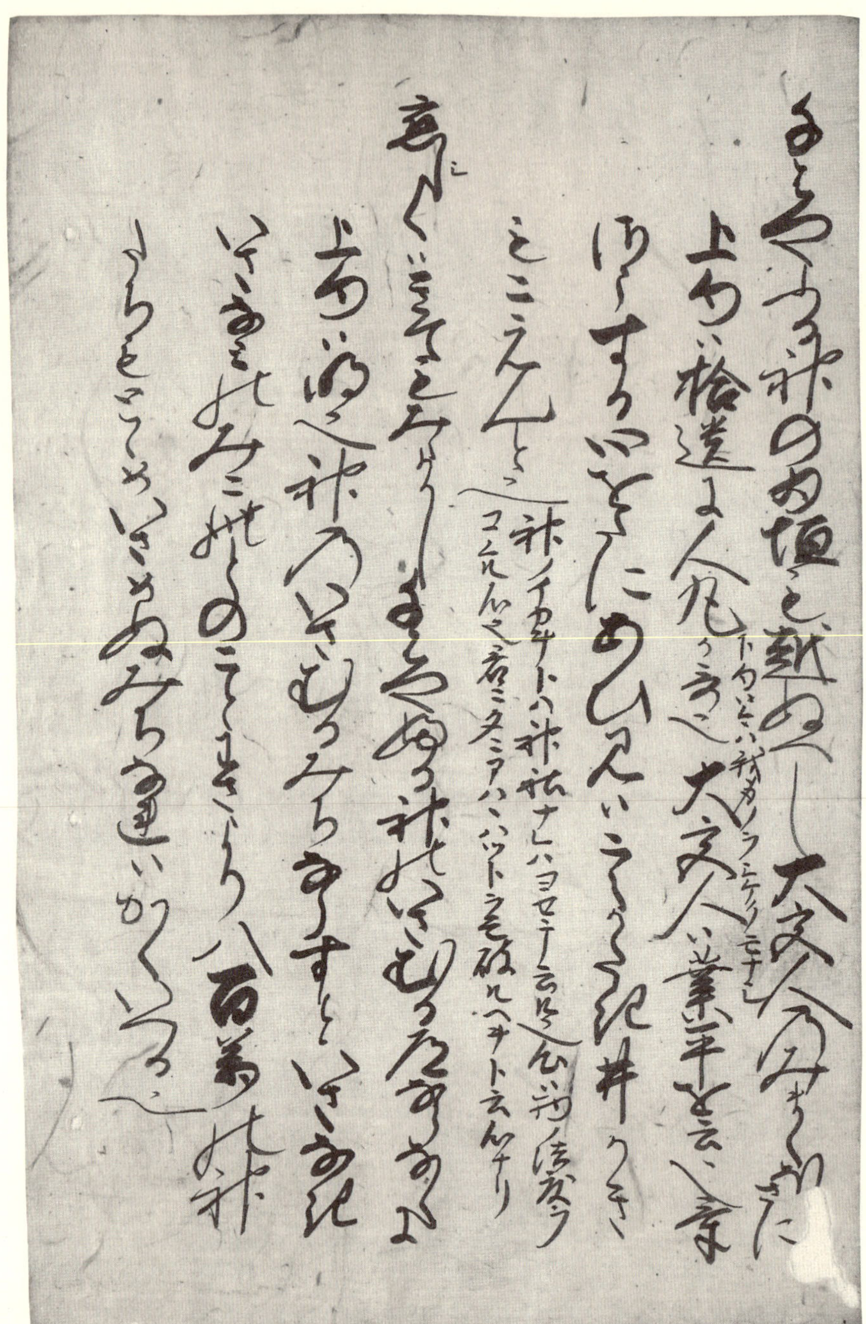

九二ウ（七十一段）

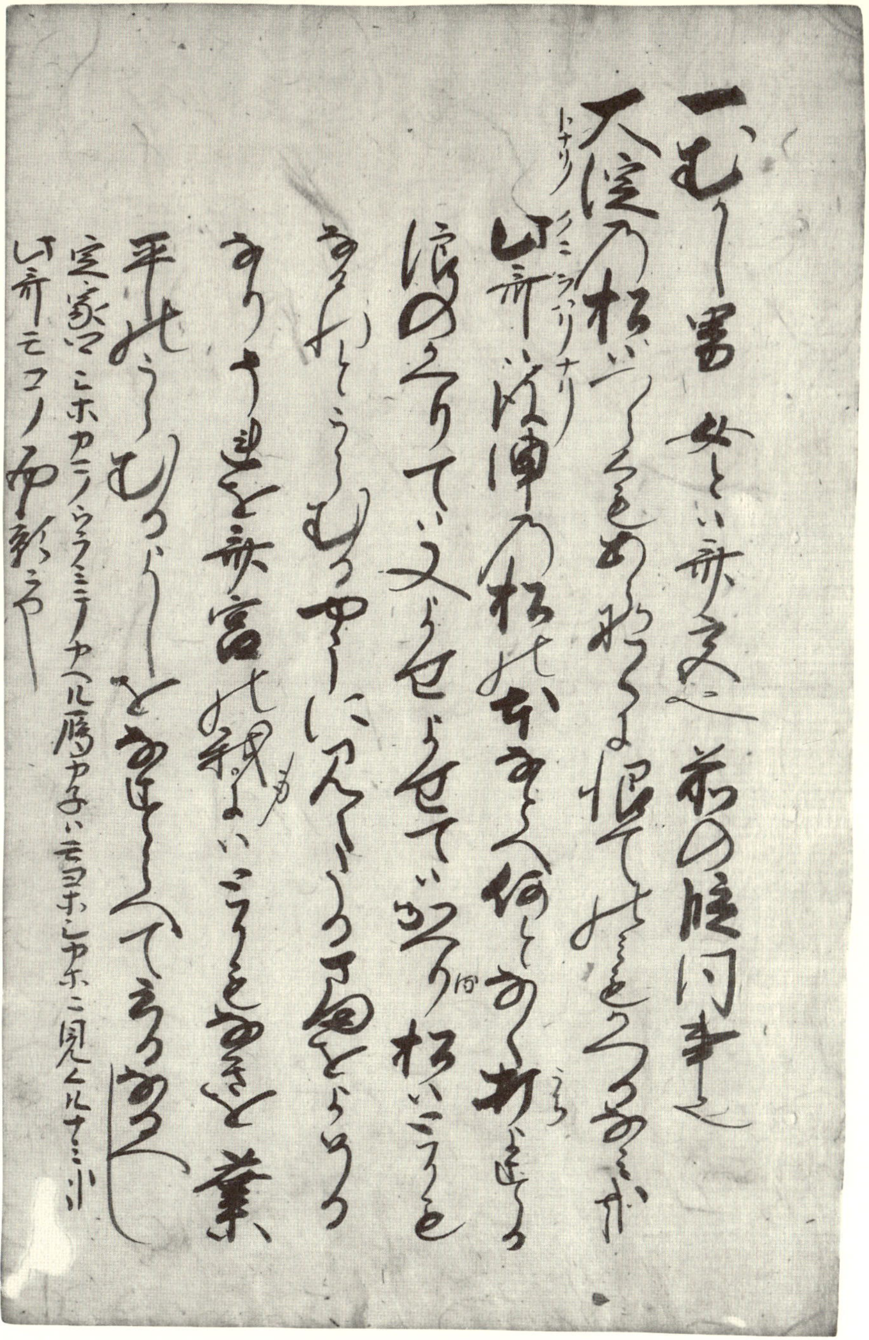
一むかし男　女とは斎宮之　前の段同事也
大淀の松はつらくもあらなくに恨てのみもかへる浪かな

九三オ（七十二段）

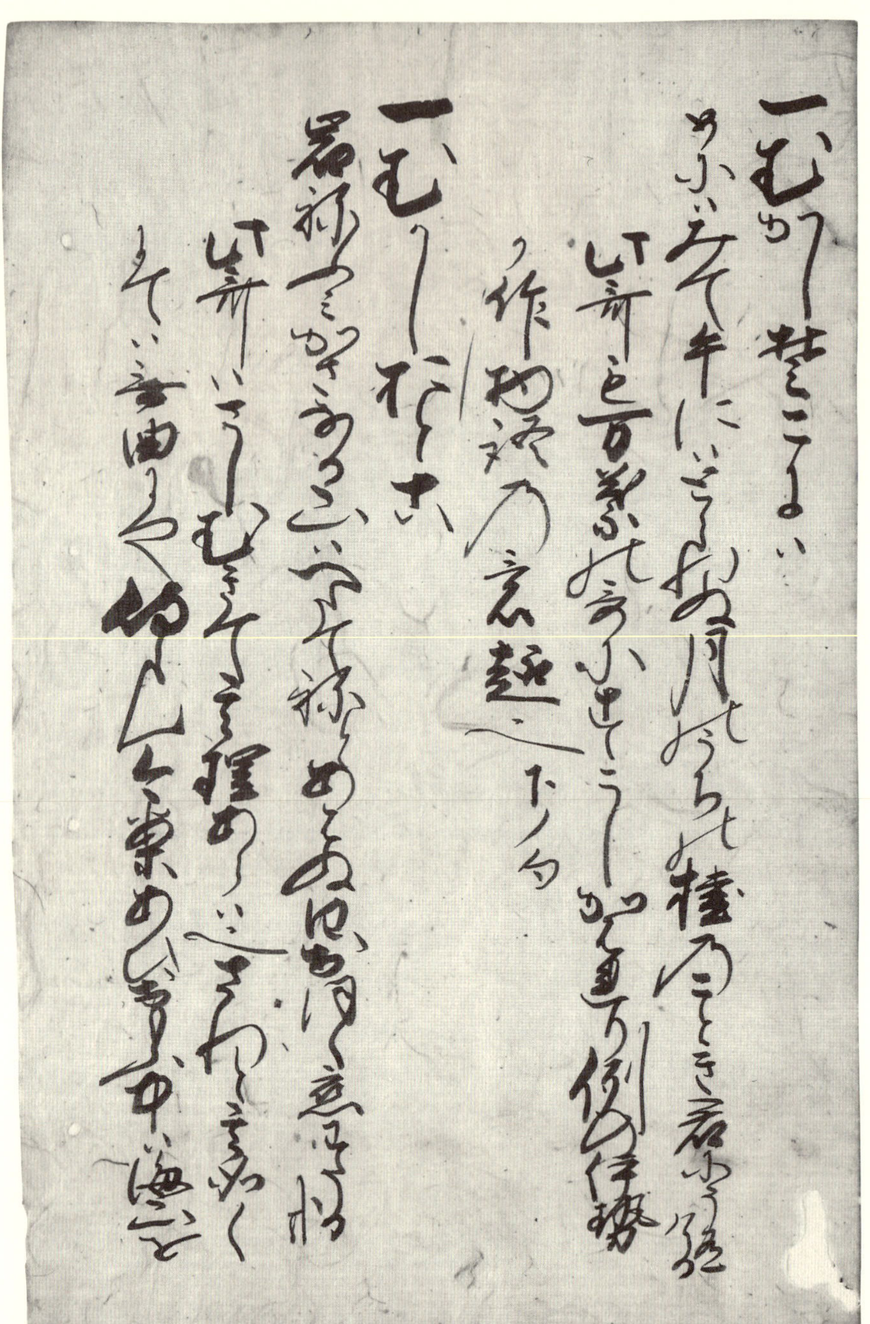

九三ウ（七十三段）

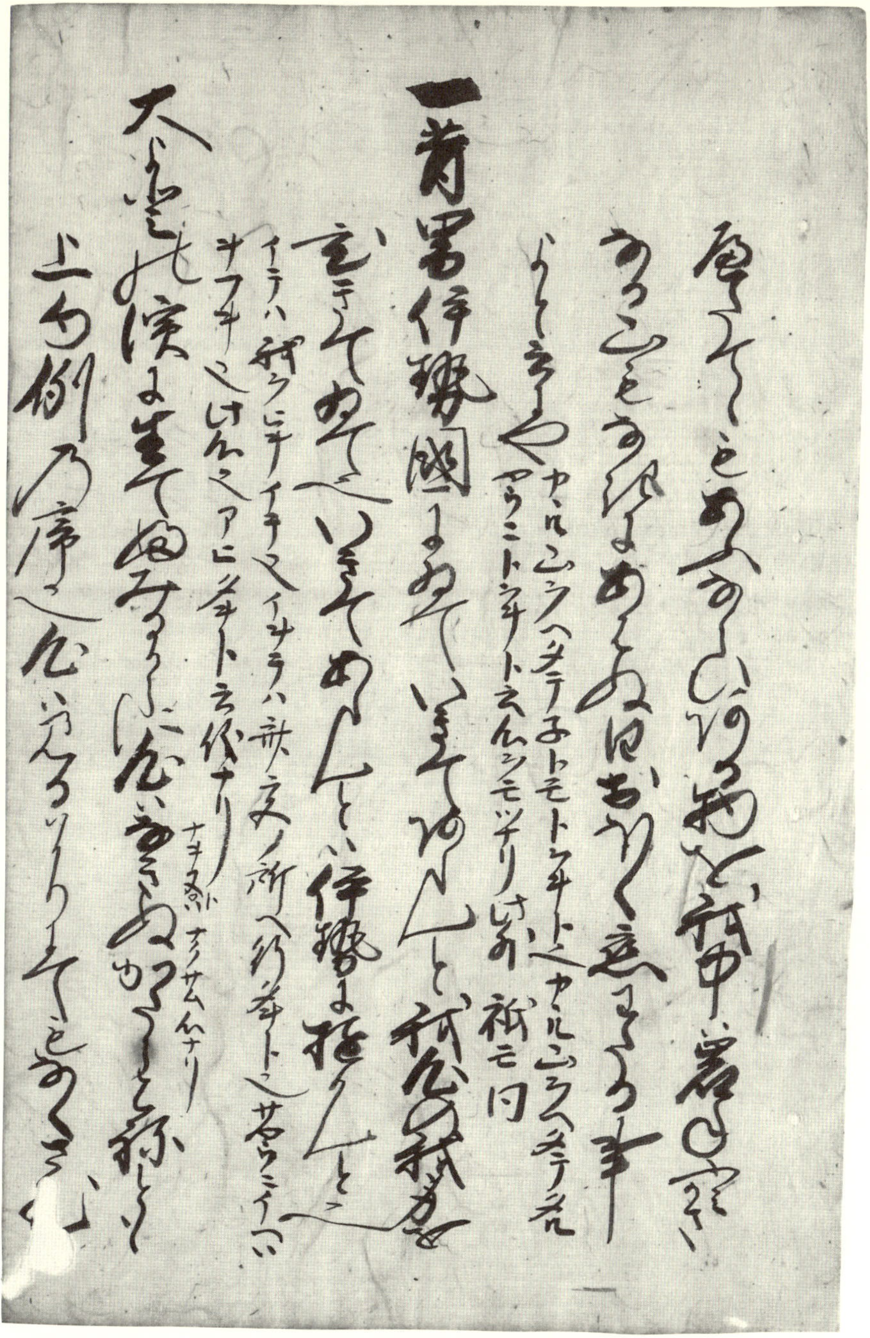

九四オ（七十五段）

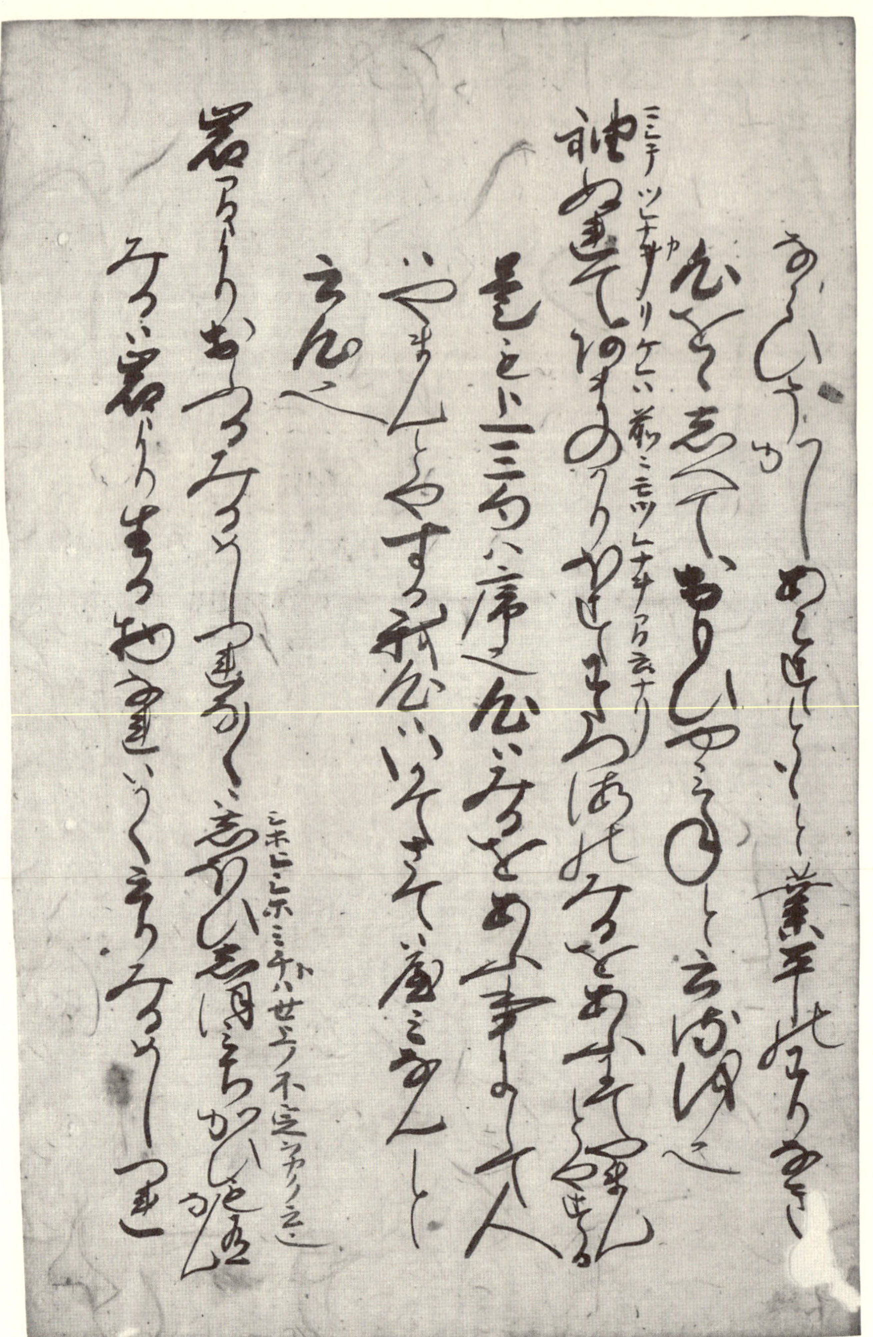

九四ウ（七十五段）

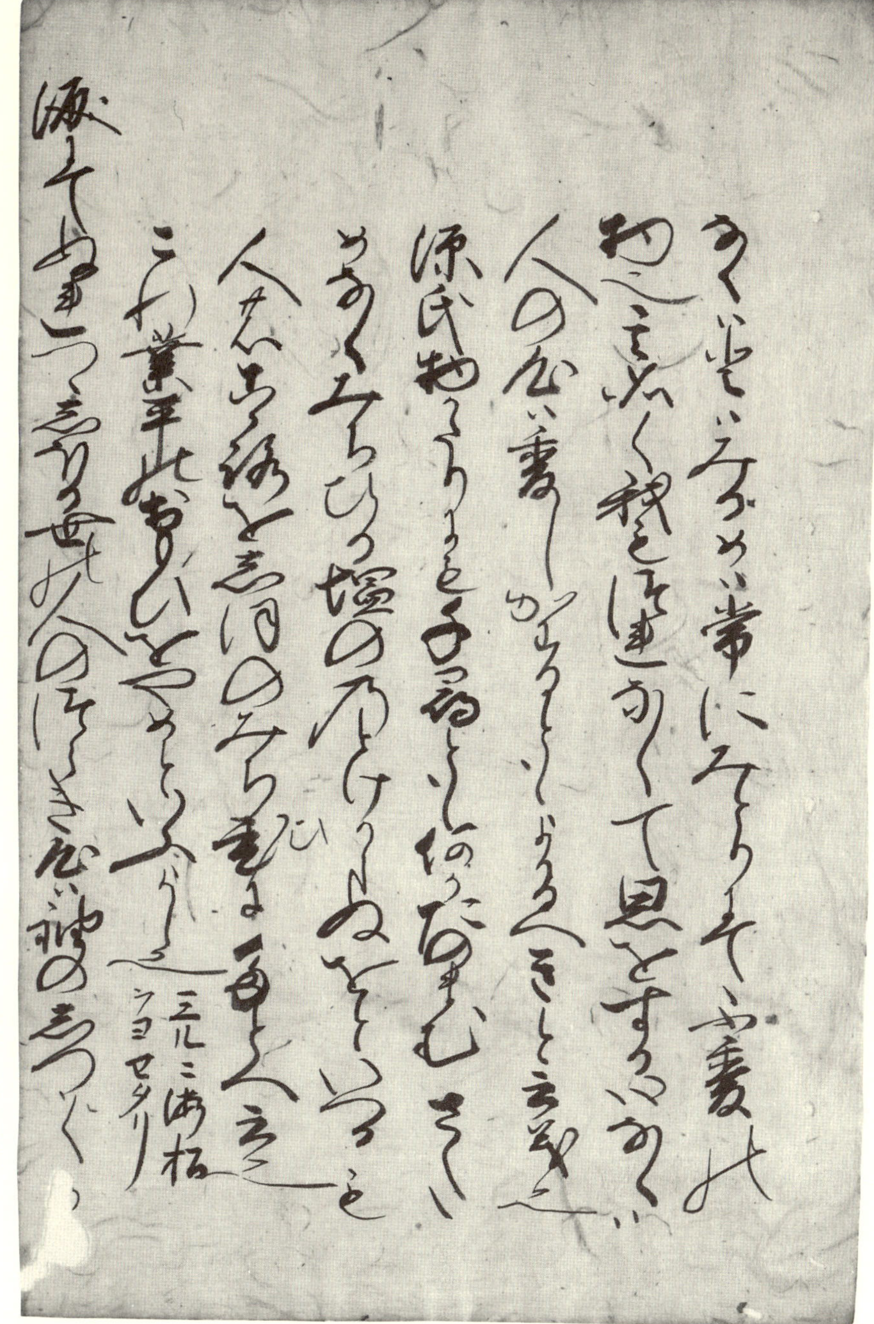

九五オ（七十五段）

らくせいみそめ常にそひそうてすまさ
わうりなく我をはなれかて思とするさかく
人のなひ妻し[かろ]く〳〵ろへきとそ云ぬ
源氏物語さりとも子うまれしぬひなむ
すてもちひろ堀の所けりぬなとヽいつを
人なを子として同の所す所と再上人之
二十巻草此おひといふ〳〵〳〵 [三九三御拍 ショセタリ]
滅してあまらう云りせ人の心きなひ神の きつく

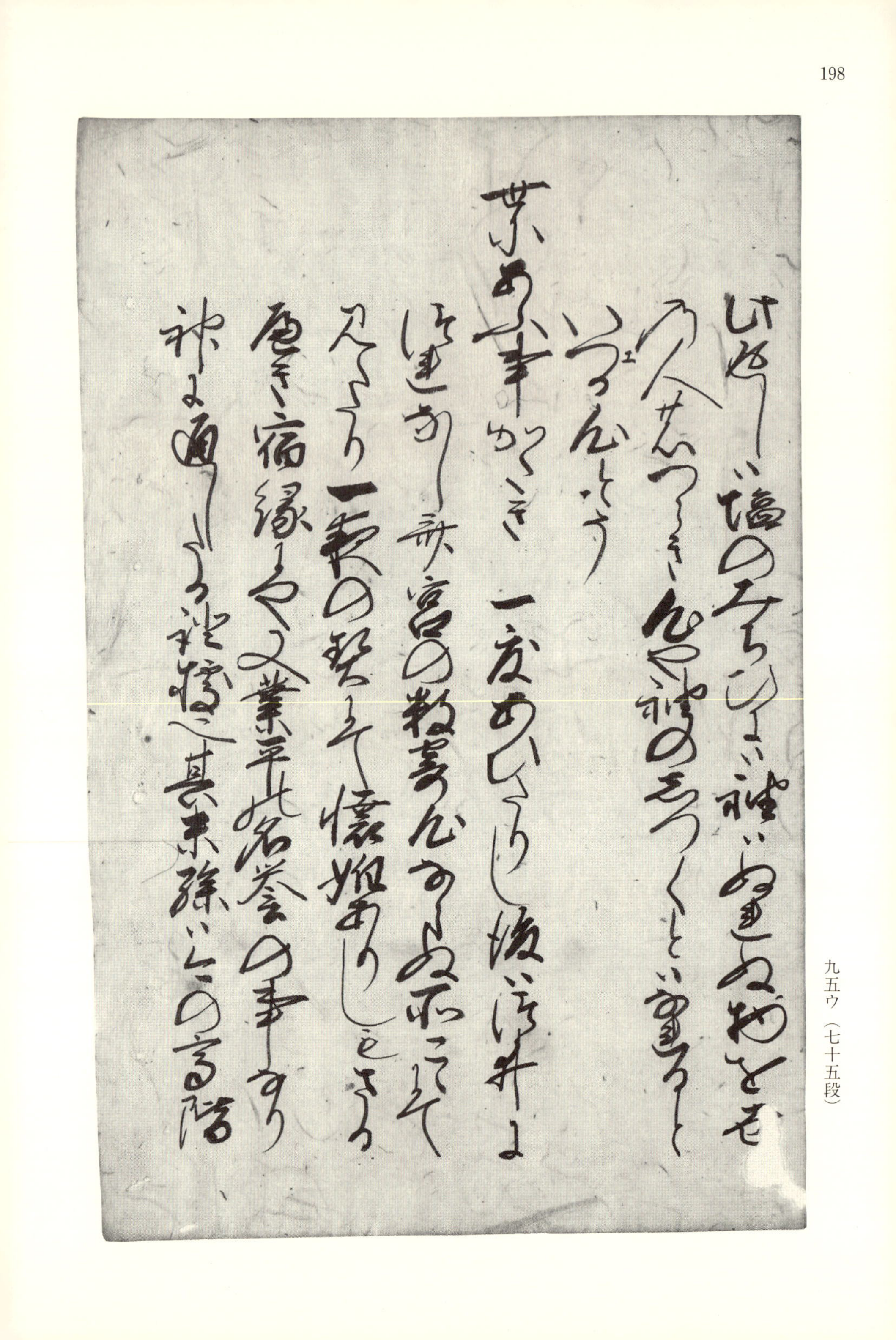

九五ウ（七十五段）

氏はいつきの大神宮に祈する事也
かくいふ此歌也 揚宮の院ニ今年文
明九年丁酉にいたりて六百五十八年に
若ハ業平死テ已来ノ年紀之或業平ニハドウメモアリ
テ言陽成ハ今ニ必氏々氏ハカラサル事也

一むかし二条后のまた春宮の御息所と申ける時
陽成院春宮の御時也 貞観十一年二歳にて
立太子 云々
氏神にまうて給 大原野に 春日を勧請せ

嘉祥三年閑院左府冬嗣公のゆゝはゆゝ
為王城守護ニまかりて給ひし社参也
けれ祭一年ニ二度アリ之文徳ノ御時ヨリはじまれり
二の后宮さ　在中将事へしけれより宗任中将なり
ねよ猶皮を記しまつるとしけるに左る頭から
へしかる文為ニ少将にて中将よ湯殿の御時元
慶元年よ如
おきなし　業平へ
大原やをしほの山もけふこそは神代の事も思ひ出らめ

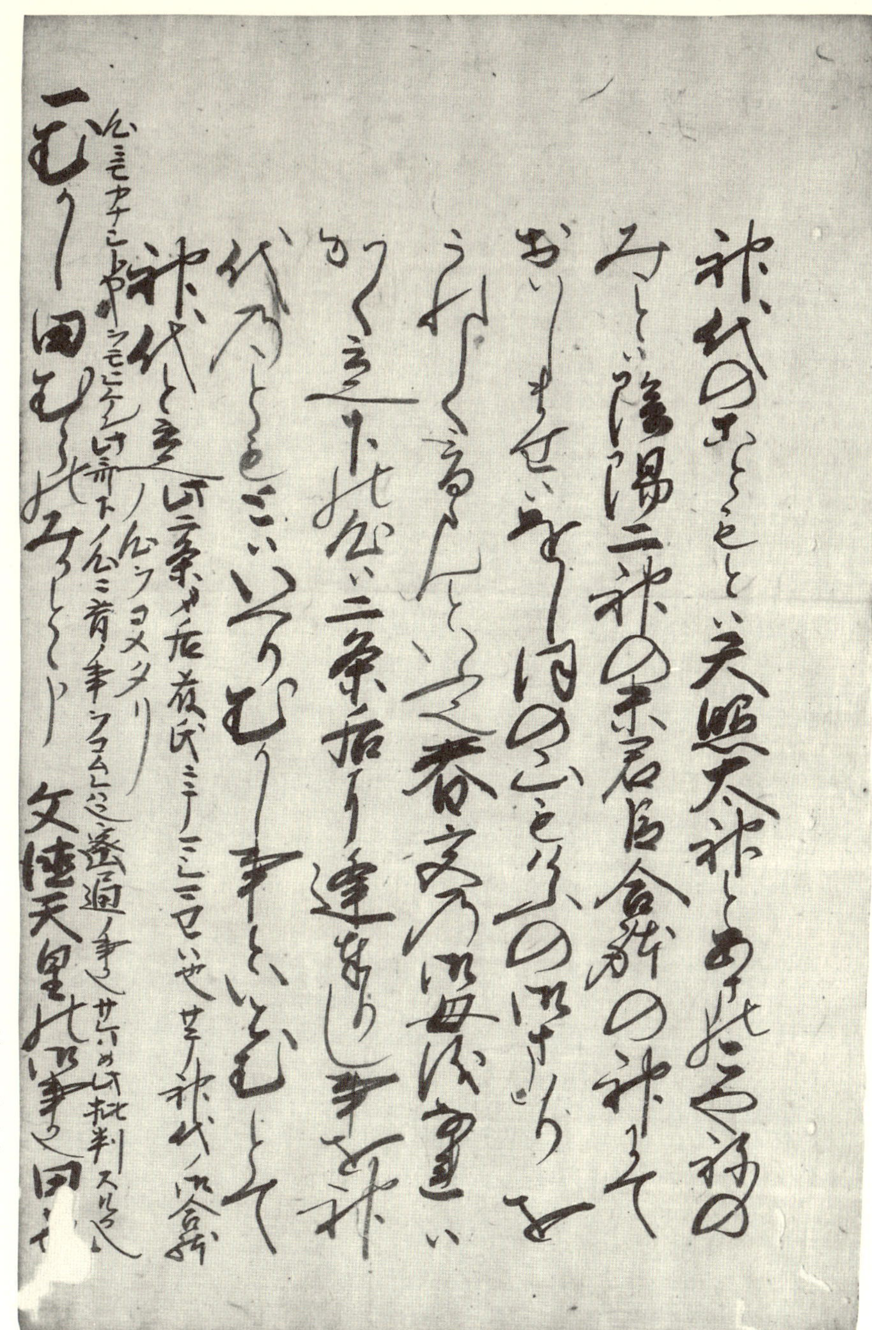

九七オ（七十七段）

神代のよろつとゝいふ天照太神とあまてるの
みといふ陰陽二神の末君后合歓の神にて
おりもちをはこひ(?)ふしのほり
えいくるしとハさて春宮の御殿違い
かくることなく二条后へ達をしまてし神
代とも(?)[四条后の左近氏三ノミニモいせ神代ノ尺義]
神代ともいふむもて
[ン三てんこ(?)やりヽモ(?)ニテヽけ(?)π(?)トイム(?)ゝ二育ノ事フヨムヒコン・遙遇ノ事ニサヒ(?)ニ付批判スルニ心]
一むう田むうみろしく(?) 文徳天皇ハ筆之国也

在所未詳　田ムラト云在所ニミサヽキアルニヨスナリ

女御多賀幾子　多賀幾子　西三条右大臣女　文徳女御　忠仁公ノ猶子

うせ　天安二年十一月逝去

安祥寺　山科にあり　五条后順子建立之

サヽケ物　捧物ナリ　ムイテタウ経ノホウ物ナトヲモタテ木ノ枝ニ付ル事アリ

右大将常行　良相一男　多賀幾子兄也　貞観

八年任右大将　時ハ貞観八年　彼わさの時は[illegible]

イニシヘアリテ　コヽニテハ昔アリテト云心ナリ

ヤウノシハルホトニ　此事ノハシルホトニナリ

彼女御天安二年十一月薨之説　[illegible]天

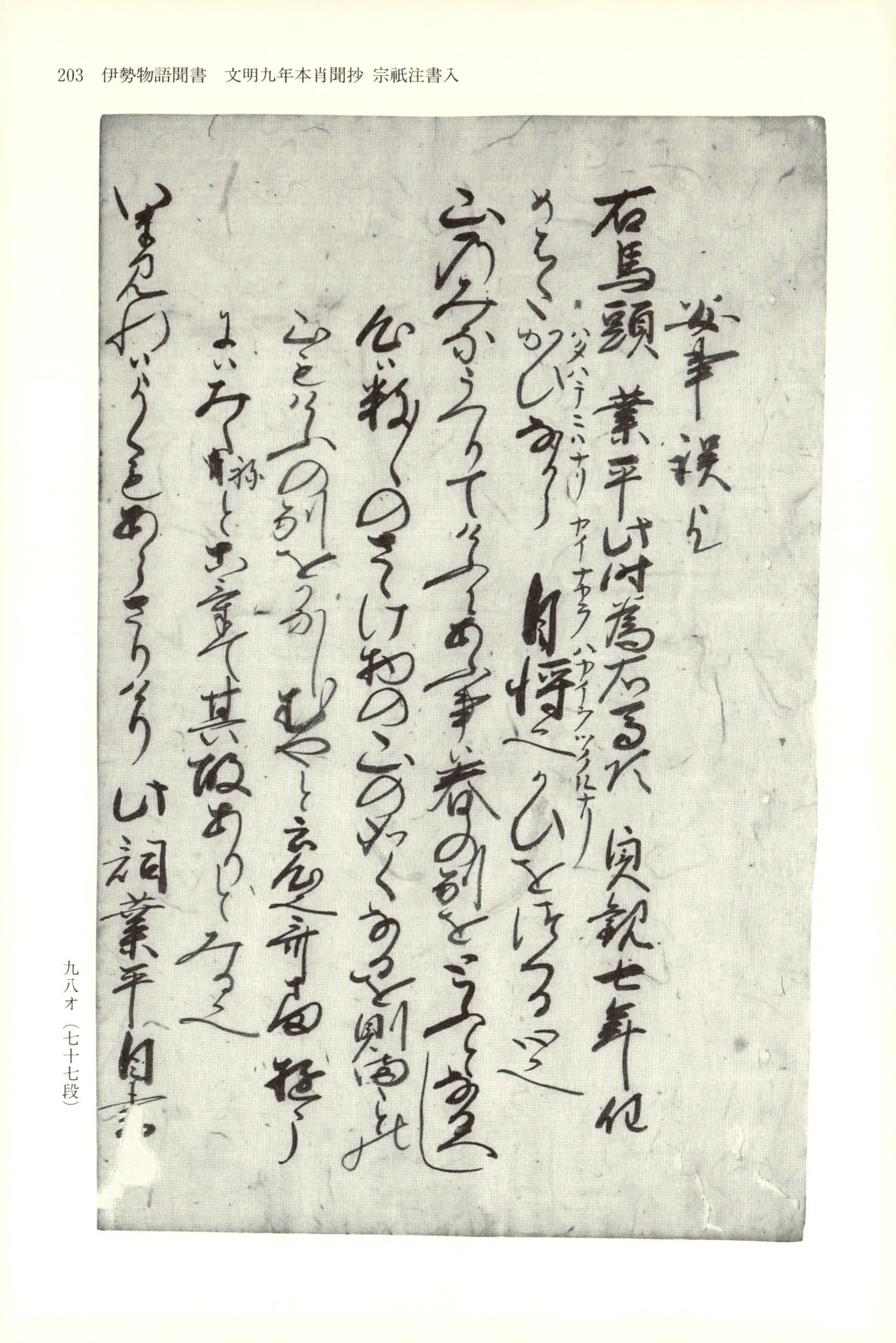

九八オ（七十七段）

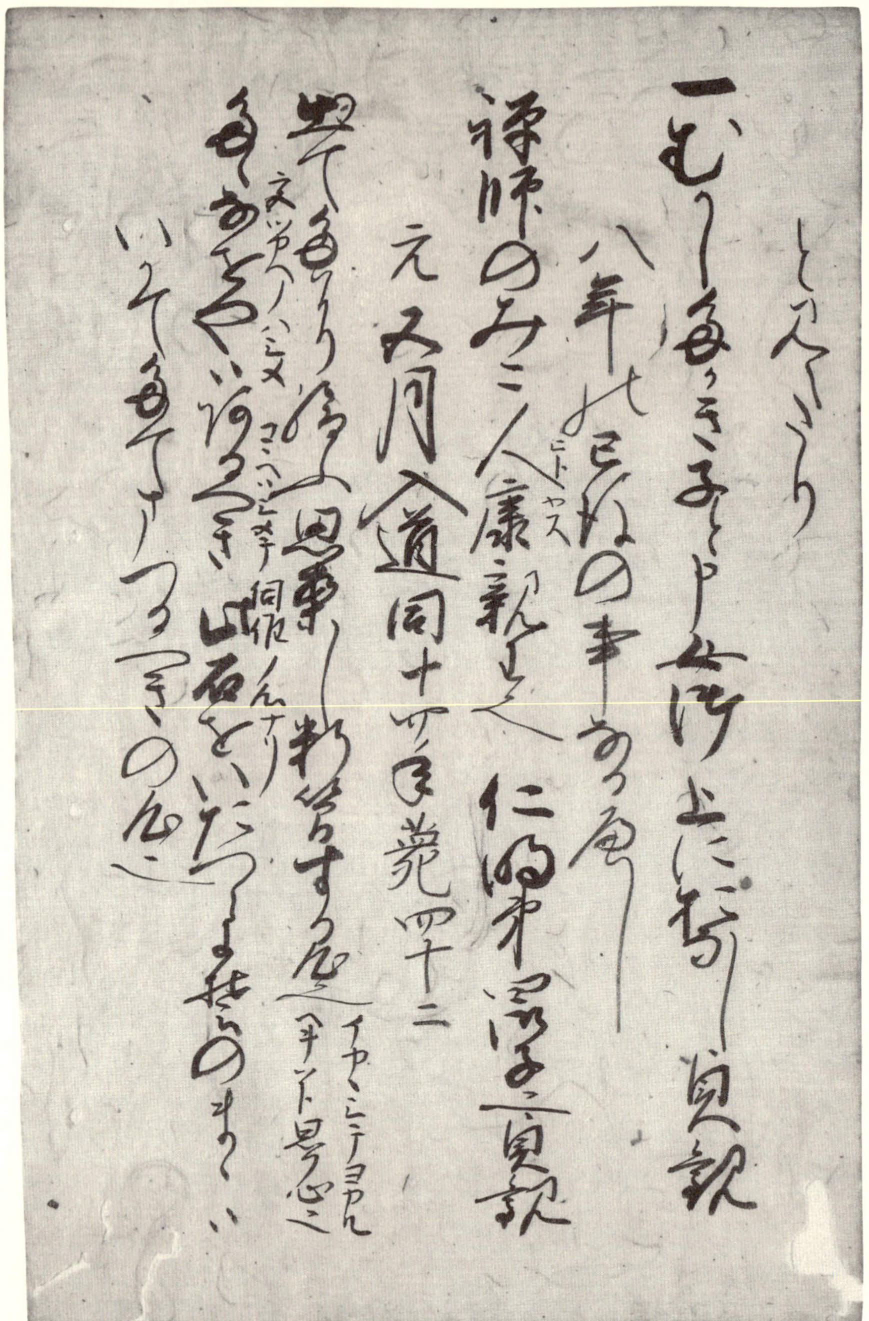

九八ウ（七十八段）

一むしゝ合ゝきそゝと公ゝに寄一見訳
八年ゝ三ねの事あつ角
禅師のみこ人康親しヽ仁河弟淳ゝ見訳
え又月道同十サ年菟四十二
出て角ゝゝゝ修へ回栗しゝ新芳する庵
多あとゝゝゝけろつき山石をいたつゝばらのす
いてゝ角とゝつゝ

九九オ（七十八段）

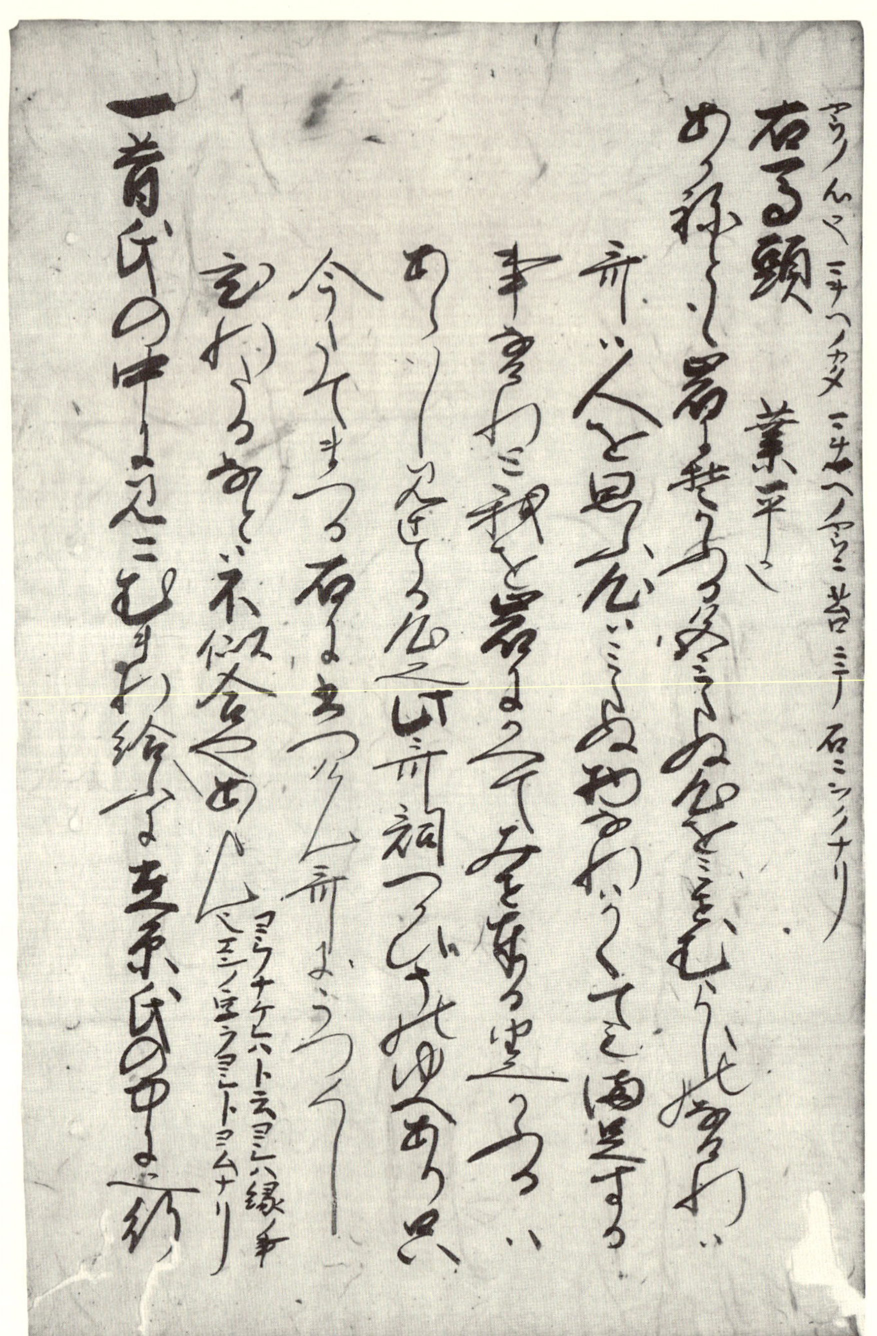

九九ウ（七十九段）

右る頭　業平へ

アうんハ二すへノカメ二せへノかつミ若ミノ石ミツノナリ

めつらしく君か来まつる今日とそを祝ひこめしわ
所ハくと思ハ、ころめやわかふくてこ画さする
事言わた神と君より君よてみをなうきもうろい
めうしのところ人山所桐つてひちせゆちあろよ
今してまつる石よきつたえ所まようく
えわいろめて不似合ゆめん

一首氏の十一えミむまれ給へる五系氏の中よ行

コシフナケヒハトラえヨミ八縁事
ヘエンくほるフヨミトヨムナリ

平の女の腹に清和の御子（貞数親王）生れ給ふ之古注
に宗右云々　后号事世不見之歟
御うぶ屋に人〻哥よみけり　産屋三ケ夜七ケ夜なと
祝事之必哥ハよむ事あり
日本ニハ祝コトナトニハ必スミウラコムヘキ事之サルニヨリテ
業平モ七夜ノ哥ニカクヨメリ
御おほちかたなりける翁生れ給へる皇子の御おほち
ちゝ行平のかくさすの業平ハ行平の弟也
我門にちひろあるかけをうへつれハ夏冬誰かかくれさるへき

一〇〇オ（七十九段）

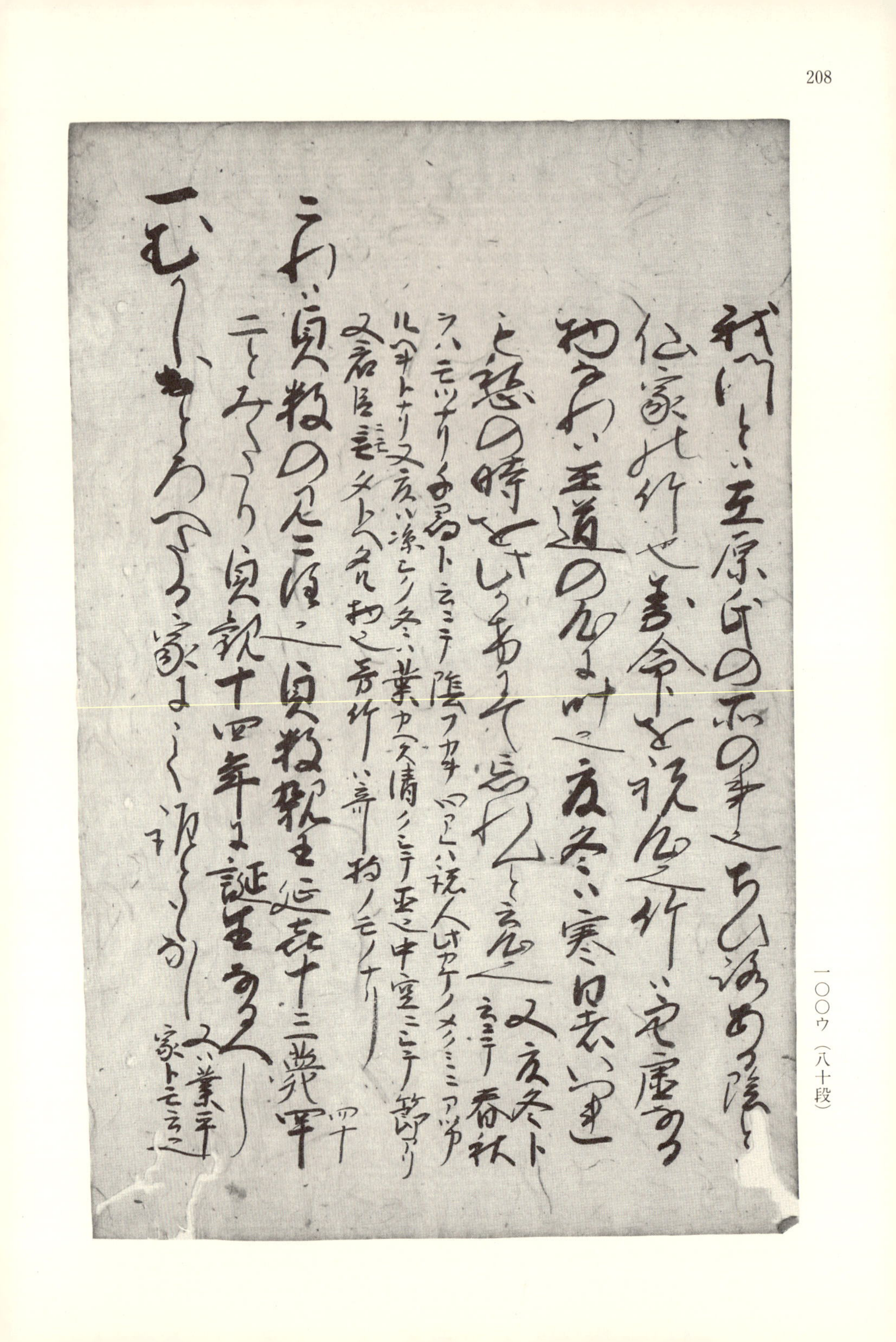

一〇〇ウ（八十段）

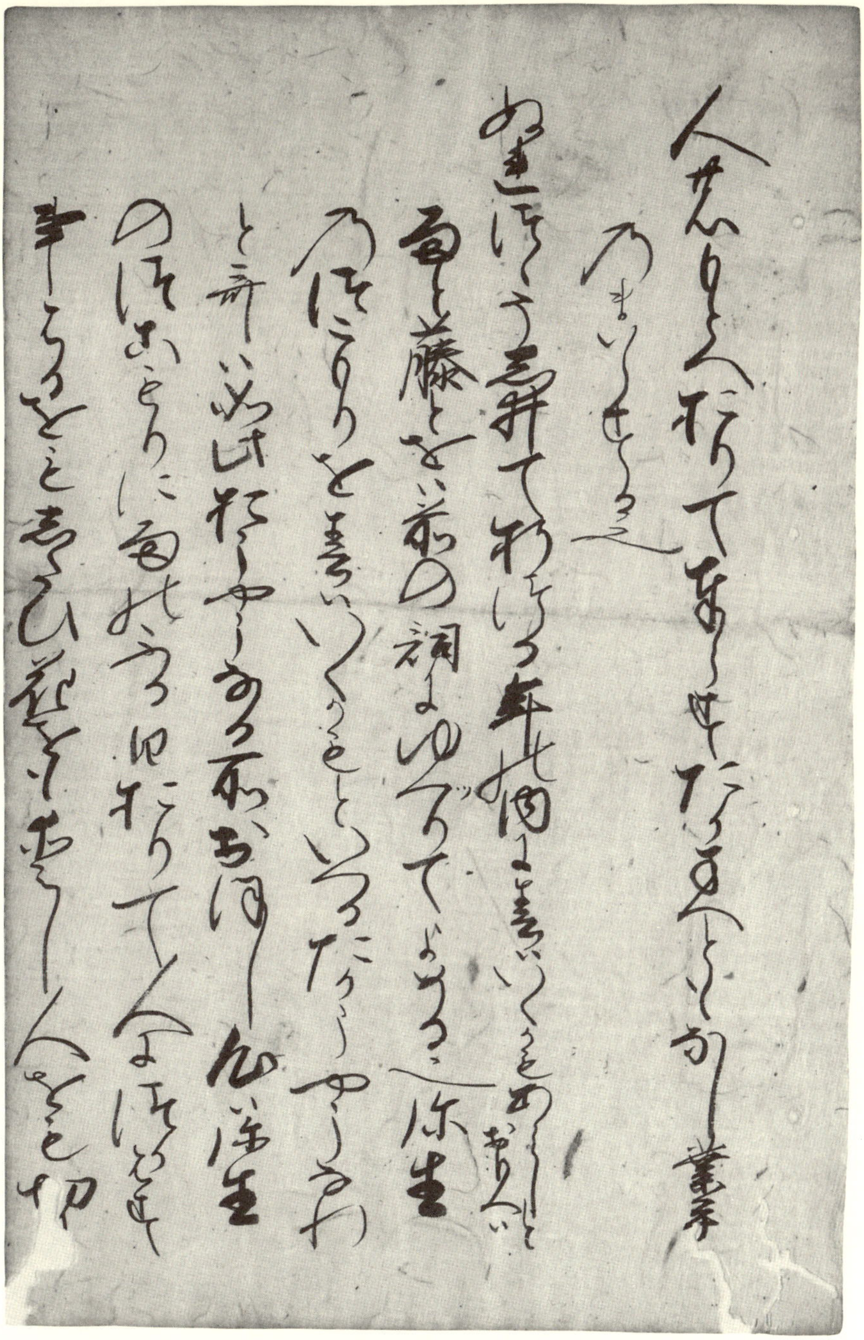

一〇一オ（八十段）

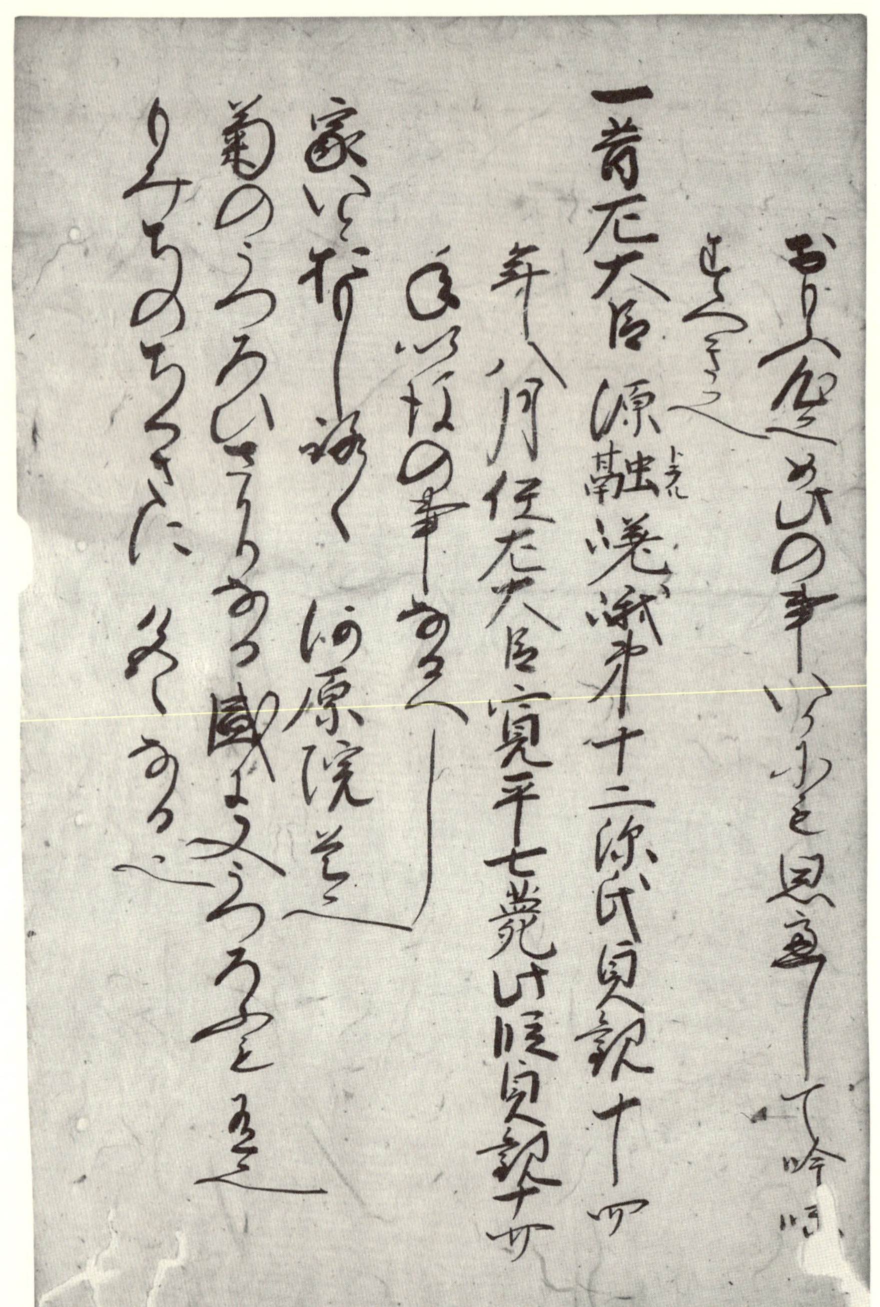

一〇一ウ（八十一段）

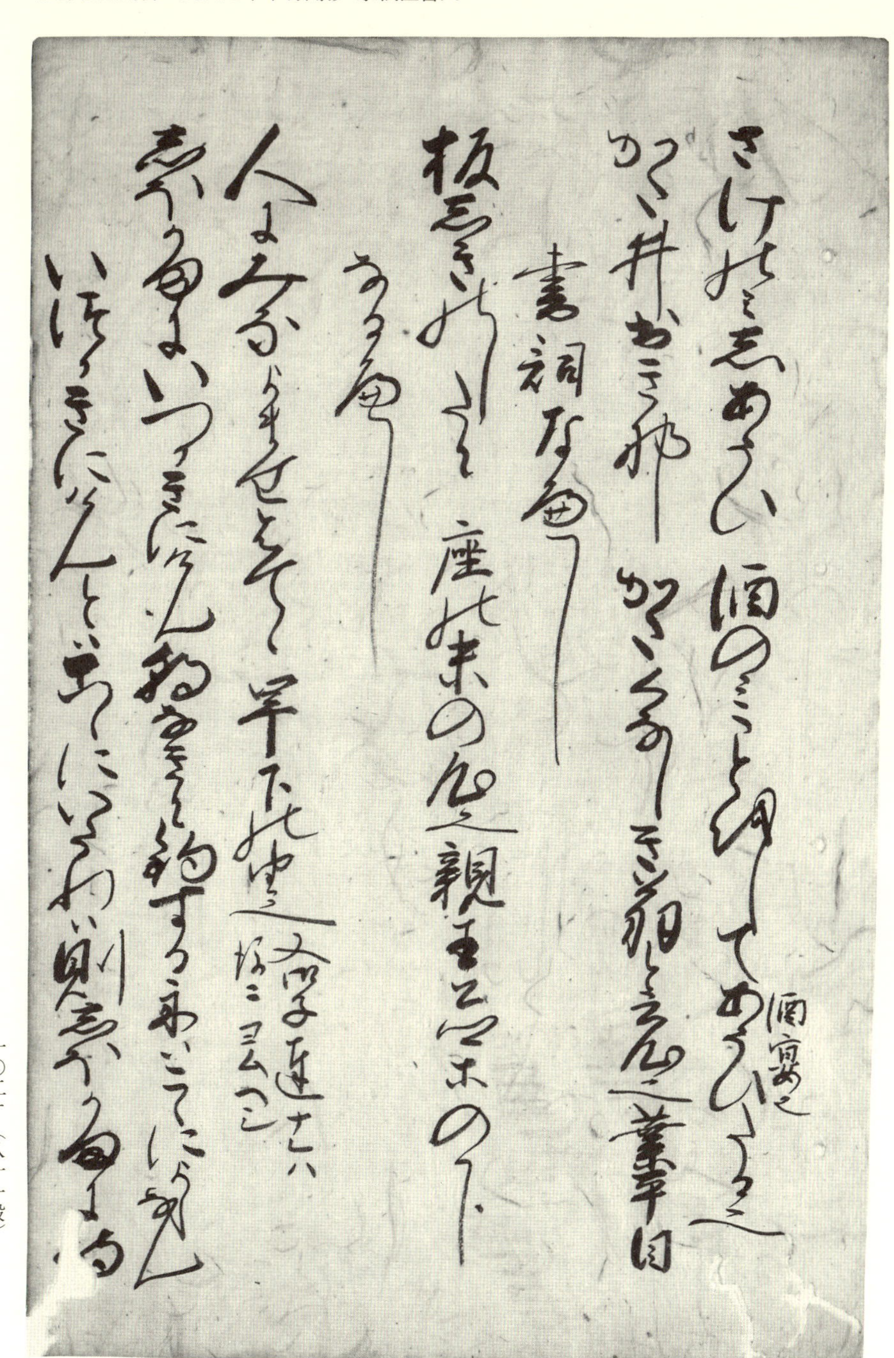

一〇二オ（八十一段）

アマネクラウトハキトクミト云詞ハ奥州ニハ塩竈ニアレハ
是ハ源氏物ト云ヘ さうさうてまゐる也
されはなむ愛でたらくかくして釣する舟を
おほいらかにいつつ しほかまにいつかきにけん
あさなきに つりするふねはここによらなむ
となむよみける ねけ
池ニ鯨鯢ヲスハナチ山ニ虎狼ヲスミシムルト云ハ此ヲホムル詞ナリ此段
極ヨリウニホウハコハセ毎日ニ潮ヲヤカセ給フヘサレハ君ニ世ヲ絶ニミエト
ヨメリサテ前ノ事ノ心ハ一向ニコシラヘ事カニト思テ愛ノ風ヲ及ヘカタ
テ此翁ノ事ニ釣スル舟モ浮テ見エヨカシト思フ心ナルヘシコソノ所ヲ
ホムル心ナリ

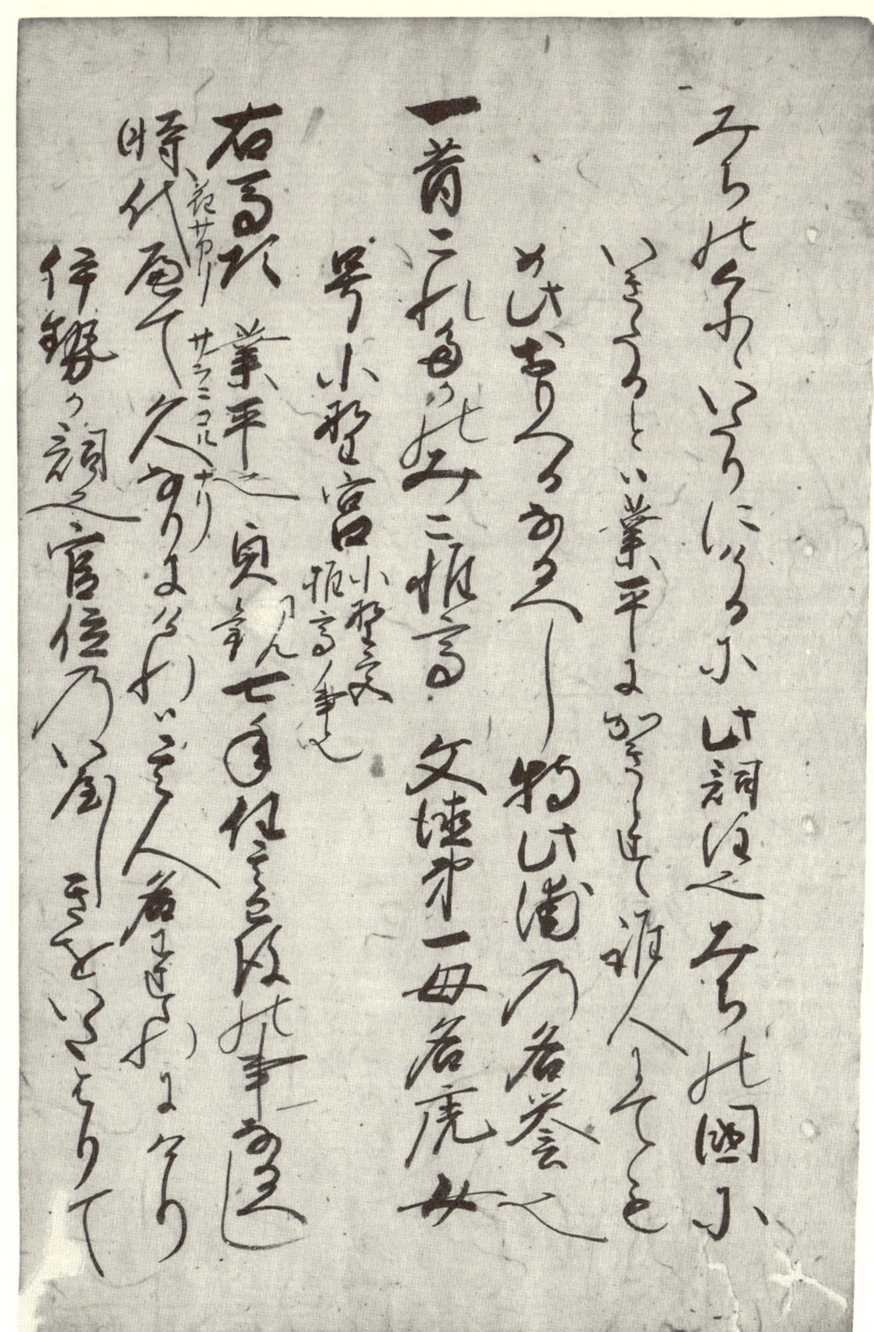

一〇三オ（八十二段）

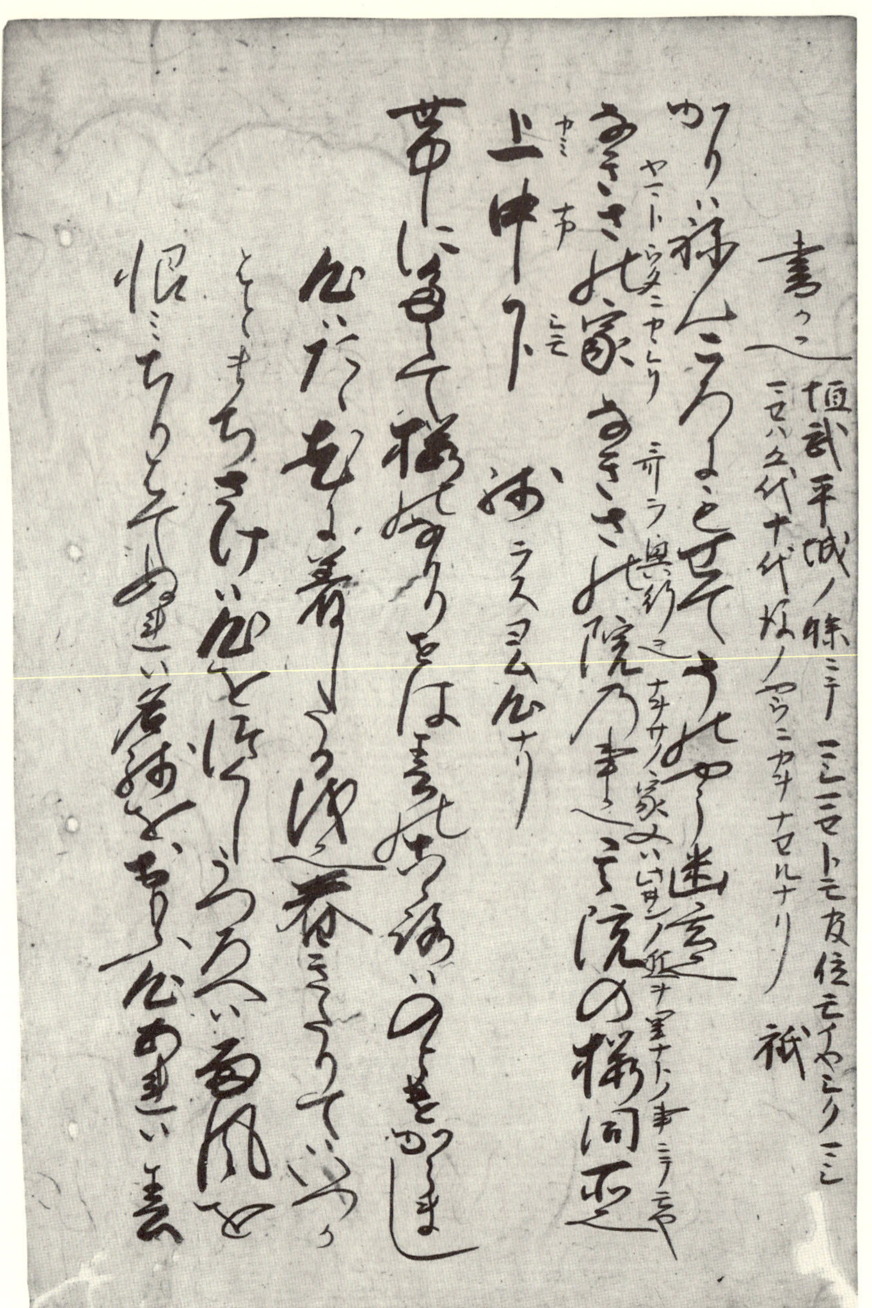

一〇三ウ（八十二段）

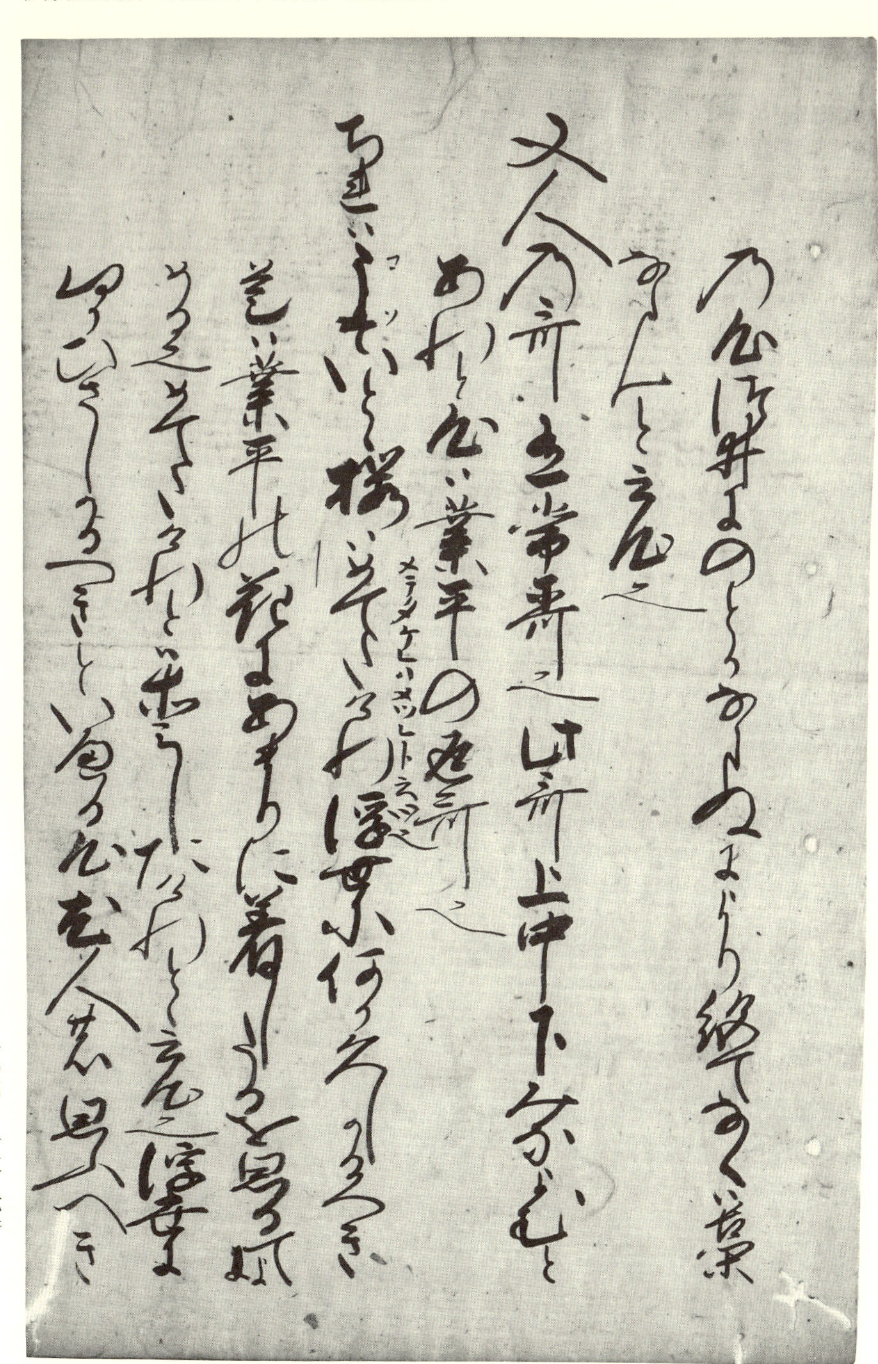

一〇四オ（八十二段）

一〇四ウ（八十二段）

○けす守セミテアルキトニ花モチルヽメテシ身トヱニテハニ
チルミヨリノマシ人ニモシニミルヽトヽサテメヒエテ
トノ句ヨ行カハ末久ニ帰ルヘチトヽノミテモラチ世ニ久ラチ物スキ人
訳ニ夕ニヘ給くんニ夕テミルニ業平ノ花ニ着ニ名レファタリニ了嫁者ラ

○いとをしろ人　誰こそ
　天のしる取のよろめ　玄わり誘ろうし
　石馬頭たけき角ゐろ　業平れ秋とうてる
　リりうしきなもる小宮ノヘあまのかつしね	まにたり
　狩して夜川
　むとミヽ夕てはい夕なひ

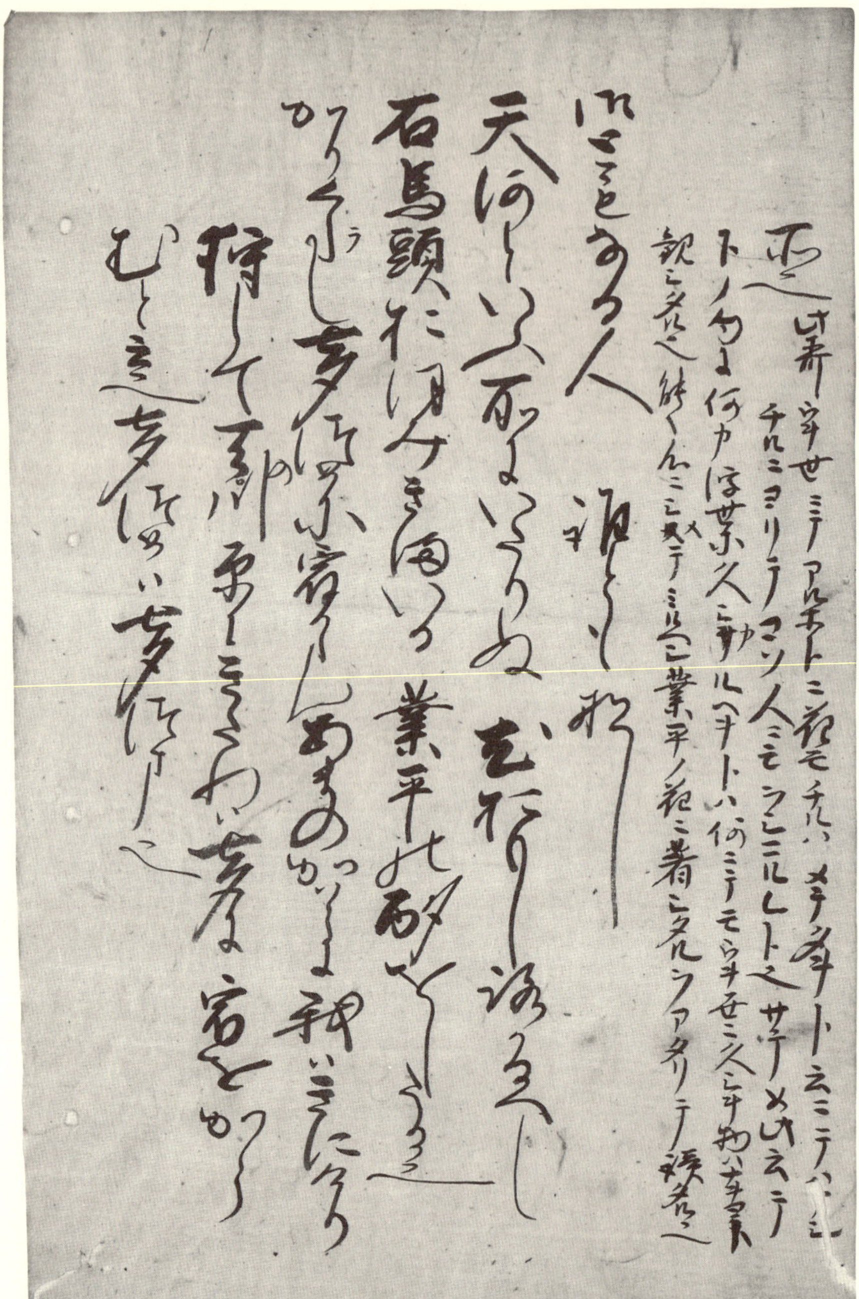

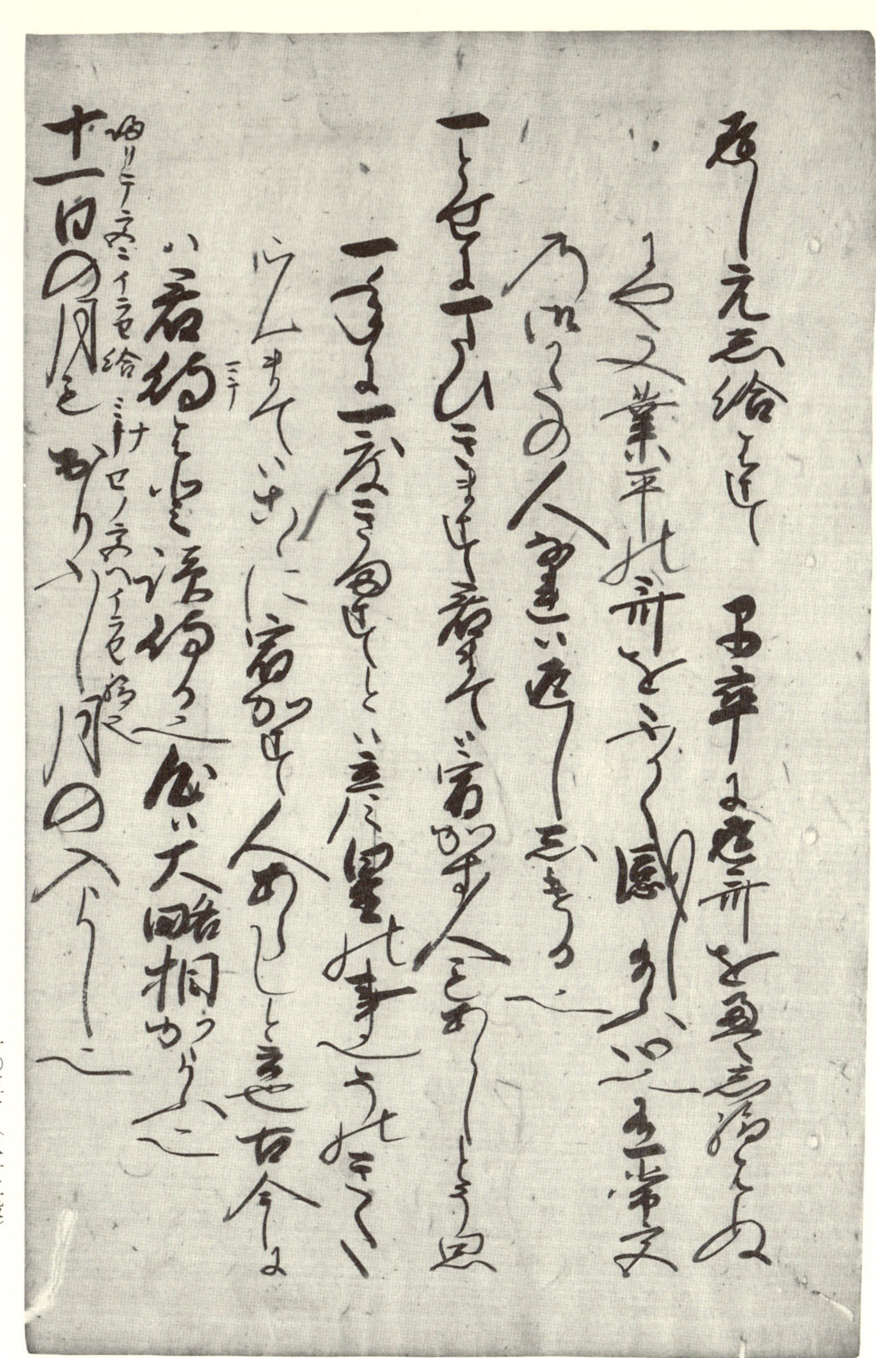

一〇五オ（八十二段）

一〇五ウ（八十三段）

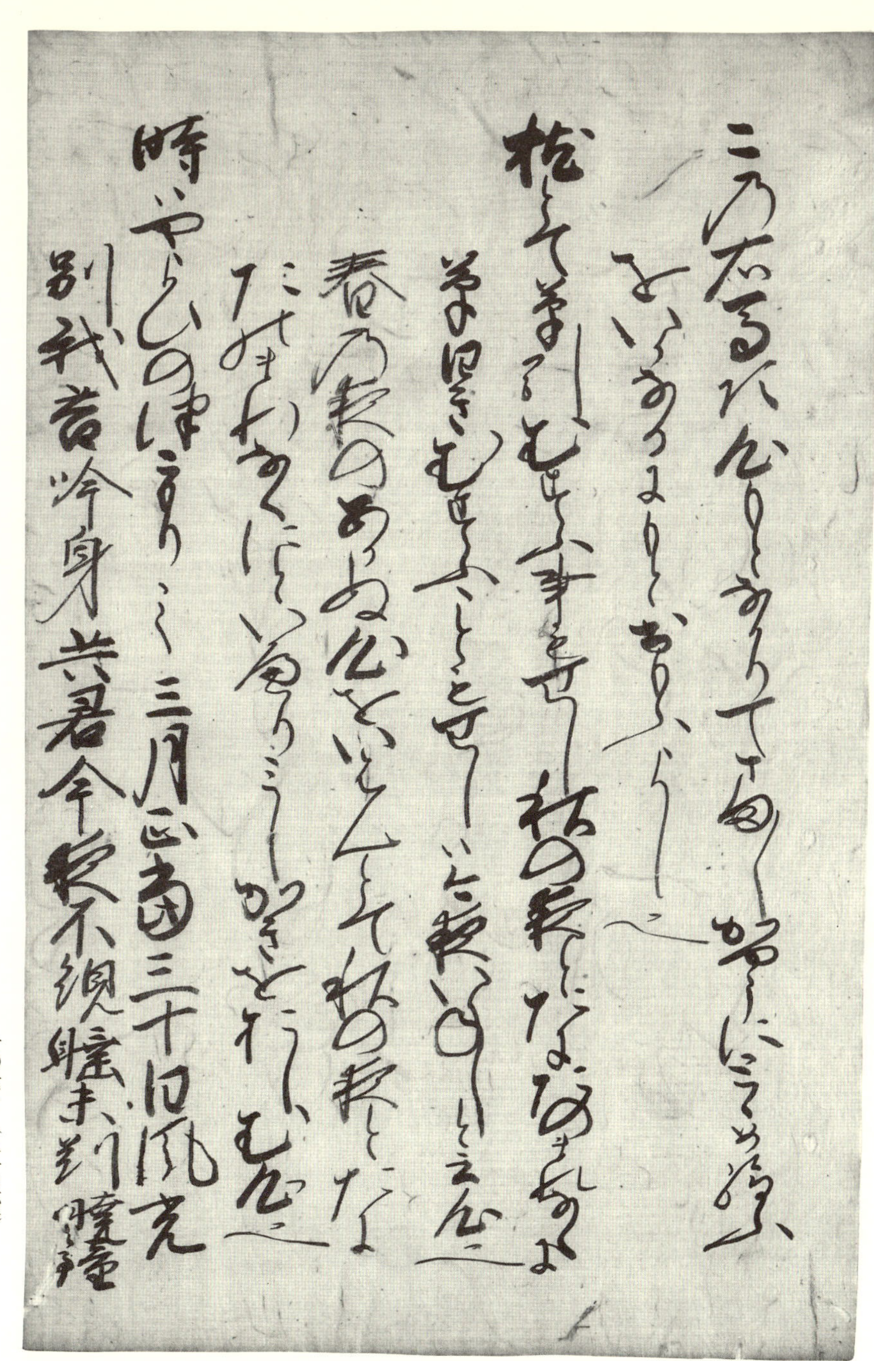

一〇六オ（八十三段）

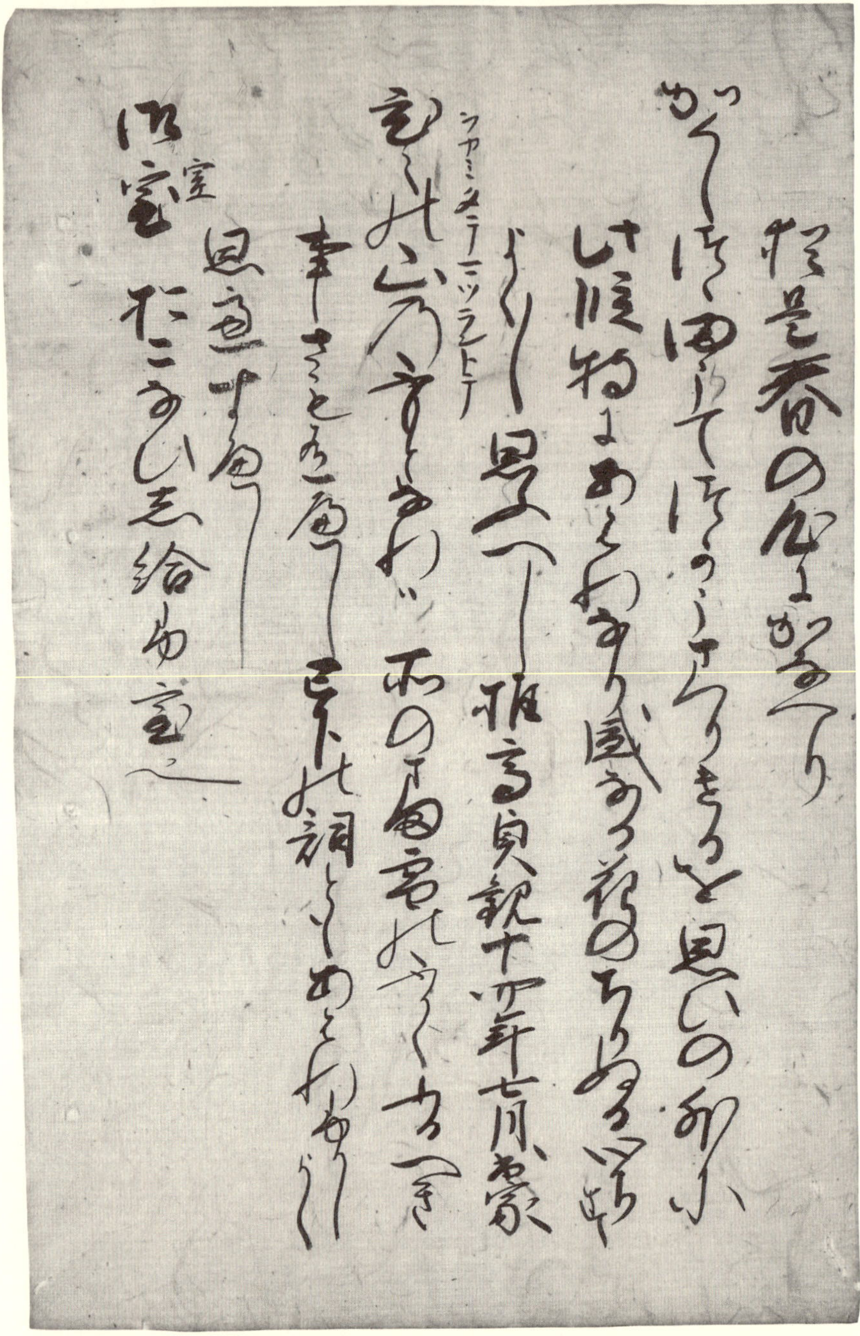

一〇六ウ（八十三段）

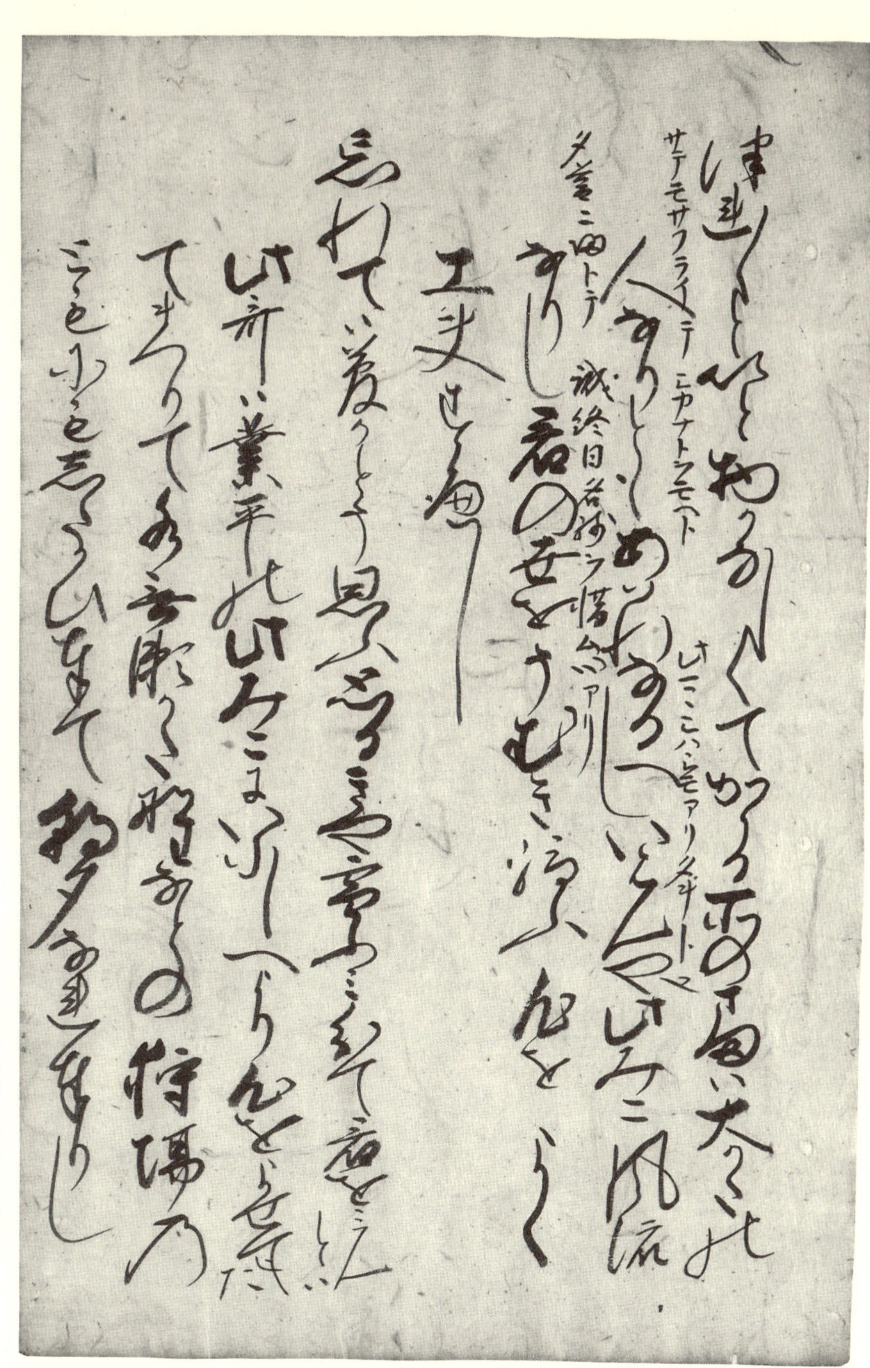

一〇七オ（八十三段）

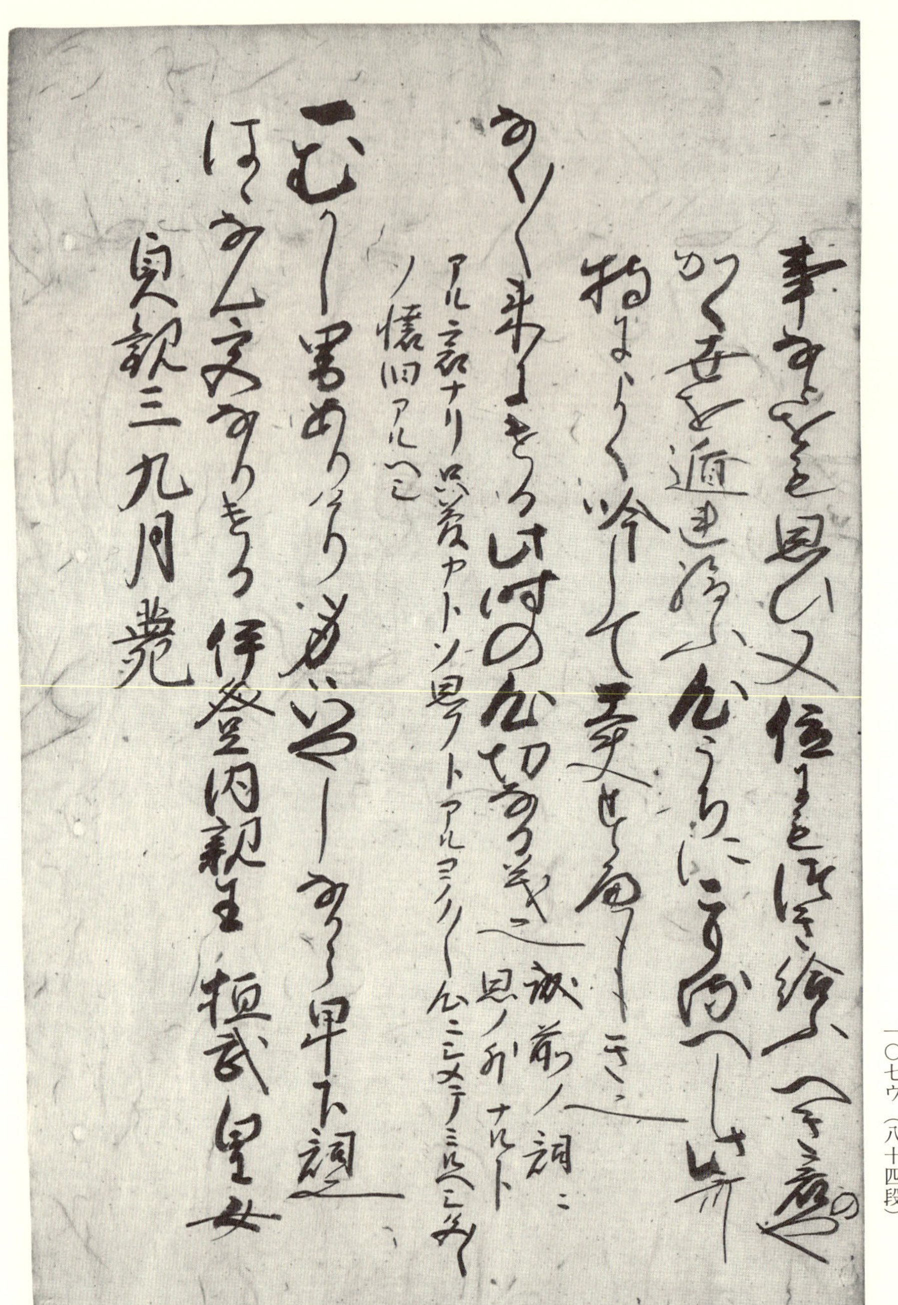

一〇七ウ（八十四段）

事をよくよく思ひて又位をもほしき給へき座の
かく妻と通ひ給ふならひにうちへしも所
おもしろく冷して吏せん角しき〳〵
よく羊しをろけすのなりおう茲
アル訳ナリ忽若ヤトソ思フトアルコソ〳〵
ノ慎囮アルに
　　　　　　　誠前ノ詞ニ
　　　　　　　思ノガナルト
　　　　　　　ニシメテミル〳〵み
むし暑めりゝめいそ〳〵か〳〵甲下詞
ほうえ又すりもろ　伊登主内親王　桓武皇女
　　　 貞観三九月薨

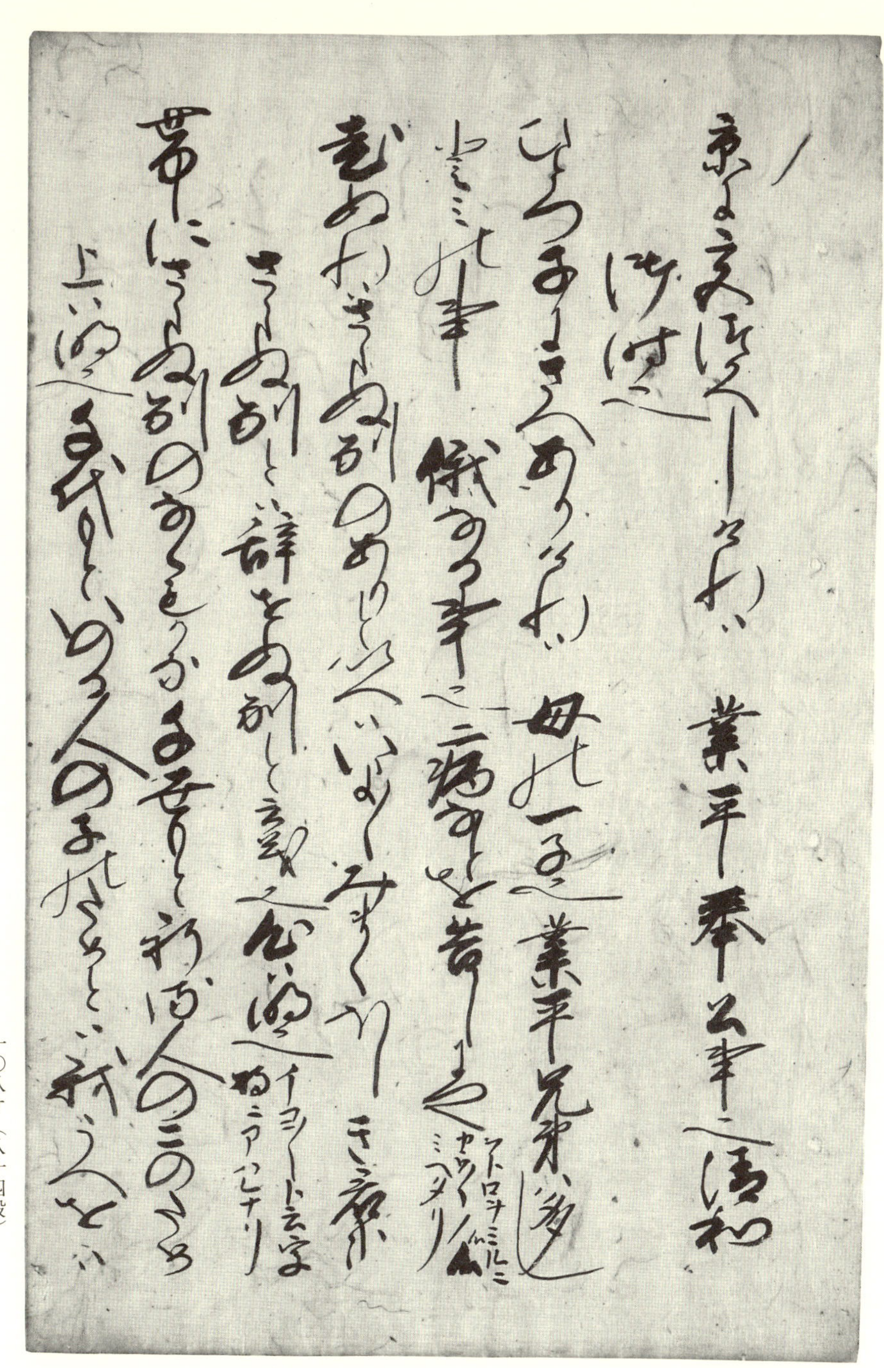

一〇八オ（八十四段）

いとはて一切の人の心をとかむるにさのみ無事
ましきよしを道のすゝめのはしと云ハ如く〻妬ハ
有ノ我心にするへし
無アリノ人親ク我代ト将軍ヲメサレ
云事、我方ニアタリテ切ニカナニムニ
依テノ云リ西〈メサレ〉無アリノ事ニ大ヤウニ云ナラ西一切無アリニサラス
別ノナクモカナナトゝ不去ノ別ナリ
一むし害あり言ありまいらす律はふまうさる君
惟言るの量れ伊はかりの業平はをはし、云るの
是は業平ハ二十ニたるのさきり
おとしんこそ狩言
ソノ庇セニ在俗人文祥師

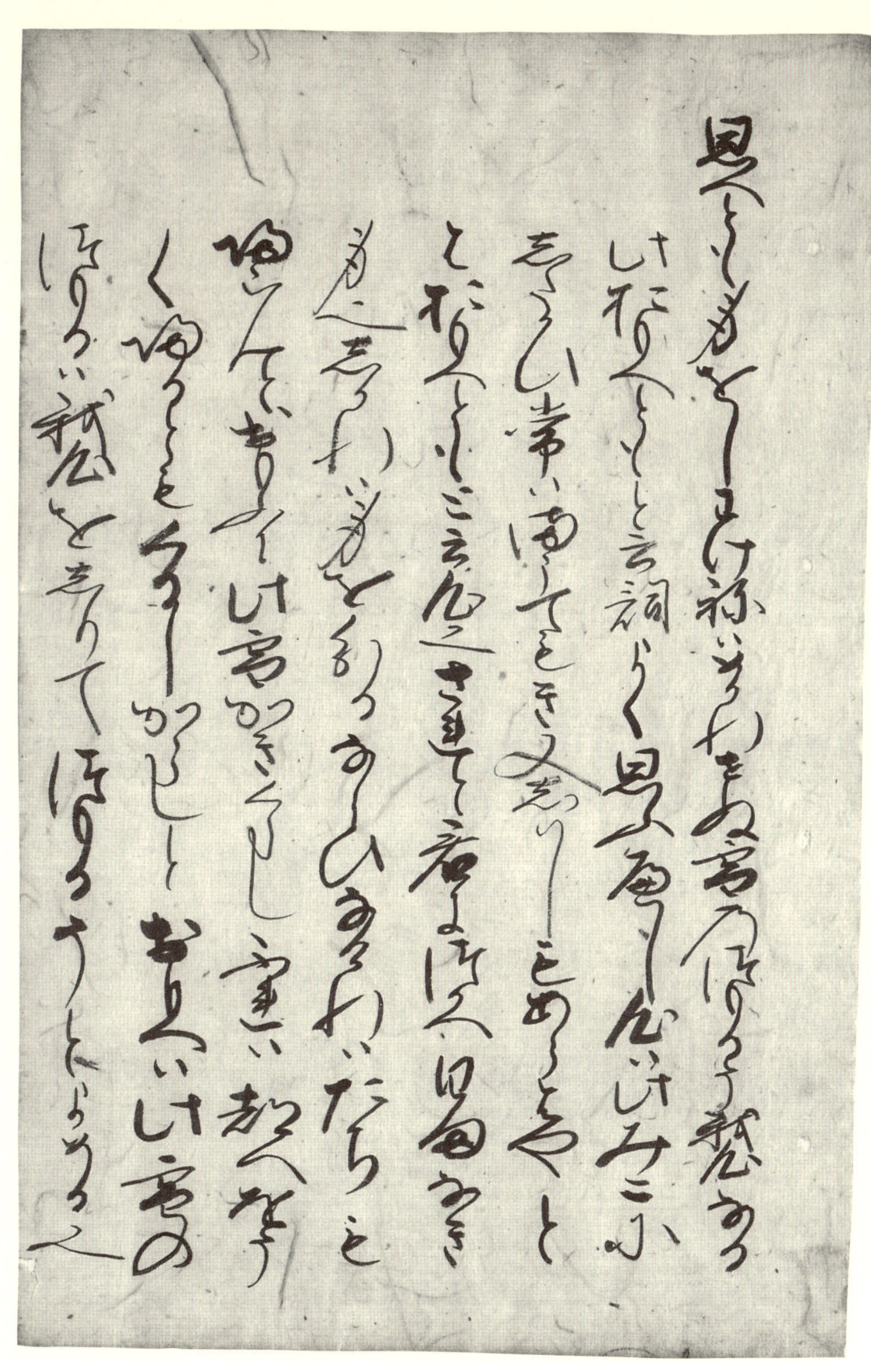

一〇九オ（八十五段）

一〇九ウ（八十七段）

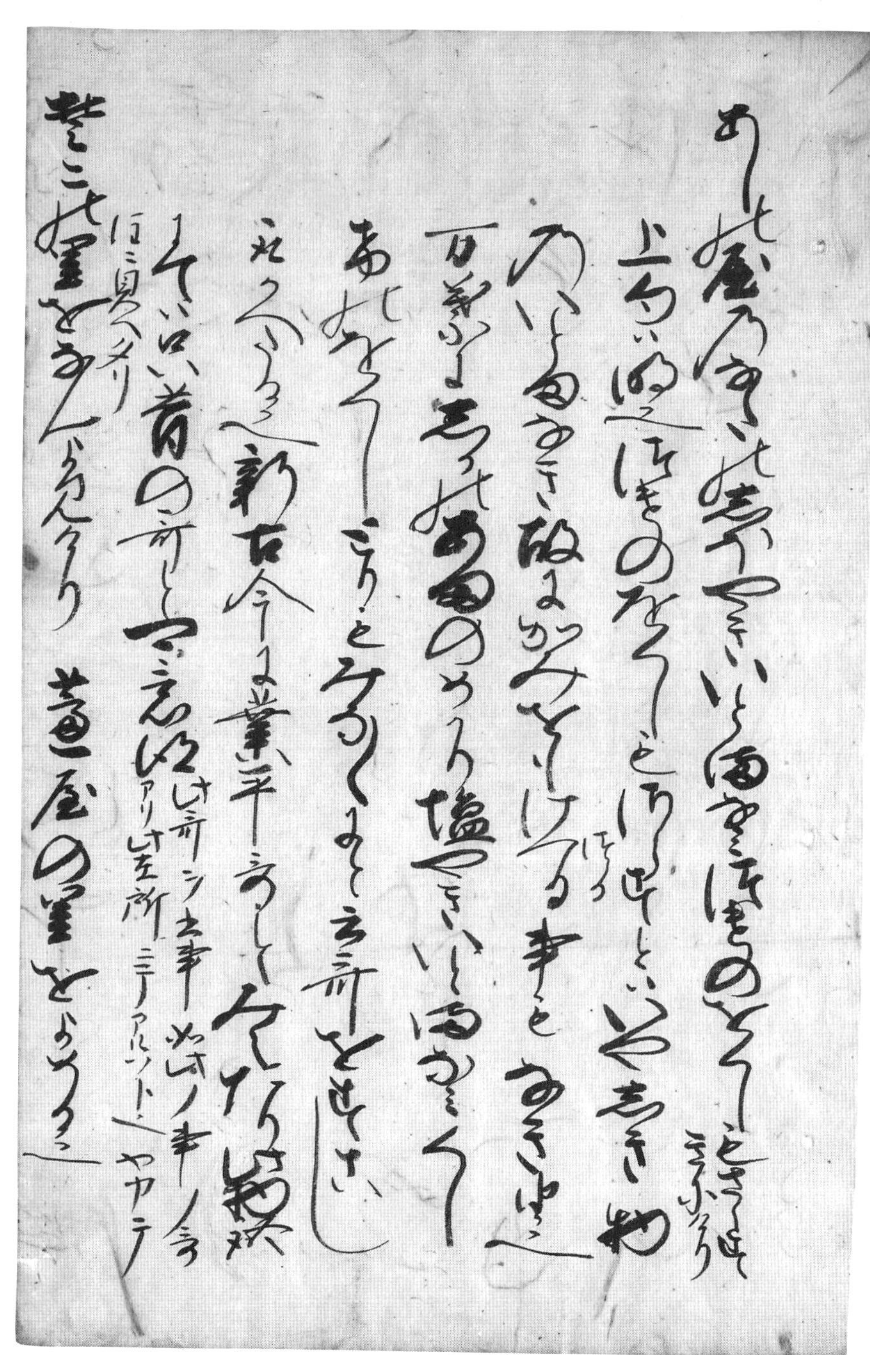

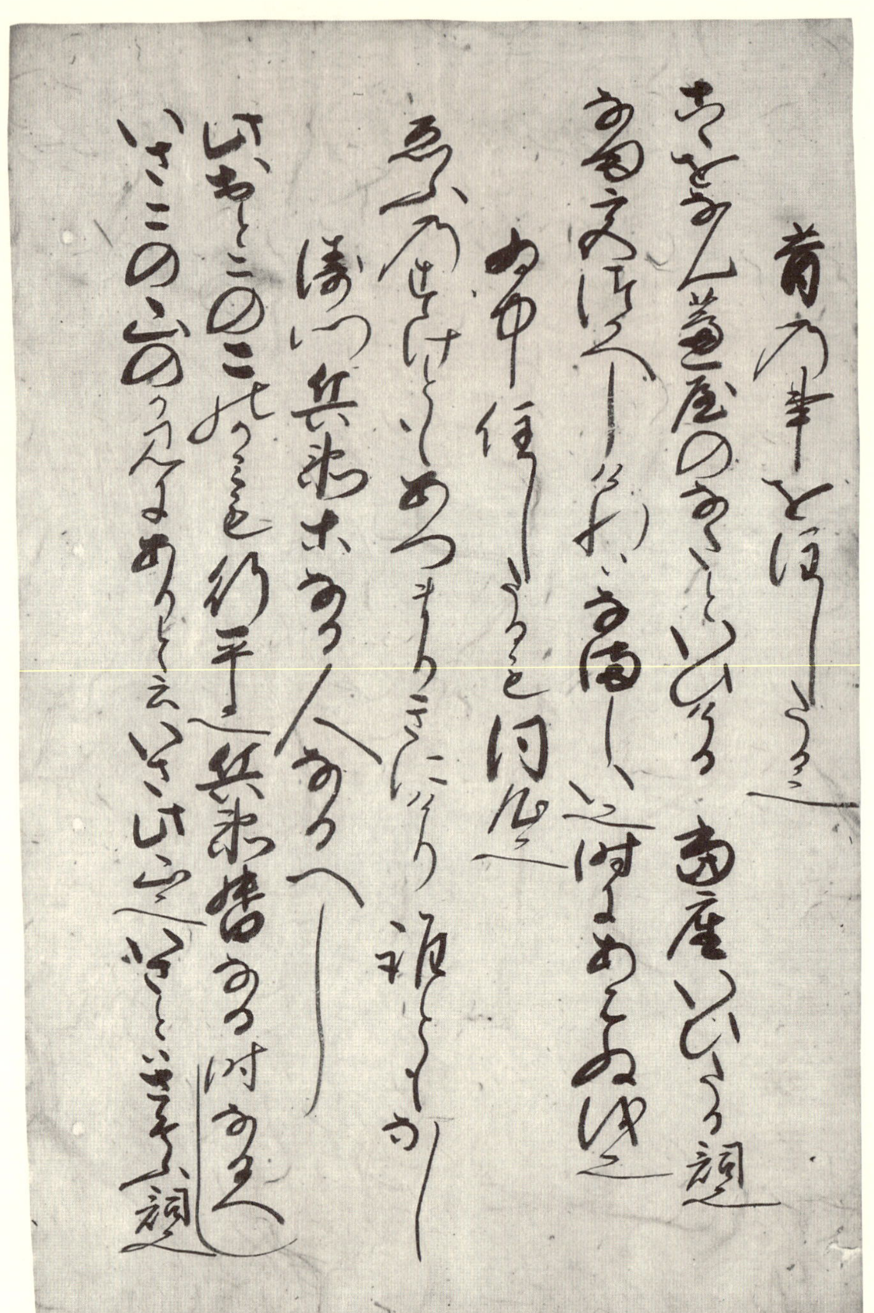

一一〇ウ（八十七段）

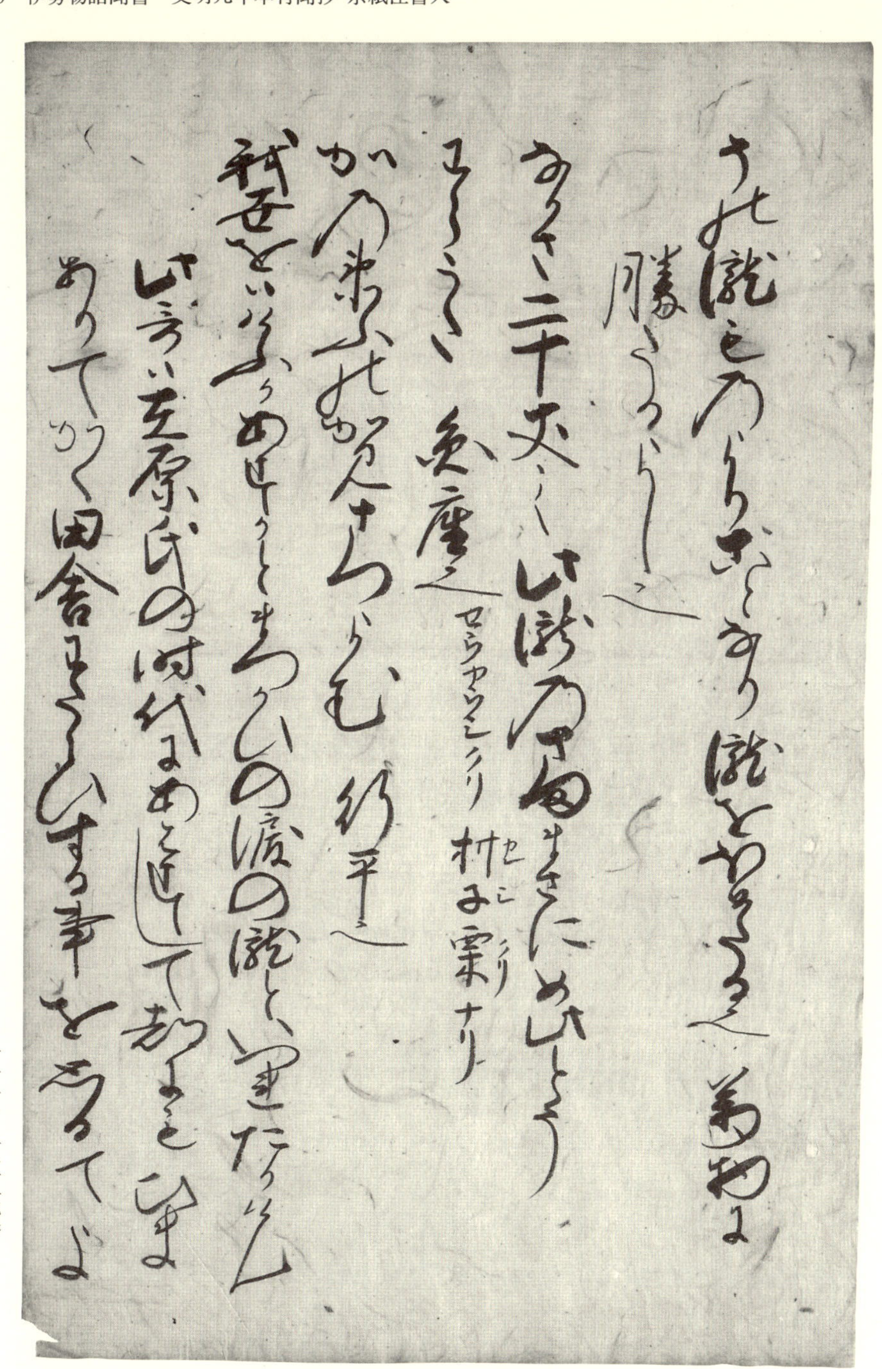

一一一オ（八十七段）

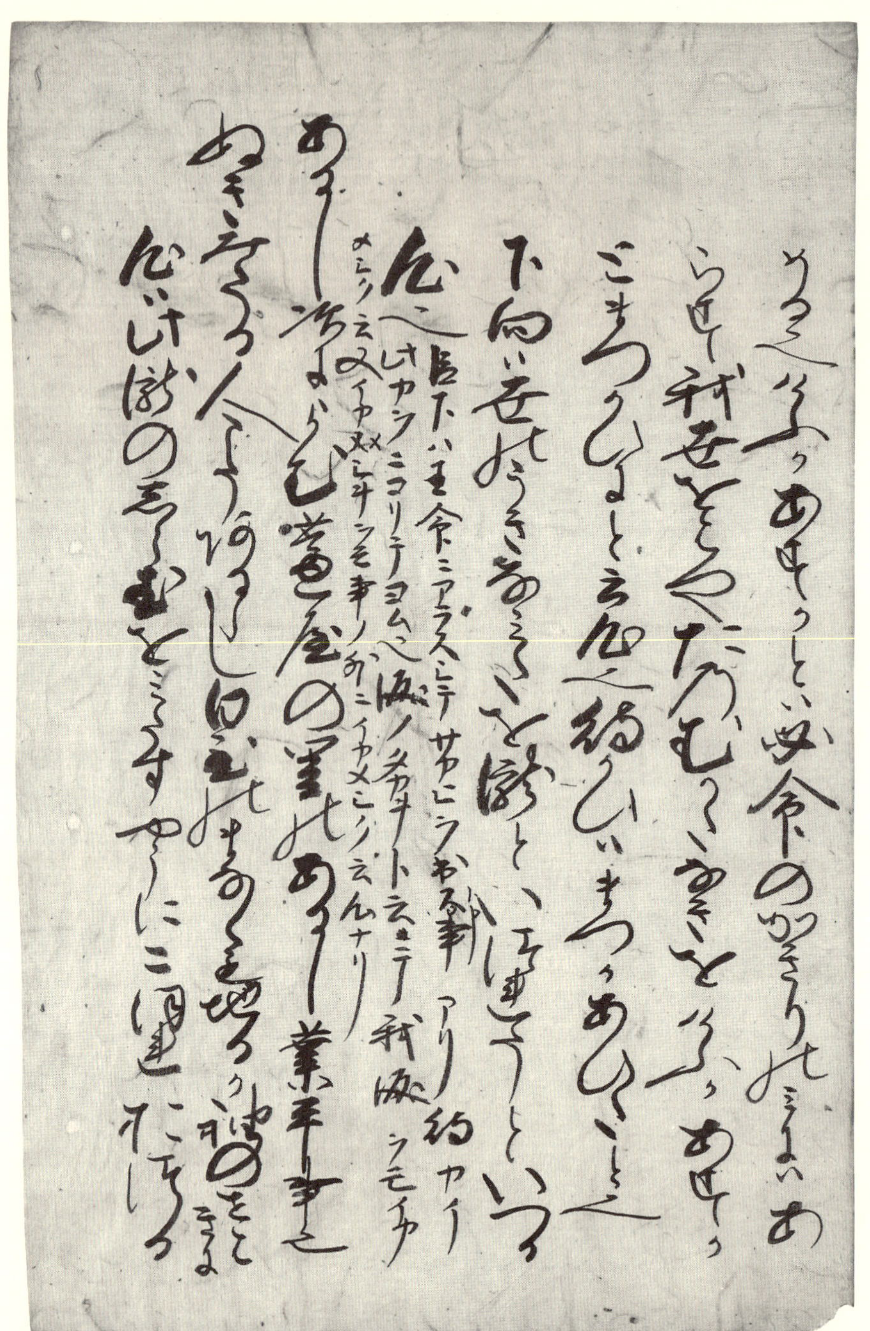

一一一ウ（八十七段）

うろ〳〵あそうして、女房のかへりけるよしあ
らは、衣をとらてたのむへきとふ、めてう
こゝろようことろ心\~紛ひいまうあくくこと
下向い女せようきなることはまてうといつ
た〻「上たいま食ニアラスニテサかにうある斬 つり 約 かり
　　〔ヒカクニコリテヨムへ〕協ノタカナートユニテ我協 シモカ
　　「メラウヱメイナメニチモホソ カニチリメニクえんナリ
あましよがしも童屋の黒れあり一業半も
あきそゐ人よう神しけ〻しすす、ところかへの
んにけぼの一をむとますかに二道におち

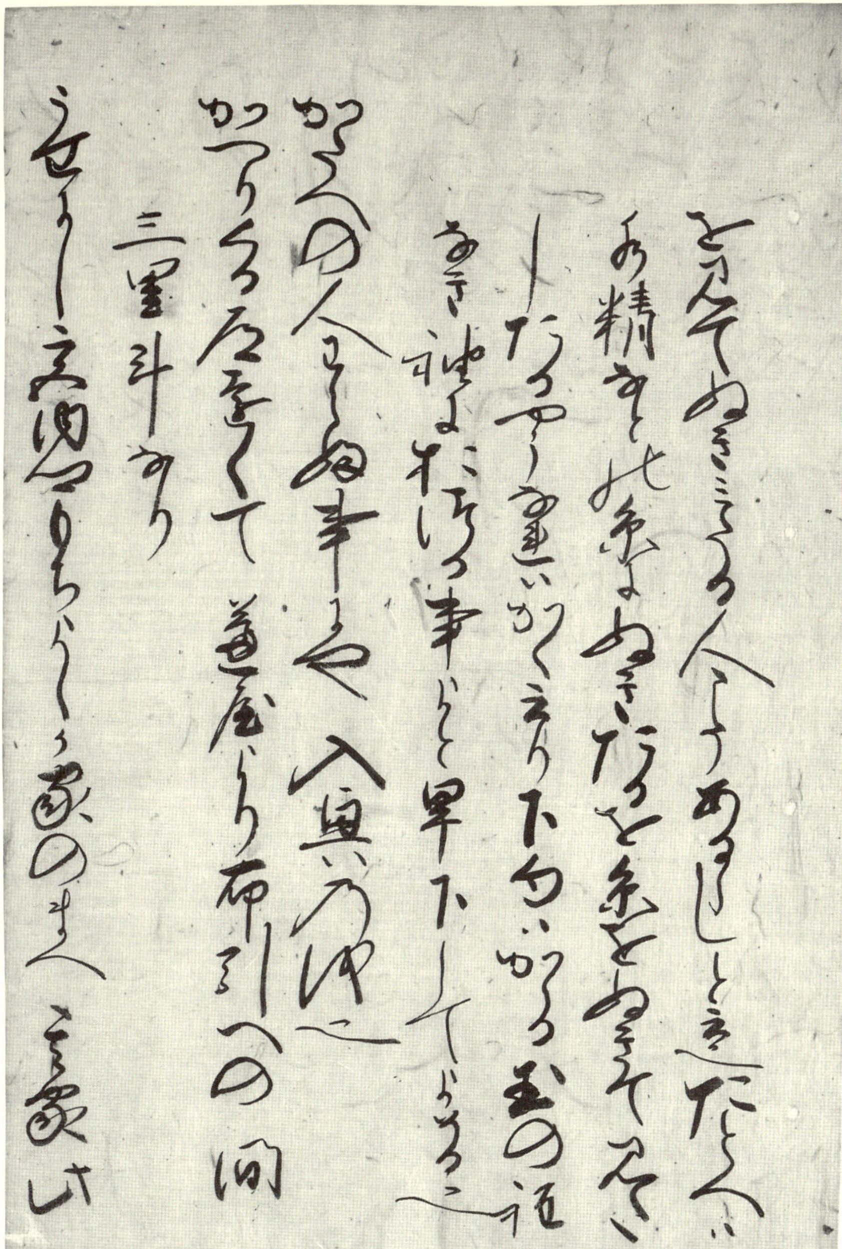

一一二オ（八十七段）

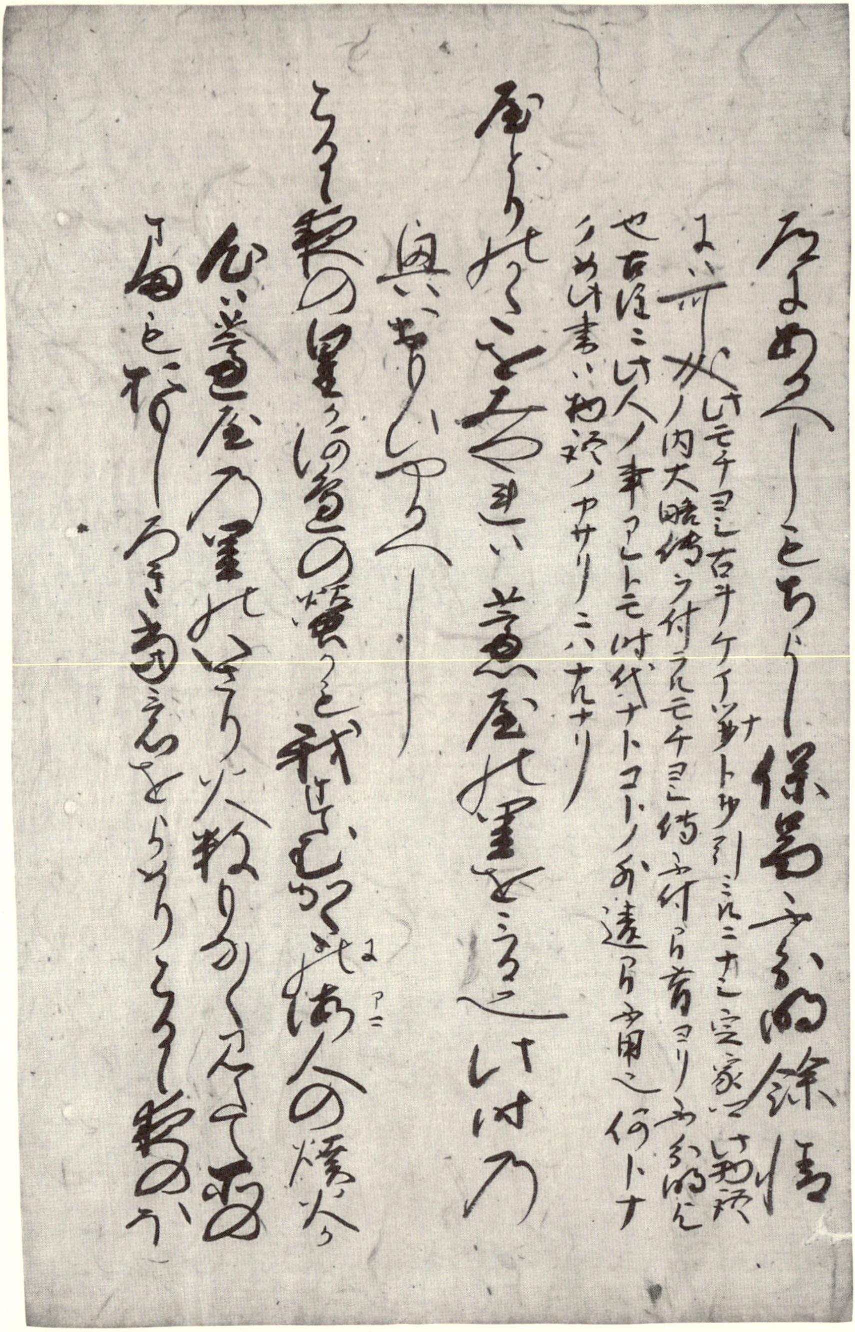

一一二ウ（八十七段）

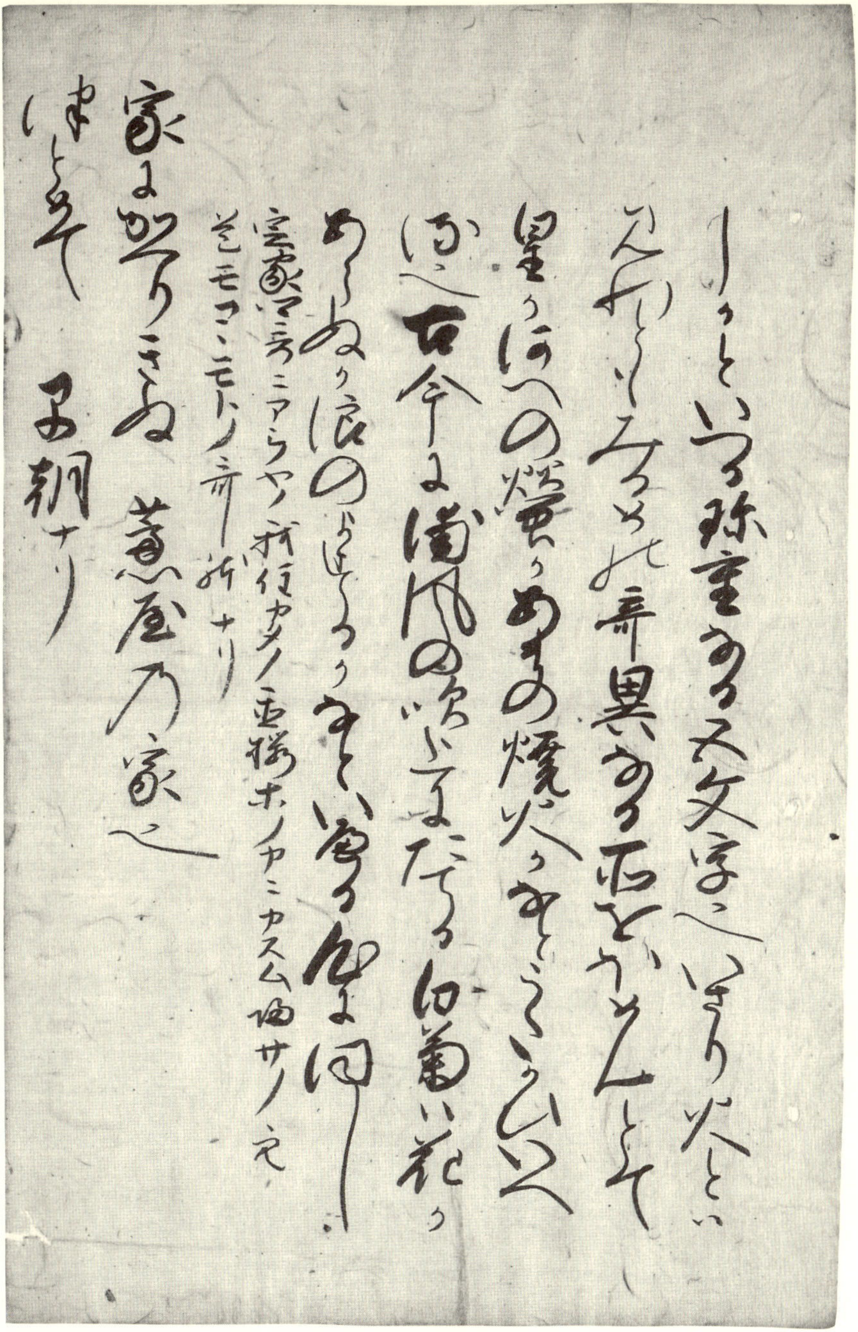

一一三オ（八十七段）

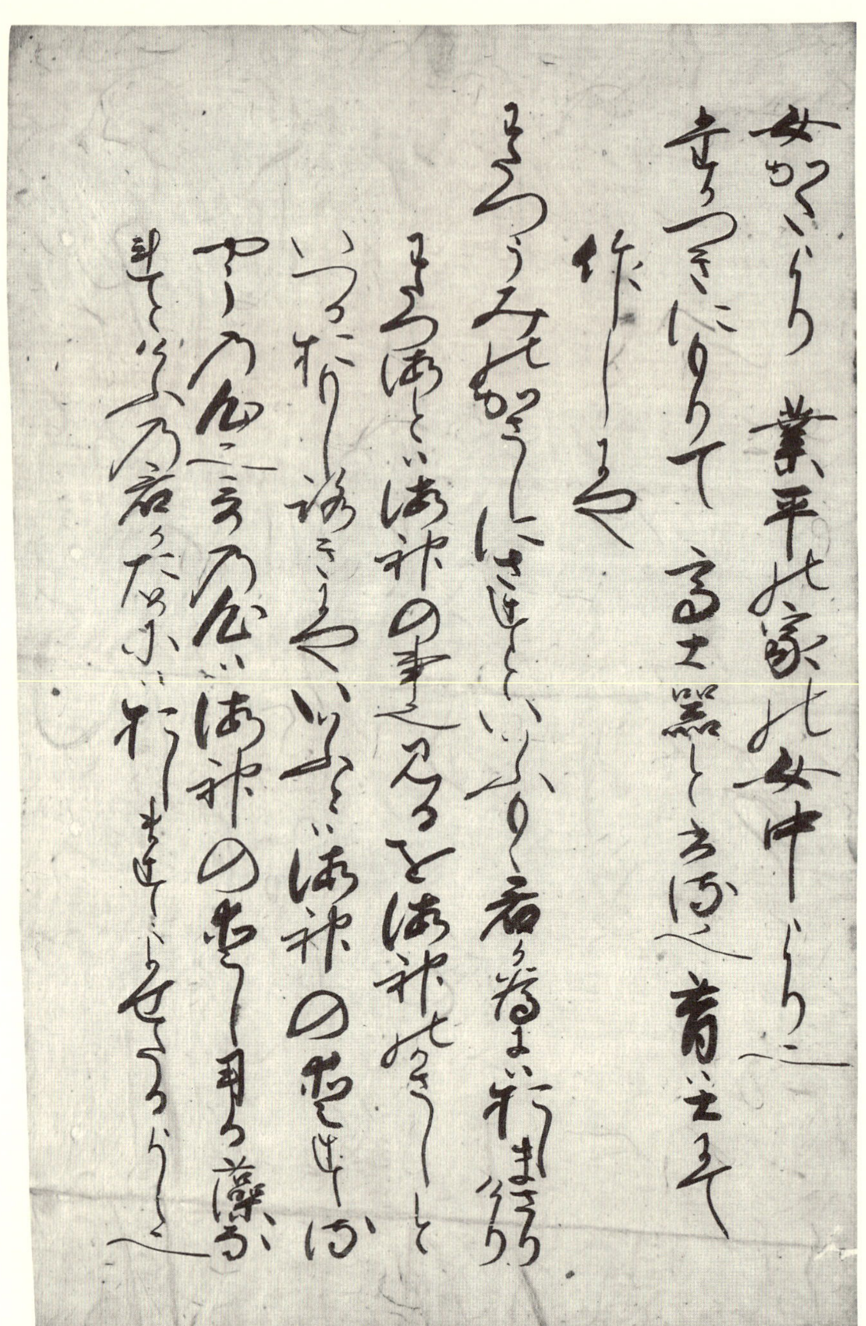

一一三ウ（八十七段）

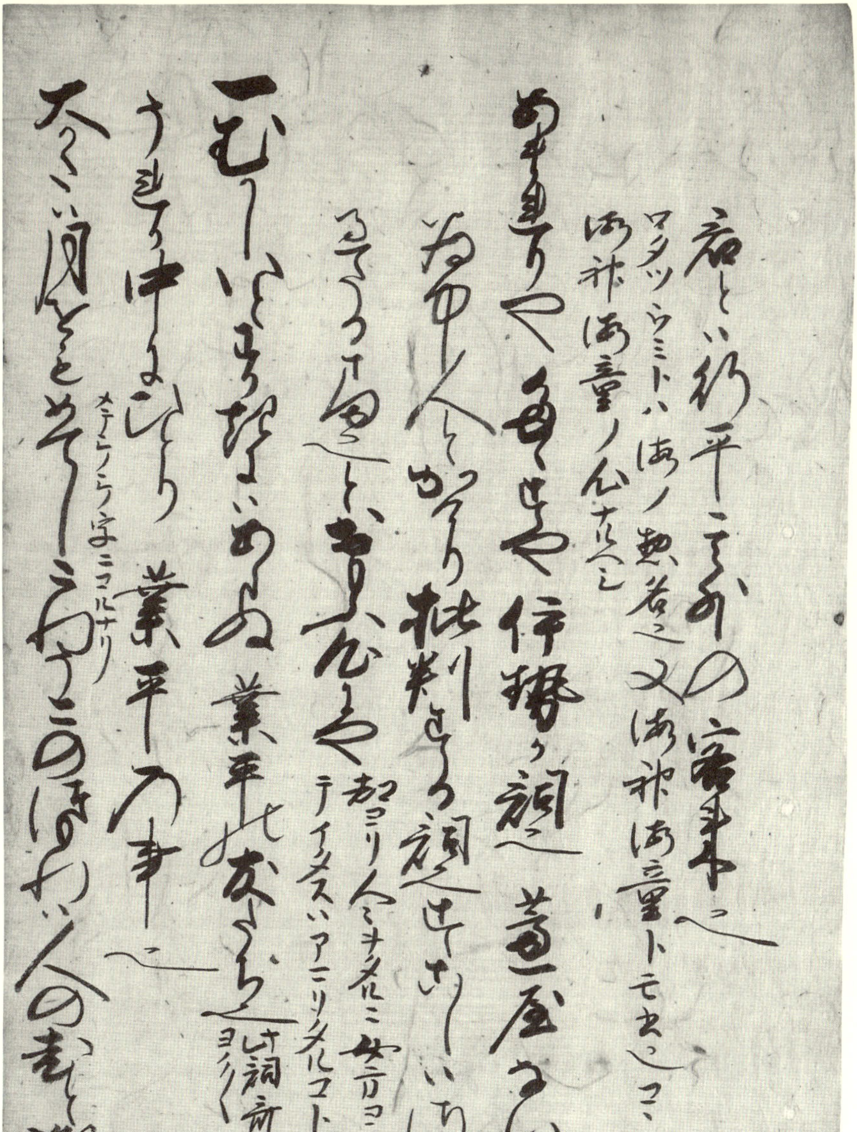

一一四オ（八十八段）

此五文字先は如何やうの事も大概にしてすんじ
めでいでて十七物を七八分して云ば我身を見し
眺る也よあらうず月ともそしては南座
風はむかふは風の行方を物一つまもんして
一身を忘て此の生きる也此道は是此老
この所となりいつて月をもそへし
かゝる
此言葉は業平也言はせるわざ也
古今まて三百首をかく此今とは人の教誡

一一四ウ（八十八段）

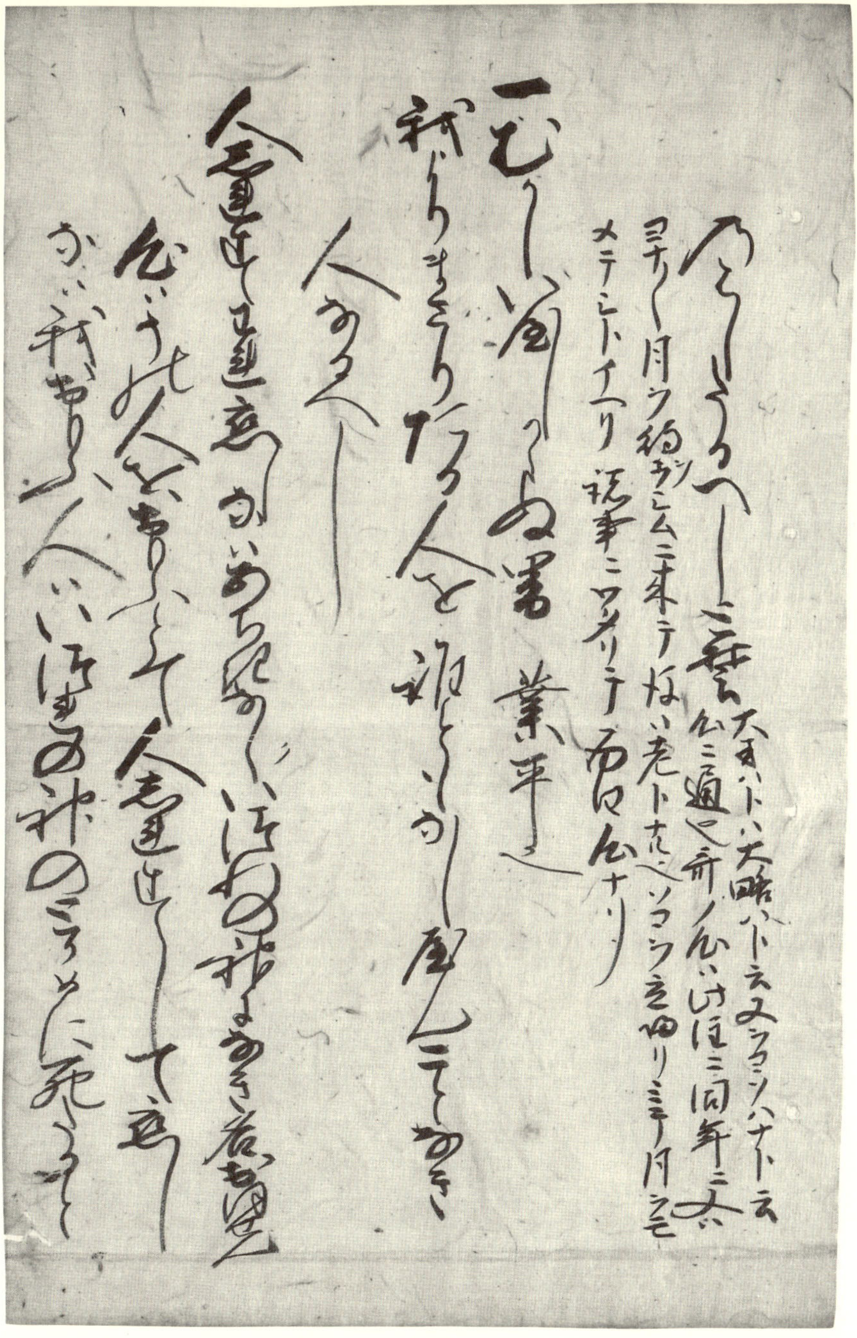

一一五オ（八十九段）

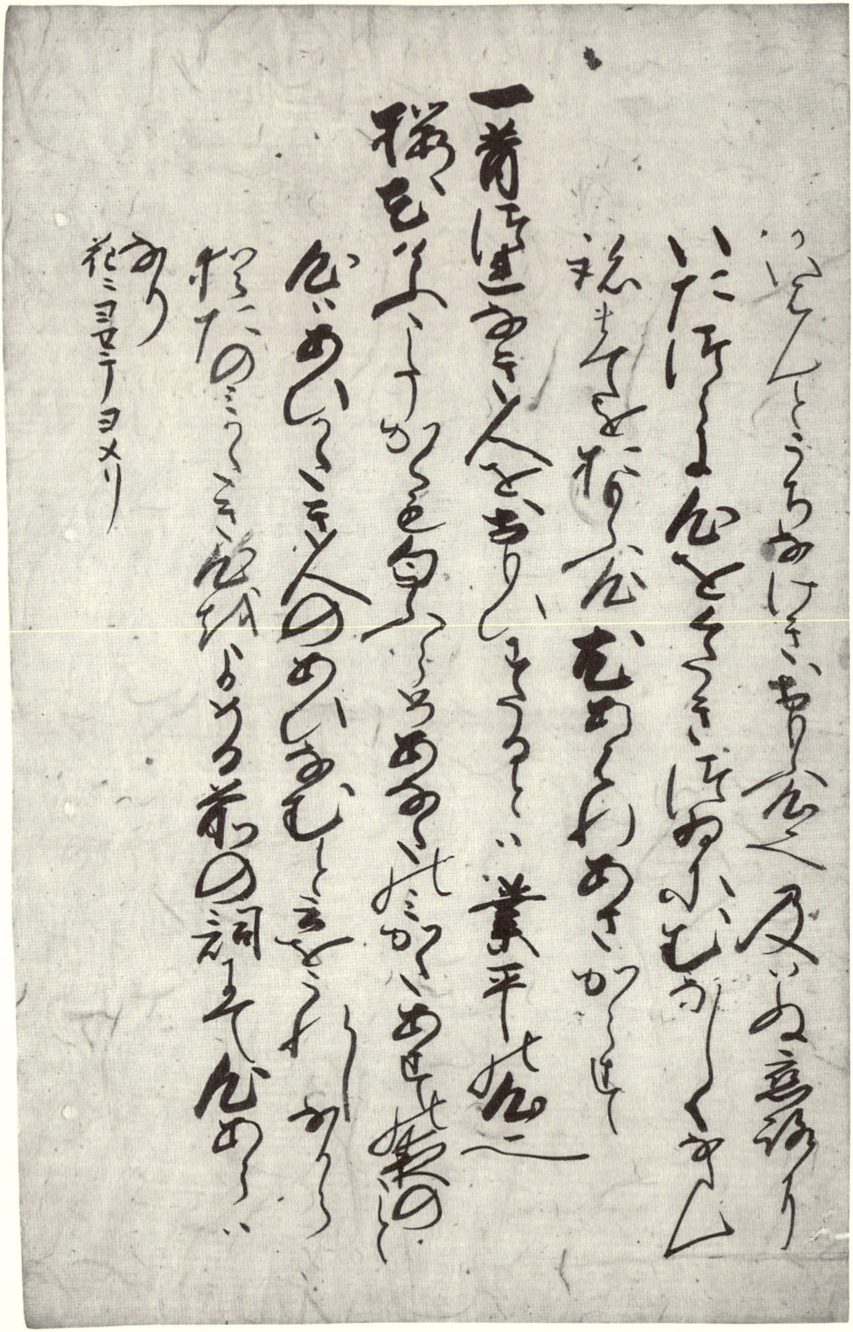

一一五ウ（九十段）

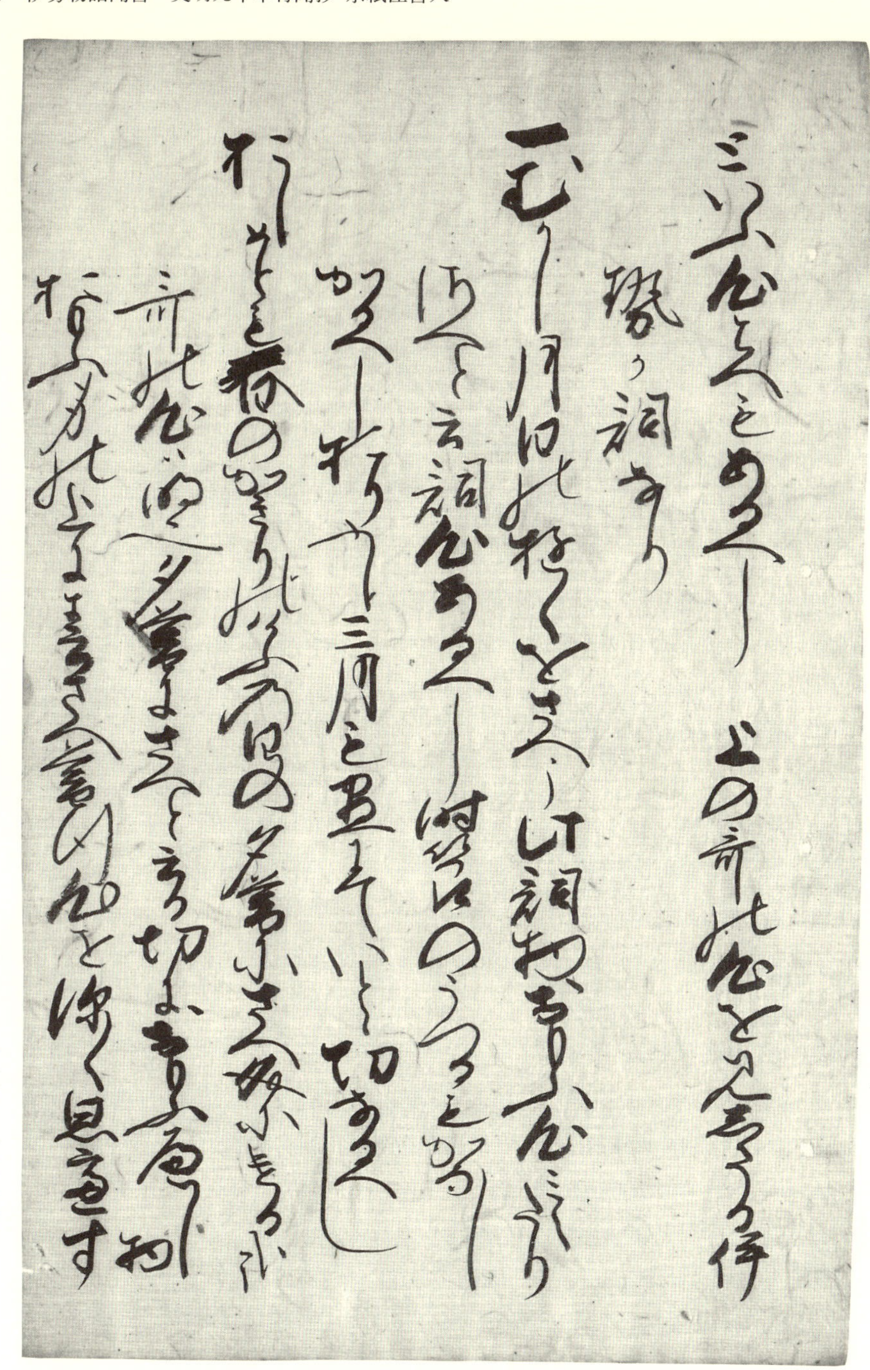

一一六オ（九十一段）

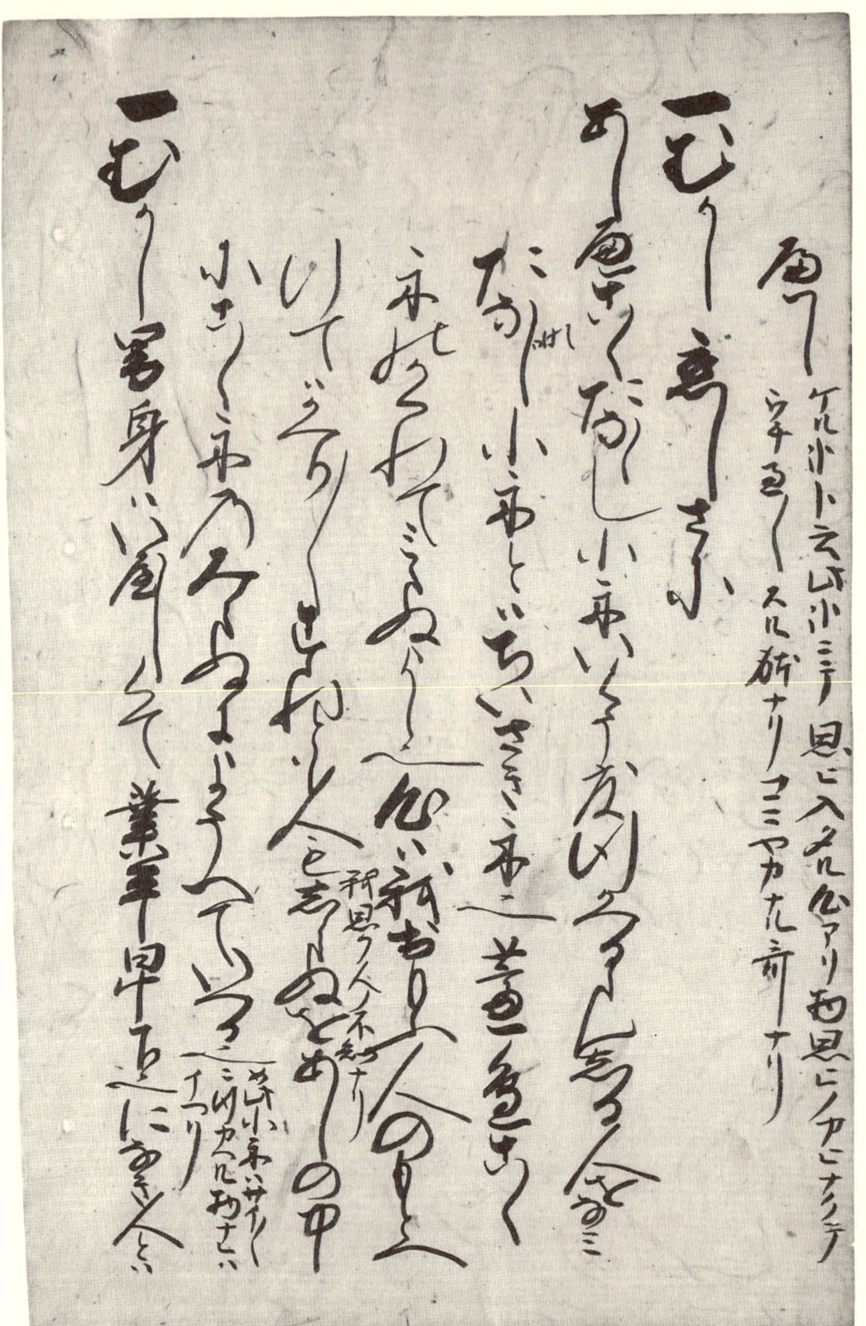

一一六ウ（九十三段）

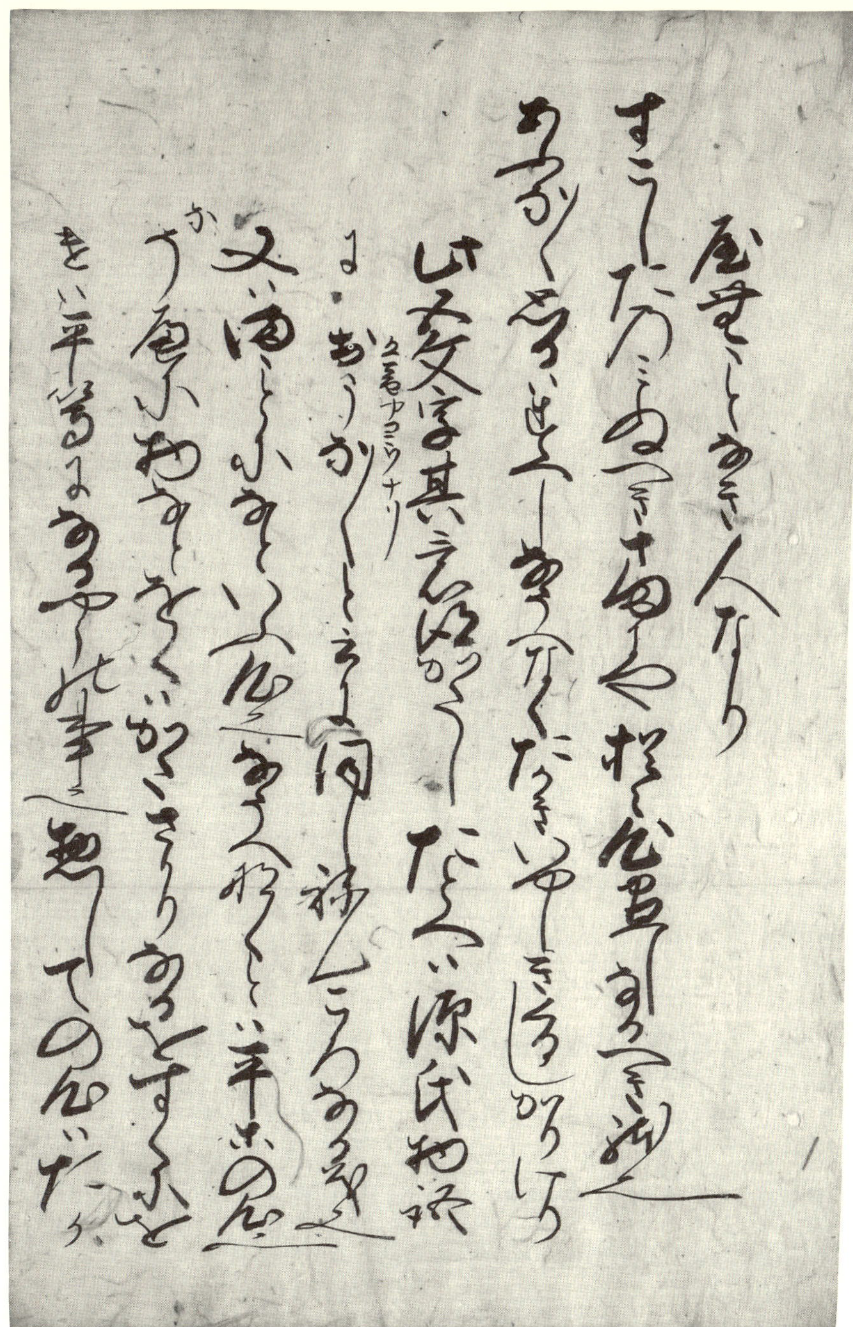

一一七オ（九十三段）

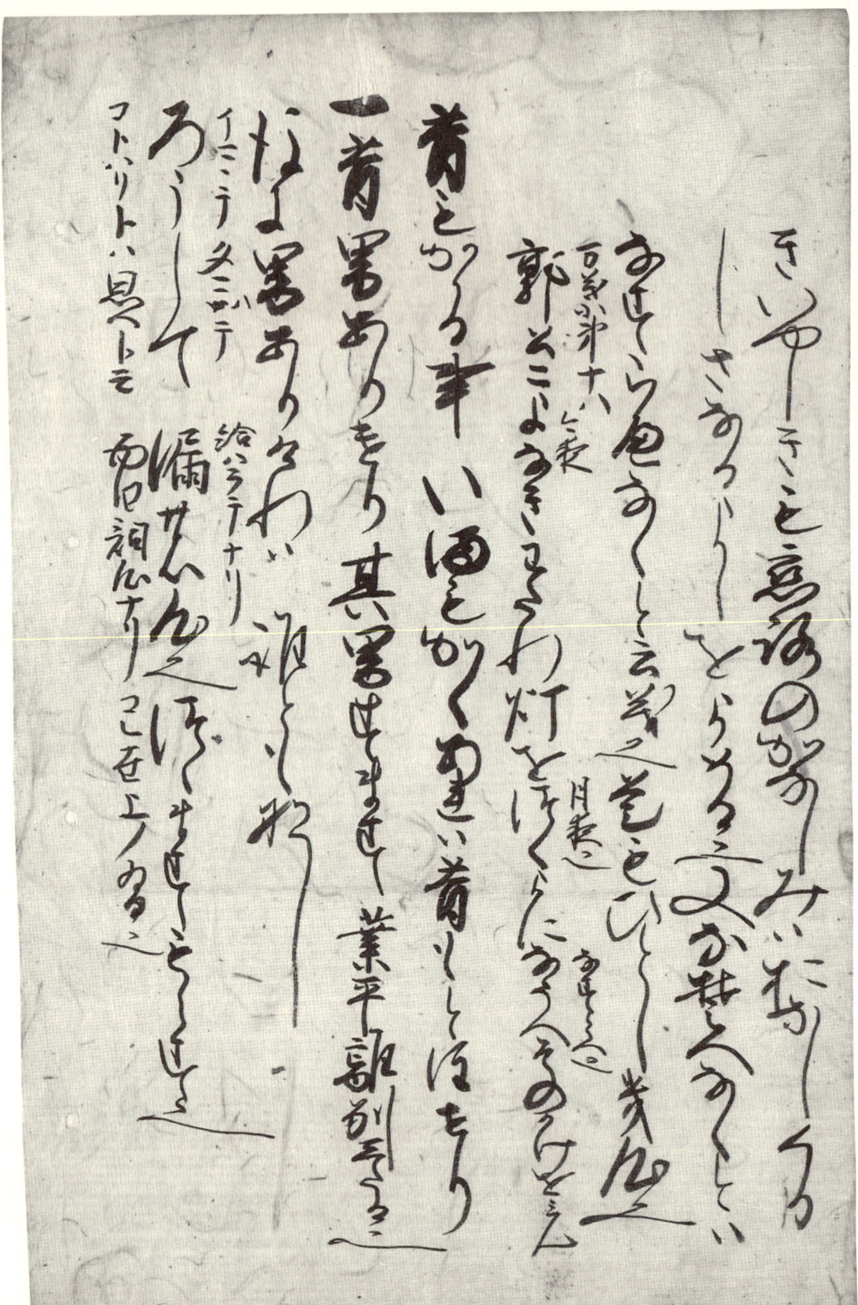

一一七ウ（九十四段）

秋乃夜ハ春日わするゝ物なれや霞ニきりやちへまさるらん

秋乃夜ハといふの哥を云り此時節ハ秋の哥

と云也春ハ色さりたる時よりの哥と云也霞ハ

春の物霧ハ秋の物わか新らしき男をおもふ

やうにいふ也後撰ニハ霞ニきりや云ニサルヲミトイヘリ此哥ニ
ト云字ヲカナニミテリ書アリ出所ヘ名乃名乃ト也

ちゝの秋ひとつの春にむかはめや紅葉も花もともにこそちれ

心ハ此の哥ハ人をめてさても業平ノ人ハ返し

と云也先上句をうしなひて下句心ハかへしハ春人とも哥の

一一八オ（九十四段）

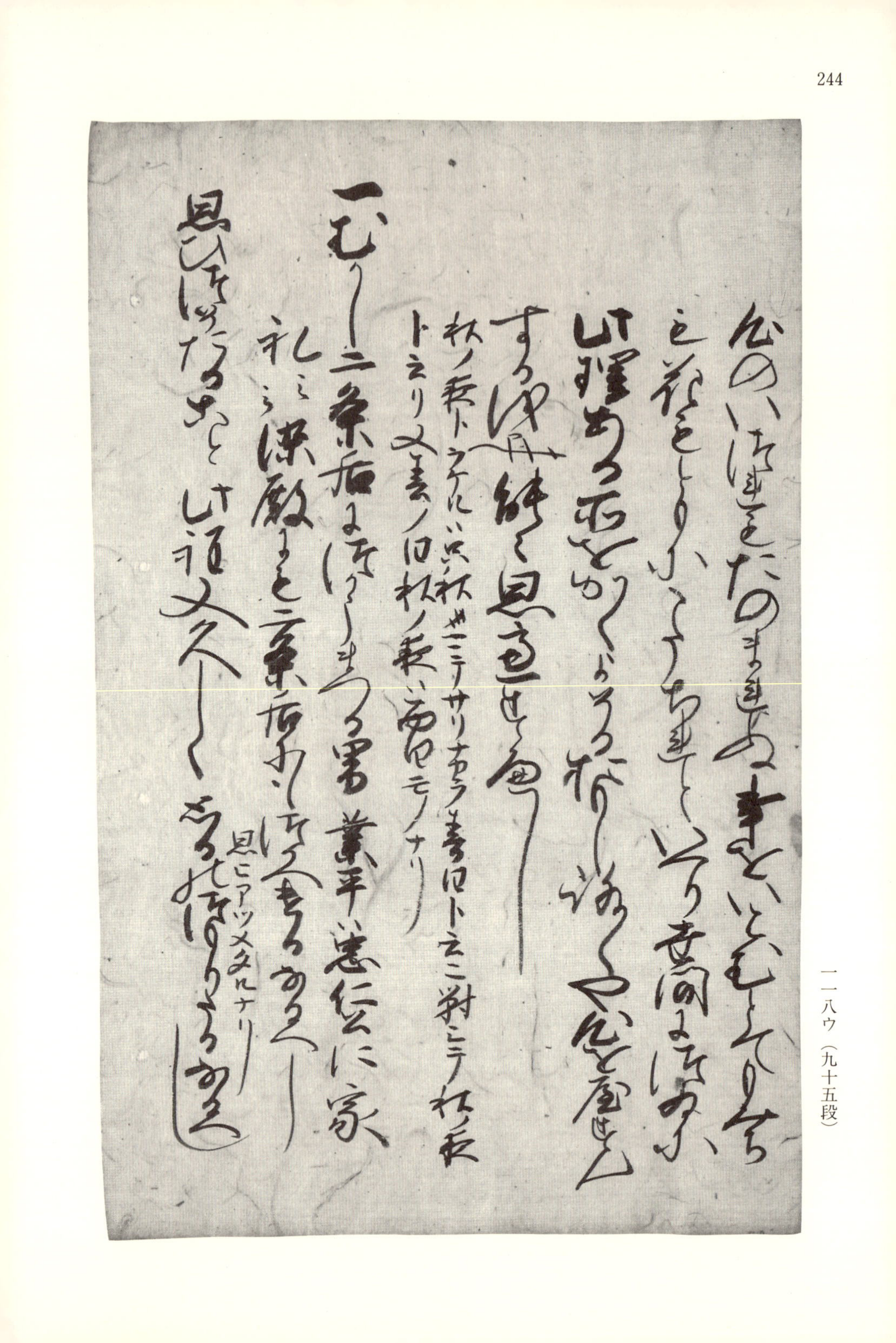

彦星に恋はまさりぬ天の川へたつる関をいまはやめてき

七夕は[illegible]の契[illegible]のほとよりわか[illegible]まさりて

[illegible]彦星よりも恋はまさりぬ[illegible]

[illegible]めてあひにけりとそ[illegible]や

ニ曰星ト云ニヨリテ天川トナリ天川ハ星ノ中ヲヘタツレハ天川ヘ

名ツクルトヲモヘリ星ハ二ノ契ナトト云其長ニナレハカナラス逢ナリ我

今ハアフ事ノナケレハ彦星ニ恋ハマサルトヨメリ

自然カフレナトアルラン[illegible]ノ所ハ心[illegible]トニ〃

一 むかし 暑し [illegible]一二そ[illegible]にけり 古注ノ義 [illegible]

六月のもちはかりなれは 温気の時分[illegible]

時節也 [illegible]ト此詞よ[illegible]

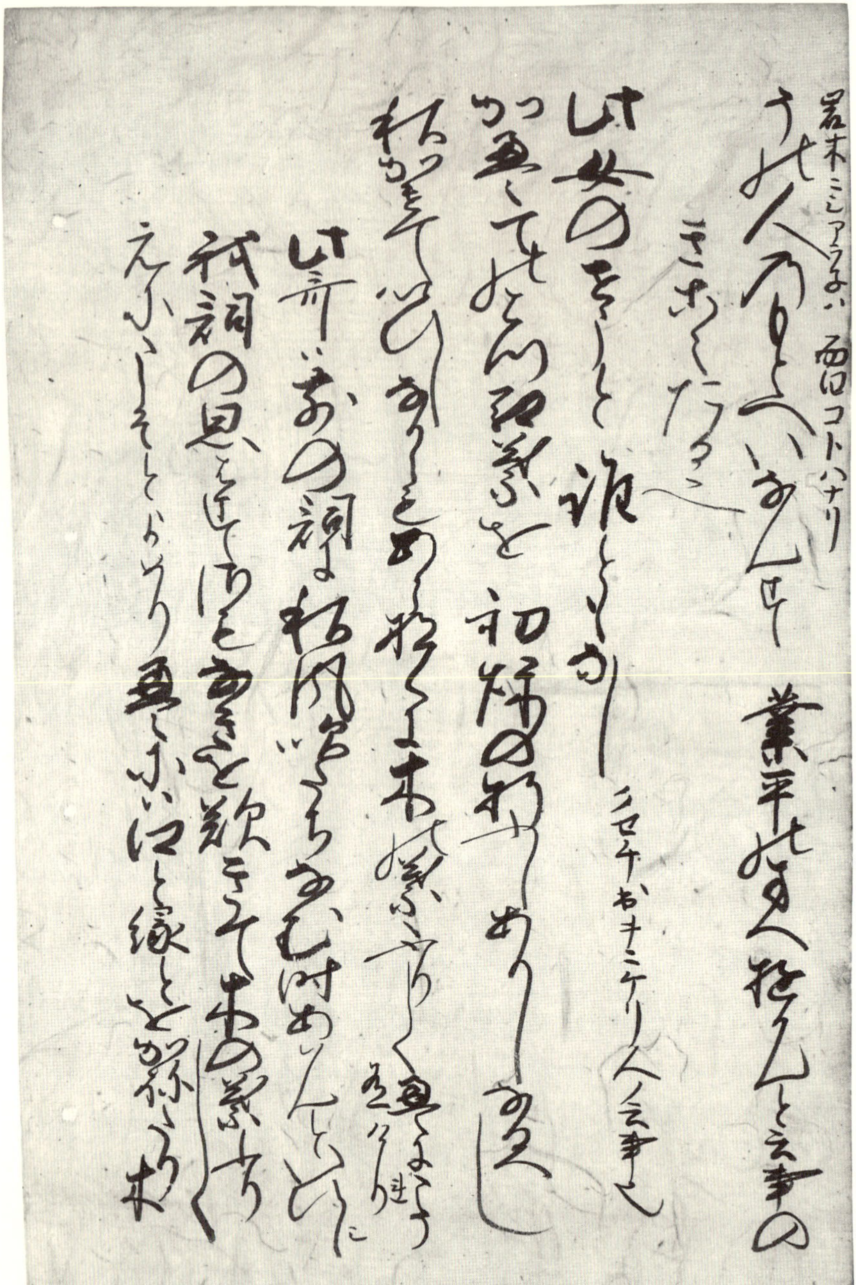

一一九ウ（九十六段）

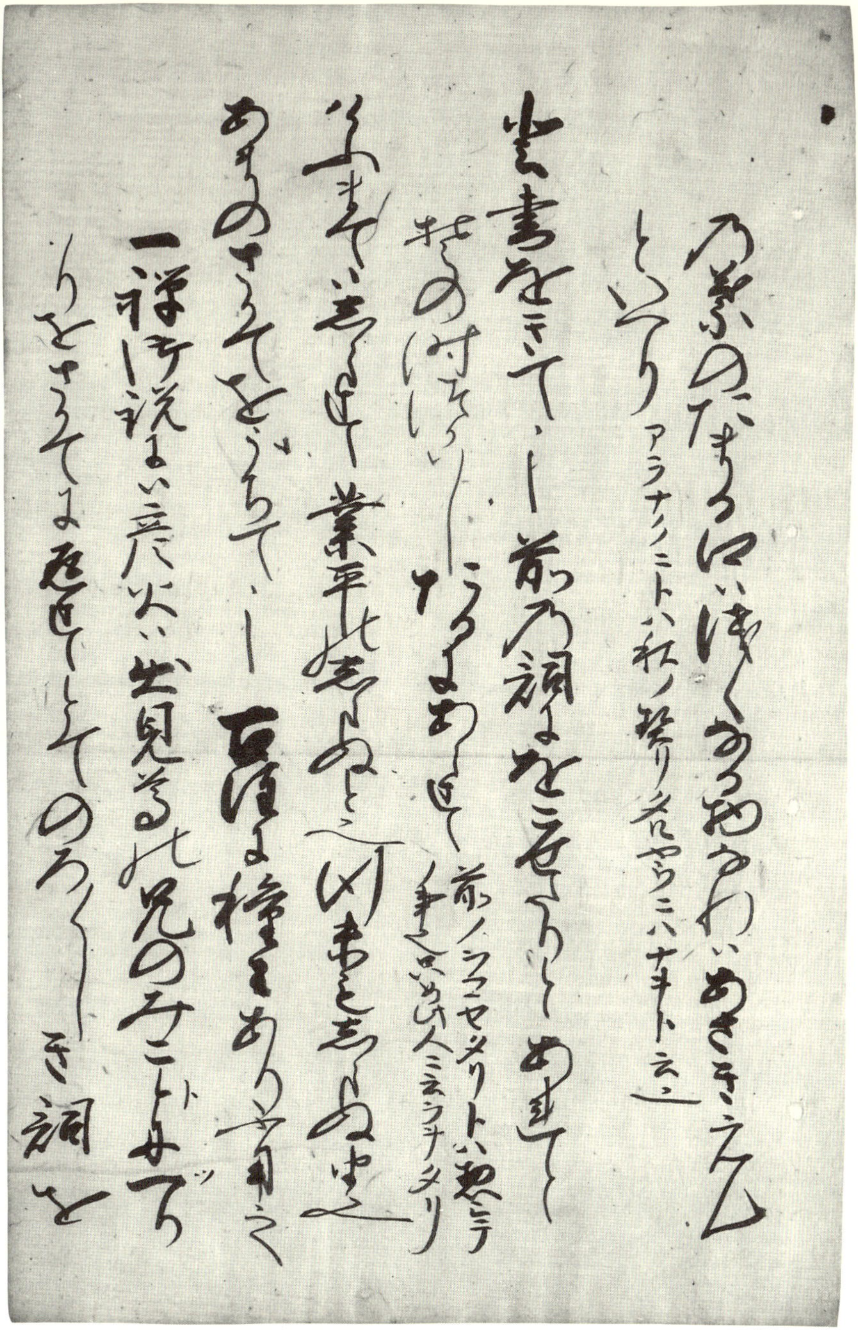

一二〇オ（九十六段）

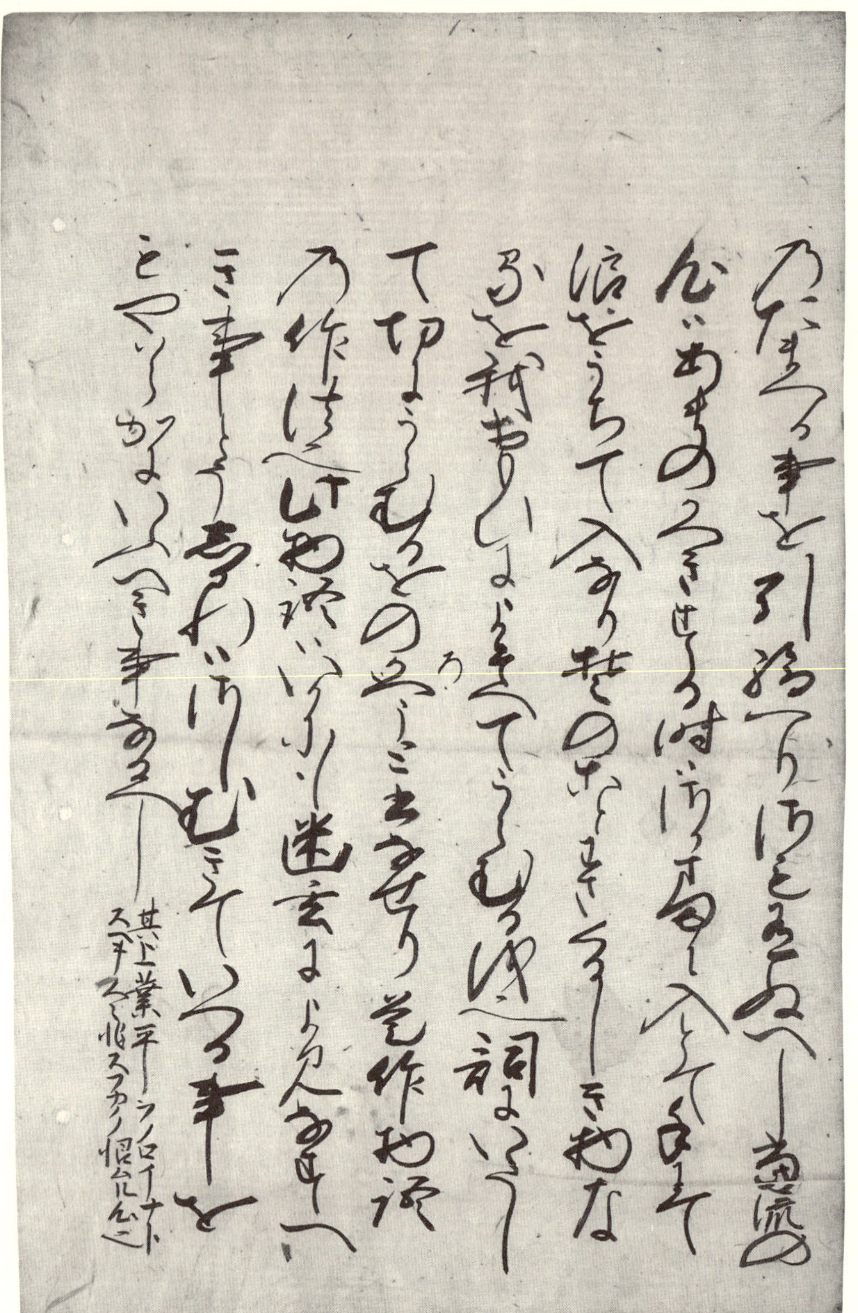

二二〇ウ（九十六段）

ヲソロシキ事ナリ
むくつけきこと　業平ニ添テおもひ云也　ゐく
うらむる人をうらむかくあり之　我心ヲカヘリミル心也　又人ノ思ヘキ事ナリ
人の詛ひ事は　業平此心之恨の切なるゆへよむ也
いまこそは見め　女の性いかにも恨物なれはかやうのこと
恨よいふこゝろさきを手向ましといへる心也
一むかし堀川のおほいまうちきみ　照宣公基経　貞観　定家本小書
十四年八月廿一日右大臣左大将　三十七
四十乃賀九条の家にて　堀川の大臣家九条にありし也

一二一オ（九十七段）

も文あたうり侍給いきるもの四十賀い
貞観十七年也
中将すりきうたき那　業平は元慶元任中将也
賀は未一任中将之時於業平此権官なりと
なよ古河詞註也
桜花散かひくもれ老らくの来んといふなる道まかふかに
ちりかひくもれとかきくもれて云也　老のらく
みちといふ也　道まかふかにと云文字を哭此哥よ

一二一ウ（九十七段）

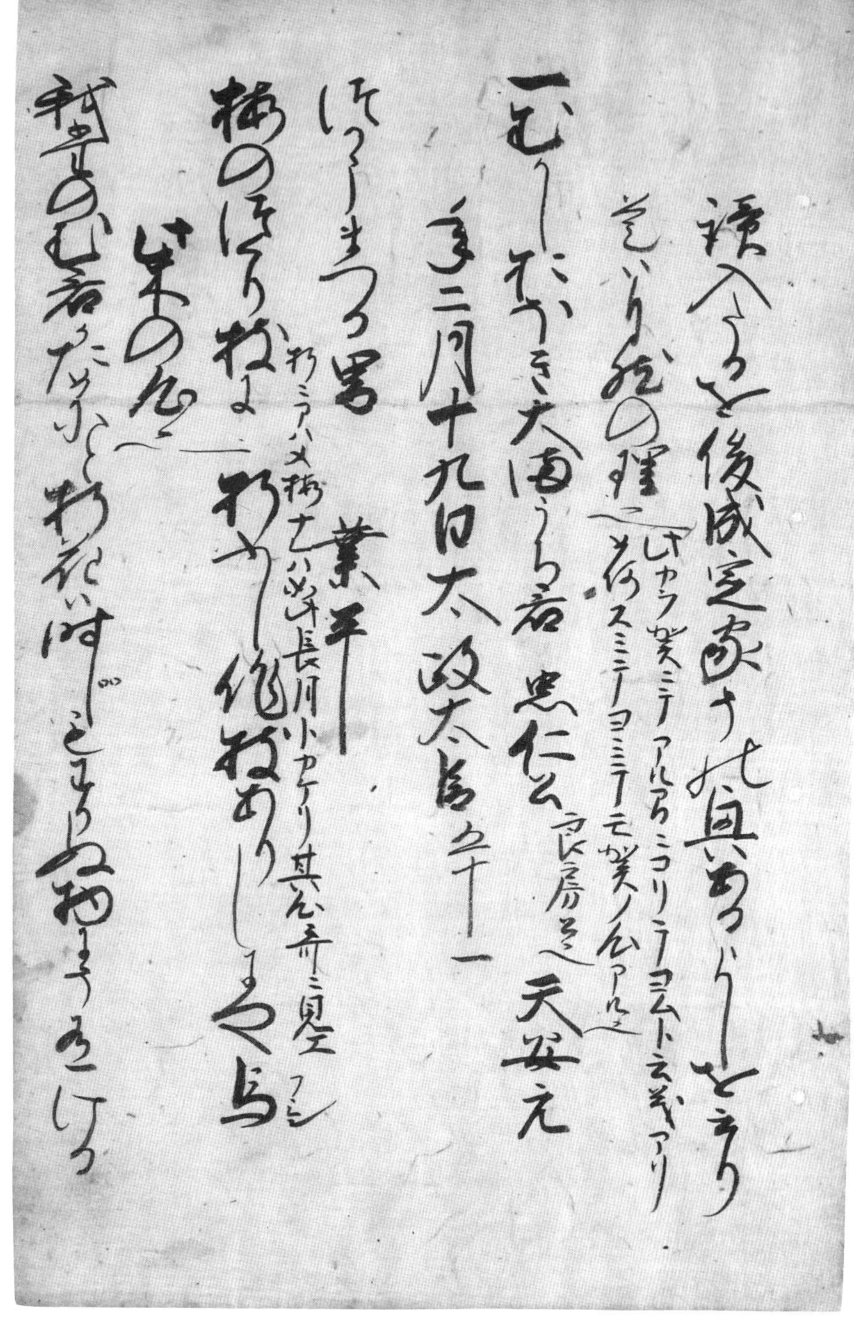

一二二一オ（九十八段）

はしとよりみえしは惟綱乃梅なれは之文組とちら
へてよそり忠仁公をいふ也よ翁のためにあまりは
於とこ記にあるよまるるらうすとこそ此御ト古今ニハ忠仁公
一御トト井しり
一背右近の馬場のひをり七日 一条大宮にあり
東は左近西は右近
ひをりの日 騎射競物のりし五日は左近のひをり
六日は右近のひをりの禄をえてこそ也
文 古今集にとはし事あり可受師説

一二三オ（九十九段）

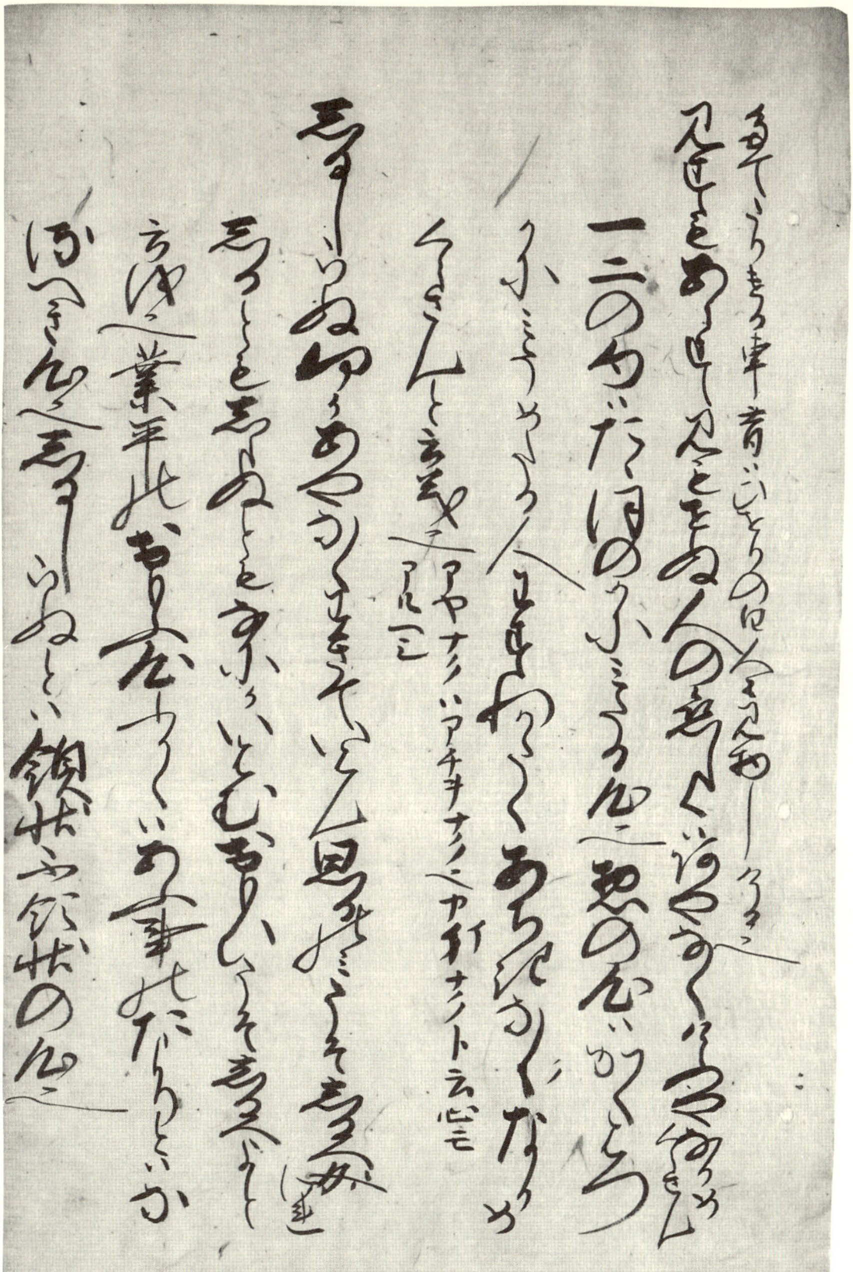

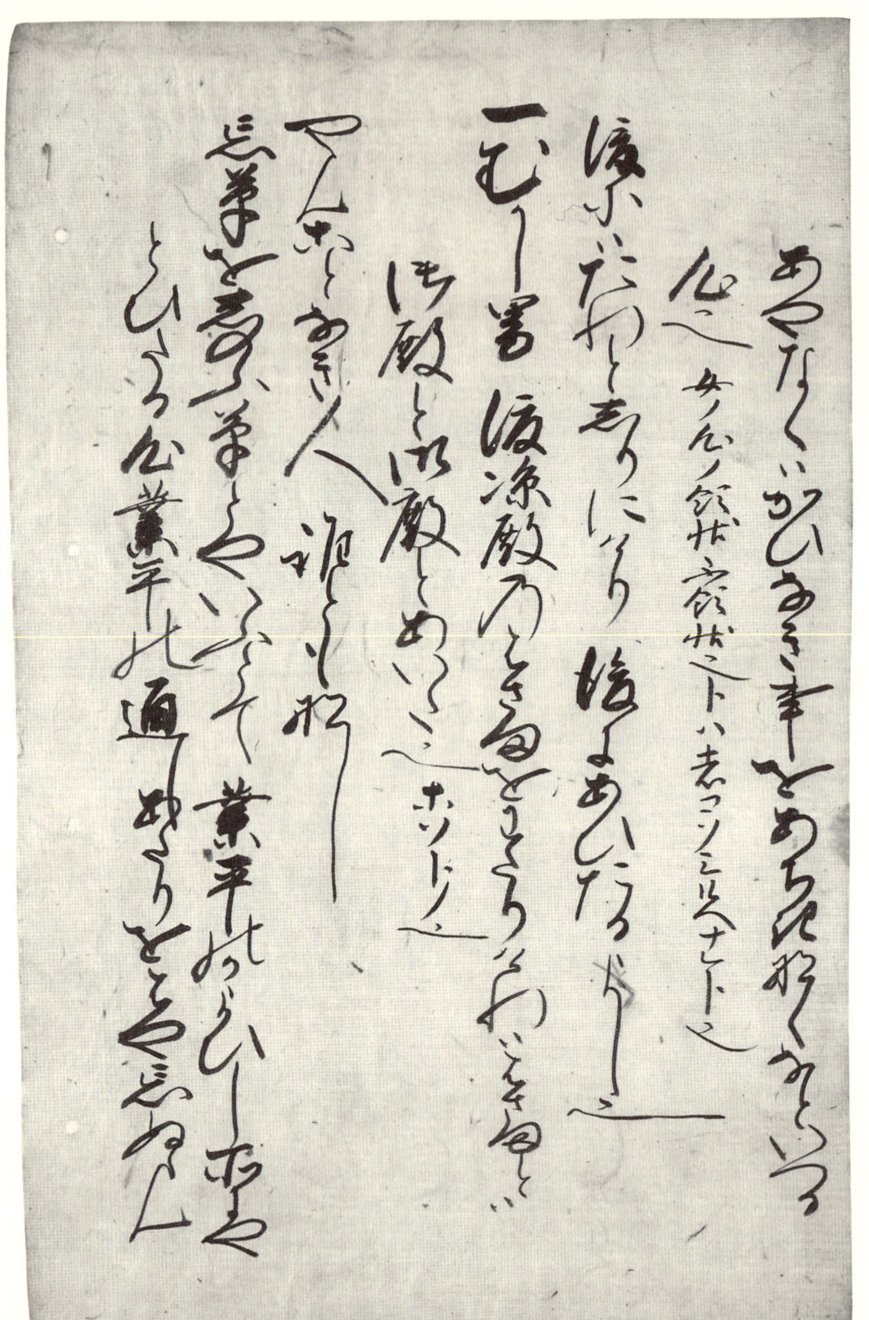

一二三ウ（百段）

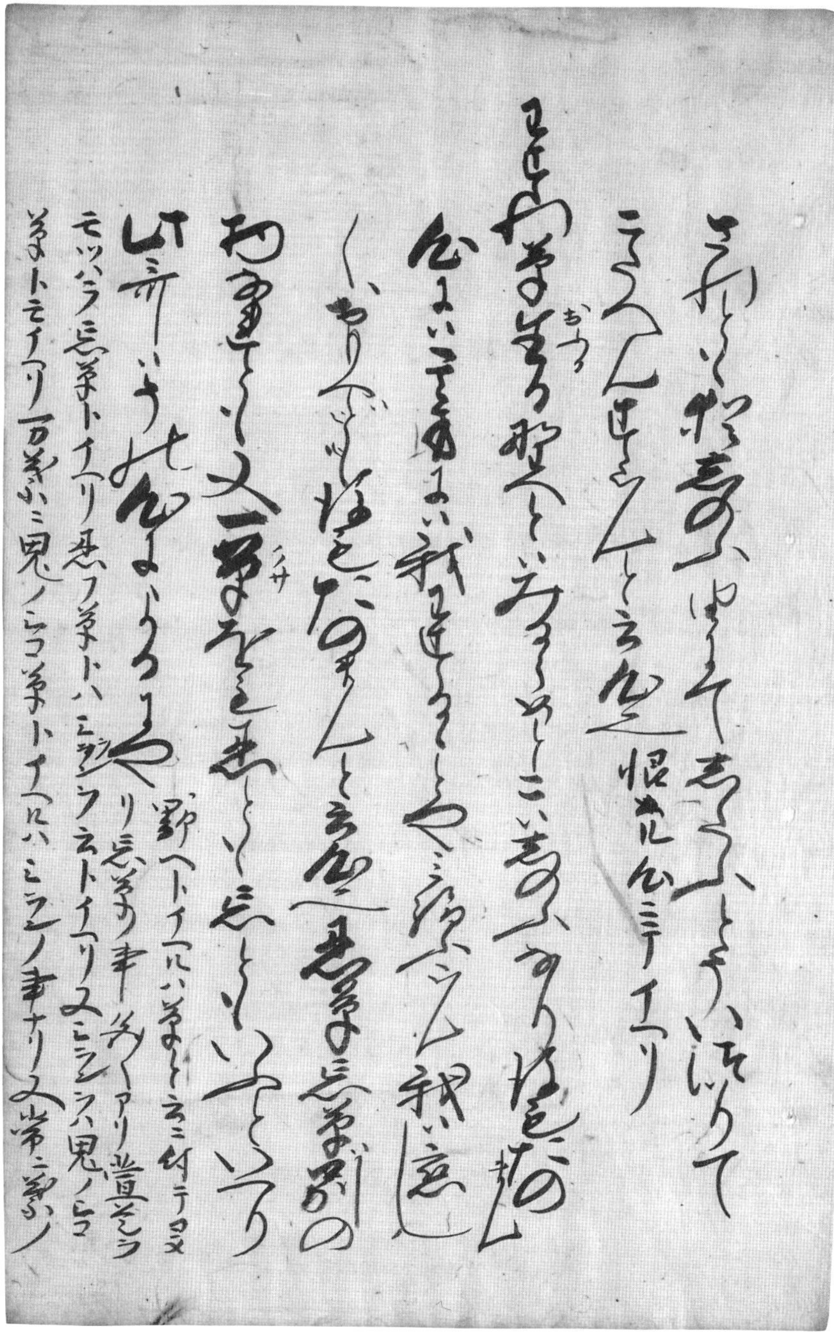

一二四オ（百段）

ココナルヲコノフトニスヲ忘草ト云歟 モアリ 其時ハ一義歟 忘草ト
常ニ云ハコノフ也 但此段ハ一義ヲ別ニスルニテアル也

むかし 左兵衛督なりける
まさちか 良近 貞観十三正月左中弁 十六年將佐
左大弁
定家自筆本ニ有アリ
保昌ハ不知 但一説
その日はあるじまうけしたりける 行平
あやしき藤の花 奇異なる花と也
花のしなひ三尺六寸ばかり 詞よめあやしき花とも
はうへは三尺六寸ばかりなむありけるおもしろく

一二五オ（百一段）

又ハ忠仁公の業花乃先祖としるさるゝ儀之〈下ヨハ〉

風の儀もありぬ廣しらす

ミ二ツヤリテ二三ニニストニ云々之忠仁公ヲ初テ發代ノ第一儀之文二ヲウトモ

發代ナレハ其儀モアルヘシ

なにゝしもとかくむとすれ座の人ゝ先心得也

一首花とこあの辞あり祈いりゑさりぬれと帝を寄る

是りゝりもとり言ゟ廣めとゝ畢る之此詞をこるゝま言

さゝゟ廣人ハ安めしとこりと花りし是る之〈ぎあらし〉

みゆ言ゟ廣人肝要と廣とる〈言〉ぞ儀之

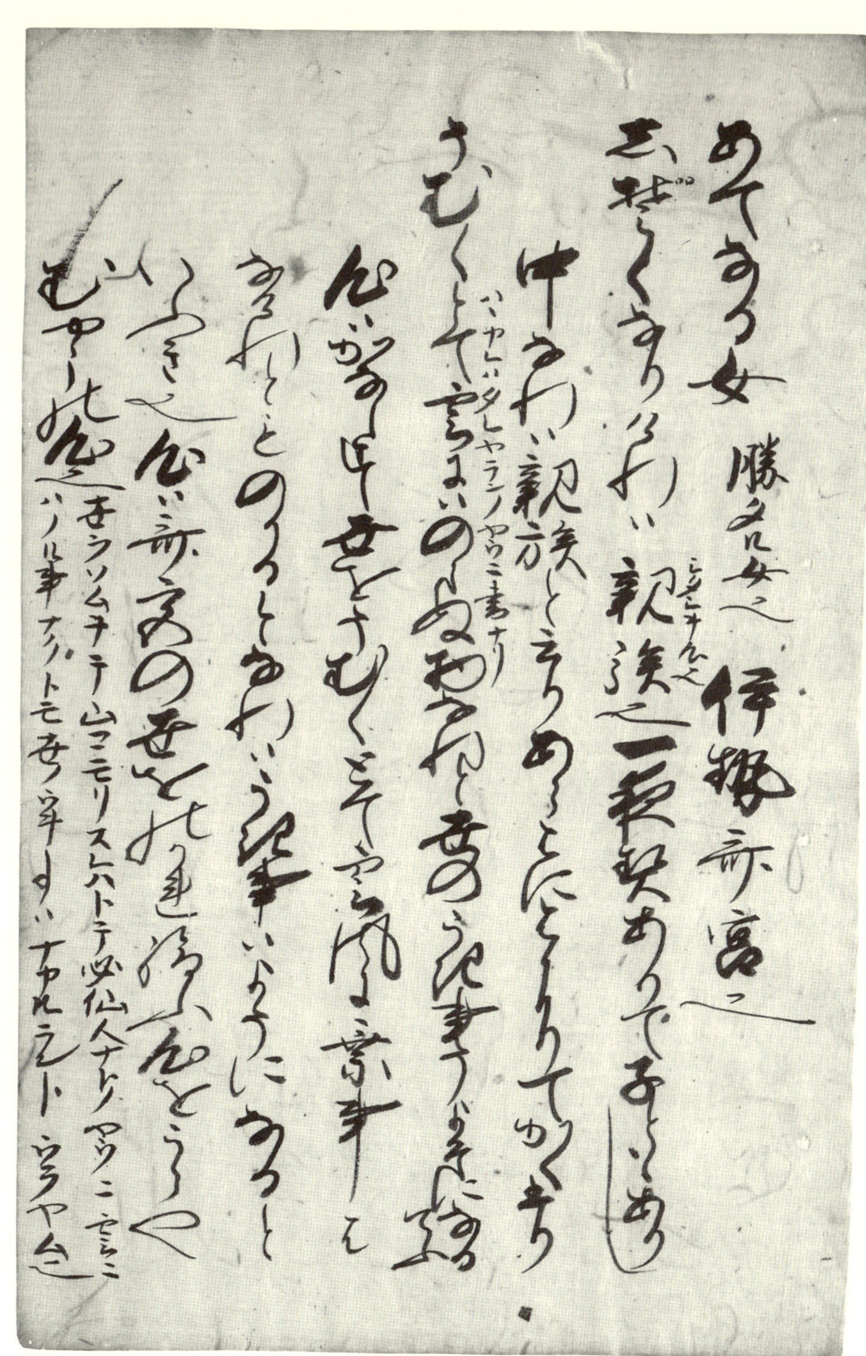

一二六オ（百二段）

ナルテフトテ歎シタル心アリ　例ノ業平ノ心アニル哉之

新宮のみやすり　伊勢ノ詞之（カヤウニコト思ヒナリシタニウチトノ　サレハ肝要ナレハ新宮ト注ニ書之）

一むかし男道なりに実要といふ事てある詞之（業平之）

ニメモミチコヲモ仕キ事ナリ

深草の帝に　仁明帝に業平此帝につかへ給ひし之　此付え服なり

心あやまりやしたりけん　上詞に実に要といふによりて

此詞あり

見こならはいはれの見こにてそあるへし

親王たちのつかひ給ける人をあひいへりけり

一二六ウ（百三段）

ねぬる夜の夢をはかのかよひし事也 ねぬ
る夜の夢をさとして猶夢とも成心と
うち臥ていよ／＼物思ふ心まさると
かなと也 まさるかなと云る
［illegible］ サレハ古今ノ序ニモヘタリ
さる哥のきたなけさよ 草子之
一 むかしことなる事なくて世を遁る［illegible］
かくてあまになり給へり ニコトニ世捨ノ［illegible］なり
世をうみのあまとし人をみるからにめくはせよともたのまるゝ哉

一二七オ（百四段）

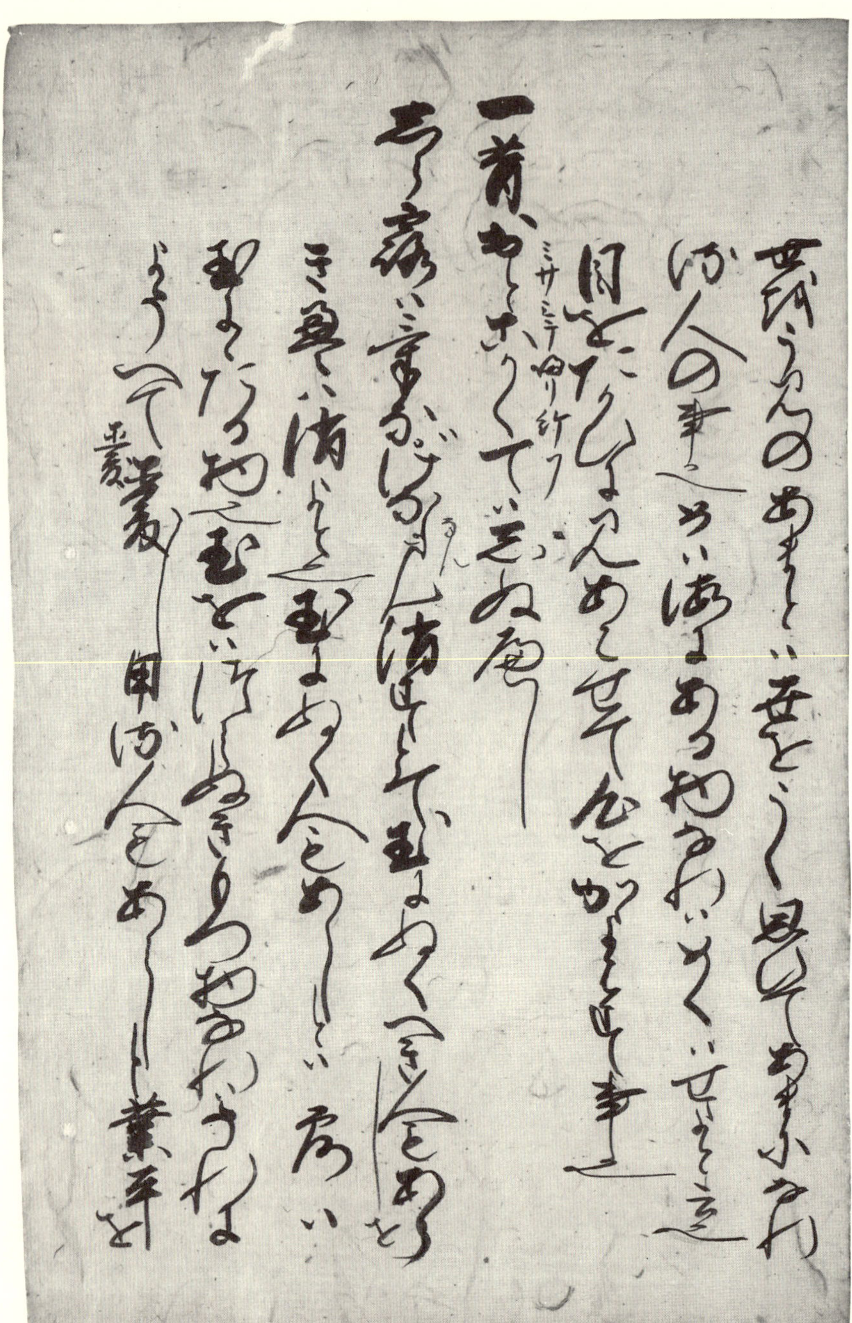

一二七ウ（百五段）

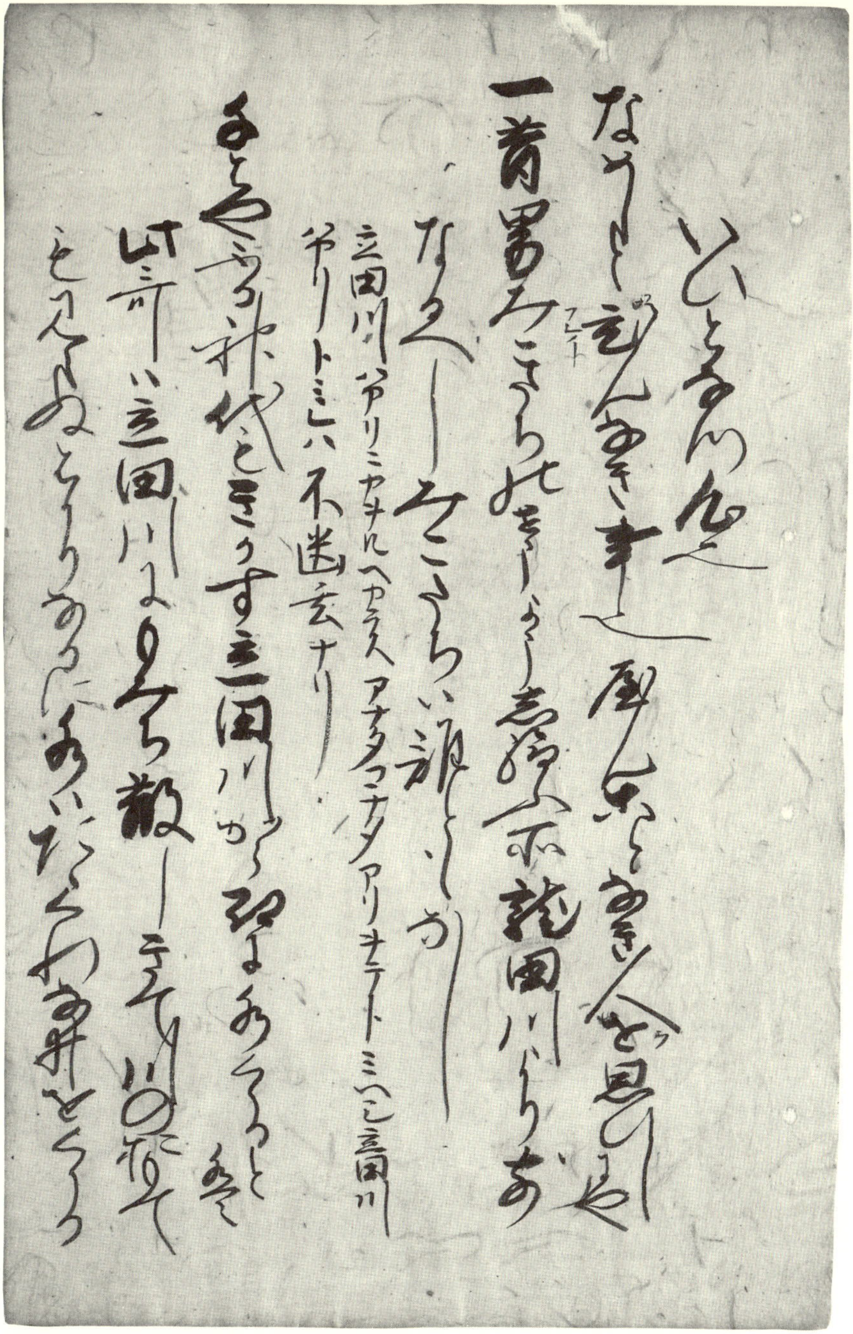

一二八オ（百六段）

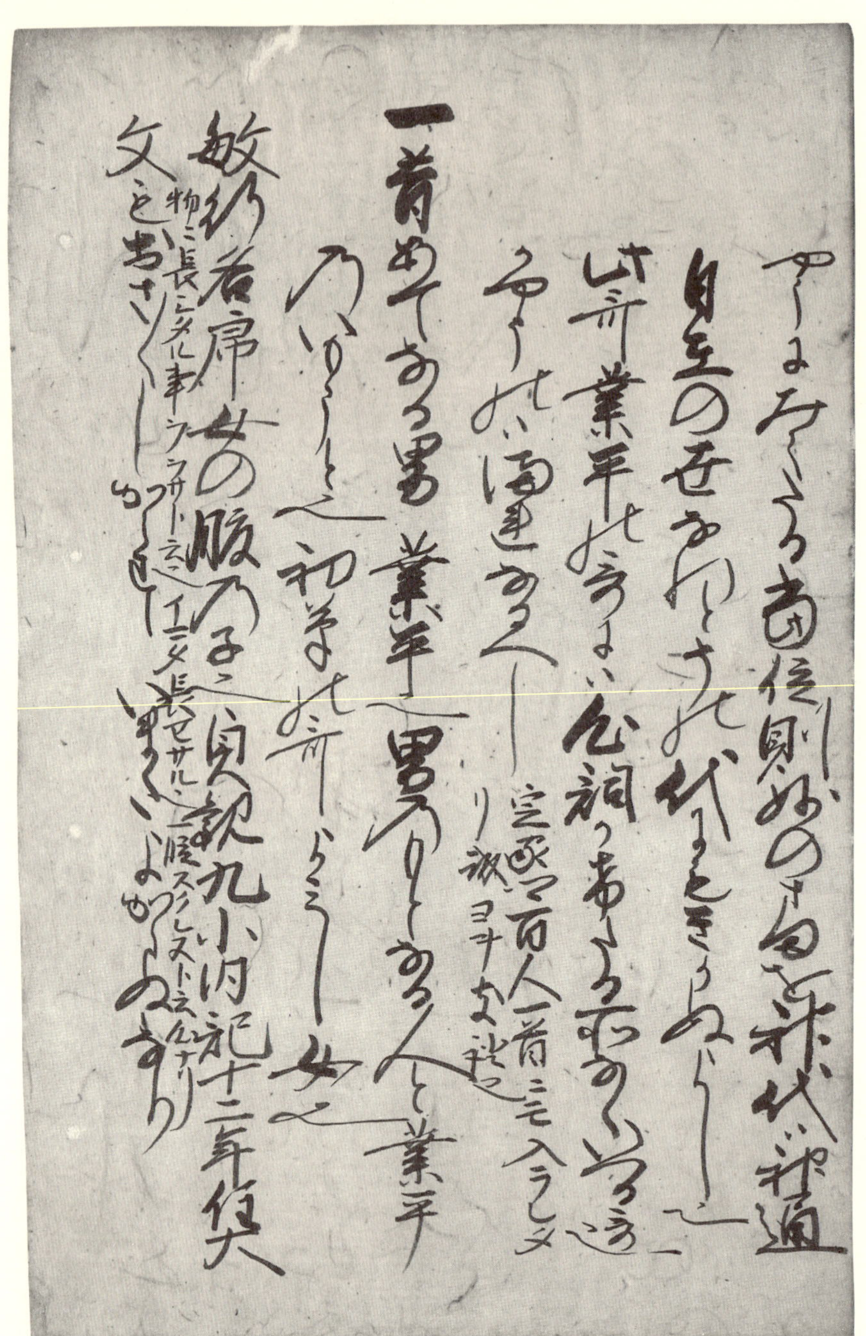

一二八ウ（百七段）

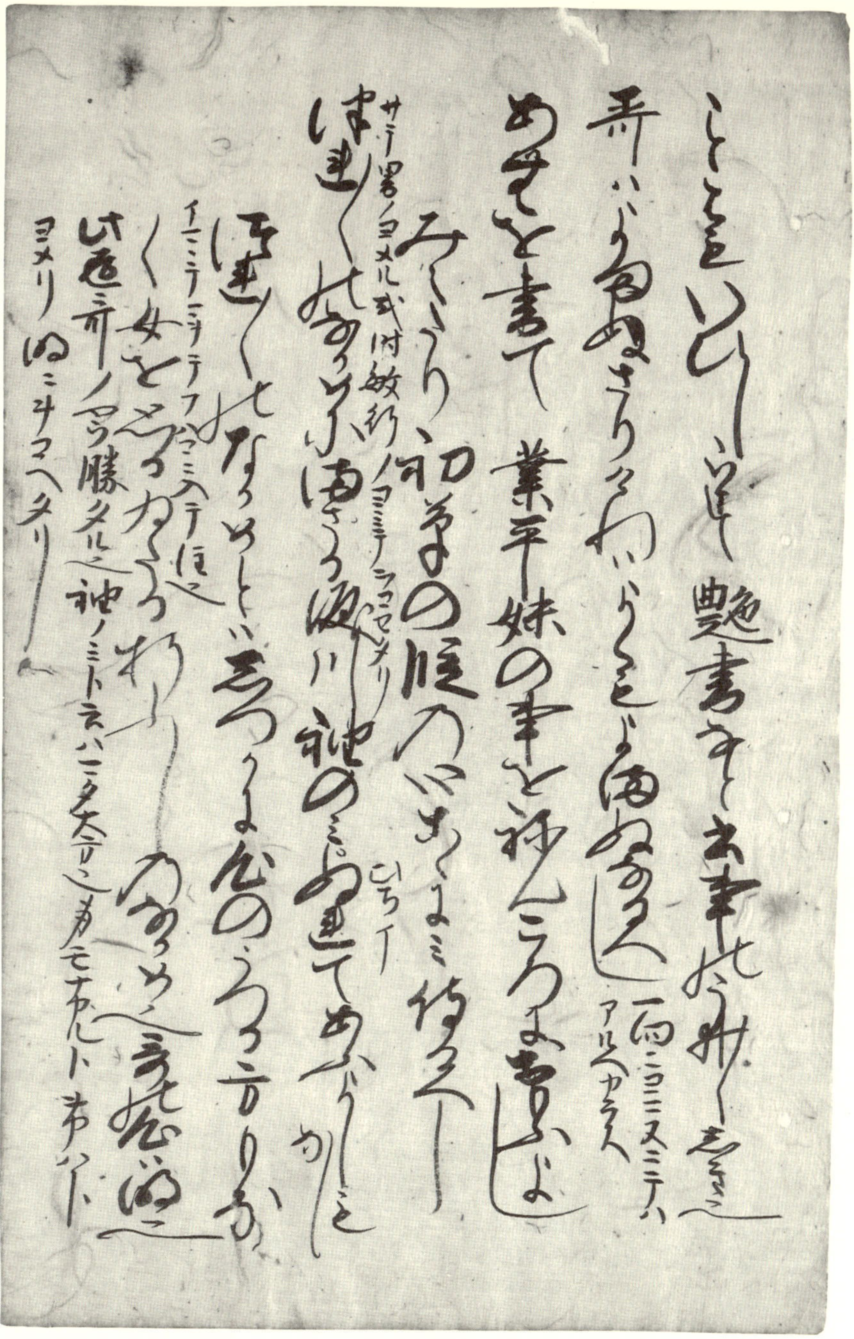

一二九オ（百七段）

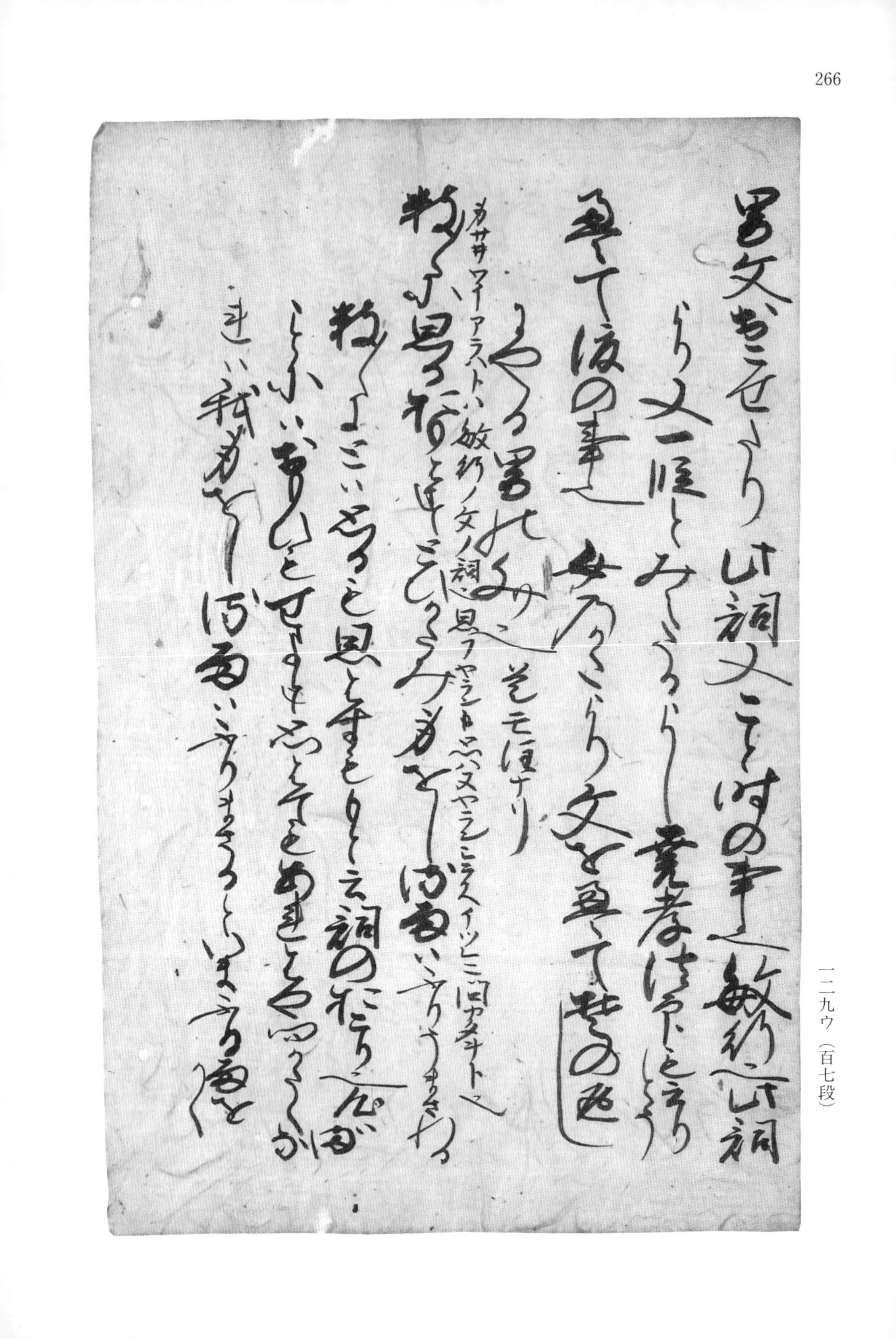

一二九ウ（百七段）

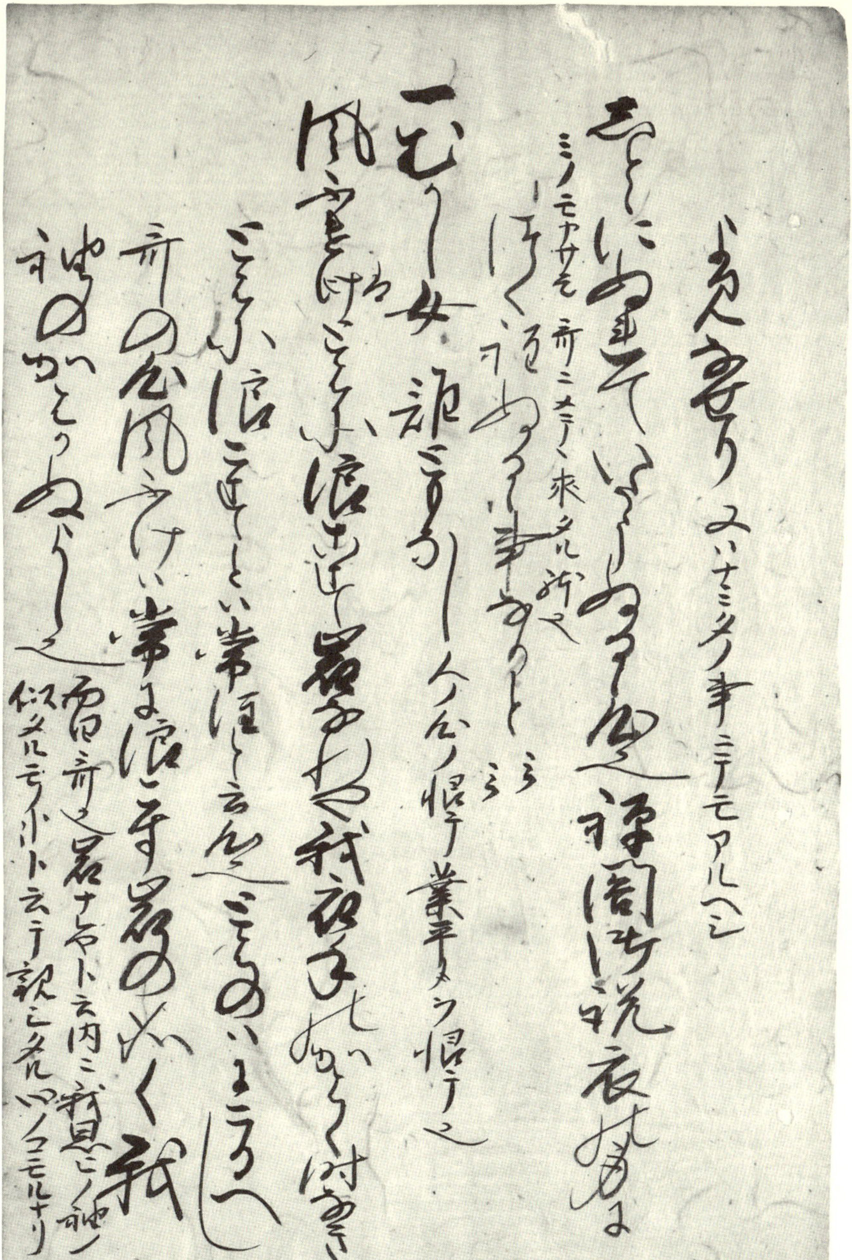

一三〇オ（百八段）

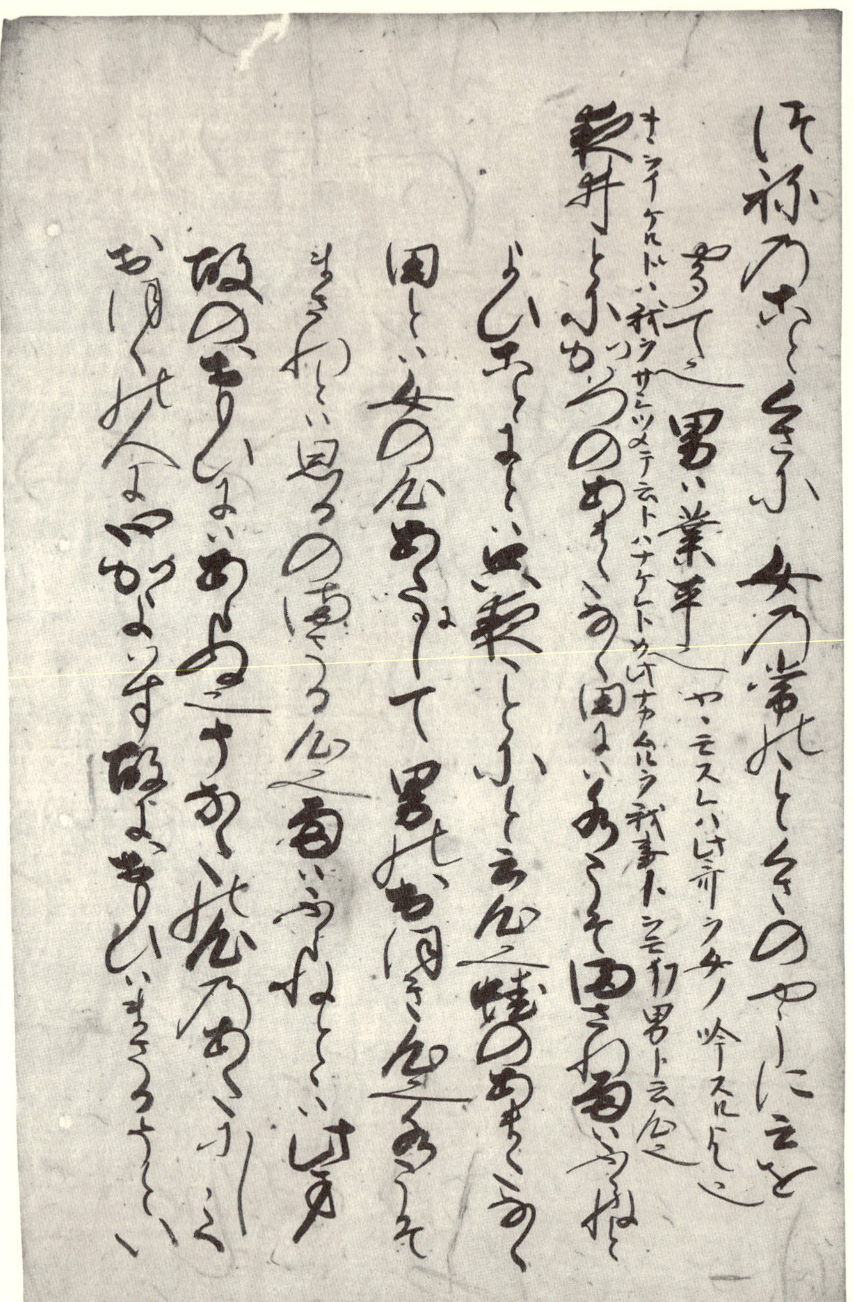

一三〇ウ（百八段）

此歌ニ女の前ニ我衣手かはく時なきといひし男と
さちてかゝる水をあまりてなけハかやうニ
多キコトニトハカハヅノナク時分ナレハ云リ　蛙ハ雨ヲコヒテナク物ニ　サレハ此
蛙ノナクラキケハ雨ハフラ子トモ多ノニサリ色ヤラナルトニ下ノ心ハ初ノ
前衣手ノカハク時ナキトイヘル涙ヨリ水コソ一サレトヨメリ　心ハ蛙ノナクラ我
身ニヨソヘテ心ハ我恋ノアリテナケクノニヨリテソモヨホシニ依テソナケノ
袖ノ又ルヽソトアナタノ前ヲ打テヨミシタルナリ田シイヘルコトハ蛙ノ縁ニイヘリ

一昔男友たちの人をうしなへる　業平の友たちなる
とふ人ニ男ニ人をうしなひし女ありける
花よりも人こそあたになりにけれいつれを先にこひんとか見し
花ハ散を人ハしめさるに物われと世の人悲とるかく

一三二オ（百九段）

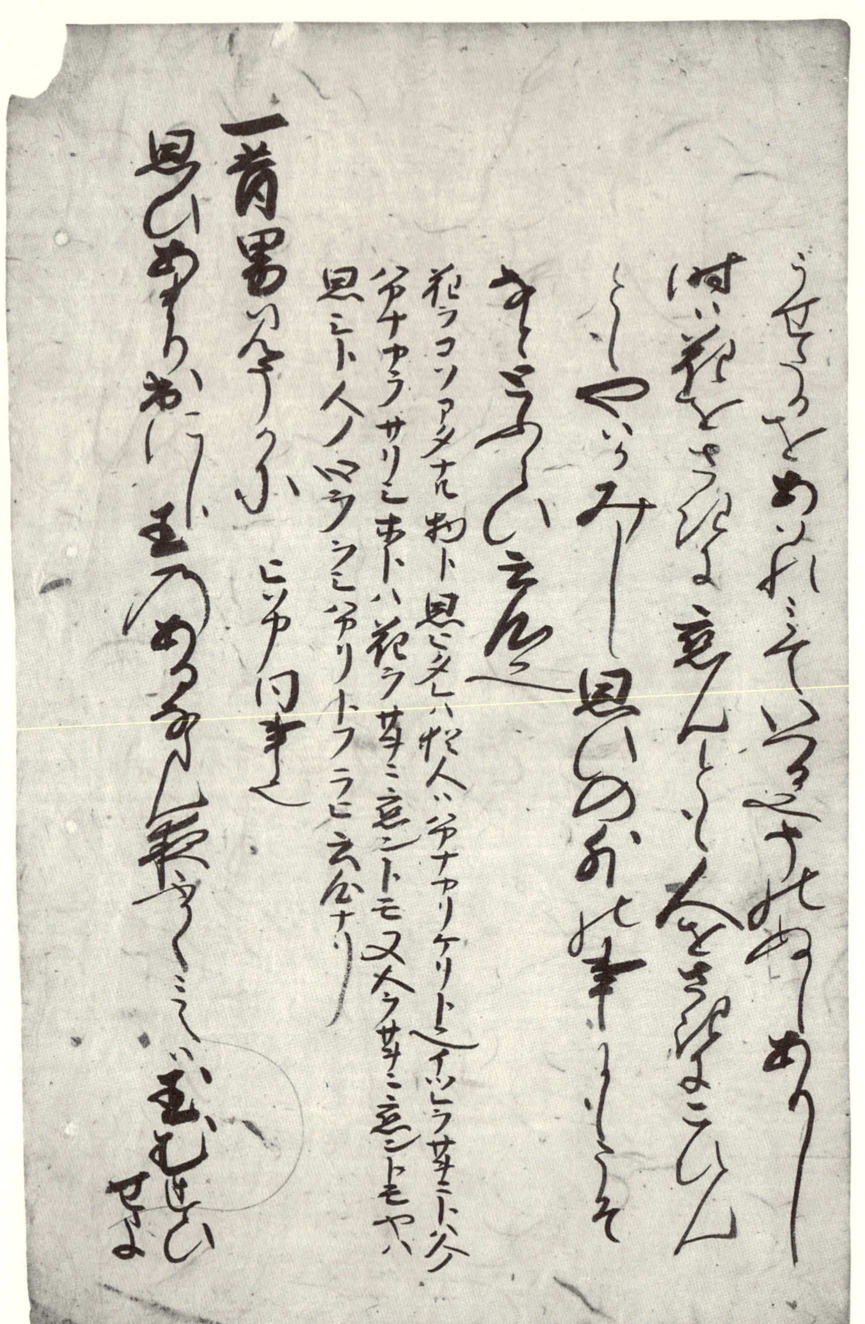

一三一ウ（百十段）

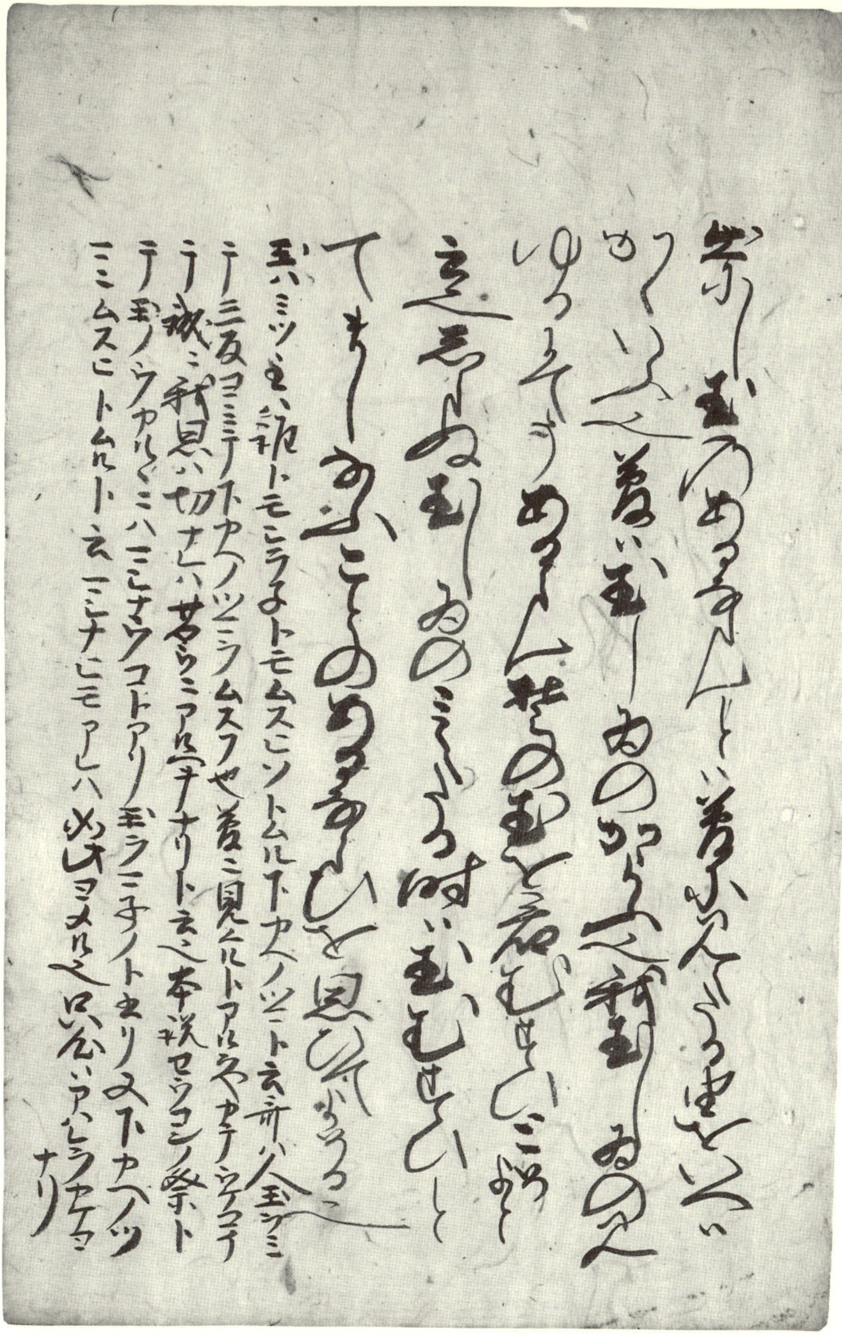

一三二オ（百十段）

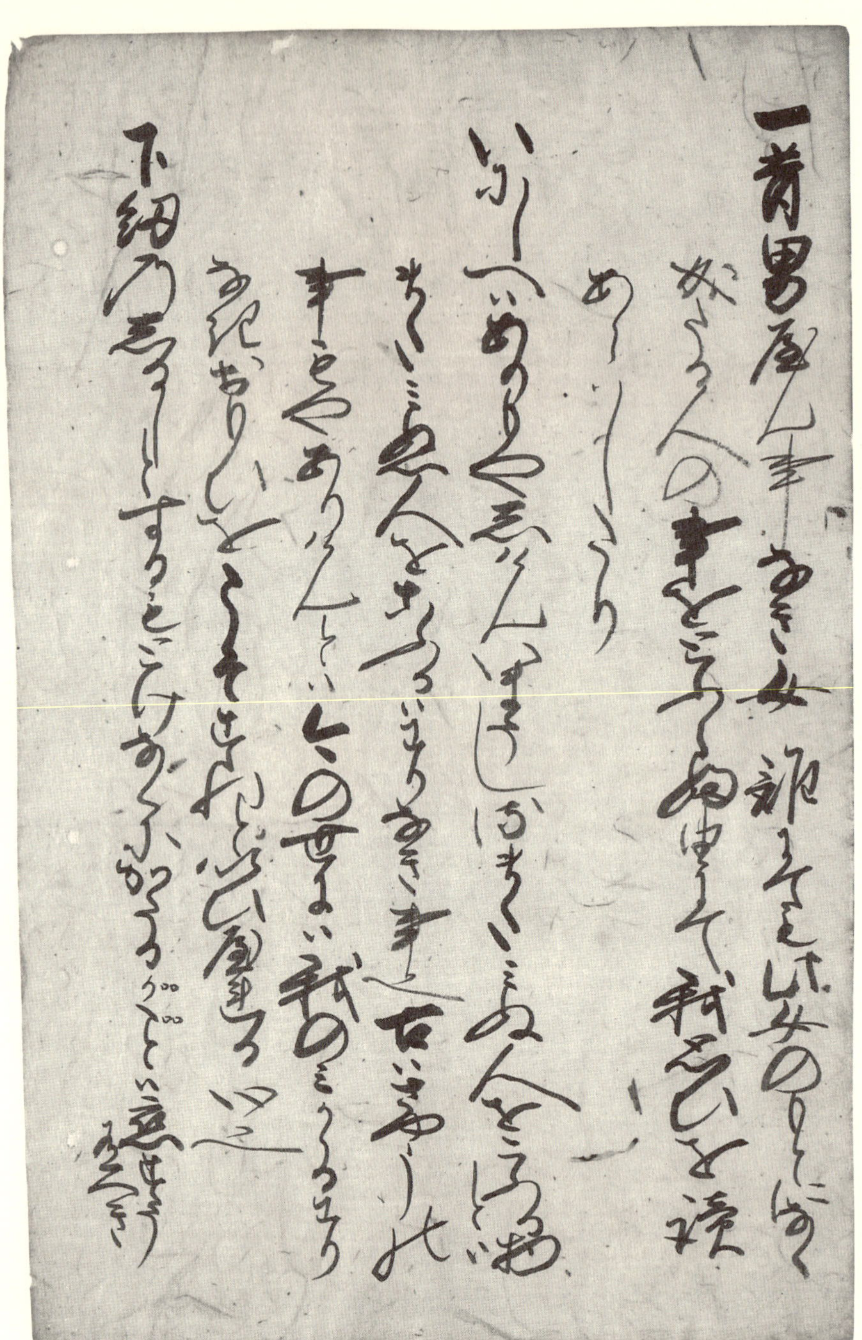

一三二ウ（百十一段）

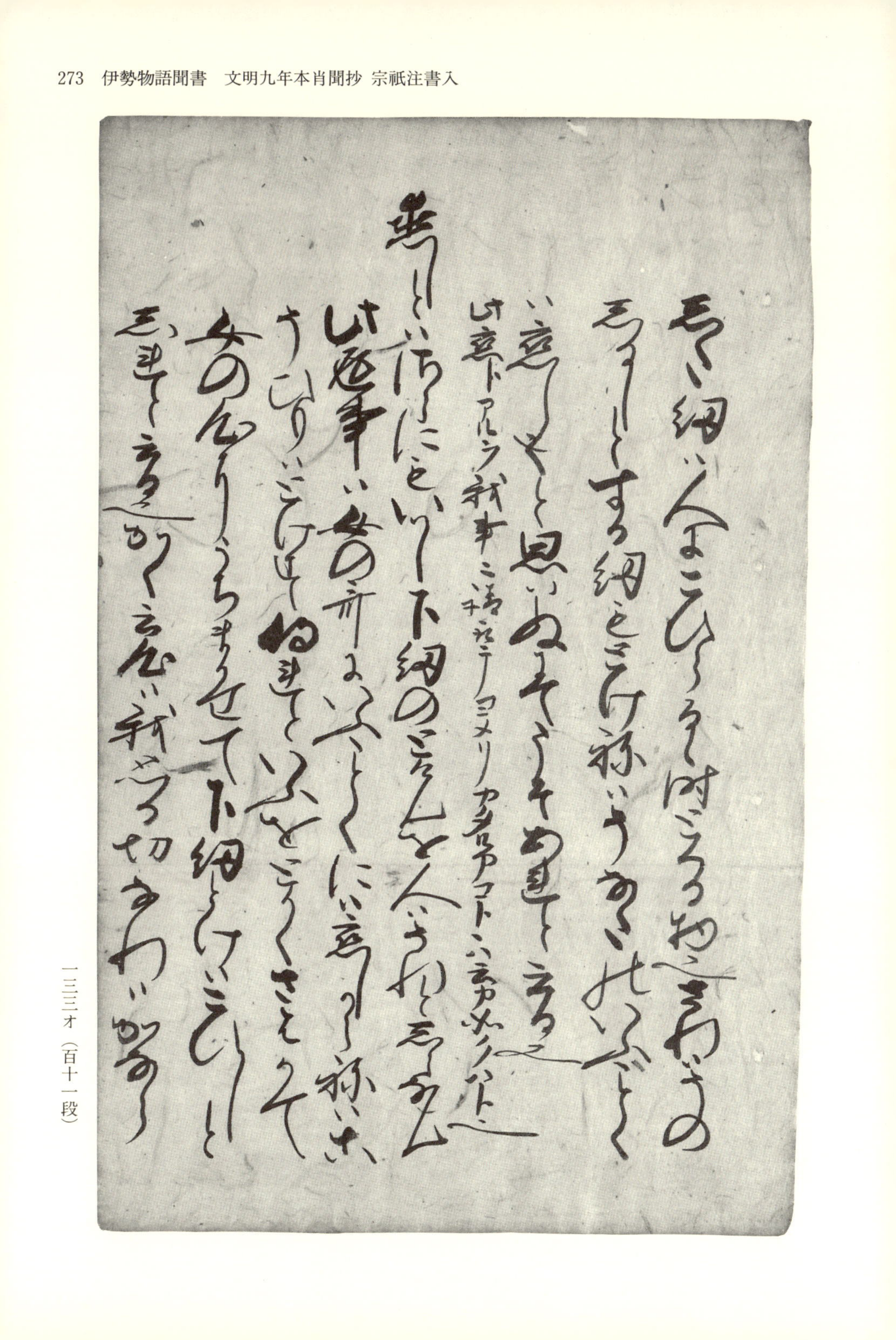

一三三オ（百十一段）

一三三ウ（百十二段）

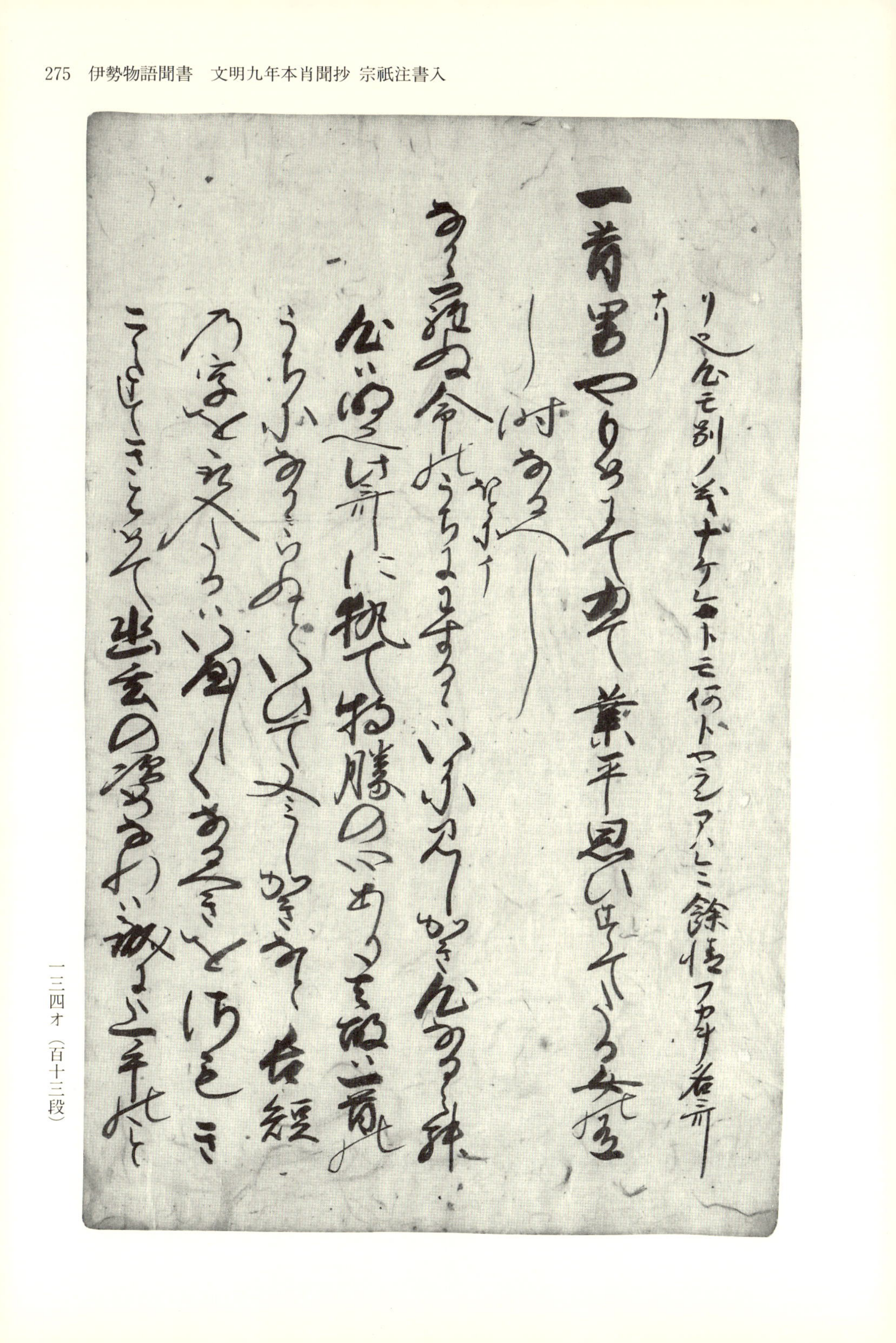

[illegible]

なかゝらぬ命のほとにわするゝは いかにみしかき心なるらん

[illegible]

一三四オ（百十三段）

ことしゆんめうの第一此心をとく所ハまよふ時ハ
おもふへきをも御心
一首仁和乃御門　業平没後事也　仁和二年芹河
行幸の時之　定家奥書ハ此時の事なり
在原氏の事なれはまかへらるゝ之　伴様の古かへらるゝ時之
仁和御門光孝天皇仁明第七御子芹河行幸ハ
嵯峨天皇行幸例之さう此心ハ行幸終より芹
河の之　仁和二年行幸の時此言なり

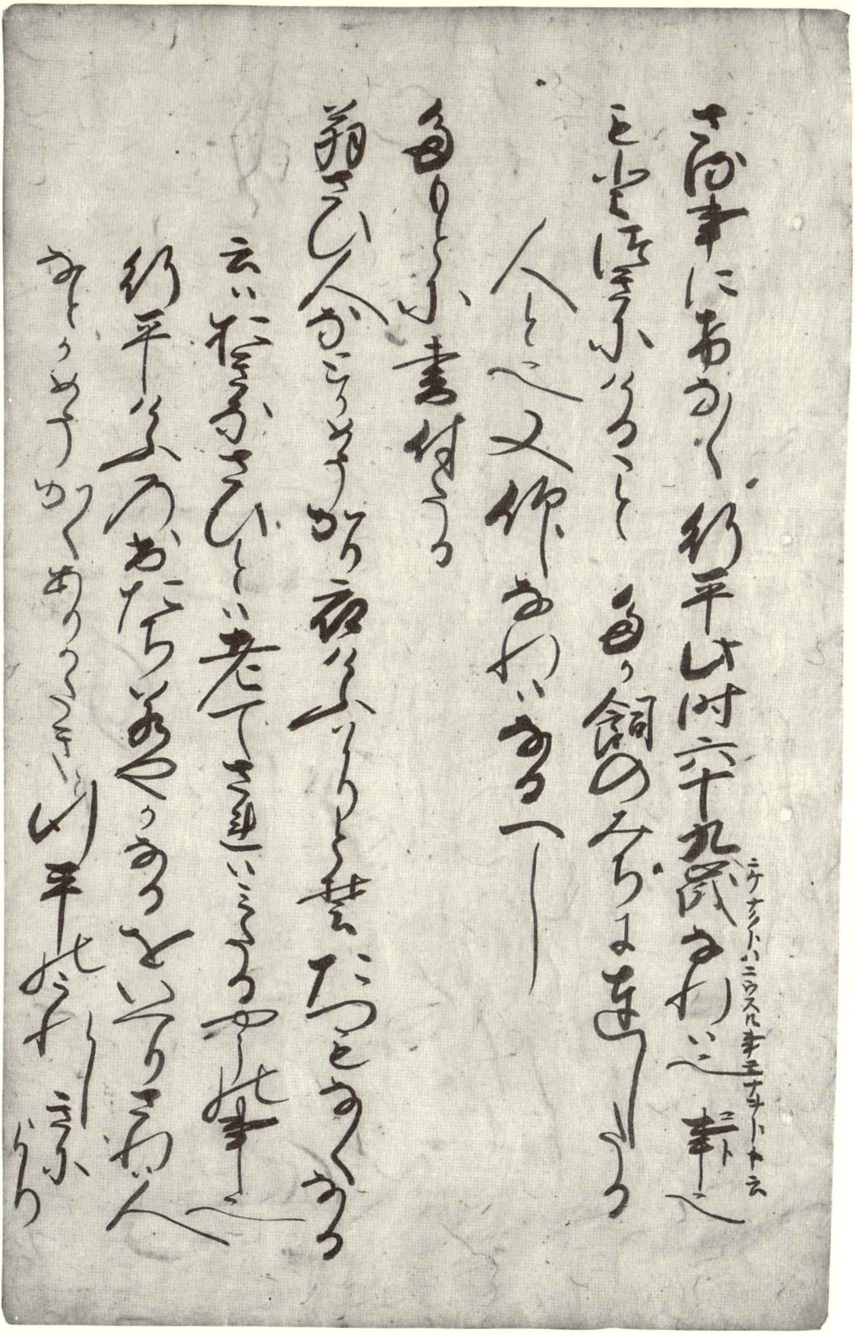

一三五オ（百十四段）

一三五ウ（百十四段）

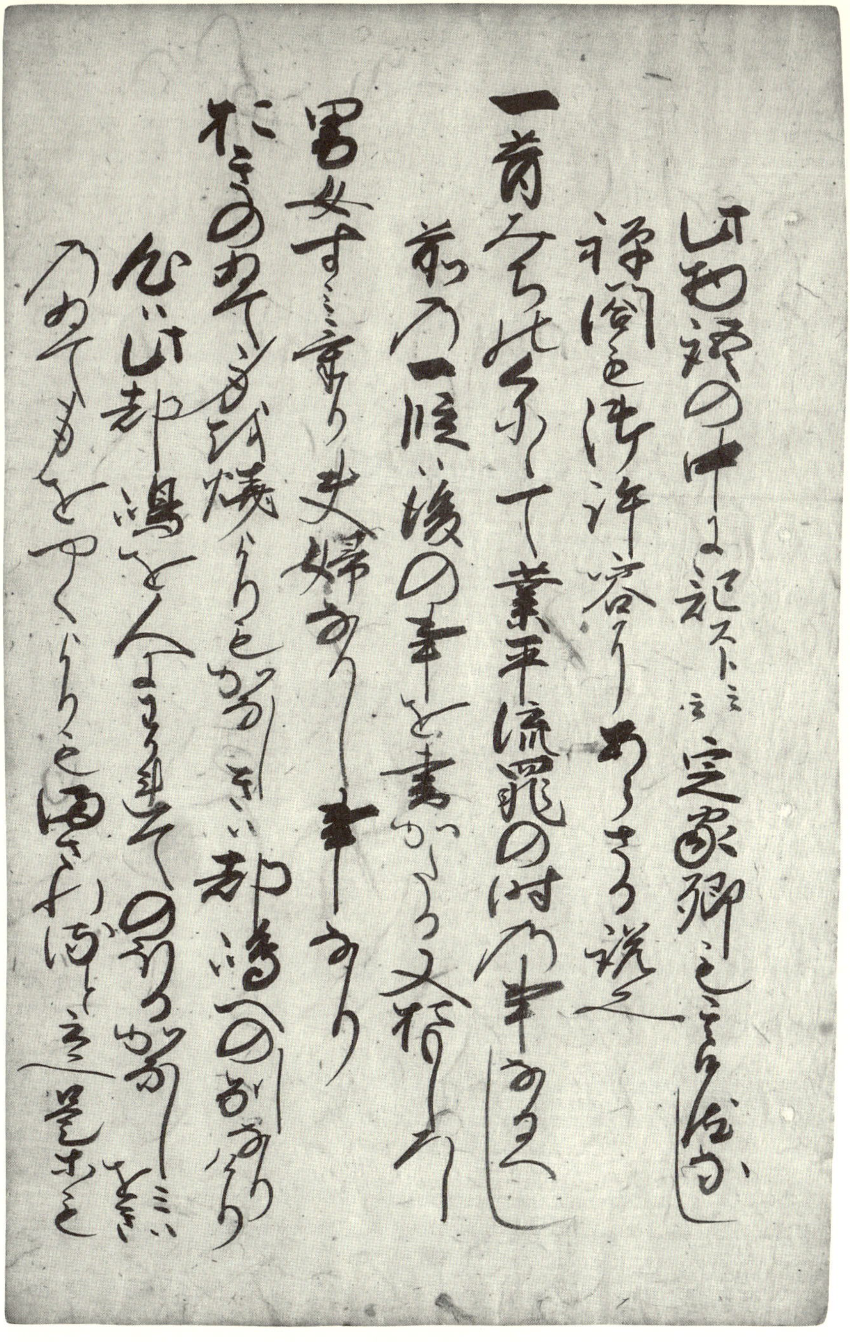

一三六オ（百十五段）

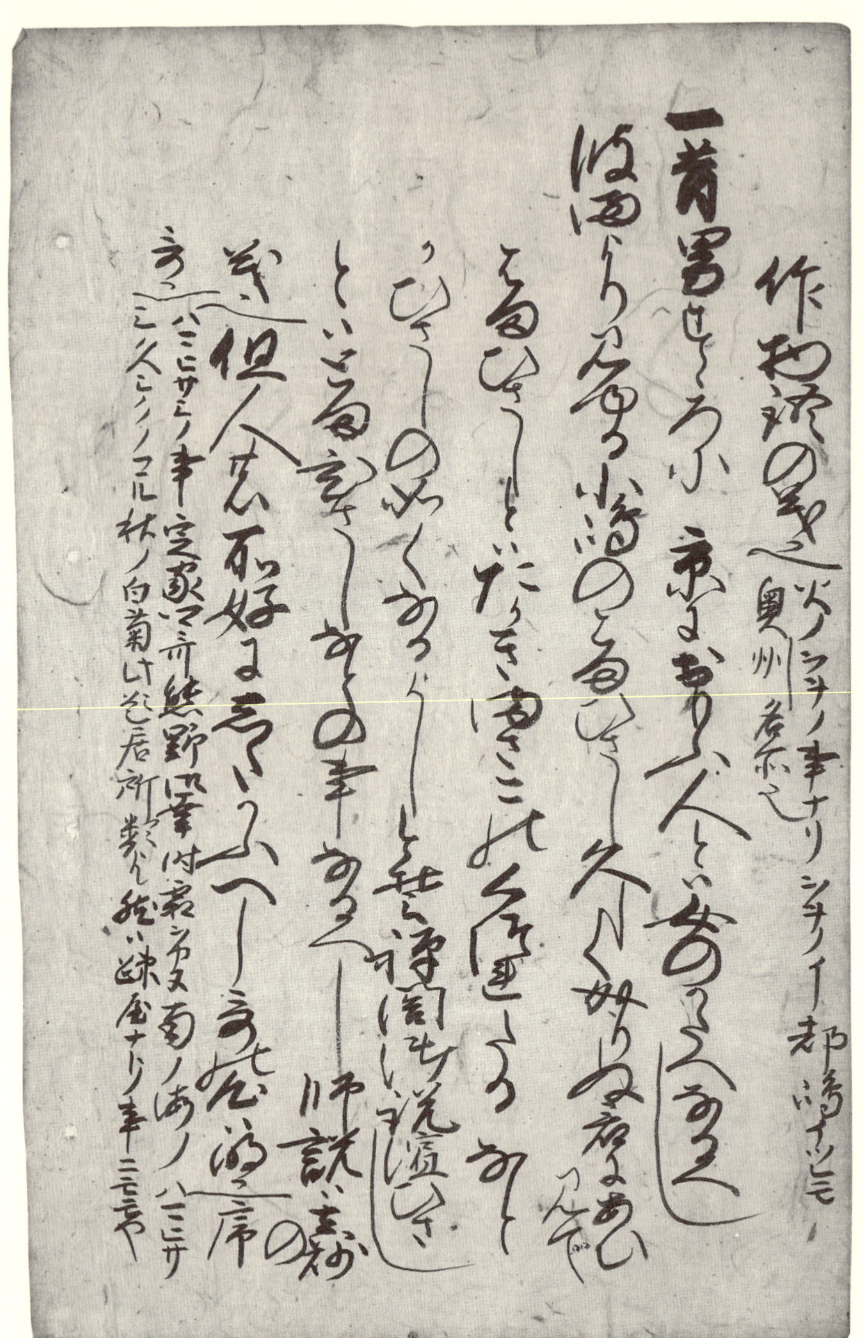

一三六ウ（百十六段）

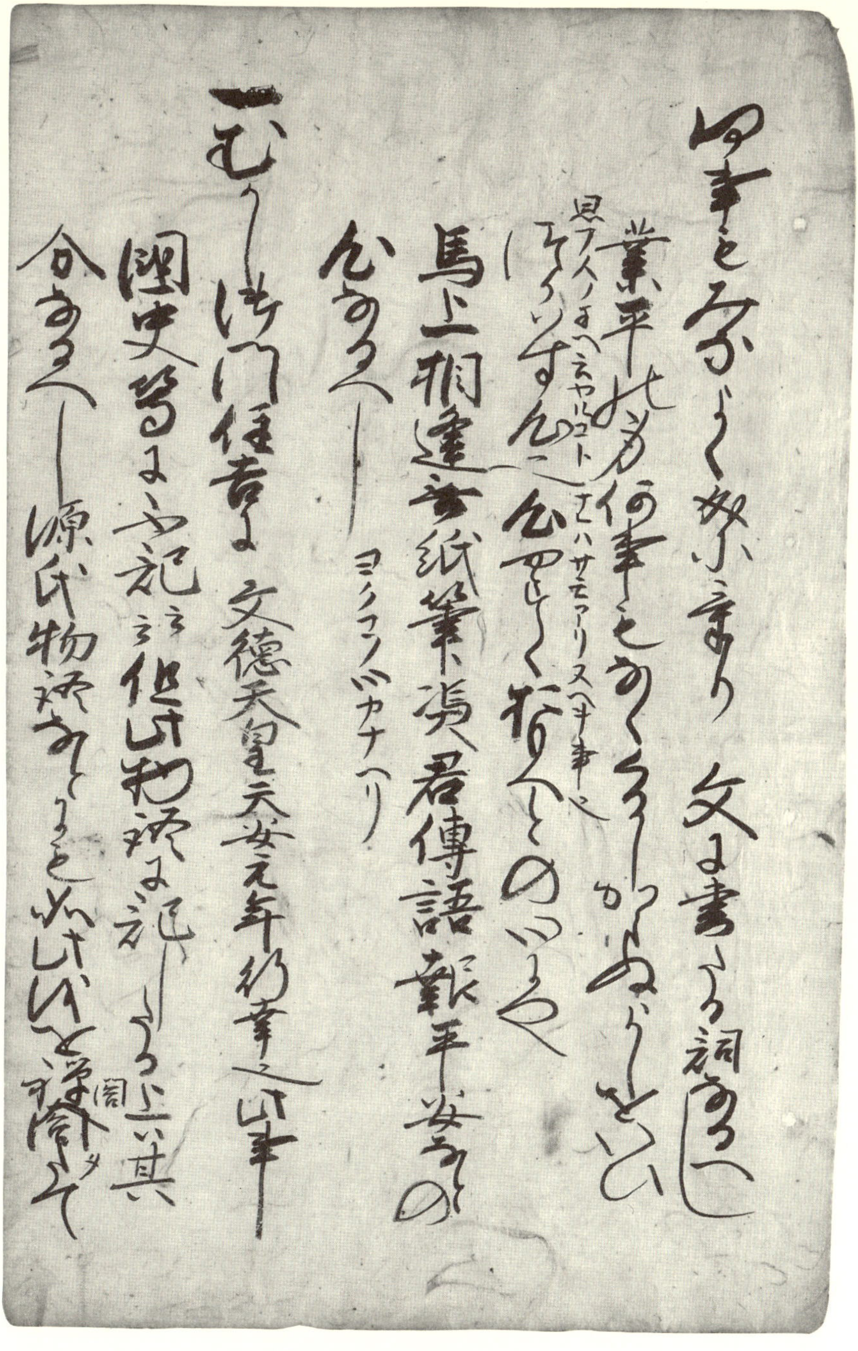

一二七オ（百十七段）

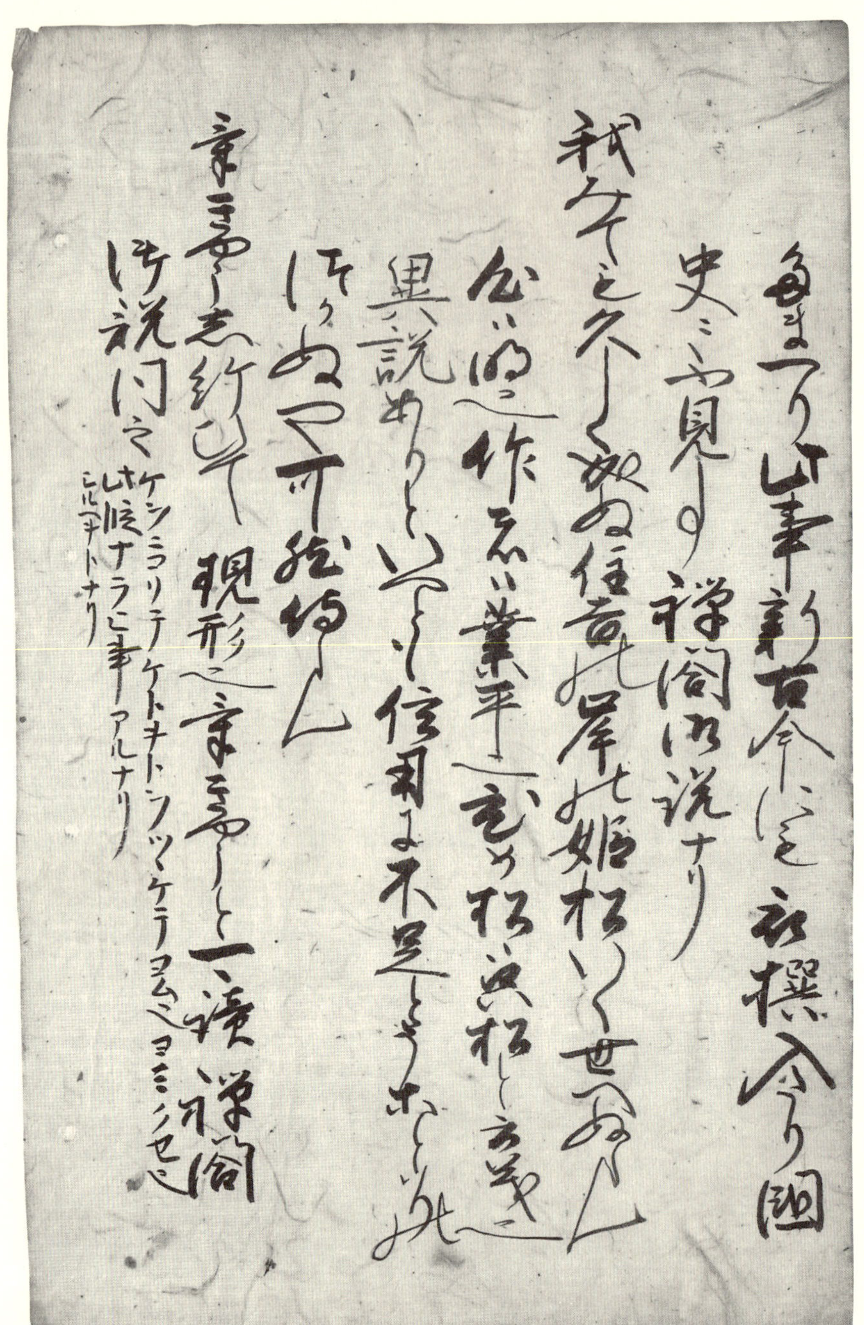

一三七ウ（百十七段）

むつましと君は白浪みつかきの久しき世よりいはひそめてき

むつましと君は[illegible]

云心ハ[illegible]久しき世よりと云祝詞ノ久世より祝

ひそめてきと[illegible]

師説アトメコソ社フルニノミツカキノ久ニ年せコソナレハソメテキ

師説ニドアリ業平ハ神ニ通スル方ナレハ[illegible]業平君参ノ

斎ナリ此住吉ハ神宮皇后[illegible]其後又神宮皇后ヲ祝

ソヘ奉リテ四所ナリ初ハ三所ナリ

一むかし男ひさしくおともせて忘るゝ心もなしと業平[illegible]

女のもとへ云也　業平なりけり[illegible]人の[illegible]

一三八オ（百十八段）

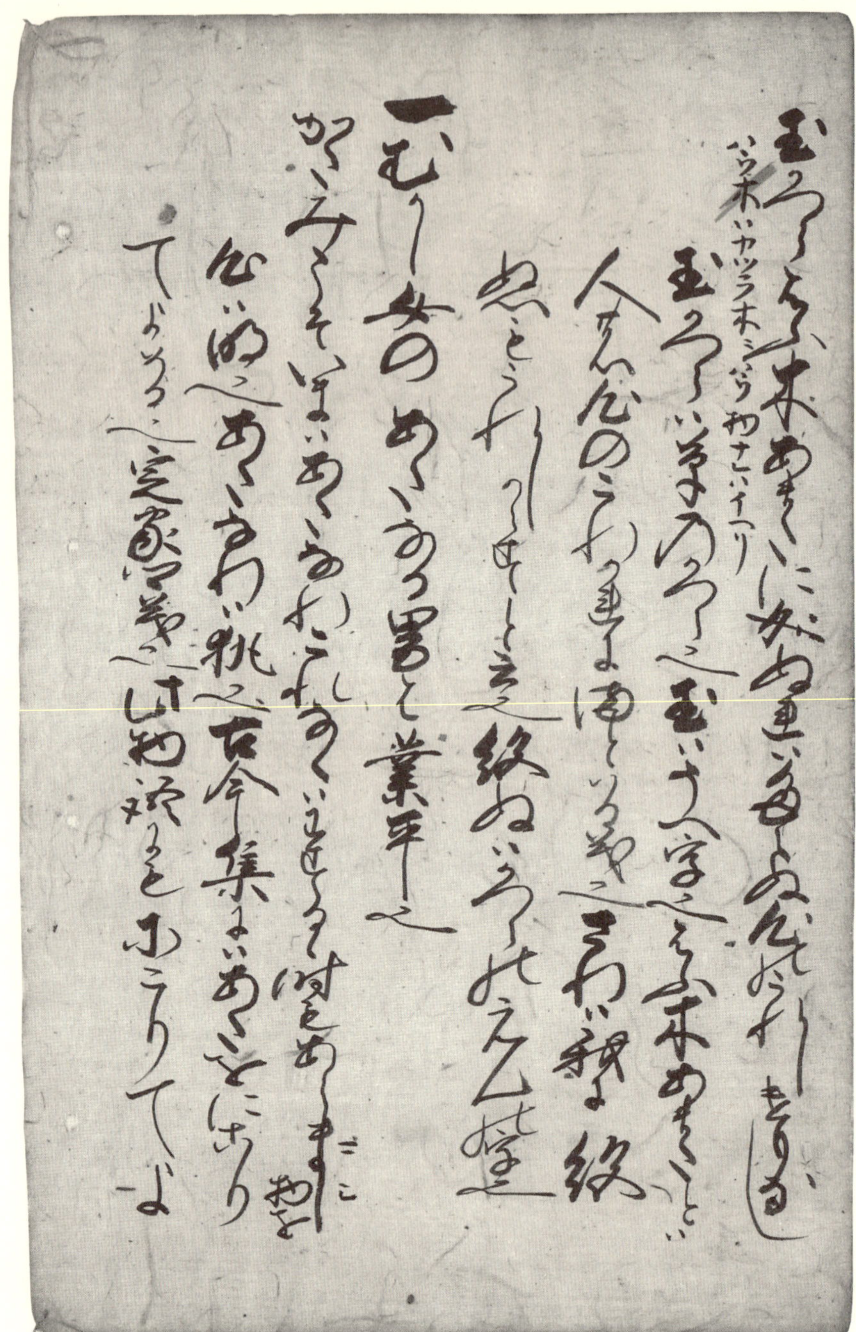

一三八ウ（百十九段）

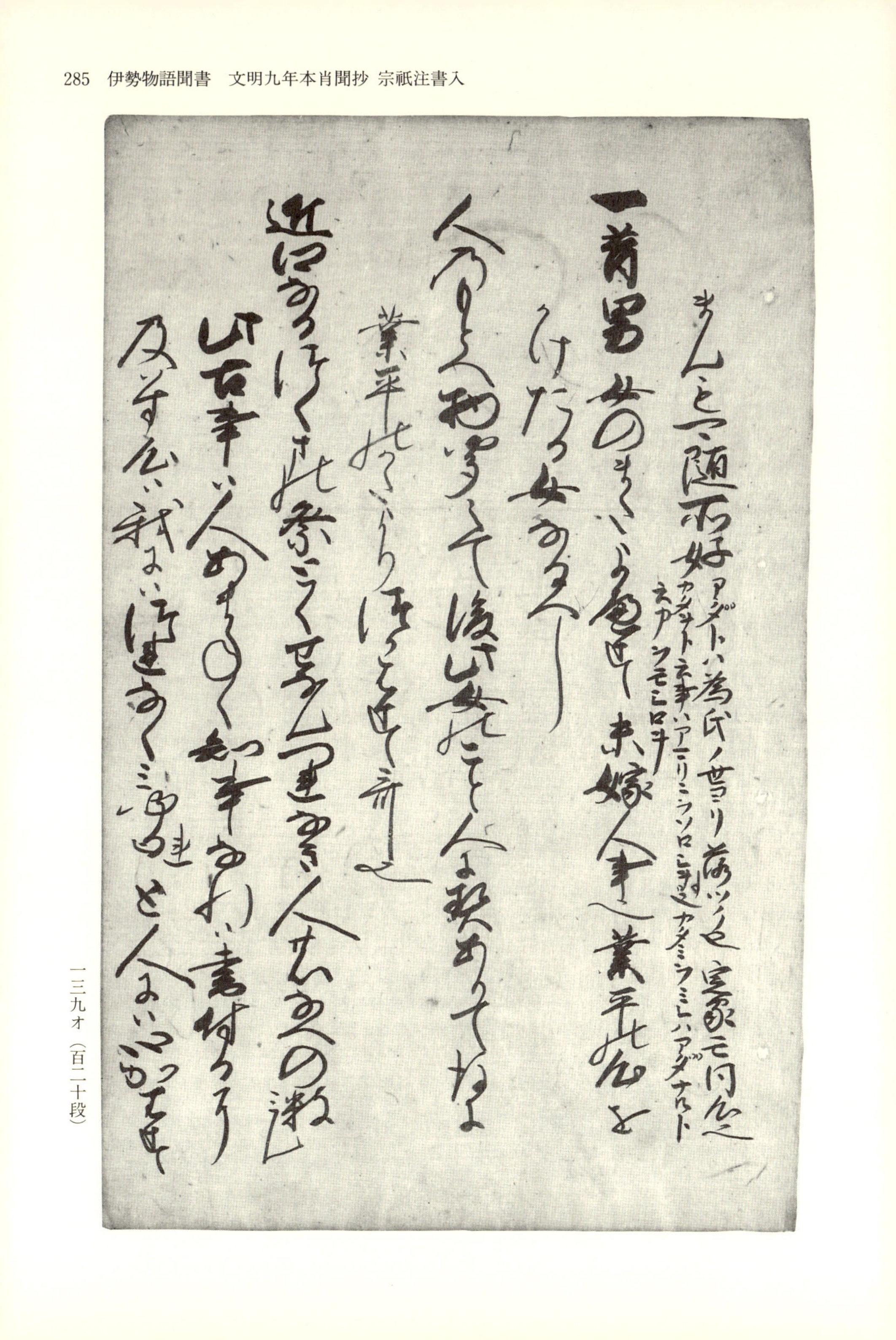

一三九オ（百二十段）

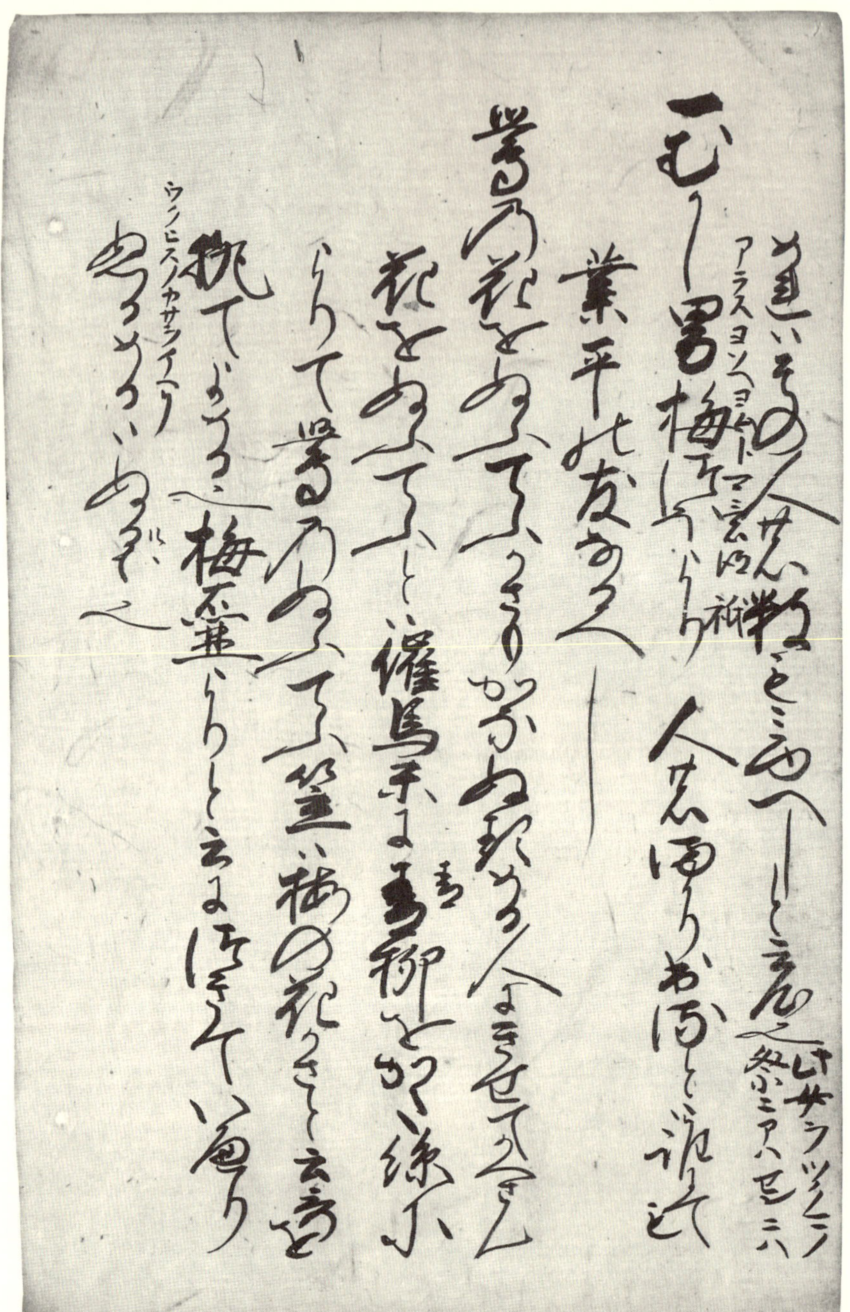

一三九ウ（百二十一段）

むかし男梅のはな（アラスヨシノ山ノ祠アリ祭ニアハセ六）さかりなるに人のもとにやりけと

業平此友ある人

梅の花をあつてつゝミかくぬきくる人やきせてるゝム
花をあつてふさ催馬楽ま馬柳とあく緑小らりて梅のはなつゝミ梅の花きてとまるをを
抱てさうろ（梅不華りりとえをとほくて通り
（ウクヒスノカサフクリ）うろうろいるで

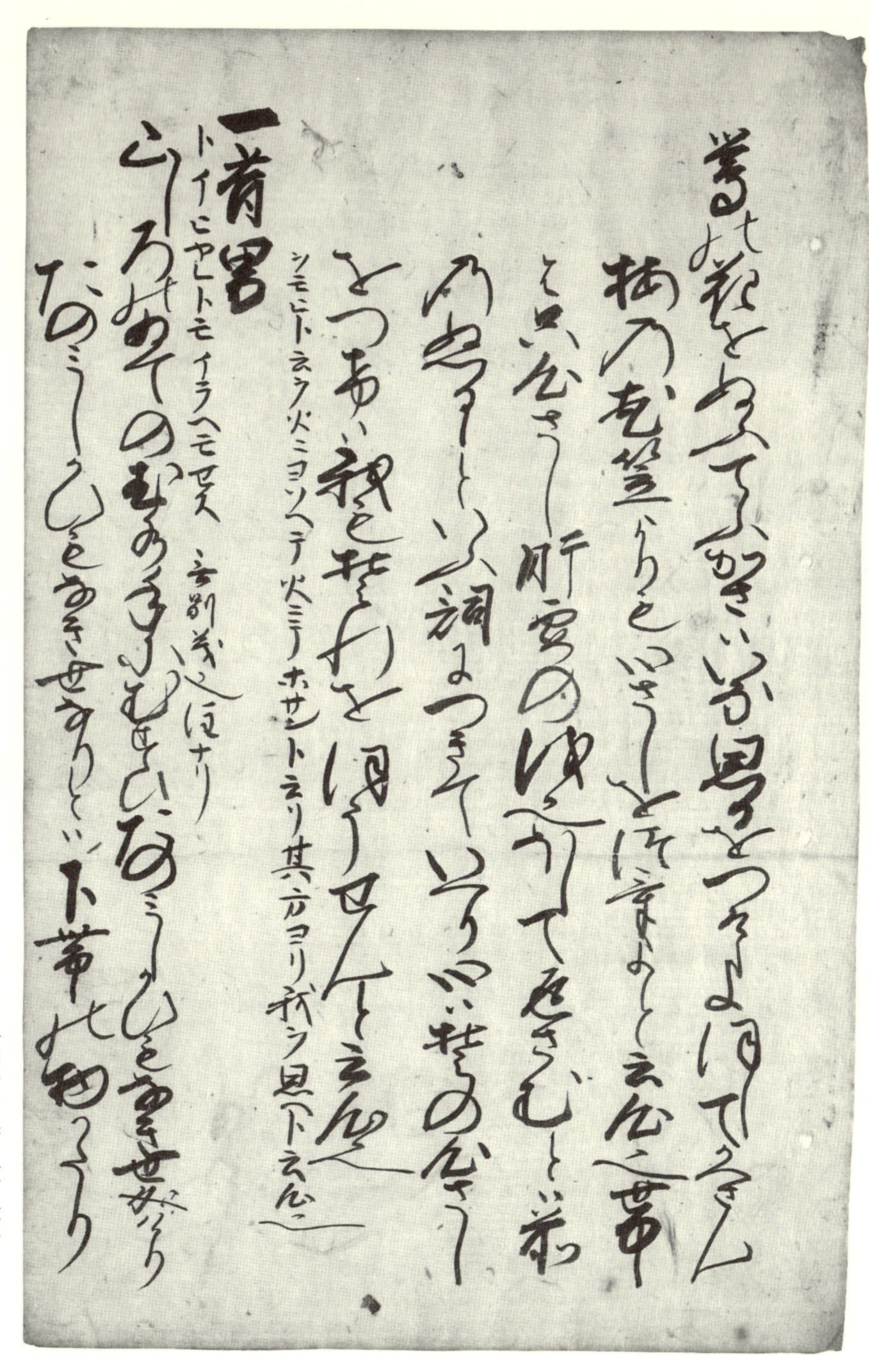

一四〇オ（百二十二段）

まゝを幼を憂しける事あり又井手左大臣の
死時秘を思ひて此ことみよかけを思へと
とけかまことにましてきわをさりてようの
とさりいて返と幼を憂けるのと可云也
下帯ノ初秋ニ都ノ人ノ為ニリアリテ井手ニ来リケルニミメアシメチテウ
ツノミチ女子ノアリケルニ帯ヲおこニテヲトナニナラハ契ヘニテトニ此女子
ヲトナニ成ケレトモ若モロ人女子待カチニテ井手ノ玉川ニテカラナケテ
死ニケリサルニ依テ幼シテ変スルタトヘニイヘリ　祇
一むかし男　此事に住ける女祝して
嵯峨よ二条后をよりは清和山崩御後の事とぞ云ゝ

一四〇ウ（百二十三段）

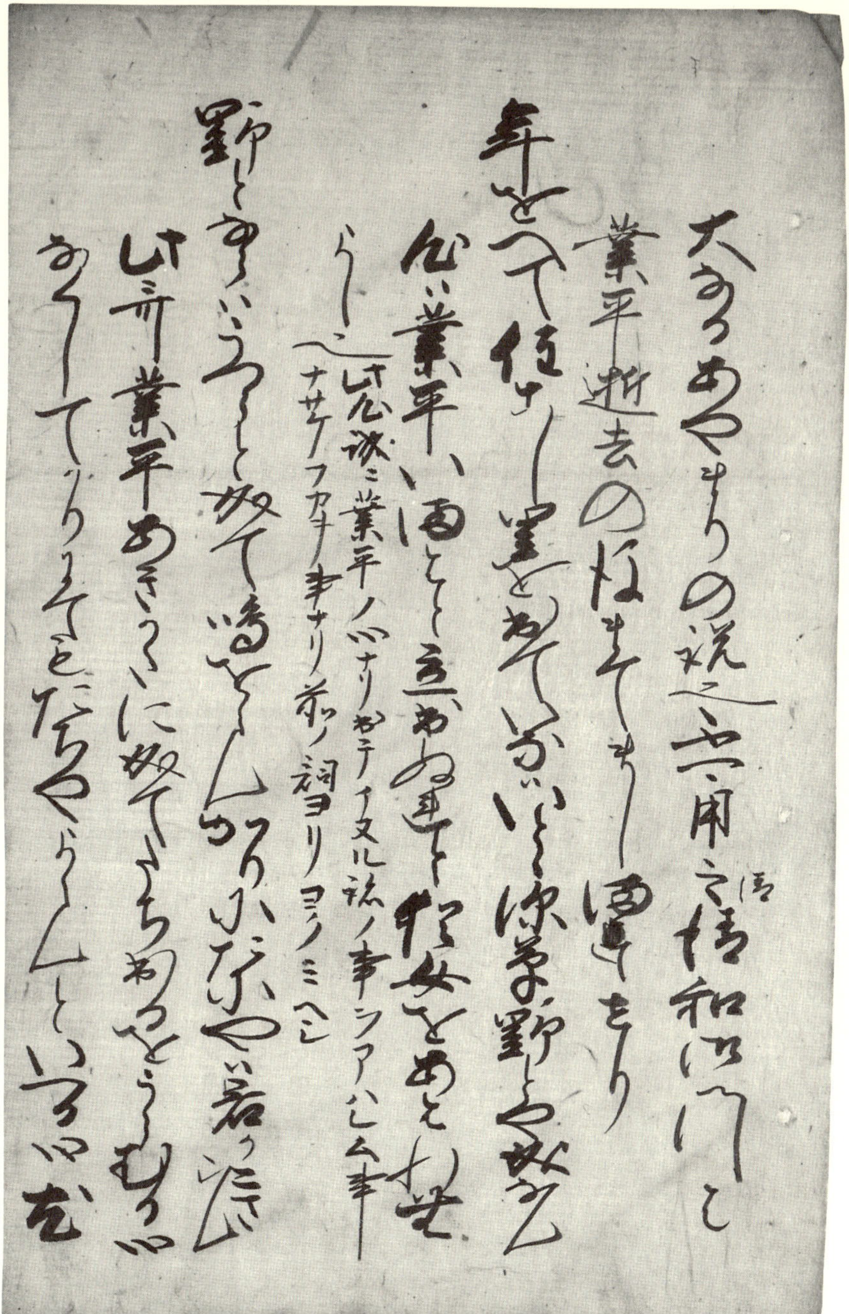

一四一オ（百二十三段）

あらむ　かりにといふを狩しといふ事にて

野ト云ニ付テウツラトハイヘリ狩ノ事ヲ云ヤ幽玄也君カ(ウ)イナハ子ヲナキナテ居ヘシコヽモカリソメナリトモ云コヽラ又事ハアラシトナリカノノテアハレハフカキヘシサレハ男メテヽヨソヘモムカヘ也故ニ古今ノ男女ノ中ヲモヤハラクル心ナリサレ此前古今ニ年ハヘシト也ニテ入タリキトノトモスル也年ハヘシニテ指ヽアハレフカシ

そ狩ムと書し公か奴よそり　前ハ男女ノ中を

屋はらくる理なり

一　むかし男いかなりける事を（又）

おもふこといはてそたゝ（たゝ）に屋ミぬへき我とひとしき人しなけれは

志井てことゝりをそのあはれ品搆るへし　古注よ

一四一ウ（百二十四段）

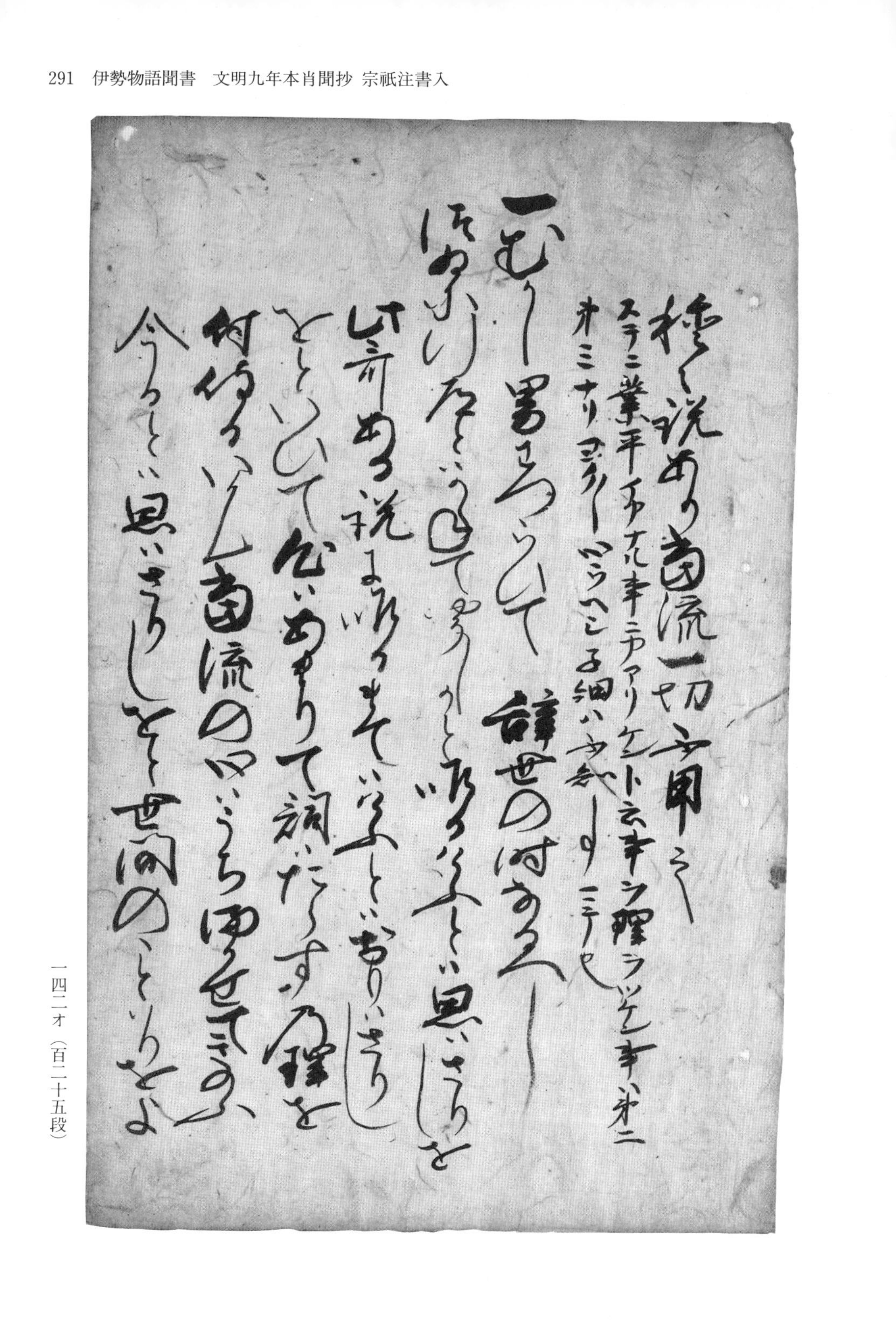

一四二オ（百二十五段）

ようとう事ゆるし（合）

ソク〳〵ルトイヘハ人ノ亡シタル跡ノコトハ〳〵ルトハ思フトイヘリ此義可

ソクケフトモ云ニテモ字ニノ亡サルセ申ハ〳〵トモ云ト同事也此フハ〳〵

トハ云ハ一説云也此物語ニワサカタラフリノ事ヲ書ハテニ死去ノ事

ヲカケハ業平一生涯ノ事ヲ云トハウヘニ作物語ナルハ隠々

ニ別ナル事モ自然ニミハルヽナリ

右徒然草校合畢

一四二ウ（百二十五段）

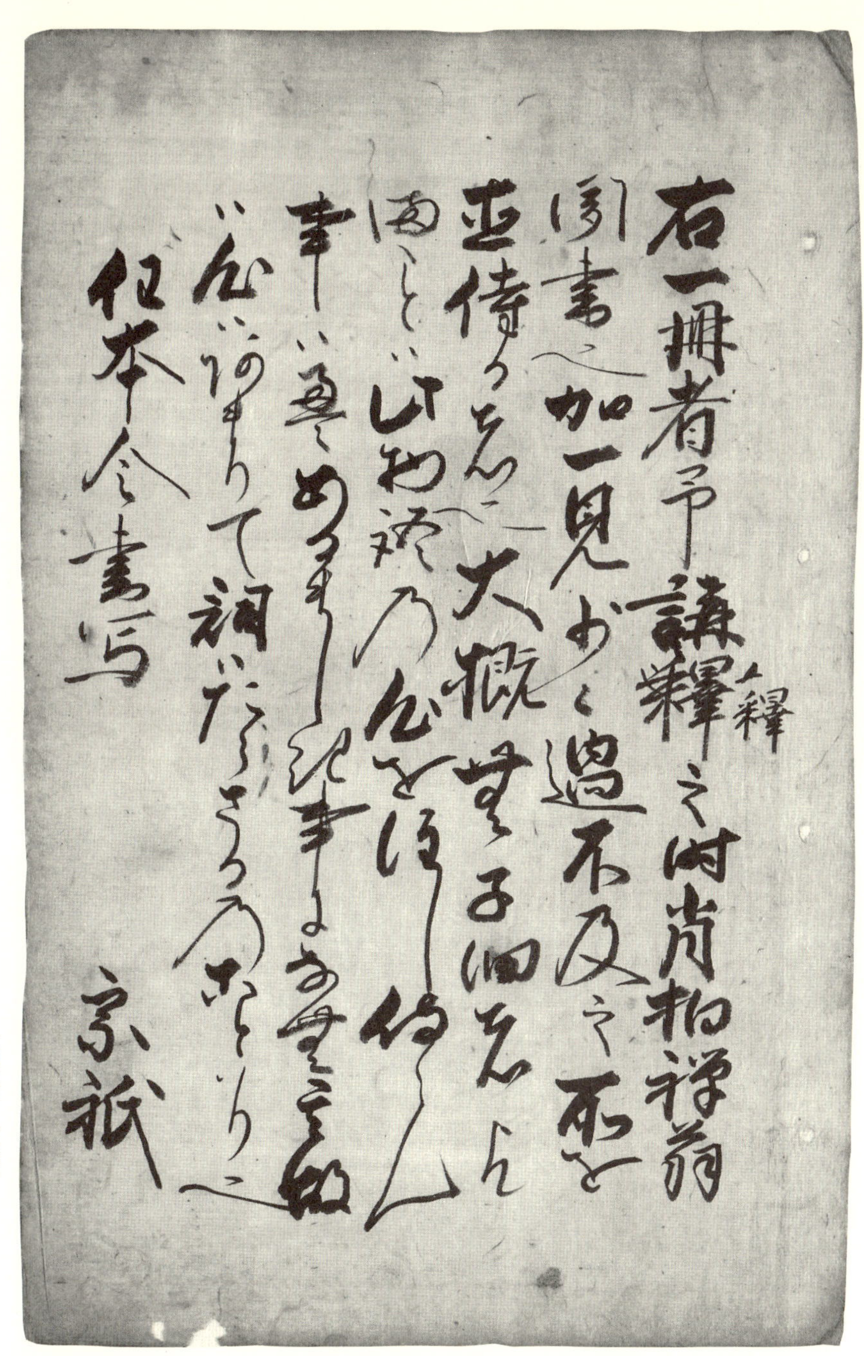

一四三オ（奥書）

右一冊者予講釋之付肖柏禪師
例書ヲ加一見分々過不及之所と
並俗之言大概ましく子細見ん
ほとニハいよいよ不審のんをに
事有へめまししきこそ
いふハかりて詞た、さる々のなり
任本令書写
宗祇

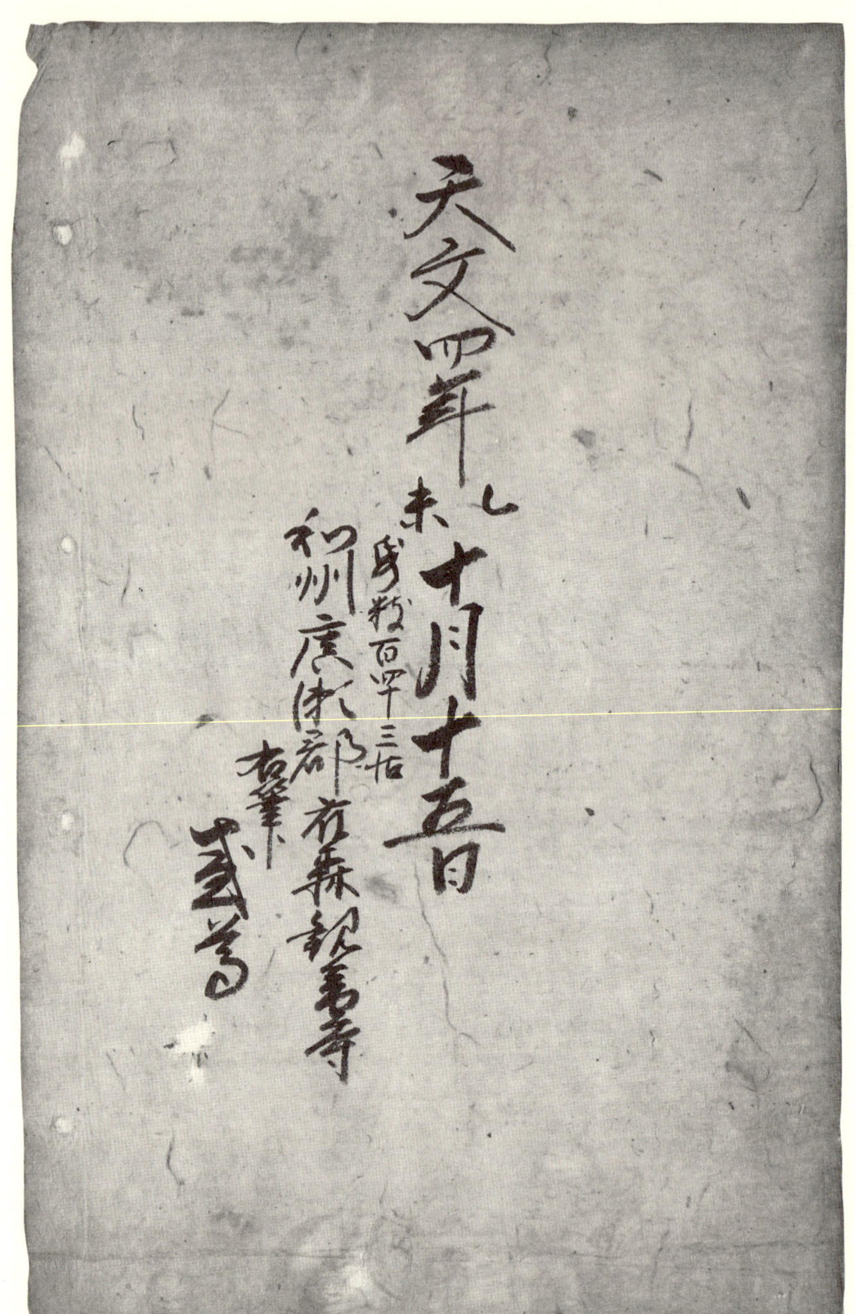
天文四年乙未十月十五日
帋数百四十三枚
和州廣瀬郡乃市森[illegible][illegible]寺
右筆　武[illegible]

一四四ウ（奥書）

一四五オ（後表紙裏）

後表紙

解題

一、書誌

該本は縦二十六・六糎、横十七・四糎の袋綴一冊本。縹色（はなだ）の表紙の左上方に「伊勢物語聞書」と直書きにて外題を記す。これに続く見返しは、料紙と同じ紙が三枚貼り合わされていることに加えて、左上方に表紙と同じ筆跡で「伊勢物語聞書」と書かれ、右下方に「中納言」と書かれていることによって推察されるように、これが本来の表紙であったことを思わせるが、左端に青色の表紙裏を貼った痕が残っていることによってもわかるように、現表紙を貼り合せることによって見返しの役割を果たすことになっているのである。

その後、墨付第一丁のオモテ（以下、「一オ」と略す）から『伊勢物語』の総論、第二丁のウラ（以下、「二ウ」と略す）から各々の章段の注釈となる。

一四二ウで章段の注釈は終り、

右任本令校合畢

と記し、次の一四三オには（私に句読点を加えた）、

右一冊者、予講釋之時、肖柏禅翁
聞書也。加一見、少々過不及之所を
直侍る者也。大概無子細者歟。
まことは此物語の心を注し侍らん
事はえあるまじき事になむ。其故
は心はあまりて詞はたらざるのことはり也。
任本令書写。　宗祇

と宗祇の奥書を記す。

一四三ウと一四四オは白紙で、一四四ウには、

天文四年乙未十月十五日
紙数百四十三帖
和州廣瀬郡藤森観音寺
右筆　盛尊
□

末尾の□には花押のようなものがあった痕跡があるが、何故か削り取られている。しかし、いずれにせよ、これは書写奥書であって、該本は天文四年（一五三五）の書写にかかるものとして誤りあるまい。

二、『肖聞抄』文明九年本としての該本

右に掲出した宗祇の奥書「右一冊者、予講釋之時、肖柏禅翁聞書也」に見られるように、該本の基幹が『肖聞抄』であることは間違いない。

大津有一博士が労作『伊勢物語古注釈の研究』において明らかにされたように、『肖聞抄』は、

①文明九（一四七七）年本
②文明十二（一四八〇）年本
③延徳三（一四九一）年本

の三種に大別されているが、その見分け方は、第七十五段の終り「世にあふ事かたき」の注が、該本では、

一度あひたりし後は、つゐにつれなし。斎宮の数奇心ならぬ所、こゝにて見えたり。一夜の契にて懐妊ありしも、さるべき宿縁にや。又、業平の名誉の事なり。神に通じたる証拠也。其末孫は今の高階氏にいたるまで、大神宮に詣ずる事もかなはず。そのしるし掲焉也。既于今年文明九年丁酉にいたりて、五百九十八年也。（九五ウ～九六オ）

とあるように、文明九年本に属するが、拙著『伊勢物語の研究〔資料篇〕』所収本は、

一度あひたりし後は、つゐにつれなし。斎宮のすき心ならぬ所、爰にて見えたり。一夜の契にて懐妊ありしも、さるべき宿縁にや。又、業平の名誉の事也。神に通じたる証拠也。其末孫は今の高階氏にいたるまで、大神宮に詣ずる事もかなはず。其しるし掲焉也。既に今年文明十二庚子にいたりて、六百一年也。

とあって、まさしく文明十二年本であるが、『続群書類従』所収の延徳三年本では、

一度あひたりし後は、つゐにつれなし。斎宮の数奇心ならぬ所、こゝにてみえ侍り。一夜のちぎりにて懐妊ありしも、さるべき宿縁にや。又、業平の名誉の事也。神に通じたる証拠也。その末孫は今の高階氏にいたるまで、大神宮に詣ずる事もかなはず。そのしるし掲焉也。既に今年延徳三年辛亥にいたりて、六百十二年也。

とあるように、判然と分類できる。

さて、この三系統の内容を初段の冒頭において比較すると、文明九年本である該本二ウ～三ウでは、

一、むかし、作物語なれば「昔」とかける也。遠近に、すぎぬるを「昔」と云なるべし。伊勢集の始の詞に「いづれの御時にか大宮息所」とかけり。今時の事をも「昔」とかけり。おなじきにや。一條禅閤御説にも「昨日はけふの昔、去年はことしの昔なり」と云々。又、「むかし」といふ詞に、業平の歌の躰こもる事あり。可受師説。

おとこ、在中将の事也。段々いづれも業平なるべし。

うゐかうぶり、元服の事也、古注には承和七年、十六歳と云々、如何。古注の勘、相違の事多之。仍難用歟。又、叙爵の説不用之。古注の義は、うゐかうぶりしてならの京にかりしたるとつゞけてみるによて、十六歳元服と勘たるにや、不可然。うゐかうぶりしてとは、業平元服のはじめをかけり。又其後、いつにても、ならの京にかりしたる事を、かりにいにけりとは記たる也。又、末に終

焉のことを書り。一部の心見えたり。是すなはち此物語の肝心也。

とあるのに対して、文明十二本である『伊勢物語の研究〔資料篇〕』所収本では、

一、むかし、作物語なれば「むかし」と書る也。遠近によらず、過ぬるを「むかし」といふなるべし。伊勢集の始の詞に「いづれの御時にか、大御息所」と書り。今時の事をも「むかし」と書り。心同きにや。禅閤の御説にも「昨日はけふの昔、去年はことしのむかし也」と云々。又、昔といふ詞に、業平の哥躰こもる事あり。可受師説。
おとこ、在中将の事也。段々いづれもおなじ。
うゐかうぶり、元服の事也、古注には承和七年、十六歳と云々、如何。古注之勘、相違の事多也。難用之。又、叙爵の説不用之。古注の義は、うゐかうぶりしてならの京にかりしたるとつゞけて見るにや。当流はしからず。
うゐかうぶりしてとは、業平元服の始を書り。其後、いつにても、ならの京に狩したる事を、かりにいにけりとは記たるなり。はじめにうゐかうぶりを書て、末に終焉のことを書り。一部の心見えたり。即此物語全篇の心也。

となっている。大体は同じだが、文明九年本では「古注の義は、うゐかうぶりしてならの京にかりしたるとつゞけてみるによて、十六歳元服と勘たるにや、不可然」としているのに対し、文明十二年本では「古注の義は、うゐかうぶりしてならの京にかりしたるとつゞけてみるにや。当流はしからず」とだけあって、「と勘たるにや、不可然」という古注の言う十六歳元服説を無視省略しているのである。

その後を少し省略して引用を続けると、文明九年本では、

なまめいたる、ほめたる詞なり。
はらから住けり、此兄弟の女、誰ともなし。此物語のうへに、たれと名のあらはれたるは云に及ばず、名のあらはれぬを、誰ともなくてをくべし。当流如之。和歌の読人不知のごとし。古注には、此兄弟の女、有常女云々。

とあるが、対する文明十二年本では、

なまめいたる、ほめたる詞也。媚の字也。
はらからすみけり、此兄弟の女、誰ともなし。此物語のうへに名のあらはれたるはいふに及ばず。名をあらはさざるをば、誰ともなくて置べし。当流之義也。和歌の読人不知のごとし。禅御説同之。古注には、有常が女姉妹と云々。「はらから」をにごりてよむ人あり。無其理歟。

というように、二重傍線を付した部分が加えられているのであるが、さらに延徳三年本を見ると、

一、むかし、作物語なれば「むかし」と書る也。遠近によらず、過ぬるを「むかし」といふなるべし。伊勢集のはじめの詞に「いづれの御時にか、大みやす所」とかけり。今時の事をも「むかし」と云り。心はおなじきにや。

一條禅閤御説にも「昨日はけふの昔、去年はことしのむかしなり」と云々。又、むかしといふ詞に、なりひらの歌の躰こもる事あり。可受師説。
おとこ、在中将の事也。段々いづれも業平なるべし。
うゐかうぶりして、元服の事也。古注には承和七年、十六歳と云々。業平元服は、伝に「年月日」と書て、年も月も日もみえざるべし。依之、年月をいつといふこと不可用之。又、叙爵の説、業平廿五之時也。是又不用所也。又、古注之儀に、うゐかうぶりしてならの京にかりしたるとつゞけてみるにや。当流にはしからず。うゐかうぶりしてとは、業平元服の始を云り。又其後、いつにても、ならの京に行てかりしたる事を、かりにいにけりとは記たるなり。うゐかうぶりの事をはじめにかきて、すゑに終焉の事をかけり。是則此物語一部の肝心也。

小異は所々にあるが、大きく異なるのは、二重傍線を施した部分である。業平元服について、「伝に、年月日と書て、年も月も日もみえざるべし」とあるのは、天福本『伊勢物語』の巻末に付した勘物の業平伝に、

年月日、任左近将監。承和十四年正月、補蔵人。嘉祥二年正月七日、従五位下。貞観四年正月七日、従五位上。
（以下略）

とあるのを承けていると見て誤りあるまい。つまり、延徳三年の段階になって、定家の勘物を用いて、さらに説得力を増そうとして説明を加えたということなのである。同じような例を、物語本文の注釈からもう少し加えておこう。

※第一段「みやび」
（文明九年本）なさけをかはす心也。嫁（ミヤビ）字の心などにも可通。
（文明十二年本）なさけをかはす心也。定注、嫁字の心にも通ずべし。
（延徳三年本）なさけをかはす心也。定家卿注也。

骨子は変わらないが、文明十二年本では「定注」と言い、延徳三年本では「定家卿注」と言って、この説が定家本の勘物によることが明かされる。次第に丁寧な叙述になって来ていると言えよう。

※第四段「むめの花ざかりに」
（文明九年本）世間の梅盛に成たる心也。
（文明十二年本）世間の梅さかりに成たる心也。思の催し也。
（延徳三年本）世間の梅のさかりなり。にしのたいの梅にあらず。これこゝろのもよほしなり。

文明九年本よりも文明十二年本が、文明十二年本より延徳三年本の方が、親切な説明になっていることは否定できない。

※第六段「あくた川」
（文明九年本）内裏のうちなる川也。ちりなどをながすと云々。
（文明十二年本）内裏のうちなる塵などながす御かは水の事也と云々。さしむきては摂津芥河と書るにや。

作物語のさまなるべし。

（延徳三年本）内裏の中なる川也。ちりなどをながすと云々。まことに一禅の御註にも、此事を一説として如此あそばされたり。実には此名なし。作物がたりの作法にや。

文明十二年本で出て来た「さしむきては摂津芥河と書る」という記述は延徳三年本では再び消えているのであるが、後になるほど説明が懇切になっているばかりか、それが作り物語の方法であるという重大な見解を加えているのである。

※第九段「鴫の大きさなる」

（文明九年本）鴫のやうにて大なる鳥といへり。鴫のせい分なるにてはなし。

（文明十二年本）鴫に色々あり。只大かたのほどあひをかくいふと云々。

（延徳三年本）鴫のやうにて大なるとりといへり。鴫の勢分なるにてはなし。又は鴫のほどなるといふこゝろなり。

文明九年本の本文が延徳三年本において復活している感じである。

※第十四段「くりはらのあねはの松の人ならば〜」

（文明九年本）是もをぐろざきみつの小嶋の人ならばと云歌をいひかけて作たる也。心はあねはの松をその人にたとへて、さそはるべき人ならば、いざといはまし物をと云也。

（文明十二年本）是もをぐろ崎みつの小嶋の人ならばと云歌をいひかへて作たる也。心は、松を其人にたとへて、さそはるべき人ならば、いざといはまし物をと也。祇又、今案あり。勝地は主なしといへり。松のごとくならばさそはむと也。

（延徳三年本）是もをぐろざきみつのこじまの人ならばといふ歌をいひかへてつくりたる也。心は、あねはの松をその人にたとへて、さそはるべき人ならば、いざといはまし物をと云也。又、予今案あり。しかはあれど、云いでんことは憚ありてさしをき侍ぬ。

文明十二年本から、「今案あり。…」が加わって来ている。文明十二年本によれば、宗祇の「今案」となり、宗祇が文明九年本を披閲した時に加えたものということにもなろうが、同じ文明十二年本でも「祇」という注がない本が多い。いっぽう延徳三年本の「予今案」は「云いでんことは憚ありてさしをき侍りぬ」と続くので「今案」は肖柏の今案とするほかない。ちなみに、文明十二年本で「勝地は主なしといへり。松のごとくならばさそはむと也」と今案を披瀝してしまっているのであるから、「云いでんことは憚ありてさしを」いたと言っている延徳三年本の「今案」はその宗祇今案に対する批判と見るべきかと思われ、文明十二年本の今案は肖柏の説ではあり得ないことになる。

※第十五段「むかし、男、なでうことなき人」

（文明九年本）人をかろしめぬ詞也。何条と云は人などをないがしろにいふ事也。さもなき人とはよろしき人を云也。又云、何ばかりの人にもあらずと云心也。是可然とぞ。

（文明十二年本）なにばかりの人にもあらずと云心也。枕草子・源氏物語にも、させる人にあらざるよしみゆ。

（延徳三年本）なにばかりの人にもあらずといふ心也。枕草子・源氏物がたりにも、させる人にあらざる人とみゆ。

文明九年本の言う「又云、……」が文明十二年本や延徳三年本では正説として詳しく述べられているのである。

※第二十四段「およびのちして」

（文明九年本）指の血也。途中の事なるべし。心は只切なるを也。

（文明十二年本）指の血也。途中の故也。心は切なるさま也。

（延徳三年本）指の血也。途中の故なるべし。心はたゞ切なる儀也。又途中にて筆墨に及ばぬ儀歟。

文明九年本の「切なるを也」は「切なる儀也」の誤写であろう。延徳三年本では「又、……」が追加されている。

※第六十五段「色ゆるされたる」

（文明九年本）三位に叙し給ふ事にや。此人は二条后也。

（文明十二年本）三位に叙し給ふ事にやと云々。此人は 二条后也。一禅御説、中臈などの綾織物をゆるさるゝ事とあり。

（延徳三年本）三位に叙し給ふ事にや。此人は二条后也。伝にも三品の事とみゆ。一禅の御註には、中らうなどのあやをりものをゆるさるゝと有り。

文明十二年本からは一条禅閤兼良の『愚見抄』の説が紹介され、延徳三年本では、それに「伝」と称する定家本の勘物が加えられている。

※第六十九段「斎宮なりける人のおや」

（文明九年本）親とは染殿后斎宮継母也。斎宮は恬子内親王也。文徳天皇御女。一禅御説には、おやとは惟高のみこの母静子の事也。惟高と斎宮恬子と一腹なればなり。しかれども、染殿后可然歟。斎宮のためには継母なれども、染殿に業平家礼なれば御詞加はるべし。

（文明十二年本）親とは染殿后斎宮継母也。斎宮は恬子内親王也。文徳御女也。一禅御説には、親とは惟喬のみこの母静子の事也云々。惟喬と斎宮恬子と一腹なれば也。しかれども、染殿后が可然歟。斎宮の御ためには継母なれども、染殿に業平家礼なれば、只御詞を加らるべきにやと云々。

（延徳三年本）親とは染殿后斎宮継母也。斎宮は恬子内親王也。文徳天皇御子也。一禅御説には、おやとは惟高みこの母静子の事也。惟喬と斎宮恬子と一腹なれば也。しかれども、染殿に業平家礼なれば御詞をくはへらるゝにや。

「斎宮なりける人の親」を斎宮恬子内親王の実母紀静子ではなく染殿の后藤原明子のこととするのは諸本一致しているが、「斎宮のためには継母なれども」という断り書のない延徳三年本が最もすっきりした文章に整理されていると言ってよいのではないか。

※第百二十四段「おもふことといはでぞたゞに〜」

（文明九年本）しゐてことはりをつけば口惜かるべし。古注に種々説あり。当流一切不用之。

（文明十二年本）此歌、しゐて理をつけば口惜かるべし。古注に種々説有。当流に一切不用之。義をいはざる処、肝心の理なるべし。萬法諸道、何事と推量せん事、浅くや侍らん。既に「いはでぞたゞに」とよめる上、了見之説不可然云々。

（延徳三年本）しゐて理をつけば口惜かるべし。古註に種々説あり。当流一切不用之。儀をいはざる処、肝心の心あるべし。

文明九年本がきわめて簡単であるのに対して、文明十二年本は懇切をきわめている。延徳三年本はむしろ文明九年本に近くなっているのがおもしろい。

※第百二十五段「つゐに行道とはかねてきゝしかど〜」

（文明九年本）この歌、ある説に、昨日まではけふとはおもはざりしをといひて、心はあまりて詞はたらずの理を付侍る、いかん。当流の心は、うちまかせて、きのふ今日とは思はざりしをと世間のことはりをよめるとぞ聞き侍し。

（文明十二年本）此歌、或説に、昨日まではけふとはおもはざりしをと云て、心はあまりて詞はたらずの理をつけ侍る、如何。当流は、うちまかせて、昨日今日とはおもはざりしをと世間のことはりをよめるとぞ聞侍し。

（延徳三年本）此歌、ある説に、きのふまではけふとおもはざりしをといひて、心はあまりて詞はたらざることはりをつけ侍る、如何。当流の心は、うちまかせて、きのふけふとはおもはざりしをと世間のことはりをよめるとぞきゝ侍りし。

三本ともほとんど変りはないが、前段と同じく文明九年本と延徳三年本が近いという感じである。

以上に見て来たように『伊勢物語肖聞抄』の文明九年本・文明十二年本・延徳三年本を比較すると、三者それぞれに異なっている。最後に掲げた二例のように例外もあるが、全体的に見れば、文明九年本より文明十二年本が、文明十二年本よりも延徳三年本がより説明的になっていることははっきりしていて、三本の本文が『肖聞抄』の成立過程を伝えていると思われるのである。

三、宗祇加証奥書をめぐって

このように見て来た時、『肖聞抄』の最も初期の内容を伝えている本は、該本を含む文明九年本であるということになるが、ここで注意すべきは、該本の一四三オに記されている宗祇の加証奥書である。この宗祇の加証奥書が『肖聞抄』のどの段階において加えられたものかを問題にせざるを得ないからである。

第一章にも記したが、ここでもう一度掲げてみよう。

右一冊者、予講釋之時、肖柏禅翁聞書也。加一見、少々過不及之所を直侍る者也。大概無子細者歟。まことは此物語の心を注し侍らん事はえあるまじき事になむ。其故は心はあまりて詞はたらざるのことはり也。
宗祇
任本令書写。

とあるのがそれである。

つまり宗祇の講釈を肖柏が聞き書きしたものを宗祇自身が一見し、「少々過不及之所を直」したものであり、『肖聞抄』の成立史から見れば、最も初期のものとするほかないのではないか。前章で掲げた三系統の本の本文の比較では、文明九年本よりも文明十二年本が詳細懇切になり、延徳三年本は、さらに前二本を整理して均整のとれた形にまとめたと見てよいと思うのだが、それはあくまでも肖柏の整理の所為であって、当初の形であるこの文明九年本こそが宗祇の披閲を経た『肖聞抄』であった可能性が大きいのである。

なお、ついでに言えば、この奥書の次に、

右一冊、当流明鏡也。于時藤原正能依懇望写之。可秘々々。
桑門肖柏
初穐初羽

という奥書を加える宮内庁書陵部本、東海大学図書館桃園文庫〔三—二四〕本、天理図書館本などは、文明十二年本である。

四、二種の書入注について

このように、該本は『伊勢物語肖聞抄』の初稿本ともいうべき文明九年本の実体を伝える貴重な本であることが明らかになったのであるが、該本の特色と価値は、『肖聞抄』そのものよりも、その間に書き込まれた別種の片カナ書入注にある。

今、便宜上「書入注」という言い方をしてしまったが、書入れは親本の段階で、該本においては平がなと片カナの区別はあるが、既に一体的に書写されている。

まず、初段から例をあげてみよう（二ウ）。

おとこ　在中将の事也。段々いづれも業平なるべし。（昔トヨミツヾクルハ悪也。昔トヨミ、キリテ男トヨムベシ。）

昔男トヨミツヾクルハワロキ也。昔トヨミキリテ、サテ男トヨムベシ。

うゐかうぶり　元服の事也。古注には承和七年、十六歳と云々、如何。古注の勘相違の事多之。仍難用歟。又、叙爵の説不用之。古注の義は、うゐかうぶりしてならの京にかりしたるとつゞけてみるによて、十六歳元服と勘たるにや。不可然。うゐかうぶりしてとは、業平元服のはじめをかけり。又其後、いつにても、ならの京にかりしたる事を、かりにいにけりとは記たる也。又、末に終焉のことを書り。一部の心見えたり。是すなはち此物語の肝心也。

左近将監ヨリカヌ(官)位ハジマレバ、此時ヲウヰカウブリト云也。年月ハ不分明間、年月日トアリ。一条禅閤御説、嘉祥二年従五位下ヲウヰカウブリトアリ。如何。廿五歳トアレバ出身ノ心ニアハザル也。祇

ウヰカウブリトハ、業平出身ノ初ノ心ニテ書テ、サテ死去ノ事ニテ書トヾメタリ。サレバ、此物語一部ノ心如此。定家ノ卿業平ノ伝ヲ注セラル、ニ、年月日任左近将監。承和十四年正月補蔵人。如此第末マデアリ。元服ノ年記不分明故歟也。禅閤モ元服年記不被仰也。誠ニカヤウノ事、詞花言葉上ニ不分明。サレバ不及尋事也。

しるよしして　奈良に業平の領知の所ありし也。別に所見なく共、此物語に記たるうへは其分なるべし。其上、業平は平城の御孫也。南都に領知あるべき事、勿論也。

業平ハ阿保親王ノ子、桓武天王ノ御タメニモ孫也。王氏ヲ出テ三代スギヌ人也。祇

ナラノ京春日ノ里、奈良ノ京ノ内ニカスガノ里ト云所アリト心ウベシ。知ヨシハ、知行領知勿論也。ヨシトハ、詞ヲヤサシクイハンタメ也。今モ不退寺トテ旧跡アリ。氏寺也。祇

かりにいにけり　業平、何となく狩してあそびたるなるべし。一禅御説同之。昔は心のまゝにかりをしける也。

古注ニ、春日祭ノ狩ノ使ニ出タルト注ス。当流ニ不用。禅閤モ春日祭ノ狩、所見ナキヨシヲ被仰也。

これを見ると、平がな中心で書かれている文明九年本『肖聞抄』の本文に続けて、片カナ中心の注釈が二種加えられていることがわかる。一つは文末に「祇」とあるから宗祇説として追加されていると見るべきであろうが、「祇」と記されていない方は誰人の注釈であるのかわからない。ここではこれを「別説」と呼んで「祇説」と区別して叙述を続けてゆきたい。

まず最初の「祇説」は、「左近将監ヨリカヌ(官)位ハジマレバ、此時ヲウヰカウブリト云也。年月ハ不分明間、年月日トア

り」と記し、続いて同じく「うゐかうぶり」を「叙爵」のこととする「一条禅閤御説」すなわち『愚見抄』が、定家本の勘物に「嘉祥二年（正月七日）従五位下」とあるのを「ウヰカウブリ」と見て「廿五歳」のこととしているが、それではこの場面に合わないと言っているのである。また「別説」の方でも、この「ウヰカウブリ」は物語末尾の業平終焉の段と対応していて、ここに一つの物語としての本質を見るべきだとした上で、「定家ノ卿」の勘物に見られる「業平ノ伝」に「年月日任左近将監。承和十四年正月補蔵人」としか書いていないのは業平の「元服ノ年記」が「不分明」だからであり、だから一条兼良も「元服」の「年記」を言っていないのであって、「誠ニカヤウノ事」は、定家の根源奥書本の奥書に言うように「詞花言葉」を鑑賞する立場からは尋ぬるに及ばざる事だと言っているのであって、「別説」は「祇説」末尾の「如何」に応え、「祇説」を補う役割を果たしていることに気づくのである。

次に「しるよしして」の注を見よう。『肖聞抄』は「奈良に業平の領知の所ありし也。別に所見なく共、此物語に記したるうへは其分なるべし。其上、業平は平城の御孫也。南都に領知あるべき事、勿論也」と記しているのだが、これに続くのは二つとも「祇注」である。

まず「業平ハ阿保親王ノ子、桓武天皇ノ御タメニモ孫也。王氏ヲ出テ三代スギヌ人也。祇」は、『肖聞抄』の「業平は平城の御孫也」を補って「阿保親王ノ子、桓武天皇ノ孫」と言ったのであろうが、次の「知ヨシハ、知行領知勿論也。ヨシトハ、詞ヲヤサシクイハンタメ也」は『肖聞抄』の「しるよしして　奈良に業平の領知の所ありし也」の補足説明であるが、その「奈良」に関連して、「ナラノ京春日ノ里、奈良ノ京ノ内ニカスガノ里ト云所アリト心ウベシ」「今モ不退寺トテ旧跡アリ。氏寺也。祇」というのは、まことに念の入った親切なコメントというほかない。

続く「かりにいにけり」の注において、『肖聞抄』が「業平、何となく狩してあそびたるなるべし」「昔は心のまゝにかりをしける也」とわざわざ言い、さらに「一禅御説同之」と確認しているのは、「古注」すなわち『冷泉家流伊勢物語注』の類が「承和十四年二月三日の祭の勅使に行也」と言っているのを否定するためのコメントであるが、この片カナの「別注」においても、「古注ニ、春日祭ノ狩、春日祭ノ狩ノ使ニ出タルト注ス。当流ニ不用。禅閤モ春日祭ノ狩、所見ナキヨシヲ被仰也」と懇切に説明を加えているのである。

次に第六段の「弓やなぐひを〜」の注を見よう。文明九年本『肖聞抄』では、

ゆみやなぐいを　心のたけき躰をいへり。一禅御説、此時、業平は近衛司なればと云々。此夜、弓矢を負べき事、如何。

と、疑問を呈した形で結んでいるのに対して、「祇注」は、

「コレ用ガタシトアリ。祇」と言い、「別注」も続けて「弓ヤナグヒヲ帯スル事、束帯ノ時ノ事也。カヤウノ時束帯シテ弓矢モツベキ事如何。只イカリマボル心也。」と言って、『肖聞抄』の疑問に応えているのであるが、特に注意すべきは、「祇注」が「コレ用ガタシトアリ」と言って、宗祇みずからが述べたはずの『肖聞抄』の説を真っ向から否定していることである。つまり、該本の片仮名注に見える「宗祇注」は、肖柏が伝えた宗祇説を批判するために、ここに掲出されているということになるのである。

それにしても、「祇注」が「コレ用ガタシトアリ」と言っているように、「…ト」という引用の形をとっているのは何故か。「祇」と書いて、それが宗祇説であることを示していても、それは宗祇のコメントを引用する形で紹介されていて、おそらくは片仮名注の「祇」と書かれていない部分を述べている人の立場から引用紹介されているのであって、片仮名注における「祇注」とそれ以外の「別注」は本来一つのまとまりとして伝えられたものであることが、ここにおいても納得されるのである。

次は十二ウの「月やあらぬ春や昔の春ならぬ我身ひとつはもとの身にして」の注釈を見よう。

まず、文明九年本『肖聞抄』は、

此歌、月やあらぬは、とがめていへる也。心は、月も見し世の月、春もむかしの春、我身も又もとの身なりと云心也。みなこしかたにかはらぬを、后にあひ奉らねば、月もあらぬ月におぼえ、春もむかしの春ともおぼえず、我身もゝとの身ともおもはぬ由也。それをいはんとすれば、文字は卅一字かぎりあれば、其まゝ心にてもたせてをく所、心はあまりて詞はたらずの心也。此歌猶言語の及ところにあらず。俊成卿の筆跡を見て、工夫あるべき者也。

と記すが、その後、例によって、「祇注」と「別注」が加わる。

月ヤアラヌト云ニ、月ハナキ歟ト云心モ一説アルベシ。祇

月モ春モ昔ノ物ニテハナキ歟ト云心ニ月ヤアラヌト云也。サテ、心ヲカヘシテ、月モ春モ我身モ本ノ物ナリトイヘリ。物ガナシキ間、如此月モ昔ノ月ニテハナキ歟ト思フ也。「昔」ノヲチツク心ハ「ソレナガラ昔ニモアラヌ秋風ニイトゞナガメヲシヅノヲダマキ」、此「昔」ト云ト同心也。祇

俊成卿云、誠ニ義理ヲ云キラネドモ、アハレフカキ歌也。余情多クコモレリ。心アマリタル歌也。是、カナシキトモ何トモイハデ其心アリ。奇特〱。祇

俊成卿イクタビモ物ニカキ給フトテ、「カノ月ヤアラヌ」「ムスブテノシヅクニニゴル」トアリ。何トヤラン、打吟ズル、「我身ヒトツハ」ト云、此「ハ」ノ字、「モ」ノ

心也。但「モ」ノ字トイへバ、春此下也。不審ヲ立レバ、「モ」ノ心也。ヨク〳〵此ノ心ヲ思分クベシ。

というように補足的説明を加えているのであるが、「祇注」と「別注」は、まさしく「鑑賞的」という特徴において完全に一致していて、「肖聞抄」の追加説明として「祇注」があり、「肖聞抄」＋「祇注」の追加説明として「別注」があるという構造をここでも確認できるのである。

第二の「祇注」、書き出しは『肖聞抄』とそれほど変らないが、「ソレナガラ昔ニモアラヌ秋風ニイトヾナガメヲシヅノヲダマキ」という『新古今集』秋上（三六八）の式子内親王の歌の引用は独自のものであって、当時の他の『伊勢物語』注釈書にあるのを私は知らない。

次の「祇注」が言う俊成の当該歌に対する絶賛ぶりは『肖聞抄』はじめ宗祇流の注釈書のすべてが繰り返し述べていることであるが、それに続く「別注」も例によって「祇注」をさらに敷衍した書きぶりである。「『我身ヒトツハ』ト云、此『ハ』ノ字、『モ』ノ心ナリ。但『モ』ノ字トイへバ『春』此下也。不審ヲ立レバ『モ』ノ心也」という部分は、この文明九年本『肖聞抄』にはないが、文明十二年本には「『我身一は』の『は』文字にあたらずしてゆるべてみるべし」とあって、既にそのような見解があったことが知られるが、清原宣賢の『惟清抄』に「師説ニ『我身ヒトツハ』ト云『ハ』ノ字ヲステ、見ヨト云リ」（天理図書館所蔵宣賢自筆本）とあるように三条西実隆もこれに近い見解を示していたことがわかる。しかし、それを「モ」の字と同じ意だ割り切って言っているのはこの「別注」だけである。

では、「祇注」を含んだこの片仮名注は、誰がまとめたのであろうか。

唯一の手がかりは、東海大学中央図書館所蔵の桃園文庫本『伊勢物語口伝抄』（桃三―三〇）にあった。

この本は、『桃園文庫目録・上巻』に詳しく紹介されているように、江戸時代前期の書写で、全四冊。その第四冊の第六三丁オに「肖聞奥書云、右一冊者、予講尺時、肖柏禅翁聞書也。加一見、少々過不及之所を直侍る者也。大概無子細者歟。まことは此物語の心を注し侍らん事は、え有まじきことになむ。其故は心はあまりて詞はたらざるのことはり也。宗祇」という該本一四三丁オに見える『肖聞抄』(注1)に加えた宗祇の加証奥書があり、その後の六三ウには、

> 這物語自見のため肖聞を書加侍る次でに、宗祇かさねての所説宗長聞書云々、逍遥院殿御説周桂自筆、宗碩講尺洪仙聞書、ことに去永禄十一歳林鐘の比、聖御門跡道増准后尊下に候し奉り懇望いたし、一部三ケ大事に至て御伝受の時、私の聞塵等、是かれしるし集て両冊とす。ひとへに老眼数本の所見叶がたきに依て也。前後混乱のところ〳〵ありといへども、已命の刻、もろともに焼却すべき物に侍れば、中〳〵清書にあたはざる草案也矣。

天正貳暦小春廿日　　大庭加賀前司入道　宗分　判

という編者大庭宗分の奥書があり、続けて六四ウ二行目から、

此物語注者、大庭加賀入道宗分、執心之余、肖聞、宗碩談柄、周桂法師聞書逍遥院説也等、集彼是之説勒以両冊最可謂奇珍者也。予思之、近世伊勢国咲雲和尚所被抄纂之四河入海東坡住同之。倭漢雖異、其心通用者歟。此道非家業人猶雖不可足信用。先師准后和之説儘相交、任有相伝之由緒。一覧之次、不背懇望之命染愚筆訖。莫令他見而已。

于天正第二暦閏仲冬上旬　　当聖護院御門主道澄准后　御判

という聖護院門跡道澄の加証奥書を持つ。

大庭宗分は、休庵・任斎・桃岳とも名乗った毛利家ゆかりの武将歌人大庭賢兼のこと。飛鳥井雅教から歌道の伝授を受け、「百首歌」も残っている。『伊勢物語』(注2)のほか『源氏物語』の諸注集成をも行なっている篤学の人でもある。

以上のように、この『伊勢物語口伝抄』は、『肖聞抄』を書写したついでに、宗祇重ねての所説をまとめた『宗長聞書』、逍遥院三条西実隆の説をまとめた『周桂聞書』、宗碩の講釈をまとめた『洪仙聞書』に、大庭宗分自身が聖護院門跡道増の講釈を聞書したものを加えた諸注集成であることがわかるのであるが、諸注の中で「聞書云、」がまず最初に引用されているし、その引用数も他の『周桂聞書』『洪仙聞書』や「聖護門跡道増説」に比べて比較にならないほど多い。

その引用を、まず初段の「むかし」について見ると、

聞書云、昔ト云ニ業平ノ歌ノ躰コモルトハ、ムカシト云字、三字ナレ共、色々ノ余情千万ノ心コモレリ。サレバ業平の歌モ如此心アマリテ詞タラズト云、是ニ通ジタリ。『源氏』ニ「イヅレノ御時ニカ」ト云ルモ同事ニヤ。

とあるが、該本二ウの行間に書き込まれているのとまったく同じであるし、

また、続く「うゐかうぶり」についても、

聞書云、左近将監ヨリ官位ハジマレバ、此時ヲウヰカウブリト云也。年月不分明。年　月　日ト有。一禅御説、嘉祥弍年従五位下ヲ、ウヰカウブリトアリ。如何。廿五トアレバ、出身ノ心ニアハザル也。ウヰカウブリトハ、業平出身ノ始ノ事、サテ死去ノ事ニテ書トヾメタリ。此物語一部ノ心如此。定家卿、業平ノ御伝ヲノセラル、ニ、年　月　日任左近将監、承和十四年正月補蔵人。如此次第末マデアリ。元服ノ年紀不分明故歟。禅閤モ元服年記不被仰。誠詞華上ニ不分明。サレバ不及尋事也。

とある。

『伊勢物語口伝抄』の叙述は、その後、「聖云、…」「逍遥御講尺周桂聞書ニハ…」というようにさらに続くのであるが、「聞書云、」として引用している箇所については、該本の三ウに引かれている片仮名注と同じと見てよい。

このように、該本が引用している「祇注」を含む片仮名注

と東海大学本『伊勢物語口伝抄』が「聞書云、」として引用している注が同じ物であることがわかったのであるが、同じく初段の「しのぶずり」の注について見ると、『伊勢物語口伝抄』が、

聞書云、ミチノクノシノブノ里ニ大ナル石アリ。石ニ何トモナクテ色々ノ紋アリ。山アヒト云物ヲモミテ石ニヌリ、其上ニ紙ニテモ布ニテモ摺付ルヲ忍摺ト云也。

と記しているのに対して、該本では「しのぶずり」の注の前の「かりぎぬのすそをきりて」の項（五丁ウ）に片仮名で引用している。このように、引用箇所は異なっても、引用本文がほぼ同じであるということは、この片仮名注の原拠が、該本や東海大学本『口伝抄』のように『肖聞抄』に書入れたものではなかったことを示していると言えるのではないか。

次に第六段の「弓やなぐいを」の場合、該本一五ウでは、

ゆみやなぐいを　心のたけき躰をいへり。一禅御説、此時、業平は近衛司なればと云々。此夜、弓矢を負べき事如何。

という『肖聞抄』の本文を引いた後、

コレ用ガタシトアリ。祇
弓ヤナグヒヲ帯スル事、東帯ノ時ノ事也。カヤウノ時、東帯シテ弓矢モツベキ事如何。只イカリマボル心也。

と注記しているが、東海大学の『伊勢物語口伝抄』では、

聞書云、弓ヤナグキヲ帯スル事、東帯ノ時ノ事也。カ様ノ時、東帯シテ弓矢持ベキ事如何。コレ用ガタシトアリ。祇。

となっているのを見ると、該本が『肖聞抄』に直接続ける形で必要部分だけを引用したのに対して、東海大学本『口伝抄』では全文を引用していることがわかるのである。

同じ第六段の「はや夜もあけなむと」の注において、該本（一六オ）では、

はや夜もあけむと(ママ)　此時は夜をはや明よとおもふべき事ならず。されども思ひのみだれに、忙然としたるなるべし。

という『肖聞抄』の文章にそのまま続けて、

又一説、ハヤ夜モアケナントハ、ヤウ〳〵夜モ明ゾスルラント思フ時分ニ如此アルト打ムキタル心ナリ。

と注しているのであるが、東海大学本『口伝抄』では、

聞書云、明ケナント思ツヽトハ、色々悲シキコト多テ明シカネタル躰也。又一説、ハヤ夜モアケナントハ、ヤウ〳〵夜モ明ゾスル覧ト思時分ニ如此アルト打ムキタル心也。忍タル道ナレバ、イカニモ夜中ニイヅクヘモ行ベキニ、明ヨト思フハ何事ノ分別モナク、当座ノカナシキニ忙タル也。

「又一説」の前の傍線部は該本では『肖聞抄』の本文で代用しており、また後の波線部は該本では一六オの最も右、冊子のノドに近い所に一行で書かれている。該本と東海大学本

『口伝抄』の親本となった注釈書では、『肖聞抄』に書き込むという形でなかったことが、ここでもわかるのである。

次に第七段冒頭の「東下り」の虚実に関する記述を見よう。該本では（一七ウ）、

勅撰ナドニモ悉下タル分也。タトイ下向ナクトモ、下ラザル分ニテハ物語ノ面イヅクニテモアハレスクナキ也。

と記されているのであるが、東海大学本『伊勢物語口伝抄』では、

聞書云、勅撰ナドニモ悉下タル分也。縦下向ナクトモ、下ラザル分ニテハ物語ノ面イヅクニテモ哀スクナキ也。直勅カンノ身ト成テ流罪セラル、ニ非ズ。『源氏』ナドノ如ク自被退給フ例也。

とある。波線部は該本が省いたのであろうか、あるいは『口伝抄』が補ったのであろうか。前掲の例から見れば、おそらくは前者であろうと思われる。

最後に、『伊勢物語口伝抄』の百二十五段を引用しておこう。

聞書云、此歌、アル説ニ、昨日マデハ今日トハ思ハザリシヲト云テ、心ハアマリテ詞ハタラズノ理ヲ付侍ル、如何。当流ノ心ハ、打任テ「昨日今日トハ思ハザリシヲ」ト世間ノ理ヲヨメルトゾ聞侍シ。

「昨日今日」トイヘルハノビタル間、「昨日ハ今日トハ思ハヌ」ト云リ。此義如何。「(昨日)（脱か）今日」ト云ニテモ更ニノビザル也。「只今」ト云ト同事也。「昨日ハ今日」ト云ハ、不幽玄也。此物語、初ニウヰ冠ノ事ヲ書、ハテニ死去ノ事ヲカケバ、業平一生涯ノ事ヲ書ト心ウベシ。作物語ナレバ、段々ニ別ナル事モ自然マジハル歟也。

とある。

「聞書云」とある直後、「此歌、アル説ニ、……」から「世間ノ理ヲヨメルトゾ聞侍シ」までは該本（一四二オ）では『肖聞抄』の本文になっている。おそらくは「宗祇かさねての所説」も『肖聞抄』の結びの文をそのままに用いていたのであろう。

既に述べたところであるが、このように見てくると、この文明九年本『肖聞抄』に片仮名で書入られている「祇注」と「別注」は、当初から一括されて伝わっていたと考えるほかない。つまり「祇注」を包み込んだ形で「別注」も引用されているのであって、本来別々に伝わるべきものではなかったのである。そして、そのように見てくると、それは「宗祇かさねての所説」をまとめた『宗長聞書』からの引用であったとする『伊勢物語口伝抄』の言説が納得される。ただし、『伊勢物語口伝抄』引用の『宗長聞書』が宗長説と宗祇説を区別しないで引用することが多いのに対して、該本の場合は、「祇」と注して宗祇説を明確に区別して引用している点、その注釈史における資料的価値は大きいと言えようかと思う。

五、書入注はやはり宗長のもの

該本に見られる書入注は、東海大学本『伊勢物語口伝抄』が引用している「宗祇かさねての所説、宗長聞書」であるとしてよさそうではあるが、この時代の伝書のあり方から見て、その「宗長聞書」が、ほんとうに宗長の述作であったかどうかの確認は、やはり必要であろう。

その場合、まず問題にすべきは、拙著『伊勢物語の研究〔資料篇〕』に「宗長聞書」として翻刻した京都大学国語学国文学研究室所蔵の『宗歓聞書』との関係である。

この『宗歓聞書（宗長聞書）』は、『肖聞抄』と同じく宗祇の講釈の聞書であるので、『肖聞抄』と一致する点が当然多いが、ごく僅かながら異なっている場合がある。たとえば、第八十一段の「しほがまにいつかきにけん朝なぎに釣する舟はこゝによらなん」について、文明九年本『肖聞抄』の該本の本文は（一〇二オ）、

いつかきにけんとは、こゝにいたれば、則しほがまに侍れば、いつか来にけんと云也。はからざるに来る由也。されば、こゝを塩がまによくなして釣する舟もこゝによれといへる也。此おとゞ、しほがまをうつしたる所をよく賞したる也。されば、この殿の面白をよめる歌に相叶也。

とあり、それに続けて、

池ニ鯨鯢ヲハナチ山ニ虎狼ヲスマシムルト云ハ、此所ヲホムル詞ナリ。此殿摂州ヨリウシホヲハコバセ、毎日シホヲヤカセ給フ也。サレバ、君マサデ煙絶ニシナドヨメリ。サテ前ノ歌ノ心ハ、一向ニ コ、ヲシホガマト思テ、爰ノ感タヘカネテ、此朝ナギニ釣スル舟モ浮テ見エヨラント思フ心ナルベシ。コ、ノ躰ヲホムル心ナリ。

と書入注がある。

それに対して、京大本『宗歓聞書（宗長聞書）』では、「塩がまに〜」の歌の前の「家いとおもしろく」の注として「今の河原の院、其跡(アト)也、塩がまをうつせし所也」として、「池放鯨鯢、山住虎狼」という賦の一節を引いているが、これは該本の一〇二ウに引かれているのと同じであって、『宗歓聞書（宗長聞書）』と通ずる面があることは確かなのである。

同じような例になるが、第六十七段の「きのふけふ雲の立まひかくろふは花の林をうしとなるべし」の注の末尾（該本八八オ）に、

古キ句、「狂雲妬佳月」ナドアルモ此心也。（下略）

とあるが、『宗歓聞書（宗長聞書）』にも、

（前略）此雪を雲のかくすを見て、さては此雲人に雪の花とみゆるをねたむかと云心なるべし。狂雲妬佳月。

とある。対する『肖聞抄』は、「（前略）ねたく思ひてかくすかといふ心出来たるなるべし。是、作意のゆく所也。」（該本八八オ）で終っていて、「狂雲妬佳月」はない。該本の書入注は『肖聞抄』よりも『宗歓聞書（宗長聞書）』と深くかか

わっていることがわかるのである。

第六段の「おにある所」の注、『肖聞抄』では（該本一五オ）、

女を執かへしたる人を鬼といへり。末の詞に見ゆ。古注、鬼の間の事不用之。おそろしき心なるべし。又はこゝろなき所の心なり。

とあるだけだが、次のような片仮名書入が後に続いている。

古注、鬼ノ間ト、如何。鬼間ト云ハ、清涼殿ニテモ奥フカキ所也。イカデカヤウノ所ヘアクタ川ヲトヲリテ行ベキヤ。大ナル相違也。唐ニハクタクト云者、鬼シリタル者也。其絵ヲ書キタル所ヲ鬼ノ間ト云也。祇

とあるのだが、『宗歓聞書（宗長聞書）』では、

おにある所、古註に鬼の間に此后をゝき奉ると云々。この鬼のまは、清涼殿にあり。清涼殿は御殿也。天子の御てうあいの人をぬすみて、いかで御殿にはかくし侍るべき。不用之。当流には、如此とりかへさるべき所ともしらでといふ義也。たゞおそろしく心なき所ともしらずの心なり。

とあって、同じく「不用之」という結論であっても、『肖聞抄』に比べて、書入注の世界に一歩立ち入って、スムーズにつながる形になっている。

最後に、初段の「はらから住けり」の注を見よう。文明九年本『肖聞抄』（該本・四オ）では、

此兄弟の女、誰ともなし。此物語のうへにたれと名のあらはれたるは云に及ばず。名のあらはれぬを誰ともなくてをくべし。当流如此。和歌の読人不知のごとし。古注には、此兄弟の女、有常女（ムスメ）云々。不用之。

という形で終っており、『宗歓聞書（宗長聞書）』もまた、

をんなはらから　兄弟也。古註にはありつねがむすめといへり。当流には不用之。名のあらはれたるをばあらはし、あらはれぬをばあらはさぬ。たゞ誰にても侍れ、うつくしき女なるべし。勅撰の読人しらずの歌なるべし。

とあるだけであるが、『肖聞抄』の文明十二年では、

「はらから」を、にごりて読む人あり。無其理歟。

という一文が最後にある。つまり肖柏は自分たちは「はらから」を「ばらから」と濁って読むことはしないが、「にごりて読む人あり」と言い、「無其理歟」と否定的に言っているのであるが、該本の書入注には（四ウ）、

当流ニハ此「ハラ」ニゴリテヨム也。ニゴル時ハ女兄弟ト云心也。スムトテモ、兄弟ノ所ハマギレヌ也。然共、ニゴル時ハ「女バラカラ」トツヾケテヨム也。

とある。つまり文明十二年本『肖聞抄』が言う「『はらから』を、にごりて読む人」が、宗長一派だったと思われるのである。

第六段の「白玉か何ぞ…」の注（一六ウ）の片仮名注、まず、

白玉カ何ゾト問シ時露ト答テ共ニキヘンズル物ヲト云心也。祇

と宗祇の釈を示し、続いて、

新古今哀傷ニ入タリ。不審。

此歌ハ、ヤガテ何ゾトウツシタレバシカラズ。此ゴトクニアレバ、クルシカラズ。忍誓発句ニ「遠山カ霞ニタマル春ノ雪」トアルヲ、宗砌「山遠シ」トナヲシタリ。是ニテ心ウベシ。前ニハ、草ノ上ニヲキタル露ヲミテ、「カレハ何ゾ」ト問タル也。然ヲ「白玉カ何ゾ」ト云心ノ忙却シテヲボヘヌ躰也。白玉ニテアルカトヤラン何トヤラン、人ノ云シトキト也。

と言っているのであるが、忍誓・宗砌という一世代前の連歌師のことを話題にして納得している点から見ても、連歌師の間での講釈であることを思わせ、「祇」を包み込んだ片仮名注が宗長の所為である可能性はますます強いのである。

六、書入注の影響

該本の片仮名書入注が、東海大学本『伊勢物語口伝抄』の言うとおり、「宗祇かさねての所説」をまとめた「宗長聞書」であることは、ほぼ間違いないところであるが、それにしても、この注釈が、従来あまり注目されなかったことに疑問を抱かれる向きもあるかも知れない。

確かに、加藤磐斎の『伊勢物語新抄』、北村季吟の『伊勢物語拾穂抄』などの江戸時代前期の諸注集成に引かれることがなかったので、江戸時代の種々の注釈書に影響を与えることがなかったのである。しかし、室町時代末期の注釈書では、既に引用されているのである。

たとえば、かつて片桐架蔵の該本を披見せられた山本登朗氏は、『鉄心斎文庫伊勢物語古注釈叢刊　三』所収の『伊勢物語忍摺抄』と『宗祇流伊勢物語聞書』が、該本の片仮名書入注の影響を受けていることを具体的に明らかにしておられる。山本氏によれば、『伊勢物語忍摺抄』と『宗祇流伊勢物語聞書』は、共に非三条西家流の注釈書だと言うことであり、三条西家に密着していた肖柏と距離を置く宗長の注釈にふさわしいことになる。私も山本氏の見識に敬意を表するものであるが、実は三条西家流の注釈書といえども、この片仮名書入注の影響を受けていないわけでもないのである。

たとえば、三条西実隆・公条父子の講釈を清原宣賢がまとめた『惟清抄』を天理図書館善本叢書『和歌物語古註集』所収の清原宣賢自筆本によって見ると、第百十六段の「浜びさし」の注に、

定家卿、「庭上冬菊」ト云題ニテ、

霜ヲカヌ南ノ海ノ浜ビサシ久シク残ル秋ノ白菊

とあるのは、該本片仮名書入注（一三六ウ）の

ハマビサシノ事、定家卿歌、熊野行幸時、

霜ヲカヌ南ノ海ノハマビサシ久シクノコル秋ノ白菊

とあるのと無関係ではないように思われる。

また同じく『惟清抄』は、第二十一段の「人はいさ思やすらん……」の歌を注して、

思ヤスランハ、思ヤスルラン思ヤセザルラント云心也。出テイニケル女ノ、我ヲ思ヒヤスラン思ハズヤアルラン、面影ニノミイトヾ見エヌルト也。玉カヅラハ女ノカクルモノナレバ、万葉ニモ「玉カヅラ面影」トツヾケテヨメリ。「又ヤミンカタ野ノミノ、桜ガリ花ノ雪チル春ノアケボノ」トヨメルモ、「又ヤミン、又ヤ見ザラン」ト云心也。萩ノ歌ニ、「又ヤ見ザラン」ト家隆ノヨマレタレバ、定家（底本「家隆」、他本により改む）ノ「カヤウニハ読マレマジキ物ト難ジタル事アリ。

ト記しているが、これは、該本書入片仮名注（三九ウ）の

ナヲ思アマレバ又ヨム也。又ヤミント云ニモ、又ヤミザラント云心コモレリ。思ヤスランニヲモハズモヤト云心コモル也。遠島ノ歌合、家隆卿歌「又ヤミン又ヤミザラン」トヨメリ。是ヲ定家卿難ゼラレケルモ此心也。「玉カヅラヲモカゲ」トハ、只枕詞ト心得タルガヨキ也。万葉ノ歌ヲヒキ直シ業平ノ吟ズル歟ト也。祇

の影響を受けているように私には思われるのである。

まさしく三条西家流の注釈である『惟清抄』にも、このような影響を与えているらしいことは重要である。そのつもりで精査すれば、さらにその影響を数えあげることもできるのではないかと思うのである。

このように、片桐洋一架蔵の文明九年本『肖聞抄』に書入れられた片仮名注は、「宗祇かさねての説、宗長聞書」として室町時代末期にはかなり尊重されていたことを明らかにし得たと思う。

注

（1）東海大学中央図書館所蔵の桃園文庫本『伊勢物語口伝抄』は、まず『伊勢物語』の本文を掲げ、次に続く延徳三年本『肖聞抄』にやはり片仮名でこの注釈が書かれている。『肖聞抄』の延徳三年本はきわめて珍しいので、その面でも貴重である。

（2）井上宗雄『中世歌壇史の研究 室町後期』（改訂新版・昭和六十二年、明治書院刊）
『国書人名辞典』（平成五年、岩波書店刊）

伊勢物語抄

冷泉為満講

翻刻・解題

石川恵子

髙木輝代

凡　例

一、翻刻は、仮名づかい・振り仮名・清濁表示等、底本に忠実であることを第一の目標にしたが、印刷の都合上、左のような処置を加えた。
1　漢字は、通行字体では意味が異なってしまう場合を除いて、新字体に統一した。
2　読解の便をはかって句読点を加えた。
3　濁音表示は底本のままに示したが、声点の形で示されているものには黒点のほかに朱点の場合がある。ただし、印刷の都合上これについての区別はできなかった。
4　また行間に「……也」などという形で朱を用いて注している場合が稀にあるが、これについてはその下に（朱）と表示して墨書と区別した。
5　底本において割注として二行に書かれている場合があるが、印刷の都合上、一行とし、その前後に〈〉を付して他と区別した。
6　難読文字や虫損については□で示した。なお、底本のままに翻字した結果が、誤植とまちがえられそうな場合については、（ママ）と傍記した。

一、各章段の初めに（　）を置き、その中に章段番号を示した。なお、該本は第二十二段を前半と後半に分けて二つの章段としているので、第二十三段以降は通行章段より一段ずつのずれがある（解題参照）。

一、翻刻は石川恵子と髙木輝代が分担し、髙木がさらに全体を点検した。

●伊勢物語抄

此物語を伊勢といへる事、古注の儀には男女の物語といへり。其故は伊勢の二字を男女とよむによれりといへり。其下に種々の義をたつ。当流に不レ用レ是。

名字につきて、伊勢がかきたると云説あり。又在五中将のみつからをのれが事をむかしの事にかきたると云説あり。両説いまた一決せず。仁和御門芹河の行幸は業平没後の事也。是を思に、伊勢がかきたると云、其いはれあり。みつから書たると云にとりては、かりのつかひとして伊勢に下向して斎宮にあひたてまつりける事、此書のかん用たるによりて物語の名とせりといへり。是によりてかりの使の事を始にのせたる一本あり。是は伊行が所為なり、不レ可レ用之由、定家卿奥書にみえたり。

抑〱伊勢物語根源古人説々不同、或曰在原中将自記云々。因レ兹有二其謙退比興之詞等一。謙退とはかたゐ翁と云。又歌のことばしらざりければなといひて、卑下してかける類を云。比興とはいさゝか興して誹諧のさまにいへる類を云。賦比興の心にはあらず。

又云、伊勢筆作也。

或云、生年十三。幼にして書レ之といへり。伊勢筆作にをきても、ある説、宇多御門へ奉るよしいへり。当流に不レ用。当流に用る所は、伊勢と云女七条后宮へ、業平一期の事を語り奉ることをしるせり。但、此中に業平自記の詞も相交れり。所詮たゞ作物語とみ侍るへき者也。されど源氏物語のやうにはあらず。業平一期の事をかける中に、少旧歌なとを取よせて書る所は、皆作物語の法也。

似二彼家集文躰一。是故号二伊勢物語一。伊勢が家集に、いづれの御時にかありけん大みやす所ときこえけるつほね大和におやありける人さふらひけりとかけり。此物語におぼめいてかける筆勢彼家の集の文躰に相似たりとそ。

以二此両説一案レ之、更難レ決レ之。心中秘密、身上興言、他人推而難レ註レ之。可レ謂二其自書一歟。
心中秘密とはみそか事を云。身上の興言とは興してたはふれいへることをいへり。

但疑万葉古風之中、多載二撰集之歌一。
此物語に、万葉歌なとの古き歌を、其まゝのせたる事あり。或は、上句にても、下句にて取かへたることもあり。是は今云ことくによりきたれることあれば、ふるき歌を其まゝいへること、其例なきにしもあらず。左伝なとに、諸侯の、大夫を宴する時、詩を賦といひて今あたらしくつくりたるやうにいひたれと、むかしの三百篇の詩を述ることあり。今物語に、ふるき歌を詠ぜること、是に准ずべきにや。

仁和聖日之間、粗記二臨幸之儀一。
芹河の行幸のことをのす。此事業平没してより遥に後のこと也。

此等事又不審。伊勢家集其端文躰偏以同レ之。是又見二先達旧記一、庶二幾其躰一歟。両不レ知レ之。
先達旧記とは、伊勢が旧記の文法を後人か見て、其さまをこひねがふて此物語を其躰にかける歟。

加之此物語名字非二彼筆一者何称二伊勢一乎。或説云、為二狩使一下二向伊勢一。仍有二此名一。其説又難レ信。始則載二南京春日之詞一。
春日の里にしるよしゝてかりにいにけりとかけるを云。

次又注二西対夜月之思一。
月やあらぬ春やむかしの歌をいふ。

富士山之雪、武蔵野之煙、凡非二伊勢国事一。多以為二此物語之肝心一。仍両説最有二不審一。古事只仰而可レ信。又或説、後人以二狩使一改為二此草子之端一。為レ叶二伊勢物語之道理一也。件本狼籍奇怪者也。伊行所為也。不レ用レ之。
伊行は世尊寺曩祖也。建礼門院右京大夫父也。
末書に知顕集といふあり。是は大納言経信卿の筆作といひつたへたり。其にはあらて又十巻の抄世間に流布せり。誰人のしわさともしらず。相伝の家訓には、随分の奥義とのみ思へり。ひそかに是を披見するに、来歴と引のせたる和漢の書典、一としてまことあることなし。むかし物語の本意をうしなふのみならす、詞花言葉のたよりにも成かたし。末学のともからゆめ〳〵信用すへからす。邪路におもむかん事うたかふへからす。業平の中将のかよひ侍る女は、をのづから物語の中に其名をあらはし侍るは申に及ばず、又代々の撰集などの中に、其名をのせ侍る事あり。しかるを近古の末釈に、一々に其名をあらはし侍る、いとおぼつかなき事なるへし。たとひ、其世に生れあひたりとも、かゝるみそかわさをはあまねく人しるへからす。いはんや数百年の後に出て、す百年のさきをおしはかりに云べき事、信用にたらぬことなるべし。又或説に、業平は東へはくたり給はず。此物語に、東国の名所をあらはし侍るは、東山、あるひは都ちかき所にかたとりて云といへり。是大なるあやまり也。あづまへくだりたる事は、古今・後撰・大和物語なとに分明にのせたるうへは、是に過たる証拠あるべからず。又或説に、奥州なとの遠名所をいへるは、業平其まではくたり侍らねと、歌につきて、其所にてよめるやうに書なし侍り、是、つくり物がたりのならひなりといへり。此説は誠に一理あるに似り。不レ用レ之。

江次第十四の巻に、在中将二条の后をおかさんはかりことに出家せしが、其後髪を生さんために、陸奥国八十島にいたりて、小野小町が髑髏の秋風の吹につけても、あなめ〳〵といへるこゑをきゝつけたると云事のせ侍り。匡房卿の説、最証拠とすべし。

秋風の吹につけてもあなめ〳〵　云心は、あなめ〳〵とは、あらめいたやと云心なり。それに業平、

をのとはいはしす、きおひたりとつけられたり。

云心は、小野小町とはいはし、生て美なる姿にかはりて髑髏のをそろしき姿と云心也。

在原業平朝臣は平城天皇の御孫、四品弾正尹阿保親王第五の子。母伊登内親王、桓武天皇の御女也。淳和・仁明・文徳・清和・陽成まで五代の朝につかへしなり。天長二年八月に誕生。官は左近

権中将兼美濃権守、位は従四位上までなれり。元慶四年五月廿四日に卒す。年五十六。国史の伝に、業平は躰貌閑麗、放縦不レ拘、略無二才学一、善作二和歌一といへり。古今集の貫之か序に、在原業平は其心あまりて言葉たらす。しほめる花の、色なくてにほひ残れるがことしとかけり。此物語の歌をみるに、心はあくまでにたりて、詞はいたらぬやうなる所あり。かの序にいへるかことし。よく〳〵心をつけてもてあそぶべきものなり。

（一）

むかし、おとこ、

昔とは太古をも云。近古もいふ。又、今日は明日の昔になり、昨日は今日の昔になる。今の事を昔ともかくへきなり。源氏に、いつれの御時にかとかくも、昔といへる心也。尚書に古者伏犠氏之王二天下一也とかくも、古と云を上にかうふらしめたり。男と○業平也。昔男と古注につづけて、業平を昔男と云といへる義はわろし。昔と読きりて男とよむへし。

・うゐかうふりして、

或説に元服の事とす。元服は人の立身の始めなり。俗躰の定る処なりといふ説あり。当流に不レ用。当流に用るところ、叙爵の事也。日本紀に初位とかきて、うゐかうふりとよむなり。日本紀は日本の書の始めなるによりて当流に用なり。かの叙爵は仁明天皇の御宇嘉祥二年正月七日とみえたり。業平廿五才の時なり。

ならの京、かすがの里に、しるよしゝて、かりにいにけり。

うゐかうふりして、ならの京春日の里に狩するとつゞけてみるはわろし。うゐかうふりは始の事なり。かりするは、其後いつにてもあるべし。ならの京は平城天皇もおはしませし也。業平は、平城の御孫なり。しるよしとは、知行の所あるをいふ。ならの京はゝや此京へうつされて旧都になれとも、いまだ業平の旧宅もあり、領地もありし程にかりしに行てあそぶ也。いにけりはゆきけり也。

その里に、いとなまめいたる女はらからすみけり。

其里は、春日の里也。いとなまめいたるとは、寂媚と書り。女のかたちのこびたるをいへり。秋の野になまめきたてる女郎花あなかしかまし花もひとゝきとよめる、此心なり。又生の字をなまめくともよめり。それは、なま〱しくならぬことをいへり。いたるが女車をみてよりきてとかくなまめくと下の詞にみえたり。此なまめくは、けしやうする心なり。なま〱しきふるまひする、心にかなへり。源氏の詞に、なま〱のかんたちめなといへるも、しやうとくに種姓よき人にてはなくて、なまなりなる心をいへり。かやうの詞は、所により、事にしたがひて用かへたる事あり。はらからとは、おとゝひの事也。或説に、是は紀有常がむすめ二人ある事を云と也。たとへは、誰にてもありなんかし。

このおとこかいまみてけり。

かいまみは、垣間見とかく。かきのひまよりのそく事也。日本紀には視二其私屏一とかきて、かい○まみとよめり。源氏に此詞みえたり。又の説に、物こしなとほのかに見たるよしなり。

おもぼえす、ふるさとに、いとはしたなくてありければ、心ちまどひにけり。

ならの京は、其ころはや旧都になれり。故に故郷といふ。大同天子の御歌故郷となりにしならの都にも色はかはらず花はさきけりと有。又中将の故郷にてもあるべし。はしたなくては、半の字を、はしたとよむ。はしたなしとは、はしたなる事也。又、強の字をも、はしたなしとよむ。是は事の不足もなき事を、はしたなしといへり。よのつねにも、人あたりのおそろしきをは、はしたなきといひつけたり。こゝにては、業平の身の事を云り。たとえば、人にはしたなめわつらはされて、心くるしきことのありけるにや。かゝりけれは、おぼえす此女をみてなくさめがてら心をまどはしたるへし。又云、よはきにつよくあたるをはしたなしと云なり。

おとこのきたりけるきぬのすそをきりて、歌をかきてやる。其おとこ、しのぶずりのかりぎぬをなむきたりける。

むかし、鷹飼のかりきぬをはみな摺衣にしてきけり。中将のかりきぬの文にしのふをすれるなるへし。歌の詞によらは、紫の根にてすれるにや。旅の事也。又、馬上の事なれは、かり衣のすそをきりて歌をかきてやる也。志の切なる所をみせむためなり。

かすが野のわかむらさきのすり衣忍ぶのみたれかぎりしられず

女をむらさきにたとへたり。是は序歌也。忍ぶのみたれかぎりしられずといはんとて、春日野の若紫のすり衣とはいへる也。此女を○のかにみしより、我思の乱たるはかぎりしられずと云り。

となんをいつきていひやりける。

女の方より歌の返事をやる事を云。追付とはをはえてやるにはあらず。狩の事なれば、業平の行所を尋てやるを云。

ついでおもしろきことゝもや思ひけん。

融公の歌を其まゝ返事にもちいんは、ついで面白きとおもへるかと云説あり。此段は物語の作者の心也。中将事のついで面白き事と思ひて、かゝるすきわさをしけるならしと云心也。

みちのくの忍もぢずりたれゆへにみたれそめにし我ならなくにといふ歌の心はへなり。

是は融公の歌也。融公は寛平七年八月廿五日に薨す。七十三。中将と同時の人也。融公の作意は、誰ゆへに乱そめし我にてもあらず、そなたゆへにこそみたれそめぬれと云心也。其心を今女の返事に用れはあはず、心を用ゐかへて今の返歌にはする也。そなたに忍ぶのみたれかきりしられずといへるは、誰ゆへにてあるらん、我ゆへにてはあるまじきと也。といふ歌の心はへなりとは、歌の心を用かへたる云。

むかし人はかくいちはやきみやびをなんしける。

いちはやきは、逸早とかく。すくれてすみやかなる心なり。是によりて、人の性の急に思のとめぬをは、いちはやきと云也。早速。みやひは、日本紀に、風姿とかきてよめる。みやひかにたはやきたる姿也。爰のみやひはいさゝか心かはるへし。人を化粧することをみやひといふにや。源氏物語の中あまた所にあり。其心を得てみるべき也。但し、源氏にいへるは大略みやひかなる心也。
河原大臣歌也。左大臣源融寛平七年八月廿五日薨七十三。於㆓在中将㆒非㆓幾先達㆒如何。
定家卿勘物也。融公を先達として、本歌にとるにあらず。返歌とみせん為なり。

（二）

むかし、おとこ有けり。ならの京は、なれ、この京は人の家まださだまらざりける時に、ゝしの京に女ありけり。
桓武天皇延暦三年十一月にならの京をさりて、山城のをとくにの郡をうつす。長岡の京と云り。同十三年の十月に、又、かとのゝ郡にうつす。是を平安城となづく。今の延暦十三年より在中将の誕生せし天長二年まては世余年になる。たとひ、中将廿ばかりの時なりとも、わづかに五十余年ばかりの事なるへし。都といふばかりにて、人の家居なと、いまださだまらざらん事うたかうべからず。

その女、世人にはまされりけり。
世の人にまされりといへり。定家卿の自筆にも、古本にも世人とあり。しかれども、後宇多院の御諱なれば、世の人との、字を入てよむか。又、只世とよみて人の字をすつるかなるべし。五経に国人を、くにたみとよむ。後嵯峨院の御諱なる故なりと申て、二条家にはうちつけす。当流にはよびと、用也。

その人、かたちよりは、心なんまさりたりける。
世人にはまされりと、先容儀をほめて、かたちよりは心なんまさるといふは、世にすくれたる人と聞えたり。

ひとりのみもあらさりけらし。
此女は男もちたるを、ひとりあらずと云也。

それを、かのまめおとこ、うちものかたらひて、かへりきていかゝ思ひけん、時はやよひのついたち、
まめなるとは、みな実の字也。まめ人なと源氏にもいへり。色このみの人をまめなりとはいひかたきやうなれとそれはそれにて、又まことなる方のあれは、中将をほめてまめ男といへり。又は、業平の自の辞なれはかくかきたるにや。うち物かたらひては、

物がたりうちしてと云心也。

雨そほふるに、やりける。

そほぶるは、そとふる雨をいへり。春の雨を詩にも細雨とつくれり。ひそかなることをは、世俗にもすほ〳〵としたるといふ。又、そほぬれてなといふかことし。

おもきせずねもせて夜をあかしては春の物とてながめくらしつ

夜はおきもせすねもせぬやうにて、昼は春の物とて長雨しくらしつといへり。なかあめはなかむると云心をのつからこもれり。

（三）

むかし、おとこ有けり。けさうしける女のもとに、ひじきもといふ物をやるとて、

女を思ひかくる事をけさうすると云。此女は二条の后なり。ひしきもとは海藻の名也。文なとの次にまいらする也。細々申入る所なれば、かやうの物をもたてまつるにや。

思ひあらばむくらのやとにねもしなんひしき物にはそでをしつゝも

此歌の心は、人を深切におもはゝ、たとひ葎しけりてあれ、けからはしき所なりとも、袖を引敷物としてねんとよめる也。万葉集に、玉しける家も何せん八重むくらしけれる宿にいもとしすまは　ひしきもをかくし題にしてよめる也。大和物語にも、此歌のことみえたり。

二条のきさきの、またみかどにもつかうまつりたまはで、たゝ人にておはしましける時のことなり。

物語の作者其人をかきあらはしたることば也。二条の后の名は高子。清和后也。陽成母后也。中納言藤原長良卿の中女なり。貞観八年十二月女御に立給。歳廿五。同十年十二月に陽成天皇をうみ給。陽成御位につき給て後元慶元年正月に中宮と申。かくて延喜十三年三月に薨し給。とし六十九也。たゝ人にておはしましける時とは、貞観八年より前の事をいへり。女御に立給はぬ前の事也。

（四）

むかし、ひんかしの五条に、おほきさいの宮おはしましける、

おほきさいの宮とは、太皇太后宮の事也。天子の母を申。爰には、染殿の后（文徳の后）藤原の明子（清和母后也）の事をいへり。太政大臣良房公の御女、文徳天皇東宮の御時、女御にそなはり給。嘉祥三年正月、位につかせ給。其三月に清和天皇うまれ給。天安二年十一月に中宮と申。御年卅一。貞観六年正月皇太后に立給。其後、元慶六年陽成天皇御位につかせ給て、天皇の祖母にならせ給へば、太皇太后と申也。かくて昌泰三年五月十三日崩御、七十歳。染殿の后と申。又五条の后とも申す。閑院左大臣御女順子をも五条の后と申。同御所に住給へる故なり。

にしのたいに、すむ人有けり。

南の寝殿にあひならへて西東にある殿をは西のたい東のたいなと云也。此西のたいにすむ人は、二条の后也。染殿太后とはいとこにてましますが故に、西のたいにすみ給へるなるへし。二条の后は貞観八年女御入内あり。是はそれよりさきのことなるへし。

それを、ほいにはあらで心さしふかゝりける人、ゆきとふらひけるを、

ほいにはあらでとは、あらはにはあらてと云心也。ほに出るとは、あらはるゝことを云。ほいにはあらては、忍てと云義也。又、本意にはあらてと云り。其故は思のほかなる心也。かねては是ほとまては思はさりしが、深切になりたるを云と云云。此人は則中将をいへり。

む月の十日はかりのほとに、ほかにかくれにけり。あり所はきけど、人のいきかよふへき所にもあらさりければ、

中将のつねにかよひ侍れは、世のきこえをはゞかりて、居所をかへ給へり。それをほかにかくれにけりといへり。其所いつくとはしりかたし。たやすく行かよふへきところにもあらぬ、をやたちのまします家なとを云にや。又女御にたち給て、内へ参り給を、ほかにかくれにけりとも云へし。

猶、うしと思ひつゝなんありける。又の年のむ月に、梅の花さかりに、

猶うしとは、いよ〳〵つらく思心也。

こぞをこひていきて、

去年の此比までは、西対までまいりし物と思いつるなり。

たちてみ、ゐてみ、みれど、こぞにゝるへくもあらす。うちなきて、

たちてみつ、居てみつ、みれともと云也。みはやすめ字也。ふりみ、ふらすみ、なとのみの類也。

あばらなるいたじきに、月のかたぶくまて、ふせりて、こぞを思ひいでゝよめる。

あはらなるは、あれたるを云也。西の対の人、ほかにかくれて、人すまぬ所なれば、業平の心にあれたるやうにおぼゆるなるへし。

月やあらぬ春や昔の春ならぬわが身ひとつはもとの身にして

此歌古今第十五にあり。歌の心は、月やあらぬとは、月をとがめて月は去年の月にてはなきか、春はむかしの春にてはなきかと、春をもとがめて、更に去年に似さるは何としたることとそと云心也。我ももとの身にてなきかと思へるが、我身はもとの身にてあるよとみへき也。我身ひとつはと云はの字をすて、見よといへり。

とよみて、夜のほの〳〵とあくるに、なく〳〵かへりけり。

こゝに心をとめたるほとに、夜のほの〳〵とあくるまて居て、いつまてこゝにあるへきぞとてなく〳〵かへるなり。

（五）

むかし、おとこありけり。ひんがしの五条わたりに、いとしのびていきけり。

五条わたりは、上にいへる所と同。

みそかなる所なれは、かとよりもえいらて、

みそかは隠密したる心也。古今集には忍びたる所なれはとかけり。同意也。

わらはべのふみあけたるついひぢのくづれよりかよひけ

り。人しけくもあらねど、たひかさなりけれは、ついちはついかきと申説あり。門よりも得いらで、あらぬ道を求てかよふ也。此物語の面白と云こと、古今にてしられたり。物語の詞を其まゝ入たり。されと、爰をは古今にかきのくつれよりかよひけりとかけり。是又貫之か奇特なる筆作也。是は物語なれは、わらはべのふみあけたるついちのくつれとかける也。

あるし、きゝつけて、そのかよひぢに夜ごとに人をすへてまもらせけれは、いけど、えあはて、かへりけり。さてよめる。

あるしは染殿の后なり。

人しれぬ我かよひぢの関守はよひ〳〵ごとにうちもねなゝん

歌にことなる義なけれとも、よく心をつけて吟味すへし。心につよくわひていへる所あり。あはれなる歌也。うちもねなゝんは、うちもねよかしと云心也。古今第十三にあり。

とよめりけれは、いとくいたう心やみけり。あるじゆるしてけり。

おとこ、此歌をよみて、心にうれへれば、あるし（染殿の后也）あはれかりて、関守に心をかはして、きびしくもまもらせぬ也。

二条のきさきにしのひてまいりけるを、世のきこえありけれは、

物語の作者のことば也。

せうとたちのまもらせ給ひけるとぞ。

二条の后のせうとたちは、右大臣基経公・大納言国経卿なと也。いまた内へ参り給はぬ前のこと也。

（六）

昔、おとこありけり。女のえうまじかりけるを、としをへて、よばひわたりけるを、

此女は二条の后。いまたわかくて御いとこの染殿の后の女御と申て文徳の内裏にまし〳〵けるとき、二条の后たゝ人にてつかうまつり給ひしを、中将ぬすみいてたるを云。えうましかりけるとは、得かたき也。ぬすみえかたき心なるへし。

からうしてぬすみいて、、いとくらきにきけり。

面白して女をぬすみいて、ゆく。からうしては辛苦してなり。

あくた河といふ河をゐていきけれは、

あくた河と云は摂津国の名所也。是はそれにては侍るまし。一説に、内裏の中にみぞをほりて、けがらはしき物ともをなかしやるを、あくた川と云といへり。此一段は、みな物語作者のつくりことにかきたるなり。ゐては将の字。

草のうへにをきたりける露を、かれはなにぞとなん男にとひける。

草の上にをける露の玉のやうに光れるを、女何となくとひけるや。

ゆくさきおほく、夜もふけにけれは、

ゆくみちのとをきをいふ。

おにある所ともしらて、神さへいといみしうなり、雨もいたうふりけれは、

おにはおそろしきことにたとへたり。下のことばにみえたり。

あはらなるくらに、女をはおくにをしいれて、

座と云字をくらとよむ。大極殿の高御座を、たか御くらとよめり。あはらなるくら、大内裏の中に、あれたる所を云へし。官庁を云と云説あり。それも証拠なきこと也。

男、ゆみやなぐひをおひて、とくちにをり。

近衛司は弓箭を帯して雷鳴陣に侯すれは、業平もさあるへき也。

はや夜もあけなんと思ひつゝゐたりけるに、

人をぬすみて行には、夜もなかゝれとこそ思へきに、雷鳴雨ふりて物すさましきおりなれは、夜もはやくあけよかしと思なるへし。

おに、はやひとくちにくひてけり。

爰に人ありと聞つけたる人の一言によりて、女を取返したるを一口と云り。周易の文に鬼一車と云ことあれは、一くちといひかへたり。

あなやといひけれど、神なるさはきに、えきかさりけり。

やうやう夜もあけゆくに、みれは、ゐてこし女もなし。

あなは、あらと云ことは也。嗟嘆するこゑ也。うれ

　しきことにも、切なることにも、あなと云也。
あしすりをしてなけとも、かひなし。
　蹉跎と書てあしすりとよむ。おさなき子の親をした
　ふやう也。
しら玉かなにぞと人のとひし時露とこたへてきえなまし
物を
　草の上にをきたる露を、かれは何ぞと問し時、返事も申さずして、其まゝ来りしことを今おもへば、後悔なり。白玉やらん何やらんと問し時、露と答てきえはてなん物をといへり。古歌に何かと疑字はなし。今連歌なとに人多くすること也。秋風の吹上にたてる白菊は花かあらぬか波のよするか　如此なとは、尤よむへきなり。爰も白玉か何ぞとよくうけてよめるによりて、此歌は難なし。此歌を新古今集の哀傷部に入たり。実に鬼もくわざるを哀傷にみるは、誅くひてなき物にしなして入たる事也。
これは、二条（高子元慶元年正月為二中宮一卌六）のきさきの、いとこの女御の御もとに、つかうまつるやうにてゐたまへりけるを、かたちのいとめてたくおはしけれは、ぬすみておひていでたりけるを、
　染殿の后也。此下のことばゝ、物語の作者の、我
　　と又尺したることなるべし。
御せうと（昭宣公）ほりかはのおとゝ、たらうくにつねの大納言、また下らうにて、内へまいりたまふに、いみしうなく人あるをきゝつけて、とゞめてとりかへしたまふてけり。それを、かくおにとはいふなりけり。また、いとわかうて、きさきのたゞにおはしける時とや。
　堀川のおとゝは、昭宣公基経公。二条の后の兄。太郎国経の大納言は昭宣公の兄長良卿の一男也。故に太郎と云。昭宣公は忠仁公の子に成給て、官位は兄にまさり給なり。また下臈とは雲客の時也。此詞、物語の作者の我と尺したることなるへし。

（七）

むかし、おとこ有けり。京にありわひて、あつまにいきけるに、伊勢・おはりのあはひのうみづらをゆくに、浪のいとしろくたつをみて、
　京にて人を恋わひて、心をもなくさむるやとて、友たちをさそひて、東へ行、奥州の方まて行ける也。

二条家説には、業平の左遷の事、沙汰ある事なれば、其時の事かとおほつかなうかけり。後撰羇旅部に、業平あつまへくたりける時よめりとみえたり。

いとゞしくすぎ行かたの恋しきにうら山しくもかへる浪哉

となんよめりける。

浪のうちよせては帰り〳〵するをみて、我は都に住わひて、夷中もとめするに、あの浪はうら山しくもかへるよとよめり。余情あり。当位即妙の歌也。此哉と、まる所、一段面白と云々。

（八）

昔、男有けり。京やすみうかりけん、あつまのかたにゆきてすみ所もとむとて、友とする人ひとりふたりしてゆきけり。しなのゝくに、あさまのたけに、けふりのたつをみて、

世に住わふる人なれば、何かは友もおほかるへきや。

しなのなるあつまのだけにたつ煙をちこち人のみやはとがめぬ

あさまのだけの煙の面白きをはじめて見るに、さてもえこらへぬよと我心に感じて遠近人の見とかめさらんやといへり。

（九）

昔、おとこ有けり。その男、身をえうなき物に思なして、京にはあらし。あつまのかたにすむへきくにもとめにとて、ゆきけり。もとより友とする人ひとりふたりしていきけり。

業平の、我身は、世に用にたつべきものにもあらずと思ひくたすなり。業平は王孫三代めの人なから、官位もあさく、結局流罪の身となれるによりて、用なき身と成よしなり。無用也。

道しれる人もなくて、まどひいきけり。みかはのくに、やつはしといふ所にいたりぬ。そこをやつはしといひけるは、

業平のみならす、友とする人も、道を分明にしらさる也。

水ゆく河のくもでなれは、

水の縦横にゆくをいふ。

はしをやつわたせるによりてなむやつはしといひける。そのさはのほとりの木のかけにおりゐて、

八にはかきるへからす。水行河か縦横なるに、橋をあなたこなたへかけ○るをいふなるへし。物のかすをは八をかきりにして云ものなれば、かくなむ。又云、蛛の手は、八ある物なれば、くもてとはいへるにや。後撰集第九に、うちわたしなかき心は

八はしのくもてにおもふことはたえせし

かれいひくひけり。そのさはに、かきつはたいとおもしろくさきたり。それをみて、ある人のいはく、かきつばたといふいつもじをくのかみにすへて、旅の心をよめといひけれは、よめる。

かれいひは、旅の食物也。干食とかく。又餉の字をもかれいひとよめり。有間王子の歌、家にあれはけにもるいひを草まくら旅にしあればしゐのはにもるとよめり。有間王子は文徳御子也。

から衣きつゝなれにしつましあればはる〳〵きぬる旅をしそ思

とよめりければ、みな人、

きつゝ、つましはる、〳〵、みな衣の縁也。常の歌にとりては、秀句おほくして嫌べし。是は、かきつはたと折句にをくほとに、かく○までは叶はざるにや。大方の旅なりとも、かなしかるべきに、いはんや、故郷に思人をのこしをきぬれば、一入にかなしきとよめり。

かれいひのうへになみたおしてほとびにけり。

感涙をもよほす也。

ゆき〳〵て、するかのくにゝいたりぬ。うつの山にいたりて、わかいらんとするみちは、いとくらうほそきに、つた・かえてはしけり、物心ほそく、

三河をすぎて、駿河にいたる。うつの山へのてい蔦鶏冠木は茂りと、はをてにをはによむへし。葉しけりとよむはことをはとれり。五月末へんの躰なり。

すゝろなるめをみることゝ思に、

心ならさる也。又辛字をもよめり。

す行者あひたり。かゝるみちは、いかていまするといふをみれは、みし人なりけり。

たれやらんとみへし。或説に、遍昭僧正といふ。
然ども、其証拠なし。
京にその人の御もとにとて、ふみかきて、つく。
よき便宜なれば、文をことつけたり。書てつく、くの字清へし。此人二条后を申といふ説有。誰にてもあらんかし。
するがなるうつの山べのうつゝにも夢にも人にあはぬなりけり
夢にもあはすといはん為に、上句をはいへり。歌の心は、うつゝのことはいふに及ばす。夢にも思人にあはぬといへり。なりけりといひつめたるか一段面白きなり。
ふじの山をみれは、さ月のつこもりに、雪いとしろうふれり。
時しらぬ山はふじのねいつとてかかのこまだらに雪のふるらん
山の名誉を云たてたり。時しらぬ山はふじのねにてありけり。こなたは五月のつこもり、すてに六月になるに、いつと思てか、富士のねに雪はふるらんといへり。かのこまだらは、むら〳〵にふる雪なり。
その山は、こゝにたとへば、ひえの山をはたちはかりかさねあけたらんほとして、
山のたかさは都のひえの山を十はかりといへは、それにてはまだことたらぬほどに、二十はかりといへり。
なりはしほしりのやうになんありける。
∧先人命縦雖為二塩事一。凡卑也。不レ可レ用レ之。心えすとてありなん。往年○有レ尋問人答慥不レ知由云々∨。或説云、塩尻壺塩といふ物あり。其尻似二此山一。此語之習故好二卑詞一。或説は、しりほしの、一本其儀未レ通。寂蓮殊信二用此説一なれとも定家卿は此事更に和歌の潤色にならす。知らぬにてをくへしとかけり。此義歌道の一の教也。殊に絶妙なるにや。
猶ゆき〳〵て、武蔵のくにとしもつふさのくにとの中に、いとおほきなる河あり。それをすみた河といふ。その河のほとりにむれゐて、思ひやれは、かきりなくとをくもきにけるかなとわびあへるに、

大なる河とかける、尤面白し。此川をこしては、
いよ〳〵古郷は遠なるへしと思へる心あり。

わたしもりはやふねにのれ。日もくれぬといふに、のりて、わたらんとするに、

はや日もくるゝに、早く舟にのれといふなり。

みな人、物わびしくて、京に思ふ人なきにしもあらす。

友とする人も、旧里のへたゝることを思へるならん。

さるおりしも、しろきとりの、はしとあしとあかき、しきのおほきさなる、水のうへにあそひつゝ、いをゝくふ。京には見えぬ鳥なれば、みな人見しらず。わたしもりにとひければ、これなん宮こ鳥といふを、きゝて、

鴫のやうにて、それよりは大なる鳥といふ心也。

名にしおはゞいさ事とはん宮こ鳥わか思ふ人はありやなしやと

此鳥をとへは都鳥といへり。我古郷の名にて、一入なつかしく思へり。名にしおふことならば、都のことをとふへし。我思ふ人はありやなしやと、都と云名をかこちてよめる也。

とよめりけれは、船こぞりてなきにけり。

舟のうちの人、こそりてみなゝきける也。

（十）

むかし、男、武蔵のくにまてまとひありきけり。さて、そのくにゝある女をよばひけり。ちゝはこと人にあはせんといひけるを、はゝなんあてなる人に心つけたりける。

父は此女をこと人にあはせんと思へるを、母は業平にあはせんと思へり。あては当の字也。我ほとの種姓なる人を、あてなるといへり。

ちゝはなを人にて、

さしてもなき人をなを人と云。俗称なき人也。

はゝなむ藤はらなりける。さてなん、あてなる人にと思ひける。

源平藤橘此○四姓の中にも藤氏はたとし。さる程に、母はあてなる人にあはせんと思へり。かやうに見時は勝人也。ほめたる義也。不レ用。たゞ我ほとの種姓を云。当字也。

このむこがねによみてをこせたりける。

がねは器量也。此男人のむこに成べき器なれは、

むこがねと云。后がねは、后に成べき人をいへり。
下の詞にみえたり。

すむところなん、いるまのこほりみよしのゝ里成ける。
武蔵の国入間の郡と云郡のうちに、みよしのゝ里あり。大和と同名也。

みよしのゝたのむの雁もひたふるに○がゝたにそよるとなくなる

たのもは田面也。かりかねも君が方へよるとなくそと云は、そなたへ心のひくと云心也。ひたふるは、ひとへになり、永字を読也。一向にといふ心也。

むこがね、返し、

わがゝたによるとなくなるみよしのゝたのむの雁をいつか忘れん

我方によると鳴といへるは、其こそ本望なれ、其志をいつかわすれんと也。

となむ。人のくにゝても、猶、かゝることをなんやまさりける。

他国にてもかく好色の事やますといへり。

（十一）

むかし、男、あづまへゆきけるに、友だちどもに、道より、いひをこせける。

わするなよほどは雲ゐになりぬとも空行月のめぐりあふまて

拾遺第八橘の直幹か歌と見たり。此には業平の歌とす。かやうに右の歌又万葉の歌なとをかへてかくことおほし。ほどは雲ゐとは、遥にへたゝるともといふ義也。我立帰て又あはんまで忘るなと云なり。

（十二）

昔、男有けり。人のむすめをぬすみて、武蔵野へゐてゆくほとに、ぬす人なりけれは、

これもむさしの国のこと也。但、わか草の歌は、古今には春日のとあり。大和にてのことか。作物語なれば、かやうにかきなせるなり。

くにのかみにからめられにけり。女をは草むらのなかに

をきて、にけにけり。みちくる人、この野はぬす人あなりとて、火つけんとす。女、わひて、

人をかとはかすとて、国のかみにからめらる。それまてのことはあるまし。たはふれにもおとしてすへきわさなり。みちくる人、満くる人也。

むさしのはけふはなやきそわか草の妻もこもれり我もこもれり

此歌のあるよりして、此段をはかき出せり。妻とは此には女か男をつまといふ也。古今には春部に入て、かすが野とかへて眺望の歌とす。又若草の妻は草のもえ出たる端也。萩を鹿の花妻と云は、萩を鹿のすさめてくうものなれば、愛する心也。

とよみけるを、きゝて、女をばとりて、ともにゐていにけり。

（十三）

昔、武蔵なる男、京なる女のもとに、きこゆれは、ゝづかし。きかねば、くるしとかきて、うはかきに、むさしあぶみとかきて、をこせてのち、をともせずなりにければ、京より女、

かけて思といふ心也。むさしあぶみと云事は、其国よりまいらせ付たるものを其まゝ号する也。さぬき円座なといへる類也。

むさしあぶみさすがにかけてたのむにはとはぬもつらしとふもうるさし

さす・かくる、みなあぶみの縁也。そなたをさすがにたのむには、問ぬも心にかゝり、問も心にかゝると也。

とあるをみてなん、たへがたき心ちしける。

とへばいふとはねばうらむゝさしあぶみかゝるおりにや人はしぬらん

とへばうるさいと云、問ねはうらみをなす。進退きはまりたる処也。かゝる時にや人は死るものにてあるらんと也。

（十四）

昔、男、みちのくにゝすゝろにゆきいたりにけり。そこなる女、京の人はめつらかにやおぼえけむ、せちにおも

へる心なんありける。さて、かの女、

中〳〵に恋にしなずはくはこ（桑子蚕也）にぞなるへかりけるたまのをはかり

万葉第十三の歌也。中〳〵に恋にしなすしてあらむならは、せめてかいこになりともなりたきと也。かいこははかなけれとも、いもせの契ふかきものなれば也。又は命一年をすこさゝるものなれば、恋にしなすは、年をすこさすして、ことし内になにともなりたきと也。玉のをはかりは、ちとの程なりともといふ義なり。古今の歌、しぬる命いきもやすると心みに玉のをはかりあはんといはなむ

歌さへそひなひたりける。

いなかうどしきなり。

さすかにあはれとや思ひけん、いきてねにけり。

業平の人をすてぬ心也。

よふかくいでにければ、女、

心とめんやうもなきか、夜ふかくいてにける也。

夜もあけはきつ（東国之習家ヲクタト云）にはめなでくたかけ（家鶏也）のまたきに鳴てせなをやりつる

鶏かなかずはしはしもとゞまるべきに、夜ふかくないて、人をかへすほどに、夜もあけば狐にくはせんと云り。くだかけは家鶏也。只かけとばかりもよめり。くだと云詞をそへたるは、ちいさきをいへはちいさき鶏也。万葉十一、里なかになくなるかけのよひたてゝいたくはなかぬかくれつまかもまだきは速の字也。はやき心也。せなは夫也。

といへるに、男、京へなんまかるとて、

くりはらのあれはの松の人ならばみやこのつとにいざといはましを

奥州の名所也。古今第廿に、をくろさきみつの小島の人ならは都のつとにいざといはましをと云歌を、上句をかへて云る也。先古今の歌の心はみつの小島か面白き所にてある程に、そこの人ならは、都の方へさそひてのぼらんとよめり。又此歌は、松のことくに主もなき人ならば、都のつとにさそはんものをと云り。つとは裹也。土産をつとゝは云也。

といへりけれは、よろこほひて、

悦也。女の心によろこふぞ。

おもひけらしとそいひをりける。
業平の我を思けると也。

（十五）

昔、みちのくに、て、なでうごとなき人のめにかよひけるに、
人をあなとつて云辞也。させる人にもあらさるを云。又云、無何条也。何ほとの事もなき也。あしからずよからぬ人を云。源氏東屋にあり。枕草子にも有。
あやしう、さやうにてあるへき女ともあらすみえければ、
此女をみるになひかんともみえず。
しのぶ山しのひてかよふみちも哉人のこゝろのおくもみるへく
うちみはさうさなきやうなれとも聊見ところあり。忍てかよふ道と云は、人の心の中へしのひてかよふ道もがなと云心也。しからは人の心のおくをみるへき物をと云也。新勅撰集に入たり。
女、かきりなくめてたしと思へと、
あはれに思へる也。
さるさがなきえひす心をみてはいかゝはせんは。
さかなきは悪の字也。不祥。えひすはたはむかたなくつよきところあり。さやうのふてたる心をもて、をしたる義ありては、いかゝはせんと思へる也。せんはのはの字はやすめ字也。ひるこはいさゝかなるものにても、心かたふきやすき神なれは、それをえひす心とも云か。忍山の歌をよみてやりたりければ、女かきりなくめてたしと思へる心のみえければ、悪きえひす心と男のおもふか。

（十六）

昔、きのありつねといふ人有けり。
一本紀有常従四下。雅楽頭経兵衛尉蔵人左近将監馬助兵衛佐。左少将少納言刑部大輔。自承和至于元慶正○位下名虎男。
み世のみかどにつかうまつりて、
淳和、仁明、文徳。
時にあひけれど、のちは、世かはり、時うつりにければ、

文徳第一皇子惟喬親王をまうけ奉るは名虎が女也。此親王御位につきたまは、、有常はさかへんを、第二の皇子清和の御位につかせ給しかは、名虎方のものは衰ぬる也。大か、みに藤氏かさかふるほとに、紀氏はかれんとてかなしめり。

世のつねの人のごともあらず。人からは心うつくしく、

よのつねの人のごとくにもあらす衰る也。

あてはかなることをこのみて、

世上の義なとにかけしろふ事もなく、風流なることをこのむを云也。あてはかはあてかゐはかなき事なり。

こと人にもにず。まづしくへても、猶、昔よかりし時の心なから、

常には貧して諂ひ、富て驕るものなるか、此人はさもなくてけちめみせぬ也。

よのつねのこともしらす。年ころあひなれたるめ、やう〱

世務なとのことをしらずしてあり。

とこはなれて、つゐにあまになりて、

夫婦の常をはなる、也。夫婦は身の一期そふへきに、わかる、は常はなる、義也。又床はなる、也。此義用へし。

あねのさきたちてなりたるところへゆくを、

姉のさきたちて尼になりたる所へゆく也。

おとこ、まことにむつましきことこそなかりけれ、いまはとゆくを、いとあはれと思けれと、まつしけれは、するわさもなかりけり。

此ほと、てもむつましきことはなかりし也。

思ひわびて、ねんころにあひかたらひけるともだちのもとに、かう〱。いまはとてまかるを、なにことも、いさ、かなることもえせでつかはすこと、かきて、おくに、

ともたち、業平也。有常か、ることを中将にうれへたるなり。

手をおりてあひみし事をかそふればとおといひつ、よつはへにけり

四十年あひそふたるものか。とこはなる、処の名残を、いかに推量あれと云心也。此歌、中将の方へよみてつかはす也。又云、十四年を送りしと

よめりと云。

かのともだち、これをみて、いとあはれと思ひて、よるのものまてをくりてよめる。

業平の有常か文をみてあはれと思ひて、しなく〳〵のをくり物をやる。よるの物までと云までの字にて、こと物をもやるとみえたり。

年だにもとおとてよつはへにけるをいくたびきみをたのみきぬらん

女の上をたすけて云り。なれたることさへ十四年にならは、今こそなに事もえせすとも、十四年の内には、いくたひか君をたのみて、其かけにては有さらん、わかる、心さこそと、云り。心の内さそとおしはかりて思はる、よし、言葉のほかに其心あまりてきこゆる也。

かくいひやりたりけれは、

これやこのあまのは衣むべしこそ君かみけしとたてまさりけれ

有常悦て又よみてやる也。業平の夜の物までをくれるは、此世の衣裳とはおほえす。これや真実天の羽衣なるらんと云て、けにも業平の衣裳なれは、天羽衣と思もことはり也と云り。尼の方へやれは、天の羽衣とよりきたれり。又、業平は殿上人なれば天の羽衣と云るか。むへしこそは宜の字也。みけしは上衣。又、御衣。日本紀には衣裳と書也。女をは、君といへば、それにしたかひて、たてまつるといはんこと難あるまし。

よろこびにたへて、又、

一首にても心たらぬほとに、又一首そへたり。

秋やくる露やまがふとおもふまてあるは涙のふるにそ有ける

秋は物がなしく人のうれへをもよほす時也。しかれは秋の来て袖をしほる歟。露のをきて袖をぬらす歟とおもへは、今我よろこひにたえすしておつる涙にてありけりと也。

（十七）

年ごろをとつれざりける人の、桜のさかりにみにきたりけれは、あるし、此段に昔と云字なし。書おとせる歟。又年ごろにて昔をもたせたるか。作者の心はかりがたし。

あたなりとなにこそたてれ桜花年にまれなる人もまちけり

古今には春部に入て恋の歌にあらず。花をはあたなるものと名に立しか、かやうに年にまれなる人をも待うるものにてあるよと云り。もと業平の女にあひたりし時、此女をあたなる人といひし事あるか。それを今思出して、我あたにあらすといふ心をよめる也。

返し、

けふこすはあすは雪とぞふりなましきえずはありとも花とみましや

けふ我きたれはこそ花ともみれ、あす来らは木のもとの雪とはみるとも、花とはみへからす。今日女のうつろはぬ時きたれはこそ其人とはみれ、あすうつろひて後きたらは、其人とはみるへからすと也。きえすはありともは花也。花とみましやは雪也。

（十八）

昔、なま心ある女ありけり。

物すきの女也。小町と云一義あれとも、惣じて段〱の女を、是はたれ、彼はそれと云ん事、たとひたしかにしるともおぼつかなし。ことに、時代をへては、いかんとして慥にしるへきや。ならふ処撰集のよみ人しらすと同といへり。よみてあれとも、其集にては其まゝよみ人しらすにてをく也。なま心は、心あるにてもなく、又心なきにもあらす。なま〱しき心也。よからすあしからぬ躰也。

おとこ、ちかう有けり。

業平其女の隣にある也。又女の男にをそれす、はしちかなるを云とあり。其時はちかうのちの字濁へし。然ども、近と云字なれば清へき歟。女の隣にある義也。

女、うたよむ人なりければ、心みんとして、きくの花のうつろへるをおりて、おとこのもとへやる。

業平の心みんと思て~~心をひいてみんと思也~~。菊の花に歌をそへやれる也（朱）

紅にゝほふはいづらしら雪のえたもとをゝにふるかともみゆ

いさゝかうつろう処は紅にみゆれども、大方は枝に雪のふりかゝるかとみゆると也。白は色の本にて、うつろふ事なき正色也。白雪を、業平の心の色みえぬにたとへたり。さらに業平の心はこなたへうつらぬと云心也。いつらは、いつくと云詞をいつらいつこといふ所もある也。とをゝ、たはゝ、五音相通なり。古今集の歌、折てみはおちぞしぬへき秋萩の枝もたはゝにをけるしら露

男、しらすよみによみける、

此歌は、我心を勘弁して読としれとも、しらぬよしにてよめり。ちとも動せす返事せんため也。

紅にゝほふがうへのしらぎくはおりける人のそでかとも見ゆ

紅にゝほふ白菊は、おりける人の袖もかくそあるらんとおもひやると、いさゝかも動せぬやうによみてやる也。是は二条家の説也。当流に用るところ、うつろへるか上に、又白くみゆるは、手折ける人の袖の色をのこせるかとよめる也。古今集の歌、花みつゝ人まつときは白妙の袖かとのみぞあやまたれける　そのうへ菊に白衣佳人と云事あれば也。渕明か所へ王弘使瓶子に酒を入て来る、其使白衣を着する也。

（十九）

むかし、男、宮づかへしける女の方に、こたちなりける人をあひしりたりける、

女は染殿后の御事也。業平は忠仁公へ家礼申さる。染殿后は当代母后にておはしましけり。宮つかへしける女とは、女御更衣の事也。こたちは、染殿の后のめしつかふ女也。紀の有常か女也。古今第十五にみえたり。

ほともなくかれにけり。

男方よりかれ〳〵になれる也。

おなし所なれは、女のめにはみゆる物から、男は、ある物かとも思ひたらす。女、

此男女とつねに同所にて、参会する也。女のめ

にはみれとも、男の方より女をある物かともおもはぬ気色ありけれは、女。

あま雲のよそにも人のなりゆくかさすがにめにはみゆる物から

あま雲のよそとつゝくるは、そらは高きものなれは、よそといはんため也。女のめには業平をいつもみれとも、業平は女をいつこにあるものとも思はれさるを云也。雨気の雲をもあま雲と云也。此歌は天の雲也。

とよめりければ、おとこ、返事、

あまくものよそにのみしてふることはわがゐる山の風はやみなり

わがよそに有てちかつかぬは、そなたに風のけしき故也。風かはやきほとに、雲のおりゐむやうがなきと云は、そなたには主かあるほとに、我ちかつかむやうなきと云心也。古今集には、ゆきかへりとあり。

とよめりけるは、又、男ある人となんいひける。

（二十）

昔、おとこ、やまとにある女をみて、よはひてあひにけり。

ならの京にある女にや。

さて、ほとへて、宮つかへする人なりければ、

業平の事也。ならの京より今の京へかへる也。礼記にも官学とかきてみやづかへし、物ならふとよめり。

かへりくるみちに、やよひはかりに、かえてのもみちの○おもしろきをおりて、女のもとにみちよりいひやる。

君がためたおれる枝は春なからかくこそ秋のもみぢしにけれ

君かためにと思ておれる枝の春なからかくもみぢするは、君か心のうつろふゆへにやと云心也。又云、君かために、手折る枝なれば、紅葉すまじきころなれと、かくうつろふとわりなき色を紅葉につけていへる歌也。

とてやりたりければ、返事は、京にきつきてなむ、もて

きたりける。

返事をを今やくる〳〵と、道すがら待きたる心あり。京にきつきて大和よりもてきたる也。

いつのまにうつろふ色のつきぬらん君か里には春なかるらし

上のかくこそ秋の紅葉しにけれと云を、其まゝうけて、いつの間にそなたにはうつろふ色のつきけるそ、さてはそなたには春もなくなりけるかとなん。うつろふ色は、男の心のかはる方によそへて云る也。

（二十一）

昔、おとこ、女、いとかしこく思かはして、こと心なかりけり。

よく思ひあへる也。

さるを、いかなる事かありけん、

かはるへきことを不審する也。

いさゝかなる事につけて、世中をうしと思ひて、いで、いなんと思ひて、かゝる歌をなんよみて、物にかきつけゝる。

女の堪忍もなき性にてあるか。女家出をしたる也。

いでゝいなば心かるしといひやせん世のありさまを人はしらねは

此を出ていなは、我を心かろきものと人のいひやせむ。得堪忍せぬいはれのあるを人のしらされはと云り。

とよみをきて、いてゝいにけり。この女、かくかきをきたるを、けしう、心をくへきこともおほえぬを、なにゝよりてかゝらむと、いといたうなきて、いつかたにもとめゆかんと、かとにいでゝ、とみ、かうみ、みけれと、いつこをはかりともおほえさりけれは、かへりいりて、

けしうは恠字。門にいて、とみかうみ、此詞前に心をくへき事もおほえぬといへる心にかなへり。心をかるへき事もおほえぬを、出ていにたるこそあやしけれと也。

思かひなき世なりけり年月をあだにちきりて我やすまひし

思かひなき世なりけりとよみ切へし。上二句は此女をふかく思へとも、立出ぬれは思かひなき世なりけ

りと云り。但、身にはおほえねとも、我にも又あやまりや有らん。すい分年月をちきると思へとも、し不足なる事もありそしつらん。我やあたにもちきりしと云り。夫婦同居するをすむと云。住字歟。

といひて、なかめをり。

人はいさ思ひやすらん玉かづらおもかけにのみいとゝみえつゝ

思やすらんは、思やするらん思やせさるらんと云心也。いてゝいにける女の我を思やするらん、おもはすやあるらん、面影にのみいとゝみえぬると也。玉かつらは女のかくる物なれは、万葉にも玉かづら面影とつゝけてよめり。又やみんかたのゝみの桜がり花の雪ちる春のあけほのとよめるも、又やみん、又やみさらんと云心也。

この女、いとひさしくありて、ねんしわひてにやありけん、いひをこせたる。

男のかへれと云やするらんと思へとも、さもなきほとにこらへかねて読てやる。女のこらへ性のなき上詞にみゆ。いさゝかなることゝ侍り。

今はとてわするゝ草のたねをだに人の心にまかせすもがな

我出てきたるに、今はさらばさもあれとてうちをくは、忘草そ生して、我をありとたにも思はぬもの也。あはれ忘草を人の心に生せすもがなと云り。中将の心をほとふるとも、わすれぬやうにと女のなけく心也。前の心にかはれり。

返し、

わすれ草うふとたにきくものならば思ひけりとはしりもしなまし

上の歌をはたらかさすしてよめり。思ある上にこそ忘草をはうゆれ、忘草をうゆるならは、わか思ふと云事をはしるへしと云り。又そなたにも忘草をうゆるならは、こなたをわすれぬとしるへしと也。わすれ草に二種あり。萱草を忘憂草と云は、それをわすれ草と云り。万葉にも二字をわすれ草とよめり。住吉の岸に生たるは萱草也と云説あり。又忍草の一名也。軒のつまによめるは、忍草なり。

又〳〵、ありしより、けにいひかはして、おとこ、もとよりなを相語らひけり。けには、勝字也。まさりたる心也。

わするらんと思心のうたがひにありしよりけに物そかなしき

今又かたらへとも、又や我をすてゝいなんと、人の心の疑はしさに、ありしよりなをすぐれて物かなしきと也。けにとはすくれてと云心也。

返し、

中ぞらにたちゐる雲のあともなく身のはかなくも成にける哉

女の我心を観してよめる也。我心かろき事をして、さしもなき事にいにしか。さらは其さゝ(ママ)もなくこらへかねて立帰りたるは、雲のねもなく半天にたゝよふがことくなりと云り。又云、男の心（オトコノコヽロ）にうたがはれぬれは、あるもあるやうなる心（コヽロナリ）ちもせず、空に立ゐる雲の、あともなきやうにはかなき我身にて有けると也。

とはいひけれど、をのが世々になりにければ、

とはいひけれとゝいへる詞より歌につゝけてみるへしと云々。歌には、身を観ぬれと又定（マタサダマルコヽロ）心なき事を云り。又、離別して別々の世になるを云。

うとくなりにけり。

いもせの契もなきをいふ。

（二十二）

むかし、はかなくてたえにけるなか、猶やわすれざりけむ、女のもとより、

はかなくて何とやらんして絶たるなるへし。

うきながら人をはえしも忘れねばかつうらみつゝ猶ぞ恋しき

一度（ヒトヽビ）わかれて後に、うき物には思ひはてたれとも、猶得わすれされは、かくうらみつゝ猶恋しと云り。かつはかつ〳〵にあらす。かくと云心也。古今集に、かつこえてわかれもゆくかあふさかは人だのめなる名にこそありけれとよめるも、かくこえて也。

といへりければ、さればよといひて、おとこ、

業平のこなたもさやうにありと云心（イフコヽロナリ）也。同心したるなり。

あひみては心ひとつをかはしまの水のながれてたえじとぞ思

　心ひとつを河島と云は、又よそへもやらす心をかはす義也。水は流がたえぬものなれば、其ことくにたえまじきと也。河島は川の中にある島也。河島はゆきめぐりてあふもの也。わかれて又あふと云義あり。

とはいひけれど、その夜いにけり。

　歌にはゆくするをかけて契れども、得念ぜすしてやがて其夜いにけり。いにけりはいきけり也。狩にいにけりもいきけり也。

（二十三）

いにしへゆくさきのことゞもなどいひて、

　当流一段にきり給へり。二条家にはよみつゝくべきなりと云々。それによりて、二条家には一段すくなし。

秋の夜のちよをひとよになずらへてやちよしねばやあく時のあらん

　秋の夜の千夜を一夜にして、それを八千夜ねたりともあくべからずと也。深切にいはんため也。

返し、

秋のよのちよをひとよになせりともことばのこりて鳥やなきなん

　心分明なり。

いにしへよりもあはれにてなんかよひける。

（二十四）

昔、ゐなかわたらひしける人の子ども、井のもとにいでゝ、あそびけるを、おとなになりにければ、男も女も、はぢがはしてありけれど、おとこは、この女をこそえめと思ふ。女はこのおとこをと思ひつゝ、おやのあはすれども、きかでなんありける。

　常には夷中にゐずして、時々夷中へ下るを云。但、田舎にて世をわたりける人の子とも也。

さて、このとなりのおとこのもとより、かくなん、

　此おとこ女の隣にすみたる也。

つゝゐつのゐつゝにかけしまろかたけすぎにけらしないもみさるまに

つゝゐのゐづゝといはんため也。昔は我身を称じて丸と云り。やかて名のりにも、何丸と用たり。今も童なとの名乗には用たり。

女、返し、

くらへこしふりわけがみもかたすきぬ君ならすして誰かあぐへき

かんさしにてかみあけするを云。女は其年来れは簪する也。

など、いひ〳〵て、つゐにほいのごとくあひにけり。

おさなき時の本意をとげたる也。

さて、年ころふるほとに、女、おやなく、たよりなくなるまゝに、

女の親の卒する也。又は親のなきがことくなる也。

もろともに、いふかひなくてあらんやはとて、かうちのくに、たかやすのこほりに、いきかよふ所いてきにけり。

たかひにいふかひなきていにてあらんより、もろともによき方にゆかんと也。太和(ママ)物語に、あしからしよからんとてぞ別けれとよめる心也。

さりけれど、このもとの女、あしと思へるけしきもなくて、いだしやりけれは、男、こと心ありて、かゝるにやあらんと思ひうたがひて、せんさいの中にかくれゐて、かうちへいぬるかほにて見れは、

嫉妬する気色もみえぬなり。

この女、いとようけさうして、うちなかめて、

古今に琴をかきならしてとあり。化粧也。脂粉をほとこすこと也。

風ふけばおきつしら浪たつ(ママ)山よはにや君がひとりこゆん

白浪は盗人の事也。たつた山に盗人のあるを云と云り。当流に用ところ、たつた山といはんとて、風ふけば沖つしら波とつゞけたり。盗人をしら波と云は荘子より起れり。緑林白波といへり。此歌をは盗人の事とみずして、枕詞とみたるがよき也。歌の心は、風波はげしき時に、立田山をこえて、艱難をへて君がひとり行ことよと云心也。万葉に、わたつ海の奥津白波立田山いつかこえなん君があたりみん是は伊勢の山辺の御井にてよめり。然は、みな序歌にて、盗人の事にあらずと云々。

とよみけるをきゝて、かきりなくかなしと思ひて、河内へもいかずなりにけり。まれ〲、かのたかやすにきてみれは、はしめこそ心にくゝもつくりけれ、いまはうちとけて、

　心にくきさまにつくりし也。

手づからいひかひとりて、けこのうつわ物にもりけるをみて、心うかりて、いかずな○にけり。さりければ、かの女、やまとのかたをみやりて、

　手つからとる事はあるへからす。ほとらい（ママ）をはからふを云なといへとも、其は猶優ならす。只其まゝみへし。昔はことをかさらすすなをなる道をさきとすれは、さる事もやありなん。

君があたり見つゝをおらんいこま山雲なかくしそ雨はふるとも

　たかやすの女のよめる也。いこま山は、河内と大和とのさかひなり。いこま山は高き山也。能因か歌に、わたのへのおほえの岸にやとりして雲井にみゆるいこま山哉　此歌万葉の歌也。我心にかなへれば、古歌を詠事、つねのこと也。新古今にも入。

といひて、みいたすに、からうして、やまと人こむといへり。よろこひてまつに、たひ〲すきぬれは、

　業平也。此段は紀有常か女の事と云は、貞女の所をあらはさんため也。

君こんといひしよごとに過ぬれはたのまぬものゝこひつゝぞふる

　万葉の歌也。新古今にも入。

といひけれど、男、すますなりにけり。

（二十五）

昔、男、かたゐなかにすみけり。

　業平の事也。

男、宮づかへしにとて、わかれおしみてゆきにけるまゝに、

　京へのぼる也。

みとせこさりけれは、待わひたりけるに、いとねんころにいひける人に、こよひあはんとちきりたりけるに、

　令に、夫か外蕃にありてきたらさるに、子あれば五年、子なければ三年にして、嫁を改る事をゆるせり。

さやうの心にや。

この男きたりけり。

業平の来る也。

このとあけたまへとた丶きけれど、あけで、うた○なんよみていだしたりける。

門なとをた丶く歟。

あら玉の年のみとせを待わびてた丶こよひこそにゐまくらすれ

かくす所もなくいへり。

といひいだしたりければ、

梓弓ま弓つき弓としをへてわかせしかごとうるはしみせよ

弓を三つ丶けたるは、三年の心なと云はしかるべからず。た丶かさね詞也。神楽の歌に、弓といへばしな丶き物を梓弓ま弓つき弓しなこそありけれひくといはんとて弓を三いへり。君に心ひいて年月をかさねしかことをはうるはしくお○はで、又こと人にみえんとするとよする也。いさ丶かの事を露のかごと丶云。かこつけことをかこと丶云。かことは神仏をかけてちかふ事にかきらす、かはらしとかたみにちぎる事をもいふ。うるはしみとはまこと也。

といひて、いなんとしければ、女、

梓弓ひけどひかねどむかしより心はきみによりにしものを

そなたの心は我にひくやらんひかさるやらんしらず。我は昔より心は君によるといへり。

といひけれと、男かへりにけり。女、いとかなしくてしりにたちてをひゆけと、えをひつかで、し水のある所にふしにけり。

此女、又もとの人に心をうつして、新枕の事も忘たるなるへし。

そこなりけるいはに、およびのちして、かきつけ丶る。

およびは小指也。ゆびの血して歌をかけり。それまてのことは、おほつかなし。切に思事のたとへ歟。

あひおもはでかれぬる人をと丶めかね我身は今ぞきえはてぬめる

此にて死にはあらす。此思ひによりやまひとなりて、つひにうせたりといはんとて、はなはたしくはかきたるへし。次の詞に、いたづらになりにけりといふも、思ひのかなはさる心也。

とかきて、そこにいたづらになりにけり。

（二十六）

むかし、男有けり。あはしともいはさりける女の、

此女、小野小町也。あふまじきとは云ねとも、又さすがにあふことははゞかる也。

さすかなりけるかもとに、いひやりける。

業平をうらむる心あるか。さすがきれはなれたるやうにはみえざる也。

秋の、にさゝわけしあさの袖よりもあ○でぬるよそひちまさりける

秋の野もさゝも朝も露多きものなれば、尋ゆきて、あはで帰るよの袖は、猶ぬれまさると也。

色このみなる女、返し、

みるめなき我身をうらとしらねばやかれなであまのあしたゆくくる

我身とは男をさして云。男にうらみある故に、女のみえぬは男のとがにてあれは、男の我身をうらめしとはおもはで、なと足たゆきはかりくるぞと也。古今には小町が歌とみえたり。

（二十七）

むかし、男、五条わたりなりける女をえゝずなりにけることゝ

五条わたりなりける女は、二条后也。えゝずは不得也。女の、我ものとならぬ事を云り。

わひたりける、人の返ことに、

染殿の后也。業平のあらぬ思する事をふびんに思たまへる。其返ことに業平のよめる也。

おもほえず袖にみなとのさはく哉もろこし舟のよりし許に

恋路は及はぬ事を思習なれとも、染殿后のいましめ給ふへきを、我心をおしはかりてあはれみ給を、ありがたきと悦の涙をなかす也。よりしのし字はやすめ字也。過去のしの字にあらず。

（二十八）

むかし、男、女のもとに、ひとよいきて、又もいかずなりにければ、女の、手あらふ所に、ぬきすをうちやりて、たらひのかげにみえけるを、みづから、

貫簀とかく也。たらいの上に竹をみすのやうにあみて、其をうち渡して手水つかふもの也。水をほかへちらさしかため也。うちやりては、取のけてなり。たらひのかげには、手あらふ女の影也。盥字也。

我ばかりもの思ふ人は又もあらじと思へば水のしたにも有けり

たらひの水に影のうつりたるを、水の下にも又我思ひのことくなる人ありと云り。女の歌也。

とよむを、○こざりける男、たちきゝて、（かの一本）

水口に我やみゆらんかはづさへ水のしたにてもろこゑに鳴

水口に蛙か一なけば、惣の蛙か鳴也。鳴やめば又惣が鳴やむ也。水口の蛙がなけば、惣の蛙が鳴やうに、我思ひがそなたに有によりて、そなたの思がある也。我思がそなたの思のはじめ也。

（二十九）

昔、いろこのみなりける女いて、いにけれは、いふかひなくて、おとこ、

などてかくあふごかたみになりにけん水もらさじとむすひし物を

あふごは逢期也。それをかごによせてよめり。なにとて逢ことのかたくはなりつらん、水もらさじとこそ契しが、籠に入たる水のあとなきが如くなれると也。水もらさじとは、堅固に契をむすびたる心也。むすふとは、籠を竹にてくむ事を云也。水洩不レ通と云詞もある也。

（三十）

昔、春宮の女御の御方の花の賀に、

定家卿勘物、貞観十一年二月、貞明親王為二皇太子一（ママ）于レ時高子為二女御一依二春宮母儀一号也。去年十二

月廿六日、誕生。高子年廿七、
帝御年十九。

此時、賀の事、染殿后の四十賀をいとこの女御のし給也。いとこの女御は二条の后也。

めしあづけられたりけるに、
業平をめして御賀の奉行也。

花にあかぬなげきはいつもせしかども今日のこよひにゝ
る時はなし
上には御賀の躰をよめり、底には花にあかぬとは、二条の后の御事也。かゝる折にもまきれぬ思ひある所を云り。されは、今日のこよひに、つよくあたらで吟せよといへり。

（三十一）

昔、はづかなりける女のもとに、
はつかなる女は、ほのかにあひたる女也。

あふことは玉のをばかりおもほえでつらき心のながくみ
ゆらん
玉のをはかりはいさゝかばかり也。あふ事は露ばかりにて、つらき心はなかしと云り。あふことは玉のをばかり、名のたつはよしのゝ川のたきつせのごと。

（三十二）

昔、宮の内にて、あるごたちのつほねのまへをわたりけるに、なにのあたにか思ひけん、
内は禁中也。わたりけるは、前を過る也。業平也。あたはかたき也。なにほとのとかに、あたのやうに思ふらんと也。

よしや、草葉よならんさか見んといふ。男、
業平を春の草によそへて、若葉よりしげりて、さかりなりとも秋風の吹てしほるゝ時あらんものをと云心也。さがは不レ詳。のろふことは也。又悪の字、死て土と成ば、其上に草が生る草葉よならんと云り。

つみもなき人をうけへば忘草をのかうへにそおふとい
ふなる
うけへは、日本紀に誓の字をよめり。此にては、人を呪詛を云り。つみもなきは、とかもなき人をのろ

は丶還著於本人のことはりにて、忘草はそなたの上におふへしと也。のろうとは、女のふかく恨るをかく云なす也。忘草と云は、此女を中将の忘けるをうらみて、よしや草葉よ、なと云けるにや。

といふを、ねたむ女もありけり。

かくいひかはすを、かたうどしてねたましく思と也。女か女をかたうどしたる心也。是女の性也。

（三十三）

むかし、物いひける女に、年ころありて、

年ころありてとは、たえてなり。

いにしへのしづのをだまきくりかへし昔を今になすよしも哉

古とむかしとは同事也。今なとかやうによまんは宜からす。此は、古のしづのをたまきと云て、昔を今と云ほとに、句をへたて丶心かはる也。歌の心は、中絶したる人を立帰りしたふ心也。

といへりけれと、なにともおもはずやありけん。

女は何とも思はずやありけん。伊勢か詞也。此人の行末しらねは、かくかくにや。

（三十四）

昔、おとこ、つのくに、むはらのこほりにかよひける女、このたびいきては、又はこじと思へるけしきなれば、おとこ、

業平の京へのほらば、又は問はれまじき気色とおもへるを、女をなくさめて業平のよめる也。あしやは業平の領知にて京よりかよひける成べし。

あしべよりみちくるしほのいやましに君にこ丶ろを思ひます哉

万葉集、山口女王か歌に、あしべよりみちくるしほのいやましに思ふか君がわすれかねつるとよめり。此は下句かはれり。あしべの塩は、うへ丶はみえねどもふかきもの也。上にはうすく君をおもふやうにみえてぞあるらん、そこにはふかく君を思こ丶ろありと也。

返し、

こもり江に思ふ心をいかてかは舟さすさほのさしてしる

べき

こもり江はふるき江也。おち葉もつもり、草もしげりてみえぬ江を云也。実のしたの心をは、何としてさしてはしるへきぞ。さりとてはあさくみえたるを、あはれさしてふかき心をみばやと也。

ゐなか人の事にては、よしや、あしや。

子細なくよみたり。ゐなか人の歌にてはよしとやいはん、又あしとやいはんと也。

（三十五）

昔、おとこ、つれなかりける人のもとに、

いへはえにいはねはむねにさはかれて心ひとつになけくころ哉

詞かきを心にをきて此歌をはみるへし。いはんとすればえもいはれず。又いはねば、むねにみちて思ひがむねにさはくやう也。さるほどに心一に歎と云り。

おもなくていへるなるへし。

此つれなき人に、なにとよみてやるとも、なひくへきにあらすとおもへども、しゐてよみてやる也。恥心也。面目なけれどもと云心也。つれなき人をしゐてしたへば、おもなきと也。おもてつれなき心也。

（三十六）

昔、心にもあらでたえたる人のもとに、

玉のをゝあはをによりてむすべればたえての後もあはんとぞ思ふ

玉のをとは命をいへとも、此はたゝ緒といはんため也。あはをとは合たる緒也。かたいとはむすほるゝか、堅く合てよりたるは引はなせとも、やかてもとのごとくよれやうて、たえはつる事なし。其ごとくにたえての後も又あはんとよめり。

（三十七）

昔、わすれぬるなめりと、ゝひごとしける女のもとに、

とひ事とは、とひなからうらむる心也。わすれぬるかと、ひをこせたる女の返しによみてやる也。

谷せばみ峰まではへる玉かづらたえんと人にわがおもはなくに

万葉集に、谷せばみ峰に生たる玉かづらたえんの心我は思はずと云歌をすこしかへて云り。谷ひろくは、よそへはいさとはりても行へきが、せばきほとに、峰(ママ)まで生る也。たゆまじきと云心をよめる也。是も作物語の段也。上は序也。此葛はた、葛也。

（三十八）

昔、おとこ、色ごのみなりける女にあへりけり。うしろめたくやおもひけん、

好色の女なれば、あふてもうしろめたくやあらんとおもへり。心もとなく思を、うしろめたくと云り。

我ならでしたひもとくなあさがほの夕かけまたぬ花にはありとも

夕かげまたぬとは、女のあたなるを云。我ならで人にちきるな、夕かげまたすしてかはるやうに、あたにはありともと云り。

返し、

ふたりしてむすひしひもをひとりしてあひみるまではとかしとぞ思

前の歌にうたかはれぬれは、女の陳法してよめる也。そなたより云に及はす。ふたりたかひに契しを、ひとりしてはとくまじきとは、他にうつるまじきと云心也。

（三十九）

昔、きのありつねかりいきたるに、ありきて、をそくきけるに、よみて、やりける。

業平、有常がもとへ行けるに、有常よそへ行てをそく帰る也。後によみてやる歌なり。

君により思ひならひぬ世中の人はこれをやこひといふらん

君を待によて、今日初て思ひならひぬ世中の人はかやうなるをや恋といふらんと也。

返し、

ならはねは世の人ことに何をかも恋とはいふとゝひし我

しも

我も恋と云事をならはねは、世の人ことになにを恋
と云そと問来れりと也。

(四十)

昔、西院のみかどゝ申すみかとおはしましけり。

淳和天皇の御事也。依遺勅御骨を西山におさ
めたてまつる故に号西院。

そのみかとのみこ、たかいこと申すいまそかりけり。

勘物、崇子内親王母橘船子正四位上、清野
女。承和十五年五月十五日薨。いまそかりけりと
は、おはしましけりと云詞を昔はかやうに云也。

そのみこうせ給て、おほんはふりの夜、その宮のとなりなりける男、御はふりみんとて、女くるまにあひのりていてたりけり。

はうふりとよめり。みんとは、哀におもひたてまつ
る心成べし。

いとひさしうゐていてたてまつらす。うちなきてやみぬへかりけるあひたに、あめのしたの色ごのみ源のいたるといふ人、これも、ゝのみるに、

しはらく逗留あつて出したてまつる也。喪所へのこ
と也。

このくるまを、女ぐるまとみて、よりきて、とかくなまめくあひたに、

業平の女とのる車也。なまめくはけしやうする心
也。

かのいたる、ほたるをとりて、女の車にいれたりけるを、くるまなりける人、この蛍のともす火にやみゆらん。ともしけちなんするとて、のれるおとこのよめる。

五月のころなれは、蛍を紗のふくろなとに入てもつ
か。ともしけちなんとは、はゝかる心也。

いてゝいなばかぎりなるへみともしけち年へぬるかとなくこゑをきけ

今崇子の親王を葬りたてまつるが、鳥辺野へ出した
まは、ゝ此が限りにてましますへし。ともしけちと
は如煙尽灯滅の心也。命のきゆるを云り。又の説、
今蛍をけす事を命のきゆるにたとへよめり。年へ
ぬるかとは、此宮は年をへたまへる事にもあらす、

わかくして世をさりたまふ事、世間の無常はか丶るものなりと、みな人のなきなげくこゑをきけと也。此別のとき、みな人のなげく心は、老たるはせめてなりと思ならは、年月をかさぬともいよ〳〵こかれまさり、又なくねにもたてぬへきを、一旦のひかりはたのみかたきよし、いたるによみてやれる歌の心也。

かのいたる、返し、

いとあはれなくそきこゆるともしけちきゆる物とも我はしらずな

なくこゑをきけとよめるをうけて、まことになくこゑのきこゆるよと云て、さりながら我はさらに真実に寂滅とはおもはず。一切衆生は法界の五大をかりにむすんて地水火風空(ママ)をうけてきたれり。法界の五大は消ものとは我はおもはずと也。是即飛真滅の心也。

あめのしたの色ごのみのうたにては、猶ぞありける。

なをは真也。ありめのま丶すぐによめる也。定家卿の自筆には猶也。これもよき也。又説、不足なると云心也。あめのしたの色ごのみには、猶此人こそあれと云也。

いたるは、したがふがおほち也。みこのほいなし。これ一の不審也。古本にも注のやうにちとさげてかけり。注に見ても心得がたし。順は天暦の帝の時の人也。延喜の時分よりもありて、天暦の比の人か。遥に後の順が事を此物語にのすることいかん。もし後人のかくか。至が系図をいはんとて、順がおほちとはかく成べし、とうたかふ説あり。たとひ業平の自記たりとも不審なきか。順は陽成比十歳たりとも、天暦のころは九十歳におよふへし。然ば業平にも逢べき也。もとより伊勢にはあふべき事無㆓不審㆒歟。業平は元慶四に卒。伊勢は延喜のころの人なり。無㆓不審㆒〳〵。長久の人なるべし。源順は従五位上能登守。梨壺の五人之内也。父は左馬允挙也。あめの下の色好の歌にては猶ぞ有ける。みこのほいなしと、上につ丶けて見へきにや。其心は崇子の親王のためにはあまりほいなし。死たまへるも其まてよとよめるは、あまり也と云り。又云、ほいなしは父定卿の本意にはたがひて、至は好色のみちばかりにて、家をもおこさぬと云也。作者の詞也。

（四十一）

昔、わかき男、けしうはあらぬ

源氏にては、けしう清てよめり。其時はすくれたる人ならぬら歟。濁て用る時は、けすしからぬ也。

女を思ひけり。さかしらするおやありて、思ひもそつくとて、この女をほかへをひやらんとす。さこそいへ、またをひやらす。

此女の家に業平きかよふとみゆ。

人のこなれは、また心いきおひなかりけれは、

業平を云。又云、わかき男の事也。

とゝむるいきおひなし。

おひやらんとするを、おしてとゝめんともせざる也。ふかくうらむる心もなきを、ほめてかけり。此心殊勝云々。

女もいやしけれは、すまふちからなし。さるあひだに、

上の詞に下すしからすと云て、爰にいやしといふは、年のわかきを云。朝廷莫レ如レ爵。郷党莫レ如レ歯の心也。

思ひはいやまさりにまさる。

業平の思ひ也。

にはかに、おや、この女をゝひうつ。

逐之字也。儒書史漢にも逐之字をゝひうつとよめり。又をひうつとは、へたていさむる心也と云り。

男、ちのなみだをなかせども、とゞむるよしなし。

つよくかなしきには血になく也。太和(ママ)物語に、僧正遍昭泊瀬にて血になきし事あり。

ゐていでゝいぬ。男、なく〳〵よめる。

母の女をつれていぬる也。

いでゝいなは誰か別のかたからんありしにまさるけふはかなしも

此女を追出さば、我も又此世に跡をとゝめまじきほどに、我もわかるべけれはわかれはかたからめと也。さあれは有しにまさりてけふはかなしきと也。

とよみて、たえいりにけり。おや、あはてにけり。

おとこのたえいるをみてをやあはてさはきたる也。

猶、思ひてこそいひしが、いとかくしもあらじと思ふに、業平のことを猶思ひてこそ、此女にはあはせしとはせしに、かやうにしぬるほどの事にてあらんには、なにしにかやうにはせんと、をやの心におもへる也。

しんしちにたえいりにければ、

真実也。

まどひて願たてけり。けふのいりあひ許にたえいりて、又の日のいぬの時ばかりになん、からうしていきいてたりける。昔のわか人は、さるすける物思ひをなんしける。いまのおきな、まさにしなんや。

伊勢が詞也。今の翁とは若人に対してかけり。世の末の人は人を思事もふかゝらぬよし也。わか人、わかうどゝよむへし。

（四十二）

昔、女はらからふたりありけり。ひとりは、いやしきおとこのまづしき、ひとりはあてなるおとこもたりけり。

はらからは兄弟也。いやしきおとこ、誰ともなし。あひにあふたるしなをあてなるといふ。いやしからぬ心也。すなはち中将の事也。

いやしきおとこもたる、しはすのつごもりに、うへのきぬをあらひて、てゝづからはりけり。心ざしはいたしけれど、さるいやしきわざもならはざりければ、うへのきぬのかたを、はりやりてけり。せんかたもなくて、たゝなきになきけり。これを、かのあてなる男きゝて、いと心ぐるしかりければ、

いやしきわざ、女は三従とて、中年にしては男にしたかへば、かやうのいやしき事ともするなるへし。毛詩にも服㆓澣濯之衣㆒と云り。うへのきぬ、六位のはうをはるとて、肩をやふる也。

いときよらなるろうさうのうへのきぬを、みいてゝ、やるとて、

きよらは清也。あたらしきをいふ也。ろうさうは、六位のはう也。緑衫とかけり。

紫の色こき時はめもはるに野なる草木ぞわかれさりける

此歌、古今第十七、業平の歌詞にいはく、めのお

とうとをもて侍ける人に、うへのきぬをゝくるとて、よみてやりけるとあり。むらさきの色こきとは、ゆかりと云義也。女に寵ふかき時は、其ゆかりまでもわけられずあはれにおもふと也。めもはるには、目もはるかなる也。野なる草木とは其ゆかりを云。むさしのゝ心なるべし。

これは、古今第十七に読人しらずの歌に、紫の一本ゆへにむさしのゝ草はみなからあはれとぞみるとあり。是を本歌にして、中将のよめると物語の作者の釈したる詞也。紫のゆかりといふことは、此歌よりいひきたれり。

（四十三）

昔、男、色ごのみとしる〳〵女をあひいへりけり。

小野小町が事をいへり。

されど、にくゝはたあらさりけり。

我ばかりをたのむましきものとしりながら、にくからぬなり。はたは将の字也。又といふ心也。

しは〳〵いきけれと、猶、いとうしろめたく、さりとて、いかてはたえあるましかりけり。

いかではゆかで也。うしろめたくあるとて、其まゝゆかずして○もいられぬ也。

なをはたえあらさりけるなかなりければ、ふつかみか許、さはることありて、えいかて、かくなん。

うちたのむへきやうにもなきや。又行てはた、えあらさる中と云心也。上の詞を返々云也。

いて、こしあとだにいまたかはらじを誰かよひぢと今はなるらん

此色このみの女は、我出てこし後より、誰人のかよひぢとか今はなるらんと也。

ものうたかはしさによめるなりけり。

（四十四）

むかし、かやのみこと申すみこおはしましけり。そのみこ、女をおほしめして、いとかしこうめぐみつかうたまひけるを、

勘物、賀陽親王、桓武第七、○皇子一本母夫人多治比氏、三品○治部卿、貞観十三年十月八日薨、七十八。

人なまめきてありけるを、
　賀陽親王の覚食女に業平のなまめくこと也。
我のみとおもひけるを、
　業平の我のみと思たる也。
又、人きゝつけて、ふみやる。ほとゝぎすのかたをかきて、
　業平の我のみと思たるに、かやのみこの御寵愛ときゝ付るなり。ほとゝぎすのかたは、絵にかきたる也。
ほとゝぎすなかなく里のあまにあれば猶うとまれぬ思ものから
　ながなくは、汝がなく也。郭公、汝がなく里があまたにあるほどに、うとまんと思へども、猶おもはるゝといへり。又おはんぬの時は、汝が通里のあまたにあれば、切にはおもへどもうとましきと云り。うとましきは、恨る也。心のおほき女にたとへてよめり。
といへり。この女、けしきをとりて、
　我をうたがふかと、業平のけしきをとる也。けしきは機嫌をとりて也。
名のみたつしでのたおさはけさぞなくいほりあまたとうとまれぬれは
　してのたおさは郭公の異名也といふ事、此歌にみえたり。古今歌、いくはくの田をつくれはか郭公しでのたおさをあさな〳〵よふ　此歌は郭公ならて、別に、しでのたおさとてあるやうにきこえ侍り。いほりあまたは、さきの歌のなかなく里のあまたあればといへるにかけてよめり。名にたつも、なかなく里のあまたにあるといふ。名にたてる也。いくはくの田をつくれはか、といふ歌につきて、又いほりあまたとも云るにや。
時は五月になんありける。男、返し、
いほりおほきしでのたおさは猶たのむ我すむ里にこゑしたえずは
　よしそなたにはいほりあまたにありとも、我にたにたえぬならば、猶たのまんと云り。結夫。

（四十五）

昔、あがたへゆく人に、むまのはなむけせんとて、よび
て、
　ゐなかへくたる人也。有常がこと也。県也。
うとき人にしあらざりけれは、
　業平は有常がむこなれば、うとき人にあらすと云也。
いゑとうし、て、さかづきさ、せて、
　我妻を云。
女のさうそくかづけんとす。
　裳からきぬのやうなるもの也。
あるしの男、うたよみて、ものこしにゆひつけさす。
　業平也。ものこしは、裳の腰に歌をよみて結付也。
いて、ゆく君かためにとぬきつれば我さへもなくなりぬ
へきかな
　出て行人のために衣をぬきてやれば、我さへ裳がな
　くなる○也。もは喪の字也。喪の字をはわざはいと
　よめり。衣裳のもなくと云を以禍なくと云心を
　よめり。人によき事をあたふれば我○もよき事あり。
　陰徳陽報也。万葉、たまぎはるうちのかきりはたひ
　らけくやすけくあらんこともなくもなくあらんを世
　中のうけくつらけくとあり。もなくに、喪の字をか
　けり。又云、君かためにぬくは、なむけの心也。
　我さへもなくとは、きたるものをぬけば、もなく成
　と云義也。又云、我さへもなくとは、出て行人に
　心をたくへやる程に、都に残りとまりなから、なき
　がことく成たると也。古今集に、雲井にもかよふ
　心のをくれねばわかると人にみゆばかり也　此歌に
　かなへり。
この歌は、あるが中におもしろければ、心と、めてよま
ず。はらにあぢはひて。
　時の花に対し月に向て、其当躰をは誰もよむもの
　也。此は旅行の人に女の装束を出す時よめは風情
　もなし。一大事の難題なるを、やすく面白よめる
　也。さて中〳〵返事に及はぬと也。はらにあぢはひ
　ては、業平の沈吟してそ案じつらんと也。心腑によ
　く工夫してと也。又云、心服に翫味する心也。

（四十六）

昔、男有けり。人のむすめのかしづく、いかて、この

男に物いはんと思ひけり。うちいでんことかたくやありけん、

いつきの女也。

物やみになりて、しぬべき時に、

此女物を思ひて、病になりしなむとする也。

かくこそ思しかといひけるを、おや、きゝつけて、

此むすめのとかなぞに、さんげするなるべし。

なく〳〵つけたりければ、まとひきたりけれど、しにければ、つれ〳〵とこもりをりけり。

女のおやが業平の方へ御出ありて、御らんしてたまはれと云。業平の一目もみぬものなれど、忌にこもりたる也。

時はみな月のつごもり、いとあつきころをひに、よひはあそびおりて、

六月下旬のころ也。宵宵は納涼する也。

夜ふけて、やゝすゝしき風ふきけり。

六月晦日なれば、はや秋風も音づるゝ也。

ほたる、たかくとひあがる。このおとこ、みふせりて、

何とやらん風情かおもしろき也。

ゆくほたる雲のうへまでいぬへくは秋風ふくとかりにつげこせ

後撰第五秋部に入たり。雁を本にしたるにや。此は夏の歌也。よひの程は暑気甚きやうなるが、夜ふけて身にしむ風の吹て、仲秋八月の天のやうにおぼゆるに、折ふし蛍がたかくとぶ也。兼葭水暗蛍知レ夜の躰也。とく雁をもよほしたてよと云心也。つげこせは、つげをこせよと云詞也。

くれかたき夏の日ぐらしなかむればそのことゝなく物ぞかなしき

忌にこもる躰也。上の歌は夜の歌也。これは昼の躰をよめる歌也。そのことゝなくの辞面白候。我を思ふ故になくなると云。人の忌にこもれるが、あひそふたる事もなし。何事を名残にせんともなき○に、かなしきは其事となく物ぞかなしきと也。此ひぐらしは、虫にあらず。只、日のくらしがたき也。暮の字二有。上よりわさとよみくたしたるなり。

（四十七）

昔、男、いとうるはしき友ありけり。かた時さらず、あひ思けるを、

業平の友也。朋友の交は親子よりもむつましきもの也。又云、まことの友たちをいへり。これも、女をいへるにや。

人のくにへいきけるを、いとあはれと思ひて、わかれにけり。

任にをもむくに、一任四ケ年や五ケ年也。さやうの時の事なるべし。たゝ随意に人の国へくだるにはあるべからず。

月日をへて、をこせたるふみに、あさましくたいめんせで、

夷中よりをこせたる文也。毛詩にも一日不レ見如二三秋一と云り。

月日のへにけること。わすれやし給にけんといたく思ひわびてなん侍る。世中の人の心は、めかるれば、わすれぬへきものにこそあめれといへりければ、よみでやる。

月日のへにけることにて、よみきるへし。さてわすれやしたまひとよむへし。わすれぬへき物にこそとは、我は忘ずと云詞也。めかるれはは、久しく対面せぬ事也。

めかるともおもほえなくにわすらるゝ時しなければ面影にたつ

こなたはめがれするともおほえず。わするゝ時しなければ、常に面影のはなるゝ事なしと也。

（四十八）

昔、おとこ、ねんごろにいかてと思女有けり。されと、この男を、あたなりときゝて、つれなさのみまさりつゝいへる。

ねんごろにいかてあはゝやと思ふ心也。

おほぬさのひくてあまたに成ぬれば思へとえこそたのまざりけれ

古今第十四読人不レ知の歌也。大麻は祓の具也。あれこれの手をふるゝもの也。あれこれか引手おほきほとにたのまれずとなり。男の心おほきことをたとへてよめり。

返し、おとこ、

おほぬさと名にこそたてれ流てもつゐによるせはありといふ物を

古今同巻にあり。業平の歌也。大麻はあれこれか手をかくる物にてはあれども、祓してなかせばよるせ有。あまたのかよひ所はありとも、切に思ふかたに、つゐにはとまるといふ心也。

（四十九）

昔、男ありけり。むまのはなむけせんとて、人をまちけるに、こさりければ、

旅へ行人に馬のはなむけせんとすれば、をそく来るをまつなり。

今そしるくるしき物と人またん里をばかれずとふべかりけり

古今第十八にあり。紀の俊貞か阿波介にまかりける時に、馬のはなむけせんとてけふといひをくりける時、こゝかしこにまかりありきて、夜ふくるまてみえさりければ、つかはしける。業平の歌也。さて歌の心は、人をまつ事はくるしきもの也。人にまたるゝといはゞ、万事指置てゆくへき事にてあるよと、我心に領解する也。此句法面白。大方世上のことをいへる也。かれずはわかす也。

（五十）

昔、おとこ、いもうとのいとおかしげなりけるを、みをりて、

業平の妹也。おかしげなりけるは、女のわろきにはあらす。ほめたること也。

うらわかみねよげにみゆるわか草を人のむすはんことをしぞおもふ

常には業平の妹をけさうしてよむといへともしからす。妹をふびんに思て、憐愍の心にていへる也。ねよげは草の根によせてぬる方をいへり。我は妹を子細なしとみれども、人の心は万差なれは、なにたる幸をひかうやらんと、心ぐるしく思也。毛詩に、女子去二兄弟一とあり。わがいもうとなれはかくいへり。

ときこえけり。返し、

はつ草のなとめづらしきことのはぞうらなく物を思ひける哉

めづらしきといはんとて、初草とをけり。業平の思もよらぬ詞をかくるものかな。此ほとまてうらなく底に徹して、我事を思ことのありかたさよと也。源氏のあげまきに、匂兵部卿の宮の一品の宮に絵みせまいらせらるゝ時、うらなく物をといひたる。姫君もざれてにくゝおほさるといへり。

（五十一）

昔、おとこ有けり。うらむる人をうらみて、

人の方より業平をうらむるを、其人をうらみかへす也。これより四五首はあるまじきことゝもをつらぬるなり。

鳥のこをとをづゝとをはかさぬともおもはぬ人をおもふものかは

鳥の子は鳥のかいこ也。日本紀第一に、鳥の卵と云へき所に、鳥の子といへる也。卵を一つかさねんも、すへりてなりがたきに、百の卵はなにがゝさねらるべきぞ、有ましき事を云也。世間のあぶなき事を累卵と云。文選注に、説苑ヲ引、晋平公カ時ニ九層ノ台ヲ作ル。荀息がこれをいさめんとて、臣はよく碁子を十二かさねて、其上ニ卵九をかさぬる事をすると云。平公曰、それは危事也。荀息云、これ危からず。公九層台を作て百姓を煩ス。是甚危キ事也と云。平公ノ領解して台作る事をとゞめたり。文選注には、平公ヲ霊公とし、碁子の術すると云ものを孫息としたり。こゝは故事機縁○方にはあらず。成まじき事に云也。たとひ有まじき事はありとも、思はぬ人を思ふと云事はあるまじきと也。

といへりければ、

あさ露はきえのこりてもありぬべし誰かこの世をたのみはつべき

電光朝露はあだなるものにいへり。露は朝ばかりをいて、日影にきゆるもの也。しぜん朝露はきえのこりてもありぬべし。いもせの中なとはたのみはつまじきと大方の世をいふやうなれと、おとこの心のあだなるをうらみていへる也。

又、おとこ、

吹風にこぞのさくらはちらずともあなたのみかた人の心は

今年の桜なりとも、ちらずしてはありかたし。去年の桜か何か残る事あるべきぞ。たとひそれはのこる事有とも、人の心はたのみかたしと也。去年の桜といへるが、一重起していへる也。

又、女、返し

行水にかずかくよりもはかなきはおもはぬ人をおもふなりけり

古今第十一読人不知の歌也。行水にかずかくは、なかなき（ママ）ことのたとへ也。経文ニ亦如画水随書随合といへり。水ニ絵をかけば、かくにしたがひてやがてきゆる物也。此かずかくは、数の文字をかくをいふにや。心はおなじこと也。歌の心は、おもはぬ人を思ふは水に物をかくよりも猶はかなきといへる也。

又、おとこ、

行水とすぐるよはひとちる花といづれまてゝふことをきくらん

前の歌にいへる三の物をとりあはせとよめり。行水はかずかくといふ歌也。すぐるよはひは、たれかこの世をとよめる歌、ちる花はこぞのさくらとよめる歌也。此三の物は、いつれも人の心にしたがひてとまらぬ物なれば、いつれまてといふことをきくらんとよめる也。

あたくらへかたみにしける男女の、しのひあきり（ママ）きしけることなるへし。

物語の作者の詞也。身をおさめずして、好色をもてありくもの、しける事といへり。

（五十二）

昔、人のせんざいに、きくうへけるに、

うへしうへば秋なき時やさかざらん花こそちらめねさへかれめや

古今第五の歌也。うへしうへばとは、うへうへばと云重詞也。春秋はきはまる限なし。此花をうへをくならば、秋のなからん事はしらず。さかぬと云事はあるべからず。人の花なとうへたらん時は、此心(コヽロ)をもてよむへし。

（五十三）

昔(ムカシ)、男有(オトコアリ)けり。人(ヒト)のもとより、かさりちまきをこせたりける返事(ヘイジ)に、

五月五日のちまきを、五色(ゴシキ)のいとにてゆひたるをいふ。拾遺第十八(シュウイダイ)の詞(コトバ)にも、ちいさきかさりちまきとみえたり。

あやめかり君(キミ)はぬまにぞまとひける我(ワレ)は野(ノ)に出(イデ)てかるぞわひしき

あやめにて粽(チマキ)をする事(コト)はなけれども、今日(ケフ)はあやめを賞(シャウ)する日(ヒ)なればかくいへり。まつかさりちまきをこせたるを謝(ジャ)したり。そなたは沼(ヌマ)にまよひ出(イデ)てちまきをしてたまはれり。我(ワレ)は野(ノ)に出(イデ)て狩(カリ)をするとて雉(キジ)をやるなり。

とて、きしをなむやりける。

（五十四）

昔(ムカシ)、おとこ、あひかたき女(ヲンナ)にあひて、物(モノ)がたりなとするほとに、鳥(トリ)のなきければ、

詞(コトハ)かきを心(コヽロ)にをいて、此歌(コノウタ)をみれば勢(イキヲイ)あり。細々(サイく)あひあふて物語(モノガタリ)せんたにも、残(ノコリ)おほからんに、あひがたきにあへる心(コヽロ)さぞと思(オモフ)へし。

いかでかは鳥(トリ)のなくらん人(ヒト)しれず思(オモ)ふ心(コヽロ)はまだよふかきに

余情(ヨセイ)あり。かくれたる所(トコロ)なし。

（五十五）

昔(ムカシ)、男(オトコ)、つれなかりける女(ヲンナ)にいひやりける。

行(ユキ)やらぬ夢地(ユメチ)をたのむ(どる)たもとにはあまつそらなる(き)露(ツユ)やをくらん(きける)

後撰第五(ゴセンダイゴ)にあり。せめて夢(ユメ)にあはんと思(オモ)ひてたのめば、夢(ユメ)にさへあはざる袂(タモト)に露(ツユ)を、く也。此袂(コノタモト)の露(ツユ)は常(ツネ)の天津空(アマツソラ)なる露(ツユ)にてはあるべからず。思(オモヒ)の露(ツユ)こそをくらんと也(ナリ)。露(ツユ)やをくらんと云(イフ)をとがめてみへし。後撰(ゴセン)には天津(アマツ)そらなきとあり。

（五十六）

昔、男、思ひかけたる女の、えうましうなりての世に、

遂に我手にさはるべきやうなきを云。

おもはずはありもすらめど事のはのおりふしごとにたのまるゝ哉

そなたには有つるものとも思はずは有やすらめども、こなたにはこし方のことのはの、折ふしごとにたのまるゝと也。古今集に、吉野川よしや人こそつらからめはやくいひてし人はわすれずと云同心也。

（五十七）

昔、男、ふして思ひ、おきて思ひ、おもひあまりて、

詞かき深切也。歌はいかにもあさ〳〵として、ことば書に相応せぬやうにみえたれども深き歌也。

わか袖は草の庵にあらねどもくるれば露のやどりなりけり

我袖はなへての露もをきあまりたるやう也。草の庵をみれば、深き露のやうなれども、我袖は其よりもなをまさりてふかき露也。いつもひがたき露也。

（五十八）

昔、男、人しれぬ物思ひけり。つれなき人のもとに、

恋わひぬあまのかるもにやどるとてふ我から身をもくだきつる哉

五文字か肝要也。年月いかさまにせんと思ひきたれども、何のかいもなくうちすぎて、すちなき事に辛労して年月を送たり。是は我から身をもくだきつるよと、身を観してよめり。あまのかるもにやどるてふ我からとは、和布のりなとにつきて小えひのやうなるものあり。それによせてよめり。

（五十九）

昔、心つきて色ごのみなる男、なかをかといふ所に、家つくりておりけり。

物おもひに心をつくしたる也。又云、心つくとは、人のをとなになるを云。此説を用。

そこのとなりなりける宮はらに、

業平の母伊登内親王は桓武天皇の御女にて、長岡

にすみ侍れは、彼所につねに中将行かよひける成へし。純子、番子、桂子、中務内親王、高津内親王等也。何も桓武の御子也。

こともなき女どもの、ゐなかなりければ、

宮つかへの女とも也。よろしき人なるへし。こともなきは無事なる心也。あしくもなき女といふ心也。

田からんとて、

かたゐ中なれば、その所の民の田かるをみる也。かならすしも、身つからかるとはいふべからず。

このおとこのあるを、みて、いみしのすき物のしわさやとて、あつまりて、いりきければ、この男、にげて、おくにかくれにければ、女

すきもの丶しわさやとは、業平の家居の興あつてすみなしたるを云。

あれにけれあはれいく世のやどなれやすみけん人のをとづれもせぬ

古今第十八、読人しらすの歌也。業平のかくれたるほどに、あるしのなき心にて、をさへてあれにけりと云。あるしもなく人もなきは、いく世の宿にてかあるらん。住けん人の音信もせぬよと云り。又、長岡は昔の京なれば、あはれいくよのやど丶よめり。

といひて、この宮に、あつまりきゐてありければ、この男、

葎おひてあれたるやどのうれたきはかりにもおにのすだく成けり

うれたきはうれはしき也。かりそめにもおにのすだくあひだ、あれたるやどはうれはしき心ちするとよめり。おには女也。なにぬねのは、五音相通により、女をおにとはいへり。すだくは、あつまるといふ心也。上の詞に、この宮にあつまりゐてとあり。くろつかといふ所に重之が妹あまたありとき丶て平兼盛がよめる歌、みちのくのあだちの原のくろつかにおにこもれりときくはまことか　拾遺集に入たり。おにとそへたるによりて、あれたるやとくろつかなといへり。女は人をばかす物なれば、おに丶たとへたるにや。

とてなんいたしたりける。この女とも、ほひろはんといひければ、

上に、田からんといへば、又こゝにほひろはんと云。

侘人のていなり。

うちわひておちほひろふときかませば我も田つらにゆかまし物を

そなたにおちぼひろふと云。我も同道せんものをとなり。悉皆俳諧也。

（六十）

むかし、男、京をいかゝ思ひけん、ひんかし山にすまんと思ひいりて、

京にもすみうかりけんと前にもあり。

住わひぬ今はかぎりと山ざとに身をかくすべきやともとめてん

後撰第十五に、世中を思うして業平のよめる歌、

住わひぬ今はかきりの山里につま木こるべきやどもとめてん　同歌の第四句両説ある也。いづれも本歌にはとりてよむべき也。俊成卿歌、

住わひて身をかくすべき山里にあまりくまなき夜はの月哉

今はとて爪木こるべきやどの松千世をは君と猶いのるかな

かくて、物いたくやみて、しにいりたりければ、

物思病気と成て絶入したるにや。恋の病をして身をほろぼす也。

おもてに水そゝきなどして、いきいで、、

法華経の文に、冷水灑面の心也。絶入する者には、面に水そゝけば蘇生する也。

我うへに露ぞをくなるあまの河とわたる船のかいのしづくか

古今第十七、読人不レ知の歌也。水をそゝかれていき出て此はよのつねの露にはあらじ、天河のとわたる舟のかいのしづくにてそ有らんと也。とわたるは、渡をわたる心なり。

となんいひて、いきいてたりける。

絶入して歌よむ事かたかるべきにや。造次顚沛其道をわすれぬ所の奇特なるもの也。

〈以上、上冊〉

●伊勢物語抄

（六十一）

昔、おとこ有けり、宮つかへいそかしく、

朝家奉公のみにして家に居ことなきを云。

心もまめならさりけるほとのいゑとうし、

業平の女を真実に思はさりける時分と也。

まめにおもはむといふ人につきて、人のくにへいきけり。

ひとりすみのやうにあらんよりは、よくおもはむ人あれは、それにつけなと媒のいへるにつきて、人のくにへいにけり。

この男、宇佐の使にていきけるに、

業平の宇佐の使にたてる也。上古は宇佐へは、しけく使たてり。何時も朝家にことあれは、使をたてたまいて、尋申されて、其神勅によりて定められし也。しかるを、孝謙天皇、恵美押勝・道鏡法師ことなとにみたりなる事ましませは、向後返答申すましとて、其よりして、神勅はとゝまりし也。されとも、猶、朝家に重事ある時は、宇佐へ使をたてらる。又御代始にも使たてり。こゝは御代の始の事歟。又たゝの時の事歟。御代始ならは貞観の始にや。恵美は姓也。押勝は名乗也。

あるくにのしそうの官人のめにてなんあるときゝて、

ある国とは、つくしへくたる道すからの国也。祗承の官人とは、職掌の官の下に、しそうの官いくたりもあり。まかないなとをする者也。宇佐使にかきらす斎宮なとにもあり。勅使を国へおくるとて、駅家の雑事をうけたまはりおこなふつかさを、しそうの官人とは云也。

女あるしにかはらけとらせよ。さらすはのましといひけれは、

女あるしとは、人の妻をいふ。かはらけとるとは、酒をすゝむるとて、しやくをとること也。此女もとみし人かとしらんため、よひ出したる也。

かはらけとりていたしたりけるに、さかなゝりける橘をとりて、

宇佐の使の祇承の官人なれは、異儀に及はさるにや。

五月まつ花たち花のかをかげばむかしの人の袖のかぞする

古今第三、読人しらすの歌也。五月まつといへるとて、卯月とは、心得へからす。橘はかならす五月にさくものなれは、花橘といはんとて、五月まつとをけり。もとしりたる人といはんとて、昔の人の袖の香と云り。

といひけるにそ、思ひいでゝ、あまになりて、山にいりてそありける。

よからぬものゝいひなしによりて、かたゐ中にゐておちふれたる躰を面目なしと思にや。此女、もとの男にあひをもなく思ひて、尼になりて山にこもれる也。或説に、小野小町、大江惟章か妻になりて後筑紫へくたりけるか、其後関寺のあたりにありけるを、山に入といへり。

（六十二）

昔、おとこ、つくしまていきたりけるに、

これも宇佐使のときのこと歟。

これは、色このむといふすきものと、すだれのうちなる人のいひけるをきゝて、

業平を見て、あれこそ、色このみのすきものよと云をきくなり。

そめ河をわたらん人のいかてかは色になるてふことのなからん

拾遺集第十九。そめ河は、筑前の国にある名所也。そめ河をわたりてきたるほとの人か色にならぬは有へからずと云り。色このみと云をさやうになくてはと云心也。

女、返し、

名にしおはゝあだにそあるへきたはれ島波のぬれきぬきるといふなり

風流島は肥後国にあり。たはれ島といへは、たはれめのすむときこえたり。誠に名のことくならは、あだなるへけれとも、さもなけれは、波のぬれぎぬを島かきたるとよめり。男の色このみなると返事したるを、女のこたへて、たはれ島とてもあれども、

それはぬれぎぬにてこそあれと陳じたる歌也。後撰第十五、朝綱朝臣歌に、まめなれどあたなはたちぬたはれ島よる白波をぬれぎぬにして　此歌の心にかなへり。又同第十九、読人しらすの歌に、名にしほはゞあだにそ思ふたはれ島波のぬれぎぬいく世きつらん　これは物語の歌と大略同。いさゝかかはれる也。

（六十三）

昔、年ころをとつれさりける女、
業平の方へをとつれさる也。
心かしこくやあらさりけん、はかなき人の事につきて、人のくになりける人につかはれて、媒のよさまに物をいひなすにつきて、よそへゆく
也。
もとみし人のさへにいてきて、
業平のまへなり。
物くはせなとしけり。よさりこのありつる人たまへと、あるしにいひけれは、をこせたりけり。男、我をはしらすやとて、
食物のはいせんをしたる也。
いにしへのにほひはいづらさくら花こけるからともなりにける哉
業平の我も昔のやうにもなくなれる事をよそへていへる也と云説あり。不レ可レ然。匂ひはいづらは、匂はいつくへなにとなりたるぞ。いまみれは花なとをこきすてたるごとくになりたるぞと女にいへる也。
といふを、いとはつかしと思て、いらへもせてゐたるをなといらへもせぬといへは、涙のこほるゝに、めも見えす、ものもいはれすといふ。
女の心かしこくもなき事をあさけりいふ詞也。さて女はつかしとおもひていらへもせぬ也。
これやこの我にあふみをのがれつゝ、年月ふれどまさりがほなき
（み一本）
我にあふ事をのかれて、年月をふるほとに、思なをさんかと思へとも、思なをす事もなき也。我をおもふことのまさるかとおもへとも、さもなしと也。まさりがほなきを、なみといへる説あり。

といひて、きぬ〻ぎてとらせけれと、すて〻にけにけり。いつちいぬらんともしらす。

まとしくなりたれは、あはれみて衣裳をとらせけれど、さすかにはちてとらすなりぬる也。

（六十四）

昔、世ご〻ろつける女、いかて、心なさけあらん男に、あひえてしがなとおもへど、いひいてんもたよりなさに、

世界へ、心おほいやうなる義也。

まことならぬ夢かたりをす。子三人をよひて、かたりけり。ふたりのこは、なさけなくいらへてやみぬ。

みぬ夢を見たりといふ事也。

さぶらうなりける子なん、よき御おとこぞいてこんとあはするに、この女、けしきいとよし。こと人は、いとなさけなし。いかて、この在五中将にあはせてし哉と思心あり。

さふらうなりける子は、三郎にあたる子也。その子の心、我母をこと人にあはせんもおもはしからす。在五中将にあはせたきとおもへり。此在五中将とは、業平をいふ。在原氏にて阿保親王の第五の男なれは、かくいへる也。

かりしありけるに、いきあひて、みちにて、むまのくちをとりて、かう〳〵なむおもふといひけれは、あはれがりて、きてねにけり。

業平のかりしありきしを、三郎なる子のむまのくちをとりて、やうたいをいひけれは、あはれと思日てねにけり。

さて、のち、男見えざりけれは、女、男の家にいきて、かいまみけるを、男、ほのかにみて、

きてねにけるのち、業平のみえさりけれは、かいまみけるとなん。

も〻とせにひと〻せたらぬつくもがみ我をこふらし面影に見ゆ

此女あなかち九十九歳にてはあるましけれと、年のよりたるをいふ詞也。つくもは、海藻の名也。老人のかみのみだれたるをたとへていへり。源氏物語にかける源内侍のすけのたくひならし。

とて、いてたつけしきを見て、むはら・からたちにか〻

りて、家にきてうちふせり。
むはらは茨也。からたちは棘也。業平のさらはいかんといてたつけしきを、此女見てみあはしとてあはてゝにぐれは、みちもなきかたへ行て、むばらからたちにかゝるをもいはす。家にゝけ帰る也。

おとこ○の女のせしやうに、しのびてたてりて、みれは、
女の所へゆきて、女のせしやうにかいまみしたり。

女、なげきて、ぬとて、
古今集に、つれもなき人をやねたくしら露のをくとはなげきぬとはしのはんとあり。ぬとてはぬる也。

さむしろに衣かたしきこよひもや恋しき人にあはでのみねん
此歌のはしめの三句は、古今第十四、我をまつらんうちの橋ひめとよめる歌と同。此歌にて、業平のねにけれは、男女の中をもやわらくる事みえたり。

とよみけるを、男、あはれと思ひて、そのよはねにけり。世中のれいとして、おもふをは思ひ、おもはぬをはおもはぬ物を、この人は、思をも、おもはぬをも、けぢめみせぬ心なんありける。
業平の性をかけり。人は好悪が別なるものなるに、此人はけぢめみせぬ人也と云り。けぢめ、験の字也。おもふをもおもはぬをも、その差別をみせぬと也。

（六十五）

昔、おとこ、女、みそかにかたらふわさもせさりけれは、いつくなりけん、あやしさによめる。
ひそかにあひかたらふわさもせねは、いつくにあるもしらす、あやしさに心をみんとて、歌をよみて、女のかたへやりたる也。

吹風にわが身をなさは玉すだれひまもとめつゝいるへきものを
風はいつくにもすき、ひまあれは吹入るもの也。我身を吹風になさは、ひまもとめて入てみんものをと云り。

返し、
とりとめぬ風にはありとも玉すだれたかゆるさはかひまもとむへき
ひまもとめつゝ入へきと云を、おさへて云り。風は、

手にはとられぬもの也。とりとめぬ風なりとも、玉すだれのひまを、こなたかゆるして、求めさせんにこそいるへけれと云り。

(六十六)

むかし、おほやけおぼしてつかうたまふ女の、

御門の御寵愛ありて、めしつかふる女也。大やけは、清和天皇也。此女は、典侍藤原　直子也。染殿 后の御いとこ也。

色ゆるされたるありけり。

御門の気色よくて色をゆるされたり。女の衣にあやをり物なとをきるをは、禁色をゆるさるゝと云也。

おほみやすん所とていますかりけるいとこなりけり。

大みやすん所とは、染殿のきさきを申也。

殿上にさふらひける在原なりける男のまたいとわかゝりけるを、此女、あひしりたりけり。

業平也。

男、女かたゆるされたりけれは、女のある所にきて、むかひおりけれは、

業平は好色の方ゆるされたりと云説、不レ用。この中将、女中へゆるされてまいりかよふ也。

女、いとかたはなり。身もほろびなん。かくなせそといひけれは、

かたは、片輪也。ほろひなんは、身をうしなふを云。我身のためもしかるべからす。又そなたのためもいかゝといさめて云る也。

思ふにはしのぶる事そまけにけるあふにしかへはさもあらばあれ

いかにしのはんとおもへとも、思ふ心かかつ時はえしのはれぬ也。あふ事にかへは名をもなにとも思ふさじきを、さもあらはあれといひすてたる詞也。

といひて、さうじにおりたまへれは、

曹司は女房の御つほね也。

れいの、このみさうじには、人のみるをもしらで、のほりゐければ、

例のこのは、中将を例のこの人といふ詞也。

この女、思ひわひて、さとへゆく。されは、なにのよきこと、思ひて、いきかよひけれは、みな人きゝてわらひ

けり。

此女、さとずみすれは、なをよき事と思ひて、又さとへ行也。されはなにのは、うちふてたる心也。つとめて、とのもづかさの見るに、沓はとりて、おくになけ入て、のほりぬ。

主殿司は女孺也。殿上のきよめなとする女也。此義をことの外に労して、いか、みんと云り。后のさとは長良卿也。そこに主殿司はあるましきなと云り。こ、はやすく心得られたる所也。昔は宿侍とて、蔵人頭以下雲客は、皆殿上に宿直する也。殿上に、夜は幕をたれて台盤をとりのけてうへふしする也。昼は、幕をまきあくる也。此時、業平の殿上にある躰して、女のさとへいきて、あくる日とく帰る。主殿司のみるに、沓を奥へはき入て、夜はこ、につめたるかほしてゐる也。かやうにみる説あり。不レ用。長良卿は、すけのさとの事なれは、主殿司なとわたくしの用にきかよふ也。中将はきたる沓を手つからとりて内へなけ入たる也。のほるは、女の所へ入るをいふ也。

かく、かたはにしつ、ありわたるに、身もいたつらになりぬへけれは、つゐにほろびぬへしとて、

これより下は男の心をいふ也。業平身をかへりみたる也。前にいへる后の我身をいへる也。

この男、いかにせん。わかか、る心やめたまへと、ほとけ神にも申けれと、いやまさりにのみおほえつ、、猶わりなくこひしうのみおほえけれは、おんやうし・かんなきよびて、恋せじといふはらへのくしてなんいきける。はらへけるま、に、いと、（一本ナシ）かなしきことかすまさりて、ありしより、けにこひしくのみおほえけれは、

はらへの具は、人形。ときなわやうの物也。かも川へはらへしにゆく也。

恋せじとみたらし河にせしみそき神はうけずもなりにける哉

古今集読人不レ知の歌也。神はうけずそなりにけらしもとは集にあり。古今には不レ逢恋に入たり。

といひてなんいにける。

このみかとは、かほかたちよくおはしまして、ほとけの御名を、御心にいれて御こゑはいとたうとくて申たま

ふを、きゝて、

清和の御門の御事也。三代実録に、風姿甚美端厳如レ神とみえたり。かたちきら〳〵しくまし〳〵ける御門也。又、三宝之帰所したまふことも、よの御門にすくれ給へり。のちには、あたこ山、水の尾といふ所にて修行せさせ給へり。さて水尾の御門とも申也。

女は、いたうなきけり。かゝるきみにつかうまつらで、

二条后自嗟嘆の心也。条々の次第は、前後不レ定也。

すくせつたなくかなしきこと、この男にほたされてとてなん、なきける。

宿世は、さきの世のちきりつたなき也。

かゝるほとに、みかど、きこしめしつけて、この男をはなかしつかはしてげれは、

業平中将流罪の事、国史にみえす。御門のいさゝか御気色あしかりけるを、こと〳〵しくいひなしたり。或説に、東山にこもり居けるをかくいふといへり。

この女のいとこのみやす所、女をはまかてさせて、くらにこめて、しおりたまふけれは、くらにこもりてなく。

染殿の后の、御在所をまかてさせて、この女をおしこめてをかれたるを、くらにこめてとはいへり。くらは、物をこめをく所なり。しほるとは、人をいたましむることをいふ也。まかてさせは、罷退出さする也。

あまのかるもにすむ虫の我からとねをこそなかめよをはうらみじ

此歌、古今第十五、典侍藤原直子朝臣の歌也。我からとねをなきて、世をはうらむましきと也。歌よまんものは、此歌を心にもつへき事也。たゝ人は、我からと思ふ心あれは、うらみを人にはかけぬもの也。

と、なきをれは、この男は、人のくにより、よことにきつゝ、ふえをいとおもしろくふきて、こゑはおかしうてそあはれにうたひける。かゝれは、この女は、くらにこもりなから、それにそあなるとはきけと、あひ見るへきにもあらでなんありける。

人のくにより、よことにきつゝとは、なかされたる所よりくるをいふ。誠になかされたらは、たやすくその国をはなるへからす。これにてつくりことゝはしるへし。

さりともと思らんこそかなしけれあるにもあらぬ身をしらずして

業平の我にもしやあふとそおもひするらん、我身は此世にあるにもあらぬ躰なるものをといへり。

とおもひおり。おとこは、女しあはねは、かくしありきつゝ、人のくにゝありきて、かくうたふ。

いたつらに行てはきぬるものゆへに見まくほしさにいさなはれつゝ

古今第十三、読人しらすの歌也。其人をみたく思ふ心にさそはれて、いたつらに行かよふ也。業平只今我心にあたれは、これをうたひける也。

水のおの御時なるへし。おほみやすん所もそめとの、后なり。五条の后とも。

勘物　清和天皇、鷹犬之遊、漁猟之娯、未二嘗留レ意、風姿甚端厳　如二神性一。

（六十七）

昔、男、つのくに○、しる所ありけるに、

業平の知行也。

あに、おとゝ、友たちひきゐて、なにはの方にいきけり。なきさを見れは、船とものあるをみて、

業平の兄弟五人あり。行平・守平・仲平・大江音人也。

なにはつをけさこそみつのうらことにこれやこの世をうみわたる船

後撰第十七にあり。けさこそを、けふこそとかけり。御津は難波のうち也。世をうみわたるは、世にすみあきたる心也。それをうみによせたる也。又船のなきさにかゝるもあり。海人のつりするもあり。行もあり、かへるも有。たゝはかなくうたふもあり。此を見てよめる也。

これをあはれかりて、人〳〵かへりにけり。

（六十八）

昔、男、せうえうしに、思ふとちかいつらねて、いつみのくにへ、きさらぎ許にいきけり。

前段のつゝき也。せうえうとは、逍遥とかく。あそふことを云。古今集第四のことはにも、かものかはらに河ぜうえうしけるといふも、川あそひ也。思とちは思とし也。かいつらねは、あゆみつらなれる心也。きさらき許には、二月余寒の時分也。

河内のくに、いこまの山をみれは、くもりみ、はれみ、たちゐる雲やます。あしたよりくもりて、ひるはれたり。雪いとしろう木のすゑにふりたり。それを見て、かのゆく人のなかに、たゝひとりよみける。

くもりみ、はれみは、山かくもりつ、はれつする心也。

きのふけふ雲のたちまひかくろふは花のはやしをうしとなりけり

おりふしもこそあれ、きのふけふ雲のいこま山をかくすは、此雪面白く梢に見えて、花のことくなるを、此花の林をおしみて立かくすかと云り。又の説に、かくろふは、かくる也。歌の心は、いこま山にたちまひし雲のはれたるをかくろふといふ。雲かかくれたる也。花の林は、梢にふりたる雪也。花のはやしを雲のねたみてみじとて、かくれたるにこそあれと、無レ情の雲に心をつけてよめる歌也。

（六十九）

昔、男、いつみのくにへいきけり。

此も前の段のつゞき也。

住吉のこほり、すみよしの里、住吉の浜をゆくに、いとおもしろけれは、おりゐつゝゆく。ある人、すみよしのはまとよめといふ。

只住吉のはまをゆくとはかりかゝは、余情あるましきに、すみよしのこほり、住吉の里、すみよしの浜と面白かけり。定家卿の歌に、けふそみる春の海への名なりけり住吉の里すみよしの浜とよめり。住吉の郡は、今はなし。上古の名をはかへたること、おほきほとに、此物語の時分まてはありぞするらん。

雁なきて菊のはなさく秋はあれど春のうみへにすみよし

の浜住吉に雁なき、住吉に菊の花さくをよむにあらす。世間の秋の景気を云り。世に雁なきて菊の花さく秋はあれども、今春の海へに住吉の浜の気色は、猶まされりといふ心也。

とよめりければ、みな人〳〵よまずなりにけり。

感概をおこして、此に及も有ましければ、贈答申さんにあらずとて、みな人〳〵歌をよまざる也。

（七十）

昔、男有けり。その男、伊勢のくに、、かりの使にいきけるに、

此段の事、題名の時述たり。伊勢物語と云題号にあはせんために、此段を端にあめる本あり。是伊行か所為也。もちゐさる説也。狩の使とは、鷹狩の事也。昔は諸国へ狩をさせんためとし、勅使を立らる、事、国史にのせたり。業平は今、伊勢・尾張両国の狩の勅使にゆくなり。異朝にも巡狩とて、自身国〳〵をめくりてかりするは、其国の治否をみんため也。此国も一任三ケ年にて吏務をもしつへき器にたへたるものに、国をもたしむるに、当任のものかなにと国を治るそ、又は民も従歟をみせんために、狩の使としてつかはさる、事なるへし。国史云、光孝天皇元慶八年十二月二日、勅使左衛門佐従五位上藤高経、六位六人、近衛一人、鷂七聯、犬九、遣於播磨国、中務少輔在原弘景、六位四人、近衛一人、鷹五、犬六、遣於美作国、並猟取野禽。仁和元年三月七日、遣従四位下佐馬頭藤利基於遠江国、左近少将源湛於備後国、並臂鷹捉犬、行掃野禽、路次往還并経彼之間、用正税供食。同二年二月十六日、遣越前権介藤恒衆、雅楽頭従五位下在原棟梁於備中国、並賫鷹鷂、掃取野鳥。

かの伊勢の斎宮なりける人のおや、つねのつかひよりは、この人よくいたはれといひやれりければ、おやのことなりければ、

怡子内親王は文徳天皇の御女。母は正四位下名虎か女、紀静子といへり。惟喬親王と同母也。清和の御宇、貞観元年十月斎宮にたち給ふ。十八年して伊勢を退出し給。延喜十三年六月八日薨とみえたり。業平之子師尚といひしは、この斎宮の腹也。師尚は高階峯緒か子になれり。系図なとにも高階氏にかきたり。此いはれによりて高階氏の人は、伊勢の神宮へまいらぬことゝいへり。斎宮をおかしたてまつり、まうけたるものゝ子孫たるによりて也。

いとねんころにいたはりけり。あしたにはかりにいたしたてゝやり、ゆふさりはかへりつゝ、

　京よりいへるとて、別して心をそへられたり。

そこにこさせけり。

　こさせけりとは、きたらしむるといふ詞也。

かくて、ねんころにいたつきけり。

　いたつくは労也。我身の労をもいたつくといふ。又、人の労をいたはる心にもいたつくといへり。思ひいたつくなとも、人を云ことはなり。

二日といふ夜、

　月のついたち二日の事にはあらす。伊勢へ下着しての二日をいへり。下に月おほろなるといへれは、月のある時分也。

男、われてあはんといふ。

　われては、わりなくしてあはんと云詞也。金葉集、永実歌、三日月のおほろけならぬ恋しさにわれてそいつる雲のうへより　此歌のわれては、わりなき心にかなへり。又、詞花集、新院御製、瀬をはやみ岩にせかるゝ瀧河のわれても末にあはんとぞ思ふ

　これはわかれてもの心也。

女も、はた、いとあはしともおもへらす。されと、人めしけゝれは、えあはす。

　おさなき時より、斎宮にて、夫婦のかたらひをも知たまはねは、あふましき事ともおもひたまはさる也。

つかひさねとある人なれは、とをくもやとさす。女のねやもちかくありけれは、女、ひとをしつめて、

　さねは器也。中将の勅使をつとむるをいふ。

ねひとつ許に、おとこのもとにきたりけり。男はたねら

れさりけれは、とのかたを見いたしてふせるに、

一時を四刻にわかちていへは、ねひとつは子の一刻也。下のうし三も丑の三刻也。

月のおほろなるに、ちひさきわらはをさきにたて、人たてり。おとこ、いとうれしくて、わかぬる所にゐていりて、ねひとつより丑みつまてあるに、

かりのつかひは大略二月三日也。月のおほろなるといへるは、春の時分ときこえたり。古注に、五月四日とあり。しかるへからす。

またなにこともかたらはぬにかへりにけり。男、いとかなしくてねすなりにけり。つとめて、いふかしけれど、わが人をやるへきにしあらねは、いと心もとなくてまちをれば、あけはなれてしはしあるに、女のもとより、ことばゝなくて、

実事なきといふ心也。たゝし、神慮にはゝかりて、あらはにいはぬにや。或説に、一夜のほとにたゝもなくて師尚をまうけたまへりといへり。誠はしりかたきこと也。

君やこし我やゆきけんおもほえす夢かうつゝかねてかさめてか

古今第十三にあり。斎宮なりける人のよめるよしみえたり。君やこし我や行けんの二句のみ也。そなたがこなたへくるか、我そなたへゆくかと此二句にて云のへたり。

おとこ、いといたうなきてよめる。

かきくらす心のやみにまよひにき夢うつゝとはよ人さだめよ

これも古今にのせたり。斎宮なりける人の、君やこし我やゆきけんといへることを、我もなにともおほえず、夢かうつゝか世人さためよといへり。世人は世の人也。又、今夜さためよといふ本あり。それは、今夜あふて定めよと云也。此説は二条家にもちゐる也。

とよみてやりて、かりにいてぬ。野にありけど、心はそらにて、こよひたに、人しつめて、いとゝくあはんと思に、くにのかみ、いつきの宮のかみかけたる、かりのつかひありときゝて、

伊勢の国史にて、斎宮寮の頭かねたる人也。

夜ひとよ、さけのみしけれは、
　饗応する也。
もはらあひこともえせて、
　専一にあひたてまつらんとする事もえせぬなり。
あけは、おはりのくにへたちなんとすれは、男も、人しれず、
　伊勢のかりははてゝ、尾張へゆく也。
ちのなみたをなかせと、えあはす。よ、やう〱あけなんとするほとに、女かたよりいたすさかつきのさらに、歌をかきていたしたり。とりてみれは、
　懇切の処をいはんとて、血の涙とかけり。
・かち人のわたれとぬれぬえにしあれは
　これは、つき歌の上句をいひ出したる也。わたれとぬれぬえとは、浅き縁といふことを江にそへたる也。一夜あひみたる故に云也。此等を連歌の起りにするにや。
とかきて、すゑはなし。そのさかつきのさらに、ついまつのすみして、歌のすゑをかきつぐ。
　ついまつはたい松也。続松也。松を相つぐ故に、ついまつと云。たい松、たとつと五音相通也。其きえ墨にてかく也。
又あふさかの関はこえなん
　あさきえんにてえあはずして、京へのほれは、あふさかの関をは又こえなんとよめる也。
とて、あくれは、おはりのくにへこえけり。
斎宮は水のおの御時、文徳天皇の御むすめ恬子内親王、これたかのみこのいもうと。

（七十一）

昔、男、狩の使よりかへりきけるに、
　前と同時の事也。尾張国へ行て又伊勢へ帰る時也。
おほよとのわたりにやとりて、
　伊勢と尾張のみち也。
いつきの宮のわらはべに、いひかけゝる。
　斎宮にめしつかふ童女也。
みるめかる方やいづこぞさほさして我にをしへよあまのつり舟
　斎宮を今一度見奉らん事を、我にをしへよと云心。

也。小野篁か配所へをもむく時の歌、

わたのはら八十島かけてこき出ぬと人にはつげよあまのつり舟

惣して物を問に、底に熟したるものにとはすしてはしりかたし。みるめかる方をとはんならはあま也。

春日野のとふひの野もり出てみよ今いくかありてわかなつみてん

若菜はいつくんぞと問はんならは、野守が案内者たるへき也。

（七十二）

昔、男、伊勢の斎宮に、内の御つかひにて、まいれりけれは、

同し狩の時の事歟、又いつにてもたゝ御使の時歟。

かの宮に、すきごといひける女、わたくしことにて、

すきことは、数奇〳〵しき事をいふ。この女は斎宮に祗行せる女也。

ちはやふる神のいがきもこえぬへし大宮人の見まくほしさに

拾遺集、人丸歌、ちはやふる神のいがきもこえぬへし今は我身のをしけくもなし　上の三句同もの也。大宮人は、雲のうへ人をいふ。中将のこと也。ちはやふるとは、神といはん枕ことば也。神のいかきをはこえん事にあらねとも、こえてなりとも業平をみたきと云り。いがきをこゆるは、法度をこゆる心也。法度をこしてもみたきと云心也。拾遺集、人丸の歌に同と云説あり。

おとこ、

恋しくはきても見よかし千はやふる神のいさむるみちならなくに

恋しくはこなたへ来てもみよかし。男女の道は、伊奘諾・伊奘冊の御ことよりはしまりて、八百万神も禁止する道にあらすといふ心也。

（七十三）

むかし、男、伊勢のくになりける女、又えあはて、となりのくにへいくとて、いみしうゝらみけれは、女、

女は斎宮を申。となりのくには尾張のくに也。

おほよとの松はつらくもあらなくにうらみてのみもかへるなみ哉

　大よとの浦に松のあるを、其もとに波のよせかへり〱するは、うらみあるやうなれとも、さらに松はつらくもなしと云は、業平の、我をいみしう恨らるれとも、我にうらみん事はなしと云心也。又の説に、松は人をまつにそへたり。まつといふはなにかつらかるへきにうらみてのみかへるとそへたり。

（七十四）

むかし、そこにはありときけと、せうそこをだにいふへくもあらぬ女のあたりを思ひける、

めにはみてゝにはとられぬ月のうちのかつらのごとき君にそ有ける

　月の桂を女にたとへて云り。あるとはみゆれと手にはとられぬことのたとへ也。

（七十五）

むかし、おとこ、女をいたうゝらみて、

いはねふみかさなる山はへたてねどあはぬ日おほく恋わたるかな

　此歌万葉にあり。又拾遺集にも入たり。千山万水をへたつれとも、心のかよふみちあれは、あふ事あり。わか中には、山河をへたてされとも、あはすして恋わたると也。

（七十六）

昔、おとこ、伊勢のくにゝゐてあらんといひけれは、

　ゐては居也。いきてあはんは行てあはん也。

おほよとのはまにおふてふ見るからに心はなぎぬかたらはねども

　みるからにといはんとて、大よとの浜におふてふとはいへり。心はなきぬとは、心はなくさみぬ也。かたらはされとも、みる許にても、心はなくさむといへり。又云、なきぬとは、あさなき夕なきと云心也。まことにはかたらはねとも、みたれは心かはれたると云心なり。

といひて、ましてつれなかりけれは、おとこ、

袖ぬれてあたのかりほすわたづうみのみるをあふにてやまんとやする

女の歌に、みるめにて、満足したるといひてのかれんとするやうなり。我心はみたるはかりにてはやますと返歌によめり。上の三句は、みるといふもしにつきていへる歌のことば也。

女、

いはまよりおふるみるめしつれなくはしほひしほみちかひもあり南

みるは岩間よりおふるもの也。つれなくはとは、みるはみとりにて不変のもの也。しほのみちひるやうにおとこの心はかはるものなれは、みるの不変なるやうに不レ変はかひもありなんといへり。源氏に、みちひるしほのさためなけれはとよめるも、男の心をみちひるしほにたとへていへり。

又、おとこ、

涙にぞぬれつゝしぼる世の人のつらき心はそでのしつくか

女のしほひ、しほみちとおとこの心をいへるにつきて、返歌には、みちひるしほゆへには袖はぬれす、たゝ人のつれなき心が袖のしつくとなりてぬらすとよめるへし。

世にあふことかたき女になん。

よには、ことは也。面白き趣向也。

（七十七）

昔、二条の后のまた東宮のみやすん所と申ける時、

東宮の母儀をいふ。

氏神にまうで給けるに、

氏神は、大原野 神也。古今集第十七には、大原野にまうて給とかけり。大原野 神四座、春日 御社と同躰也。閑院 左大臣冬嗣公の、はしめて勧 請申されたり。其よりこのかた、藤氏の后宮（順子始て）かならす行啓の事あり。二月上の卯日、十二月中の子の日、祭の事あり。文徳天皇仁寿元年よりはしめてまつりあり。其祭には、藤氏の（五条順子の始て）后宮よりおこなはるゝ事もある也。

このゑつかさにさふらひけるおきな、人〳〵のろくたま

はるついてに、御くるまよりたまはりて、よみてたてまつりける。

業平は貞観六年三月、左近権少将任す。四十の年也。又説に、其時分はまた羽林にては有ましき後に極官をしるすか、又作物語なれはかくのことくかくと云説あり。不レ用。

大原やをしほの山もけふこそは神世のこともおもひいづらめ

たけたかく優なる歌也。大原野第三の御殿は藤氏の祖神にてまします。神代に天照太神とちかひ給事あり。それを神世の事といへり。したの心は、二条の后、いまたた人にてまし〳〵し時の事を思ひてかくよめる也。大和物語にも、此歌の事見えたり。

とて、心にもかなしとや思ひけん、いかゝ思ひけん、しらすかし。

業平御ともにさふらひて、御くるまのうち思やりてたゝならす思けるにや。誠は心のうちしらすかしと物語の作者のいへる詞也。

（七十八）

昔、たむらのみかと、申すみかとおはしましけり。その時その女御たかきこと申す、みまそかりけり。

田村の御門と申は、文徳天皇の御事也。田邑の御さゝきにおさめたてまつるによりて、田むらの御門とは申也。藤原の多賀幾子は、右大臣良相の一女也。嘉祥三年七月女御にたちて、天安二年十一月十四日に卒す。みまそかりけりといふいふ詞は、おはしましけりとおなしき也。

それうせたまひて、安祥寺にてみわさしけり。

安祥寺は、東寺の弘法大師の弟子、真雅僧正たてられたる寺也。みわさは中陰の御仏事也。四十九日にあたりて八講おこなはれけるにや。

人〳〵さゝけものたてまつりけり。

さゝけ物は、捧物也。

たてまつりあつめたる物、ちさゝけ許あり。

千捧也。

そこはくのさゝけものを、木のえたにつけて、だうのま

へにたてたれは、

昔は捧物たち木の枝につけたり。いまの世には、かねにてうちたる枝につくる也。

山もさらにだうのまへにうこきいてたるやうになんみえける。

捧物ともを堂の庭につみたるが、山のうこきいてたるやうにみえける也。

それを、右大将にいまそかりける藤原のつねゆきと申すいまそかりて、かうのをはるほとに、歌よむ人〳〵をめしあつめて、けふのみわざを題にて、春の心はへあるうた、たてまつらせたまふ。

藤原の常行は、右大臣良相の一男、女御の御せうと也。貞観六年正月十六日、参議に任す。同八年十二月廿六日、右大将を兼す。年卅一。いまそかりとは、これもみまそかりけりといふ同詞。

右のむまのかみなりけるおきな、めはたがひなから、よみける。

業平中将、貞観七年三月に右馬権頭に任す。目はたがひながらは、さゝけ物を山とみたかへなからよめる也。さて歌の詞は、一かうに山になしてよめり。又の説に、目将かいをつくりなから也といふ説あり。不レ用。

山のみなつうりてけふにあふことは春のわかれをとふとなるへし

さきの詞に、堂のまへに山のうこき出たるといふ。春の別は、女御の中陰のはて、三月のすゑにあへるにや。今案に、此女御は天安二年十一月十四日に卒するよし、後宮伝などにもみえたり。しかれとも、常行の大納言の、右大将に任すること、貞観八年十二月也。業平、右馬頭に成たるも、同七年のこと也。しからは、此女御の卒せる事、貞観八年以後のことなるへし。下の段に、此女御の七々日の仏事いふにも、右大将常行とかけり。業平も右の馬頭とのせたり。此二段は、同時の事なるへし。又春のわかれと歌によめれは、女御の中陰のはつること、三月の末にあたりて講筵をのへ侍るにや。かた〳〵おほつかなきことなるへし。さて歌に、山も別をかなし、ふとよめり。

とよみたりけるを、いま見れは、よくもあらさりけり。
そのかみは、これやまさりけん、あはれがりけり。

此等を業平の自記とみる説あり。不用。中将の歌のちにみれはよくもよまぬやうなれとも、其時にこれにまされる歌なかりけるにや、人〳〵感しけりといへり。

勘物　女御従四位下藤多賀幾子　右大臣良相女。嘉祥三年女御。天安二年十一月十四日卒。
安祥寺　五条后順子建立寺也。
常行　貞観六年正月十六日参議、八年十二月十六日右大将○一本正四位下三十一卅一。
業平　貞観七年三月右馬頭。天安卒。女御法事如何、若後追善歟。
西三条右大臣良相一男

（七十九）

昔、たかきこと申す女御おはしましけり。うせ給ひて、なゝ七日のみわさ、安祥寺にてしけり。右大将ふちはらのつねゆきといふ人いまそかりけり。そのみわさにまうてたまひてかへさに、山しなのせんしのみこおはします、その山しなの宮に、たきおとし、水はしらせなとして、おもしろくつくられたるに、

人康親王は仁明天皇第四子。母は、女御藤原沢子、総継の女也。四品弾正尹といふ。貞観元年五月入道し給。同十四年五月五日薨、年四十二。山科宮と号。せんしとは、此時入道をは禅師といひけるにや。此親王の入道も貞観元年なり。女御の卒を天安二年といふ事、あひかなはぬやう也。

まうてたまふて、としころ、よそにはつかうまつれと、ちかくはいまたつかうまつらす。こよひは、こゝにさふらはむと申たまふ。みこ、よろこひたまふて、

常行大将の山科の宮へまいり給ふ也。

よるのおましのまうけせさせ給。

おましは御席也。よるの祢所をまうくる也。

さるに、かの大将、いてゝ、たばかりたまふやう、

たばかるは慮の字歟。日本紀神代上、宝鏡図像段、或説第一云、思慮。又云、人をすかす心也。

みやづかへのはしめに、たゝ、なをやはあるへき。三条のおほみゆきせし時、きのくにの千里の浜にありける、

いとおもしろきいしたてまつれりき。おほみゆきのゝち、たてまつれりしかは、ある人のみざうしのまへのみそにすへたりしを、しまこのみ給きみ也。このいしをたてまつらんとのたまひて、みずいじん・とねりして、とりにつかはす。いくはくもなくて、もてきぬ。

常行の大将の父良相をは、西三条右大臣と申。其西三条の百花亭へ清和天皇行幸ありし事也。此行幸のために、紀伊国千里の浜の石をとりよするに、行幸以後、人の局の前にすてをかれし也。山科の宮は石たて水なかす事をこのみ給ふ也。

このいし、きゝしよりは、見るはまされり。これを、たゝにたてまつらは、すゞろなるへしとて、人〳〵に歌よませたまふ。右のむまのかみなりける人のをなん、あをきこけをきざみて、まきゑのかたに、この歌をつけて、たてまつりける。

物はきゝしよりは、みをとりするものなるか、此石はきゝしよりはみまされりとぞ。右の馬のかみは業平也。苔をまきゑのかたに石のうへにふせたるへし。それに中将のよめるうたをつけてたてまつれる也。

あかねともいはにぞかふる色みえぬ心をみせんよしのなければ

歌の心は、此岩は心にあかねとも、色みえぬなさけのほとをみせたてまつらんたよりのなけれは、岩にかへてみせたてまつるよし也。

となんよめりける。

(八十)

昔、うちのなかに、みこうまれ給へりけり。御うふやに、人〳〵歌よみけり。

清和第九の皇子貞数親王の母は、中納言行平の女也。在原氏のなかに親王うまれ給ふとは、貞数親王也。貞観十六年に誕生あり。延喜十六年五月十九日に薨。とし四十三とみえたり。この親王は業平の甥にあたり給へり。

御おほちかたなりけるおきなのよめる。

業平は行平中納言の弟なれは、おほぢかたといへり。

わかゝとにちひろあるかげをうへつれは夏冬たれかゝくれざるべき

千いろは千尋也。八尺を尋とはいへり。竹は仙家にあり。竹は虚空にして、廉潔也。仙家の竹の千尋あるやうに、久しくあらんと云心也。夏冬は厳寒炎熱にして、人の苦痛なる時也。夏の炎天にも、冬の極寒にも、此陰にかくれは愁なくして千秋万歳ならんと云心也。下の歌に、さく花の下にかくる、人をおほみありしにまさるふちのかけかも

これはさたかすのみこ。時の人、中将の子となんいひける。あにの中納言ゆきひらのむすめのはらなり。

貞数親王　清和第八。母中納言行平　女也。
延喜十三年薨。四十二。

（八十一）

むかし、おとろへたる家に、藤の花うへたる人ありけり。やよひのつこもりに、その日、雨そほふるに、人のもとへ、おりてたてまつらすとてよめる。

中将のすゑつかたのことをいふへし。

ぬれつゝそしゐておりつる年の内に春はいくかもあらじと思へば

古今第二、業平朝臣の歌也。雨をは、ぬれつゝといひ、藤をは、しゐて折つるといひて、雨をも藤をもいはさるは、詞かきに譲れは也。やよひのつこもりを、春はけふのみとよみては曲なし。春はいくかもあらしといへるにて尤面白也。

勘物　源融　嵯峨第十二源氏、母正五位下大原全子、貞観十四年八月廿五日任左大臣、元大納言、五十一。仁和三年従一位、寛平元年輦車、七年八月薨、七十三。

（八十二）

昔、左のおほいまうちきみいまそかりけり。

勘物にみえたり。右にあり。

かも河のほとりに、六条わたりに、家をいとおもしろくつくりて、すみたまひけり。神な月のつこもりかたに、きくの花うつろひさかりなるに、もみちのちくさにみゆるおり、みこたちおはしまさせて、よひとよ、さけのみし、あそひて、よあけもてゆくほとに、このとの、おも

しろきをほむるうたよむ。

河原左大臣六条河原にいみしき家つくりて、池をほり水をたゝへて、毎月にうしほ卅石はかりはこひ入て、海底の魚貝等をすましめたり。陸奥国しほかまの浦をうつして、あまのしほやにけふりをたてゝもてあそはれけるとなん。東六条院といふ所也。

そこにありけるかたゐおきな、

かたゐはかたくなゝる翁也。業平の自称也といふ説あり。不用。かたゐは、佳躰の心にや。中将のことを国史に躰皃閑麗なるよし、しるせる故也。

いたいじきのしたにはひありきて、人にみなよませはてゝ、よめる。

いたいしきは板しき也。下にはひありくは、御子たちにおそれをなしたる心なるへし。いたいしきをたいしきと云本あり。

しほかまにいつかきにけんあさなぎにつりする舟はこゝによらなん

六条院の池をすなはち端的のしほかまの浦にしなして、我はいつ此しほかまの浦にはきたりぬらん、すなはち、つりする舟もこゝによらんとよめり。しほかまに似たるなとよまさる処、尤面白し。山谷か恵崇か画賛に題する詩、恵崇烟雨蘆雁 坐我瀟湘洞庭 欲喚扁舟帰去 故人道是丹青 と作れるに同きにや。古今に、みちのくはいづくはあれとしほかまの浦こく舟のつなでかなしも 又貫之、君まさて煙たえにし塩竈の浦さひしくも成まさるかなとみえたり。

となんよみけるは、みちのくにゝいきたりけるに、あやしくおもしろき所〳〵おほかりけり。わかみかと六十よこくの中に、しほかまといふ所にゝたる所なかりけり。されはなん、かのおきな、さらにこゝをめてゝ、しほかまにいつかきにけんとよめりける。

我君のしろしめす日本六十六州のうち、奥州のしほかまにならふおもしろき所はなき故に、河原の大臣も浦こそおほけれ、此所をうつされたり。中将も奥州へくたりてみたるに、誠にならひなく思て、しほかまにいつかきにけんとよめるなり。業平みちのくにまてくたりけること、こゝのことはにもみえたり。

勘物　惟喬　文徳第一、母従五位上紀静子名虎女。四品。号小野宮。

（八十三）

昔、これたかのみこと申みこおはしましけり。

勘物にみゆ。惟喬親王は、貞観十四年七月出家し給ふ。寛平九年二月廿日薨。小野宮と申。

山さきのあ○たに、みなせといふ所に宮ありけり。

別業をかまへたまへり。

年ことのさくらの花さかりには、その宮へなんおはしましける。その時、右のむまのかみなりける人を、つねにゐておはしましける。

右のむまのかみ、業平也。

時世へて、ひさしくなりにけれは、其人の名、わすれにけり。

昔のことなれは、むまのかみなる人とはかりいひつたへて、実名をはしらぬと也。つくり物かたりになして、ことさらにおほめきたる也。

かりはねんころにもせて、さけをのみ〳〵つゝ、やまと歌にかゝれりけり。

狩をはなをさりにして、歌・酒にかゝりたる也。

いまかりするかたのゝなぎさの家、その院のさくら、ことにおもしろし。その木のもとにおりゐて、枝をおりてかさしにさして、

河内国かたのゝなきさの宮・なぎさの森なとて有。

かみ・なか・しも、みな歌よみけり。うまのかみなりける人のよめる。

上らう・中らう・下らうの人どもみな歌をよめり。

世中にたえてさくらのなかりせは春の心はのとけからまし

古今集第一、なきさの院にて業平よめるよしみえたり。たえての三字、すみ・にこりのよみによりて、二の意あり。歌の心は、春になれは、花はいつかはさかんと待心あり。はやさきぬれは、そゝろにあこかれていつくの花にもと思へり。やゝうつろへは、

風雨に心をいたましむ。此皆桜のあるゆへ也。桜のたえてなくは春の心はのとかならんと云り。となんよみたりける。又人のうた

有常か歌也。

ちれはこそいとゞさくらはめでたけれうき世になにかひさしかるへき

めてたけれは、愛したけれと云心也。ちるをこそ桜の上にはことに賞翫すへけれ、浮世は皆盛者必衰のことはり也。其ことはりをみするは、花にありと云心也。

とて、その木のもとはたちてかへるに、日くれになりぬ。御ともなる人、さけをもたせて、野よりいてきたり。このさけをのみてんとて、よき所をもとめ行に、あまの河といふ所にいたりぬ。みこに、むまのかみ、おほみきまいる。

業平酌をとる也。

みこの、たまひける、かた野をかりてあまの河のほとりにいたるを題にて、うたよみて、さか月はさせとのたまふけれは、かのむまのかみ、よみてたてまつりける。

かりくらしたなばたづめにやとからんあまのかはらに我はきにけり

古今集第九、旅の歌也。歌の心は、まへのことはにみえたり。中将ならてはかやうにやす〳〵とはたれ人かよみ侍らん。神妙の歌也。こゝのぬしは、七夕つめにてあれは、日もくるゝほとに七夕つめに宿をからんと云り。

みこ、歌を返〳〵ずしたまふて、返しえしたまはす。きのありつね、御ともにつかふまつれり。それが返し、

当座に早卒に返歌をえしたまはぬにや。又沈酔したまへるゆへにや。

ひとゝせにひとたひきます君まてはやとかす人もあらしとそ思

七夕はひこほしにこそ宿をかせ、たゝの人にはかさす。其ひこほし侍所なれは、人にやとかす事は有ましきと云り。一説、これたかのみこの、たまさかにいてますをいへり。其時は、まては、たゝ詞也。

かへりて宮にいらせ給ぬ。夜ふくるまて、さけのみ、物かたりして、あるしのみこ、ゑいていりたまひなんとす。

十一日の月もかくれなんとすれは、かのむまのかみのよめる。

あかなくにまだきも月のかくるゝか山のはにげていれずもあら南

古今第十七にあり。これはみこの今ちとおはしませかしと云心をよめり。山のは○げては、俳諧のやうなれとも、この時に臨ては、面白し。今なとよみては宜かるへからす。

みこにかはりたてまつりて、きのありつね、

をしなべて峰もだびらに成なゝん山のはなくは月もいらじを

峰もだびらには、をしなべて山もなく平地になれかしとよめる也。此段には惟喬親王一首もあそはさざれとも、歌は古今にもみえたり。桜花ちらはちらなむちらすとて故郷人のきてもみなくに　白雲のたえすたなひく峰にたにすめは住ける世にこそ有けれ　是みな彼御詠也。

（八十四）

昔、みなせにかよひ給しこれたかのみこ、れいのかりしにおはします。ともに、うまのかみなるおきなつかうまつれり。日ころへて、宮にかへりたまふげり。

京の宮にかへりたまふ也。

御をくりして、とくいなんと思ふに、おほみきたまひ、ろくたまはんとて、つかはさゞりけり。このむまのかみ、心もとながりて、

枕とて草ひきむすぶこともせじ秋のよとたにたのまれなくに

中将の、こよひはこゝにと、めんとし給ふと心えてよめる歌也。歌の心は、草の枕をひきむすひたひねはせまし秋のよのなかきともおもはずとよめり。ころは三月の晦日のことなれは、かくよめり。式子内親王の、忘めやあふひを草に引むすひかりねの、べの露のあけほのとよみ給へるも、此歌を思へるにや。草引むすふといへは、枕といはねとも枕ときこえ侍也。

とよみける。時は、やよひのつごもりなりけり。みこ、おほとのこもらで、あかし給うてけり。

おほとのこもるとは、ぬることをいふ也。寝所にこもる心也。

かくしつゝ、まふてつかうまつりけるを、

是より別の段に、定家卿のあそばし、本あり。大略はつゝけてあそばす也。

思日のほかに、御くしおろしたまふてけり。む月に、おかみたてまつらんとて、小野にまうてたるに、ひえの山のふもとなれは、雪いとたかし。

文徳第一の御子なれは、儲君になり給へきを、清和の御門にひきたかへられ給へることを、思ひのほかなるとはいへり。入道し給ふことは、貞観十四年七月のことなり。小野は大原也。こゝに閑居してまします所へまいる也。

しゐて、みむろにまうてゝ、おかみたてまつるに、つれ〳〵と、いと物がなしくておはしましけれは、やゝひさしくさふらひて、いにしへのことなと、おもひいてきこえけり。さてもさふらひてしがなと思へと、おほやけごと、もありけれは、えさふらはで、夕ぐれに、かへるとて、

みむろ、をこなひしたまふ室也。弘法の南都にある時、行たまふ所を御室と云。寛平法皇の仁和寺にまします所をも御室と申て今にありしなり。古のことなと思出とは、もと水無瀬へ常にまいりしが、今は山居して雪中にましますことよと、かす〳〵思ひつゞけたるなるへし。

わすれては夢かとぞ思おもひきや雪ふみわけて君をみんとは

古今第十八にあり。まへのことはに思のほかなるといへる心也。忘れては夢かと思ひて、さらにうつゝとはおぼえす。かやうに閑居幽間の御すまゐを、雪ふみわけてみたてまつらんとはおもはざりしといへり。

とてなむ、なく〳〵きにける。

（八十五）

昔、男有けり。身はいやしなから、はゝなん宮なりける。

業平の母伊登内親王は、桓武の皇女也。故に宮と

いへり。貞観元年九月に薨す。

そのはゝ、なかをかといふ所にすみ給けり。こは京に宮づかへしけれは、まうつとしけれど、しは〳〵えまうてず。

子は京に宮づかへとは、業平の朝家に奉公の事也。ひとつごにさへありけれは、いとがなしうし給ひけり。

業平は兄弟五人、同腹也。行平・守平・仲平・大江音人也。とりわけ中将をいとをしく母の思給へるによりて、ひとつごとはいへり。一子の思ひをなせる心也。

さるに、しはすはかりに、とみのことゝて、御ふみあり。おとろきてみれは、うたあり。

とみは、いそきたることをいふ也。

老ぬれはさらぬ別のありといへはいよ〳〵みまくほしきゝみかな

さらぬわかれは、不レ去わかれ也。死ぬる事をいふ。人間にある人のかれえぬわかれ也。古今第十七にあり。

かのこゝいたうゝちなきてよめる。

世中はさらぬわかれのなくも哉千よもといのる人のこのため

これも古今第十七に入たり。さて歌の心は、我身一つの上へはかけすして、世間へかけて云也。世に生死と云事のなくもあれかし。一切衆生の子たるものゝためによからんと云り。此内に我も則こもれり。

（八十六）

昔、男有けり。わらはよりつかうまつりけるきみ、御くしおろしたまうてけり。む月には、かならすまうてけり。

中将のわらはの時より惟喬親王へつかうまつれることなり。小野の御むろへ正月ことにまいりける也。

おほやけのみやつかへしけれは、つねには、えまうてず。されと、もとの心うしなはてまうてけるになん有ける。昔つかうまつりし人、そくなる、ぜんじなる、あまたまいりあつまりて、

僧俗といはす、御こに心よせつかうまつる人は、みなみむろにまいりたる也。

無月なれは、事たつとて、おほみきたまひけり。

ことたつは、ことにとてといふ詞也。たつは、詞に、まめたつ、又まことたつなといふがことし。

雪こぼすかごとふり、ひねもすにやまず。みな人ゑひて、ゆきにふりこめられたりといふを題にて○歌有けり。

雨雪なとのつよくふるをは、こぼすがごとくといふ。水をかたふくるやうなる也。覆の字也。

思へとも身をしわけねはめがれせぬ雪のつもるそわかこゝろなる

此歌の心は、みこの御もとへつねにまうてまく思へとも、宮つかへにひまなくて、身をしわけねは、思ひたるはかりにてある。その思ひのつもりたるは、今ふれる雪のことくあるとよめる也。めかれせぬは、雪のこと也。これにてふりこめられたる心はある也。古今第十八、むねをかのおほよりかこしへまうてきたりける時に、雪のふりけるをみて、をのか思はこの雪のことくなんつもれるといひけるによめるうた、読人しらす、君かおもひ雪とつもらはたのまれす春よりのちはあらじと思へは　物語の歌と心同也。

とよめりけれは、みこ、いといたうあはれかりたまふて、御そぬきて、たまへりけり。

篤行歌上句と本にあり。

（八十七）

昔、いとわかき男、わかき女をあひいへりけり。をの〳〵、おやありけれは、つゝみて、いひさしてやみにけり。年ころへて、女のもとに、猶、心さしはたさむとや思けん、男、うたをよみてやれりけり。

今までにわすれぬ人は世にもあらしをのがさま〳〵年のへぬれは

をのか世ゝになりて年久しくなりぬれは、わすれぬ人は世にあるましきを、我はさらにわすれぬとよめる也。

とて、やみにけり。男も女も、あひはなれぬ宮づかへになん、いてにける。

同所の宮仕に出て、つねによそなからあひみる也。

（八十八）

無かし、男、津のくに、むはらのこほり、あしやのさとに、しるよしゝて、いきてすみけり。むかしの歌に、あしのやのなだのしほやきいとまなみつげのをくしもさらずきにけり

万葉第三、石川少郎歌云、しかのあまはめかりしほやきいとまなみ髪梳の小くしとりもみなくに　此歌をあしのやの歌にかきなして、昔の歌といへるにや。たゝし新古今集には、業平朝臣の歌とのせられ侍り。昔はくしにて髪をあけたり。男も女もともにしけるにや。此歌をひくは、あしのやのなだといふ所のある証拠にいへる歌なり。

とよみけるそ、この里をよみける。こゝをなん、あしやのなだとはいひける。この男、なまみやづかへしければ、それをたよりにて、衛ふのすけどもあつまりきにけり。

今の古歌によめるは、あしやの里をよめると也。よみけるそと句をきらすして、よみけると切て、そこの里とよむへしと也。此男、なま宮仕しければはとは、なま〳〵しき宮づかへ也。

この男のこのかみも、ゑふのかみなりけり。

在原行平、貞観十四年八月廿五日参議にて左衛門督に転す、五十七。同十五年、督をはやめらる。

その家のまへの海のほとりにあそひありきて、

詞に、あしのやのさとにしるよしゝてとあれは、中将の館なるへし。

いさ、この山のかみにありといふ布引の瀧みにのほらんといひて、のほりてみるに、

いさは、友たちなとをさそふ詞也。

その瀧物よりこと也。なかさ二十丈、ひろさ五丈許なる石のおもて、しらきぬにいはをつゝめらんやうになんありける。

瀧のなり・すかた、なにゝもすくれたる也。瀧の水のしらきぬのことくみゆる也。

さるたきのかみに、わらうだのおほきさして、さしいでたるいしあり。

わらうだは円座の事也。

そのいしのうへにはしりかゝる水は、せうかうじ・くりのおほきさにてこぼれおつ。そこなる人に、みな、瀧のうたよます。かのゑぶのかみ、まつよむ。

瀧のしら玉か、小柑子・栗なとのおほきさなり。

我世をはけふかあすかとまつかひの涙のたきといつれたかけむ

あなかち命のけふかあすかと云にあらす。行平のゐなかわたらひして、人かすにもなくおちふれたる躰は、けふかあすかと待やうなりと云り。待かひはまつあいた也。涙と瀧とはいづれかたかきそと云り。涙の瀧とつゝけてよむを、心のうちに句を切て、涙のと切て瀧とよむへき也。

あるし、つきによむ。

業平なり。

ぬきみだる人こそあるらし白玉のまなくもちるかそてのせばきに

古今集第十七、業平の歌也。歌の心は、瀧の白玉は、水精なとを緒につらぬけるを、其緒をといてみたすやうにおつる也。さやうにぬきみだる人こそあるらんと也。下句は少卑下せり。間断もなくちるは、我袖のせはきにと、白玉を袖の涙にたとへてよめる也。

とよめりけれは、かたへの人わらふことにや有けん、この歌にめでゝ、やみにけり。

わらふは歌のわろくてわらふにはあらす。入興したる也。此歌にうへこす歌はあるましきとやむ也。

かへりくるみちとをくて、うせにし宮内卿もちよしか家のまへくるに、日くれぬ。やとりのかたをみやれは、あまのいさり火おほくみゆるに、かのあるしのおとこよむ。

此人の家もあしやの里のあたりにあるにや。何たる人やらん、系図もみえす。やとりのかたをみやれはとは、あしやのなたの方をみやる也。

はるゝ夜のほしか河辺のほたるかもわがすむかたのあまのたく火か

晴天の星か、又河辺のほたるか、我すむ里のあまのたく火かとたとへに云り。

とよみて、家にかへりきぬ。その夜、南の風ふきて、浪いとたかし。つとめて、その家のめのことも、いてゝ、

つとめては、あしたとくの事也。めのこは女子也。

うきみるの、浪によせられたる、ひろひて、家のうちに

もてきぬ。女かたより、そのみるを、たかつきにもりて、かしはをおほひていたしたる、かしはにかけり。

高土器は、土にてつくりて、とうたいのやうなる物也。

渡津海のかざしにさすといはふもゝきみがためにはおしまさりけり

わたづ海、わたづみともいふ。只海の異名に云事もあり。又海神のことに云こともある也。かさしにさすとは、海松の岩よりおい出たるを、海のかさしとはいへり。古今集の歌、わたづうみのかさしにさせる白妙の浪もてゆへるあはぢしま山　これは波の花を海のかさしといへり。おなし心也。いはふは、愛する心也。又云、たゝいふと云ことばなるへし。かさしにさすといふ藻とつゝけたる也。或説、いはふもと海松の異名といへり。しからはいはふは、岩に生たる心か。猶たつぬへし。みるを藻といへる、いつれも海藻なれは也。君かためにはおしまさりけりとは、みなみの風によせられたるをいふ也。いまの世にあしやのなたに海松ありとはき○えす。

ゐなか人の歌にては、あまれりや、たらすや。

物には有余不足あるもの也。あまれりとはよき也。たらぬはあしきことをいふ。

（八十九）

昔、いとわかきにはあらぬ、これかれ、ともたちとも、あつまりて、月をみて、それがなかに、ひとり、

中年にかゝり、中年にすきたる友たち也。

おほかたは月をもめてじこれそこのつもれば人のおいとなる物

大かたとは、十のもの七つ八つといふ心也。人は物に著し貪するゆへに、月日のうつるをもしらす、むなしく残生を送る也。しかれは月をもめてじとは云り。めてしは、めてたりし也。又めつまじきといふ心にもかなへり。

（九十）

むかし、いやしからぬ男、我よりはまさりたる人をおもひかけてとしへける。

人しれす我こひしなはあぢきなくいづれの神になきなおほせん

　人しれず恋○して、死たらは、神のたゝりによりて、死たるものよといひて神になき虚名をいひつけ侍らん。我は恋ゆへしぬるといふ心也。

（九十一）

昔、つれなき人を、いかでと思わたりけれは、あはれとや思ひけん、さらは、あす、ものこしにてもといへりけるを、かきりなくうれしく、又、うたがはしかりけれは、おもしろかりけるさくらにつけて、

　つれなきは、なひきがたき人也。

さくら花けふこそかくもにほふともあなたのみかたあすのよのこと

　あすのよのことは、如の字也。此説は不用あすのよといふは、なくさめ詞と思ふ程に、たのみかたきとよめる也。

といふ。心ばへもあるへし。

（九十二）

昔、月日のゆくをさへなけく男、三月つこもりがたに、

　月日の行をは歎くへき事なるを、人生はそう〱としてすこせり。此男は物おもひ有て、いつか其人にあふと思ふによて、月日のゆくをさへなげく也。

おしめとも春のかぎりのけふの日の夕ぐれにさへなりにける哉

　後撰第三、読人不レ知の歌也。

（九十三）

昔、こひしさにきつゝかへれど、女にせうそこをたにえせて、よめる。

あしべこぐたなゝし小舟いくそたひゆきかへるらんしる人もなみ

　たなゝし小舟は、ちいさき舟をいふ也。舟棚とて、舟の左右にゐんのやうに板をうちつけたる物のあるが、小舟にはなきゆへに、たなゝし小舟といへり。小舟をあしの中へこき入たるは、よそよりはみえす。我思ふ人のもとへ行てはかへり〱すれども、人のしらざる○たなゝし小舟を芦の中へこき入て、人の

　しらぬかことしと也。

（九十四）

昔、男、身はいやしくて、いとになき人を思かけたりけり。すこしたのみぬへきさまにや有けん、ふして思ひ、おきて思ひ、〳〵わひてよめる。

　になきは、二なき也。たくひなき人といふ心也。

あふな〳〵思ひはすへしなそへなくたかきいやしきくるしかりけり

　あふな〳〵は、おふな〳〵といふ詞なるへし。おとあと五音通故也。源氏物語に所々にあり。あふな〳〵は、けに〳〵しく、又はねんころなる議也。おもひはすへしとは、おもふをは思ふへしといふ心也。なぞへとは、なぞらへなくといふ義也。恋といふ物は、たかきもいやしきも、ひとしくゝるしき物とするへし、といふ心也。

むかしも、かゝることは、世のことはりにや有けん。

　恋といふことは、たかきいやしきをえらはぬか、世のことわさにてありといふ也。

（九十五）

昔、男有けり。いかゝ思けん、そのおとこすまずなりにけり。

　女とあひずみせぬは、はなれたる心也。

のちに男ありけれと、こあるなかなりければ、こまかにこそあらねど、時〳〵ものいひをこせけり。

　此女、のちにおとこをもちたれと、はしめの男に子ある人也。

女かたに、ゑかく人なりければ、かきにやれりけるを、今の男の物すとて、ひとひ・ふつかをこせさりけり。

　絵かく女なれは、もとのおとこのかたより、絵をあつらへたるなり。

かの男、いとつらく、をのがきこゆる事をは、今までたまはねは、ことはりと思へと、猶、人をはうらみつへき物になんありけるとて、ろうして、よみてやれりける。時は秋になんありける。

　ろうは、哢也。てうろうすること也。

秋のよは春ひわするゝ物なれやかすみに霧やちへまさる

らん

秋のよをは、今の夫にたとふ。春の日をは、もとの男にたとふ。秋になりて春をわするゝは、あたらしき男にあひて、もとの夫をわするゝ心也。ちへは、千重也。春の霞より秋の霧のふかさはまされるゆへとよめる也。

となんよめりける。女かへし、

千々の秋ひとつの春にむかはめや紅葉もはなもともにこそちれ

女の返事也。今の男は千人ありとも、もとの一人にはむかふへきにあらさる也。秋は木草の花ももみちもことく〳〵くちる時なれは、春をとるへき心にいへり。千々の秋は、男の歌に千へまさるといへる詞○つきて、ちゞとはよめる也。

（九十六）

昔、二条の后につかうまつる男有けり。女のつかうまつるを、つねにみかはして、よはひわたりけり。

此女は、二条の后に宮づかへする人也。其を中将よばひたる也。

いかて、物こしにたいめんして、おほつかなく思つめたること、すこしはる○さんといひけれは、女、いとしのひて、ものこしにあひにけり。物がたりなどして、おとこ、

思つめたるとは思きはめたる事也。しちのはしかきかきつめてのつめての詞、同也。

ひこほしにこひはまさりぬあまの河へたつるせきをいまはやめてよ

七夕は、年にまれなる契なれとも、其夜をたかへず、かならずあへり。我はものこしにへたて直にあふ事なけれは、ひこほしよりは恋まさりてかなしきと也。

このうたにめてゝ、あひにけり。

（九十七）

昔、思有けり。女をかくいふこと月日へにけり。いは木にしあらねば、心ぐるしとや思せん、やう〳〵あはれと思けり。

とにかくに心をつくして、月日をへたる也。岩木に

しあらねばとは、人非二木石一、必有レ情。

そのころ、みな月のもちはかりなりけれは、女、身に、かさひとつふたついてきけり。女、いひをこせたる、今は、なにの心もなし。身にかさも、ひとつふたつ、いてたり。時もいとあつし。すこし秋風ふきたちなん時、かならすあはんといへりけり。

六月十五日の比也。かさは小瘡なり。あつき時に常にあること也。

秋まつころをひに、こゝかしこより、その人のもとへいなんずなりとて、くせちいてきにけり。

思かけたるおとこのもとへ、この女はほかへいなんずる人にてあるよし、あなたこなたより、つけしらせたるを、口舌とはいふ也。業平のもとへゆかんとするなと云也。

さりけれは、女のせうと、にはかにむかへにきたり。されは、この女、かえでのはつもみちをひろはせて、うたをよみて、かきつけてをこせたり。

あのことく、此女のおとゝひなる人、むかへにきてつれていぬる也。かえでのはつもみち、紅葉せん時分にあらす。されと、早く色つくもあるものなれは、さもあるにや。

秋かけていひしながらもあらなくにこのはふりしくえにこそ有けれ

女の歌の心は、秋風ふきたちて、かならずあはんといひしかとも、思のほかにほかへ行は、いひしやうにもあらぬ也。されは、秋かけていひし事は、たゝ木のはふりしく縁にてこそありけれ、とよみて、かえでのはつもみぢをひろひて、此うたをかきつけておこせたる也。

とかきをきて、かしこより人をこせは、これをやれとて、いぬ。さて、やかて、のち、つゐにけふまてしらす。

上にをこせたりとあれと、其時やるにはあらす。やらんとて書付てをくを、便あらはやれと云てをく、其を今をこせたりとみる説あり。かきをきて、女はいにたるを、けふになるまてしらぬと也。

よくてやあらん、あしくてやあらん。いにし所もしらす。

此女、よさまなることのあるも、又あしさまなることのあるをも、しらす。ゐ所をさへしらぬと也。

かの男は、あまのさかてをうちてなん、のろひをるなる。海人のかづきしに、海底へ入時、さかさまになりて入とて、手にて浪をうつてゆく也。いきをもえせず苦きこと也。業平の思の切なる事、あまのさかてをうちて、千尋の底に入やうにくるしきを云也。のろひをるとは、其人を切にうらむるを云といふ説あり。当流に用るところ、あまのさかてをうつとは、人を呪詛することをいふ。地神第四代彦火々出見尊と申神のこのかみ火闌降命と申おはしましけり。此二の神、さちかへをし給ひし時、このかみのつりはりをうしなひ給ひしを、それ返したへと、なをさりならすせめたまひしかは、もしやと、海のほとりをたつねありき給ひし時、しほづゝの翁といふ神のはかりことにより、海の宮へ入給て、やう〳〵とつりはりをたつね出して、あにのみことにかへし給時、うみの神のをしへによりて、さま〳〵のろ〳〵しきことゞもをいひつゝけて、うしろ手にてはりをなけあたへ給ひし事あり。くはしく日本紀の第二の巻にみえたり。かゝることのをこりよりはしまりて、人をのろふとては、手をうしろへやりてたゝく事ありとかや。それをあまのさかてうつとはいふ也。定家卿、爰のことはをとりてよめるうた、

をのれのみあまのさかてをうつたへにふりしく木の葉跡だにもなし

むくつけきこと、人のこゝろひごとは、おふ物にやあらん、おはぬ物にやあらん、いまこそはみめとぞいふなる。

これよりは物語の作者の詞也。むくづけきは、蠢の字をかく。むく〳〵しきなといふは、おそろしき事を云也。のろひ事をは、おふ物か、又おはぬ物か、この人をためしにてみんといふ也。

（九十八）

昔、ほり河のおほいまうちきみと申すいまそかりけり。

勘物　昭宣公基経　貞観十四年八月廿五日、右大臣・左大将卅七。

四十の賀、九条の家にてせられける日、中将なりけるおきな、

昭宣公の四十の賀は、貞観十七年三月のこと也。

業平は、元慶元年に右近権中将に任す。此時にはいまた中将とはいふへからす。しかれとも、のちの世には、業平の中将とのみいひつけたれは、かやうの物語なとも、後にかくものなれは、中将なりけるおきなとはいへる也。

さくら花ちりかひくもれおいらくのこんといふなる道まかふかに

古今集第七、賀歌也。ちりかひくもれとは、ちりまかひくもれといふ也。まかふかには、まかふはかりにといふ詞也。かにの詞、賀の歌に詠する、其興あるよし、先達申されし。

勘物　忠仁公　天安元年二月十九日、大政大臣五十五。四月九日、従一位。二年十一月、摂政清和　外祖。

（九十九）

昔、おほきおほいまうちきみときこゆるおはしけり。つかうまつる男、なか月許に、梅のつくりえたに、きしをつけてたてまつるとて、

清和天皇九歳にて位につかせ給時、摂政し給へり。かくて貞観十四年九月三日薨、六十五也。白川太政大臣とも、又染殿のおと、、も申す也。つかうまつる男、業平也。忠仁公に家礼也。

我たのむ君かためにとおる花はときしもわかぬ物にぞ有ける。

詞に、なか月はかりに梅のつくり枝にきじをつけてとあり。さて時しもわかぬ花とはよめり。又きじを物の名にかくしてよめる歌也。古今太政大臣歌と書也。

とよみて、たてまつりたりけれは、いとかしこくお○しがり給て、使にろくたまへりけり。

（百）

昔、右近の馬場のひをりの日、むかひにたてたりけるくるまに、女のかほの、したすたれより、ほのかにみえけれは、中将なりける男、よみてやりける。

ひをりの日は、年ことの五月に、左近右近のむまはにて、近衛のとねりどももむまにのりて弓をいる事あ

り。三日は左近のあらてつかひ、四日は右近のあらてつかひ、五日は左近のまてつかひ、六日は右近のまてつかひ也。それをひをりの日といふは、まゆみのまてつかひの時、とねりども褐をひきおりてきるゆへに、ひをりと○いふ也。あらてつかひにもおなしすかたなれと、それはかたのやうの事にて、まてつかひをむねとしたれは、この日をひをりとはいふ也。左近のひおりは、五日の事なるへし。又左右近の馬場におとゝやとて、近衛中少将の着座する所有。業平おとゝやにつきて、女のかほの車の下すだれよりはつれたるをみけるにや。たゝし、それは程とをくて、よくもみゆへからず。又、歌をよみかはさん事もいかゞとおぼゆるうへ、大和物語には、その日、中将見物にいてたるよしみえたり。それはさてもありなん。

みずもあらずみもせぬ人の恋しくはあやなくけふやなか
めくらさん

はつかにみたるはかりなれとも、其人を忘れかたくて、あやなくけふやなかめくらさんと也。あやなくといふ詞は、かひなく、又やくなきといふ心也。

返し、

しるしらぬなにかあやなくわきていはん思ひのみこそし
るべ成けれ

此二首の歌は古今集第十一にあり。後の歌はよみ人しらすとあり。大和物語には此返歌相違せり。

みもみすもたれとしりてか恋らるゝおぼつかなみのけふのなかめやとあり。大和物語は業平之子、滋春つくれりといふ。或は花山院の御作ともいへり。歌の心は、しるともしらぬとも、いひことなし。恋路は、たゝ思のみこそしるべなれと云也。

のちは、たれとしりにけり。

後にあひたる也。

（百一）

昔、男、後涼殿のはざまをわたりけれは、

後涼殿は清涼殿のにしにあたれる殿也。両殿の間を、はさまとはいふ也。

あるやんことなき人の御つほねより、忘草を、しのふ

草とやいふとて、いたさせたまへりけれは、たまはりて、

わすれ草しのふ草ひとつ也。そなたには忘れたれとも、忍とやこたへんと云心也。

わすれ草おふる野べとはみるらめとこはしのふなりのちもたのまん

歌の心は、わすれ草おふる野べとはみれとも、これは忍草とやいふとていたさせ給へれは、さてはしのふにてありけり。さらは後もたのまんといへる也。此歌、大和物語にもあり。二条の御やす所の御かたより、いださせ給ふとみえたり。

（百二）

むかし、左兵衛督なりける在原のゆきひらといふありけり。

在原の行平、貞観六年三月八日、任㆓左兵衛督㆒、従四位上。同十二年正月十三日参議に任するを督を兼す。同十四年八月廿五日左衛門督に転す、九ケ年の間左兵衛督にてある也。

その人の家に、よきさけありときゝて、うへにありける左中弁ふちはらのまさちかといふをなん、

勘物　藤原良近　貞観十二年正月廿五日右中弁、十六年転㆓左中弁㆒。

うへにありけるとは、行平雲客にてありし時、左中弁まさちか、位次の上首にてありける也。

まらうとさねにて、その日はあるじまうけしたりける。

客人の器也。

なさけある人にて、

行平朝臣をいふ。

かめに花をさせり。その花のなかに、あやしきふちの花ありけり。花のしなひ三尺六寸ばかりなんありける。

しなひとは、花のふさのなかさをいふ也。催馬楽には、青柳がしなひをみれは、とあり。

それを題にてよむ。よみてはてかたに、あるしのはらからなる、あるしし給ふときゝてきたりけれは、とらへてよませける。

中将は、行平のおとゝひなれは、あるしのはらからといふ。あるししたまふと饗応すること也。上にあるしといへるは、主人也。あるしに二の心ある

べき也。

もとより、歌のことばしらざりければ、すまひけれと、しゐてよませければ、かくなん、

中将を、歌の詞しらぬとは、卑下していへること也。すまふとは、いやかる心也。

さく花のしたにかくるゝ人をおほみ有しにまさる藤のかけかも

なと、かくしもよむといひければ、

行平朝臣の中将にといけるなり。

おほきおとゞのゑい花のさかりにみまそかりて、藤氏のことにさかゆるを思ひてよめるとなんいひける。

忠仁公の御こと也。みまそかりては、まし〱てといふ詞也。

みな、人、そしらずなりにけり。

中将の返答をきゝて、みな人、世におそれて、とかくのほうへんに及はぬ也。又、歌もあしからす、かた〱そしらぬなるへし。

（百二）

昔、男有けり。歌はよまざりけれと、世中を思ひしりたりけり。あてなる女のあまになりて、世中を思ひうんじて、京にもあらず、はるかなる山ざとにすみけり。

此をもてしんぬ。歌をよまん人は、有為無常をしり、世のことはりをも勘弁して、教誨の端ともなり、天下の治をもしるべき也。古今序に、いきとしいけるもの、いつれか歌をよまざりけるとかけり。人倫としては、礼法道理をしらざるべけんや。あてなる女は斎宮の御こと也。うんじては、慍の字也。思ひいきとをる心也。世をうらみたるをいふ。

もとしぞくなりけれは、よみてやりける。

もとしりたる女にてあれとも、はゞかりあるにより て、親ぞくにてある人とかきなしたり。しぞくは、親族也。源氏物語にもいへる詞也。

そむくとて雲にはのらぬものなれどよのうきことそよそになるてふ

尼になりて世をそむくといへはとて、仙人などのやうに雲にのることはなけれど、をのづから世間のことはよそになるといふと也。

となんいひやりける。斎宮の宮也。

（百四）

昔、男有けり。いとまめにじちようにて、あだなる心なかりけり。

まめなるといふと、じちようといふ詞はおなしこと也。かやうのことはづかひはつねのこと也。じちようは実要也。まめなるによりて、中将をばまめおとこといへり。

ふか草のみかとになん、つかうまつりける。

仁明天皇崩御のゝち、山城のふか草の御さゞきにかくしまつれるによりて、深草の御門とは申也。業平 中将、この御時よりつかへし人也。

心あやまりやしたりけん、みこたちのつかひたまひける人を、あひいへりけり。さて、

中将あやまりて、みこたちのめしつかひける女に物いひける也。仁明のみこは、文徳天皇・光孝天皇なとを申也。

ねぬるよの夢をはかなみまどろめばいやはかなにもなりにける哉

古今集第十三にあり。歌の心は、みし夜の夢をはかなく思て、又まどろめは夢のはかなさはいよ〳〵まさるとよめる也。此歌を、恋の心にいはゝ、うつゝに人にあひたることをも夢といふへし。はかなさは、夢もうつゝもおなし事なるへし。大かたおぼめきてたしかならず。心あまりてこと葉たらぬなどゝは、かやうの歌を云べきにや。

となんよみてやりける。歌のきたなげさよ。

きたなげさは、心きたなきといふ心也。あやまりしけるを、たゞ夢におほせてたしかにもいはぬやうなるを、心きたなきといふ也。

（百五）

昔、ことなることなくて、あまになれる人有けり。かたちをやつしたれと、物やゆかしかりけん、かものまつりみにいてたりけるを、男、うたよみてやる。

子細はなくて尼になる也。これも斎宮の事也。

世をうみのあまとし人をみるからにめくはせよともたの

まるゝかな

世をいとひてあまになれるを、世をうみの海人とそへたり。めくはせよとは、俗に目くはしするといふ事也。心に思ことをこと葉にいはずして、めづかひにてしらするをいふ。海のあまの和布をくふによせてよめる也。

これは、斎宮の物みたまひける車に、かくきこえたりけれは、みさして、かへり給にけりとなん。

（百六）

昔、男かくては、しぬへしといひやりたりけれ、女、

白露はけなばけなゝんきえずとて玉にぬくへき人もあらしを

けなばけなゝんは、きえば消よといふ心也。玉にぬくとは、露をもてあそふ心也。しぬへしといひおこせたるおとこの返事によめる歌也。

といへりけれは、いとなめしと思けれと、心さしは、いやまさりけり。

いとなめしとは、及なき人を、業平の思かけて、猶これをすてえぬは、びんなけれども、心さしはいやましになるといへり。如レ此みよといへとも、たゝ

これは、白露はけなばけなゝんといへるは、あまり存外には思へとも、志（マヽ）はいやましになるとみるへき也と云説あり。家説には、無礼とかきてよめり。けなばけなゝんとよめる歌を無礼なるといへり。なさけなき心なるへし。

（百七）

昔、男、みこたちのせうえうし給所にまうて、、たつた河のほとりにて、

ちはやふる神世もきかずたつた河からくれなゐに水くゝるとは

古今集第五にあり。詞云、二条の后の春宮のみやす所と申ける時に、御屏風にたつた河にもみちなかれたるかたをかけりけるを題にてよめる。此物語には、みこたちのせうようし給所にまうて、、龍田川のほとりにてよめるよしみえたり。いつれまことならん。歌の心は、川にちりしきたる紅葉を、

水のくゝりてなかるゝを、紅くゝるとはいふ也。

　くゝるは潜の字也。あしかも・鳰なとの、水をかつくをくゝると云也。紅葉あらはさすして、紅に水のくゝるをは、神世にもきかずとはいへる也。神代には神変ふしぎはありといへども、神世にもかゝる事はきかずといへり。首尾相応言語道断也。

（百八）

昔、あてなる男ありけり。

　業平をいふ。

その男のもとなりける人を、

　業平の妹也。初草の返歌せし人也。ねよげにみゆると云歌よみて、妹をけさうしたると云義は、さなきと云は、此段にてみえたる事也。

内記に有ける藤はらのとしゆきといふ人よはひけり。

　勘物　敏行、母、紀名虎女。歌よみ也。一切経かきし人也。

されど、またわかけれは、文もおさ〳〵しからず、こと葉もいひしらず。いはんや、歌はえよまさりければ、かのあるしなる人、あんをかきて、かゝせてやりけり。めてまとひにけり。さて、男のよめる。

　業平中将のもとの女也。初草の妹といふ説もあり。おさ〳〵しきは、優也。治也。長也。おさ〳〵しからずは、なにことにも優長ならぬ心也。古今の長歌に、おさ〳〵しくもおもほえずといへり。又おさ〳〵といふは、詞也。それは別の事也。

つれ〳〵のながめにまさる涙河そてのみぬれてあふよしもなし

　しつかにまぎるゝ方もなく、此女を思折ふしの涙河は、袖のみひちてあふよしもなしと云り。此ながめは、長雨にそへたり。故に、川の水まさるとよめり。

返し、れいの男、女にかはりて、

あさみこそ袖はひつらめ涙河身さへながるときかはたのまん

　右二首の歌は、古今集第十三にあり。歌の心は、浅みなれはそ袖はぬるゝらん、それをたのまん事にあらずと也。身さへながるは、涙川のふかきをい

へり。それほと、思はゞたのまんとよめる也。此二首、返歌の本と云也。源氏物語に贈答の本と云歌、

袖ぬるゝ恋路とかつえしりながらおりたつたごのみつからそうき　浅みにや人はおりたつ我かたは身もそほつまてふかき恋路を

といへりければ、男、いといたうめてゝ、いまゝてふばこにいれてありとなんいふなる。

文箱に入て、秘蔵したる也。

男、ふみをこせたり。えてのちの事なりけり。

えてのちとは、此女にあひての後といふ心也。

雨のふりぬへきになんみわつらひ侍。み、さいわひあらは、この雨はふらしといへりければ、れいの男、女にかはりて、よみてやらす。

さいはいは幸の字也。おとこの女にあふことを、幸といふ也。

かず〳〵に思ひおもはずとひがたみ身をしる雨はふりぞまされる

古今集第十四にあり。かず〳〵は、こと〳〵くなといふ心也。ことのかずをつくす義也。とひがたみは、とひがたし也。歌の心は、かず〳〵に我をおもふかおもはぬかをは、問へきにあらす。たゝ雨のふらんにぬれ〳〵もきたらば、たくひなき心ざしとしり、ふるとてこずはさしもおもはざりけりと我身の程を、雨にてしらんずれば、身をしる雨とはよめる也。又、身をしる雨を、涙になしてよめる歌もあるべし。

とよみてやれりければ、みのもかさもとりあへで、しとゝにぬれて、まどひきにけり。

とりあへでは、とる物もとりあへずといふかごとし。しとゝにぬるゝとは、雨にしと〳〵とぬるゝをいふ。

（百九）

昔、女、人の心をうらみて、

風ふけはとはに浪こすいはなれや我ころもでのかはくときなき

とばにとは、とことはにと云心也。とばのはの字、濁てよむ也。とばに浪こす岩のことく風のふかぬまもなく、浪のたゝぬおりもなく、常住風波にぬ

る、我袖なりと云り。岩をわがころもにたとへたる也。

と、つねのことぐさにいひけるを、きゝおひけるおとこ、

此歌を女のよみて、いつとなくつらきおとをうらみたるをきくお○このわが身の事をいふぞときゝおひて、したの歌をよめる也。

よゐことにかはづのあまたなく田には水こそまされ雨はふらねど

よゐことには、よゐのまことにあらず。夜ことにと云心也。よな〳〵に蛙か雨をねかふてなく、田には雨はふらねと水はまさるやうにおぼゆる也。蛙のきざしより○て、水のまさるやうに、業平の思のきざしよりして、そなたの衣手のかはく時なきぞといふ説あり。不レ用。女の心多してあまたの男をかよはすほとに、それによりてそなたの衣手のかはく時なき也。水こそまされとは、そなたの思ひのまさると云心也。雨はふらねどは、こなたゆへの思ひにあらずと云義也。

（百十）

昔、おとこ、ともたちの人をうしなへるがもと○やりける。

業平の友たち也。女にをくれたる歟。

花よりも人こそあたに成にけれいづれをさきにこひんとか見し

ともたちの人をうしなへるがもとへよみてやれる歌也。古今集には、紀茂行が歌也。歌の心は、世のあだなさは、花と人とをいづれかさきに恋んずらんと思ひしに、此人のうせたるをきけば、花よりさきに人をこふるといへる也。余情あくまである歌也。

（百十一）

昔、男、みそかにかよふ女ありけり。それがもとより、こよゐ、ゆめになん見えたまひつるといへりけれは、おとこ、

思ひあまりいでにし玉のあるならんよふかく見えば玉むすびせよ

是は、人玉のとふをみては、玉はみつぬしはたれともしらねともむすひそとむる下かへのつまと此歌を三度誦して衣の下かへのつまをむすぶこと、むかしよりいひつたへたる事あり。其事を思ひて、夜ふかくそなたのめにみえん玉は我にてぞあるらん、つまにむすひとめてたへと、せめての事によみてやれる也。詞には、こよひ夢になんみしとかけり。夢といふ物は、たましひがありきてみゆれは、おなしことなるへし。

（百十二）

昔、男、やんことなき女のもとに、なくなりにけるをとふらふやうにて、いひやりける。

やんことなき女とは、きはめたる上臈をいふ也。其人のなげきのありけるを、とぶらふやうにて、其次に思ふ事をほのめかしたる也。

いにしへはありもやしけん今ぞしるまた見ぬ人をこふるものとは

昔は有しやらん、なき事やらん、しらず。またみぬ人をこふると云事は、ためしなし。我ぞ始にてあらんと也。

返し、

したひものしるしとするもとけなくにかたるかごとは恋ずそあるへき

人に恋らるゝ時は、下ひもがひとりとくるといへるが、我が下ひもは今までとけたる事なし。そなたのごとは恋もせず、そら事にてあるらんと也。かたるがごとくならばと用也。

又、返し、

恋しとはさらにもいはし下ひものとけんを人はそれとしら南

此両首の○歌後撰集第十一にあり。後の歌は在原の元方之歌也。初のうたは元方の返事、よみ人しらすと有。此物語と贈答前後したり。又、恋ずそあるへきを、あらすもある哉とあり。初の歌のかたるかごとは、かたる○如くならばの心也。下紐は、人に恋らるゝ時、をのづからとくるといへり。後撰歌、むすひ置し我下紐の今までにとけぬは人の恋ぬなりけり。

（百十三）

昔、男、ねんころにいひちぎれりける女の、ことざまになりにければ、

すまのあまのしほやく煙風をいたみ思はぬかたにたなびきにけり

古今集第十四、よみ人しらすの歌也。古今たとへ歌にかきたり。歌の心は詞にきこゆ。此歌上品の歌也。古来称美したる歌也。よそへなひく事を煙にたとへてよめり。

（百十四）

昔、男、やもめにてゐて、

女にすてらるゝ時のことか。

なかゝらぬいのちのほとに忘るゝはいかにみじかき心なるらん

長からぬと云て下にみじかきと対せり。今よまばみくるしかるへきが、此歌はさもなく優にみゆる也。

（百十五）

昔、仁和のみかど、せり河に行幸したまひける時、

此ことは、業平卒して後のこと也。此物語にはあるまじき事なるを、おほくの本にのせたれば、今さらのぞくに及はす。伊勢がかきたるといふは、これらの証拠にていふこと也。仁和御門は、光孝天皇を申。仁和二年十二月十四日、芹川に野行幸ありし也。芹川の行幸のはしめは、嵯峨天皇の行幸か始也と云説あり。

いまはさることにけなく思けれと、もとつきにける事なれは、おほたかのたかゝひにてさふらはせたまひける、すりかりきぬのたもとにかきつけゝる。

にけなくは、にあはぬ心也。行平中納言、其年六十九才也。鷹狩なとの行幸にまいらん事はにあはぬ事と思ひけれと、もとよりしつけたるくせなれば、えみすぐさで、大鷹の鷹飼に供奉したる也。すりかりきぬ、後撰集のことかきに、鶴のかたをぬいてかきつけゝるとあり。

おきなさび人なとかめそかり衣けふはかりとぞたづもなくなる

後撰集第十五にあり。詞に云、仁和の御門芹川の行幸し給ひける日、鷹飼にて、かりきぬの袂につるのかたをぬひてかきつけたりける、とあり。おきなさびは、老て猶されすける心也。たつをぬい物にしたるによりて、けふばかりとぞたづもなくなるとよめり。

おほやけの御けしきあしかりけり。をのかよはひを思けれと、わか〻らぬ人はき〻おひけりとや。

行平の歌は、をのれかとしのほとを思ひて、けふはかりとぞとよみたるを、御門もことし五十七にならせおはしましたるによりて、我御世のことをよめるとおほしめして、天気あしかりけりとなん。これを、わか〻らぬ人はき〻おひけりとかけり。或説に、御気色あしかりければ、行平の歌のよみやうをかへて、けふは狩とぞたからかに吟しける時、天気をとりなをしたりといふ。これらの説は、いたづら事也。かり衣とよみて、又、同字を一首の中にいふべきにあらす。かくよみなをしたればとて、天気をとりなをすべきいはれなし。かへりて、上をあさむきたるとて、いよ〳〵あしかるへきことにこそ。行平か〻る事によりて、同三年四月十三日、致仕の表をたてまつりて出仕をいたさす。かくて寛平五年、七十六にて、つゐに薨し侍りぬ。

(百十六)

昔、みちのくに〻て、男、女、すみけり。男宮こへいなんといふ。この女、いとかなしうて、うまのはなむけをたにせんとて、おきのゐで、みやこじまといふ所にて、さけのませて、よめる。

おきのゐ、宮こしま、此名所は陸奥国にあり。

をきのゐて身をやくよりもかなしきはみやこしまべのわかれなりけり

此歌○古今集、京極中納言の本に、以墨滅歌の中に、物名の部にのせたり。小野小町が歌とみえたり。歌の心は、をきのゐては、炭火のをきの我身につきたる心也。さて、みやこしまの一句、物の名ともきこえす。今案に、都と島辺とのわかれ、いつれもかなしきといふ心にとりなして、物の名をかくしたるといふへきにや。たとへは、みやこへのほる人と、島辺にとまる人の離別は、おなしかなしさといふ心なるへし。小野小町と中将と、奥州へくたりてわかるへきことはおほつかなし。これはたゝ物の名に読たる歌を、奥州にてよめるやうに、此物語にかきなせるにそあるへき。

（百十七）

むかし、男、すゝろに、みちのくにまて、まどひいにけり。京に思ふ人に、いひやる。

浪まよりみゆるこじまのはまひさし久しくなりぬ君にあひみて

はまひさしの事、知顕集なとに、さま〱申侍れと、みないたづら事とぞ覚え侍る。はまひさしは、たゝ浜にある家をいふべし。とまひさし板ひさしなといふがことし。定家卿、熊野御幸の御ともに参りて、新宮三首の中、庭上冬菊といへる題にてよめる歌。此物がたりを本歌にとれり。霜をかぬ南の海のはまひさし久しくのこる秋のしらきく　此歌、はまの家の心ならねば、題の庭の文字落題になる也。又、物語のはまひさしを、浜ひさきとかきたる本あり。よりきたれるによりて、ともに本歌にはとるべき也。君にあひみては、君にあひみぬといふ詞也。拾遺、万葉、ひさき。

なにことも、みな、よくなりにけりとなんいひやりける。

業平の身に、何事もなくよくなる心安思へと、ことつて也。馬上相逢無紙筆、憑君伝語報平安、の心也と云説有。世の人も、思たえたる事につけて人をかこつとては、今は中〱よくさふらふなと、いふやうなること也。

（百十八）

むかし、みかど、住吉に行幸し給ひけり。

或説に、文徳天皇、天安元年正月に、住吉に行幸し給ふといへれと、国史なとに所見なければ、さらに信用にたうず。新古今集にも、むつましと君はしら波の歌、神祇の部に入られたるにも、住吉に行幸ありし時といせ物語をひきてのせられたれど、いつれの御門の行幸とはみえす。いとおぼつかなきこと也。

我みてもひさしく成ぬすみよしの岸のひめ松いくよへぬらん

古今集第十七、よみ人しらずの歌也。姫松はちいさき小松にはあらす。松にめ松とて葉のこまかなるをいふ也。しかれは、いく代へぬらんといふにも、ちがはぬことなるへし。

おほん神、げぎやうし給て、

げきやうは現形にや。神躰のあらはれ給ふ心也。抑、住吉の大神と申は、むかし神功皇后の三韓をうち給ふ時、住吉の三神、御舟のしゆご神にあらはれ給て、わつらひなくしらきの国をしたがへ給て、帰朝の御時、つのくにの住吉の里に宮ゐをつくりて、いはゐ申されけり。それに神功皇后をもおなじくいはゐたてまつるによりて、住吉にては四所也。長門国豊浦の都にては三座也。なを延喜式の神名帳にみゆ。

むつましと君はしら波みづかきのひさしき世よりいはひそめてき

みづかきは、瑞籬也。久しきためしにいへり。人丸歌、乙女子が袖ふる山のみづがきの久しき世より思そめてきとよめり。神功皇后の御代に、すみよしの御神ばいはゐまいらせられたれは、むつましと君はしら波と御門の返事よみ給へるにや。伊勢物語の異本にいへる事あり。業平、此事をきゝて、住吉にまいりたる次によめる歌、住吉の岸のひめ松人ならはいく世かへしとゝはまし物を　とよめりけるに、おきなのなり、あしけなるいてゐて、めてゝ、返事す。衣だにふたつありせばあかはだの山にひとつはかさまし物をとよみてきえうせにけり。今思へは此神になんおはしけるとなん。住吉の岸のひめ松人ならはの歌は、古今集に、よみ人しらすとあり。あかはだの山は、あかはだかなるといふ歌にや。一首の心、神詠なれは、はかりがたし。

（百十九）

昔、男、ひさしくをともぜて、わするゝ心もなし。まいりこんといへりければ、

業平の女のかたへ久しく音信せずと也。

玉かつらはふ木あまたに成ぬればたえぬ心のうれしげもなし

玉かつらは、女にたとふ。後撰には、老懸を玉かつらと云とみえたり。これは草のかつら也。玉は物をほむるにそゆる字也。草のかつらは、木ひとつにはまとはらずして、あちこちへとりついてあまたにゆいてひとつにとまる事なし。さるほとに、我にたえすしてまいりこんといふも、うれしからずと也。

（百二十）

昔、女のあたなる、男の、かたみとてをきたる物ともをみて、

かたみこそ今はあたなれこれなくはわするゝ時もあらまし物を

古今集第十四、読人しらずの歌也。歌の心は、形見こそ今はあたなれとは、あたとはかたき也。此形見たになくはわするへきを、わすれぬねたさにうれしかりつるかたみを、今はあたを思ふ也。今はあたなれと、はかなきよしによみなす人あれと歌の心にかなはねばよしなし。

（百二十一）

昔、男、女のまだ世へすとおほえたるが、人の御もとにしのびてものきこえてのち、ほとへて、

よへずは、いまだ夫婦の道をしらぬをいふ。人○妻となりぬれは、男の世をふるわざをするゆへなり。

いまた世へす思ひたるが、ある人に、はや忍びたる事ありときゝて、おとこのよみてやれる歌也。

近江なるつくまのまつりとくせなんつれなき人のなべのかずみん

此歌、拾遺集第十九に入たり。初五文字、いつしかもとかきかへたり。又、はやせなんとあり。読人しらすの歌也。近江の筑磨の大明神の祭には、

女の男もちたるかず、鍋をいたゝきてわたるといへり。はちがましき祭にこそありけれ。歌の心は、女の世へずといへはまことかと思ひたれば、しのひて物いふときゝて、さては、ひとりばかりにては有まじきと、はづかしめたる歌也。

（百二十二）

昔、男、梅壺より雨にぬれて人のまかりいづるを、みて、殿上にさぶらひけるおりにて、

鶯の花をぬふてふかさもかなぬるめる人にきせてかへさん

　鶯の梅花かさといふことは、催馬楽にあり。青柳をかた糸によりて鶯のぬふてふ笠は梅の花笠といふをとりてよめり。梅壺より出をみて、鶯の花をぬふてふ笠もがなとよめり。尤似合たり。歌に梅とよまねとも、当座の詠はかやうにもあるべき也。

返し、

鶯の花をぬふてふかさはいな思ひをつけよほしてかへさん

女の返歌也。いなは、いやといふ心也。梅の花かさよりも、君が思ひをつけよかし、ぬれたらんき物をは、ほしてかへさむ、とよめり。おもひは、火によせたり。火にては、ぬれたる物をあぶるゆへ也。後撰集歌に、雨ふれどふらねどぬるゝ我袖のかゝる思ひにかはかぬやなぞ　これも思ひにて、袖をほす心也。

（百二十三）

昔、男、ちきれることあやまれる人に、

　ちきりをく事のたかへる也。

山しろのゐてのたま水てにむすひたのみしかひもなきよ成けり

　手にむすひは、契をむすふ心也。一河の流をくむなどいふも、ちきりの事にいへり。たのみしのこと葉は、のむと云詞をかくしたるにや。

といひやれといらへもせす。

（百二十四）

むかし、男有けり。深草にすみける女を、やう〳〵あきがたに、かゝるうたをよみけり。

年をへてすみこし里をいでゝいなはいとゝ深草野とやなり南

古今集第十八、業平朝臣の歌也。心は年ごろへて住こし所をはなれていなは、いとゝ深草の野とやならんと也。すてゝ後の女の事をもさすが思へるにぞ。

女、返し、

野とならはうづらとなりてなきをらんかりにだにやは君はこさらん

これも古今集に入たり。よみ人しらずの歌也。さて歌の心は、野とならは鶉と成てなくへし、かりそめにも、立よらぬことは、よもあらじと也。狩の字にみるは、わろし。只かりそめ○心也。応レ有下春魂化為レ燕年々飛入二未央棲上といへるがごとし。

とよめりけるに、めでゝ、ゆかんと思ふ心なくなりにけり。

(百二十五)

昔、男、いかなりける事を思ひけるおりにか、よめる。

心中におもふことも、きゝしるへき人なければ、いはぬならひ也。これは、朝夕のことぐさ、又教内教外の道にいたるまでも知音にあはねば、いはぬ物也。中将の心、何事としりがたし。それを房内秘密の術なと釈せる説あり。大なるあやまり也。何事と条目を云ほとならば、はや人にもいひきかせたるになりぬ。さるにとりては、物がたりにも、しか〳〵いはれをかくへきがきあらはさぬにてしりぬ。えもいはぬ事なるへし。慈鎮和尚、おもふことなどゝふ人のなかるらんあふげは空に月ぞさやけさとよみ給へるも、此○がたりの歌をおもへるにや。

(百二十六)

昔、おとこ、わつらひて、心ちしぬへくおぼえけれは、

つゐにゆく道とはかねてきゝしかど昨日今日とは思はざりしを

古今集第十六、哀傷歌に入たり。大和物語には、中将此歌をよみてなんさてはてにけるとかけり。業平は、元慶四年かのえ、子のとし、五月廿八日、年五十六にて卒す。此歌は、獲麟の一句なるへし。むかし、男、うゐかうふりして、といふにはじまりて、此一首にかきとめ侍て、始終をあらはし侍る作者の心、絶妙なる物をや。歌の心は、昨日までは今日とはおもはざりしと云義あり。たゝ昨日けふとは思はざりしとみるへし。是、則、一切衆生のこと葉也。かくとはしれども、其きはならではおとろかざる也。

〈以上　下冊〉

御本云

右抄上下者依尾張侍従忠吉朝臣
御懇望家秘説等記之今進献
不可有他見者也
慶長第九天極月下三日
右近中将藤原為満

解　題

一、書誌と構成

本書は、片桐洋一先生御所蔵の『伊勢物語』の注釈書で、上下二冊、縦二十八・七糎、横二十糎、一面十行書き、楮紙袋綴じの冊子本である。外題はなく、内題には「伊勢物語抄」とある。

上巻は「抑伊勢物語根源……」で始まる定家の識語の後、初段から第六十一段まで、下巻は第六十二段から第百二十六段までの注釈がなされている。[1]下巻の奥には、

御本云
　右抄上下者依尾張侍従忠吉朝臣
　御懇望家秘説等記之令進献
　不可有他見者也
　　慶長第九天極月下三日
　　　右近中将藤原為満

とある。該本の書写年代は慶長を遠ざからない時代と判定されるので、「御本云」とあることから見ると、為満自筆本を直接書写した可能性もある。[2]

「尾張侍従忠吉朝臣」は、徳川家康の第四子、尾張国清須城主であった松平忠吉（一五八〇―一六〇七）のことであり、冷泉為満にこの書を「御懇望」したことが窺える。一方、為満は、慶長十九年に駿府で徳川家康に古今伝授を行ったことも知られているので、[3]家康の第四子忠吉が為満を歌学の師と仰いでいた可能性は大きい。また、『大日本史料』の慶長九年三月十五日条には、為満が山科言緒らと尾張の熱田宮で法楽和歌会を催していることが見え、同じ年のはじめにも為満が尾張へ出向いていたことは興味深いものがある。

ところで、『伊勢物語抄冷泉為満講』（以下、『伊勢物語抄』と略す）は、『伊勢物語』の本文をすべて掲げ、その注釈を加える形をとっている。引用される本文には稀に声点が差され、注釈部も含めて漢字の多くには振り仮名が施されている。また、その本文及び勘物は、概ね天福本によっているとみてよさそうである。

二、注釈方法

『愚見抄』と『惟清抄』との関係

この『伊勢物語抄』の注釈の在り方を考える上で、最も顕著な特徴として、『愚見抄』と『惟清抄』との関係が掲げられる。第四段を例にこれを確かめていくことにする。

『伊勢物語抄』は、「にしのたいにすむ人有けり」の注で、

　南の寝殿にあひならへて西東にある殿をは西のたい東のたいなと云也。此西のたいにすむ人は、二条の后也。

染殿太后とはいとこにてましますが故に、西のたいにすみ給へるなるへし。二条の后は貞観八年女御入内あり。是はそれよりさきのことなるべし。

としている。しかし、これは『愚見抄』の、

南の寝殿にあひならべてにしひんがしにある殿をば西の対・東の対などいふなり。此西の対にすむ人は、二条の后を申也。染殿の太后とはいとこにてましますが故に、西の対にすみ給へるなるべし。二条の后は貞観八年女御入内あり。これはそれより前の事也。(4)

という記述とほぼ同じである。同様に、先の「むかし、ひんかしの五条に、おほきさいの宮おはしましける」の注も「愚見抄」と同じであって、『伊勢物語抄』が、『愚見抄』からのそのままの引用とも言えるような形でまとめられていることが知られる。しかし、『伊勢物語抄』の「それを、ほいにはあらで心さしふかゝりける人、ゆきとふらひけるを」の注には、

ほいにはあらでとは、あらはにはあらてと云心也。ほに出るとは、あらはるゝことを云。ほいにはあらては、忍てと云義也。又、本意にはあらてと云り。其故は思のほかなる心也。かねては是ほとまては思はさりしが、深切になりたるを云と云云。此人は則中将をいへり。

とあって、中程にある「又、本意にはあらてと云り」までの注は、

アラハニハアラデト云心也。ホニ出ルトハ、アラハルヽ事ヲ云。ホイニハアラデハ、忍テト云義也。又、本意ニハアラデト云リ。其モ義ハ消スレドモ、只アラハニアラデト云方マサレルニヤ。

と注する『惟清抄』の傍線部と一致している。この部分を『愚見抄』では、

ほいには、本意なり。ほいにはあらでは、思のほかなるこゝろ也。かねてはこれまではおもはざりしが、深切になりたるをほいにはあらで心ざしふかゝりしといへり。此人はすなはち中将をいへり。

としており、『伊勢物語抄』の残り部分である「思のほかなる心也」から後と一致し、更に、『愚見抄』の注を略して「云云」としていることが知られるのである。

このように、そのまますべてを引用するのではなく、時に略し、要約したりするのは、他の箇所にも見られる現象である。また、『伊勢物語抄』が「ほい」を「あらは」と解する『惟清抄』を採り、「本意」と解するところになると、より詳しく注されている『愚見抄』を採っていることがわかるのである。

ところで、前掲した『惟清抄』の注釈は、『闕疑抄』にも全く同じ言辞が見られる。例えば、第二十一段の「いで、いなば心かるしといひやせん世のありさまを人はしらねば」の注において、『伊勢物語抄』は、

此を出ていなは、我を心かろきものと人のいひやせむ。得堪忍せぬいはれのあるを人のしらされはと云り。

と注し、『惟清抄』と完全な一致を見せているのであるが、『闕疑抄』では、

夫婦の間の恨有て、堪忍しがたき事のあるをば、世の人はしらで我心かろき物といひやなさんといへるさま也。いさゝかの事につけては、女の堪忍のなく、心かろきといはん首尾也。

とあって、『伊勢物語抄』や『惟清抄』との類似が見られるものの、直接関係とはなし得ないものがある。また、同様に、『惟清抄』が完全に一致しなくても、第三十四段「あしべよりみちくるしほのいやましに君にこゝろを思ひます哉」においては、

万葉集、山口 女王か歌に、あしべよりみちくるしほのいやましに思ふか君がわすれかねつるとよめり。此は下句かはれり。あしべの塩はうへゝはみえねどもふかきもの也。上にはうすく君をおもふやうにみえてぞあるらん、そこにはふかく君を思こゝろありと也。

と『伊勢物語抄』では注し、『惟清抄』では、

万葉ニ、アシベヨリミチクル塩ノイヤマシニ思フカ君ガ忘レカネツルトヨメリ。此ハ下句バカリヲカヘタリ。アシベノ塩ハ、上ヘハミエネドモフカキモノ也。上ニハウスク君ヲ思フヤウニ見エテゾアルラメド、底フカク君ヲ思フ心アリト也。

としている。対して『闕疑抄』は、

芦辺の塩はさしてそれとはみえぬ物なれど、いやましになりゆけば、みゆる物也。我心もうへにはみえねども、下にはふかく思ふと也。されば、猶も来るべしと、女をなぐさめてよめるなるべし。

万葉に

あしべよりみちくるしほのいやましに思ふか君がわすれかねつる

とよめり。下句ばかりをかへたり。

とあって、『万葉集』の歌を引いているところ等、内容的には近いものがあっても、やはり『惟清抄』の方が『伊勢物語抄』と一致していると言える。

以上のように、『伊勢物語抄』が『愚見抄』と『惟清抄』を利用していることが明らかになったのであるが、その利用の方法は、『愚見抄』『惟清抄』の両説が同じ見解を見せる場合は、どちらか一方を採るか、両説の必要な箇所のみを利用するのであるが、両者が異なる見解である場合は、両説を組み合わせたり、「又の説に」などとして紹介したりするのである。『伊勢物語抄』は、注釈内容に合わせて、臨機応変に『愚見抄』『惟清抄』を利用していると言えるであろう。そのことは、同じく第四段における「あばらなるいたじきに、月のかたぶくまで、ふせりて、こぞを思ひいで、よめる」の注において、より明確となる。『伊勢物語抄』に、

あはらなるは、あれたるを云也。西の対の人、ほかにかくれて、人すまぬ所なれば、業平の心にあれたるやうにおぼゆるなるへし。

とある部分を、『愚見抄』では、

あばらなるは、あれたるをいふ也。西の対の人、外にかくれて、人すまぬ所なれば、あれたるといふなり。

とし、『惟清抄』では、

ヲチアレタルヤウニモアル歟。又アナガチサハナクトモ、人ノスマズ主人ノナキ所ハ、アレネドモアレタルヤウナルモノ也。業平ノ心ニ其人ノナケレバ、荒タルヤウニオボユルナルベシ。

としているのであって、それぞれの傍線部と一致している。つまり、『伊勢物語抄』は、「あばらなる」の意を「あれたる」と解する『愚見抄』と、業平も「あれたる」ように思われると解する『惟清抄』をつなぎ合わせ、ひとつの文章としてまとめているのである。

このように、『伊勢物語抄』が『愚見抄』と『惟清抄』に拠っていることは明らかであるが、注釈する際は、そのどちらか一方をより尊重しているということではないようである。例えば第十三段において、『惟清抄』の第十三段に見られる注釈をそのまますべて取り入れているのに対して、『愚見抄』の記述は一切示さず、『惟清抄』が中心になっている。逆に、第百十八段の場合は『愚見抄』の注のみで構成されているので、そうとばかりは言い切れない。だが、上巻は『惟清抄』を、下巻は『愚見抄』をより多く取り入れているという傾向があることを指摘しておきたい。

ところで、注意すべきはこのように『愚見抄』『惟清抄』の説をそのまま引いておきながら、その出典を記さず、あたかも自らの説であるかのように『伊勢物語抄』が注釈していることである。つまり、『愚見抄』『惟清抄』に全面的に依拠しながら家説を述べているという感になっていることである。これは最も問題にすべき特徴であるので、後に改めて述べたい。

その他の注釈書との関係

冷泉為満の『伊勢物語抄』が、『愚見抄』『惟清抄』の説を集成したものであったことは今まで述べてきた通りであるが、その他の注釈書との関係についても見ておきたいと思う。

前述したように、『伊勢物語抄』は『闕疑抄』を取り入れない姿勢をとっているが、とはいうものの、『闕疑抄』を見ていなかったというわけではなさそうである。例えば、第七十九段「さるに、かの大将、いて、、たばかりたまふやう」について『伊勢物語抄』は、

たばかるは慮の字歟。日本紀神代上、宝鏡図像段、或説第一云、思慮。又云、人をすかす心也。

と注している。この部分、『惟清抄』には記述がなく、『愚見

抄』では「たばかるは人をすかす心也」として、『伊勢物語抄』の「又云」以下と一致する。しかし、傍線部は『闕疑抄』の「日本紀神代上、宝鏡図像監、或説第一云、思慮を書たり」との影響が考えられる。他に、第九十四段「あふな〱思ひはすへしなそへなくたかきいやしきくるしかりけり」の注で、「ねんころなる議也」とするのも『闕疑抄』にのみ見られるものである。

これをまとめて言えば、『伊勢物語抄』の成立より少し前に成立していた『闕疑抄』を早速見て、適宜利用していたということである。従って、『惟清抄』と『闕疑抄』が同じ注を施している場合、前述したごとく、『惟清抄』から取り入れていると考えるべきかと思う。

ところで、この『伊勢物語抄』には、『愚見抄』『惟清抄』、あるいは『闕疑抄』にも見られない説が存する。第四十一段「とゝむるいきおひなし」の注で、『伊勢物語抄』は、

おひやらんとするを、おしてとゝめんともせざる也。ふかくうらむる心もなきを、ほめてかけり。此心殊勝云々。

と注している。この前半は、

追ヤラントスルヲ、ヲシテトヾメントモセザル也。

とする『惟清抄』と合致するが、後半は、

をひやらんとするを、とゞむるいきおいひなく、ふかくうらむる心もなきを、ほめて書り。此心殊勝也。

と注する『肖聞抄』との一致が傍線部によって知られるのである。ここでは『伊勢物語抄』が『肖聞抄』の必要な箇所のみをとり、「也」と言い切るのを避けて「云々」としている。続く「女もいやしけれは、すまふちからなし。さるあひだに」の注でも、

上の詞に下すしからすと云て、爰にいやしといふは、年のわかきを云。朝廷 莫レ如レ爵、郷党 莫レ如レ歯の心也。

としており、「年のわかきを云」以下は、『惟清抄』とも一致しているが、少なくとも前半は、

上詞は下すしからぬとあり。爰にいやしといふは、年のわかき事也云々。朝廷莫如爵、郷党莫如歯ともいへり。又、儀前に同じ。

と注する『肖聞抄』に拠っているとみてよいと思う。『愚見抄』ではこの箇所の注釈はなされていない。又、次の「思ひはいやまさりにまさる」の注は、『愚見抄』『惟清抄』ともになく、『伊勢物語抄』が「業平の思ひ也」とするのは、『肖聞抄』とのみ一致する。

このように、『肖聞抄』との関係も認められるが、『愚見抄』『惟清抄』のように頻繁には用いられていない。今、例に掲げた第四十一段の場合のように、『愚見抄』では全く触れられていない箇所であったり、『惟清抄』にも詳しく注さ

れていなかったりする場合に限って『肖聞抄』が取り入れられている。よって、注釈内容が『愚見抄』『惟清抄』に同じである場合には、『肖聞抄』は用いられない。注釈の根幹はあくまで『愚見抄』『惟清抄』であって、『肖聞抄』はそれらを補う役割を果たしているに過ぎない。

そして、やはり『愚見抄』『惟清抄』及び『闕疑抄』の場合と同じく、それが『肖聞抄』であることは明示されていない。つまり、引用ではなく、為満説、冷泉家説としての叙述なのである。松平忠吉が『愚見抄』『惟清抄』『肖聞抄』を直接披見する機会があれば、為満の『伊勢物語抄』がそれらをほぼ一字一句違えず集成したものであることに気付いたはずである。つまり、この『伊勢物語抄』は、受け手の松平忠吉が『伊勢物語』の諸説を比較検討するような立場の人でないゆえに成り立っている注釈書だと言えるのである。

自説について

このような『伊勢物語抄』に、為満自身の見解は見出されるのであろうか。

為満自身の言辞と思われるものは、今まで述べてきたように、諸注を省略したり、要約したりする際に多く見られるが、例は少ないながらも、『愚見抄』『惟清抄』『肖聞抄』及び『闕疑抄』をも含めて、他の注釈書には見出せない解釈が存する。以下、その点に光をあててみたい。

第一に、漢字を宛てて解釈しようとするものが掲げられる。第二十一段「思かひなき世なりけり年月をあだにちきりて我やすまひし」の注の中で、「夫婦同居するをすむと云。住字歟」とする他、第五十九段「こともなき女どもの、ゐなかなりければ」の注では「こともなきは無事なる心也」としたり、第六十六段「この女のいとこのみやす所、女をはまかてさせて（略）くらにこもりてなく」の注では、「まかてさせは、罷退出さする也」としている。これらはその箇所の注釈の中において、他注釈書が触れてはいないものである。例えば、はじめの例で掲げた「思かひなき」歌の注では、『惟清抄』と『肖聞抄』を利用して、歌全体の解釈を述べているのだが、この両書には、「すむ」という語に対する解釈はない。ある一つの語の解釈にこだわるのが、この『伊勢物語』の特徴だと言えそうである。

特徴の第二として、清濁を示す態度が掲げられる。第九段「京にその人の御もとにとて、ふみかきて、つく」の注では、『惟清抄』によって叙述した後、「書てつく、くの字清へし」とある。同じような例としては、第十八段「おとこ、ちかう有けり」の注では、『愚見抄』の「ちかうのちの字濁へし」を掲げながら、続けて「然ども、近と云字なれば清へき歟」と異見を示している。

また、句の切り方を示すのも特徴の一つである。先ほど例に掲げた第二十一段「思かひなき」歌の注の中に、「思かひなき世なりけりとよみ切へし」とある。また、第二十八段「むかし、男（略）ぬきすをうちやりて、たらひのかげにみえけるを、みづから」の注では、「うちやりては、取のけてなり」とするように、簡単な語釈も見られる。更に、第七十二段「ちはやふる神のいがきもこえぬへし大宮人の見まくほしさに」歌の注では、「ちはやふるとは、神といはん枕こと ば也」というような、きわめて初歩的な注を加えているのである。やはり、松平忠吉の初学を助けるための注釈書としての性格が表面に出ているのである。

その他の特徴について

以上に見てきたように、この『伊勢物語抄』は、冷泉為満が『愚見抄』『惟清抄』を中心に、『肖聞抄』をも加えながらまとめあげたものであるが、このように理解すると、はじめに掲げた奥書に、為満は「家秘説等」を記して忠吉に「進献」したと述べているのをどう考えるのかという問題が生じる。

そこで、例は少ないのであるが、為満が冷泉家という家を意識して注釈している箇所に注目してみる。

第一段「うゐかうぶりして」の注では、「或説」として「うゐかうぶり」を「元服の事」とする説を『惟清抄』によって述べた後、

当流に不レ用。当流に用るところ、叙爵の事也。日本紀に初位とかきて、うゐかうふりとよむなり。日本紀は日本の書の始めなるによりて当流に用なり。

としている。つまり、当時一般的であった「元服」説を否定して、「当流」の「叙爵」説を強調するものであるが、この当流説は『愚見抄』の、

うゐは初也。かうぶりは爵也。五位のかうぶりといふは、叙爵をいへば、業平中将はじめて叙爵したる事をいへり。（略）こゝには叙爵をうゐかうぶりとはいふべし。日本記にも、初位とかきて、うゐかうぶりとよめる也。

によっている。つまり為満の当流説は、『愚見抄』の説なのである。[5]

また、第九十七段「かの男は、あまのさかてをうちてなん、のろひをるなる」の注において、はじめに「海人」がさかさまになって海底へ入るので、息ができず苦しいことにたとえて、業平も「あまのさかて」をうつように苦しいのだと解する『惟清抄』によっている。しかし、「といふ説あり。当流に用るところ」として、『愚見抄』が「あまのさかてをうつ」のは「人を呪詛する事」であるとし、『日本紀』にある「地神第四代彦火々出見尊と申神とこのかみ火闌降命と申」二神の説話を書き記しているのを、『伊勢物語抄』もそっくりそのまま長々と書いているのである。更に、第百六段「といへりけれは、いとなめしと思けれと、心さしは、いやまさ

りけり」の注で、「白露ハケナバケナント(ママ)イヘルハ、アマリニ存外ニ思ヘドモ、志ハイヤマシニナルト見ベキ也」とする『惟清抄』を掲げ、「と云説あり。家説には」として、「なめし」を「無礼とかきてよめり。けなばけな、んとよめる歌を無礼なるといへり。なさけなき心なるへし」とするのは『愚見抄』と全く一致し、これらのことから、『惟清抄』を否定し、「当流」または「家説」として『愚見抄』を用いていることが知られるのである。

また、「又説に」、「といふ説あり」として異なる説があると明示した上で、「不レ用」と否定する際、『愚見抄』に対して「不レ用」とは言わず、『惟清抄』あるいは『肖聞抄』に対してのみ「不レ用」と示される。

このように、「当流」や「家説」として明示しているのは『愚見抄』そのものなのであり、その際否定の対象となっているのは『惟清抄』『肖聞抄』である。『伊勢物語抄』が章段を『愚見抄』と同じく第二十二段の後半を第二十三段として扱っていることからみても、(5) 冷泉家としての説として主張する場合は、常に『愚見抄』を基本にしていることが確認されるのである。

それでは他流に対しての意識はどうであろうか。

第七段「むかし、おとこ有けり。京にありわひて、あつまにいきけるに（略）浪のいとしろくたつをみて」の注では「あつま」に行くことに対して、

> 京にて人を恋わひて、心をもなくさむるやとて、友たちをさそひて、東へ行、奥州の方まで行ける也。

と注している。これは『愚見抄』と同じである。続けて、

> 二条家説には、業平の左遷の事、沙汰ある事なれば、其時の事かとおほつかなうかけり。

とある。しかし、『惟清抄』を見ると、

> 業平ノ左遷ノ事、沙汰アル事ナレバ、其時歟。又、タゞモ行ケル歟。

とあって、『惟清抄』を「二条家説」として捉らえ、「左遷」であるか、「タゞモ行」ったのかはっきりしないことを「おほつかなうかけり」と批判していることが知られるのである。

同じ例として、第十八段「紅にゝほふがうへのしらぎくはおりける人のそでかとも見ゆ」の歌の注で、

> 紅にゝほふ白菊は、おりける人の袖もかくそあるらんとおもひやると、いさゝかも動せぬやうによみてやる也。

として『惟清抄』説を掲げて、

> 是は二条家の説也。当流に用るところ、うつろへるか上に、又白くみゆるは、手折ける人の袖の色をのこせるかとよめる也。

と注し、『惟清抄』を「二条家の説」として、「当流に用」いる説としては、『愚見抄』の説をあげているのである。

『惟清抄』は周知のごとく、三条西実隆の講釈を清原宣賢が聞書したものである。三条西家の注釈である『惟清抄』を

「二条家説」とする為満の背景はどのようなものであろうか。

為氏を祖とする二条家は、室町時代前期、為重の息為右の頃に断絶したが、鎌倉時代後期から南北朝時代にかけて大いに活躍した為世の影響を受けた為道・為藤・為冬・為定・為明・為忠などのほか、能与・浄弁・頓阿・兼好・慶運などの、いわゆる二条派の地下歌人たちや飛鳥井家・東家などの人々が二条家流を標榜して歌道伝受に大きな役割を果したが、室町時代後期になると、その東家の常縁からの伝受を表面に掲げた宗祇の古典伝受が三条西家に入り、堂上と武家を包括する大きな文化現象にさえなったのである。そして、そのような二条家（流）に対立して当流説を主張しようとした室町時代後期から江戸時代初期にかけての冷泉家の当主たちが拠り所にしたのは、『伊勢物語』においては、一条兼良の『愚見抄』だったのである。

為満が示す「当流」の説の内容は、このように『愚見抄』そのものである。『愚見抄』を書き記した一条兼良は、冷泉家伝来である定家自筆の嘉禄本『古今集』を閲覧することができた人物であるので、冷泉家とは近しいが、正統な冷泉家流であったとは言えない。その兼良の『愚見抄』を「当流」とするのは、為満より三代前である為広の時には既に兼良自筆本の『愚見抄』が冷泉家に入っており、それを書写した為広筆の『愚見抄』が存在していたという事実(7)を考えると、為広の頃から冷泉家では、『愚見抄』を冷泉家の説として扱っていたのではないかと思われる。(8)このことは、冷泉家における『伊勢物語』研究が、それ以上に発展し得なかったという事実と深くかかわっているように思われる。つまり、この頃冷泉家では、『愚見抄』そのものを「当流」として扱わざるを得ない状態にあったと考えられるのである。

三、まとめ

以上、今まで述べてきたことを整理したい。

まず、『伊勢物語抄』は、『愚見抄』と『惟清抄』を中心として『肖聞抄』で補い、『闕疑抄』も参考にしながら集成したものであることを明らかにし得たが、その集成の方法は、いわゆる諸注集成の方法ではなく、『愚見抄』を「当流」の説、「家説」として中心に据えながら、『惟清抄』『肖聞抄』などの宗祇・三条西家流説で補充し、その過程で否定すべきものがあれば、宗祇・三条西家説がまさしく二条家流に属するゆえに、「二条家説」と明記してこれを批判しているのである。

内容から言えば、きわめてバランスのとれた諸注集成であり、かつ教育的配慮をも加えた啓蒙的注釈書であるのに、二条家流に対抗して冷泉の家の存立を主張する態度を前面に出しているところに、この時期の歌道家の注釈の特色を示していると言えるのである。

注

（1）本書は第二十二段「いにしへゆくさきのことゞもなどいひて」の注で、

当流一段にきり給へり。二条家にはよみつゝくべきなりと云々。それによりて、二条家には一段すくなし。

というように、『愚見抄』に従ってここからを第二十三段として扱っている。よって、上巻は第六十一段まで、下巻は第六十二段からとなり、以下、この章段数に従い述べていくため、現在通行の定家本の章段数とは異なる。（注7）の書参照。

（2）該本と同じ伝本は少ないが、平成十年一月十日から二月十五日まで開催された、名古屋市博物館における「冷泉家の至宝展」に特別出陳された名古屋市の某家所蔵の『伊勢物語抄』は該本と同じものであった。ただし、片桐洋一先生によれば、その書写年代は、該本よりも新しく、江戸時代中期とすべきとのことである。

（3）為満の歌壇的活動については、井上宗雄氏『中世歌壇史の研究　室町後期』に詳しい。

（4）以下、とり上げる『伊勢物語』注釈の引用については、『伊勢物語の研究〔資料篇〕』の翻刻に拠る。なお『惟清抄』については、天理図書館善本叢書『和歌物語古註集』を用い、私に濁点及び句読点を付した。

（5）東海大学図書館所蔵の桃園文庫本『伊勢物語口伝抄』に引用されている聖護院門跡道増の講釈には「ウヰカウブリ七位（ママ）ニテノ説、冷泉家。元服ノ事ト心得ル、二条家当流也」とあって、『愚見抄』の説が冷泉家説と認識されている。

（6）注1参照。

（7）冷泉家時雨亭叢書41『伊勢物語・伊勢物語愚見抄』の解題（片桐洋一先生執筆）に詳しい。

（8）注5参照。

〔付記〕本解題は、石川恵子・高木輝代の調査を合わせて、高木輝代が執筆したものである。

❖執筆者紹介

片桐洋一（かたぎりよういち）　関西大学文学部教授

石川恵子（いしかわけいこ）　愛知県立豊橋南高等学校講師

髙木輝代（たかぎてるよ）　関西大学大学院博士後期課程

伊勢物語古注釈書コレクション■第二巻

二〇〇〇年四月二〇日　初版第一刷発行©

編者　片桐洋一

発行者　廣橋研三

発行所　和泉書院

〒543-0002　大阪市天王寺区上汐五―三―八

電話　〇六―六七七一―一四六七

振替　〇〇九七〇―八―一五〇四三

印刷／製本　亜細亜印刷

定価はケースに表示

ISBN4-7576-0016-X　C3395